LE ROMAN DE TROIE

Dans *Le Livre de Poche*
« Lettres gothiques »

La Chanson de la croisade albigeoise.
Tristan et Iseut (Les poèmes français - La saga norroise).
Journal d'un bourgeois de Paris.
Lais de Marie de France.
La Chanson de Roland.
Le Livre de l'échelle de Mahomet.
Lancelot du Lac (tomes 1 et 2).
Fabliaux érotiques.
La Chanson de Girart de Roussillon.
Première continuation de Perceval.
Le Mesnagier de Paris.
Le Roman de Thèbes.
Le Roman d'Eneas.
Le Roman d'Alexandre.
Chansons des Trouvères.
Le Cycle de Guillaume d'Orange.
Raoul de Cambrai.
Nouvelles courtoises.

Chrétien de Troyes :
Le Conte du Graal.
Le Chevalier de la Charrette.
Erec et Enide.
Le Chevalier au Lion.
Cligès.
François Villon : Poésies complètes.
Charles d'Orléans : Rondeaux et Ballades.
Guillaume de Lorris et *Jean de Meun :* Le Roman de la Rose.
Adam de la Halle : Œuvres complètes.
Antoine de La Sale : Jehan de Saintré.
Louis XI : Lettres choisies.
Marco Polo : La Description du monde.

Dans la collection « La Pochothèque »
Chrétien de Troyes : Romans.

LETTRES GOTHIQUES
Collection dirigée par Michel Zink

Benoît de Sainte-Maure

LE ROMAN DE TROIE

Extraits du manuscrit Milan, Bibliothèque ambrosienne, D 55
édités, présentés et traduits
par Emmanuèle Baumgartner et Françoise Vielliard

Ouvrage publié avec le concours du Centre National du Livre

LE LIVRE DE POCHE

Des astérisques, placés à la fin des vers, signalent les passages qui font l'objet d'une note, celles-ci étant regroupées à la suite du texte p. 635 et suivantes.

Les leçons du manuscrit qui ont été écartées figurent au bas de la page correspondante de la traduction. Y figure également la description sommaire des initiales historiées.

Dans les références, l'édition du *Roman de Troie* qu'avait donnée Léopold Constans est abrégée en éd. C.

Emmanuèle Baumgartner, professeur à l'Université de la Sorbonne Nouvelle, est spécialiste de littérature française du Moyen Âge. Elle a publié plusieurs études sur les romans arthuriens en vers, sur les romans de *Tristan et Iseut* et sur la *Quête du saint Graal*, ou ouvrage sur le *Récit médiéval* (Hachette), une *Histoire de la Littérature du Moyen Âge* (Bordas) et diverses traductions de textes poétiques et romanesques.

Françoise Vielliard est professeur de philologie romane à l'École nationale des chartes. En collaboration avec Jacques Monfrin, elle a publié le *Manuel bibliographique de la littérature française du Moyen Âge de Robert Bossuat. Troisième supplément (1960-1980)*, 2 vol., 1986-1991. Elle a également publié *Le Roman de Troie en prose (Version du cod. Bodmer 147)*, 1979, ainsi qu'un certain nombre d'études sur la matière troyenne au Moyen Âge.

© Librairie Générale Française, 1998, pour l'édition, la traduction, la présentation et les notes.

INTRODUCTION

En 1155, un clerc normand, Wace, achevait son *Roman de Brut,* sans doute composé à l'intention d'Aliénor d'Aquitaine, épouse du roi d'Angleterre Henri II Plantagenêt. Librement adapté d'un récit en prose latine de peu antérieur, l'*Historia regum Britanniae* de Geoffroy de Monmouth, le *Roman de Brut* raconte l'arrivée dans l'île de Grande-Bretagne d'un troyen descendant d'Énée, Brut (en latin Brutus), conquérant et premier roi de cette terre à laquelle il donne son nom. Wace relate ensuite l'histoire des rois qui ont succédé à Brut en s'attardant plus longuement sur le règne d'Arthur et le récit s'achève sur les derniers temps de l'indépendance bretonne. Dans le prologue du *Brut* sont évoqués en quelques vers la chute de Troie et sa cause immédiate, l'enlèvement d'Hélène, puis Wace donne une sorte de sommaire de l'arrivée en Italie d'Énée et de la fondation de la ville de Lavinium.

Ainsi, dans le temps même où il introduit dans la littérature en langue française la « matière de Bretagne » (et son héros emblématique, Arthur), Wace la relie au passé troyen et désigne aux écrivains contemporains qui furent aussi, comme Benoît de Sainte-Maure et sans doute l'auteur de l'*Énéas*, ses rivaux et ses imitateurs, le temps et l'espace où inscrire d'autres récits. À eux d'amplifier l'aperçu qu'il donne de l'histoire de Troie et du sort de ceux qui, tel Énée, survécurent à la ruine de la cité.

Dans les années qui suivirent furent en effet composés deux récits, le *Roman d'Énéas*, et peu après, le *Roman de Troie* de Benoît de Sainte-Maure, qui, remontant tous deux le cours du temps, comblent progressivement le vide ménagé par Wace. Liés au *Brut*, ne serait-ce que dans certains des manuscrits qui les ont conservés, ces textes jalonnent la longue marche de la nation troyenne depuis la fondation de la cité aux murailles jadis élevées par Neptune, jusqu'à cet Ouest conquis par Brut et qui représente pour les hommes du Moyen Âge la frontière, ou presque, du monde connu, le point où chaque soir le soleil achève sa course.

La création littéraire ne se plie pas, ou mal, aux lois du pouvoir. Il semble peu probable qu'à l'origine de ces récits il y ait eu, comme on l'a parfois soutenu, le projet concerté d'Henri II ou du couple royal d'exalter les origines de l'Angleterre et de la dynastie anglo-angevine en les rattachant au légendaire Troyen. Le mythe de l'origine troyenne des principaux peuples de l'Occident (Francs, Bretons, Danois, Normands, etc.), avatar du mythe antique de la fondation de Rome, hante depuis le VIIe siècle la mentalité médiévale. Cependant, dans cette île de Grande-Bretagne où se sont succédé et mélangés au cours des siècles des peuples très divers, Bretons, Angles, Saxons et Normands, la connaissance du passé, mythique ou historique, a été une préoccupation essentielle : ce n'est sans doute pas un hasard si, dès la première moitié du XIIe siècle, des récits et chroniques composés en français prennent le relais de l'historiographie en langue latine, à l'intention du public laïc des cours princières et seigneuriales. Quant à Benoît, il y a tout lieu de penser qu'il est aussi l'auteur d'une très ample *Chronique des ducs de Normandie*. Vers 1150 enfin, les domaines continentaux d'Aliénor sont un foyer culturel de premier plan, le centre d'une importante activité littéraire tant dans le domaine de la poésie lyrique des troubadours, dont on trouve de nombreux échos dans l'œuvre de Benoît, que dans celui du « roman ».

Au milieu du XIIe siècle et pour longtemps encore, le terme de « roman » ne désigne pas une forme littéraire. Il renvoie, comme le montre d'ailleurs la formule employée par Benoît au v. 37, au choix d'une langue, le français (le *roman*), à qui les clercs entendent donner le statut de langue littéraire, en rivalité avec le latin. Il qualifie aussi une pratique, la *translatio* ou la *mise en roman*, c'est-à-dire l'adaptation, le plus souvent dans la forme spécifique du couplet d'octosyllabes à rimes plates, de textes sources et modèles rédigés en latin. Cette pratique est à l'origine, à partir de 1150 environ, de récits brefs inspirés des *Métamorphoses* d'Ovide comme *Piramus et Tisbé* ou *Narcissus*, mais aussi d'amples compositions comme le *Roman de*

Thèbes (vers 1150), l'*Énéas*, les différentes versions du *Roman d'Alexandre*, des œuvres qui, tout comme le *Roman de Troie*, recourent, pour s'écrire en roman, à l'autorité (à l'alibi ?) de l'histoire ancienne.

En choisissant de conter en français la plus célèbre peut-être des légendes antiques, Benoît participe donc d'un mouvement littéraire, la « mise en roman », et d'une mode, le retour vers l'Antiquité, qui vers 1160-1165 sont solidement implantés. Mais son œuvre en apparaît à bien des égards comme le couronnement. Raconter l'histoire de Troie, remonter le temps du mythe jusqu'à cette première découverte de l'Est qu'est la traversée entreprise par Jason et les Argonautes, c'est raconter l'histoire d'un commencement absolu, ou presque : seule la Bible dit le premier commencement... C'est aussi énoncer, rétroactivement, le récit dont procèdent tous les autres : l'*Énéas*, qui programme la fondation de Rome, le *Brut*, ainsi que les multiples chroniques qui, à la même époque, ont tenté de saturer le temps entre la disparition d'Arthur dans l'île d'Avalon et la conquête de l'Angleterre, en 1066, par Guillaume le Conquérant. L'*Estoire des Bretons* composée par Geoffroy Gaimar est perdue, mais nous avons conservé son *Estoire des Anglais* (composée vers 1136) ainsi que le *Roman de Rou* de Wace et, de Benoît, la *Chronique des ducs de Normandie*, déjà mentionnée.

Mais conter « l'œuvre de Troie » (la formule est de Benoît), c'est surtout pour le clerc remployer et retravailler les techniques acquises par ses prédécesseurs immédiats, broyer, mélanger et couler dans cet énorme moule de trente mille vers les motifs et les matériaux les plus divers, pour recréer, en une mosaïque nouvelle, l'image d'une cité qui, pour l'Occident médiéval, se confond plus ou moins avec Byzance, en projette dans un passé idéal les splendeurs et les merveilles interdites.

Dans le prologue, puis tout au long de son récit, Benoît multiplie allusions et renvois à un texte source qu'il nomme indifféremment *l'escrit, le livre, l'estoire* et à son « auteur », Darès, qu'il appelle *l'auctor*, c'est-à-dire l'auteur et le garant de son propre texte. Pour les dernières péripéties du récit, la chute de Troie et les retours des chefs grecs dans leurs patries, il fait référence à un autre « auteur », Dictys.

Benoît, et d'une façon générale le Moyen Âge occidental, n'a pas eu accès à l'œuvre d'Homère qui n'est pour lui que le nom respecté d'un clerc de grand talent, de grande sagesse (vv. 45-74), mais dont l'autorité en matière historique est suspecte. Les vers 56-70 du prologue font écho à la condamnation d'Homère en particulier et des « fables » des poètes en général, d'abord formulée par Platon, reprise par Cicéron, puis orchestrée par saint Augustin et par l'apologétique chrétienne. Si en effet le meilleur historien, selon un *topos* que le Moyen Âge reprend à l'Antiquité, est celui qui a été le témoin et mieux encore l'acteur des événements qu'il rapporte, mieux valait se fier, pour conter l'histoire de Troie, aux récits qui, croyait-on, émanaient de témoins oculaires engagés dans la guerre : le *De excidio Trojae*, un bref texte en prose latine composé au vi[e] siècle et attribué à Darès le Phrygien (le Troyen), et l'*Ephemeris belli Trojani*, attribué à Dictys le Crétois qui aurait, lui, fait, vu et écrit la guerre du côté grec.

La caractéristique commune de ces deux œuvres, qui ne sont que de pâles reflets des « cycles homériques » élaborés dès l'Antiquité à partir de l'*Iliade* et de l'*Odyssée*, est de donner de la guerre de Troie un récit continu, très schématique (surtout dans le cas de Darès, Dictys est plus prolixe), présenté chronologiquement. Darès commence avec l'expédition de Jason et des Argonautes, et Benoît sur ce point a suivi son modèle. Dictys commence ou presque avec l'enlèvement d'Hélène et poursuit son récit au-delà de la chute de la ville en racontant les retours des chefs grecs et notamment les aventures et la mort d'Ulysse.

On a depuis longtemps souligné l'extrême sécheresse du récit de Darès et son manque de qualité littéraire. Que Benoît l'ait choisi comme source principale, de préférence au récit plus détaillé, peut-être plus difficile aussi à traduire, de Dictys, peut donc surprendre. Surtout si l'on songe aux modèles prestigieux auxquels venaient de se confronter ses rivaux, les auteurs de *Thèbes* et de l'*Enéas*. Il est clair cependant que le récit de Darès, relayé par celui de Dictys, supporte ce qui semble avoir été l'une des principales obsessions de Benoît : écrire lui aussi un récit « cyclique », qui déroule de façon chronologique et la plus complète possible l'histoire de Troie, de sa fondation à la disparition ou à la dissémination de tous les acteurs du récit.

Mieux que le discours orné d'un poète, difficile à comprendre, encore plus difficile à transposer en français, le texte de Darès répondait aussi à l'exigence de vérité historique que pose Benoît dans son prologue en annonçant une relation objective et fidèle de la «matière» de Troie. Darès, qu'Isidore de Séville met sur le même plan que Moïse et Hérodote (*Etymologiae* I, 42) a passé au Moyen Âge pour l'un des «pères fondateurs» de l'histoire. Suggérera-t-on cependant que, dans son indigence même, le texte de Darès était pour Benoît la source idéale, celle qui lui fournissait une matière certifiée, une trame solide tout en lui donnant toute latitude pour l'orner et l'amplifier? Il n'est pas possible de faire ici une comparaison détaillée des deux textes. Il suffit cependant de mettre en parallèle n'importe quel fragment de Darès avec le développement correspondant de Benoît pour voir comment les phrases de la prose latine ne sont que des points d'ancrage, des nœuds à partir desquels se greffe, «germe, fleurit et fructifie» (v. 24) le discours de l'écrivain médiéval, pour reprendre l'image du prologue. Discours «ajouté» au matériau hérité, «surplus» de texte dont Benoît revendique la paternité (vv. 139-144) et qui constitue sans doute l'essentiel, à son estime comme à la nôtre, de son travail d'écrivain.

Entre le texte de Darès et le *Roman de Troie,* il y a bien entendu des relais, des modèles d'écriture, des sources, dont on a depuis longtemps dressé le catalogue plus ou moins complet. Le clerc Benoît aime montrer çà et là une érudition de caractère encyclopédique, ou qui s'en donne (avec ironie?) les apparences : échos de gloses savantes, de commentaires, de citations d'origine biblique, fragments de lapidaires, de bestiaires, de descriptions des merveilles du monde physique ou créées par l'homme. Le lettré connaît fort bien, et dans le détail, les œuvres d'Ovide, les *Métamorphoses* mais aussi les *Héroïdes*, ces lettres galantes échangées par les couples mythiques de l'Antiquité et qui ont enseigné aux auteurs du XIIe siècle l'art subtil du dialogue amoureux. L'écrivain en quête de succès est également le rival attentif de ses prédécesseurs immédiats : Wace, à qui il doit, plus sans doute qu'aux chanteurs de geste, l'essentiel de son style «épique»; la lyrique occitane, à qui il emprunte des motifs (la reverdie par exemple), une part importante de son vocabulaire de l'amour et de la douleur, une certaine préciosité des monologues et des échanges amoureux où se lisent simultanément sa défiance voire son rejet de l'éthique de la *fin' amor*. Mais les modèles

les plus présents, les plus prégnants, sont comme on peut s'y attendre les auteurs de *Thèbes* et de l'*Énéas* avec qui Benoît entretient une sorte de dialogue permanent, fait de clins d'œil dans le traitement ou le refus des motifs attendus qui font parfois penser à une possible complicité au sein d'un « cénacle » d'écrivains plutôt qu'à une mesquine rivalité de clercs. Au reste ce jeu d'échos et de reprises est aussi à la mode, à la même époque, dans les cercles des troubadours, avant de le devenir chez les trouvères d'oïl, à la fin du XIIe siècle.

Il n'est pas possible de suivre ici dans le détail l'évolution de l'écriture romanesque dans la trilogie antique, *Thèbes, Énéas, Troie,* évolution qui a d'ailleurs fait l'objet de plusieurs études. On n'évoquera donc qu'un des éléments de cette écriture, la description, car cette « partie du discours » est le lieu où les auteurs des romans antiques s'écartent délibérément de leurs sources et laissent libre cours à leur invention. Il se pourrait au reste que l'usage massif qu'ils font de la description et du portrait comme art de l'ornement et de l'*amplificatio* soit en fait la trace d'un échec. Il était sans doute plus facile d'adapter en français les procédés canoniques de la rhétorique que de retrouver le secret longtemps perdu des images, des métaphores, des longues comparaisons travaillées qui ornent les vers de Virgile ou d'Ovide.

Comme le lecteur peut très vite s'en rendre compte, les descriptions de Benoît n'ont rien d'une reconstitution archéologique. Ses personnages vivent, agissent, se battent comme des hommes du Moyen Âge. Le clerc sait pourtant que ses héros sont des païens. Les rites et les jeux funéraires qu'il décrit rapidement, certaines formules de serment, les propos qu'il prête au devin Calchas renvoient à la « réalité » antique ou tout au moins à une civilisation parfois perçue dans sa différence. Plus souvent l'écrivain évoque un univers qui n'a d'autre cohérence que la vision syncrétique de l'artiste. Un seul exemple : Priam enterre son fils Hector dans le splendide temple dédié à Apollon, mais juste devant le maître-autel, comme on le ferait pour un héros chrétien. Le tombeau qu'il lui fait construire, autant qu'on puisse en cerner exactement la facture, s'inspire sans doute des merveilles de l'art byzantin. Il instaure enfin, dans le temple même, un « couvent » de « saints hommes », termes qui peuvent évoquer pour le lecteur la fondation d'une abbaye... La plupart des descriptions relèvent ainsi d'un art qui prend son bien où il le trouve, de l'imaginaire antique aux « realia » et « mirabilia » du monde contemporain, pour créer hors du temps ce qui est sans doute la plus belle collection d'objets extraordinaires de la littérature médiévale.

Dans le sillage de ses prédécesseurs, Benoît multiplie en effet les portraits et les descriptions de villes, tombeaux, statues, vêtements, objets précieux. Entre *Thèbes*, *Énéas* et *Troie*, on peut relever nombre de vers, de rimes quasi identiques, suivre le tracé et les variations de motifs récurrents. Il en est ainsi du motif « description de ville » qui s'attache à Thèbes et à Carthage, puis qui s'amplifie, chez Benoît, de la rapide esquisse de Jaconidés, la ville du père de Médée, à la longue évocation de la reconstruction de Troie. Mais ce motif n'est-il pas coextensif à l'écriture de récits voués, de Thèbes, la cité maudite, à l'*Énéas*, à conter la construction, la destruction, l'avenir des cités antiques et des civilisations qui leur sont liées ?

De fait, l'écrivain Benoît semble si peu cacher dettes et emprunts que l'on a parfois l'impression qu'il ne signale le modèle que pour mieux signifier sa différence, qu'il ne refuse l'obstacle que pour mieux en triompher ailleurs. Pas de description de la tente de Calchas, ce serait trop long, mais, peu avant, celle de l'extraordinaire manteau de sa fille Briséida en a avantageusement tenu lieu et le lecteur rencontrera bientôt les merveilles de la Chambre de Beautés. Au demeurant, ce n'est pas l'ellipse ou l'allusion qui caractérisent l'art de Benoît, mais la tentation rarement refusée de tendre à l'exhaustivité, de repousser sans cesse les limites qui cerneraient l'objet, tout en affirmant l'impossibilité d'en « faire le tour ». D'où la fréquence des vers formulaires constatant cette impuissance et des phrases-barrage du type « pourquoi m'attarder davantage ? » qui renvoient à son cours souterrain le flot d'un langage qu'il faut coûte que coûte endiguer.

Le prologue, qui insiste sur le plaisir que doit procurer le texte, s'ouvre sur la figure de Salomon, le maître de la sagesse, et développe, assez pesamment, un lieu commun : la nécessité de transmettre le savoir acquis. Cette dimension didactique du texte est très sensible dans la multiplication des scènes de conseils, d'ambassades, des discours et délibérations qui ont pu procurer au public des cours médiévales des modèles de comportement. La leçon en est cependant bien ambiguë : que penser des très sages précautions et longs conseils accumulés par le très sage Priam et qui n'auront pas plus de succès que la folle bravoure d'Hector ?

La dimension modélisante de l'œuvre apparaît également dans ce lieu clé du texte qu'est la description de la Chambre de Beautés. Les quatre automates de la Chambre sont destinés par les «maîtres», les «poetes» qui les ont conçus, au divertissement des habitants dont ils comblent les sens. Mais ils proposent aussi une vision encyclopédique du monde et un code de conduite à l'intention des «courtois» ou de ceux qui aspirent à faire partie de ce cercle d'élus. La description de Troie reprend à celles de Thèbes et de Carthage les images classiques de la ville guerrière, de la citadelle imprenable, du lieu idéal où abondent toutes les richesses, tous les plaisirs, tous les agréments imaginables. Mais cette cité, véritable «mère des arts, des armes et des lois», est aussi une ville modèle par l'image qu'elle propose de la royauté, de l'exercice du pouvoir et du rapport au sacré. Ville pyramidale, hiérarchisée – ce que n'est pas dans l'*Énéas* la cité de Carthage –, elle enferme dans son enceinte une population nombreuse et prospère. Ilion, la citadelle où vit le couple royal et ses enfants, la domine et la protège, tandis qu'au plus secret de la forteresse, la salle où siègent Priam et ses hommes est à la fois le lieu du pouvoir et celui du culte tout spécialement rendu à Jupiter, le plus puissant des dieux.

Les batailles, dans la plaine de Troie, durent dix ans. Décrire est donc l'un des moyens les plus faciles de suspendre le déroulement des faits d'armes, de retarder un dénouement inéluctable et connu, et de créer une durée propre, un temps suspendu à l'intérieur du temps du récit. Mais les objets que dispose la description sont voués à la destruction, comme la ville et ses habitants. De nombreux vers indiquent d'ailleurs que telle ou telle merveille aurait duré jusqu'à la fin des temps, si la ville n'avait pas été prise... En suscitant par le langage, les objets, les splendeurs, la ville qui ne sont plus, la description leur confère l'immortalité que le destin – *Fortune* ou *Aventure* dit Benoît – leur a refusée. Elle refait et éternise le geste créateur des artistes troyens. Il n'est donc pas étonnant que pour définir sa propre activité créatrice Benoît «trouve» dans le prologue l'image de la muraille, pierre à pierre édifiée, de la forteresse de mots qu'il a patiemment élevée en lieu et place de la cité détruite.

La guerre occupe une place très importante dans le *Roman de Troie,* beaucoup plus importante que ne le laissent voir les extraits ici édités. Cette dimension du texte de Benoît n'est peut-être pas la plus séduisante pour le lecteur moderne. Il a donc fallu faire un choix. Le public médiéval au contraire devait suivre avec compétence et plaisir complices l'alternance savante des mêlées et des combats singuliers. Une grandeur tragique, qui doit beaucoup aux procédés épiques souvent repris par Benoît, se dégage pourtant de l'évocation des vingt-trois batailles, plus ou moins longuement décrites. D'abord marquées par les succès des Troyens emmenés par Hector, elles jalonnent ensuite l'encerclement progressif de la cité, tandis que meurent l'un après l'autre les fils de Priam et les Bâtards, puis que s'anéantit l'ultime espoir du roi avec le meurtre atroce de Penthésilée, la reine des Amazones. Les batailles toutefois ne peuvent décider du sort d'une cité qui ne tombera aux mains des Grecs que rongée par la trahison et les ruses d'Anténor et d'Énée et de leur diabolique complice, Ulysse.

Habile à développer les motifs épiques traditionnels ou à reprendre à ses sources des motifs homériques comme le catalogue des vaisseaux des Grecs, la longue liste des alliés de Priam ou celle des chefs réunis par Agamemnon, Benoît cède souvent, comme le jongleur de geste, à la tentation du grossissement, de la démesure. Il met en place tout un rituel de la bataille, évoquant inlassablement le déferlement radieux des corps d'armée au matin des combats, le flamboiement splendide des armes et des enseignes, les horreurs de la mêlée, du carnage anonyme, l'acharnement des combats, la plaine jonchée, le soir, de morts et d'agonisants et le temps des trêves où fument interminablement les bûchers.

Le seigneur des batailles, le héros du pro-troyen Benoît, c'est bien entendu Hector qui, même mort, ne cesse de hanter le récit et autour duquel s'organise une image multiple de la guerre, de sa pratique, de ses enjeux. Comme le laisse déjà prévoir le long portrait qui lui est consacré, qui insiste autant sur la valeur militaire du guerrier et du chef que sur ses vertus morales (mais aussi ses défauts physiques), Hector s'impose d'emblée comme un combattant redoutable dont Achille ne triomphera que par surprise. Et c'est sur la longue théorie des rois tués par le fils aîné de Priam et dont les noms sont gravés au pied de son tombeau que l'écrivain clôt le récit de ses funérailles.

L'ardeur guerrière d'Hector pourtant, se teinte parfois de démesure. La scène qui l'oppose à Andromaque, l'une des plus déroutantes du récit dans sa cruauté, rend plus sûrement compte du désir obsessionnel de se battre qui anime le guerrier que le plus violent des combats qu'il livre. Elle contraste (à moins qu'elle ne l'explique) avec la ferveur et l'amour que suscite Hector au cœur des femmes et des jeunes filles de Troie, qui voient en lui leur plus puissant rempart, et avec «l'amour de loin» que lui voue Penthésilée, la reine des Amazones. À deux reprises enfin, Benoît insiste sur la convoitise qui pousse Hector à s'approprier les armes des vaincus, à dépouiller leur cadavre, et qui l'entraîne loin du centre de la bataille et plus loin encore de ses responsabilités de chef. À cet Hector excessif, incapable de se dominer et que n'arrive même pas à dompter l'autorité du père, s'oppose toutefois l'image du brillant stratège, qui sait improviser un mouvement tournant efficace, et de l'orateur persuasif, capable tout aussi bien de décider Achille à accepter un combat singulier que de ranimer l'ardeur de ses hommes sur le champ de bataille en leur rappelant les enjeux de leur lutte.

Comme Troie, dont il est l'étendard et le plus sûr soutien, Hector est condamné. Mais à travers la figure du guerrier, du chef, de l'orateur, se dit sans doute la conviction du clerc que l'homme doit savoir braver le destin pour tenter de mener à bien, contre l'ordre voulu par les dieux et au mépris des sentiments humains les plus respectables, ce qu'il croit être une cause juste : son devoir face à lui-même, à ses hommes, à sa patrie.

L'alternance assez régulière des batailles, des trêves, des délibérations, qui soulignent non sans ironie les efforts inutiles des hommes pour maîtriser ou infléchir leur sort, forme pour l'essentiel la trame du récit de Benoît. Cependant, comme l'auteur du *Roman de Thèbes* et plus encore celui de l'*Énéas*, l'écrivain entrelace aux exploits guerriers de nombreux épisodes amoureux : histoires d'amour de Jason et de Médée, de Pâris et d'Hélène, de Troïlus et de Briséida (puis de Briséida et de Diomède), d'Achille et de Polyxène. Énumérer ces noms, ces couples, suffit déjà à montrer qu'ils redoublent dans la sphère de l'amour l'antagonisme entre la Grèce et Troie, qu'ils tentent des alliances dont la guerre, autour d'eux, accentue la dimension tragique : aucun ne pourra, comme le font dans l'*Énéas* le héros et Lavinia, fonder une lignée, un royaume, qui rédimeraient la perte de la cité.

L'histoire de Jason et de Médée, sur laquelle s'ouvre le récit, pose le thème. Immédiatement séduite par Jason, la magicienne se donne au héros et, trahissant son père et sa patrie, permet le rapt de cette Toison d'or, qui symbolise les fabuleuses richesses de l'Orient, mais qui marque aussi l'irruption de la convoitise, de la cupidité dans un monde encore innocent. Benoît souligne la faute de Médée, mais il blâme aussi Jason et l'esprit perfide des Grecs. Jason est sans doute le premier grec à avoir tenté l'aventureuse traversée vers les rivages de l'Orient sur la nef Argo, mais c'est lui qui, bafouant les lois de l'hospitalité, a instauré l'ère de la violence où le rapt des femmes et des richesses qui leur sont liées s'impose comme seule forme d'échange entre deux peuples.

L'enlèvement d'Hésione, sœur de Priam, et la première destruction de Troie prolongent, répètent la faute de Jason. Le rapt d'Hélène, premier acte de revanche des Troyens, obéit à des lois plus complexes. C'est parce que Vénus lui a donné le pouvoir de séduire la plus belle femme du monde – mais peut-être n'était-ce qu'un rêve – que Pâris engage Priam à tenter une expédition punitive en terre grecque. Dès leur première entrevue pourtant, Pâris et Hélène tombent amoureux et cet amour qu'autorise Priam en mariant les jeunes gens et en leur donnant comme cadeau nuptial la Chambre de Beautés, le centre vital de la cité, ne connaît aucune faille et ne sera jamais condamné par le roi ni par ses proches.

L'image harmonieuse de l'amour conjugal que dessine Benoît à travers le couple que forment Pâris et Hélène et qui contraste avec les malédictions pesant sur ce même couple dans l'*Énéas* par exemple, n'est cependant qu'un leurre. La faute de Pâris, qui a choisi avec Vénus ce pouvoir ambigu sur le monde que donne la séduction, la faute de Priam, qui entérine celle de son fils, sont d'avoir imaginé que posséder ce trésor qu'est la beauté, l'enfermer dans une ville à son image, suffisait à s'assurer la maîtrise de l'univers. Le trop séduisant Pâris ne peut succéder à son père que dans la mort : c'est sur son visage, atrocement défiguré, c'est sur son cadavre que sont déposés, et pour qu'ils gisent avec lui dans le tombeau, les insignes royaux, désormais inutiles.

Les amours, inventées par Benoît, de l'inconstante Briséida sont sans doute la partie de l'œuvre qui a connu le plus vif et le plus durable succès à en juger déjà par les adaptations qu'en ont faites Chaucer, Boccace, Shakespeare et d'autres encore. Le clerc Benoît y exploite longuement le thème, banal, de la versatilité féminine, et les interventions du narrateur, empreintes d'une misogynie elle aussi banale, mais curieusement interrompues par un éloge qui a de fortes chances de s'adresser à Aliénor, s'y donnent libre cours. Plus profondément l'histoire de Troïlus et de Briséida pose et résout par la négative un problème récurrent dans la littérature du Moyen Âge : la relation de l'amour à la prouesse guerrière.

Troïlus égale ou presque son frère Hector par sa vaillance. Il le dépasse en beauté. En lui, comme l'indique son nom, s'incarne Troie, la ville qui tente d'unir ces deux valeurs. Or Troïlus, en dépit des exploits qu'il accomplit au nom de Briséida, est trahi par la jeune femme qui se laisse séduire par l'avantageux Diomède. L'amour tel que l'ont d'abord vécu les « fins amants » n'a pu résister à la séparation. À l'ascèse de « l'amour de loin », acceptée par Troïlus, Briséida préfère bien vite les satisfactions des sens et, tout en regrettant comme il convient son premier amour, elle finit par se donner très raisonnablement à Diomède, le trop habile parleur.

Avec le personnage de Briséida, Benoît développe enfin des procédés déjà bien mis au point par les auteurs de *Pyrame et Thisbé* et de l'*Énéas,* le monologue et l'échange amoureux, mais en les pervertissant : dès la première apparition de la jeune femme dans le récit, nous savons qu'elle trahira Troïlus et que toutes les protestations d'amour et de fidélité, tous les arguments avancés face à Diomède ne sont que déguisements destinés à masquer ce qui semble bien être selon Benoît la vraie nature de l'amour : le désir de jouissance, de possession de l'autre en quoi il se résume, comme l'avoue crûment Diomède. Et sans doute n'est-il pas indifférent que la parole amoureuse, d'abord attachée à l'inconstante Briséida et à son nouvel amant, le soit ensuite à cet antihéros qu'est Achille dans le texte de Benoît.

Achille est sans doute dans le *Roman de Troie* un magnifique guerrier. Mais, dans le portrait que Benoît donne de Patrocle, puis dans les propos qu'il prête à Hector, le clerc dénonce déjà les mœurs et surtout l'instabilité d'un être qui, après avoir juré sur le cadavre de l'aimé de renoncer à toute joie, s'éprend de Polyxène au premier regard. Or le paradoxe de cette passion, s'agissant de cet homme d'action qu'est Achille, c'est qu'elle ne peut s'exprimer que dans la solitude du monologue ou n'atteindre son objet qu'à travers l'écran des messages et des paroles rapportées. L'amour trahi inspirait au moins à Troïlus le désir de se venger de son rival. Pour Achille, la passion est à tous égards destructrice. Malade d'amour, Achille renonce à la guerre, renonce à la gloire, tente, en vain, de convaincre les Grecs d'abandonner le siège. Il suffit de comparer le discours d'Hector exhortant ses hommes à se battre et les arguments péniblement alignés par Achille et balayés par les répliques cinglantes de Thoas et du duc d'Athènes pour mesurer à quel point, dans l'univers de Benoît, la passion amoureuse isole et affaiblit ses victimes. D'éloquence, Achille n'en fait preuve, mais là aussi en vain, que face à Amour, c'est-à-dire à lui-même. Il n'est donc guère surprenant que les figures d'amants mythiques auxquelles s'identifie le héros, au-delà de l'habituelle triade biblique Salomon, David et Samson (la sagesse, la beauté et la force), soient Léandre et Narcisse, ceux à qui la mer et l'eau – pour Achille la plaine ensanglantée au pied des murailles de Troie – interdisent tout contact, tout dialogue avec l'être aimé. En s'identifiant à Narcisse, celui qui meurt d'avoir aimé une image, un simulacre impossible à étreindre, Achille d'ailleurs souligne moins son incapacité à aimer que l'interdit qui pèse sur l'objet même de son amour, Polyxène, fille de Priam.

Benoît indique sans ambiguïté que Polyxène n'aurait pas été insensible à l'amour du héros grec et qu'elle a regretté la trahison commise par sa mère. La requête d'Achille est par ailleurs l'exacte contrepartie de la démarche de Priam. Au rapt, à la violence, il entend substituer un mariage librement consenti et par lequel prendrait enfin corps le rêve impossible, s'engendrerait la lignée qui unirait Troie et la Grèce. Mais le refus des Grecs, la ruse d'Hécube (son châtiment sera d'assister au supplice de sa fille et d'en perdre la raison), la traîtrise de Pâris scellent le destin commun d'Achille et de Troie. Ce n'est en effet qu'un simulacre, qu'une statue de Polyxène qui couronne « l'obélisque » élevé en tombeau au guerrier, là où sera mise à mort la vierge qui seule aurait pu perpétuer, par sa beauté, la lignée des Dardanides.

Le peu que nous savons sur Benoît de Sainte-Maure est tiré du texte lui-même. À la différence des auteurs du *Roman de Thèbes* et de l'*Énéas* dont les noms ne nous ont été transmis ni par leurs œuvres ni par d'autres sources, Benoît se nomme à plusieurs reprises dans son œuvre et indique dès le prologue ce qui fut sans doute sa terre d'origine : Sainte-Maure, une localité située entre Tours et Poitiers, dans les domaines appartenant donc à Aliénor d'Aquitaine. À en juger d'autre part par les portraits très élogieux qu'il fait de ses « prédécesseurs » en écriture, Darès et Dictys, comme par les nombreuses figures de « poetes », d'inventeurs, d'artistes et d'artisans du beau qui peuplent son œuvre et qui peuvent apparaître comme autant de doubles de l'écrivain, il est possible que ce clerc se soit très tôt engagé, comme Wace par exemple, dans une carrière « mondaine » et qu'il ait appartenu au monde des écrivains professionnels attachés à la cour d'Aliénor et d'Henri II Plantagenêt. Tout permet en effet de penser que la *riche dame de riche rei* longuement célébrée aux vers 13457-13470 est bien Aliénor d'Aquitaine. L'absence ou la suppression volontaire de cet éloge dans certains manuscrits pourrait même être un élément de datation du texte, achevé avant la disgrâce de la reine, emprisonnée de 1173 à 1184. Mais il faut aussi compter avec l'usage des copistes médiévaux souvent prompts à supprimer des passages ou des allusions renvoyant à une actualité dépassée.

Juste avant d'évoquer les mœurs des Amazones (vv. 23302-23356), ces redoutables guerrières venues au secours des Troyens, Benoît annonce son intention de faire un autre livre où il décrirait à loisir le monde et ses différentes parties (vv. 23203-23214). Ce projet ne semble pas avoir été mis à exécution, mais c'est sur une assez ample description du monde et de son devenir, de sa création aux origines des « Danois » présentés comme les ancêtres des Normands, que s'ouvre l'autre œuvre signée de Benoît, la *Chronique des ducs de Normandie*. Cette œuvre immense, inachevée en dépit de ses 45000 vers, fut composée vers 1170 à la demande d'Henri II et devait prendre le relais du *Roman de Rou* de Wace, qui célèbre lui aussi le passé légendaire puis historique de la dynastie anglo-angevine. En dépit de l'identité des prénoms, on a parfois hésité à attribuer la paternité de cette chronique à l'auteur du *Roman de Troie*. Le projet qui sous-tend l'œuvre, sa langue, la variété et la richesse de son style, les procédés utilisés, la présence insistante du narrateur sont autant d'éléments – il en est d'autres – qui permettent de penser que Benoît de Sainte-Maure auteur du *Roman de Troie* et Benoît auteur de la *Chronique* ne font qu'un, et que le clerc a su, d'une œuvre à l'autre, mener à bien l'ambitieuse tâche de souder, par-delà l'espace et le temps, le mythe troyen au mythe d'origine de l'Angleterre normande.

L'ÉDITION

Le *Roman de Troie* a été conservé dans plus de 40 manuscrits complets ou fragmentaires. Une première description en a été donnée par Léopold Constans aux pages 1 à 105 du volume VI de son édition du *Roman de Troie* (6 vol., SATF, Paris, 1904-1912) et il leur a attribué les sigles sous lesquels ils sont aujourd'hui encore communément désignés. On complètera ces pages par la description des manuscrits et l'analyse de la tradition manuscrite que Marc-René Jung a récemment données dans son étude, *La Légende de Troie* (ouvr. cit., pp. 19-39 et 78-330).

L'ensemble des manuscrits, dont les plus anciens ont été copiés à l'extrême fin du XIIe siècle ou au début du XIIIe siècle, se répartit en deux familles. Le manuscrit D 55 de la Bibliothèque ambrosienne de Milan (*M2*), qui ne contient que le *Roman de Troie,* appartient selon Constans (VI, p. 105) à la première section (*v*) de la première famille (α), considérée comme la meilleure. Le manuscrit de Milan se distingue particulièrement dans l'ensemble de la tradition manuscrite dans la mesure où il donne un texte à la fois complet (en dépit de deux lacunes matérielles pour les vv. 18131-19284 et 20569-21426) et généralement satisfaisant. Il est aussi, sans doute, le plus ancien des manuscrits complets du roman. Il se pourrait qu'il ait été copié à la fin du XIIe siècle – donc peu après la date de composition du récit – et qu'il fasse ainsi partie des très rares manuscrits de ce siècle contenant des textes littéraires en français. C'est du moins ce que supposent Brian Woledge et Ian Short dans leur *Liste provisoire de manuscrits du XIIe siècle contenant des textes en langue française (Romania*, CII, 1981, pp. 1-17, en particulier p. 11). Marc-René Jung, cependant, ne fait pas remonter ce manuscrit au-delà du début du XIIIe siècle. Il rappelle également, à la suite de L. Constans, que *M2* est «certainement le plus capricieux» des manuscrits du *Roman de Troie*, car il passe souvent d'une famille à l'autre. Le manuscrit présente 17 grandes lettrines, les unes ornées, d'autres historiées. Les sujets des lettres historiées n'ont pas toujours un rapport avec le texte du manuscrit (voir M.-R. Jung, *La Légende de Troie*, ouvr. cit., pp. 115-116).

Même si l'édition critique de Constans s'appuie sur la presque totalité des manuscrits du *Roman de Troie*, elle a pour base le manuscrit de Milan, mais l'éditeur, conformément aux principes d'édition généralement adoptés au début du XXe siècle, a apporté de nombreuses corrections et retouches au texte de ce manuscrit. Nous avons à notre tour choisi d'éditer *M2*, essentiellement en raison de son ancienneté, mais en limitant le plus possible nos interventions et nos corrections. Là où celles-ci s'avéraient indispensables, nous avons utilisé deux manuscrits de la même famille que *M2* : le manuscrit français 60 (*A*) de la Bibliothèque nationale de France (XIVe siècle) et le manuscrit 1505 du fonds Regina latin de la Bibliothèque apostolique vaticane (*R*) qui, pour la partie pour laquelle nous l'avons utilisé, est de la première moitié du XIVe siècle. Le texte de *A* est sans doute plus «moderne» que celui de *M2* et de *R*. Mais les habitudes graphiques très particulières du copiste de *R*, ses fréquents italianismes, nous ont paru introduire trop de discordance pour que ce manuscrit soit retenu au premier rang des textes de contrôle. Nous avons donc utilisé *A* pour corriger *M2*, sauf cas d'erreur matérielle évidente, pour lequel nous avons arbitrairement corrigé le texte. Mais dans les quelques cas où ni *A* ni *R* n'offraient une leçon satisfaisante, nous avons préféré donner en l'indiquant (éd. C.) le texte critique de Constans.

Pour combler les lacunes importantes que présente le manuscrit de Milan (vv. 18131-18472, vv. 20691-20813 et 21242-21426 de notre édition), nous avons donné le texte de *A* en le corrigeant éventuellement soit par *R* soit par le texte critique de Constans. Mais pour les feuillets 170 v. et 171 r. (vv. 26407-

26550), qui ne manquent pas dans *M2*, mais qui manquent dans le microfilm qui en a été fait (la Bibliothèque ambrosienne est à l'heure actuelle fermée, et pour longtemps), nous avons reconstitué le texte de *M2* en utilisant l'édition Constans et ses variantes, la confrontation d'ensemble des manuscrits et du texte de l'édition Constans nous ayant fait constater sa très grande minutie dans le relevé des variantes. Le texte édité d'après *A* figure ici en italique.

Dans la mesure où nous ne donnons ici que la moitié du texte (environ 15000 vers sur un total de 30316) et où les citations de l'*Altfranzösisches Wörterbuch* de Tobler-Lommatzsch et les différentes études linguistiques et littéraires sur le *Roman de Troie* renvoient à la numérotation des vers de l'édition Constans, nous avons conservé dans ce volume la même numérotation. Là où Constans n'a pas édité des vers qui figurent pourtant dans *M2*, nous les avons signalés dans notre texte par les lettres a, b, c, etc. Quant aux vers de l'édition Constans insérés d'après d'autres manuscrits que *M2*, ils sont signalés et transcrits au fur et à mesure dans nos notes.

La langue du copiste de *M2* présente des particularités qui avaient incité L. Constans à penser que ce copiste « était sans doute un provençal du Sud-Est, qui copiait un manuscrit offrant quelques traces d'italien, ou peut-être (mais c'est moins probable) un italien de Vénétie, qui copiait un manuscrit écrit par un provençal » (t. VI, p. 5). Les analyses menées par P. Wunderli, puis par G. Roques ont montré que cette langue était plutôt « discrètement teinté[e] d'anglo-normand, ce qui nous ramène au cœur du royaume Plantagenêt, où l'œuvre fut composée » (G. Roques, « Commentaires... », art. cit., p. 158). On trouvera dans les brèves indications que nous proposons ci-dessous la liste des plus importantes particularités de la langue de *M2*. Nombre d'entre elles portent témoignage du caractère non seulement « régional », mais aussi archaïque de cette langue. Nous pensons tout spécialement aux nombreux cas d'enclise, de hiatus entre polysyllabes, à certains emplois, ensuite disparus, du pronom *qui,* du pronom *lor,* etc.

Ayant choisi d'éditer le texte de *M2*, nous avons voulu également évoquer dans la mise en page de notre édition la disposition du texte dans le manuscrit de Milan. Nous avons donc imprimé l'initiale du vers en lettres majuscules, conservant ainsi la pratique du copiste de *M2*, qui sépare en outre d'un blanc cette initiale du reste du vers. Les alinéas de notre édition correspondent aux lettrines du manuscrit. Lorsque le manuscrit présente une lettre historiée, nous l'avons signalé par l'emploi de caractères gras. Dans la traduction, le passage à la ligne a été systématisé pour chaque prise de parole et lorsque l'imposaient les habitudes de lecture modernes.

LA TRADUCTION

Pour présenter la traduction d'un roman en vers, on peut soit respecter dans le texte en français moderne le découpage en vers de l'original, soit proposer le texte moderne en continu. Nous avons choisi cette seconde solution, considérant que le couplet d'octosyllabes, moule formel du *Roman de Troie* et de la majorité des romans et récits brefs du XIIe siècle, n'était pas une forme marquée poétiquement mais la forme usuelle, courante, du récit, par opposition à la laisse, forme de la chanson de geste, et à la strophe, forme de la poésie lyrique. La solution retenue a cependant l'inconvénient d'escamoter la pause, plus ou moins longue, le bouclage du vers et plus encore du couplet de vers qu'impose la présence de la rime et qui, au moins à la lecture à voix haute, donne son rythme si caractéristique aux romans en vers du Moyen Âge. Du moins avons-nous essayé de rendre sans trop heurter les habitudes du lecteur moderne le caractère très oratoire de la langue de Benoît, sa recherche quasi-systématique d'un style fondé sur la répétition, l'emploi des synonymes, l'anaphore, son goût pour l'exhaustivité, pour la redondance, pour tous les effets qui concourent à cette impression de plénitude et de majestueuse lenteur qui nous semble se dégager de cet immense oratorio pour une ville morte.

REMARQUES LINGUISTIQUES

On ne trouvera pas ici une étude systématique de la langue du *Roman de Troie* – de toute manière seule la moitié environ du récit est ici éditée –, mais des remarques destinées à faciliter la lecture du texte original, assorties d'un choix d'exemples.

On complètera le cas échéant ces remarques par la présentation linguistique donnée au volume VI, pp. 106-164 de l'éd. Constans, par l'étude de P. Wunderli (nous y renvoyons par l'abréviation W.) et par les articles cités de G. Roques.

GRAPHIES

Dans les mots se terminant par *-st,* le cas sujet sing. et le cas régime pluriel apparaissent assez souvent avec une finale en *-sz* (= *z*), graphie qui marque sans doute le produit de *-st+s*. Ex. : *cesz* (4006, 4898, 4899, 13162, 15574), *osz* (5354), *presz* (22617, rimant avec *cesz)*, *fusz* (23421), mais *fuz* (23609). Voir également *cosz* (4965), cas régime pluriel de *colp* (W., p. 43).

ALTERNANCES GRAPHIQUES

« Haubert » peut être graphié *auzberc* (15559), *hauzberc* (23429) ; voir aussi *hauzbergeis* (9535) ou encore *ozbers* (1742) ; voir W., p. 32.

Eau provenant de *el* + consonne est noté *eau, iau* ou *eu*. Ex. : *beaus, biaus* mais *beus* (1270, 3727) ; *biauté* (3904) mais *beuté* (1331) (W. p. 41) ; « Heaume » peut être graphié *hiaume* (23435), *heume* (1824, 15612).

Ei produit de la diphtongaison de e fermé, est noté le plus souvent *ei* mais parfois *oi*. Ex. : *espleit : doit* (1467-8). Voir aussi Futur 1.

E alterne avec *ie* à la P.3 d'ind. prés. de savoir : *siet* (13793) et dans des mots comme *tel/tiel, ostel/ostiel, mestier/mester* (W., p. 30), *biauté/biautié* (3890), *cité/citié* (voir la rime *citié : esfrée* 15999 et 16999). On relève également de très nombreux exemples à la rime de finales d'infinitifs en *-er,* de finales de participes et d'adjectifs en *-é,* au lieu des formes attendues en *-ier* et en *-ié(e),* ou des deux graphies employées en concurrence (W., p. 40). Ex. : *travailler : commencer* (33-4), *gregier : engigner* (759-760), *commencier : laisser* (1125-6), *justisier : commencer* (1455-6). Mais on trouve aussi des « graphies inverses » : *recontier : escouter* (3169, 16051), *escoutier : deviner* (4003), *recontier : comparer* (16051-2).

H alterne avec Ø à l'initiale de *haut/aut* (4985), *aute* (1774), de *hardi/ardi* (3727) de *haster/astier* (4447), de *honte/onte* (2890), de *Hector/Ector* et de *Helaine/Elaine* (passim). *Alge,* forme de P.3 de subj. prés. de l'Ouest de *aler* apparaît sous la graphie *hauge* (2011), la forme de P.3 *aut* étant graphiée *haut* aux vv. 1477, 3941 ; voir W., p. 32.

Nul(e) alterne avec *niul(e)* ou *nuil(e)*. (W. p. 38). Aucun caractère paléographique ne permettant de décider ici s'il faut lire *nuil* ou *niul*, les deux graphies également attestées dans les textes anglo-normands, nous avons choisi de transcrire systématiquement *niul*.

Par alterne avec *por* (1212) ; *por* avec *par* (8452, 8497).

Se alterne avec *si* (W., p. 38). Ex. : *si* = *se* (837, 1337) ; *se* = *si* (1106, 1732, 1968, 12498, 13338, 22383, 22455). *Se* = *ce* au v. 24920. Le copiste du ms. *A* a, quant à lui, tendance à employer *ce* pour *se*.

AMUÏSSEMENT DES CONSONNES FINALES

Au v. 23682, *dé* est mis pour la forme *des* représentant l'enclise *de* + *les*. Aux vv. 738 et 1222, *dé* est mis pour la forme *des* de la préposition (« dès »). Voir aussi un exemple de la chute du *-s* dans le groupe *a chiens* (24454) et la forme *çaien* au v. 16452.

On relève de très nombreux exemples de la chute du *-t* final de *peti* (W., p. 42), par ex. : 3986, 4652, 5378, etc.

MORPHOLOGIE DES MOTS NON VERBAUX

Noms et adjectifs.

La flexion casuelle est en général respectée ; les exceptions sont commentées en note. Pour les adjectifs épicènes on relève dans le ms. A (v. 18451) la forme refaite *forte*. Pour les formes des noms propres, et notamment pour l'alternance *Polyxene/Polyxenain,* voir les relevés dans l'Index des noms propres.

Article défini.

Emploi de la forme ancienne *lo* pour *le* (1056, 1784).

Adverbe négatif.

Est attestée la forme *non* de l'adverbe négatif devant un verbe à un mode personnel (ex. : 22032), mais l'on trouve le plus souvent devant voyelle la forme *nen* (ex. : 1754, 1820, 12357, 13620). Reste qu'il est souvent difficile de décider s'il faut comprendre *nen* ou *n'en*.

Mots indéfinis.

Sont bien attestées les formes archaïques *negun, negune* (de *nec unum*), également fréquentes dans les textes contemporains de l'Ouest. Ex. : 762, 1286, 12418, 13603.

Pronoms personnels.

Au cas sujet sing., on relève *i* pour *il* (802), *el* et *il* au lieu de *ele* (814, 10449, 17997, 23695), et au cas régime sing. féminin *le* pour *la* (37, 4252) ; voir W., pp. 46-7. La forme faible *li* au lieu de *lui* est attestée au v. 17748 par la rime avec *ami*. Voir aussi v. 20216.

Articles et adjectifs possessifs.

On relève la forme *sen* pour *son* (1035, 1814, etc.) et *son* pour *suen* (721). La rime *sons : bons* (4367-68) peut aussi bien se lire *suens : buens*. Au lieu de la série *mes, tes, ses,* on a généralement la série *mis, tis, sis* (vv. 15570, 13410, etc.) ; voir W., pp. 44-45.

Démonstratifs.

On relève l'emploi de la forme archaïque *este,* féminin de *est* (qui n'est pas attesté dans le *Roman de Troie*), issue du lat. *ista* au v. 15345 (ainsi qu'aux vv. 2593, 12600 et 12969 de l'éd. C.).

Pronoms relatifs.

On relève l'emploi fréquent de *qui* pour *que* (844, 879, 3093, 3767, etc.) ; voir W., p. 45. Cet emploi est particulièrement fréquent dans la séquence *qui il* (pour *que il*) aux vers 1812, 4074, 4356, 4400, 4412, 4797, 9677. On pourrait y voir un procédé employé de manière assez systématique pour prévenir l'élision de *que il* en *qu'il*, et également utilisé dans le cas de *que* complétif (4400).

On trouve moins souvent l'emploi de *que* pour *qui* (1339, 1565, 24914, par exemple)

On relève quelques exemples de *quil = qui* (5028), quelques exemples de *que = quei/quoi* (4812, 15655), notamment dans le syntagme *en que = en lequel, laquelle* (935, 14937, 17917) (sur cet emploi voir P. Ménard, *Syntaxe*, ouvr. cit., § 378, Remarque), quelques exemples de *qui = cui* (3898, 4676, 13515, 16759).

L'emploi assez fréquent de *qui* avec la valeur adversative de « mais plutôt » (9501, 13397, 15273, 20740, 20770) a déjà été commenté par L. Constans ; voir aussi P. Ménard (*Syntaxe*, ouvr. cit., § 386) qui considère aussi cet emploi comme caractéristique des textes de l'Ouest.

Enclise.

Un phénomène caractéristique de la langue de *M2* est la fréquence de l'enclise qui se produit soit avec des mots grammaticaux, soit, plus rarement (ces cas sont signalés en note) avec des formes verbales ou des substantifs. Parmi les cas les plus représentés, on signalera :

– l'enclise du pronom personnel *le* ou *les* avec *qui, que, si, ne, ja* ; *elel* (1860) est l'enclise de *ele le*.

– l'enclise de *en* avec *qui* (*quin* 1346, 5005, 9722, etc. ; au v. 3159 *quin = cui en*), avec *si*, (*sin* 3836, 12712, 12750, etc.), avec *dire* (*dien = die en* 4075).

– l'enclise du pronom personnel *vos* avec *que* (*quos* 4689, 13227, 13234, etc.), avec *ne* (*nos* 13114, 13153, 13289, 13551, etc.) ; au v. 4689 *quels* (= *queus*) est une variante graphique de *quos* (= *que vos*).

Ces enclises, systématiques dans les textes archaïques et qui, pour la plupart, ont disparu dans les textes français ultérieurs, se retrouvent dans la langue de la *Chronique des ducs de Normandie*.

MORPHOLOGIE VERBALE

Indicatif présent.

La P.1 du verbe *avoir* est graphiée *-é* au v. 24698, en rime avec *conté*. On peut sans doute lire cette même graphie au v. 18061 pour lequel l'éd. C. donne : *En penser e en porchacier*.

Indicatif imparfait.

On relève de nombreux exemples, attestés par la rime, de P.3 d'imparfait en *-ot*, (et de P.6 en *-öent*, à l'intérieur du vers) caractéristiques des dialectes de l'Ouest (743, 776, etc.).

À la P.5, la désinence dissyllabique *-ïez*, commune à l'imparfait et au futur 2 (1343-4, etc.) prédomine. Nous avons utilisé le tréma (voir ci-dessous p. 29) pour différencier cette désinence dissyllabique de la désinence monosyllabique en *-iez* du subjonctif présent.

Futur 1.

On relève la forme de futur *essera* de *estre* au v. 15292.

À la P.5, on relève des exemples de la désinence ancienne et phonétique en *-eiz/-oiz* (1451, 1454); la rime des vv. 21985-6 *vengeiz* (subj. prés. en *-ge* du verbe *venir*) : *trovereiz* doit se lire *vengez : troverez*.

Passé défini.

Un exemple de la forme de passé défini en *-ié/-ierent* est attesté par la rime *abatierent : maaignierent* des vv. 15697-8.

Subjonctif présent.

On relève plusieurs exemples, attestés par la rime, de la finale de P.1 de subjonctif présent en *-ge,* caractéristique des dialectes de l'Ouest et de l'anglo-normand (*torge* 1390, *crienge* 1683, *targe* 4137, *vienge : crienge* 23743-4, *prenge*, rimant avec *venge*, du verbe *venger* aux vv. 24301-2. Voir aussi *aujons* 24760. On notera également la rime *vienge : crienge* des vv. 13545-6 et 21931-2. Un exemple au v. 1049 d'extension analogique de *-ge* à la P.5, *demorgiez* rimant avec *sachiez*. On relève enfin un exemple au v. 21927 de la finale de P.1 en *-ce,* surtout attestée en picard, *estorce,* rimant avec *force*.

Subjonctif passé.

Nous avons gardé aux vv. 1118, 8354 les finales de P.5 de subjonctif passé en *-ez (meïssez, conqueïssez),* corrigées dans l'éd. Constans mais attestées dans la *Chanson de Roland* par exemple (cf. v. 1622, *La Chanson de Roland*. Édition critique et traduction de Ian Short, 2ᵉ Éd. 1990, Lettres gothiques, p. 126), qui sont analogiques de la désinence en *-ons* de P.4 et qui alternent dans le *Roman de Troie* avec les formes phonétiques en *-eiz/-oiz*.

Participe passé.

Le participe passé du verbe *tolir* apparaît systématiquement à la rime sous la forme de l'Ouest *toleit (toloit)* (17820, 21847, 22117, 24655).

Infinitif.

Pour l'alternance *-ier/-er,* voir ci-dessus : **Alternances graphiques**.

VERSIFICATION

Compte des syllabes

Quatre mots présentent des formes alternantes, qui sont sans doute des commodités métriques : *Troie (passim)*, *Laumedon* (1003), ailleurs *Laomedon*, *Troïen*, mais *Troien* au v. 12387, *aidier*, mais *aïdierent* (15883).

Les hiatus, assez fréquents (voir par exemple les vv. 4217, 4247, 4326, 4449, 4736, 24141, etc.) entre un polysyllabe et un monosyllabe, ont été signalés dans l'édition par l'emploi du tréma.

Rimes

Simples assonances : *regarz : braz* 1269-1270, *resplendors* (à lire *resplendours*) : *dous* 14629-14630. Voir aussi *jués : ciels* 14743-4.

Attestation de la rime « normande » *regne : femne* (3955-6, 4099-4100, 4419-4420) (W., p. 43).

Les rimes *Emelins : roncis* (9499-9500) et *vis : rubins* (14773-4) s'expliquent sans doute par un stade intermédiaire de nasalisation du *i*.

La régularité de la rime est masquée par la graphie dans le cas de *merveilleus : nos* (45), *aiglens : satiraus* (14849), *sachez : destreiz* (22319), *acoillent : esboelent*, à lire *acueillent : esbueillent* (22855), *vielz : oilz*, à lire *vieuz : ieuz* (23729), *elz* (« eux ») : *dels*, à lire *eus : dueus* (24695). Pour *funt* (« font ») : *doint* au v. 13311, on peut supposer que la forme de subjonctif *doint* masque une forme *dont*. Au v. 15655, on peut supposer derrière la rime *segnessent : dessevrassent* une finale de subjonctif imparfait en *-aisse*, *-aissent*, refaite sur la P1 des passés définis en *-ai*, mais qui est surtout attestée dans les dialectes du Nord, du Nord-Est et de l'Est et lire donc *segnaissent : dessevraissent*. Pour la rime *hauzbergeis : d'els* (9535), on peut voir dans *hauzbergeis* une graphie de la forme bien attestée *hauberjeus (hauberjuel)*. Pour les vv. 10113-4 (rime imparfaite de *neianz : gaainz*), l'éd. C. refait le texte en *Del recovrer esteit neienz./ Mout guaaignierent cil dedenz.*

REMARQUES SUR L'EMPLOI DU TRÉMA

Nous avons utilisé dans notre édition le tréma de manière un peu plus généreuse que ne le recommandent les règles habituelles de l'édition des textes (voir l'art. de M. Roques dans *Romania*, LII, 1926, pp. 243-9 et A. Foulet and M. Blakely Speer, *On Editing Old French Texts*, The Regent Press of Kansas, 1979, pp. 69-73), compte tenu des particularités linguistiques et graphiques de notre manuscrit de base.

Pour indiquer les nombreux cas de diérèse, nous avons utilisé le tréma en tenant compte de trois contraintes :

– la nécessité de marquer la diérèse d'un *e* final atone devant entrer dans le compte des syllabes devant un mot commençant par une voyelle. Nous avons marqué ce *e* d'un tréma.

– la volonté de ne pas employer concurrement deux signes diacritiques, le tréma d'une part, et l'accent aigu qui distingue normalement *e* tonique, en finale absolue ou suivi d'un -*s*, du *e* central.

– l'ambiguïté ou l'absence d'ambiguïté qu'offre un digramme présentant deux voyelles dans le système orthographique du français moderne.

D'où les emplois particuliers suivants :

– Séquence *ie* : Le tréma a été employé pour distinguer les désinences dissyllabiques de P5 d'imparfait et de futur 2, les infinitifs et participes passés de verbes en -*eier*, -*oier*, -*iier* réduits à -*ier* et à -*iez*, pour *nïent*, réduction de *neient*, et dans des mots d'origine savante comme *science*, *esciëntos*, *esciënt*, *paciënce*, et pour *Troïen*, là où le mot est trisyllabique.

– Séquence *oe* : Le tréma a généralement été utilisé dans le cas particulier des P6 d'imparfait en -*oent* du type *alöent*, *ploröent*, etc.

Le tréma a été également utilisé pour marquer le caractère généralement dissyllabique des P4 et P5 en -*ïons* et -*ïez* d'imparfait de l'indicatif et de futur 2.

BIBLIOGRAPHIE

I. TEXTES

Le *Roman de Troie*

Le Roman de Troie par Benoît de Sainte-Maure, publié d'après tous les manuscrits connus par Léopold Constans, Paris, 1904-1912, 6 vol. (SATF) [abrégé en éd. C.]. Voir le compte rendu par E. Faral dans *Romania*, XLII, 1913, pp. 88-106.

Aristide Joly, *Benoît de Sainte-More et Le Roman de Troie ou les métamorphoses d'Homère et de l'épopée gréco-latine au moyen-âge*, Paris, 1870-1871, 2 vol. (Mémoires de la Société des Antiquaires de Normandie, 28).

Édition d'après le manuscrit Paris, BNF, fr. 2181.
Der Trojaroman des Benoît de Sainte-Maure, nach der Mailänder Handschrift in Auswahl herausgegeben, von Kurt Reichenberger, Tübingen, 1963 (Sammlung romanischer Übungstexte, 48).

Édition partielle du manuscrit de Milan.
Le Roman de Troie par Benoît de Sainte-Maure. Texte traduit et présenté par Emmanuèle Baumgartner, Paris, 1987, (10/18. Bibliothèque médiévale).

La traduction nous a servi de base de travail pour la traduction qui accompagne la présente édition. Elle était accompagnée de quelques extraits du manuscrit de Milan que nous avons également réutilisés ici.

Textes latins

Daretis Phrygii de excidio Troiae historia, recensuit Ferdinandus MEISTER, Leipzig, Teubner, 1873 (Bibliotheca scriptorum græcorum et romanorum teubneriana).

Dictyis Cretensis ephemeridos belli Troiani libri, edidit Werner EISENHUT, Leipzig, Teubner, 1958, 2ᵉ éd. 1973 (Bibliotheca scriptorum græcorum et romanorum teubneriana).

Voir aussi *Récits inédits sur la Guerre de Troie*, traduits et commentés par Gérard FRY, Paris, Les Belles Lettres, 1998 (La Roue à livres).

OVIDE. *Les Métamorphoses*, texte établi et traduit par G. LAFAYE, Paris, Les Belles Lettres, 1928, 3 vol. Voir également la réimpression de la traduction avec une préface de J.-P. NÉRAUDAU, Paris, Gallimard, 1992 (Folio).

OVIDE. *Héroïdes*, texte établi par H. BORNECQUE et traduit par M. PRÉVOST, Paris, Les Belles Lettres, 1928.

VIRGILE. *Énéide*, texte établi et traduit par J. PERRET, Paris, Les Belles Lettres, 1977-1980, 3 vol.

Principaux textes français cités

Chronique des ducs de Normandie par Benoît, publiée d'après le manuscrit de Tours, avec les variantes du manuscrit de Londres, par Carin FAHLIN, t. 1 et 2, Uppsala, 1951-1954 (Bibliotheca Ekmaniana, 56 et 60) ; t. 3. *Glossaire* entièrement revu et complété par les soins d'Östen SÖDERGÅRD, Uppsala, 1967 (Bibliotheca Ekmaniana, 64) ; t. 4. *Notes* par Sven SANDQVIST, Stockholm, 1979 (Acta Universitatis Lundensis, I. 29).

ALEXANDRE de Paris. *Le Roman d'Alexandre*. Traduction, présentation et notes de Laurence HARF-LANCNER (avec le texte édité par E. C. ARMSTRONG et alii), Paris, Le Livre de Poche, 1994 (Lettres gothiques).

Énéas, Roman du XIIᵉ siècle, édité par J.-J. SALVERDA DE GRAVE, Paris, Champion, 2 vol., 1925 et 1929 (Classiques français du moyen âge, 44 et 62) [abrégé en éd. cit.].

Le Roman d'Énéas. Édition critique d'après le manuscrit B.N. fr. 60, traduction, présentation et notes d'Aimé PETIT, Paris, Le Livre de Poche, 1997 (Lettres gothiques) [abrégé en éd. Petit].

Les Lais de Marie de France, publiés par Jean RYCHNER, Paris, Champion, 1959 (Classiques français du moyen âge, 93).

Voir aussi *Les Lais de Marie de France*, traduits, présentés et annotés par Laurence HARF-LANCNER. Texte édité par Karl WARNKE, Paris, Le Livre de Poche, 1990 (Lettres gothiques).

Narcisse, conte ovidien français du XIIe siècle. Édition critique par Martine THIRY-STASSIN et Madeleine TYSSENS, Paris, Les Belles Lettres, 1976 (Bibliothèque de la Faculté de Philosophie et Lettres de l'Université de Liège, 111).

Le Roman de Thèbes. Édition du manuscrit S (Londres, Brit. Libr., Add. 34114), traduction, présentation et notes par Francine MORA-LEBRUN, Paris, Le Livre de Poche, 1995 (Lettres gothiques) [abrégé en éd. Mora].

Le Roman de Thèbes. Édition par Guy RAYNAUD DE LAGE, Paris, Champion, 2 vol., 1966 et 1968 (Classiques français du moyen âge, 94 et 96.) [abrégé en éd. cit.].

Le Roman de Brut de Wace, édité par Ivor ARNOLD, Paris, 2 vol., 1938-1940 (SATF).

En partie traduit dans *La Geste du roi Arthur selon le Roman de Brut de Wace et l'Historia Regum Britanniæ de Geoffroy de Monmouth*. Présentation, édition et traductions par Emmanuèle BAUMGARTNER et Ian SHORT, Paris, UGE, 1993 (10/18. Bibliothèque médiévale).

II. DICTIONNAIRES ET MANUELS

ANDRIEUX-REIX (Nelly), BAUMGARTNER (Emmanuèle), *Systèmes morphologiques de l'ancien français. A. Le verbe*, Bordeaux, Bière, 1983.

BONNARD (Henri), RÉGNIER (Claude), *Petite grammaire de l'ancien français*, Paris, Magnard, 1989.

GRIMAL (Pierre), *Dictionnaire de la mythologie grecque et romaine*, Paris, P.U.F., 3e éd. corr., 1963.

MÉNARD (Philippe), *Syntaxe de l'ancien français*, Bordeaux, Bière, 4e éd., 1994.

TOBLER (Alfred), LOMMATZSCH (Erhard), *Altfranzösisches Wörterbuch*, Wiesbaden, 1915 et ss. [abrégé en *T.-L.*].

WARTBURG (Walter von), *Französisches etymologisches Wörterbuch. Eine Darstellung der galloromanischen Sprachschatzes*, Tübingen, 1922 et ss. [abrégé en *FEW*].

III. PRINCIPALES ÉTUDES SUR LE *ROMAN DE TROIE* ET SUR LES ROMANS ANTIQUES

ADLER (Alfred), « Militia et Amor in the Roman de Troie », dans *Romanische Forschungen*, LXXII, 1960, pp. 14-29.

ANGELI (Giovanna), *L'Eneas e i primi romanzi volgari*, Napoli, Milano, Ricciardi, 1971 (Documenti di filologia, 15).

BATANY (Jean), « Benoît, auteur anti-clérical ? De Troïlus à Guillaume Longue-épée », dans *Le Roman antique au Moyen Âge*. Actes du Colloque du Centre d'études médiévales de l'Université de Picardie des 14-15 janvier 1989, publiés par Danielle BUSCHINGER, Göppingen, 1992, pp. 7-22.

BAUMGARTNER (Emmanuèle), « Vocabulaire de la technique littéraire dans le *Roman de Troie* de Benoît de Sainte-Maure », dans *Cahiers de Lexicologie*, n° 51, 1987, pp. 39-48.

« Le Temps des automates », dans *Le Nombre du Temps. Mélanges en hommage à Paul Zumthor*, Paris, Champion, 1988, pp. 15-21.

« Tombeaux pour guerriers et amazones : sur un motif descriptif de l'*Eneas* et du *Roman de Troie* », dans *Michigan Romance Studies*, VIII, 1989, pp. 37-50.

« La très belle ville de Troie de Benoît de Sainte-Maure », dans *Hommage à Jean-Charles Payen. Farai chansoneta novele*, Caen, 1989, pp. 47-52.

« Sur quelques versions du jugement de Pâris », dans *Le Roman antique au Moyen Âge*. Actes du Colloque du Centre d'études médiévales de Picardie des 14-15 janvier 1989, publiés par Danielle BUSCHINGER, Göppingen, 1992, pp. 23-31.

« L'image royale dans le roman antique : *Le Roman d'Alexandre* et le *Roman de Troie* », dans *Cours princières et châteaux...*, publié par Danielle BUSCHINGER, Série Wodan, n° 21, 1993, Greifswald, pp. 25-44.

« Benoît de Sainte-Maure et "l'uevre" de Troie », dans *The medieval Opus. Imitation, Rewriting and Transmisson in the French Tradition...*, ed. Douglas KELLY, Madison, 1996, pp. 15-28.

« Sur quelques marines médiévales », dans *L'Eau au Moyen Âge. Symboles et usages*, sous la direction de B. RIBÉMONT, Orléans, Paradigme, 1996, p. 11-22.

« Benoît de Sainte-Maure et l'art de la mosaïque », dans

Mélanges de philologie médiévale offerts à Marc-René Jung, Alessandria, Edizioni dell' Orso, 1996, 2 vol., pp. 295-307.

BLUMENFELD-KOSINSKI (Renate), « Old French Narrative Genres. Towards the Definition of the Roman antique », dans *Romance Philology*, XXXIV, 1980, pp. 143-159.

BUCHTHAL (Hugo), *Historia Troiana. Studies in the History of medieval secular Illustration*, London, 1971 (Studies of the Warburg Institute, 32).

« Hector's Tomb », dans *Essays in Honor of Erwin Panofsky*, ed. M. MEISS, New York Univ. Press, 1961, pp. 29-36.

CROIZY-NAQUET (Catherine), *Thèbes, Troie et Carthage. Poétique de la ville dans le roman antique au XIIe siècle*, Paris, Champion, 1994 (Nouvelle bibliothèque du moyen âge, 30).

« Le sac de Troie dans le *Roman de Troie* », dans PRIS-MA, X, 1994, n° 19, pp. 81-92.

« La complainte d'Hélène dans le *Roman de Troie* » (v. 22920-23011), dans *Romania*, CXI, 1990, pp. 75-91.

« Les amours d'Achille et de Polyxène dans le *Roman de Troie* », à paraître dans *L'Antichità nella cultura europea del medioevo*, Actes du colloque de Padoue (sept. 1997).

ELEY (P.), *Author and Audience in the Roman de Troie*, dans *Courtly Literature : Culture and Context*, ed. K. Busby et E. Kooper, Amsterdam, John Benjamins, 1990, pp. 179-190.

« How Long is a Troyan War ? Aspects of Time in the *Roman de Troie* and its Sources », dans *Shifts and Transpositions in Medieval Narrative : A Festschrift for Dr Elspeth Kennedy*, ed. Karen PRATT, Cambridge, Brewer, 1994, pp. 139-150.

FARAL (Edmond), *Recherches sur les sources latines des contes et romans courtois du moyen âge*, Paris, Champion, 1913.

FÉRY-HUE (Françoise), « La description de la "pierre précieuse" au Moyen Âge : encyclopédies, lapidaires et textes littéraires », dans *La Description au Moyen Âge, Bien Dire et Bien Aprandre*, n° 11, Centre d'Études médiévales et dialectales de Lille III, 1993, pp. 147-176.

FRAPPIER (Jean), « Remarques sur la peinture de la vie et des héros antiques dans la littérature française du XIIe et du XIIIe siècle », dans *L'Humanisme médiéval dans les littératures romanes du XIIe au XIVe siècle*, Paris, 1964, pp. 13-54 (repris dans *Histoire, mythes et symboles*, Genève, Droz, 1976, pp. 21-54).

GAUTHIER (Anne-Marie), « L'adaptation des sources dans *Le*

Roman de Troie : Cassandre et ses prophéties », dans *Troie au Moyen Âge, Bien Dire et Bien Aprandre*, n° 10, Centre d'Études médiévales et dialectales de Lille III, 1992, pp. 39-50.

HARF-LANCNER (Laurence), « L'élaboration du cycle romanesque antique au XIIe siècle et sa mise en images : le *Roman de Thèbes*, le *Roman de Troie* et le *Roman d'Enéas* dans le manuscrit B.N. français 60 », dans *Le Roman grec*, Paris, Presses de l'École normale supérieure, 1992, pp. 291-306.

HUCHET (Jean-Charles), *Le Roman médiéval*, Paris, P.U.F., 1984.

« La beauté littéraire dans le *Roman de Troie* de Benoît de Sainte-Maure », dans *Le Roman antique au Moyen Âge*, Actes du Colloque du Centre d'études médiévales de Picardie des 14-15 janvier 1989, publiés par Danielle BUSCHINGER, Amiens, Göppingen, 1992, pp. 23-31 ; également publié dans *Cahiers de Civilisation médiévale*, XXXVI, 1993, pp. 140-149.

JUNG (Marc-René), « L'exil d'Anténor », dans *Mittelalterstudien Erich Köhler zum Gedenken...*, Heidelberg, 1984, pp. 103-119 (Studia Romanica, 55).

« Hector assis », dans *Romania ingeniosa. Festschrift für Prof. Dr. Gerold Hilty zum 60. Geburtstag*, Bern, Peter Lang, 1987, pp. 153-169.

« Rencontres entre troubadours et trouvères », dans *Contacts de langues, de civilisations et intertextualité* (IIIe Congrès international de l'Association internationale d'études occitanes, Montpellier, 20-26 sept. 1990), éd. par G. GOUIRAN, p. 991-1000.

La Légende de Troie en France au moyen âge, Basel, Tübingen, Francke Verlag, 1996 (Romanica Helvetica, 114).

« L'histoire grecque : Darès et ses suites », dans *Entre fiction et histoire : Troie et Rome au Moyen Âge*. Études recueillies par Emmanuèle BAUMGARTNER et Laurence HARF-LANCNER, P.S.N., 1997, pp. 185-206.

KELLY (Douglas), « Mirages et miroirs de sources dans le *Roman de Troie* », dans *Le Roman antique au Moyen Âge*, Actes du Colloque du Centre d'études médiévales de Picardie des 14-15 janvier 1989, publiés par Danielle BUSCHINGER, Amiens, Göppingen, 1992, pp. 101-110.

« The Invention of Briseida's Story in Benoît de Sainte-

Maure's *Troie* », dans *Romance Philology*, XLVIII, 1995, pp. 221-241.

« Guerre et parenté dans le *Roman de Troie* », dans *Entre fiction et histoire...*, ouvr. cit., pp. 53-71.

LEVENSON (J. L.), « The narrative format of Benoît's *Roman de Troie* », dans *Romania*, C, 1979, pp. 54-80.

LUMIANSKI (R. M.), « Structural Unity in Benoît's *Roman de Troie* », dans *Romania*, LXXIX, 1958, pp. 410-424.

MARCHELLO-NIZIA (Christiane), « De l'*Énéide* à l'*Enéas* : les attributs du fondateur », dans *Lectures médiévales de Virgile*, Actes du Colloque organisé par l'École française de Rome (Rome, 25-28 octobre 1982), Rome, 1985, pp. 251-266 (Collection de l'École française de Rome, 80).

NEZIROVIC (M.), *Le Vocabulaire dans deux versions du* Roman de Thèbes, Clermont-Ferrand, 1980 (Faculté des Lettres et sciences humaines de l'Université de Clermont-Ferrand, II, 8).

PETIT (Aimé), *Recherches sur l'anachronisme dans les romans antiques du XIIe siècle*, Université de Lille III, 1980.

« Le Traitement courtois du thème des Amazones d'après trois romans antiques : *Enéas, Troie* et *Alexandre* », dans *Le Moyen Âge*, LXXXIX, 1983, pp. 63-84.

Naissances du roman. Les techniques littéraires dans les romans antiques du XIIe siècle, Paris, Champion, 2 vol. 1985.

« Le motif du combattant nu ou desarmez dans le *Roman de Thèbes* », dans *Revue des Langues romanes*, XCVII, 1993, pp. 375-382.

PUNZI (Arianna), « La circolazione della materia troiana nell'Europa del 200 da Darete Frigio al *Roman de Troie en prose* », dans *Messana*, nuova serie, VI, 1991, pp. 69-108.

RAYNAUD (Christiane), « Hector dans les enluminures du XIIIe au XVe siècle », dans *Troie au Moyen Âge, Bien Dire et Bien Aprandre*, n° 10, Centre d'Études médiévales et dialectales de Lille III, 1992, pp. 137-157.

ROQUES (Gilles), « Commentaires sur quelques régionalismes lexicaux dans le *Roman de Troie* de Beneeit de Sainte More », dans *Troie au Moyen Âge, Bien Dire et Bien Aprandre*, n° 10, Centre d'Études médiévales et dialectales de Lille III, 1992, pp. 157-170.

SULLIVAN (P.), « Translation and Adaptation in the *Roman de Troie* », dans *The Spirit of the Court*, Selected Proceedings of the Fourth Congress of the ICLS (Toronto, 1983), eds. G. S. Burgess, R. A. Taylor, Cambridge, Brewer, 1985, pp. 350-359.

VIELLIARD (Françoise), « La traduction du *De excidio Troiae* de Darès le Phrygien par Jofroi de Waterford », dans *Troie au Moyen Âge, Bien Dire et Bien Aprandre*, n° 10, Centre d'Études médiévales et dialectales de Lille III, 1992, pp. 185-204.

« La traduction du *De excidio Troiae* de Darès le Phrygien par Jean de Flixécourt », dans *Medieval Codicology, Iconography, Literature, and Translation. Studies for Keith Val Sinclair*, Leiden, Brill, 1994, pp. 284-295.

WAGNER (Robert-L.), *« Sorcier » et « Magicien », contribution à l'histoire du vocabulaire de la magie*, Paris, Droz, 1939.

WUNDERLI (Peter), « Zur Sprache der Mailänder Handschrift des *Trojaromans* », dans *Vox Romanica*, XXVII, 1968, pp. 27-49.

LE ROMAN DE TROIE

    Salemons nos enseigne e dit,
E sil lit hon en son escrit,*
Que nus ne deit son sens celer ;
4 Ainz le deit hon si demonstrer
Que l'on i ait preu e honor,
Qu'ensi firent li ancessor.
Se cil qui troverent les parz
8 E les granz livres des set arz,*
Les philosophes, les traitiez
Dont toz li monz est enseignez
Se fussent teü, veirement
12 Li siecles vesquist folement :
Come bestes eüssons vie ;
Que fust saveirs ne que folie
Ne seüst hon fors esgarder,
16 Ne l'un de l'autre dessevrer.
Remenbré seront a toz tens
E coneü par lur granz sens.
E scïence qui est teüe
20 Est tost obliee e perdue :
Qui siet e n'enseigne ou ne dit,
Ne puet estre ne s'entroblit ;
E scïence qu'ist bien oïe,
24 Germe, flurist e fructifie.
Qui vueut saveir e qui entent,
Sachez, de mieuz l'en est sovent.
De bien ne puet nus trop oïr
28 Ne trop saveir ne retenir,
Ne nus ne se deit atargier
De bien faire ne d'enseigner ;

[1b]

PROLOGUE
(vv. 1-144)

Salomon nous apprend et nous dit – on peut le lire dans son livre – que personne ne doit dissimuler son savoir. Il faut tout au contraire le faire connaître pour en recueillir profit et honneur : ainsi agirent les Anciens. Si s'étaient tus ceux qui inventèrent les divisions du savoir et qui composèrent les précieux livres où sont décrits les sept arts et les ouvrages philosophiques qui dispensent leur enseignement à tous les hommes, en vérité le monde vivrait dans l'ignorance. Notre existence ressemblerait à celle des bêtes, et nous ne saurions même pas reconnaître le savoir et l'ignorance, les distinguer l'un de l'autre. Ces hommes seront à tout jamais connus, ils resteront dans les mémoires en raison de leur grande sagesse, alors que le savoir, s'il n'est pas divulgué, est bien vite oublié et perdu. Qui possède un savoir sans l'enseigner ni le transmettre ne peut éviter qu'il ne tombe dans l'oubli, tandis qu'un savoir bien reçu germe, fleurit et fructifie. Et qui veut apprendre, qui s'y applique, s'en trouve bien souvent mieux, sachez-le. Il y a en effet tout à gagner à entendre des choses bonnes, à acquérir et à retenir un savoir et personne ne doit être lent à faire ou à

Le manuscrit s'ouvre au v.1 sur une lettrine de la hauteur de 12 lignes représentant le *S,* initiale du mot Salomon, et deux griffons.

E qui plus siet, e plus deit faire ;
32 De ce ne se deit nus retraire.
E por ce me vuell travailler
En une estoire conmencer
Que, de latin ou je la truis,
36 Se j'ai le sens e se ge puis,
Le voudrai si en romanz metre
Que cil qui n'entendront la letre
Se puissent deduire el romanz.
40 Mout est l'estoire riche e granz
E de grant ovre e de grant fait.
En maint lué l'avra hon retrait,
Saveir cum Troie fu perie,
44 Mes la vertez est poi oïe.

     Omers, qui fu clerz merveilleus,
Des plus sachanz, ce trovons nos,
Escrist de la destructïon,
48 Del grant siege e de l'achaison
Par quei Troie fu desertee,
Qui onc puis ne fu rabitee.
Mais ne dist pas ses livres veir,
52 Car bien savons, sens niul espeir,
Qu'il ne fu puis de cent anz nez
Que li granz osz fu asenblez.
N'est merveille s'il i faillit,
56 Qui unc n'i fu ne rien n'en vit.
Quant il en ot son livre fait*
E a Athenes l'ot retrait,
Si ot estrange contençon : [1c]
60 Dampner le voustrent par raison
Por ce qu'ot fait les damedex
Cumbatre o les homes charnex.
Tenu li fu a desverie
64 E a merveillose folie
Que les dex, cum homes humains,
Faiseit cumbatre as Troïains,
E les deuesses ensement
68 Faiseit cumbatre ovoc la gent.
E quant son livre reciterent,
Plusor por ce le refuserent.
Mes tant fu Omers de grant pris
72 E tant fist puis, si cum je truis,
Que sis livres fu receüz
E en autorité tenuz.

enseigner ce qui est bien : plus on a de savoir, plus il faut se comporter ainsi. Personne ne doit se soustraire à ce devoir. Voici donc pourquoi je veux mettre tous mes efforts à commencer une histoire et mon intention, si j'en ai la capacité et la force, est de la traduire du latin où je la trouve en français, afin que ceux qui ne comprennent pas le latin puissent trouver quelque plaisir dans le texte français. C'est une belle et noble histoire, qui parle de grands exploits et de hauts faits. Sans doute aura-t-on souvent raconté comment Troie fut détruite, mais ce qui s'est réellement passé, on l'entend rarement dire.

Homère, qui était un clerc d'un extraordinaire talent et plein de sagesse, comme nous le lisons, a écrit sur la destruction de Troie, sur le terrible siège de la ville et a expliqué pourquoi Troie, une fois abandonnée, ne fut jamais repeuplée. Mais son livre n'a pas dit la vérité. Nous savons parfaitement, en effet, qu'il naquit plus de cent ans après l'époque où l'expédition fut engagée. Rien d'étonnant donc à ce qu'il se soit trompé puisqu'il n'assista pas à l'événement, qu'il n'en vit rien. Lorsque son livre fut fait et qu'on en eut donné lecture à Athènes, il y eut un bien étrange débat : on voulut le condamner à mort sous prétexte qu'il avait fait combattre les dieux avec les mortels. On lui reprocha comme une chose insensée, comme une pure folie, d'avoir opposé les dieux aux Troyens, comme si c'était de simples mortels, et d'avoir tout aussi bien fait combattre les déesses avec les hommes. Et quand on lut son livre, bien des gens le rejetèrent pour ce motif. Mais la renommée d'Homère était telle et il sut si bien faire que son livre – c'est ce que je lis dans ma source – fut accepté et fit autorité.

Aprés lonc tens que ç'ot esté,
76 Que Rome ot ja piece duré,
El tens Saluste le vaillant,
Qui sens ot e pröece grant –
Riches iert e de haut parage,
80 S'ot en lui clerc mout fortment sage –
Cist Salustes, ce truis lisant,*
Ot un nevo fortment sachant –
Cornelïus iert apelez –,
84 De letres saives e fundez.
De lui esteit mout grant parole ;
A Athenes teneit escole.
Un jor esteit en un almaire
88 Por traire livres de gramaire ;
Tant i a quis e reversé
Qu'entre les autres a trové
L'estoire que Daire ot escrite,
92 En grecque langue faite e dite.
Icist Daire que vos öez
Fu de Troie norriz e nez ;
Dedenz esteit, unc n'en issi [1d]
96 De ci que l'osz s'en departi ;
Mainte pröece i fist de sei
E a asaut e a tornei.
En lui aveit clerc merveillous
100 E des set arz escïentos.
Por ce qu'il vit si grant l'afaire,
Que ainz ne puis ne fu nus maire,
Si voust les faiz metre en memoire :
104 En grezeis en escrist l'estoire.
Chascun jor ensi l'escriveit
Cum il o ses oilz le veeit ;
Tot quant qu'il faiseient le jor,
108 O en bataille o en estor,
Tot escriveit la nuit aprés
Icist que vos di, Darés.
Onc por amor ne s'en voust taire
112 De la verté dire e retraire :
Por ce, s'il iert des Troïens,
Ne s'en pendi plus vers les suens
Ne mais que vers les Grezeis fist :
116 De l'estoire la verté escrist.
Lonc tens fu sis livres perduz,
Qui ne fu trovez ne veüz,

Bien après ces événements – Rome existait depuis longtemps déjà –, au temps où vivait le noble Salluste, plein de sagesse et de vertu – c'était un homme important et de haut rang, un clerc d'un savoir immense –, ce Salluste donc – je le trouve dans ma source – avait un neveu très instruit. Il s'appelait Cornelius, il était très lettré et très savant et sa réputation était très grande. Il tenait une école à Athènes. Un jour, fouillant en tous sens une bibliothèque à la recherche de livres de savoir, il finit par découvrir dans le tas l'histoire que Darès avait composée et écrite en langue grecque. Ce Darès dont je vous parle était né à Troie et y avait été élevé ; il resta dans la ville jusqu'au moment où l'armée grecque se retira. Il se signala par ses hauts faits lors des assauts et des combats, mais c'était aussi un clerc d'un extraordinaire talent, versé dans la connaissance des sept arts. Lorsqu'il se rendit compte que cette guerre dépassait en importance toutes celles qui l'avaient précédée comme celles qui la suivraient, il voulut préserver le souvenir de ces événements et en rédigea l'histoire en grec. Chaque jour, il mettait ainsi par écrit ce dont il avait été le témoin. Toutes les batailles, tous les assauts que se livraient dans la journée les combattants, ce Darès dont je vous parle les consignait par écrit, la nuit suivante. Jamais l'affection qu'il portait aux siens ne le retint de dire et d'exposer la vérité. Sans doute, il était troyen, mais il ne prit pas plus parti pour les siens que pour les Grecs. C'est la vérité qu'il écrivit. Pendant longtemps on perdit la trace de son livre. C'est Cornelius qui

Mes a Athenes le trova
120 Cornelïus quil translata :
De grec le torna en latin
Par son sens e par son engin.
Mout en devons mieuz celui creire
124 E plus tenir s'estoire a veire
Que celui que puis ne fu nez
De cent anz o de plus assez,
Que rien n'en sot, ice savon,
128 Se par oïr le dire non.
   Ceste estoire n'est pas usee
N'en gaires lués nen est trovee ;
Ja retraite ne fust unquore.   [2a]
132 Mes Beneeiz de Sainte More
La continue e fait e dit*
E o sa main les moz escrit,
Ensi taillez e si curez
136 E si asis e si posez
Que plus ne meinz n'i a mester.
Ci vueil l'estoire conmencier :
Le latin sivrai e la letre ;
140 Niul autre rien n'i voudrai metre
S'ensi non cum jel truis escrit.
Ne di mie qu'aucun buen dit
N'i mete, se faire le sai,
144 Mais la matire en ensirrai.

715 **P**eleüs iert uns riches reis   [6a]
Mout prouz, mout saives, mout corteis.
Par Grece alot sa seignorie
E del regne ot mout grant partie.
Sa terre teneit quitement,
720 Bien e en paiz e saivement.
Icist reis aveit un son frere,
Fiz de son pere e de sa mere :
Eson iert par non apelez.
724 En Penelope la citez
Ne sai s'iert reis o cuens o dux,
Quar li livres ne m'en dit plus.
Icist aveit un fiz Eson,*

le découvrit à Athènes et qui le traduisit, de grec en latin, avec intelligence et talent. Sans aucun doute, nous devons bien davantage faire confiance à Darès, et croire à la vérité de l'histoire qu'il nous rapporte, qu'à celui qui naquit cent ans après ou plus et qui, nous le savons bien, ne connut rien des faits, sinon par ouï-dire.

Cette histoire n'est pas très connue, rares sont les endroits où on la trouve. Peut-être n'aurait-elle jamais été racontée... mais Benoît de Sainte-Maure, lui, la reprend, la compose et met en forme, et il en trace les mots de sa propre main. Il les a si bien façonnés, si bien polis, si bien disposés et ajustés que rien ne saurait y être ajouté ou retranché. Voici donc que je commence mon histoire. Je suivrai mot à mot le texte latin et je n'ajouterai rien – telle est mon intention – à ce que je trouve dans ma source. Toutefois, je ne m'interdirai pas, si du moins j'en ai le talent, d'ajouter quelques développements bienvenus, mais je resterai fidèle à la matière de mon récit.

Suit un sommaire très détaillé (vv. 145-714) du roman, depuis l'histoire de Jason et de Médée, sur laquelle s'ouvre le récit, jusqu'aux retours des principaux chefs grecs et au récit de la mort d'Ulysse.

LA CONQUÊTE DE LA TOISON D'OR
(vv. 715-2078)

Pélias était un roi puissant, plein de vaillance, de sagesse et de courtoisie. Son autorité s'étendait sur toute la Grèce et il possédait en propre une bonne partie du royaume. Il était seul maître de sa terre qu'il gouvernait comme il convient, avec sagesse et dans la paix. Ce roi avait un frère, issu du même père et de la même mère que lui, et qui s'appelait Éson. Je ne sais s'il était roi, comte ou duc dans la cité de Pélopène, car le livre

---

Au v. **715** figure une lettrine sur 13 lignes. Dans la bouche du *P* (6 lignes), un bouc vert joue de la vielle.

726. le livres

728 Qui esteit apelez Jason,
De grant biauté e de grant pris
E de grant sens, si cum je truis.
Grant force aveit e grant vertu
732 E par maint regne iert ce seü ;
Mout iert corteis e genz e prouz
E mout esteit amez de toz ;
Mout par demenot grant pröece
736 E mout amot gloire e largece ;
Trop iert de lui granz reparlance
E tant aveit fait dé s'enfance
Que mout iert coneüz sis nons
740 Par terres e par regïons.   [6b]
    Quant ce vit li reis Peleüs
Que Jason montot plus e plus
E que chascun jor s'essauçot,
744 Dotos en fu, poor en ot
Que tant creüst, que tant montast
Que de la terre le jetast.
Crient sei que s'il vit longement
748 Qu'il ne l'en laissera neient ;
Mout a grant dote Peleüs
Que le regne ne li laist plus,
Quar, se il s'en vueut entremetre,
752 Bien l'en porra del tot hors metre.
Mout ot vers lui le cuer felon
Ne ne faiseit se penser non,
Saveir par cum faite mesure
756 Porreit ja prendre engin ne cure
Cum il alast a male vöe
Si que la terre ne fust söe
Ne del rien nel poïst gregier.
760 Mout se penot de l'enginer,
Ja seit ce que mout se celot
Ne negun senblant n'en monstrot.
    En icel tens, ce truis lisant,
764 Avint une merveille grant
En l'isle de Colcos en mer –
Ensi l'oï l'auctor nomer.
La ot, ce sai bien, un mouton
768 Qui tote aveit d'or la toison.
Mais n'esteit riens d'icel poeir
Ne par force ne par aveir
Quil seüst enginer ne faire

ne le précise pas. Éson avait un fils nommé Jason qui, selon ma source, était très beau, très renommé et très sage. Sa force, son courage étaient très grands et connus en maints royaumes. Il était très courtois, très noble, très brave et très aimé de tous. Il se conduisait avec une grande vaillance, aimait beaucoup la gloire et se montrait très généreux. Sa réputation était immense et si nombreux les exploits qu'il avait accomplis depuis son plus jeune âge que son nom était connu par toutes les terres et tous les pays.

Lorsque le roi Pélias s'aperçut que la réputation de Jason grandissait et croissait de jour en jour, il prit peur, redoutant que son neveu ne devienne si fort, si puissant qu'il ne finisse par le chasser de sa terre. Que Jason ne lui laisse pas un pouce de son royaume s'il vit encore longtemps, telle est la crainte du roi. Il a très peur qu'il ne lui enlève son royaume, car, si telle est l'intention de Jason, il aura bien la force de chasser son oncle. Tout à sa haine pour son neveu, Pélias ne cessait de réfléchir et de chercher par quels moyens, par quelle ruse il pourrait causer la perte de Jason, afin que son neveu ne s'approprie pas la terre et ne puisse lui causer le moindre tort. Pélias mettait ainsi tout en œuvre pour le tromper, tout en prenant soin de dissimuler et de ne rien laisser voir de ses desseins.

À cette époque, selon ma source, il se produisit une grande merveille dans l'île de Colchos (tel est le nom que lui donne l'auteur). Il y avait là, à ce que je sais, un bélier dont la toison était tout en or. Mais personne, quels que soient sa force ou ses moyens, ne pouvait s'en rendre maître par la ruse ni parvenir à

772 Coment d'iluec le poïst traire.
A rien n'esteit chose seüe
Coment la toison fust eüe ;
Onques nus om saveir nel pot. [6c]
776 E sachez bien, tiels la guardot,
Ja de l'aveir n'eüst envie
Nus om qui n'en perdist la vie.
Maint se quiderent essaier,
780 Qui puis n'en porent repairier.
    Peleüs fu de mal porpens :
Ne vit engin, ne lué, ne tens
Cum faitement poïst ovrer
784 De son nevo a mort livrer.
Ses niés esteit, mout le dotot,
Mais ne voleit pas ne n'osot
Monstrer ne faire aucun senblant
788 Qu'il le haïst ne tant ne quant.
Porpensa sei qu'il requerreit
E en toz sens porchacereit
Coment Jason la en alast,
792 Si que ja mais n'en retornast.
Bien siet, s'il l'i puet faire aler,
Ne l'estuet mais de lui doter
Ne del repairer n'a dotance,
796 Ainz est de ce bien a fïance
Que la iert sa fins, la morra,
Ne ja mais n'en repairera.
    Ne demora pas puis un meis
800 Qu'une grant feste fist li reis ;
Granz fu la corz qu'il ajosta
E granz la genz qu'i asenbla :
Assez i ot contes e dux
804 E chevaliers set cenz e plus.
Jason i fu e Herculés,
Cil qui sostint maint pesant fés
E mainte grant merveille fist
808 E maint felon jaiant ocist
E les bones iluec ficha*
Ou Alisandres les trova.
Ses granz merveilles e si faiz [6d]
812 Seront a toz jorz mais retrait.
    Granz e pleniere fu la corz,
E quant el ot duré treis jorz,
S'a li reis Jason apelé,

le sortir de l'île. Personne ne savait comment conquérir la Toison, non vraiment, personne. Sachez au reste que son gardien était tel que tout homme qui aurait désiré s'en emparer pouvait être sûr d'y laisser la vie. Beaucoup voulurent tenter l'épreuve, qui ne purent s'en retourner.

Pélias donc était plein de mauvaises intentions mais il ne voyait pas comment, où et quand il pourrait trouver le moyen de faire périr Jason. C'était son neveu, il avait peur de lui, mais il ne voulait ni n'osait le montrer ni donner l'impression qu'il le haïssait le moins du monde. Il se dit donc qu'il allait chercher par toutes voies et moyens à envoyer Jason à Colchos de telle sorte qu'il n'en revînt jamais. Il sait bien que, s'il peut l'y envoyer, il n'aura plus lieu de le craindre ni de redouter son retour, mais il peut être sûr et certain que son neveu y trouvera la mort et ne pourra revenir.

Moins d'un mois après, le roi fit une grande fête. La cour qu'il réunit était importante et important le nombre de ceux qui y assistèrent. Il y avait là beaucoup de comtes et de ducs et plus de sept cents chevaliers. Jason était présent ainsi qu'Hercule, celui qui endura maintes souffrances, accomplit maints exploits, tua tant de cruels géants et posa les bornes du monde là où les trouva Alexandre. Ses exploits, ses travaux seront à tout jamais contés.

La cour était plénière, l'assistance nombreuse. Le troisième jour, le roi appela Jason et lui dit publiquement ceci :

816 Oiant toz l'a araisoné :
« Oiez, biaus niés, fait Peleüs,
Rien qui seit vive n'ain je plus
Que je faz toi, ce saches bien ;
820 Mais monstrer te vueil une rien.
Mout par es biaus, mout es hardiz,
S'iés chevaliers granz e forniz,
Mout as gent cors e granz vertuz,
824 Si t'iés en maint lué cumbatuz,
Toz jors en as victoire eüe.
Mainte chose t'est avenue
Dont tu te puez mout faire liez
828 E dont tu iés mout essauciez.
Nus n'est hui vis de ton aage
Qui pröece ne vassalage
Ait envers tei, de niulle terre ;
832 Trop par porras encor conquerre.
Mout as grant pris e grant valor,
Mout as conquise grant enor,
Mais conquerre la puez mout maire.
836 S'une chose poeies faire,
Si eres si prouz ne si os
Que tu la toison de Colcos,
Qui est de fin or sans dotance
840 E dont il est tiel reparlance,
Poüsses par niul sens aveir
Ne par force ne par saveir,
Si avreies doncs mais conquis
844 Qui om terrïens qui seit vis.
E saches, sor les deus te jur
E leiaument t'en faz seür,
Se tu la toison pués aveir, [7a]
848 De mon regne te farai eir
E a mon tens e a ma vie
T'en liverrai la seignorie :
Del tot t'en ferai maistre e sire.
852 Ja n'en voudras penser ne dire
Cele chose que je n'en face,
Que beau te seit o qui te place. »
Jason oï que li reis dist
856 E la pramesse qu'il li fist ;
S'ot les granz biens qu'il li retrait
Des granz pröeces qu'il a fait :
Mout li fu beau e mout li plot

« Mon cher neveu, écoute-moi. Je t'aime, sache-le, plus que tout être au monde, mais je tiens à te dire quelque chose. Tu es très beau, très brave ; tu es un chevalier de bonne taille et robuste, tu as fière allure et ta force est grande. On t'a vu à l'œuvre en maintes circonstances : toujours tu as triomphé. Beaucoup d'occasions t'ont été données – et tu peux t'en féliciter – d'accroître ta renommée. À l'heure actuelle, aucun homme de ton âge, de quelque pays que ce soit, ne peut t'être comparé pour la vaillance et les exploits, mais tu pourras encore monter plus haut. Ta gloire est grande ainsi que ta valeur, tu t'es acquis une solide réputation, mais tu peux encore l'augmenter. Si en effet tu pouvais tenter une certaine chose, si tu avais assez de prouesse et d'audace pour aller conquérir d'une manière ou d'une autre, par ta force ou par ton savoir, la Toison de Colchos, toison tout en or comme on le sait et dont on parle tant, pareille conquête l'emporterait sur tout ce qu'a jamais pu faire un être humain. Sache en outre, je te le jure sur les dieux et t'en fais le loyal serment, que, si tu peux conquérir la Toison, je te ferai l'héritier de mon royaume. Tu auras tout pouvoir de mon vivant et je ferai en sorte que tout soit soumis à ton autorité. Tout ce qui te sera agréable, tout ce qui te plaira, il te suffira d'y penser ou de le dire pour que je l'exécute. »

Jason entend le discours du roi et la promesse qu'il lui fait. Il entend les compliments qu'il lui adresse pour les exploits qu'il a accomplis et ce discours lui cause un vif plaisir, une joie

E mout grant joie en sei en ot.
Siet qu'il a tant force e viguor
E sens e pröece e valor
Que la toison sans faille avra
Des quant il s'en entremetra ;
Ja ne sera en lué si fort,
Ce li est vis, ne l'en aport.
Grant cuer a e grant volunté
D'aler en estrange regné
E de veeir les regïons
Dont il oeit nomer les nons ;
E mout voudreit faire tiel rien
Que l'on li atornast a bien
E dont il essauçast son non.
La promesse ot e le grant don
Que sis oncles li prameteit :
Niul mal engin n'i entendeit,
Ainz cuidot bien certainement,
Sans niul autre decevement,
Qui por son bien li loast faire ;
N'i entendeit mal ne contraire.
Tot bonement li respondi :
« Sire, fait il, vostre merci.
Bien sai e vei, n'en dot de rien,   [7b]
Que m'enor volez e mon bien :
Haute chose me prametez.
Granz mercis vos en rent e grez.
La irai je quant bel vos est
Mout voluntiers ; vez m'en tot prest ;
Ja n'en quier plus lonc sejor faire.
Se Deus me guarist de contraire,
O mei s'en vendra la toisons,
Ja n'iert si gardez li moutons. »
    A guari se tient Peleüs.
Mander e querre fist Argus :
Engigners ert icil provez,*
Li plus tres saives qui fust nez ;
Hom ne saveit soz ciel son per
Ne qu'ensi bien seüst ovrer.
Quant li reis l'ot a sei mandé,
Prié li a e comandé
Que la nef seit faite e hastee,
Forz e siglanz e atornee
A endurer un fort torment

intense. Il sait qu'il a en lui assez de force, d'endurance, d'intelligence, de courage et de valeur pour s'emparer à coup sûr de la Toison, une fois l'entreprise décidée. Aussi défendue soit-elle, il l'emportera, lui semble-t-il. Il n'a donc d'autre désir, d'autre intention que de partir pour ces terres étrangères, que de voir ces pays dont il entend les noms. Il aimerait bien aussi accomplir quelque exploit que l'on porte à son crédit et qui accroisse son renom. Il entend enfin la promesse et le don que lui fait son oncle : loin de soupçonner la moindre ruse, il fut persuadé qu'il le conseillait pour son bien, sans chercher à le tromper et il n'y décela ni mal ni intention de nuire. Il lui répondit donc très aimablement :

« Seigneur, je vous remercie. Comme je le sais, comme je le vois, vous voulez, je n'en doute pas, mon honneur et mon bien. La promesse que vous me faites est de taille, et je vous en remercie et vous en rends grâce. Puisque vous le désirez, j'irai donc là-bas très volontiers. Me voici prêt : je ne veux pas tarder davantage. Si Dieu me protège de tout mal, la Toison reviendra avec moi, aussi bien gardé que soit le bélier. »

Pélias se sentit sauvé. Il fit aussitôt venir Argus, qui était un constructeur au talent éprouvé et le plus savant du monde : on ne connaissait personne qui pût lui être comparé ou travailler aussi bien que lui. Lorsque Argus fut arrivé, le roi le pria instamment de lui faire en toute hâte une nef solide, capable de

Le Roman de Troie

⁹⁰⁴ E un orage e un gros vent.
Argus respont : « Jusquë un meis,
O, se devient, ancor anceis,
Vos rendrai si preste la nef
⁹⁰⁸ N'en iert a dire mast ne tref. »
Cil se pena de la nef faire,
Qui mout en sot bien a chef traire :
Ele fu mout e granz e forz
⁹¹² E bien fu garnie de borz.
Ce volent dire li plusor,
Mais je nel truis mie en l'autor,
Que ce fu la primiere nés
⁹¹⁶ O onques ot veiles ne trés
Ne que primes corut par mer.
Cil qui osa primiers entrer,   [7c]
Ce fu Jason, ce est quidé,
⁹²⁰ Mais n'en truis autre autorité.
      Cil ot la nef apareillee*
E clavelee e chevillee
E encordee de fust nains ;
⁹²⁴ E governauz i ot e rains,
Veiles, ytages e obens,
E forz chaables e granz drens.
N'i ot rien plus que aprester :
⁹²⁸ Des or puet om o li sigler
Par mi la mer o hautes veiles
E au soleil e as esteiles.
      La novele fu ja alee
⁹³² Par Grece e par mi la contree
Que Peleüs li reis faiseit
Une nef faire a grant espleit
En que Jason deveit entrer,
⁹³⁶ Qui en Colcos deveit sigler,
Quar aveir cuide la toison
Qui de fin or est el mouton.
Des plus prouz e des plus vaillanz,
⁹⁴⁰ Des plus dotez, des mielz aidanz
E qui plus erent coneü,
En sunt dreit a Jason venu ;
Offert, pramis e dit li ont
⁹⁴⁴ Qu'ensenblement o lui iront.
E il trestoz les en mercie
E doucement lur dit e prie
Que, quant il avreit buen orage

bien voguer comme de résister à de fortes tempêtes, au mauvais temps et aux vents violents. Argus répondit :

« Dans un mois, ou plus tôt peut-être, j'aurai construit la nef et rien n'y manquera, ni mât, ni vergue. »

Argus se donna beaucoup de mal pour construire la nef et sut fort bien mener à bout sa tâche : elle était grande et solide, et son bordage bien épais. Beaucoup de gens affirment – mais je ne trouve pas cela chez l'Auteur – que ce fut la première nef à être garnie de voiles et de mâts, la première qui traversa la mer. Et celui qui le premier osa monter à son bord, ce fut Jason, à ce que l'on croit généralement, mais je ne peux en fournir d'autre garant.

Argus avait équipé la nef, il l'avait clouée, chevillée et tendue de cordages. Il y avait des gouvernails, des rames, des voiles, des itagues, des haubans, des câbles solides et de grandes drosses. Tout était fin prêt et l'on pouvait naviguer sur la mer à pleines voiles en se guidant sur le soleil et les étoiles.

Toute la Grèce, tout le pays savaient déjà que Pélias faisait construire en toute hâte une nef à bord de laquelle Jason devait faire voile vers Colchos : il pense en effet conquérir la Toison d'or pur du bélier. En grand nombre, les plus preux et les plus valeureux chevaliers, les plus redoutés, les plus expérimentés comme les plus renommés, sont venus trouver Jason. Ils lui ont proposé de partir avec lui et lui en ont fait la promesse. Jason les en remercie et leur demande aimablement de bien vouloir se tenir prêts à se rendre là où se trouve la nef dès que le temps

E il verreient son message,
Apareillié fussent e prest
De venir la ou la nés est.
Ensi li ont tuit otreié,
Aprés ont pris de lui congié.

Quant vint contre le temps novel,*
Que doucement chantent oisel,
Que la flors pareist, blanche e bel, [7d]
E l'erbe est verz, fresche e novele,
Quant li vergier sunt gent flori
E de lur fueilles revesti,
L'aure douce vente e söef,
Doncs fist Jason traire sa nef
Dedenz la mer, ne tarja plus.
Argo ot non del non Argus :
Argus l'aveit faite e ovree,
Por Argus fu Argo nomee.
Garnir la fist Peleüs bien :
Ne lur defailli niulle rien
De quant que lur esteit mestier.
Venu furent si chevalier
E tuit si autre cumpaignon.
En la nef entrent a bandon ;
Ensenble o eus vait Herculés
Qui parenz iert Jason mout pres.*

Li vens corut de vers la terre,
Qui la nef tost del port desserre.
La veile ont fait el mast drecier.
Buen vent orent e dreiturer,
Doncs comencerent a sigler
Par mi le transe de la mer.
Tant ont siglé a veile pleine,
Ainz que trespassast la semeine,
Arriverent as porz de Troie
A grant leece e a grant joie.
El havre de Simöenta
Sai bien que la nef arriva.
Hors s'en eissirent anbedui
Jason e Herculés o lui,
E tuit lur autre cumpaignon.
Grant joie meinent el sablon.
Lur eve douce ont refreschee,
Que la mers aveit empiree ;
Sor le rivage el bel graver [8a]

s'y prêtera et qu'ils verront arriver son messager. L'accord ainsi conclu, ils prennent congé de lui.

Lorsque s'annonça le printemps, au moment où les oiseaux chantent avec douceur, où les fleurs apparaissent, blanches et belles, où l'herbe est verte, toute fraîche, toute neuve, où les vergers, agréablement fleuris, se parent de feuilles, où la brise suave souffle doucement, Jason, sans plus tarder, fit mettre sa nef à l'eau. Son nom était *Argo*, du nom d'Argus : Argus l'avait fabriquée et à cause d'Argus, elle fut appelée Argo. Pélias la fit soigneusement équiper : rien ne manquait à bord de ce qui était nécessaire à ses occupants. Les chevaliers et tous ceux qui devaient accompagner Jason étaient arrivés. Ils entrèrent avec empressement dans la nef et avec eux monta Hercule, qui était très proche parent de Jason.

Un vent souffla, venu de la terre, qui éloigna bien vite la nef du port. Ils hissèrent la voile le long du mât. Le vent leur était bon et favorable. Ils commencèrent alors à naviguer à travers la vaste mer. Ils voguèrent si longtemps, toutes voiles déployées, qu'en moins d'une semaine ils arrivèrent sur les rivages de Troie, dans la joie et l'allégresse. La nef arriva – je le sais bien – au port de Simoïs. Jason et Hercule débarquèrent tous les deux, suivis de tous leurs compagnons. Une fois sur le rivage, ils laissèrent libre cours à leur joie. Ils renouvelèrent leur eau douce que la mer avait gâtée. Sur le rivage, là où le

992 Ont fait conreer lur mangier.
Dous jors aveient sejorné,
Quar auques esteient lassé ;
N'aveient mie grant corage
996 De faire el païs lonc estage,
Mais mout lur iert e buen e bel
De reposer en lué novel
E d'auques sejorner lur cors.
1000 Tuit esteient de la nef hors,
Mal ne damage ne faiseient
En la contree o il esteient.
    Li reis de Troie, Laumedon,*
1004 A oï dire que Jason
Ert arrivez e Herculés
E autres chevaliers adés.
Plus de set cenz, prouz e hardiz
1008 E de Grece les plus esliz,
Sunt de lor terre ça venu,
Tot le païs ont confundu,
Les chasteus ars, prise la preie.
1012 Se il mout tost nes en enveie,
1012a Damage li feront en fin,
1012b Se il longues sunt si veisin.
Nes i vueille ja consentir,
1014 Quar granz maus l'en porreit venir.
    Laomedon fu de grant sens.
Crienst e dota en son porpens,
S'a ceus de Grece consenteit
1018 Ne en niul sens lur amordeit*
Qu'il arrivassent a ses porz,
Il en sereit honiz e morz ;
Bien en porreit perdre s'enor.
1022 E quant vendreit au chef del tor,
Tost li fareient lait damage.
Li reis a pris un suen message :
Cuens esteit cil, de haut parage,   [8b]
1026 Preudome aveit en lui e sage.
Son talent li encharge e dit,
E cil l'a bien mis en escrit,
Puis est montez el palefrei.
1030 Dis cumpaignons mena o sei.
Tant chevauchent a grant espleit
Que au port sunt venu tot dreit ;
Le seignor ont tant demandé

sable est beau, ils firent préparer leur repas. Ils restèrent là deux jours durant, car ils étaient très fatigués. Ils n'avaient pas l'intention de s'attarder longtemps dans ce pays, mais il leur était doux et agréable de se reposer en ce lieu tout nouveau pour eux et d'y reprendre quelques forces. Ils avaient tous débarqué mais personne ne faisait le moindre dégât sur la terre où ils se trouvaient.

Le roi de Troie, Laomédon, avait appris que Jason était arrivé avec Hercule et beaucoup d'autres chevaliers. Plus de sept cents, qui comptent parmi les plus vaillants et les meilleurs de la Grèce, sont venus, lui dit-on, de leur pays, et ils ont ravagé la terre, brûlé les châteaux et tout pillé. S'il ne les chasse pas au plus vite et s'ils restent longtemps dans les parages, ils finiront par lui faire du tort; le roi ne doit pas accepter qu'ils restent là, ce pourrait être la source de grands malheurs.

Laomédon était un homme plein de sagesse. En réfléchissant à la situation, il prit peur et se dit que si, d'une manière ou d'une autre, il laissait les Grecs mouiller sur son rivage, il serait déshonoré, voire mis à mort. Il risquait de perdre sa terre et, au bout du compte, les Grecs auraient tôt fait de causer sa perte. Il fit donc venir un de ses messagers – c'était un comte de haute noblesse, homme de bien et d'expérience – et il lui expliqua ce qu'il devait dire. Le messager mit tout bien par écrit, puis monta sur son palefroi. Il emmena avec lui dix compagnons. Ils chevauchèrent à vive allure et arrivèrent tout droit au port. Là,

1034 Que li autre lor ont monstré.
Sen message li dist le cuens,
Qui sire e mestre esteit des suens :
« Jason, fait il, entent a mei.
1038 De part Laomedon le rei
Vieng a tei tot nomeement,
E a ces autres ensement,
Que tost t'en isses de sa terre,
1042 Qu'en paiz la vout tenir sans guerre.
Sans son cumgié e sans son gré
Estes en son païs entré ;
Il ne siet pas par quel afaire,
1046 Mais mout li torne a grant contraire
Dont vos onques ci arrivastes
Ne que dedenz sa terre entrastes.
Ne vout que plus i demorgiez,
1050 Ainz vout tres bien que vos sachiez
Ne vos i aseürez mie :
Tost vos torreit a grant folie.
Eissez vos en grant aleüre
1054 Ainz qu'il vos face autre laidure.
S'un sol jor aveiez enfreit
Lo devié que par moi vos feit,
N'en porreit puis un sol baillier
1058 Que ja jor mais eüst mestier :
De vos sereit faite justise,
Ja n'en sereit raençons prise. »
　　　Jason oï la desfiance. [8c]
1062 Grant duel en a e grant pesance :
« Par Deu, fait il, seignor grezeis,
Grant honte nos a fait cist reis
Qui de sa terre nos congee
1066 E or nos mande e nos deviee
Que demain n'i seions trové.
Nos deüssons estre henoré
Par lui e par la söe gent,
1070 Mais de tot ce n'a il talent.
Mauvaisement nos i henore,
Mais ancor quit veeir tiel ore
Qu'il s'en repentira mout cher.
1074 « Vassal, fait il au messagier,
Dire pöez a vostre rei
Que, par les deus de nostre lei,
Quant nos ici preïmes port,

ils demandèrent qui était le chef et on le leur indiqua. Le comte, en tant que seigneur et chef de la troupe, dit alors le message du roi.

« Jason, dit-il, écoute-moi. Je viens te dire de la part du roi Laomédon, à toi nommément, mais aussi à tes compagnons, que tu dois quitter au plus vite sa terre car il veut qu'y règne la paix. C'est sans sa permission, sans son accord, que vous êtes entrés dans son royaume ; il ne sait pas ce que tu viens y faire mais il est très contrarié de voir que vous avez débarqué ici et que vous êtes entrés dans sa terre. Il ne veut pas que vous y restiez plus longtemps, mais il tient en revanche à vous faire savoir que vous n'y êtes pas en sécurité : vous pourriez bientôt regretter votre imprudence. Partez bien vite, avant qu'il ne vous fasse d'autre mal. Si vous enfreigniez, ne serait-ce qu'un jour, l'ordre qu'il m'a chargé de vous transmettre, pas un de vous, s'il peut se saisir de lui, ne pourrait en réchapper. Vous seriez mis à mort, aucune rançon ne serait acceptée. »

Jason écouta le défi et en fut profondément affecté.

« Par Dieu, dit-il, hommes de Grèce, c'est une grave insulte que nous fait ce roi qui nous chasse de sa terre et nous interdit d'y rester plus tard que demain. Lui et son peuple auraient dû pourtant nous recevoir avec honneur. Mais telle n'est pas son intention, et il nous traite bien mal. Je pense cependant que l'heure viendra où il s'en repentira amèrement.

« Et vous, dit-il au messager, vous pouvez dire à votre roi

1078 Damage, ergueil, honte ne tort
Ne vousimes faire en sa terre
Ne n'avïons talent de guerre.
E s'il en Grece fust venuz,
1082 A grant joie fust receüz ;
Il n'en fust mie congeez,
Anceis i fust mout henorez.
A maint sera encor retraite
1086 Ceste honte qu'il nos a faite,
A tiels qui mout en pesera :
Ce quit, ja faille n'i avra. »
  Herculés a dit au message :
1090 « Vassaut, le port e le rivage
Guerpirons nos ja o demain,
Mais d'une chose faz certain
Laomedon vostre seignor :
1094 Jus qu'a treis anz verra tiel jor
Qu'en cest païs arriverons,
Que ja congié ne l'en querrons,
Ne ja, por vié ne por manace,   [8d]
1098 O li seit bel o li desplace,
N'i laisserons a sejorner.
Enuier nos deit e peser
De la honte qu'il nos a fait.
1102 Moü devreit aveir tiel plait
Que li tornast a desenor,
Ainz que venist au chief del tor,
E dont toz jors se poüst plaindre.
1106 Se fera il, ne puet remaindre. »
Li messages fu mout corteis :
« Par Deu, seignor, fait il, grezeis,
Laide chose est de menacier.
1110 Je ne vienc mie a vos tencier.
Mon message vos ai dit bien,
Ne quit qu'i obliasse rien.
Je n'en ai plus o vos a faire,
1114 Des or me metrai el repaire ;
Se vos plaist, vos i remaindreiz,
O se ce non, vos en irez.
Mais, ce sachez, je löeroie
1118 Que vos meïssez a la voie. »
Atant s'en part e si s'en torne ;
E cil remistrent trist' e morne.
Une chose puet hon saveir :

– je le jure par les dieux que nous vénérons – qu'en débarquant dans ce port nous ne voulions pas commettre sur sa terre le moindre tort, le moindre dommage, la moindre exaction ; nous n'avions aucune envie de déclencher une guerre. S'il était venu en Grèce, il aurait été accueilli avec joie ; on ne l'aurait pas chassé, mais reçu avec honneur. L'injure qu'il nous a faite, bien des gens en entendront parler, qui en seront très affectés. Il ne peut, à mon avis, en aller autrement. »

Hercule s'adressa à son tour au messager :

« C'est entendu, nous quitterons le port et le rivage demain au plus tard, mais je peux donner à Laomédon votre seigneur l'assurance que voici : d'ici trois ans, il verra le moment où nous reviendrons dans ce pays sans lui en demander la permission. Il aura beau interdire ou menacer, rien ne nous empêchera d'y rester, que cela lui plaise ou non. C'est à juste titre que nous sommes blessés et affectés par l'affront qu'il nous a fait. La fâcheuse affaire qu'il vient de susciter, il serait juste que la honte en retombât finalement sur lui et qu'il s'en plaignît à tout jamais. Au reste, c'est ce qui arrivera, cela est sûr et certain. »

Le messager était un homme très courtois.

« Par Dieu, dit-il, hommes de Grèce, proférer des menaces n'a rien de bien beau. Je ne suis pas venu pour me disputer avec vous. Je vous ai dit mon message comme il convient, sans rien oublier, je crois. Je n'ai plus rien à voir avec vous et je vais donc m'en retourner. Vous partirez ou vous resterez, comme il vous plaira, mais je vous conseillerais, sachez-le, de reprendre votre route. »

Sur ce, il s'en retourna, et les autres restèrent sur place, mornes et abattus. Une chose est sûre : s'ils l'avaient pu, ils

---

1113. a *manque* – 1114. me *manque*

1122 S'il en eüssent le poeir,
Ja de la terre n'en eississent
De ci que damage i fesissent,
Mais poi sunt gent au conmencier;
1126 Ice le lor a fait laisser.
          N'i oserent plus remanoir,
En lur nef entrent vers le soir.
Fortment siglerent e nagierent,
1130 De la contree s'esloignerent.
Mout regrete sovent Jason
Ce que a fait Laomedon
A lui e a ses cumpaignons.   [9a]
1134 Tant ont tiré as avirons
E tant siglé a pleines veiles
E a la lune e as esteiles
Qu'il arriverent en Colcon.
1138 De la nef est eissuz Jason,
Herculés e si cumpaignon.
Sor le rivage el bel sablon
Vestirent lur cors gentement.
1142 Riche furent li garnement
De dras de seie a or brusdez,
De gris e d'ermine forrez;
Li plus povres ot vesteüre
1146 Riche, bien faite a sa mesure.
          Une cité ot iluec pres
Que on clamot Jaconidés.
Bele ert e granz e forz e gente.
1150 Tors i aveit bien tres qu'a trente;
Close esteit tot de buen mur
De fin marbre serré e dur.
Mout i aveit riches meisons
1154 E granz palez e hauz donjons,
E chevaliers e merchaanz
Riches e saives e mananz.
Dames i ot mout e puceles
1158 E borgeises cointes e beles.
Mout fu la citez bien fundee
E mout fu riche la contree.
De fruiz, d'oiseus e de peissons
1162 I ot, ce sachez, granz foisons.
Bele e riche iert Jaconidés.
Li reis aveit non Öetés.
Assez aveit riche tenue,

n'auraient pas quitté le pays sans le ravager, mais ils étaient bien peu pour se lancer dans cette entreprise; ils y renoncèrent donc.

Comme ils n'osaient plus s'attarder, ils s'embarquèrent vers le soir. Ramant avec ardeur, toutes voiles déployées, ils s'éloignèrent du pays. Jason déplorait à maintes reprises l'outrage qu'avait fait Laomédon à ses compagnons et à lui-même. Ils ramèrent et naviguèrent si longtemps, toutes voiles dehors, en se guidant sur la lune et les étoiles, qu'ils abordèrent à Colchos. Jason débarqua avec Hercule et ses compagnons. Sur le rivage, là où le sable est beau, ils s'habillèrent avec élégance. Leurs vêtements étaient magnifiques, faits de soie brodée de fils d'or, fourrés d'hermine et de petit-gris. Le plus pauvre d'entre eux avait des vêtements somptueux et parfaitement adaptés à sa taille.

Tout près de là se trouvait une cité appelée Jaconidès. Elle était belle, vaste, bien fortifiée et d'aspect fort agréable. Elle comptait bien trente tours et était entièrement entourée d'un mur d'enceinte fait d'un marbre très solide, au grain fin et serré. Il y avait en grand nombre des maisons somptueuses, de vastes palais, des donjons élevés; partout des chevaliers et des marchands, aussi fortunés et opulents qu'avisés; beaucoup de dames, de jeunes filles et de bourgeoises aussi belles qu'élégantes. La cité avait été très bien construite et la contrée était fort riche. Elle regorgeait, sachez-le, de fruits de la terre, d'oiseaux et de poissons. Jaconidès était vraiment une belle et puissante cité. Son roi s'appelait Oëtès. Il avait là un bien beau domaine car l'île avait d'abondantes ressources.

1166 Quar mout iert l'isle bien vestue.
Beaus fu e genz e clers li jors
Cum el termine de Pascors.
Jason li prouz e Herculés, [9b]
1170 E tuit lur cumpaignon aprés,
Sunt venu dreit a la cité.
Gentement furent conreé :
Bien senblerent buene maisnee
1174 Quar trop fu bel apareillee.
A merveille les esgarderent,
Quant il en la cité entrerent,
Cil des rues e des soliers,
1178 Des fenestres e des planchers,
E mout par sunt en grant d'enquerre
Dont il vienent e de quel terre.
Mais ne pristrent ne fin ne cés
1182 De ci qu'il vindrent al palés,
O Öetés li reis esteit,
Qui uns granz pleiz le jor teneit.
Davant la sale, lez la tor,
1186 Fors des arvous del parleor,
Ot une place grant e lee
De haut mur tote avironee :
Le trait durot a un archer.
1190 La jöerent maint chevalier
A dez, a eschés e a tables
E a autres jués deportables.
Assez en i aveit le jor.
1194 Maint bel cheval e maint ostor
E maint tres riche garnement
I poeit l'on veeir sovent.
Par la porte entrent li Grezeis ;
1198 Öetés vait contr'elz, li reis.
Si baron e si vasvassor
Les reçurent a grant henor.
    Quant li reis sot qui il esteient,*
1202 Ou aleient e dont veneient,
Honora les de grant maniere
E mout par lor fist bele chiere.
La nuit lur fist si bel ostel [9c]
1206 Q'unc puis que murent n'orent tiel.
A mangier lor dona assez
E mout les a bien conreez.
Assez i sistrent longement :

Le jour était beau, agréable et radieux – on était au temps de Pâques. Jason le preux et Hercule, suivis de tous leurs compagnons, se rendirent directement à la cité en grand équipage. On voyait bien, à la manière dont ils étaient habillés, qu'ils étaient de nobles compagnons. Lorsqu'ils entrèrent dans la cité, les gens qui se trouvaient dans les rues, sur les terrasses, aux étages ou aux fenêtres des maisons, les regardèrent avec étonnement. Ils avaient grande envie de leur demander d'où ils venaient et de quel pays ils étaient. Mais les compagnons allèrent sans s'arrêter jusqu'au palais où le roi Oëtés avait, ce jour-là, réuni une assemblée plénière. Devant la grand-salle, près de la tour, et attenant à la galerie voûtée du parloir, s'étendait une place vaste et large entièrement ceinte d'un mur (sa hauteur égalait la portée d'un trait). Sur cette place, un grand nombre de chevaliers jouaient aux dés, aux échecs, aux tables et à d'autres jeux d'agrément. L'assistance, ce jour-là, était nombreuse et l'on pouvait voir en abondance maints bons chevaux, maints autours et maints équipements somptueux. Lorsque les Grecs se présentèrent à la porte de la salle, le roi Oëtès vint à leur rencontre. Ses barons et ses vavasseurs accueillirent les étrangers avec de grandes marques d'honneur.

Le roi, lorsqu'il sut qui ils étaient, où ils allaient et d'où ils venaient, en fit de même et leur réserva un excellent accueil. Ils furent reçus, cette nuit-là, comme ils ne l'avaient jamais été depuis leur départ. Le roi leur offrit un dîner abondant et les

---

1179. de grant enquerre] A

1210 Prou i ot claré e piment.
Li reis es chanbres enveia
E si tramist par Medea :
C'ert une fille qu'il aveit,
1214 Qui de mout grant beauté esteit.
Il n'aveit plus enfanz ne eir.
Trop iert cele de grant saveir.
Mout sot d'engin, de maïstrie,
1218 De conjure, de sorcerie ;
Es arz ot tant s'entente mise
Que trop par iert saive e aprise ;
Astronomie e nigromance
1222 Sot tote par cuer dé s'enfance.
D'arz saveit tant e de conjure
De cler jor feïst nuit oscure.
S'ele vousist, ce fust viaire
1226 A ceus por cui le vousist faire.
Les eves faiseit corre ariere.
Sciëntose iert de grant maniere.
    Sot que li reis la demandot,
1230 Si s'atorna plus bel que pot.
D'une porpr'inde a or gotee,
Richement faite e bien ovree,
S'ot un bliaud forré d'ermines,
1234 E un mantel de sanbelines
Covert d'un drap outre marin
Qui ses set pois valeit d'or fin.
Quant gentement se fu vestue
1238 Si est des chanbres hors issue ;
Set puceles mena o sei
De ci qu'el fu davant lo rei.
Trop fu bele, de grant maniere   [9d]
1242 De cors, de faiçon e de chiere.
Bendee fu d'un treceor –
Onques hon nez n'en vit meillor –
A ses cheveuz esteit ors laiz.*
1246 Autre parole ne vos faiz,
Mais el païs ne el regné
Nen esteit riens de sa biauté.
Par mi la sale vint le pas ;
1250 La chiere tint auques en bas,
Plus fine e fresche e coloree
Que la rose quant el est nee.
Mout fu corteise e bien aprise.

Portrait de Médée

traita parfaitement bien. Ils restèrent longuement à table : vin épicé et boisson au piment furent servis à satiété. Puis le roi envoya chercher Médée dans ses appartements privés. C'était sa fille unique – il n'avait pas d'autre héritier – et sa beauté était extraordinaire. Médée était extrêmement savante. Elle s'y connaissait admirablement en toutes pratiques de magie, d'enchantements et de sortilèges. Elle avait étudié avec tant d'ardeur tout ce qui concernait la magie qu'elle y avait acquis une parfaite maîtrise. Elle savait par cœur, depuis son plus jeune âge, tout ce qui relevait de l'astrologie et de la sorcellerie. Elle était si douée en pratiques magiques et en enchantements qu'elle aurait pu faire d'un jour radieux une nuit obscure ; si elle l'avait voulu, elle l'aurait fait croire à qui elle voulait. Elle faisait aussi remonter leur cours aux rivières. Bref, son savoir était immense et divers.

Lorsque Médée apprit que le roi voulait la voir, elle mit sa plus belle parure. Elle revêtit un bliaut fourré d'hermine, fait dans une étoffe de soie bleu foncé rehaussée d'or, magnifiquement tissée et travaillée, puis un manteau fourré de zibeline dont le tissu, bleu d'outremer, valait bien sept fois son poids d'or fin. Ainsi parée, elle sortit de ses appartements et, emmenant avec elle sept suivantes, se rendit auprès du roi. Son corps, son allure, son visage, tout en elle était d'une très grande beauté. Sa chevelure était retenue par un bandeau – nul n'a jamais vu son pareil – et enserrée dans une résille de fils d'or. Inutile de vous en dire plus : dans tout le pays comme dans le royaume de son père, il n'y avait dame d'une beauté comparable à la sienne. Elle traversa lentement la salle. Son visage, qu'elle tenait un peu penché, était plus transparent, plus éclatant, plus délicatement coloré que la rose qui vient de s'ouvrir. Ses manières et son éducation étaient parfaites. Oëtès la fit

1254 Öetés l'a lez lui asise :
Bien ot enquis e demandé
Dont cil erent, de quel regné.
Quant ele certeinement sot
1258 Que c'ert Jason, mout par li plot ;
Mout en aveit oï parler
E mout l'aveit oï löer.
Mout l'aama enz en son cuer.
1262 Ne poeit pas a negun fuer
Tenir ses ieuz se en lui non :
Mout li iert de gente faiçon.
La forme esgarde de son cors :
1266 Cheveus recercelez e sors
A, e beus ieuz e bele face –
Mais des or crient trop ne li place –,
Bele boche a e douz regarz,
1270 Bel menton, bel cors, e beus braz ;
Large e grant a la forcheüre,
S'a contenance e parleüre
Saive e de mout bone maniere.
1274 Mout le regarde en mi la chiere ;
Mout i a Medea ses ieuz
Douz, frans, sinples e sans orgueuz ;
Mout par le mire doucement ; [10a]
1278 Ses cors de fin amor esprent,
Mout par li plaist, mout li agree.
Tost li avreit s'amor donee,
S'il iert en lué que li quesist :
1282 Ne quit ja l'en escondesist.
Unc mais niul jor n'i entendi
N'amer ne voust ne n'ot ami.
Or i a torné si son cuer
1286 Qu'el ne laira a negun fuer
Qu'ele n'en face son poeir.
Poi proisera tot son saveir
S'ele n'aenplist son corage.
1290 Ja ne sera vers lui sauvage.
    Ensi suffri a mout grant peine
Toz les oit jors de la semeine ;
N'ot bien ne repos ne solaz.
1294 Des or la tient bien en ses laz
Amors vers cui riens n'a desfense.
Sovent esgarde e se porpense
Coment ele ait joie pleniere,

asseoir à ses côtés et elle demanda d'où étaient ces hommes, de quel pays ils venaient. Lorsqu'elle sut qu'elle avait devant elle Jason, elle en fut très heureuse. Elle avait souvent entendu parler de lui, elle l'avait souvent entendu louer. Elle tomba tout aussitôt profondément amoureuse de lui : elle ne pouvait pour rien au monde détacher de lui ses regards tant il lui paraissait beau. Longuement elle l'examine : sa chevelure est blonde et bouclée ; ses yeux sont beaux, beau son visage – elle craint déjà de n'être que trop séduite –, belle sa bouche et son regard plein de douceur ; son menton, son corps, ses bras, tout est beau en lui. Ses hanches sont larges, puissantes. Son attitude, sa manière de parler dénotent sa sagesse et sa bonne éducation. À maintes reprises, Médée le dévisage, à maintes reprises, elle lui jette de tendres regards pleins de franchise et de simplicité, dépourvus de toute arrogance ; à maintes reprises, elle le contemple avec douceur. Tout son être s'abandonne sans réserve à l'amour : Jason lui plaît, Jason est tout ce qu'elle désire. Et elle lui aurait tout aussitôt accordé son amour s'il avait eu le loisir de le lui demander. Non vraiment, je ne pense pas qu'elle le lui aurait refusé. Jamais auparavant Médée n'avait songé à l'amour, jamais elle n'avait aimé ni eu d'ami, mais maintenant son cœur est si épris que rien ne saurait l'empêcher de conquérir Jason. Tout son savoir lui semblera bien méprisable si elle ne peut obtenir ce qu'elle veut, et elle ne lui sera pas cruelle.

Médée connut ainsi, huit jours durant, tous les tourments de l'amour. Rien ne pouvait lui causer le moindre plaisir, le moindre répit ou un quelconque soulagement. Désormais Amour, à qui personne ne sait résister, l'a prise dans ses lacs. À maintes reprises elle médite et cherche les moyens d'assouvir sa passion, tant l'angoisse la souffrance qu'elle

1298 Quar destreite est a grant maniere ;
Mout en dote le conmencier.
Un jor, quant vint enprés mengier,
Si l'ot li reis a sei mandee
1302 En la sale pavimentee.
Assez la joïst e enbrace :
Cent feiz li a baisié la face.
Comande li e dit aprés
1306 Qu'o Jason e o Herculés
Parout por bien, ce li consent.
E cele qui d'amor esprent
S'en vint a euz, mout vergoindose,
1310 De parler saive e scïentose.
Mout par li fait Jason grant joie.
Söef basset, que l'en ne l'oie,
Li dist : « Vassaut, ne tenez mie   [10b]
1314 A mauvestié n'a legerie
Se a vos me vieng acointier.
Il ne vos deit pas enuier.
Dreiz est e biens, ce m'est avis,
1318 Qui home veit d'autre païs,
Qu'il l'aparout e araisont
E que leial conseil li doint.
   — Dame, fait il, mout dites bien.
1322 Marci vos rent sor tote rien
Dont il vos plot qu'a moi parlastes
E prumere m'araisonastes :
Fait i avez que de buen aire.
1326 Quant ice vos en plot a faire,
A toz les jors de mon heé,
Sachez, vos en savrai mais gré.
Mout par pöez grant joie aveir,
1330 Quar mout estes de grant saveir,
Beuté avez mout e franchise
E de haut sens estes aprise.
   — Jason, fait ele, bien savon
1334 Que vos venez por la toison.
Onques por el ça ne venistes,
Mais grant estoutie enpreïstes,
Quar si erent tuit assenblé
1338 Cil qui furent e qui sunt né,
Ne porreient il engigner
Ne porpenser ne porchacier
Cum il la poüssent aveir.

endure, mais elle redoute de faire le premier pas. Un jour, lorsque le repas fut achevé, le roi demanda à Médée de venir dans la salle pavée. Il l'accueillit avec joie, la prit dans ses bras et l'embrassa une bonne centaine de fois. Il lui ordonna ensuite d'aller parler avec Jason et Hercule, en tout bien tout honneur, et avec sa permission. Médée, que l'amour embrase, s'approche des deux hommes. La pudeur la rend timide, mais elle est experte et habile à parler. Jason l'accueille avec beaucoup de joie et elle, très discrètement et à voix basse, de peur d'être entendue, elle lui dit :

« Seigneur, si je viens vous tenir compagnie, ne pensez pas à mal, n'y voyez pas une marque de légèreté ! Ma démarche ne doit pas vous déplaire : il est juste et convenable, me semble-t-il, lorsqu'on voit arriver un étranger, de venir lui adresser la parole, de s'entretenir avec lui et de lui donner des conseils sincères.

— Ma dame, répond Jason, vous parlez avec justesse et je vous remercie infiniment de bien vouloir m'adresser la parole et d'avoir pris les devants. Vous avez agi comme vous le deviez. Et, puisqu'il vous a plu de faire un tel geste, jusqu'à la fin de mes jours, sachez-le, je vous en serai reconnaissant. Vous avez bien des motifs d'être heureuse : votre savoir est très étendu, vous êtes de grande beauté et de grande noblesse et vous possédez tous les dons de l'esprit.

— Jason, reprit-elle, nous savons bien que vous êtes là pour la Toison ; votre venue n'a pas d'autre raison. Mais vous vous êtes lancé dans une folle entreprise : si en effet étaient ici réunis tous ceux qui ont vécu jadis ou sont actuellement en vie, ils ne pourraient imaginer les ruses et les moyens qui leur permet-

1342 D'ice n'aiez vos ja espeir ;
Por neient le cuiderïez
Qui tant vos trevailleriez.
Essaié se sunt ja plusor
1346 Quin furent mort au chef del tor.
Onques n'oï qu'en eschapast
Nus qui de l'aveir se penast.
Li deu i ont lur garde mise [10c]
1350 Par tiel maniere e par tiel guise
Come je te faz or certain :
Marz i a mis dous bués d'arain.
Quant ire e mals talenz les toche,
1354 Par mi les nés e par la boche
Jetent de lur cors fué ardant.
Ja de la mort n'avra garant
Quin iert ateinz ne conseüz ;
1358 Senpres ardra cum se c'ert fuz.
Par art e par conjureison
Ont cil en garde le mouton.
Qui la toison voudra aveir,
1362 Si convendra par estoveir
Que il les puisse si donter
Que traire les face e arer.
Marz, li poissanz dex de bataille,
1366 Les i a ensi mis sens faille.
    « Encor i a el a passer
Qui assez fait a redoter :
Quar uns serpenz qui toz jors veille,
1370 Qui pas ne dort ni ne someille,
Le regarde de l'autre part
Par tiel engin e par tiel art
Que ja riens n'i apresmera
1374 Si poi come senpres morra,
Quar fué gete ensemble o venin
Qui tost li a doné la fin.
Granz est e fiers e trop isdous,
1378 Ainc hon ne vit si merveillous.
Ne porreit mie estre conquis
Ne engignez a estre ocis.
Que t'en faroie lonc sermon ?
1382 Saches ja n'avras la toison
Por rien qui seit, nel quider mie.
Gar cum as enprins grant folie !
Ainz te di bien, se tu i vas, [10d]

traient de la conquérir. Perdez donc tout espoir d'y parvenir ! Il serait bien vain d'en concevoir. Pourquoi faire d'inutiles efforts ? Beaucoup ont risqué l'entreprise, qui n'ont récolté que la mort. Je n'ai jamais entendu dire qu'en ait réchappé un seul de ceux qui se sont mis en peine de la ravir. En effet, les dieux l'ont prise sous leur garde, comme je vais te l'expliquer en détail. Mars a mis pour la garder deux taureaux d'airain. Quand la colère et la fureur les aiguillonnent, ils jettent par les naseaux et par la bouche un feu dévorant. Celui que ce feu atteint et embrase n'a plus aucun recours : il brûlera tout aussitôt, comme du bois sec. Ces taureaux qui gardent le bélier obéissent ainsi à des conjurations magiques. Celui qui voudra conquérir la Toison devra obligatoirement les dompter pour les atteler à une charrue et leur faire tracer des sillons. Ainsi en a disposé Mars, le puissant dieu des batailles.

« Mais il y a une autre épreuve à subir, et tout à fait redoutable : un dragon toujours aux aguets – il ne cède jamais au sommeil – monte de l'autre côté la garde et il est doué de pouvoirs tels que quiconque s'approchera de lui si peu que ce soit mourra tout aussitôt, succombant au venin et aux flammes que crache tout ensemble le monstre. Ce dragon est énorme et redoutable, son aspect est terrifiant. Personne n'a jamais vu bête aussi monstrueuse. Impossible donc d'en triompher par la force ou d'en venir à bout par la ruse. Mais pourquoi t'en dire plus long ? Jamais, sache-le, tu ne conquerras la Toison, n'y compte pas ! Vois donc dans quelle folle entreprise tu t'es lancé ! Oui, je te le répète, si tu vas là-bas, tu n'as aucune chance d'en revenir.

1386 Que ja mais vis n'en torneras. »
      Jason respont cum afaitiez :
« Dame, fait il, ne m'esmaiez.
Ne sui mie por ce venuz
1390 Que m'en torge cum esperduz.
Mieuz voil morir que je n'essai
S'en niul sens aveir la porrai.
Se o mei ne l'en puis porter,
1394 Ja mais ne m'en quier retorner,
Quar a toz jors honiz seroie,
Si que ja mais henor n'avroie.
Par ci m'en covient a passer :
1398 Tant en ai fait ne puis müer ;
Soit biens, soit mals, quel que m'en vienge,
Ne puet estre que je m'en tienge.
      — Jason, fait ele, bien entent
1402 N'en querreies chastiement.
Seürs puez estre de morir,
De ce ne te puet riens garir.
Duels e pitiez me prent de tei :
1406 La en iras, ce sai e vei ;
Mais, se de ce seüre fusse
Que je t'amor aveir poüsse,
Qu'a feme espose me preïsses,
1410 Que ja mais jor ne me guerpisses,
Quant en ta terre retornasses
En cest païs ne me laisasses,
E me portasses leial fei,
1414 Je preïsse engin e conrei
Cum ceste chose parfeïsses,
Que mort ne mahain n'i preïsses.
For mei, ne t'en puet riens aider
1418 Ne avancier ne conseiller.
Mais je sai tant de nigromance,
Que j'ai aprise des m'enfance,
Que quant que je voil puis tot faire :   [11a]
1422 Ja ne m'iert peine ne contraire.
Ce qu'autrui grieve m'est legier,
Ja n'i troverai enconbrer.
Or esgarde que tun feras,
1426 Saveir se ce m'otreieras.
Ton cuer m'en di sans deceveir :
Tot tun corage en voil saveir.
      — Dame, fait il, je qu'en diroie ?

— Ma dame, lui répondit Jason, en homme avisé qu'il était, n'essayez pas de m'effrayer. Je ne suis pas venu en ce pays pour en repartir à la sauvette ! Plutôt mourir que de ne pas tenter d'une manière ou d'une autre de m'emparer de la Toison ! Et, si je ne peux l'emporter avec moi, je n'ai pas l'intention de repartir : je serais pour toujours déshonoré, jamais plus je ne connaîtrais la gloire. Pour moi, il n'y a plus d'autre issue : je me suis trop avancé pour reculer. Bien ou mal, quoi qu'il m'arrive, je dois m'y tenir.

— Jason, dit Médée, je vois bien que tu n'accepterais aucun conseil. Ta mort est donc certaine, personne ne peut te sauver. Et moi, j'éprouve pour toi douleur et pitié, car tu iras là-bas, je le sais, je le vois. Toutefois, si je pouvais être sûre d'obtenir ton amour et de devenir ta femme, de telle sorte que jamais tu ne m'abandonnes et que tu ne me laisses pas dans ce pays quand tu retourneras dans le tien, si je pouvais être sûre que tu respecteras fidèlement cet engagement, je saurais trouver les artifices et les moyens qui te permettraient de mener à bien cette entreprise sans que tu sois tué ou blessé. Moi, moi seule peux t'aider, te guider, te conseiller. Je suis si experte en magie – je m'y suis adonnée dès mon plus jeune âge – que tout ce que je veux, je peux le faire. Aucun obstacle ne me résistera. Tout ce qui est dur pour les autres m'est facile. Rien ne me sera insurmontable. Vois donc ce que tu décideras, considère si tu accepteras ma proposition. Dis-moi, sans chercher à ruser, quels sont tes sentiments. Je veux connaître exactement tes intentions.

— Ma dame, répondit Jason, que pourrais-je dire ? Je vous

1430 Sor toz les dex te jureroie
E sor trestote vostre loi
Amer toz jors e tenir foi.
A fame vos esposerai,
1434 Sor tote rien vos amerai ;
Ma dame seroiz e m'amie,
De mei avreiz la seignorie ;
Tant entendrai a vos servir
1438 Que tot ferai vostre plaisir ;
Menrai vos en en ma contree
Ou vos sereiz mout henoree :
Tuit vos i porteront henor,
1442 E li plus riche e li menor ;
Plus i avreiz joie a plaisir
Que li cors n'en porra sufrir. »
  La pucele respont atant :
1446 « Or sai, fait el, vostre talant.
Ci remaindroiz des qu'enevois,
Quant se sera couchez li rois.
En ma chanbre vendreiz toz sous,
1450 Ja cumpaignon n'avreiz o vos.
La me fareiz tiel segurance
Que vers vos n'aie puis dotance.
Puis vos dirai cum faitement
1454 Porreiz les bués e le serpent
Veintre, dontier e justisier :
Ne vos faront puis enconbrer.
  — Dame, fait il, ensi l'otrei,   [11b]
1458 Mais enveiez, sos plaist, o mei,*
Quar ne savreie ou torner
Ne quant je devreie lever. »
Dist la pucele : « Ce iert bien fait. »
1462 Congié a pris puis si s'en vait ;
Ariere en ses chanbres s'en entre.
Mout li tressaut li cuers el ventre,
Mout l'a espris de granz amors,
1466 Mout li enuie que li jors
Ne s'en vait a greignor espleit,
Mout se merveille que ce doit.
Tant a le soleil esgardé
1470 Que ele le veit esconsé.
Mout li tarda puis l'anuitier,
Que son plait li fait porloignier.
E quant le jor en veit alé,

jurerai sur les dieux et sur toutes vos croyances de vous aimer et de vous garder ma foi. Je vous épouserai et vous aimerai plus que tout être au monde. Vous serez ma dame et mon amie et vous aurez tout pouvoir sur moi. Je mettrai tant d'ardeur à vous servir que je ferai tout ce qu'il vous plaira. Je vous emmènerai dans mon pays où vous serez traitée avec beaucoup d'honneur : tous, les puissants comme les humbles, vous honoreront. Vous serez encore plus comblée que vous ne pourrez l'espérer.

— Je connais maintenant vos intentions, répond Médée, mais restons-en là jusqu'au moment où le roi ira se coucher. Vous viendrez alors tout seul dans ma chambre – point de compagnon avec vous – et vous me donnerez des garanties telles que je n'aie plus de raisons de me méfier de vous. Ensuite, je vous dirai comment vous pourrez triompher des taureaux et du dragon, les dompter et les maîtriser. Vous serez ainsi débarrassé d'eux.

— Ma dame, qu'il en soit ainsi, répondit Jason. Mais, s'il vous plaît, envoyez quelqu'un me chercher car je ne saurais où me rendre, ni à quelle heure je devrais me lever.

— Ce sera fait », dit la jeune fille qui, après avoir pris congé de Jason, s'en retourna dans ses appartements. Son cœur bat à tout rompre. La flamme de l'amour l'a tout entière embrasée. Elle s'impatiente et se demande pourquoi le jour tarde tant à s'écouler. Enfin, ce soleil qu'elle a tant guetté, elle le voit se coucher. Mais alors, elle a hâte que tombe la nuit qui retarde leur entrevue et lorsque, enfin, elle a vu disparaître le jour, elle

---

1464. le cuers

1474 N'ot ele pas tot achevé :
Soventes feiz a esgardee
La lune, s'el esteit levee.
Crient que senpres s'en haut la nuit.
1478 Ne li torne pas a deduit
Ce que par la sale veillerent
E ce que pas ne se coucherent ;
Son vuel, fussent tuit endormi.
1482 Mout par en a son cuer marri.
Al huis des chanbres vait oïr
S'encor parolent de dormir :
Iluec escoute, iluec estait,
1486 N'en ot tenir conte ne plait.
« Ice, fait ele, que sera ?
Ceste genz ne se couchera ?
Ont il juré qu'il veilleront
1490 E que mais ne se coucheront ?
Qui vit mais gent qui tant veillast,
Qui de veiller ne se lassast ?
Mauvaise genz, fole provee, [11c]
1494 Ja est la mie nuiz passee,
Mout a mais poi de ci qu'au jor !
Certes mout a en mei folor.
De quei me sui je entremise ?
1498 Mieuz r'en devreie estre prise*
Cum cil qui est trovez enblant.
Fol, mauvaiz e legier senblant,
Porreit l'on veoir en mei,
1502 Que ci m'estois, ne sai por quei :
Estuet me doncs estre en esfrei
Que voluntiers ne vienge a mei
Jason, quel ore qu'i envoi ?
1506 Oïl, mout voluntiers, ce crei.
Que faz doncs ci ne qui atent ?
Tant en ai fait qu'or m'en repent. »
Del huis se part en itiel guise.
1510 Vient a son lit, si s'est asise.
Mais je cuit bien certainement
Qu'el ne serra pas longement.
Releve sei, n'i puet plus estre ;
1514 S'ala ovrir une fenestre,
Vit la lune qui iert levee,
Lores li fu s'ire doblee :
« Des or, fait ele, est il enuiz !

n'est pas au bout de ses peines : à maintes reprises, elle regarde si la lune s'est levée. Elle craint que la nuit, bientôt, ne s'achève et voit avec déplaisir tous ces gens qui restent éveillés dans la salle et ne vont pas se coucher. À son gré, ils seraient déjà tous endormis ! Dans sa colère, elle s'approche des portes de la salle pour écouter s'ils parlent enfin d'aller dormir. Elle tend l'oreille, elle écoute, immobile, mais sans surprendre la moindre parole en ce sens.

« Qu'est-ce que cela signifie ? se dit Médée. Quand ces gens vont-ils aller se coucher ? Ont-ils juré de rester éveillés et de ne jamais aller dormir ? A-t-on jamais vu des gens veiller si tard sans se sentir fatigués ? Maudites gens, fous à lier, il est déjà minuit passé et bientôt le jour sera là ! Certes, je suis bien folle ! Dans quelle entreprise me suis-je lancée ! Assurément, je mérite encore plus de blâme que le voleur qu'on prend sur le fait ; et si l'on me surprenait plantée là sans raison, on pourrait bien m'accuser de folles pensées et me reprocher mon attitude ! Vraiment, dois-je craindre que Jason ne vienne volontiers me retrouver dès que je l'enverrai chercher ? Oui, il viendra, et très volontiers, j'en suis sûre. Alors, pourquoi rester ici ? Pourquoi l'attendre ? Mais voilà que je regrette déjà d'en avoir tant fait. »

Médée s'éloigne alors de la porte et vient s'asseoir sur son lit, mais tout me laisse penser qu'elle ne restera pas longtemps assise... Incapable de tenir en place, elle se relève et va ouvrir une fenêtre. Lorsqu'elle voit que la lune s'est levée, sa fureur redouble.

1505. q. oro q.

1518 Passee est ja mie nuiz. »
Clost la fenestre, ariere torne ;
Iree en est, pensive e morne.
En mi la chambre s'aresta,
1522 Tot en estant si escouta.
La noise oï auques baissee,
Quar ja s'esparteit la maisnee.
Al huis s'en vait, pensive e pale,
1526 Si esgarde par mi la sale :
As chanberlens vit les liz faire.
E lores li fu en viaire
Que des qu'a poi se coucheroient   [11d]
1530 E que gaires plus n'i serroient.
Par la chanbre vait sus e jus,
E sovent regarde au pertus,
Tant que trestuit furent couché.
1534 Bien a veü e agaitié
Le lit ou Jason se coucha.
Une söe maistre apela ;
Tot son conseil li a gehi
1538 Quar el se fie mout en li :
« Dreit a cel lit, fait ele, iras
Tot belement le petit pas ;
De noise te garde e d'esfroi.
1542 Celui qui gist m'amaine o toi.
— Dame, fait el, primierement
Vos couchez, si sera plus gent.
De la nuit est alé partie :
1546 Sil tendroit tost a vilenie
Qu'a couchier fusseiz a tiel ore,
Quar bien en est mais tens e ore. »
Fait la pucele : « Je l'otrei. »
1550 Ne firent mie lonc conrei.
En un chier lit d'or e d'argent,*
Qu'onques nus on n'en vit plus gent,
Dont li quatre pecol igual
1554 Furent tuit ovré a esmal,
A esmaraldes verdeianz
E ou robins clers reluisanz :
Colte i ot grant, volse de paile —
1558 Onc meillor n'ot faite en Thesaile —
E lenceus blans deugiez de soie —
Ne quit que nus hon meillors voie —,
Mout i ot un riche oreiller —

«Voilà qui devient insupportable, s'écrie-t-elle. Minuit est déjà passé!»

Elle referme alors la fenêtre et revient sur ses pas, pleine de colère, soucieuse et morne, puis s'arrête au milieu de la pièce et tend l'oreille. Elle se rend compte alors que le bruit a bien diminué, car les gens se retirent. Elle retourne donc vers la porte, pensive et pâle, regarde dans la grand-salle et voit les chambellans en train de faire les lits. La voilà sûre que tous vont bientôt se lever de table et aller se coucher. Cependant, elle va et vient dans la chambre tout en regardant souvent ce qui se passe dans la salle par l'ouverture ménagée dans la porte. Enfin les voilà tous couchés. Après avoir soigneusement repéré le lit où est Jason, Médée appelle sa gouvernante en qui elle avait pleine confiance et lui révèle son secret.

«Tu iras tout doucement, lui dit-elle, vers ce lit – prends garde de ne pas faire de bruit et de ne pas attirer l'attention – et tu conduiras auprès de moi celui qui y dort.

– Ma dame, répond la gouvernante, allez d'abord vous coucher, cela sera plus convenable. La nuit est très avancée : il pourrait bien trouver inconvenant que vous ne soyez pas couchée à pareille heure, car il en est grand temps !

– Je ferai donc ainsi», répondit Médée.

Elles ne perdirent guère de temps en apprêts. En un très précieux lit d'or et d'argent, le plus beau qu'on ait jamais vu, et dont les quatre pieds, faits à l'identique, étaient tout incrustés d'émaux, d'émeraudes d'un vert étincelant et de rubis brillant du plus vif éclat – le matelas, lui, était garni d'une étoffe de soie (la Thessalie n'en a jamais fourni de plus belle), les draps, blancs et fins, étaient en soie (personne, je pense, ne pourra en voir de plus beaux), l'oreiller était magnifique (jamais jeune

1562 Unques pucele n'ot si cher —
Li covertuirs fu riche asez :
D'unes bestes fu toz orlez,
Que reluisent cum orpimenz ; [12a]
1566 D'autres mout chieres fu dedenz.
Vols fu d'un drap sarragueçois,
D'or e de seie trestot frois :
   El lit se coucha la pucele
1570 Qui mout fu gente e sage e bele :
Bien esteit digne d'itiel lit.
La vielle, sans autre respit,
S'en est fors de la chanbre eissue ;
1574 Dreit au lit Jason est venue.
Tot belement e en secroi
Le trait par mi la main a soi.
E cil s'en leva mout isnel,
1578 Si s'afubla de son mantel.
Tot soavet e a celé,
S'en sunt dedenz la chanbre entré .
Clarté i ot, tres bien i veient,
1582 Quar dui cirge grant i ardeient.
La maistre a l'uis clos e serré,
Puis l'a de ci qu'au lit mené.
Medea le senti venir,
1586 Si a senblant fait de dormir.
E cil ne fu pas trop vilains :
Le covertoir lieve o ses mains.
Cele tressaut, vers lui se torne,
1590 Auques vergoindose e morne.
   « Vassaut, fait el, qui vos conduit ?
Mout par avez veillé anuit.
Tiel noise ai tote nuit oïe
1594 Qu'or m'ere a grant peine endormie !
— Dame, fait il, ne quier guion
Se vos e ceste dame non.
S'en vostre prison me sui mis,
1598 Ne m'en deit pas estre de pis. »
La vielle ensemble les laissa,
En autre chanbre s'en entra.
Jason a parlé toz primiers : [12b]
1602 « Dame, li vostre chevaliers,
Icil qui quites sans partie
Sera toz les jors de sa vie,
Vos prie e requiert doucement

fille n'en eut d'aussi précieux) et la couverture, somptueuse, était entièrement ourlée d'une fourrure aussi brillante que l'orpiment et doublée de tout aussi précieuse manière ; la tenture du dais, enfin, était faite d'un tissu de Saragosse de soie et d'or, tout neuf.

En ce lit donc se coucha la jeune fille. Par sa noblesse, sa sagesse et sa beauté, elle était vraiment digne d'un tel lit ! La vieille, sans plus attendre, sortit de la chambre et vint tout droit vers le lit de Jason. Tout doucement, sans qu'on la voie, elle le prit par la main et l'attira vers elle. Lui se leva d'un bond, jeta un manteau sur ses épaules ; sans faire de bruit, en grand secret, tous deux sont entrés dans la chambre. Deux grands cierges y brûlaient, répandant une vive clarté. La gouvernante a soigneusement refermé la porte sur Jason puis l'a conduit jusqu'au lit. Lorsqu'elle sentit que le jeune homme s'approchait, Médée fit semblant de dormir et Jason ne se montra pas trop dépourvu de courtoisie. Comme il soulevait la couverture, la jeune fille sursauta et se tourna vers lui quelque peu effarouchée et émue.

« Seigneur, dit-elle, qui vous a amené ici ? Vous avez bien longtemps veillé ce soir ! J'ai tellement entendu de bruit, toute cette nuit, que je venais juste de trouver à grand-peine le sommeil.

– Ma dame, dit-il, je n'ai pris d'autre guide que vous-même et votre gouvernante. Me voici votre prisonnier : dois-je en redouter les conséquences ? »

La vieille alors les laissa seuls tous les deux et s'en alla dans une autre pièce. Jason parla le premier.

« Ma dame, votre chevalier, celui qui désormais se donne à vous sans la moindre réserve jusqu'à la fin de sa vie, vous demande, vous supplie humblement de l'accepter comme votre

1606 Quel recevez si ligement
Que niul jor mais chose ne face
Qui vos griet ne qui vos desplace. »
    Medea respont : « Beus amis,
1610 Grant chose m'avez mout pramis.
Se vos le volïez tenir,
Vos ne me pöez plus offrir.
Mais seürté voil que j'en aie,
1614 Puis atendrai vostre manaie.
— Dame, a trestot vostre plaisir.
Sans fauseté e sans mentir
Vos en ferai tiel seürtance
1618 Qu'a tort avreiz vers mei dotance. »
    Une pelice vaire e grise
Vest Medea sor sa chemise.
Del lit s'en est a tant levee,
1622 Si a une ymage aportee
De Jupiter le deu puissant :
« Jason, fait el, venez avant.
Ves ci l'image as dex des ciels.*
1626 Je n'en vueil mie faire a jués
De mei e de vos l'asenblee ;
Par ce voil estre aseüree.
Sor l'image ta main metras
1630 E sor l'image jureras
A mei fei porter e tenir
E mei a prendre sens guerpir ;
Leial seignor, leial amant
1634 Me seies mais d'or en avant. »
Jason ensi li otreia,
Mais envers li s'en parjura :
Covenant ne loi ne li tint ;   [12c]
1638 Por çe, espeir, l'en mesavint.
Mais je n'ai or de ce que faire,
Del reconter ne del retraire,
Assez i a d'el a traitier,
1642 Ne le vos quier plus porloignier.
Tote la nuit se jurent puis,
Ensi cume je el livre truis,
Tot nu a nu e braz a braz.
1646 Autre celee ne vos faz :
Se il en Jason ne pecha,
Cele nuit la despucela ;
Quar s'il le vout, ele autretant.

homme lige, et il s'engage à ne jamais faire quoi que ce soit qui puisse vous peiner ou vous déplaire.

– Cher ami, répondit Médée, voilà une bien grande promesse ! Si vous avez l'intention de la respecter, vous ne pouvez m'offrir davantage. Mais je veux recevoir des garanties et je m'en remettrai ensuite à votre bon vouloir.

– Ma dame, comme vous le voudrez. Je vous donnerai de telles assurances, sans chercher à vous tromper ni à vous mentir, que vous n'aurez aucune raison de vous défier de moi. »

Médée jette alors sur sa chemise une pelisse fourrée de petit-gris et se lève, puis elle va prendre une statue représentant Jupiter, le dieu redoutable.

« Jason, dit-elle, approchez. Voici la statue du dieu des cieux. Je ne veux pas que notre union ne soit qu'un simple jeu ; je tiens donc à avoir des garanties. Tu étendras ta main sur la statue et sur la statue tu jureras de me garder ta foi, de m'épouser, de ne pas m'abandonner. Sois désormais pour moi un mari fidèle et un fidèle amant. »

Jason prêta ce serment, mais ensuite il se parjura. Il ne tint pas ses engagements, il ne respecta pas son serment. Ce fut, peut-être, la source de ses malheurs, mais ce n'est pas mon intention ici de conter encore une fois cette histoire : il y a bien d'autres choses à raconter et je ne veux pas vous faire attendre plus longtemps. Jason et Médée passèrent ensemble toute la nuit – ainsi le rapporte le livre – nus dans les bras l'un de l'autre. Pourquoi vous le dissimulerais-je ? À moins que Jason n'ait eu quelque défaillance, cette nuit-là il dépucela la jeune fille car, s'il le désirait, elle le désirait tout autant.

1694 E quant ce riert qu'il te plaira
E tu ne ravras d'ice soing,
Clou la pierre dedenz ton poing :
Veüz seras cum un autre home.
1698 Onques Octovïens de Rome
Ne pot conquerre cel avoir
Qui cest poüst contre valoir.
L'anel, fait el, me garde bien,
1702 Quar je l'aim plus que niulle rien. »
Aprés li rebaille un escrit,
E si li a monstré e dit :
« Jason, quant le mouton verras,
1706 Ne faire ja avant un pas
De ci qu'aies sacrefié,
Que li deu n'en seient irié.
Crieme sereit si nel faisoies, [13a]
1710 Que chierement le cumparroies ;
Par ice les apaieras.
E, dementres que tu feras,
Cest escrit di tot belement
1714 Treis foiees contre orïent ;
Gart que seies amenteüz.
Or te baillerai ceste gluz :
Par tiel maniere est destenpree
1718 Que ja a rien n'iert adesee
Dont ja mais dessevree soit.
Grant aleüre va tot droit ;
Es nés e es boches as bués
1722 L'espant tote, car bien t'est hués.
Par ce les avras si conquis,
Ja fués de lur cors n'istra puis.
Arer lur feras quatre roies,
1726 Mais clou tes ieuz, que tu nel voies.
Puis te va tot seürement
Conbatre encontre le serpent.
Bataille grant i troveras,
1730 Mais ja mar rien le doteras,
Quar ja vers toi n'avra pooir.
Or se te vueil faire savoir :
Trestoz les denz hors li trairas,
1734 En la terre les semeras
Que ou les bués avras aree,
Qu'ensi est chose destinee,
Qu'en autre sens ne puet pas estre.

quand tu le désireras ou que tu n'auras plus de raison de te cacher, referme tes doigts sur la pierre : tu redeviendras aussitôt visible, comme tout un chacun. Jamais Octave, l'empereur de Rome, n'a pu acquérir un trésor de semblable valeur. Cet anneau, garde-le-moi bien, car j'y tiens plus qu'à tout. »

Elle lui remit ensuite un écrit et lui dit en le lui montrant :

« Jason, quand tu verras le bélier, ne fais pas un pas de plus avant d'avoir offert un sacrifice aux dieux pour qu'ils ne s'irritent pas contre toi. Si tu ne le faisais pas, tu risquerais de le payer cher, mais, de cette façon, tu les apaiseras. Donc, pendant que tu feras le sacrifice, lis lentement cet écrit, à trois reprises, en te tournant vers l'orient ; et prends garde de bien te souvenir de ce que je te dis. Mais je vais encore te donner cette glu, ainsi préparée que tout ce sur quoi elle a été appliquée est définitivement collé. Donc, dirige-toi très rapidement droit vers les taureaux et étale toute cette glu sur leurs naseaux et sur leurs museaux. Ce geste te sera fort utile, car ils seront si bien domptés qu'ils ne pourront plus cracher de feu. Tu leur feras alors labourer quatre sillons, mais ferme bien les yeux pour ne pas les voir faire, puis va sans crainte affronter le dragon. Le combat à livrer sera rude, mais tu auras tort d'avoir peur : le monstre ne pourra pas te résister.

« Mais il me faut encore ajouter ceci : tu lui arracheras toutes ses dents et tu les sèmeras dans la terre que tu auras labourée avec les taureaux. Ainsi en est-il décidé par le destin, il ne

---

1734. l. terra l.

Senpre verras o tes ieuz nestre
Des denz chevaliers toz armez
E de lur armes adobez.
En poi d'ore seront nascuz
E d'eumes, d'ozbers e d'escuz
Seront mout bien apareillé,
Mais mout seront entr'eus irié :
Veiant tes ieuz, s'entr'ocirront   [13b]
Si tost cum il s'entreverront.
E doncs avras tot achevé.
Mais garde ne seit oblïé :
Por ce qu'avras eü victoire,
Si rent mercis a deu de gloire ;
Treis feiz lors fai afflictïon.
Aprés iras vers le mouton.
La toison prent, lui lai ester
E nen t'i chaut plus demorer.
Isnelement si t'en repaire
Trestot en paiz e sans contraire.
Ne t'i sai plus que enseigner,
Mais doucement te vueil prïer
Que de tot ce rien n'oblïer.
Des or t'en puez hui mais aler ;
Ne poons plus ester ensenble :
Granz jors est ja, si cum moi senble. »
  Entre ses braz Jason la prent,
Cent feiz la baise doucement.
Aprés a pris de li congiez,
Dreit a son lit est repeiriez.
Bien a repost, bien a mucié
Ce qu'ele li aveit baillié.
A grant maniere se fait liez.
Quant en son lit se fu couchiez,
Endormi sei en es le pas,
Quar de veiller esteit toz las ;
E quant il ot dormi grant piece,
Il pot estre bien aute tierce,
Levez s'en est, si s'apareille ;
Aler s'en vueut a la merveille.
Grant poor e grant sospeiçon
Ont de lui tuit si cumpaignon.
  Quant Öetés veit qu'il vout faire,
Bonement li prent a retraire :
« Jason, ce saches, de ta mort   [13c]

Les chevaliers s'entre-tueront

saurait en être autrement. Alors, des dents semées, tu verras tout aussitôt naître des chevaliers entièrement armés. À peine nés, ils seront tout équipés : heaumes, haubers, écus, rien ne leur manquera mais, pleins de fureur les uns contre les autres, sous tes yeux ils s'entre-tueront, dès qu'ils se verront face à face. Alors tu auras mené à bien ta tâche. Mais attention, n'oublie pas ce point : remercie le dieu de gloire pour ta victoire. Par trois fois, humilie-toi devant lui. Ensuite, tu t'approcheras du bélier. Prends la Toison, mais lui, laisse-le, et ne t'attarde pas, je t'en prie. Reviens rapidement sur tes pas afin d'échapper à tout danger. Voilà tout ce que j'ai à te dire mais, je t'en supplie, n'oublie rien. Maintenant tu peux t'en aller : nous ne pouvons rester plus longtemps ensemble, car le jour s'est levé, je le vois. »

Jason la prit entre ses bras et l'embrassa doucement une bonne centaine de fois, puis il prit congé d'elle, revint droit à son lit et cacha soigneusement ce que la jeune fille lui avait donné. Tout heureux de ce qu'il avait obtenu, il s'endormit aussitôt : sa longue veille l'avait bien fatigué. Il dormit longtemps, au moins jusqu'à la troisième heure du jour. Il se lève alors et s'équipe, car il veut aller tenter l'aventure merveilleuse. La peur la plus vive et l'inquiétude s'emparent de ses compagnons.

Lorsque Oëtès apprit ses intentions, il lui dit avec bienveillance :

« Jason, sache bien que je ne veux pas porter à tort la respon-

---

1779. qui il

1782 Ne vueil estre blasmez a tort.
Por cel te di, se m'en creoies,
Ja la lo pié ne porteroies.
Onques ne vi qu'on i alast,
1786 Qui ariere s'en retornast.
Li deu i ont lur garde mise,
Qui ne vuelent en niulle guise
Que hon morteus i mete main.
1790 D'ice somes nos bien certain :
Se tu i vas, fins est de toi,
Mais ja ne t'iert veé par moi.
Force sereit qui te faroie,
1794 Si sai que blasmez en seroie.
Fai en tot ce que tu voudras ;
Ja mar por mei le laisseras. »
  Tot quant qu'Öetés li reis dit
1798 Prise Jason assez petit.
Il ne se vueut plus atargier ;
De la cité s'en ist primier.
Li reis, li prince e li baron,
1802 Herculés e si cumpaignon,
Le convoient jus qu'au rivage
Ou il deveit prendre passage.
Iluec le coveneit passer,
1806 Vousist o non, un braz de mer,
Mais estreiz iert, ne durot mie
Gaires plus que lieue e demie ;
D'autre part iert uns isleaus,
1810 N'iert guaires granz, mais molt iert beauz.
Ce li ont dit, la trovera
Ce qui il quiert e ou il va.
  Lez le rivage, el sablonei,
1814 Prist ses armes e sen conrei.
Primes chauça ses genoillieres :
Ainc el siecle n'ot fait si chieres.
D'or fin furent si esperon,

[13d]

1818 Taillé de l'ovre Salemon.*
Aprés a un ozberc vestu :
Onques mieudre forgez nen fu ;
Taillez iert bien a sa mesure,
1822 La maille en iert serree e dure ;
Poi li pesa quant l'ot vestu.
Aprés laça un heume agu,
Resplandissant, de bone taille :

sabilité de ta mort. En effet, si tu m'en croyais, tu n'irais pas en ce lieu d'où je n'ai jamais vu revenir personne. Les dieux eux-mêmes veillent sur ce trésor et ils ne veulent pas qu'un mortel s'en empare. Nous en sommes sûrs : si tu y vas, c'en est fait de toi. Cependant, je ne t'interdis rien. Ce serait te faire violence et on me le reprocherait. Agis comme tu l'entendras, ce n'est pas de mon fait que tu devras renoncer. »

Jason fait bien peu de cas de ce que lui dit le roi Oëtès. Sans plus attendre, il sort le premier de la ville. Le roi, les princes, les barons ainsi qu'Hercule et ses compagnons l'accompagnent jusqu'au rivage, là où il devait s'embarquer. Il lui fallait en effet de toute manière traverser un bras de mer ; mais ce bras, guère large, ne faisait pas plus d'une lieue et demie. De l'autre côté se trouvait un îlot, assez petit, mais très agréable. C'est là que le héros trouvera, comme on le lui a dit, ce qu'il cherche, ce vers quoi il va.

Au bord de la mer, sur le sable du rivage, il revêtit son armure et s'équipa. Il enfila d'abord ses genouillères – jamais au monde on n'en fabriqua de plus précieuses. Les éperons étaient d'or fin et gravés selon la technique du roi Salomon. Il passa ensuite un haubert – jamais meilleur ne fut forgé – parfaitement fait à sa mesure. La maille en était fine et résistante. Il pesait peu sur son dos. Il laça ensuite un heaume pointu,

1826 Ja por arme ne fera faille;
Li cercles iert d'or esmerez
E des nons as deus toz letrez :
Mout l'en teneit hon a plus riche.
1830 Li nasaus fu d'un chier honiche :
Qui meillor ne plus bel queïst,
De folie s'entremeïst.
Aprés a ceint un brant d'acier –
1834 Si n'en fu ainc nus faiz plus chier,
Si riche ne de sa valor –
Cler e trenchant come rasor.
Un escu ot d'os d'olifant,
1838 Fort e bien fait e riche e grant.
La bocle en fu d'or espanois,
E la guige tote d'orfreis.
Un grant espié, cler e luisant
1842 Li baillerent, d'acier trenchant.
Quant son cors ot apareillié,
Si a de toz pris le congié.
Baise Herculés e sa maisnee
1846 Qui de lui remaint mout iree.
Grant duel demeinent li plusor,
Quar poor ont de lur seignor.
En un batel s'en est entrez,
1850 De la terre s'est eschapez.
N'ot o sei autre conseillier,
N'i mena nis point de destrier :
Ce saveit bien n'i vausist guaire   [14a]
1854 A tiel besoing n'a tiel afaire.
Dreit a l'isle nage a espleit
Au mieuz qu'il sot e au plus dreit.
   Medea fu en une tor :
1858 Vit le, si mua sa color;
Des ieuz plora, ne pot müer.
Quant elel vit en mi la mer,
Belement dist entre ses denz :
1862 « Jason, sire, biaus amiz genz,
Mout sui de vos en grant error,
Quar je vos aim de grant amor.
En grant dotance m'avez mise.
1866 Ne puet mais estre en niulle guise
Que je m'en puisse aseürer
Jus que t'en voie retorner.
Grant poor ai e grant dotance

étincelant et de bonne taille : nulle arme ne pourra l'entamer. Le cercle en était d'or pur et entièrement gravé de noms de divinités – on l'en estimait d'autant plus. Le nasal était fait d'un onyx précieux. En chercher un plus beau et de plus grand prix aurait été une bien folle entreprise ! Il ceignit ensuite une épée d'acier – épée aussi précieuse, aussi magnifique et aussi résistante, personne n'en vit jamais –, claire et tranchante comme un rasoir. Il avait un écu fait en os d'éléphant, solide, d'un beau travail, de grande valeur et de bonne taille. La boucle centrale était en or d'Espagne et la courroie, un galon d'or. Ses compagnons lui présentèrent enfin un grand épieu d'acier tranchant, brillant de tout son éclat. Quand il se fut ainsi équipé, Jason fit à tous ses adieux. Il embrassa Hercule et les chevaliers de sa suite. Leur douleur était très vive : la plupart manifestaient leur peine, pleins de crainte pour leur seigneur. Jason est entré dans une barque et s'éloigne du rivage. Avec lui, personne pour le conseiller, point de cheval pour la bataille : il savait bien que, pour ce qu'il avait à faire, il n'en avait pas besoin. Il rame de toutes ses forces vers l'île, au mieux et au plus droit qu'il peut.

Médée était montée en haut d'une tour. Lorsqu'elle le vit, elle pâlit et, lorsqu'elle l'aperçut au milieu de la mer, elle ne put retenir ses pleurs.

« Jason, mon seigneur, mon bel et tendre ami, dit-elle à voix basse et contenue, me voilà à cause de vous rongée par l'inquiétude, car je vous aime de tout mon cœur. Pour vous, me voici en proie aux craintes les plus vives. Je ne vois pas comment je pourrais retrouver mon calme avant de te voir revenir. J'ai très peur que tu ne te souviennes pas de ce que je

1870 Que de ce n'aie remenbrance
Que je t'ai dit e enseigné.
Ja mais n'en avrai mon cor lié
Jus que te tiegne entre mes braz.
1874 A toz les deus oreison faz
Qu'il ne seient vers nos irié. »
Doncs plora des ieuz de pitié.
Jason ot ja tant espleitié
1878 Que en l'isle fu toz a pié.
N'i ot puis autre demorance :
Son escu a pris e sa lance,
Issuz s'en est hors del batel,
1882 Puis est poiez sus en l'islel.
Les bués choisi e le serpent
E le mouton qui mout resplent :
Grant clarté done l'or vermeil
1886 Contre la raie del soleil.
Des nés e des boches as bués
Eissi tiels flambe e tiels fués lués,
Ce iert avis qui l'esgardot, [14b]
1890 Que toz li isles enbrasot.
Jason son oignement a pris,
Son cors en a oint e sen vis.
La figure a sacrefïee
1894 Que Medea li ot bailee,
Mist sor son heume e atacha
Si cum ele li enseigna.
Aprés fist a deus sacrefise
1898 A la maniere e a la guise
Que la pucele li ot dit,
E treis fïees list l'escrit.
Vers les bués ala maintenant
1902 Tres par mi le grant fué ardant.
Senpres fu toz ars sis escuz,
Mais il ne fu mie esperduz :
La gluz es boches espandi,
1906 Onques puis flanbe n'en eissi.
Lur vertuz ne monta puis guaire.
Quatre reies lur a fait faire,
Si cum li ot dit Medea ;
1910 Mais ainc nel vit, bien s'en garda ;
Onques n'i osa esgarder :
Ne voleit mie trespasser
Ce que li aveit dit s'amie,

Jason accomplit les rites magiques 101

t'ai dit et montré et, tant que je ne te tiendrai pas de nouveau dans mes bras, je ne pourrai être heureuse. J'adresse à tous les dieux ma prière afin qu'ils ne s'irritent pas contre nous. » Tout émue, elle se mit alors à pleurer.

Jason, cependant, a réussi à aborder dans l'île. Sans plus attendre, il a saisi sa lance et son écu, est sorti du bateau et s'est enfoncé dans l'île. Il aperçut alors les taureaux, le dragon et le bélier dont la toison resplendit sous les rayons du soleil. Des naseaux et des museaux des taureaux jaillissent aussitôt des flammes telles que l'on aurait dit, à les regarder, que toute l'île s'embrasait. Jason a pris alors l'onguent et l'a étalé sur son visage et sur son corps. Puis il a pris avec un très grand respect la figurine que lui avait donnée Médée et l'a fixée sur son heaume comme elle le lui avait dit. Il a ensuite sacrifié aux dieux selon le rituel que lui avait appris la jeune fille et il a, à trois reprises, lu l'écrit. Cela fait, il marcha droit vers les taureaux, traversant les flammes ardentes. Son écu fut immédiatement brûlé, mais lui conserva son sang-froid : il étala la glu sur les museaux des bêtes et plus une flamme n'en jaillit. Les maîtriser ensuite ne fut guère difficile. Il leur fit donc labourer quatre sillons, comme le lui avait dit Médée, mais il prit soin de détourner les yeux. Il ne voulait pas enfreindre les ordres de

---

1900. list en l'e.] *A* ; *voir v.* 1713

1914 Quar il feïst mout grant folie.
Quant ce ot fait, delivrement
Ala requerre le serpent.
Quant apresmer le vit a sei,
1918 En haut sufla e fist esfrei –
Ses escherdes herice e trenble –,
Fué e venin jeta ensenble –
Sovent trait hors son aguillon,
1922 Tote la terre art environ.
Soz ciel n'a rien qui ainc fust nee,
Qui ja eüst vers lui duree :
Ne fust Jason si bien garniz, [14c]
1926 En petit d'ore fust feniz ;
Que de l'arson, que del venin,
Fust senpres alez a sa fin,
Mais l'oignement e la figure
1930 Ou erent escrit li conjure,
E li anels d'or qu'il portot
Le defendeit e le gardot.
Sor lui peceie son espié
1934 Sans ce que de rien l'a plaié :
En mainte guise s'i essaie
Ainz qu'il li puisse faire plaie.
De s'espee tiels coups li done
1938 Que trestoz li eirs en resone :
N'i puet entrer, ainz se resort ;
Si a la pel e dure e fort.
Soz sei l'abati mainte foiz,
1942 Si angoissous e si destroiz
Que assez en failleit petit
Qu'il ne l'esteint e ne l'ocit.
Tiel angoisse a quant il l'atoche
1946 Que le sanc rent par mi la boche ;
Tiel arson a toz en tressue.
Mais tant s'esforce e s'esvertue
E tant i chaple de l'espee
1950 Que la teste li a coupee.
S'un poi durast plus la bataille,
Senpres fu morz Jason sans faille.
   Les denz en traist, s'en a semee
1954 La terre qu'il aveit aree.
Senpres en sunt chevalier né,
De lur armes tot adobé ;
En es le pas se corent sore,

son amie : il aurait fait une bien grande folie en se comportant autrement ! Cette tâche achevée, il alla aussitôt attaquer le dragon. Quand le monstre le vit, il siffla très fort, faisant un bruit terrifiant. Il hérissait et agitait ses écailles, crachant tout à la fois des flammes et du venin. À maintes reprises il darda son aiguillon, brûlant tout le sol autour de lui. Aucun être humain n'aurait pu lui résister et, si Jason n'avait eu d'aussi bonnes protections, c'en était bientôt fait de lui : tant le venin que les flammes l'auraient rapidement mis à mort. Mais l'onguent, la figurine où étaient gravées les paroles magiques et l'anneau d'or le protégeaient et lui tenaient lieu de défense. Tout d'abord, il brise son épieu sur le monstre sans lui faire le moindre mal : tous les assauts qu'il livre ne servent de rien. Il lui donne ensuite de tels coups d'épée que tout l'air en résonne, mais l'arme rebondit au lieu de pénétrer dans la peau si dure, si résistante, du monstre. À plusieurs reprises, il le met à terre, le pressant et le tenant avec tant de force qu'il arrive presque à l'étouffer et à le tuer. Mais lorsqu'il étreint le dragon, l'effort qu'il lui faut fournir et qui l'épuise est tel qu'il crache du sang, qu'il sue d'angoisse. Enfin, à force de lutter, frappant de son épée à coups redoublés, Jason a coupé la tête du monstre. Cependant, si le combat avait duré un peu plus longtemps, c'en était fait de lui.

Le héros a alors arraché les dents du dragon et les a semées dans la terre qu'il avait labourée. Elles ont aussitôt donné naissance à des chevaliers entièrement équipés qui en viennent

1958 Ocis se sunt en mout poi d'ore.
Doncs ot Jason trestot finé
E sen grant trevail achevé.
Granz mercis a as dex rendue [14d]
1962 De ce qu'il a victoire eüe.
Il est venuz dreit au mouton,
Si en a prise la toison.
N'i vout puis faire lonc estage,
1966 Tost l'en poïst venir damage.
A son batel vint dreit errant,
Se entra enz de maintenant ;
Desataché l'a, si s'enpeint,
1970 Del tost nagier pas ne se feint.
Medea le vit el retor,
Qui fu as estres de la tor ;
S'el ot joie, nus nel demant,
1974 Quar ainc greignor n'ot riens vivant :
Li sans li revint en la chiere.
Des ore atent joie pleniere.
    Herculés e si chevalier
1978 Virent lur seignor repairier :
Tiel joie en ont, nel siet riens dire,
Mais mout en a li reis grant ire.
Jason est a terre venuz,
1982 Fors del batel s'en est issuz.
Receivent le joiosement
Tuit ensenble comunaument.
En es le pas le desarmerent
1986 Icil des suens qui plus l'amerent.
Tote la genz de la contree
I est venue e assenblee
Por esgarder la grant merveille,
1990 Que hon n'en vit mais sa pareille,
Ne ja n'en iert mais tiels veüe
N'en niulle terre coneüe.
Fiere parole en est alee :
1994 Dient que c'est chose faee ;
Bien afichent veraiement,
S'as dex ne venist a talent,
Ne peüst pas estre engigné. [15a]
1998 Se par elz ne fust otreié,
Cum faitement e en quel guise
Poüst par home estre conquise ?
Mout ont Jason entr'euz loé,

immédiatement aux mains. Bientôt ils se sont tous entre-tués. Jason a donc mené à bien la tâche redoutable qu'il avait entreprise. Il rend grâce aux dieux de la victoire qu'il a remportée, va tout droit vers le bélier et s'empare de la Toison. Sans s'attarder davantage, et de peur que ne surgisse un nouveau danger, il regagne en hâte son bateau, monte à bord, largue l'amarre et se dirige vers le large, ramant sans ménager ses efforts. Médée, qui se tenait à une fenêtre de la tour, vit revenir son ami. Inutile de demander si elle en fut heureuse : c'était l'être au monde qu'elle chérissait par-dessus tout. Son visage retrouve sa couleur et sa joie, elle en est sûre, sera totale.

Hercule et les chevaliers virent eux aussi revenir leur seigneur, et personne ne peut dire la joie qu'ils en éprouvèrent, mais le roi Oëtès, lui, en fut fort contrarié. Jason cependant a gagné le rivage. Il sort de sa barque et tous l'accueillent dans la joie tandis que les plus chers de ses compagnons le désarment rapidement. Tout le peuple des alentours s'est rassemblé pour regarder la Toison merveilleuse – nul n'en a vu ni n'en verra de pareille, en quelque terre que ce soit – et tous en parlent avec admiration, disant que c'est vraiment un objet de l'autre monde et qu'assurément elle n'aurait pu être dérobée si les dieux n'y avaient consenti. Comment aurait-elle pu être conquise par un mortel, s'ils n'avaient donné leur accord ? Entre eux, ils couvrent Jason d'éloges et tous voient en lui un

2002 Bien le tienent tuit a faé.
En la cité le reis l'en meine,
De lui servir mout par se peine.
Si cum il el palaiz entra,
2006 Li vint encontre Medea.
Cinc cenz feiees le baisast
Mout voluntiers, s'elë osast !
Par mi les flans l'a enbracié ;
2010 Soavet li a conseillié
Que la nuit hauge o li parler,
Quant il iert lués, sans demorer.
« Dame, fait il, mout le desir ;
2014 Del tot ferai vostre plaisir. »
     Ses bainz orent apareilliez.
Quant lavez se fu e baignez,
Isnelement s'en est eissuz ;
2018 Mout est de riches dras vestuz
Que s'amie li ot tramis.
Aprés sunt au mangier asis,
Servi furent mout hautement.
2022 N'i ferai plus porloignement :
Tote la quinzeine e le mois
Se sejornerent li Grezois.
Grant leisir ont li dui amant
2026 De faire ensemble lur talant,
Sovent demeinent bele vie.
Jason en a mené s'amie,
Quant ce avint qu'il s'en ala.
2030 Grant folie fist Medea :
Trop ot le vassal aamé.
Por lui laissa son parenté,
Son pere e sa terre e sa gent. [15b]
2034 Mais assez l'en prist malement,
Quar, si cum li auctors reconte,
Puis la laissa, si fist grant honte.
El l'aveit gardé de morir,
2038 Ja puis ne la deüst guerpir.
Trop l'engigna, ce peise mei ;
Laidement li menti sa fei.
Trestuit li deu s'en corrocierent,
2042 Qui mout asprement l'en vengierent.
N'en dirai plus, ne nel vueil faire,
Quar mout ai grant ovre a retraire.
     Quant en Grece furent venu,

dans la joie au port dont ils étaient partis. Ils avaient échappé, leur semblait-il, à de bien grandes souffrances, à un bien grand péril. Ils se réjouissent de retrouver leurs amis qui leur dirent toute leur admiration lorsque l'exploit leur fut conté. Jason en acquit – comme je le trouve dans ma source – un grand renom et beaucoup d'honneur. Son oncle lui manifesta beaucoup d'égards et rien, dans son attitude, ne permettait de penser qu'il était contrarié de ce retour. S'il le haïssait, s'il avait souhaité qu'il lui arrivât malheur, rien ne transpirait.

Mais je m'arrête ici de raconter ce qui concerne la vie et les actes de Jason, car je ne trouve rien de plus à ce sujet dans ma source : Darès n'a pas voulu en écrire davantage et Benoît n'allonge pas le récit et ne le développe pas en contant des mensonges. Darès n'en dit pas plus sur Jason. Mais, si l'on veut écouter chanter la plus haute entreprise que l'on peut, que l'on pourra jamais chanter, les grandes et cruelles batailles, les plus acharnées, les plus meurtrières, celles qui causèrent la perte des plus puissants chevaliers d'alors et la destruction de la noble cité, j'en commencerai le récit véridique et, à mon tour, je conterai toute l'histoire telle que la déroule l'Auteur.

Vv. 2079-2862. Première expédition contre Troie, menée par Hercule, et qui aboutit à la destruction et au pillage de la ville. Laomédon est tué. Sa fille, Hésione, est emmenée en esclavage par Télamon, le roi de Salamine.

LA RECONSTRUCTION DE TROIE
(vv. 2863-3186)

Laomédon avait un fils qui était très sage et très preux. il s'appelait Priam et son épouse lui avait donné huit enfants. Son père l'avait envoyé guerroyer loin de son pays. Il assiégeait une

Un chastel aveit asegié,
Quant il li fu dit e noncié
Que Troie esteit e la contree
2872 Arse e destruitë e robee,
E ses pere ocis e sa mere,
E ses serors e tuit si frere,
Fors une dont iert grant damage,
2876 Quin esteit menee en servage.

  Quant la novele fu seüe
E Priamus l'ot entendue,
S'il ot dolor, nus nel demant :
2880 Riens qui vesquist n'ot onc si grant.
Assez plora e fist grant duel ;
Iluec vousist morir son vuel.
Mout a son pere regreté
2884 E sa valor e sa bonté :
« Laomedon, chiers pere, sire,
Tant a mon cors mis en grant ire
Qui vos a mort, ja mais niul jor
2888 Ne porrai vivre sans dolor.
Ainc mais ne fu faiz tieus outrages ;
Moie est la onte e li damages.
Poi pris or mais tote ma vie.
2892 Haï ! bone chevalerie,
Cum estes morte en poi de tens !
Bien devreie perdre le sens.
Tenir se doit por confondu
2896 Qui tiel damage a receü.
Haï ! la noble gent de Troie, [22b]
De vos parti a si grant joie !
Cum estes a honte eissillee,
2900 Morte e ocise e detrenchee !
Franches dames, franches puceles,
Tant a ici freides noveles !
Tant sunt malement departi
2904 De vos vostre riche mari !
Vos fiz, vos freres, vos nevoz
E vos amis, les beus, les prouz,
Toz les ont li Grezeis ocis
2908 E eissiliez del bel païs.
Tote ont destruite la contree
E ma seror en ont menee :
Bien sai, vilment la tendra cil
2912 Qui l'en a menee en eissil.

le royaume, il n'y eut jamais plus belle femme. Ma source dit que le roi Priam avait en outre trente fils qui étaient de bons chevaliers, mais ils n'étaient pas nés de sa femme.

Le roi regagna Troie aussi vite qu'il le put avec tous les hommes qu'il avait. Il trouva la cité ravagée et pleine de cadavres. Tout, autour de lui, était brûlé, dévasté, abattu, tout était pillé, saccagé, ruiné. Pas une maison qui fût entière, pas une tour, un temple, une muraille. Priam et ses compagnons passèrent les trois premiers jours à pleurer les morts sans prendre aucune nourriture. Pour les âmes des leurs qui avaient été tués, ils offrirent aux dieux, comme il convient, de grands sacrifices et firent d'imposantes cérémonies funèbres.

Peu après, Priam décida avec son peuple de reconstruire la cité : ils la feraient plus belle et plus grande, plus facile à défendre et mieux fortifiée : ainsi ils n'auraient plus à craindre les outrages, les exactions et les mauvais desseins de leurs voisins ; ils ne dépendraient de personne et ne redouteraient plus les Grecs. Ils pourront alors se venger du tort qu'ils leur ont fait. Leur délibération fut brève : ils firent venir des ouvriers – il y en eut un grand nombre – et, dès qu'ils le purent, ils commencèrent à extraire le marbre et à reconstruire leur cité. Les clercs lettrés lisent dans leurs livres – et c'est un fait encore bien connu – qu'il n'y eut jamais sur terre de cité comparable à Troie pour la beauté, les dimensions, l'abondance des ressources et l'opulence. Puissants en furent les fondements comme l'appareil qui fut élevé au-dessus. Les Troyens

Mout la troverent degastee,
Mais cent tanz mielz l'ont restoree ;
Mout la refirent bele e gente.
3004 Mout i mist Prianz grant entente :
Mout la fist clore de bons murs [23a]
De marbre, hauz, espés e durs.
Mout en erent haut li terrier,
3008 Au meinz del trait a un archier.
Aveit granz tors tot environ,
Faites de chauz e de sablon.
De marbre fin e de liois,
3012 Jaunes e verz, indes e blois
En esteient tuit li quarrel
Mout bien entaillié a cisel.
En plusors lués ot forterreces
3016 O chaaphauz e o brestesches,
Sor granz motes en haut levees,
De granz fossez avironees.
Tiels mil meisons i ot e plus
3020 A reis, a contes e a dus :
La meinz forz n'eüst pas dotance
De trestot l'enpire de France.
Les genz des terres d'environ*
3024 E de tote la regïon
Iert tote atraite e venue.
Poblee l'ont si e vestue
Que treis jornees sans devise
3028 Durot e mout plus la porprise.
Mout en erent beles les rues
E de riches maisons vestues.
Mout i aveit de biaus palez,
3032 Si riches ne verreiz ja mes.
En tote Troie n'ot bordel
N'eüst pierre ne quarrel
Se de marbre non entaillié.
3036 Ja nus hon n'i moillast son pié,
Quar les rues erent voutices,
Les unes as autres jointices ;
De soz erent pavimentees,
3040 De sus a or musique ovrees.
 De l'une part sist Ylïons, [23b]
De Troie li maistre donjons.
Cel fist Prianz a son hués faire,
3044 E si vos puet hon bien retraire

Description de Troie

avaient trouvé leur cité dévastée, mais ils la reconstruisirent cent fois mieux, refaisant une ville de toute beauté et de noble allure. Priam mit tout son cœur à la relever. Il l'entoura soigneusement d'une bonne muraille de marbre, haute, épaisse et solide. Les parapets s'élevaient très haut, au moins à une portée d'arc. Tout autour de la cité se dressaient de hautes tours, construites en un mélange de chaux et de sable. Les pierres de construction, très bien taillées au ciseau et faites de marbre fin et de calcaire, étaient de couleur jaune, verte, indigo et bleue. En plusieurs endroits étaient érigés des ouvrages fortifiés, équipés de parapets crénelés, prenant appui sur de hautes mottes et ceints de profonds fossés. On avait construit plus de mille maisons destinées aux rois, aux comtes et aux ducs. La moins bien fortifiée n'aurait pas redouté toutes les forces du royaume de France... La population de toutes les terres alentour avait été conviée à venir vivre dans la ville et tous ces gens l'avaient si bien peuplée et couverte de maisons qu'en faire le tour complet aurait pris, sans aucun doute, trois jours et plus. Les rues étaient très belles, toutes bordées de magnifiques demeures, et il y avait de très beaux palais – jamais vous n'en verrez d'aussi somptueux. Dans toute la ville de Troie, il n'y avait maison, si modeste fût-elle, dont les pierres et le revêtement ne fussent en marbre taillé. Personne, à Troie, ne se mouillait les pieds, car les rues étaient couvertes de voûtes qui ne laissaient entre elles aucun espace. Le sol en était pavé et le plafond des voûtes était entièrement recouvert de mosaïque.

À l'écart s'élevait Ilion, la principale forteresse de Troie. Priam l'avait fait bâtir pour son usage personnel et jamais plus

Onques ne fu faiz autretiels
Par niul home qui fust mortels.
El plus haut lué de Troie sist –
3048 Trop fu maistre cil qui le fist ! –
Sor une roche tote entiere
Qui fu taillee en tiel maniere
Que a conpas, tot a roont,
3052 S'estreigneit auques jus qu'a mont.
N'esteit si estreit de desus
Cinc cenz teises n'eüst e plus.
Iluec fu Ylïons assis
3056 Dont l'on sorvit tot le païs.
Si esteit hauz, qui l'esgardot,
Ce li iert vis e ce quidot
Que jus qu'as nues ateinsist.
3060 Onques Dex cel engin ne fist
Qui i poïst estre menez
Par niul qui seit de mere nez.
De marbre blanc, inde, safrin,
3064 Jaune, vermeil, pers e porprin
Erent asis par tiel maniere
Tuit li quarrel de la maisiere
Qu'ensi come divers estoient
3068 Por les colors quis departoient,
Si erent les ovres diverses,
A flors, a oiseus e a bestes.
Azur ne teint ne vermeillon
3072 N'i aveit se de marbre non.
D'or esmeré e de cristal
Erent ovré li fenestral.
N'i ot chapitel ne piler
3076 Que l'on ne fesist tresgeter
Tot d'ovre estrange deboissee [23c]
E a cisel bien entaillee.
Riche furent li paviment :
3080 Assez i ot or e argent.
Dis estages larges e lez,
Biaus e bien faiz e bien ovrez,
I trovot l'on des le primier,
3084 Ainz que l'on fust sus au derrier.
Les batailles e li crenel
Firent tuit ovré a cisel.
Ymages de fin or entieres
3088 Ot mout asis par les meisieres.

Description d'Ilion

– on peut bien vous le certifier – il n'y eut mortel capable de construire sa pareille. Elle était érigée sur le plus haut site de Troie et c'était vraiment un maître architecte, celui qui l'avait construite ! Un roc d'un seul bloc, taillé au compas et qui allait ainsi en se rétrécissant jusqu'à son sommet – mais même alors la circonférence en atteignait cinq cents toises et plus –, tel était le site d'Ilion. De là, on embrassait du regard tout le pays et, lorsqu'on regardait d'en bas ce roc, il paraissait si haut qu'on aurait cru qu'il montait jusqu'aux nues. Dieu ne fit jamais de machine de guerre mue de main d'homme assez puissante pour se dresser contre cette forteresse. Les blocs du mur d'enceinte, tous en marbre, étaient alternativement blancs, indigo, safran, jaunes, vermeils, bleu foncé et pourpres. Ils se différenciaient aussi bien par la diversité des couleurs que par celle des sculptures qui les ornaient : fleurs, oiseaux, bêtes. Le bleu, le vermillon, toutes les couleurs étaient rendues par le marbre lui-même. Les fenêtres étaient faites d'or pur et de cristal. Tous les chapiteaux et toutes les colonnes étaient sans exception travaillés au ciseau et ornés d'extraordinaires sculptures. Les pavements étaient somptueux : l'or et l'argent y abondaient. Dix étages se succédaient, d'aussi amples dimensions, aussi beaux, bien agencés et ornés du premier au dernier. Les meurtrières et les créneaux étaient entièrement sculptés eux aussi et, sur les murs, s'élevaient nombre de statues tout en or fin. Une

---

3070. flors e a

Quant achevez fu Ylïon,
Mout par fu riches de faiçon,
Mout sist en ergoillose place.
3092 Tote rien par senblant manace :
Manacier puet, qui rien ne crient
Se devers le ciel ne li vient.
Tot l'enpire, tote la gent
3096 Qui sunt de ci qu'en Orïent
N'i fareient ne que un home.
Trop par fu forz, ce est la some.
    Une sale fist Priamus
3100 De marbre fin e de benus :
Riche fu mout l'entableüre
E plus riche la coverture ;
Mout ot assis de riches pierres
3104 En plusors lués par les meisieres.
Mout par fu granz, mout par fu lee
E mout fu richement ovree.
Onc paviment n'ot hon veü
3108 Tiel cum cil iert qui faiz i fu.
Tant i ot hon ovres levees,
Ne sai cum furent porpensees.
A l'un des chiés fu faiz li dois
3112 Ou manjera Prianz li rois ;
Les tables i sunt arengees   [23d]
Ou mangeront ses granz maisnees.
En l'autre chief de l'autre part,
3116 Par grant conseil e par esgart,
Fist faire li reis un altel :
Onques nus hon n'en vit itiel.
Eissi come Daires retrait,*
3120 D'estrange richece l'a fait ;
Onques ne puet estre seü
Demi l'aveir qui mis i fu.
L'image al deu qui plus creoient,
3124 Ou il greignor fiance avoient –
C'ert Jupiter li dex poissanz –,
I fist faire li reis Prianz
Del meillor or qu'il onques ot
3128 Ne que il onques trover pot.
Grant seürté e grant fiance
I avoient, e atendance,
Que par ce fussent desfendu
3132 Ne ja ne fussent mais vencu

La grand-salle de Priam

fois achevée, Ilion avait vraiment fière allure ! Elle se dressait orgueilleusement, comme une menace pour tout l'univers. Certes, elle pouvait menacer, car elle n'avait rien à redouter, sinon quelque danger venu du ciel. Tous les royaumes, tous les peuples que l'on dénombre jusqu'à l'Orient n'auraient su lui porter la moindre atteinte. En un mot, c'était une forteresse à toute épreuve.

Priam fit construire une salle de marbre fin et d'ébène : l'entablement en était somptueux, et plus encore le plafond. Sur les murs, en maints endroits, étaient incrustées de magnifiques pierres précieuses. Cette salle était de très vastes dimensions et splendidement ornée. Le pavement, personne n'en vit jamais de semblable. Quant aux sculptures, elles étaient si nombreuses que je ne sais comment on avait pu en imaginer autant. On avait installé à l'une des extrémités de la salle la table d'honneur où devait manger le roi Priam. Là étaient également disposées les tables où ses hommes devaient prendre place en grand nombre. À l'autre extrémité, le roi fit construire un autel avec beaucoup de science et d'art : jamais on n'en vit qui lui soit comparable. Selon ce que rapporte Darès, Priam l'avait voulu d'une extraordinaire richesse et l'on ne put jamais évaluer la moitié de l'argent qui y avait été consacré. La statue du dieu en qui ils croyaient, en qui ils se fiaient plus qu'en tout autre – c'est Jupiter, le dieu puissant –, cette statue, le roi Priam la fit exécuter dans l'or le plus fin qu'il ait pu se procurer. Les Troyens avaient placé en elle toute leur confiance, toute leur foi, tout leur espoir, persuadés qu'elle les protégerait et que, grâce à elle, ils ne seraient jamais

Ne mais destruite lor contree.
Mais n'iert tieus pas la destinee.
Chanbres voutices o forneus,
3136 Verrieres, clostres e praeus,
Puis i ot, funtaines adés :
Eve prenoient assez pres.
    Quant li mur furent achevé
3140 Qui clostrent tote la cité,
Onc si riche, si cum je truis,
Ne furent fait ne ainz ne puis.
Sis portes i ot solement,*
3144 Se li auctors ne nos en ment.
Ce dist Daires, qui n'i faut pas :
L'une ot non Antenoridas ;
Le secunde, qui iert enprés,
3148 Apelot on Dardanydés ;
La tierce apelent Ylïa ; [24a]
La quarte raveit non Ceca ;
La quinte resteit apelee
3152 Par non, ce sai de veir, Tinbree ;
E cil qui a dreit l'apelerent,
La siste Troiana nomerent.
Riche furent mout li portal ;
3156 Sor chascune ot tor principal
Haute e espesse e defensable.
N'i ot si povre comestable,*
Quin fust bailee la menor,
3160 Mil chevaliers n'ait de s'enor
E de renté as plus eschars
Plus de vaillant set mile mars.
Que sereit ce que je diroie ?
3164 De folie me peneroie :
Ne sereit senpres oïe
Solement la disme partie
Des merveilles e des faiçons
3168 Des murs, des tors e des donjons.
Enuiz sereit de l'escouter
E moi plus grant del recontier.
Ce est la fins : nus hon vivanz
3172 Ne vit si riches ne si granz.
    Quant Ylïon fu achevez
E Troie la riche citez,
Grant joie orent, mout furent lié ;
3176 Mout ont as dex sacrefié.

vaincus ni leur pays détruit. Mais telle n'était pas leur destinée. Enfin, il y avait en suffisance des chambres aux plafonds voûtés, équipées de cheminées, des verrières, des cloîtres, des préaux, des fontaines et des puits. On pouvait ainsi trouver de l'eau à proximité.

Quant aux murailles qui entouraient entièrement la cité, jamais on n'en fit, avant ou après, de plus imposantes, à ce que je trouve dans ma source. Si l'Auteur ne nous ment pas, il n'y avait que six portes. D'après Darès, qui ne se trompe pas, la première s'appelait Anténoridas et la suivante Dardanydès; la troisième, on l'appelait Ylia, la quatrième Céca; la cinquième se nommait, je le sais bien, Tinbrée; la sixième, ceux qui lui donnèrent son vrai nom l'appelèrent Troïana. Ces portes étaient très imposantes : sur chacune s'élevait une tour principale aux murailles hautes et épaisses, et facile à défendre. Le plus pauvre des connétables, celui à qui était confiée la garde de la moins importante de toutes, avait, pour le moins, mille chevaliers de son fief sous ses ordres et plus de sept mille marcs de rente. Que pourrais-je encore ajouter ? Ce serait faire des efforts inutiles : on ne pourrait en effet même pas écouter la dixième partie de la description des merveilles de Troie, de l'aspect des murs, des tours, des donjons. Ce serait ennuyeux à écouter, et, pour moi, plus ennuyeux encore d'en faire le récit. En un mot, nul mortel ne vit cité aussi vaste et aussi opulente.

Lorsque Ilion fut achevée ainsi que la puissante cité de Troie, tous les habitants en furent très heureux ; dans leur joie, ils firent aux dieux de grands sacrifices. Ils inventèrent des

Jués establirent e troverent
Ou mainte feiz se deporterent.
Onc ne fu riche maïstrie
3180 N'afaitement ne corteisie
Dont l'on eüst delit ne joie,
Que ne trovassent cil de Troie.
Eschés e tables, jué de dé
3184 I furent, ce sachiez, trové,
E mainte autre ovre deportable, [24b]
Riche e vaillant e delitable.

3651   Mout fu iriez Prianz li reis [26c]
Quant il oï que li Grezeis
Avoient despit son message.
Mout l'en pesa en son corage.
Les manaces ot e le lait
3656 Que Antenor lur ot retrait,
E les reproches e les diz.
A ses homes e a ses fiz
Le prist a dire e a monstrer :
3660 « Seignor, en vos me dei fïer.
Oïr pöez l'adrecement
E la paiz e l'acordement
Que cil de Grece nos fareient,
3664 Se lué e tens e aise aveient.
De nos n'ont crieme ne dotance,
Mout prisent poi nostre poisance.
Ma seror ne me rendront mie.
3668 Or ne sai je mais que je die,
Mais assez nos vient mieuz morir
Que ceste honte en paiz sofrir.
Dahé ait qui la soferra
3672 E qui a tant ne s'en metra
Que l'on ne nos en blasme a tort !
A morir avons d'une mort :
Assez sovent a l'on veü
3676 Que cil qui esteient vencu

Priam réunit ses fils et ses hommes   125

‹, en fixèrent les règles, et très souvent, ils y prirent beau-
p de plaisir. On peut bien dire que les Troyens inventèrent
t ce qui, sur le plan de l'ingéniosité, du divertissement ou
 distractions courtoises, est capable de procurer à l'homme
 isir et joie. C'est là que furent inventés, sachez-le, le jeu
d'échecs, le trictrac, le jeu de dés et bien d'autres divertissements aussi fastueux qu'intéressants et agréables.

*Vv. 3187-3650 : Priam envoie Anténor en Grèce réclamer
Hésione. Anténor est successivement éconduit par Pélée,
Télamon, Castor et Pollux et Nestor. Il revient à Troie et rend
compte à Priam de son échec.*

PRIAM ET LES TROYENS ENVOIENT PÂRIS
EN GRÈCE (vv. 3651-4166)

Lorsqu'il apprit que les Grecs avaient insulté son messager, le roi Priam en fut très irrité et très affecté. Après avoir entendu de la bouche d'Anténor les menaces et les outrages qu'il avait subis, les injures et les paroles brutales qu'il avait entendues, il en fit publiquement part à ses fils et à ses hommes.

« Seigneurs, leur dit-il, vous avez toute ma confiance. Vous pouvez comprendre quelle sorte d'arrangement, quel type de paix et d'accord les Grecs concluraient avec nous s'ils en trouvaient temps, lieu et occasion ! Ils ne nous redoutent nullement, ils ne font aucun cas de notre puissance. Ainsi donc, ils ne me rendront pas ma sœur. Dans ces conditions, je ne sais plus que dire ; mais mieux vaut mourir que d'endurer sans rien faire pareil déshonneur. Maudit soit celui qui y consentira et qui ne fera pas en sorte qu'on ne puisse injustement nous blâmer ! On ne meurt qu'une fois, et on a bien souvent vu les vaincus

Revenceient lur anemis,
Si qu'a elz erent puis sozmis.
Fort vile avons : jus qu'al juïse*
3680 Ne sereit ele a force prise !
Chevalerie avrons assez
E de gent a pié granz plentez ;
Vivre e vitaille avrons adés.
3684 Mout nos devons metre a grant fes
Que de l'ire dont somes plain [26d]
Querons mecine a estre sain,
O faire a celz honte e damage,
3688 Qui le firent nostre lignage.
Serïons sain, lié e joios.
Cest afaire met or sor vos :
Que qu'en die ne que que non,
3692 N'en ferai rien se par vos non.
Non pas por ce ma volunté
E mon corage e mon pensé
Est biens e dreiz que vos en di,
3696 O seit saveirs, o seit folie.
Eslisons tant de nostre gent
Cum il nos vendra a talent,
De chevaliers prouz e hardiz,
3700 De totes armes bien garniz ;
Sils envïons en lur contree
Tot belement e a celee.
Ainz que la chose seit seüe,
3704 Puet lur terre estre confundue,
Lur homes morz, lur preie prise.
Ne quident pas en niulle guise
Que l'on osast sor eus aler
3708 N'en lur terre a force entrer.
Haï ! haï ! franc chevalier,
Qui lor orgoil porreit baissier
Cum avreit grant aumosne faite !
3712 Or me dites que vos en haite.
Ice vos di je bien de veir,
Se vostre aïde en puis aveir,
Que mei ne la guarront ja mais
3716 Ne n'i avront trive ne pais. »
N'i a un sol qui l'en desdie ;
Chascuns li pramet e afie
Qu'il en faront tot son voleir
3720 A lur force e a lur poeir :

triompher à leur tour de leurs vainqueurs et les réduire à leur merci. Notre cité est très forte : personne, jusqu'à la fin des temps, ne pourrait la prendre d'assaut. Nous aurons suffisamment de chevaliers, de la piétaille en grand nombre, et des vivres en abondance. Nous devons donc tout mettre en œuvre pour guérir notre mal, assouvir la colère qui nous possède, et faire payer aux Grecs les offenses et le tort qu'ils ont faits à notre race. Alors nous serions guéris, nous vivrions dans la joie et l'allégresse. Mais je m'en remets à vous. Quel que soit le parti que vous adopterez, je m'y rangerai. Toutefois, que ce soit folie ou raison, il est juste et légitime que je vous dise ce que je veux, ce que je désire, ce à quoi j'ai pensé. Choisissons parmi nos hommes des chevaliers connus pour leur prouesse, en aussi grand nombre que nous voudrons ; équipons-les soigneusement et envoyons-les chez les Grecs en grand secret. Avant que la chose ne soit découverte, ils auront tout loisir de dévaster leur pays, de tuer leurs gens et de faire du butin. En effet, nos ennemis ne s'imaginent pas un instant qu'on puisse les attaquer ou pénétrer de force dans leur contrée. Ha ! nobles chevaliers, quelle louable action ce serait que d'abaisser ainsi leur orgueil ! Mais dites-moi maintenant ce que bon vous en semble. Toutefois je peux bien vous assurer que, si votre concours m'est acquis, les Grecs ne pourront plus m'échapper et que je ne conclurai jamais avec eux quelque accord que ce soit. »

Personne, dans l'assistance, ne vint contredire le roi et tous lui promirent et lui jurèrent de faire ce qu'il désirait dans la

---

3694. corage en m.

De toz avras la seignorie,
La pöesté e la maistrie.
E tu, garde qui sauve i seit :
3768 Por ce avras en m'enor dreit,
Por ce me seras fiz e heirs.
Li deu en facent mes voleirs ! »
   Hector respont come senez :
3772 « Sire, fait il, vos voluntez
Voil je mout faire, quar dreiz est.
De vostre plaisir vez me prest :
Voluntiers m'en entremetrai
3776 E tot mon poeir en farai.
A toz les dex pri e requier
Que mon aiol puisse vengier.
Lur voleir seit e lur plaisir
3780 De nos garder e maintenir
Tant qu'eüssons venjance prise
De cele gent qui poi nos prise.
Trop sera lait, se lur enfant
3784 S'en vont de nos escharnissant
Ne s'il remaneient en paiz
Des torz, des laiz qu'il nos ont faiz.
Bien nos devons tuit essaier
3788 De nostre grant honte vengier.
Mout par m'est tart e mout coveit
Que de nos genz bataille seit
Envers la lor : bien la voudroie,
3792 Voluntiers m'i essaeroie.
Ce peise mei que ne porton   [27c]
Armes vers gent que haïsson ;
Contr'elz les voil je mout portier.
3796 Mais nos covient mout a garder
Que en tiel sens le començon
Que traire a bon chief le puisson.
Mout sunt forz genz, mout ont aïe,
3800 Mout dure loing lor seignorie.
Grant honte avrons del comencier
Se nos nel poons avengier.
Qui bien comença, que li vaut
3804 S'en la fin del tot pert e faut ?
Comencement deit l'on haïr
Dont l'on ne puet a chef venir.
Li vileins dit : "Mieuz vient laissier*
3808 Que mauvaisement comencier."

« Tu auras sur eux tous autorité, pouvoir et commandement. Mais prends soin d'exercer ce pouvoir comme il convient : il te donnera des droits sur ma terre et je te reconnaîtrai comme mon fils et mon héritier. Que les dieux veulent bien exaucer mes volontés ! »

Hector lui répondit avec sagesse :

« Seigneur, j'agirai comme vous le voulez, car vos ordres sont justes. Me voici tout prêt à vous obéir et c'est bien volontiers que j'entreprendrai cette tâche et y consacrerai toutes mes forces. Je prie et supplie tous les dieux qu'ils m'accordent de venger mon aïeul. Puissent-ils consentir à nous protéger et à nous préserver jusqu'à ce que nous nous soyons vengés de cette race qui fait si peu de cas de nous ! Il serait trop humiliant que leurs enfants puissent se moquer de nous et qu'eux-mêmes vivent en paix après les injures et les torts qu'ils nous ont faits. Nous devons tous tenter de venger notre très grande honte et j'ai le plus vif, le plus impatient désir que nos hommes livrent bataille aux leurs. Cette bataille, comme je la voudrais, comme je brûle de me mesurer à eux ! Je supporte mal de ne pas attaquer ces gens que nous détestons. Oui vraiment, je veux les attaquer. Cependant il nous faut prendre grand soin de commencer cette entreprise en mettant de notre côté toutes les chances de la mener à bien. Les Grecs sont redoutables. Ils ont beaucoup de moyens. Leur pouvoir s'étend fort loin. Commencer cette guerre et ne pas parvenir à nous venger, ce serait nous déshonorer. Celui qui débute bien, quel profit en retire-t-il si, à la fin, il échoue et perd tout ? On doit bien se maudire d'avoir entrepris quand on ne peut achever et le vilain a bien raison : "Mieux vaut renoncer que mal

Bien savons tuit qu'en tot le mont
N'a gent si forte cum il sunt.
Vez Eürope qui il ont,
3812 Qui tient la tierce part del mont,
Ou sunt li mellor chevalier
E li mieuz duit de guerreier.
Onc el ne firent a niul jor
3816 Ne ne servent d'autre labor.
Celz pöent toz o eus mener
En ost e par terre e par mer ;
Celz avront toz a lur talent
3820 E celz d'Aise tot ensement.
Cil d'Aise n'en ont cure d'al
Mais toz jors seient a cheval.
Plus volent guerre qu'autre rien,
3824 Onc n'amerent repos ne bien.
Ice resavons nos de veir
Que cist resunt a lur voleir.
Si gardez bien quel en fareiz,
3828 Ja mar por mei le laissereiz ;
Je n'en die rien por coardie.
En sor que tot n'avons navie
Par quei sor euz poissons passer :
3832 A ce ne sai conseil doner.
Sans nés ne sai cum faitement
Lor poissons faire nuisement.
Mout i avons poi d'apareill.
3836 Sin fait a prendre tiel conseill
Dont l'on puisse a tiel fin venir
Ne nos en pleignons au partir ;
Quar l'enor de nos e le bien
3840 En desir je sor tote rien. »
A ce redistrent lor talant
Li plusor d'elz e li auquant ;
En plusors sens le löent faire,
3844 Mais envis est de tot retraire.

Aprés elz toz parla Paris :
« Tot ice, fait il, rien ne pris.
Riche gent somes e vaillant
3848 E d'aïde e d'aveir manant ;
Ceste vile ne crient niul home :
De mon conseill est ce la some
Que des Grezeis querions venjance,
3852 Quar je sai de fin sens dotance

[27d]

commencer". Or, comme nous le savons, il n'y a pas au monde de peuple plus puissant. Voyez : l'Europe est à eux, l'Europe qui est la troisième partie du monde, là où vivent les meilleurs chevaliers, les plus expérimentés au combat. En effet se battre est toute leur vie, ils n'ont aucune autre espèce d'occupation. Voilà donc les hommes qu'ils peuvent mener au combat, ou à terre ou sur mer, voilà ceux qu'ils trouveront à leur entière disposition. Et il en va de même pour les guerriers d'Asie qui n'ont qu'une idée en tête, vivre à cheval. Ils aiment la guerre plus que tout au monde, ils détestent l'inaction et ses plaisirs. Et nous savons bien qu'eux aussi obéissent aux Grecs. Considérez donc bien ce que vous allez faire, étant bien entendu que vous ne renoncerez pas de mon fait et que ce n'est pas la lâcheté qui me fait parler. De surcroît, nous n'avons pas de flotte pour débarquer en Grèce et, sur ce point, je ne sais quel conseil donner. Je ne vois pas en effet comment, sans bateaux, nous pouvons leur causer le moindre dommage. Or nous sommes en ce domaine très peu équipés. Il nous faut donc envisager une solution telle que nous puissions l'exécuter et ne rien regretter à la fin. Ce que je recherche en effet plus que tout, c'est notre renommée et notre bien. »

Là-dessus, de nombreux membres de l'assistance exprimèrent leur opinion, donnant des conseils divers, mais il serait ennuyeux de tout rapporter. Puis, le dernier, Pâris prit la parole :

« Aucun des avis qui ont été donnés ne me semble bon, dit-il. Nous sommes puissants et braves ; nous avons en abondance ressources et alliés, et cette ville ne craint personne. Ma conclusion est donc qu'il faut nous venger des Grecs car, j'en suis absolument certain, l'entreprise ne peut se terminer qu'à

Qu'il nos en avendra toz biens.
De ce seit toz li blasmes miens.
Seit la navie apareillee
3856 E si seit en Grece enveiee
Delivrement des qu'a brief jor.
Li deu en volent nostre enor,
E dirai vos coment jel sai :
3860 L'autrier, es kalendes de mai,*
Chacöe en Inde la Menor
Un cerf, ce m'est vis, correor.
Le jor le chacierent mi chien ;
3864 Assez corui, ainc n'en pris rien.
Mout fist grant chaut d'estrange guise, [28a]
Ne venta gaires le jor bise.
Mes veneors e toz mes chiens
3868 Perdi el val de Citariens.
Lez la funtaine ou riens n'abeivre,
De desoz l'onbre d'un geneivre,
M'estut dormir, nel poi müer :
3872 Onques avant ne poi passer.
Sempres maneis en m'avison
Fu davant mei Mercurïon.
Celz treis deueesses m'amena,
3876 Juno, Venus e Minerva.
Treis feiz m'apela dreitement,
Puis dist : "Paris a mei entent.
Celz deueesses vienent a tei
3880 Por le jugement d'un otrei :
Une pome lor fu getee.
D'or est massis, tote letree ;
Les letres dient en grezeis
3884 Qu'a la plus bele d'eles treis
Sera la pome quitement.
Entr'eles en a grant content :
Chascune plus bele se fait,
3888 Chascune est dreiz, ce dit, qu'el l'ait.
N'i a celi de sei ne die
Que por biauté n'en perdra mie.
L'une la tout, l'autre la viee.
3892 Oncor n'est a niulle otroiee,
Oncor n'en est niulle saisie.
Mout en est chascune marrie.
Conseil ont pris, je lor donai
3896 E par bone fei lor loai,

notre avantage. Sinon, que le blâme en retombe sur moi ! Armons donc notre flotte et partons au plus vite pour la Grèce. Les dieux veulent nous couvrir de gloire et je vais vous dire comment je le sais. Tout récemment, pendant les calendes de mai, je courais un cerf sur le mont Ida. Tout le jour mes chiens suivirent sa trace et moi, je le poursuivis longtemps, mais en vain. Il faisait ce jour-là extraordinairement chaud et il n'y avait pas le moindre souffle d'air. Je perdis mes chasseurs et mes chiens dans le Val des Cythariens et j'arrivai près d'une source où personne, jamais, ne s'est abreuvé, juste sous l'ombre d'un genévrier. Là je fus pris d'une irrésistible envie de dormir. Impossible d'aller plus avant. Aussitôt endormi, je vis en rêve venir devant moi Mercure qui conduisait Junon, Vénus et Minerve, les trois déesses. À trois reprises il m'appela par mon nom.

« "Pâris, dit-il, écoute moi. Ces déesses viennent te trouver pour que tu les départages. Une pomme d'or leur a été jetée. Cette pomme, en or massif, est entièrement gravée de lettres grecques qui disent que la pomme doit être attribuée à la plus belle des trois. Les voilà donc en grande rivalité, car chacune se prétend la plus belle. Chacune soutient qu'elle doit à juste titre l'avoir. Toutes trois déclarent que ce n'est certes pas par manque de beauté qu'elles ne sauraient l'obtenir. L'une la prend, l'autre l'en empêche. Bref, cette pomme n'a pas encore été attribuée, aucune d'elles ne l'a obtenue, et elles sont donc toutes trois très en colère. Mais voici la décision qu'elles ont prise (c'est moi qui la leur ai suggérée et mon conseil était

---

3884. que la

Que a ce que tu en diroies
E celi que tu la dorroies,*
Des autres li seit otreiee
3900 E de biauté la plus preisee.
Totes treis l'ont si otreié [28b]
Cum de ta boche iert devisé.
Cele l'avra que tu diras
3904 E de biauté plus löeras.
Par tei le covient a saveir
Qui la pome devra aveir."
« Chascune conseilla o mei
3908 Priveement e en segrei.
Soz ciel n'a rien que je vousisse
Qu'a icele ore n'en treisisse ;
N'i ot celi qui ne m'ofrist.
3912 E Venus m'afïa e dist,
Se la pome li otreieie
E de biautié plus la looie,
La plus preisee qui sereit,
3916 Femme de Grece me dorreit.
La pome ensi li otreiai
E de biautié mout la loai.
O li me tinc por la pramesse,
3920 Si sai tres bien que la deuesse
Me eidera, nel dot de rien.
Se vos, sire, le volez bien,
G'irai, ce sachez, voluntiers :
3924 Tant ai je gent e chevaliers
Qu'en lor terre lor puis forfaire.
Ainz que nos metons el repaire,
Lur avrons tiel damage fait
3928 Qui a toz jors iert mais retrait. »
Anceis qu'a ce responsist nus,
Parla primiers Deïphebus :
« Bien lou, fait il, e bien agré
3932 Le conseil qu'a Paris doné.
O lui m'en tienc, mout a bien dit,
N'i deit aveir niul contredit.
Bien cuit e crei, se il i vait,
3936 Que li Grezeis nos faront plait
E qu'il rendront Esïonan, [28c]
Anceis que vienge al chef del an :
Plait nos faront tot a nos grez.
3940 Seit li navies aprestez

loyal) : elles accepteraient de se conformer à ce que tu dirais, d'accorder la pomme à celle à qui tu la donnerais et de la reconnaître comme la plus belle. Toutes trois ont décidé de s'en tenir au jugement que tu rendrais. Aura la pomme celle que tu désigneras, que tu déclareras la plus belle. C'est donc de ta bouche qu'il faut savoir qui doit l'avoir."

« Chacune des déesses vint alors me parler seule à seul et dans le plus grand secret. Tout ce que j'aurais pu désirer au monde, j'aurais pu en cet instant l'obtenir : toutes trois me firent des offres. Mais Vénus me promit que, si je lui accordais la pomme, si je déclarais qu'elle était la plus belle, elle me donnerait la plus belle femme de toute la Grèce. C'est ainsi que je lui remis la pomme et déclarai qu'elle était la plus belle. Mais si j'ai pris le parti de Vénus, c'est à cause de la promesse qu'elle m'a faite, et je suis sûr et certain qu'elle viendra à mon aide. Ainsi donc, seigneur, si vous y consentez, j'irai très volontiers en Grèce, sachez-le. J'ai assez d'hommes et de chevaliers pour pouvoir nuire à nos ennemis. Alors, avant de nous retirer, nous leur aurons infligé de telles pertes qu'on en parlera à tout jamais. »

Avant que qui que ce soit ait repris la parole, Déiphobe répondit :

« J'approuve pleinement, dit-il, le conseil qu'a donné Pâris. Je me range de son côté : il a dit ce qui convenait et l'on ne doit pas s'opposer à ce plan. Je crois, j'en suis sûr, que, s'il va ainsi en Grèce, les Grecs concluront un accord avec nous et nous rendront Hésione. Avant la fin de l'année, ils en passeront

E si en haut astivement ;
N'i ait autre porloignement. »
          Aprés parla danz Helenus,
3944 Frere Paris, fiz Priamus.
En piez s'estut davant lo rei :
« Sire, fait il, entendez mei.
Ne siet l'on bien de deviner,
3948 Nus n'en porreit oïr mon per ;
Mainte chose ai prophetizee
Qui est provee e essaiee.
Onques chose ne fis acroire
3952 Qui n'ait esté provee a veire :
Ja rien que die n'i faudrai.
Mais, ce sachiez, une rien sai :
Se Paris a de Grece femne,
3956 Ne de la terre ne del regne,
Que Troie n'en seit eissillee,
Arse e fundue e trebuchee,
J'otrei que j'en seie dampnez
3960 E en un fué ars e ventez.
Veü en ai les visïons
Par treis feiz e devins respons.
De ce me faz devin e maistre
3964 Qu'il ne puet pas autrement estre :
Se de Grece femme en ameine,
Sans mort, sans dolor e sans peine
N'en porra eschaper uns sous,
3968 Quar li Grezeis vendront sor nos.
Par vive force e par bataille
Ylïon abatront sans faille :
Ja n'i avra si haut terrier
3972 Qu'il ne facent aplaneier.
Peres e fiz tot ocirront   [28d]
E tot le regne destruiront
A grant dolor e a torment.
3976 Ja ne m'i remaindra parent,
3976a Ne frere, ne coisin germain.
3976b De ce me faz je toz certain.
Por ce sereit bien, or m'est vis,
Que n'i alast pas danz Paris.
Remaigne ci, quar grant damage
3980 Nos puet venir par son passage.
Chose deit l'en bien desvoleir
Por pis oster e remaneir. »

par ce que nous voudrons. Préparons donc notre flotte et partons au plus vite, sans tarder davantage ! »

Le seigneur Hélénus, fils de Priam et frère de Pâris, vint alors devant le roi.

« Seigneur, dit-il, écoutez-moi. Ne sait-on pas que, pour ce qui est de lire l'avenir, je n'ai pas mon pareil ? J'ai souvent fait des prophéties qui se sont en tout point accomplies. Ce que j'ai donné comme sûr s'est toujours réalisé. Rien, dans mes paroles, ne sera jamais pris en défaut. Or, voici ce que je sais, écoutez-moi ! Si Pâris prend comme épouse une femme venue de la terre et du royaume de Grèce, je veux bien être damné et brûlé sur le bûcher, je veux bien que mes cendres soient jetées au vent, si Troie n'est pas alors dévastée, pillée, brûlée et détruite de fond en comble. Par trois fois j'en ai eu la vision et la réponse des oracles divins. Je peux donc en toute certitude prophétiser qu'il ne saurait en aller autrement : si Pâris ramène de Grèce une femme, aucun de nous ne pourra éviter d'affronter la mort, les tourments, les douleurs. Les Grecs viendront nous attaquer avec toutes leurs forces. Ils abattront Ilion. Les défenses les plus élevées, ils les feront raser. Ils tueront les pères et les fils et détruiront le royaume, y répandant les souffrances et les tourments. Pas un membre de notre famille n'en réchappera, ni frère, ni cousin germain, j'en suis absolument sûr. C'est pourquoi, tel est mon avis, il serait bon que le seigneur Pâris n'aille pas en Grèce. Qu'il reste ici, car son expédition pourrait nous être très nuisible ! Pour éviter le pire, il faut savoir renoncer à un exploit et rester en paix. »

3954. ce, sachiez bien, rien ne s.] *éd. C.*

Quant Helenus ot achevee
3984 La parole qu'il ot monstree,
Tuit furent par la cort taisant.
Onc n'i parla peti ne grant,
N'i aveit un sol mot tenti,
3988 Quant Troïlus en piez sailli.
Des fiz lo rei esteit li meindre –
Ce nos funt li auctor entendre –
Poi iert meinz forz en son endreit
3992 Ne meinz hardiz qu'Ector esteit.
« Avoï, fait il, franc chevalier,
Por quei vos vei si esmaier
Por la parole d'un proveire
3996 Qui ci nos fait neient acroire ?
Trop par est folz qui cuide e creit
Que il sache qu'avenir deit
D'ui a treis anz ; je ne quit mie.
4000 Ce li fait dire coardie :*
Proveire sunt toz jors coart,
De poi de chose ont grant regart.
Cist ne fait mie a escoutier.
4004 Dex maudie son deviner !
Que quiert il entre chevaliers ?
Mais aut orer en cesz mostiers !
Nos e il ne concordons pas. [29a]
4008 Mais gart qu'il seit e gros e gras
E penst de son cors aeisier,
Qu'il n'a d'autre chose mestier !
Peine e travail por pris aveir,
4012 Itiel vie devons aveir.
E qui por son devinement
Lairra a querre venjement
De la grant honte e del grant lait
4016 Que li Grezeis nos ont tant fait,
Si seit a toz jors mais honis
E de trestoz les dex partiz ! »
  A cele parole ot grant bruit :
4020 « Mout a bien dit, ce dient tuit. »
Chascuns löe, chascuns otreie
Que Paris se mete a la veie :
« Por les paroles Heleni,
4024 O die veir, o ait menti,
Ne remaigne ! » Ne fara il ;
Por ce furent tuit a eissil.

Lorsque Hélénus eut achevé son discours, tous, dans le palais, restèrent silencieux. Aucun ne prit la parole, pas un mot ne retentit jusqu'à ce que Troïlus se lève. C'était le plus jeune des fils de Priam et comme nous le rapportent les auteurs il était à peine moins fort et moins hardi au combat qu'Hector.

« Eh quoi, nobles chevaliers, dit-il, pourquoi vous vois-je si troublés par les paroles d'un prêtre qui veut nous faire croire des mensonges ? Bien fou celui qui s'imagine et se persuade qu'Hélénus peut savoir ce qui va arriver à trois ans de distance ! Pour moi, je ne crois pas ce qu'il dit. C'est la lâcheté qui le fait parler. Les prêtres sont toujours lâches et peu de chose suffit à les effaroucher. Celui-ci, on ne doit pas l'écouter. Maudites soient ses prophéties ! Que vient-il faire parmi des chevaliers ? Qu'il aille donc prier dans les églises ! Nos vies n'ont guère de point commun : qu'il fasse en sorte d'être bien gras et bien gros, qu'il prenne bien ses aises, il n'a rien d'autre à faire ! Mais nous, la vie que nous devons mener pour acquérir la gloire, c'est une vie de peine et d'effort. Et quiconque renoncera, à cause de ses prophéties, à tirer vengeance de l'insulte sanglante, du tort considérable que nous ont faits les Grecs, qu'il soit à tout jamais déshonoré et rejeté de tous les dieux ! »

Ce discours provoqua un grand tumulte.

« Ses paroles sont justes », s'écrièrent tous les présents. Et chacun de louer et d'approuver le départ de Pâris. « Qu'il n'aille surtout pas renoncer à cause de ce qu'a dit Hélénus, que le devin ait dit vrai ou faux ! »

En effet, il ne renonça point et ce fut la cause de leur ruine

Ensi fu li conseilz greez :
4028 « Seit li navies aprestez !
En Grece en haut, pas ne remaigne,
Qui que s'en lot, ne qui s'en plaigne ! »
A cele feiz, ne distrent plus.
4032 Prianz tramist Deïphebus
En Pannoine, lui e Paris,
Por chevaliers querre el païs.
La en alerent sans demore,
4036 Assez en orent en poi d'ore.
Tant en aduistrent cum il porent,
Puis s'en tornerent o celz qu'orent.
Aprés manda li reis Prianz
4040 Un parlement qui fu mout granz.
Tuit i vindrent cil de s'enor,
E li plus riche e li meillor
Mandé furent comunaument. [29b]
4044 Mout par i asenbla grant gent,
Quar bien voleit li reis Prianz
Saveir lur cuers e lor talanz.
« Seignor, fait il, mandé vos ai.
4048 Oiez por quei, jel vos dirai.
Bien oïstes la grant dolor
Cum furent mort nostre anceisor,
Que cil de Grece detrenchierent
4052 E Troie e la terre eissillerent.
N'en a esté prise venjance.
Or si sachez bien sans dotance
N'en remaindra mais por niul plait
4056 Que autre chose n'en seit fait.
Dreiz iert que vos me conseillasse
Ainz qu'autre chose enconmençasse.
Antenor i tramis l'autrier :
4060 Saveir voleie e essaier
S'il me rendissent ma seror
Qu'il tienent a grant desenor.
Il ne me voustrent rendre mie,
4064 Mout me distrent lait e folie.
Or n'i a plus : j'ai conseil pris
Que jei voil enveier Paris
Por forfaire, por venjement
4068 Del lait qu'il firent nostre gent.
Mais tot en voil ancor saveir
Le lous de vos e le saveir ;

à tous. Ils se rangèrent donc à l'avis de Pâris : « Qu'on prépare la flotte, décidèrent-ils, qu'il parte pour la Grèce ! Qu'on s'en loue ou qu'on le regrette, il ne doit pas y renoncer. »

Ce jour-là, on en resta là. Priam envoya Déiphobe et Pâris en Pannonie pour en faire venir des chevaliers. Ils partirent immédiatement et en trouvèrent rapidement un grand nombre. Ils retinrent ceux qu'ils purent et revinrent avec eux.

Le roi Priam convoqua ensuite une grande assemblée. Tout le peuple de son royaume s'y rendit. Les plus importants et les plus valeureux de ses hommes y furent tous mandés. Priam avait réuni un grand nombre de gens parce qu'il tenait beaucoup à connaître les sentiments et les intentions de ses hommes.

« Seigneurs, leur dit-il, vous voici réunis par mes soins et je vais vous en dire la raison. Vous connaissez bien notre grand sujet d'affliction et comment sont morts nos ancêtres, tués par les Grecs qui ont également ravagé Troie et son royaume. Aucune vengeance n'en a été prise. Or, sachez-le bien, il est en tout état de cause impossible d'en rester là. Mais, avant d'entreprendre quoi que ce soit, il est juste que j'en délibère avec vous. J'ai récemment envoyé Anténor en Grèce, car je voulais savoir si les Grecs me rendraient ma sœur qu'ils traitent d'une façon indigne. Ils n'ont pas voulu me la rendre et ont accablé mon messager d'injures et d'insultes. C'est donc décidé : je veux envoyer Pâris en Grèce pour leur nuire et pour venger l'injure qu'ils ont faite à notre peuple. Cependant, je veux auparavant connaître votre avis et vos intentions. Si vous

Quar, se vos plaist, il i ira
E, se vos plaist, il remaindra.
E se aucun de vos desplaist,
C'est folie qui il s'en taist,
Mais dien ce qu'avis l'en iert.*
Conseill creie qui conseil quiert. »*

    Pantus, uns vassaus mout senez,
De letres saives e fundez,
A comencee sa raison,
Si que l'oïrent li baron :
« Reis sire, oiez que voil retraire.
Par fei, je ne te dei pas taire.
Ne dei chose celer vers tei
Dont je trespas la meie fei.
Mei est avis n'uevre pas bien
Qui a son seignor ceile rien
Par quei il seit deseritez,
Ne morz ne pris ne enconbrez.
Treis cenz e seisante anz e plus
Ot mes pere Eüforbius
Ainz qu'il passast de ceste vie ;
Mout ot sens e grant maïstrie ;
Des arz e del conseil devin*
Esteient tant vers lui aclin :
Onc cele chose ne pramist
Qui a son terme n'avenist.
A lui oï mainte feiz dire
Que tote Troie e tot l'enpire
Empirereit, e tot le regne,*
Se Paris de Grece aveit femne.
Por cel te di, se il i vait
E de la femme prenge e ait,
La prophetie averera
Que mis peres prophetiza.
N'aiez mie ce en despit
Que li saives sot e porvit.
Mieuz te vient tot ensi ester
E ton bon regne en paiz garder
Qu'estre en temoute e en esfrei,
Que ne cheie li mals sor tei,
Quar mout bone paiz e franchise
As a ton gré e a ta guise.
Ne querras pas, se tu bien faiz,
Cum franchise perdes e paiz.

le voulez bien, Pâris partira, sinon, il restera. Et si l'un d'entre vous est opposé à ce projet, il a bien tort de se taire. Qu'il dise ce qu'il lui en semble. Qui demande un conseil, il lui faut en tenir compte. »

Panthus, un noble plein de sagesse et fin lettré, prit alors la parole en présence des barons.

« Seigneur roi, écoutez ce que je vais vous dire : sur ma foi, je ne dois pas garder le silence. Je ne dois en effet rien te cacher au risque de trahir ma foi. À mon avis en effet, il n'aime pas le bien, l'homme qui cache à son seigneur quelque chose qui risque de lui coûter ses biens, sa vie ou sa liberté et de lui causer quelque tort. Mon père, Euphorbe, avait plus de trois cent soixante ans lorsqu'il mourut. Sa sagesse et son savoir étaient immenses. Tous reconnaissaient sa supériorité dans le domaine de la magie et de la divination. Jamais il ne fit prédiction qui ne se réalisât. Or, je lui ai souvent entendu dire que Troie et le royaume tout entier périraient si Pâris prenait femme en Grèce. Je te le dis donc : si Pâris va en Grèce et y prend femme, la prédiction qu'a faite mon père s'accomplira. Ne va pas mépriser ce que le sage a appris et prévu. Tu as meilleur compte de rester ainsi, de garder en paix ton beau royaume, plutôt que de céder au bruit et à la fureur, au risque de voir le malheur retomber sur toi. Tu vis à ton gré et selon tes désirs dans la paix et la liberté la plus totale. Si tu agis comme il convient, tu ne chercheras pas à perdre cette paix et cette

Mout desert cil mal merite
Qui de son gré se deserite.
De noble vie e de gentil
Te vous enbatre en grant peril. »
　　Li poeples toz comunaument,
Qui iert jostez au parlement,
Contredistrent l'autorité
Que Pantus ot dit e monstré.
N'en firent rien, n'en orent cure :
Bien i ert lur mesaventure.
Au rei dient qu'il lor comant
Trestot son bon e son talant,
Qu'il le feront, ce dient tuit,
Qui que place ne qui qu'enuit.
Mout les en mercia li reis
E, selonc l'estre de lor leis,
Lur a a toz doné congié.
Aprés a quis e porchacié
Homes vaillanz por les nés faire.
Ne vos en quier lonc conte faire :
Tost furent prestes e garnies
E de vitaille replenies.
Des or lor targe biaus orez.
Hector li prouz en fu alez
Ost ajostier e porchacier ;
Maint vaillant riche chevalier
I amena por sa priere,
Qui onc ne torna puis ariere.
　　Cassandra fu fille le rei,
Qui mout sot de devin segrei.
Respons perneit e sorz getot.
Cele conut tres bien e sot,
Se de Grece a femme Paris,
Destruit iert Troie e li païs.
Moustré lur a e dit tres bien :
« Nel vos penseiz, fait el, por rien,
Quar, s'en Grece vait li navies,
Poi porrons puis amer nos vies ;
Troie en revertira en cendre,
Ne nos en porra riens desfendre.
A mal irons e a eissil
E li plusor en lonc eissil. »
Mout lur desfent e mout lur viee
E mout s'en fait triste e iree.

L'expédition est décidée. Prophéties de Cassandre

liberté. Il mérite bien son infortune, celui qui se déshérite lui-même ! Et voilà que tu veux renoncer à la vie fastueuse et agréable que tu mènes pour affronter un redoutable danger ! »

D'un commun accord cependant, tous les gens qui étaient présents à l'assemblée s'opposèrent à l'avis autorisé qu'avait donné Panthus. Ils n'en firent aucun cas et ce fut là la source de leur malheur. Ils demandèrent ensuite au roi de leur indiquer ce qu'il avait l'intention de faire : ils s'y mettront sans délai, que les avis soient ou non partagés. Le roi les remercia longuement puis, selon les coutumes qui les régissaient, il leur donna congé à tous. Il fit ensuite venir des ouvriers habiles pour construire les nefs. Inutile de m'attarder plus longtemps : les nefs furent bientôt prêtes, équipées et remplies de vivres, et ils attendirent avec impatience que soufflât un vent favorable. Hector, le preux, était parti réunir une armée. Il sut recruter un grand nombre de chevaliers aussi puissants que valeureux qui, pourtant, ne devaient jamais retourner dans leur pays.

Cassandre, la fille du roi, était très experte à pénétrer les secrets divins. Elle consultait les augures et jetait les sorts. Elle eut ainsi la certitude que, si Pâris épousait une femme grecque, Troie et sa terre seraient détruites. Aussi déclara-t-elle aux siens :

« Renoncez à tout prix à votre projet car, si cette flotte part pour la Grèce, nous pouvons bien nous considérer comme morts. Troie sera de nouveau réduite en cendres et rien ne pourra nous préserver. La plupart d'entre nous iront à leur perte et à leur ruine ou connaîtront un long esclavage. »

C'est ainsi qu'elle multipliait défenses et interdictions, se désolant et s'affligeant. Elle leur prédisait ce qui allait arriver

---

4130. istre

Bien lur annunçot chose veire :
4160 Qui chaut ? qu'il ne la voustrent creire.
Se Cassandra e Helenus
En fussent creü e Pantus,
Encor n'eüst Troie nul mal
4164 Ne li noble riche vassal,
Mais Fortune ne voleit mie
Qui trop lur esteit anemie.

El tens que chantent li oisel*,
Orent mer coie e le tens bel.
Les nés furent apareillees
4170 E de la terre en mer lancees ;
Vint e dous furent e non plus.
Mout lur venta dreit Eürus.
Li chevalier o les barons
4174 Que Paris ot quis e semons
E sis frere Deïphebus
En Pannoine, trei mile e plus,
Furent venu d'armes garni,
4178 Desfensable, prou e hardi :
En batailles ne en estors
Ne poüst l'on trover meillors.
Li reis Prianz a toz parla
4182 E si lur dist bien e monstra :
« Seignor, fait il, or iert veüe
La pröecë e coneüe
Que l'on quide qui en vos seit.
4186 Grezeis ont tort, nos avons dreit. [30b]
Sor elz vos envei por forfaire :
Gardez, quant l'on l'orra retraire,
Qu'ensi richement l'aiez fait
4190 Que n'i aiez honte ne lait.
Paris sera princes de vos,
De la venjance desirros ;
Son plaisir faites e son bon.
4194 O vos avreiz Deïphebon.
Vos irez, fait il, Eneas,
Ensemble o vos Polidamas.
De rien ne crien ne ne m'esveil*

mais qui s'en souciait ? Ils refusèrent de la croire. Pourtant, si on avait ajouté foi à ce que disaient Cassandre, Déiphobe et Panthus, ni Troie ni ses nobles et riches seigneurs n'auraient souffert le moindre mal. Mais Fortune en avait décidé autrement, cette fortune qui leur était si hostile.

PÂRIS ENLÈVE HÉLÈNE
(vv. 4167-4772)

Au temps où les oiseaux recommencent à chanter, la mer se fit calme et le temps serein. Les nefs furent équipées et mises à flot – il y en avait tout juste vingt-deux –, et l'Eurus soufflait favorablement. Les chevaliers et les seigneurs que Pâris et son frère Déiphobe avaient recrutés en Pannonie – ils étaient plus de trois mille, preux, hardis et acharnés au combat – étaient présents, entièrement équipés. Il aurait été difficile de trouver guerriers plus expérimentés en toute espèce de combat. Le roi Priam s'adressa à tous les membres de l'expédition et s'expliqua en ces termes :

« Seigneurs, vous allez montrer la prouesse que l'on vous suppose. Les Grecs ont tort, nous avons le droit pour nous. Je vous envoie contre eux pour leur nuire. Prenez garde que, le jour où l'on contera vos faits, ils soient tels que votre honneur n'en souffre pas ! Pâris, que la vengeance anime, sera votre chef. Obéissez à tous ses ordres. Vous aurez avec vous Déiphobe. Vous, Énée, ajouta-t-il, vous irez aussi, ainsi que Polydamas. Je ne crains plus rien, plus rien ne trouble mon

4198 Ou je sache vostre conseil :
N'i avra ja fait fole guerre.
S'Esïona en pöez trere,
Si en faites vostre poeir ;
4202 E se ne la pöez aveir,
Si renveiez mout tost a mei ;
E je leiaument vos otrei,
Se mestier avez de secors,
4206 Tiel gent trametrai aprés vos,
Ja n'i avra si fort cité,
Chastel si clos ne fermeté
Que il n'en prengent par destrece
4210 Des qu'a la maistre forterece. »
N'i ot puis autre parlement :
Es nés entrent comunaument.
Dreit vent orent e bone mer
4214 Por corre tost e por sigler.
Sovent saluent lur amis,
Tost departirent del païs.
Vers Grecë ont drecé lur veiles
4218 Tot dreit, a l'asens des esteiles.

Endreit les jorz d'icel termine,
Si cum la letre nos devine,
Anceis qu'il en Grece arrivassent
4222 Ne qu'il onques a port tornassent,
Iert Menelaus entrez en mer. [30c]
Dreit a Pire voleit sigler :
Nestor l'aveit mandé a sei,
4226 Mais ne sai pas dire por quei.
Menelaus iert mout riche reis,
Mout prouz, mout saives, mout corteis.
Mout ot femme de grant beuté :
4230 Onc en cel siecle trespassé
Ne nasqui niulle de son pris,
Ne doncs, ne ainz, n'avant ne puis.
Quant cil des nés s'entrechoisirent
4234 E li un d'elz les autres virent,
Ne sorent dire ne penser
Quel part chascuns voleit aler ;
Ne se voustrent tant apresmer
4238 Que l'uns peüst l'autre araisnier.
A la cité de Stimestree,
Qui mout iert riche et renomee,
Iert en celz jors Castor alez,

sommeil dès que je sais que vous les guiderez de vos conseils : cette guerre sera sagement conduite. Si vous pouvez ramener Hésione, faites tout ce que vous pouvez en ce sens, et si vous échouez, envoyez-moi immédiatement un messager. Et, je vous en donne ma foi, si vous avez alors besoin de secours, je vous enverrai des hommes tels que rien, cité fortifiée, château muni de solides remparts, ou forteresse ne pourra résister à leurs assauts. Tout tombera, jusqu'aux tours maîtresses. »

On ne discuta pas davantage et tous alors s'embarquèrent. Un vent favorable, une mer calme, toutes les conditions étaient réunies pour une traversée rapide et facile. Ils dirent à maintes reprises adieu à leurs amis, puis s'éloignèrent très vite du rivage. Ils firent voile vers la Grèce, tout droit, en se guidant sur les étoiles.

À cette même époque, comme l'expose notre source, et avant que les Troyens n'arrivent en Grèce et ne débarquent quelque part, Ménélas avait pris la mer. Il voulait se rendre à Pylos : Nestor lui avait demandé de venir, mais je ne sais pour quelle raison. Ménélas était un roi très puissant, plein de prouesse, de sagesse et de courtoisie. Il avait une femme d'une très grande beauté. Jamais dans les temps passés, il n'y en avait eu de plus belle, jamais il n'y en eut, ni avant ni après.

Les nefs des Grecs et des Troyens étaient suffisamment proches pour que leurs occupants puissent se voir distinctement, mais aucun des deux équipages ne savait où l'autre voulait aller et ils ne voulurent pas se rapprocher assez pour s'en enquérir. À cette époque, Castor et Pollux, son frère aîné, s'étaient rendus à la cité de Stimestrée, ville très opulente et

E Pollus, sis freres ainz nez.*
A icelz dous fu suer Heleine,
Dont il orent puis assez peine.
Cist Menelaus esteit sis sire,
Qui par mer en alot a Pire.
Heleinë une fille aveit,
Qui o ses dous freres esteit ;
Ermïona iert apelee,
Mout iert des dous oncles amee,
Mout l'amöent e cherisseient,
A grant chertié le norrisseient.
Li Troïen tant espleitierent,
Tant siglerent e tant nagierent
Qu'il arriverent el païs
Qui esteit a lur enemis.
Citerea, ce dist l'autor,
Aveit a non l'isle a cel jor,
O il aancrerent lur nés ;   [30d]
Mout iert li tens douz e sués.
Un temple riche e merveillous,
Mout ancïen, mout precïous,
Aveit en cel isle, en l'enor
Venus, la deuesse d'amor.
Tuit cil del regne d'environ
I veneient a oreison.
Mout iert li temples chier tenuz :
La aoröent lur vertuz,*
La faiseient lor sacrefises
Icil de la terre, a lur guises ;
Offrirent i de riches dons*
E perneient devins respons.
Lores i faiseit hon grant feste,
Ce dist l'estoire de la geste.*
Cil del païs i erent tuit,
A grant joie e a grant deduit.
Par anz se suelent asenbler
Por la grant feste celebrer.
En grant reverence iert tenue
E de grant gent e de menue :
C'iert de Juno la soveiraine.
Paris, o ceuz qu'o sei ameine,
En est venuz au temple dreit
Ou la granz assenblee esteit.
Mout fu de grant biautié Paris,

Les Troyens arrivent à Cythère   153

très renommée. Hélène, (Leda?) qui leur causa par la suite tant de souffrances, était la sœur de Castor et Pollux. Ménélas, celui qui se rendait par mer à Pylos, était le mari d'Hélène. La jeune femme avait une fille, Hermione, qui était à ce moment-là avec ses oncles, les frères d'Hélène. Ceux-ci l'aimaient très tendrement et l'élevaient avec grand soin. Les Troyens naviguèrent avec tant de zèle et d'ardeur qu'ils arrivèrent bientôt dans la terre de leurs ennemis. L'île où ils ancrèrent leurs nefs s'appelait alors Cythère (ainsi le dit l'Auteur). Le temps était très doux et serein. Il y avait dans l'île un très ancien temple d'une extraordinaire beauté, d'une extraordinaire richesse, consacré à Vénus, la déesse de l'amour. Tous les gens des royaumes alentour y venaient prier : ce sanctuaire était très vénéré. C'est là que les habitants de l'île adoraient leurs idoles, là qu'ils faisaient des sacrifices selon leurs rites ; ils offraient de somptueux présents et consultaient les oracles divins. D'après ce que racontre notre histoire, une grande fête s'y déroulait alors : tous les habitants du pays étaient réunis et se livraient à de grandes réjouissances. Ils avaient l'habitude de se réunir ainsi chaque année, grands seigneurs ou humbles gens, pour célébrer avec révérence cette fête qui était en l'honneur de la toute-puissante Junon. Pâris et ses compagnons vinrent tout droit au temple où les Grecs étaient assemblés en grand nombre. Pâris était très beau, de corps, d'allure et de visage. Il surpassait tous les autres

De cors, de faiçon e de vis ;
Sor les autres fu li plus genz,
Si ot mout riches garnemenz.
Il n'ot si povre cumpaignon
Ne resenblast prince o baron.
Un sacrefise apareilla
A la deuesse Dïana,*
A la troïene maniere,
O simple volt e o priere ;
Mout le fist acceptablement
En la presence de la gent.
Cil del païs mout demandöent
As Troïens a qu'il parlöent,
Qu'il esteient ne qu'il quereient,
Ou aleient ne dont veneient.
E cil respondirent briefment,
Fiz iert Priant demeinement,
Qui sire e reis de Troie esteit ;
En cel païs le trameteit
Por Castor e Pollus requerre,
Qui ja dis furent en la terre.
Une pucele en amenerent,
Quant Troie e le païs gasterent :
« Ante iert cestui, e suer lo rei,
Si la tient hon a grant beslei,*
Querre la vient : se l'avïon,
Mout voluntiers l'en merrïon ;
S'el n'est rendue, estre porra
Que granz damages en sordra. »
    Mout est isnele Renomee :
Saveir fist tost par la contree
Que Paris iert ovoc ses nés
Iluec en l'isle au port remés.
Eleine en oï la novele,
Qui sor autres dames iert bele :
Ne vit nus hon plus avenant.
Ne se prise ne tant ne quant,
Se ele a la feste ne vait.
A ses privez dit e retrait
Qu'ele a pieça un vou voé
Rendrë a cest jor terminé.
Sor l'autiel vout ses dons ofrir
E uns devins respons oïr.
Son erre fist apareiller,

[31a]

en beauté et portait de somptueux vêtements. Même le plus pauvre de ses compagnons semblait être prince ou seigneur. Il offrit à la manière troyenne un sacrifice à la déesse Diane, adressant ses prières avec modestie. Face à l'assistance, il observa l'attitude qui convenait tandis que tous les habitants du pays pressaient de questions les Troyens, leur demandant qui ils étaient, ce qu'ils voulaient, où ils allaient et d'où ils venaient. Les autres répondirent, sans trop donner de détails, que le jeune homme était le propre fils de Priam, le roi et le maître de Troie, et que son père l'envoyait en Grèce pour demander réparation à Castor et Pollux. Les deux frères étaient en effet jadis venus dans son royaume et avaient enlevé une jeune fille alors qu'ils ravageaient Troie et le pays alentour. « Cette jeune fille, ajoutèrent-ils, était la tante de ce jeune homme et la sœur du roi, et elle est retenue ici de manière tout à fait indigne. Il vient la rechercher : si on nous la rendait, nous l'emmènerions bien volontiers ; sinon, il pourra en résulter de bien grands maux. »

Renommée se répand très vite. Elle fit savoir par tout le pays que Pâris était resté au port dans l'île avec ses nefs. Hélène l'apprit, elle qui était la plus belle dame du monde : personne n'en vit d'aussi aimable. Aussitôt, plus rien d'autre ne compte pour elle que d'aller à la fête. Elle explique alors à son entourage qu'elle a peu auparavant fait un vœu qu'elle doit précisément accomplir ce jour-là : elle veut faire une offrande à l'autel et consulter ensuite l'oracle divin. Elle fit donc tout préparer

4330 Mout espleita del chevaucher.
Au temple vint o sa maisnee, [31b]
Mout par se fist joiose e lee.
    Quant Paris sot qu'el iert venue –
4334 Il ne l'aveit onques veüe –
Mout la coveita a veeir.
Oï aveit dire de veir
Que ce iert la plus bele rien
4338 Qui fust el siecle terrïen.
Tant fist, tant dist, tant porchaça,
E tant revint e tant ala
Que il la vit e ele lui.
4342 Mout s'esgarderent anbedui.
El ot demandé e enquis
Cui fiz e dont esteit Paris.
Fiere biauté en lui mirot :
4346 Mout l'aama e mout li plot.
Paris fu saives e artos,
Veiziez, cointes e scïentos :
Tost sot, tost vit e tost conut
4350 Son bon senblant e aperçut,
E que vers lui ot bon corage :
Ne fu mie vers li salvage,
Anceis s'est puis mis en itant
4354 Qu'auques li dist de son talant.
El veeir e el parlement
Qui il firent assez briefment,
Navra Amors e lui e li
4358 Ainz qu'il se fussent departi.
En lor forme e en lor senblance
E por lor bele contenance
Les a griefment espris Amors.
4362 Sovent lur fait müer colors.
Tant erent bel, ne me merveil
S'il les voleit joster pareil :
Nes peüst pas aillors trover.
4366 Tiel leisir orent de parler
Qu'auques se distrent de lur bons. [31c]
Paris le beus, o toz les sons,
A pris d'Eleine le congié ;
4370 Dreit a lur nés sunt repairié,
Mais ele sot tres bien de veir
Qu'il la vendreit ancor veeir.
    Quant il fu au port repairiez,

Première rencontre de Pâris et d'Hélène

pour son déplacement et chevaucha en grande hâte. C'est dans la plus vive allégresse qu'elle se rendit au temple avec sa suite.

Quand Pâris apprit qu'Hélène était venue au temple, il éprouva un profond désir de voir cette femme qu'il ne connaissait pas. Il avait en effet entendu dire que c'était vraiment la plus belle créature du monde. Il fit tant d'allées et venues, il se débrouilla si bien qu'il la vit et qu'elle le vit. Tous deux longuement se regardèrent. Hélène avait demandé autour d'elle qui était Pâris et qui était son père. Son extraordinaire beauté la fascinait : il lui plut et elle l'aima de tout son cœur. Pâris était sage et habile, il était avisé, aimable et plein de savoir. Il eut tôt fait de remarquer l'attitude d'Hélène et de s'apercevoir qu'elle était bien disposée à son égard. Lui, de son côté, ne se montra pas trop réservé, mais fit en sorte de lui dévoiler ses sentiments. Les regards et les quelques paroles qu'ils échangèrent rapidement, cela suffit pour qu'Amour les blessât l'un et l'autre avant qu'ils ne se séparent. Amour, qui exalte la beauté de leurs corps, de leurs traits, de leur allure, les a embrasés de ses feux. Souvent il les fait changer de couleur. Ils étaient si beaux que je ne peux m'étonner de ce qu'Amour ait voulu les réunir. Où aurait-il trouvé deux êtres si bien faits l'un pour l'autre ? Les deux jeunes gens eurent le temps de se dire ce qu'ils voulaient avant que le beau Pâris et tous les Troyens n'aient pris congé d'Hélène. Puis ils retournèrent tout droit à leurs nefs. Mais elle, elle savait alors parfaitement qu'il viendrait bientôt la revoir...

4374 Auques fu li soleilz baissiez ;
Paris a sa gent aünee
Priveement e en celee.
Danz Antenor e Eneas,
4378 Deïphebus, Polidamas
E li autre comunaument
Sunt apelé au parlement.
Paris parla avant elz toz,
4382 Qui mout esteit sages e proz.
« Seignor, fait il, en cest païs,
Nos a li reis Prianz tramis
Por faire a ceus honte e damage
4386 Qui le firent nostre lignage.
Ne sereit riens de m'ante aveir,
De ce n'aions ja niul espeir ;
Ne l'ont mie en tiel lué enclose
4390 Que de l'aveir ne seit griés chose.
Quant mener ne l'en porrïon
Por rien que faire poïsson,
Si nos covendreit engignier
4394 Els a laidir e damagier,
Que tiel chose puïsson faire
Dont il aient honte e contraire.
En cest païs somes venu,
4398 S'est ja en plusors lués seü.
Vos savez bien certainement
Qui il n'aiment pas nostre gent.
Tant lor ont fait hontes e laiz
4402 Qu'il n'en sera ja mais jor paiz.
N'ont en nos niulle seürté : [31d]
Se il s'esteient apensé,
Enui e honte nos fareient,
4406 S'en lur terre nos ateigneient.
Por ce les nos covient deceivre
Ainz qu'il se puissent aperceivre.
Une grant chose ai esgardee,
4410 Que ja vos iert dite e monstree :
Cil del païs asenblé sunt
A ceste feste qui il funt.
Tuit li plus riche e li meillor
4414 I sunt venu, de cest henor.
Assez i a or e argent
E maint riche cher garnement.
Aveir i a trop amassé,

Projets de Pâris

Lorsque Pâris revint au port, le soleil était déjà assez bas. Il réunit ses compagnons à l'écart et en secret : le seigneur Anténor et Énée, Déiphobe et Polydamas ainsi que tous les autres compagnons sont appelés à la délibération. Pâris, qui était très sage et très preux, prit le premier la parole.

« Seigneurs, dit-il, le roi Priam nous a envoyés dans ce pays pour infliger honte et dommage à ceux qui firent jadis de même envers notre lignage. Il serait impossible de ramener ma tante. Inutile de nourrir le moindre espoir à ce sujet. On la retient captive dans un endroit tel qu'il serait bien difficile de l'enlever. Donc, puisque tous nos efforts en ce sens seraient vains, mieux vaudrait imaginer un moyen de leur causer du tort, inventer quelque chose qui puisse les déshonorer et les affecter profondément. La nouvelle de notre arrivée circule déjà un peu partout et, comme vous le savez, les gens d'ici n'aiment pas ceux de notre pays. Ils leur ont si souvent causé honte et dommage que toute réconciliation est désormais impossible. Ils n'ont aucune confiance en nous : s'ils avaient le temps de prendre leurs dispositions, ils nous attaqueraient, s'ils pouvaient nous surprendre sur leur terre. Il nous faut donc les prendre par la ruse avant qu'ils se soient rendu compte de la situation. Voici donc le projet que j'ai imaginé et que je vais vous exposer. Les gens du pays sont réunis pour célébrer leur fête. Les hommes les plus puissants et les plus importants de cette contrée se trouvent ici. L'or, l'argent, les équipements fastueux abondent et il y a là beaucoup de richesse amassée ;

4418 Mout en i a l'on aporté.
Mout i a une bele femne,
Qui est dame de tot cest regne,
La plus proisee, sans sospeis,
4422 Qui seit el regne des Grezeis.
Reïne est, femne Menelaus.
Assez i a de tiels vassaus
O mout avreit riches prisons.
4426 Or esgardez quel la farons.
Ne porrïons mais tant aler,
Ce quit, par terre ne par mer,
Qu'en poïssons en tant venir.
4430 Chascuns en die son plaisir :
Nos n'avons pas gent amenee
A forceier en lor contree ;
Ja par la gent que nos aions
4434 Cité par force ne prendrons ;
E se nos bien l'avïons prise,
Si ne vaudreit en niulle guise
Tant li gaainz que farïons
4438 Cum cist fareit, que nos veons.
Mout i a riche troveüre :   [32a]
Veeir pöez quel aventure !
Mout laisserons nos enemis
4442 Hontos e dolenz e pensis.
Des qu'a mil anz en iert parlé.
Chascuns en die son pensé
E tot son bon e son plaisir,
4446 Quar n'avons mie grant leisir.
Astier nos covient cest afaire,
A quel que chief en deions traire,
O del fairë o del laissier,
4450 O d'autre chose commencier. »
    Diversement i respondirent
Cil qui ceste parole oïrent,
Mais a la parfin s'acorderent
4454 E bien voustrent tuit e löerent
Que li tenples fust envaïz
E icele nuit asaillíz
E peceiez par force e pris.
4458 « Or n'i a plus, ce dist Paris :
Sempres quant la lune iert couchee
E la noise sera baissee,
Nos armerons comunaument.

oui vraiment, on en a beaucoup apporté ! Il s'y trouve aussi une femme d'une très grande beauté, qui est maîtresse de tout ce royaume et dont la renommée dépasse, sans aucun doute, celle de toutes les femmes de la Grèce. Elle est reine et c'est la femme de Ménélas. Enfin il y a là bien des seigneurs qui feraient de très intéressants prisonniers ! Considérez donc ce que nous allons faire : où que nous allions, par terre ou par mer, nous ne pourrions, je pense, trouver pareille occasion. Que chacun donne son avis, mais il est clair que nous n'avons pas avec nous assez d'hommes pour attaquer de vive force leur terre et jamais, vu notre nombre, nous ne prendrons une cité d'assaut. Et même si nous y parvenions, le butin que nous ferions alors serait sans commune mesure avec celui que nous avons sous nos yeux. C'est vraiment une aubaine inespérée, et l'occasion est belle, comme vous pouvez le voir, puisque nous laisserons nos ennemis couverts de honte, plongés dans la douleur et dans la consternation. Dans mille ans, on en parlera encore ! Mais que chacun donne son avis et dise ce qu'il a à dire, car nous n'avons pas beaucoup de temps devant nous. Quoi que nous décidions, tenter l'entreprise, renoncer, ou choisir une autre voie, il nous faut faire vite. »

Les réponses, parmi l'assistance, furent diverses, mais à la fin ils tombèrent tous d'accord et décidèrent d'envahir la nuit même le temple, de le prendre d'assaut et de le saccager.

« La décision est prise, conclut Pâris. Dès que la lune sera couchée et que tout sera calme, nous nous armerons tous, nous

4462 O tot le mielz de nostre gent,
Tot belement e a celee,
Sans noise faire e sans criee,
Les sorprendrons par tiel maniere,
4466 Sans ce qu'uns d'elz ja nos i fiere,
Les avrons sempres toz conquis,
E tot l'aveir robé e pris.
E cil qui remaindront as nés
4470 Aient sus trait ancres e trés ;
E des que nos avrons chargié,
Tost seiens del port esloignié.
Tiels entreseinz o elz prendrons*
4474 Qu'il savront bien que nos farons. »
Mout devisent bien lor afaire. [32b]
Li jors s'en vait, la nuiz repaire.
Cil mangierent qui mangier porent,
4478 Se il voustrent ne se il l'orent.
La lune prist cler a raier
Des que il vient a l'anuitier ;
Ainz prin somme se fu couchee.
4482 Armee se fu lor maisnee.
Le petit pas, estreit serré,
En sunt tot dreit au tenple alé.
Cil del païs veillerent tuit,
4486 Grant joie i ot e grant deduit ;
Mais des autres nuiz las esteient,
Par force dreite s'endormeient :
N'aveient poor ne regart
4490 Qui lur venist de niulle part.
Mout iert la contree seüre.
A ! Dex, si grant mesaventure
Avint por ce que ci fu fait !
4494 Ne vos en quier faire lonc plait :
Li Troïen sunt tant alé
Qu'au tenple vindrent tuit armé.
Un greile sonent a l'entree ;
4498 Chascuns a trait nue s'espee.
Isnelement e en poi d'ore
Armé, irié, lor corent sore.
Maint en detrenchent e ocient
4502 E maint en i prenent e lient.
La bele e la preuz dame Heleine
I pristrent tote premiereine.
Ne se fist mie trop leidir,

marcherons avec nos meilleurs soldats, tout doucement, dans le plus grand secret et le plus grand silence, et nous les surprendrons sans crier gare. Ainsi, avant qu'un seul d'entre eux ait pu frapper le moindre coup d'épée, nous les aurons tous maîtrisés et nous nous serons emparés de leurs biens. Que ceux qui resteront sur les nefs aient hissé ancres et voiles ; dès que nous aurons chargé notre butin, soyons prêts à quitter rapidement le port. Nous donnerons à ceux qui sont à bord de tels signes de reconnaissance qu'ils sauront bien ce que nous voulons faire ! »

Tandis qu'ils se préparent soigneusement, le jour s'en va et la nuit revient. Mangèrent ceux qui en eurent envie ou qui trouvèrent de quoi. À la tombée du jour, la lune brilla d'un vif éclat, mais elle se coucha alors que la nuit n'était pas encore très avancée. Les Troyens s'étaient armés. En rangs serrés et au pas, ils se dirigèrent tout droit vers le temple. Tous les habitants du pays veillaient, dans la joie et l'allégresse ; mais, vaincus par la fatigue des nuits précédentes, tous succombèrent bientôt au sommeil. Nulle crainte, nulle méfiance en eux. D'où aurait pu surgir le danger ? La contrée était si sûre... Ha ! Dieu, quel terrible malheur déchaîna cet acte ! Mais je ne veux pas m'attarder davantage : les Troyens arrivèrent tout en armes jusqu'au temple. Devant l'entrée, ils sonnent un coup de clairon et aussitôt chacun dégaine son épée et, laissant libre cours à sa fureur, court sus aux Grecs. Beaucoup sont tués et mis en pièces, beaucoup sont faits prisonniers et chargés de liens. Hélène, la belle, la noble dame, est capturée la première. Au reste, elle ne se fit pas trop prier et laissa bien voir qu'elle

4506 Bien fist senblant del consentir.
Plusors dames, plusors puceles
Prist hon o li, riches e beles.
Cil del tenple sunt esbahi,
4510 Qui d'armes furent desgarni. [32c]
Ne sievent d'elz prendre conrei :
Cil les en meinent a beslei.
Pris e lïez en ont assez.
4514 Li temples fu mout tost roubez :
N'i laisseront or ni argent,
Drap de seie ne garnement.
Tant i poeit chascuns trover,
4518 Ne l'en pöent demi porter :
Onc tiels gaainz mais ne fu faiz.
Granz fu li criz, granz fu li braiz.
Mout en sunt pris e detrenchié.
4522 Mout eüssent bien espleitié,
Mais sor le port ot un chastel,
Elee ot non, mout par sist bel.
Fort gent i aveit e ardie :
4526 Des qu'il orent la noise oïe,
Tuit esfreé se sunt vestu,
Tuit sunt a lor armes coru.
Onc genz ne fu plus tost armee.
4530 Dreit alerent a la crïee,
Failles porterent e brandons :
Tote resplant la regïons.
Les Troïens ont encontrez,
4534 D'aveir e de prisons trossez.
Virent lor gent qu'il en meneient,
Qui braeient e qui crïeient.
Tiel noise funt e tiel tomolte
4538 Que nus n'i poeit oïr gote.
Cil del chastel furent ensemble :
Ardi cuer a a qui ne trenble.
De maintenant les vont ferir :
4542 La oïsseiz testes croissir,
Ferir de lances e d'espees
E de gisarmes acerees,
De maçues e de coignees.
4546 Trop i sufrirent granz aschees
Li Troïen por elz desfendre, [32d]
E cil del chastel por elz prendre.
Se desarmez les trovassent,*

était consentante. Furent enlevées en même temps qu'elle maintes dames et maintes jeunes filles aussi nobles que belles. Les gens présents dans le temple, qui étaient dépourvus d'armes, restèrent tout interdits. Ils ne savent quoi faire et les Troyens les emmènent contre toute justice : ils ont fait beaucoup de prisonniers. Quant au temple, il fut rapidement mis à sac. Les Troyens ne laissèrent ni or ni argent ni étoffe de soie ni parure. Ils trouvèrent tant de choses à prendre qu'ils ne purent en emporter la moitié. Jamais on ne fit pareil butin ! Que de cris, que de lamentations ! Beaucoup sont pris et mis en pièces. Peu s'en fallut que les Troyens ne réussissent pleinement leur coup, mais il y avait sur le port un château fort très bien situé, appelé Hélée. Les hommes de la garnison étaient bien armés et courageux. Dès qu'ils entendirent le bruit de la bataille, dans leur panique, ils se vêtirent, prirent tous leurs armes – jamais gens ne s'équipèrent plus rapidement – et se précipitèrent en direction du bruit. Ils portaient des torches embrasées qui jetaient tout alentour une vive clarté. Ils tombèrent sur les Troyens tout chargés de butin et emmenant leurs prisonniers. Ils reconnurent les leurs qui criaient et se lamentaient. Le bruit et le tumulte qu'ils faisaient étaient tels qu'on ne pouvait rien entendre d'autre. Les soldats de la garnison s'étaient regroupés – au plus hardi, il fallait bien du courage pour ne pas trembler – et coururent sus aux Troyens. Vous auriez pu entendre les crânes se briser et retentir les coups que portèrent les épées, les lances, les haches acérées, les massues et les cognées. Quelles souffrances endurées de part et d'autre, les Troyens pour se défendre, la garnison, pour les capturer ! S'ils les avaient trouvés désarmés, aucun d'eux n'aurait jamais

4550 Ja mais Troie ne veïssent.
Cil d'Elee mout les laidissent,
Par poi que toz nes desconfissent :
Merveille esteient agregié
4554 Por ce qu'il esteient chargié ;
Ne lur esteit mie besoinz
Que lur nés fussent gaire loinz !
Maint bot, maint hurt, mainte colee
4558 Orent anceis prise e donee
Qu'il i poïssent parvenir ;
Assez en i estuet morir.
Mais des qu'il orent lur prisons
4562 Baillez as autres cumpaignons,
E la robe fu mise es nés
O ceus qui esteient remés,
Recovrerent sor les Grezeis.
4566 Doncs lur alerent de maneis :
Les escuz pris, espees traites,
Lur ont de mortiels plaies faites.
Il meïsme s'entrocioient,
4570 Quar nuiz esteit, poi i veoient.
Mout en i ont la nuit ocis,
Plusors navrez e plusors pris.
Desconfit sunt cil del chastel,
4574 N'en orent mie le plus bel :
Des qu'as portes les enbatirent,
A grant dolor s'en departirent.
Li Troïen ne se tarjerent :
4578 Dreit a lur nés s'en repairerent.
L'eschec de la desconfiture
Ont senpres chargié a dreiture,
Puis entrerent dedenz lur nés.
4582 Des vis n'i a niul d'elz remés,
Mais des morz en i laissent tant [33a]
Dont lur ami faront duel grant.
Ainz que del port fussent parti,
4586 Virent le jor mout esclarzi.
Mout fu bele la matinee
Qu'il partirent de la contree.
Vent orent bon a lur voleir,
4590 Trestot le jor, de ci qu'au seir.
Li venz baissa a la vespree,
Mout devint coie mer salee ;
N'i parisseit unde ne rible,

Victoire finale des Troyens

revu Troie. Les gens d'Hélée leur font subir de lourdes pertes et peu s'en faut qu'ils n'aient le dessus : les Troyens, chargés comme ils l'étaient, étaient bien peu mobiles ! Il leur fut bien utile que leurs nefs ne fussent pas trop loin ! Mais que de coups, de bourrades et de coups d'épée échangés de part et d'autre avant qu'ils n'y arrivent ! Beaucoup y perdirent la vie. Cependant, dès que les Troyens eurent remis leurs prisonniers à leurs compagnons restés à bord et qu'ils eurent chargé le butin, ils revinrent sur les Grecs. Ils leur coururent sus, épée au clair et à l'abri de leurs écus, et leur infligèrent des plaies mortelles. Ils se tuaient aussi entre eux, car il faisait nuit et l'on y voyait fort peu. Bien des Grecs cependant périrent cette nuit-là. Beaucoup furent blessés, d'autres faits prisonniers. Finalement, les gens du château furent vaincus. L'avantage ne fut pas pour eux : les Troyens les repoussèrent jusqu'aux portes de la ville et leur infligèrent de lourdes pertes avant de se retirer. Sans s'attarder davantage, ils revinrent tout droit à leurs nefs et, dès qu'ils eurent chargé le produit de leur nouvelle victoire, ils s'embarquèrent. Tous les vivants étaient à bord mais ils laissaient bien des morts que leurs amis regretteront. Avant de quitter le port, ils virent le jour se lever. La matinée était belle lorsqu'ils s'éloignèrent du pays et toute la journée, le vent leur fut favorable. Au soir, il tomba. Sur la mer salée, ce fut le calme plat. Pas la moindre vague ni le moindre frémis-

A grant maniere esteit peisible.
La nuit traistrent as avirons.
Paris fu liez de ses prisons,
Del grant gaain e de l'enor,
Del damage qu'ont fait as lor.*
Auques les ont estouteiez,
Assez en i laissent d'iriez.
Atant ne remandra il mie :
Des or engroisse la folie.
 Li Troïen erent en mer,
Mout desirant de l'arriver.
Set jors i furent, aconpliz,
Quar toz lur est li venz failliz,
Mais tant ovrerent o les rens*
Par mi la mer, qui toz iert pleins,
Qu'il pristrent port a Tenedon.
A grant joie les reçut l'on.
Tenedon esteit uns chastiaus
Sor la marine genz e biaus ;
De murs de marbre iert enclos e joinz,
De Troie esteit set lieues loinz.
Grant tor i aveit, bien asise,
Si esteit mout forz la porprise ;
Mout par i aveit gent repaire.
Ne vos en quier lonc conte faire :
Li Troïen eissent des nés ; [33b]
La nuit se sunt iluec remés.
Mout i furent bien herbergié.
Paris a mout tost enveié
Un message, de maintenant,
Noveles dire au rei Priant.
Cil s'est mout tost mis a l'estree.
Le seir, quant vint a la vespree,
Vint a Troie, le rei trova,
Trestote l'uevre li conta,
Coment Paris ot espleitié,
E qu'a Tenedon l'ot laissé.
Quant li reis oï les noveles,
Joioses li furent e beles.
Grant joi en orent, tiels i ot,*
Cui mout pesa puis e desplot ;
Tiel en furent joios e lié,
Qui puis en furent tuit irié.
 Paris e tuit si cumpaignon

sement. Tout était parfaitement calme. À la nuit, ils se mirent à ramer. Pâris était très content des prisonniers et du grand butin qu'ils avaient faits, de la gloire qu'ils s'étaient acquise et du tort que lui-même et ses compagnons avaient fait aux Grecs. Ils les ont bien mis à mal et ils laissent derrière eux bien des affligés. Mais les choses n'en resteront pas là et leur folle entreprise est grosse de menaces...

Les Troyens étaient donc en mer et ils avaient grande hâte d'arriver au port. Sept jours pleins, il ramèrent, car le vent avait cessé de souffler, mais ils mettaient tant d'ardeur à avancer sur cette mer toujours aussi calme qu'ils arrivèrent enfin à Ténédos. Ils y furent accueillis avec joie. Ténédos était un château de très fière allure, très bien situé sur le rivage, à sept lieues de Troie. Il était entièrement clos de murailles de marbre, la tour était haute et solide, l'enceinte construite à toute épreuve : c'était vraiment une bien belle place. Mais inutile de m'attarder plus longtemps. Les Troyens débarquèrent et passèrent la nuit à Ténédos où ils furent fort bien reçus. Pâris avait aussitôt envoyé un messager à Priam avec ordre de raconter au roi tout ce qui s'était passé. Le messager se mit en route sur-le-champ et, à la tombée de la nuit, arriva à Troie où il trouva le roi. Il lui raconta tout ce qui était arrivé et ce que Pâris avait fait, ajoutant qu'il l'avait laissé à Ténédos. Le roi apprit ces nouvelles avec beaucoup de joie et de plaisir. Mais combien en eurent une grande joie qui, par la suite, en éprouvèrent peine et déplaisir ! Tels s'en réjouirent, qui en furent ensuite bien affligés !

Jurent la nuit a Tenedon.
Dame Heleine faiseit senblant
Qu'el eüst duel e ire grant.
Fortment plorot, grant duel faiseit
E doucement se conplaigneit.
Son seignor regreteit fortment,*
Ses freres, sa fille e sa gent,
E sa lignee e ses amis,
E sa contree e son païs,
Son bel seignor e sa richece,
E sa biautié e sa hautece.
Ne la poeit nus conforter
Quant les dames veeit plorer,
Qui esteient o li ravies.
Mout ameient peti lur vies
Quant lor seignors veeient pris,
Auquanz navrez, plusors ocis ;
Par poi li cuer ne lur parteient.
Ceus esgardeient e veeient
Qui lur erent seignor e pere,
Oncle, nevou e fill e frere,
E de leisir n'aveient tant
Qu'o eus parlassent tant ne quant.
Les dames mistrent, par esgart,
Par sei, les homes autre part.
Onques tiels duels ne fu oïz
Cum il faiseient ne tiels criz.
         Paris ne puet plus endurer :
Heleine ala reconforter.
S'entente meteit chascun jor
En li reconforter del plor.
Tot dreit a li en est venuz,
Mais merveilles s'est irascuz :
« Dame, fait il, ce que sera,
Ne si fait duel, qui soferra ?
E ce ne faut ne jor ne nuit !
Cuidez que mout ne nos enuit ?
Dur cuer avreit e reneié,
Qui vos ne farïez pitié !
Niulle riens qui vos ot plorer
Ne puet de joie remenbrer.
Avoi ! dames, confortez vos,
Quar par la fei que je dei vos,
Plus avreiz joie en cest païs,

[33c]

Pâris et ses compagnons dormirent cette nuit-là à Ténédos. Dame Hélène montrait ostensiblement sa tristesse et sa peine. Elle pleurait beaucoup et donnait tous les signes de la douleur. Elle se lamentait pitoyablement, pleurant sur son mari, ses frères, sa fille, son peuple, sa famille, ses amis, sa terre, son pays, répétant qu'elle avait tout perdu, son cher mari, sa richesse, sa beauté, son rang. Personne ne parvenait à la consoler alors qu'elle avait devant elle le spectacle de femmes qui avaient été enlevées avec elle et qui faisaient bien peu de cas de leur vie, elles dont les maris étaient captifs, souvent blessés ou bien plus souvent morts. Elles étaient sur le point d'en mourir, peu s'en fallait. En outre, quand elles pouvaient apercevoir leurs maris, leurs pères, leurs oncles, leurs neveux, leurs fils, leurs frères, elles n'avaient pas la moindre possibilité de leur parler : les Troyens, par décence, avaient séparé les hommes des femmes. Jamais on n'avait entendu de tels cris et de telles manifestations de douleur.

Pâris ne put y tenir plus longtemps et il se rendit auprès d'Hélène pour la réconforter. Chaque jour il faisait tout ce qu'il pouvait pour l'empêcher de pleurer. Il vint donc tout droit vers elle, donnant tous les signes d'une vive colère :

« Ma dame, lui dit-il, qu'est-ce que cela signifie ? Comment supporter ces plaintes qui ne cessent ni jour ni nuit ? Pouvez-vous croire que nous y soyons indifférents ? Il faudrait avoir un cœur bien endurci et bien cruel pour ne pas avoir pitié de vous ! Personne, à vous entendre pleurer, ne sait plus ce qu'est la joie ! Allons, mes dames, reprenez courage, car, sur ma foi, vous serez plus heureuses dans ce pays, vous y trou-

4682 E plus avreiz de vos plaisirs,
Que vos n'avïez es contrees
Dont l'on vos a ça amenees.
Cil se deivent bien esmaier
4686 Qui tenu sunt en chaitivier.
Vos n'i sereiz de rien tenues,
Ne a celz ne sereiz tolues
Qui vos aiment ni quels amez,
4690 Quar toz delivres les avrez.
Celes qui lor seignors ont ci, [33d]
Ne s'aucune i a son ami,
Si l'avra tot quite e delivre.
4694 En ceste terre porreiz vivre
A grant joie e a grant baudor ;
Ja ne vos iert fait desenor.
Enpor l'amor ma dame Heleine,
4698 N'i soferreiz dolor ne peine.
Ele sole vos en guarra,
Que ja torz faiz ne vos sera,
E au voleir de son plaisir
4702 Farai tote Troie obeïr.
Cist regnes iert en sa bailie,
Bien en avra la seignorie.
Ja mar avront poor de rien
4706 Cil a cui el voudra niul bien :
Riches mananz les porra faire,
Ja nus ne l'en fara contraire.
A la plus povre qui ci est
4710 Porra doner, se bon li est,
Plus en un jor c'onques n'en ot
Ne la plus riche aveir ne pot.
Confortez vos, ne plorez mie. »
4714 Chascune d'eles merci crie –
As piez li cheient les plusors –
Qu'il ait merci de lur seignors
Qui sunt destreit e en lïens.
4718 « Toz en farai, fait il, vos biens,
E le plaisir de la reïne. »
Elle parfundement l'encline :
  « Sire, fait el, s'estre poüst,
4722 Ja ne vousisse qu'ensi fust ;
Mais quant ice vei e entent
Qu'il ne puet estre autrement,
Sil nos convendra a sofrir,

Hélène se rend à ses arguments

verez plus de sujets de plaisir que dans les pays d'où nous vous avons enlevées ! Certes, ils doivent bien trembler, ceux qui sont retenus en captivité, mais vous, vous ne serez nullement prisonnières ni séparées de ceux qui vous aiment et que vous aimez : vous les retrouverez tous libres. Celles qui ont ici un mari (ou un ami, qui sait) l'auront tout à elles et vous pourrez vivre sur cette terre dans la joie et l'allégresse. Jamais on n'attentera à votre honneur. Au nom de l'amour que je porte à Hélène, ma dame, vous n'aurez aucun sujet de douleur, et c'est à elle seule que vous le devrez. Ainsi, aucun tort ne vous sera fait et je veillerai à ce que Troie tout entière se plie à son bon plaisir. Ce royaume sera entre ses mains. Elle y aura tout pouvoir et celui à qui elle voudra du bien n'aura jamais de motif de crainte. Elle pourra enrichir qui elle voudra : personne ne s'y opposera. Et à la plus pauvre d'entre vous, elle pourra donner, s'il lui plaît, en un seul jour, plus de richesses qu'elle n'en eut jamais, elle, mais aussi la plus fortunée de ses compagnes. Reprenez donc courage et séchez vos larmes. »

Toutes alors l'implorent – la plupart se jettent à ses pieds – d'avoir pitié de leurs malheureux maris toujours captifs et enchaînés.

« Je ferai, leur dit-il, tout ce que vous voudrez et ce qu'ordonnera la reine. »

Hélène alors se prosterna devant lui :

« Seigneur, dit-elle, s'il était possible, je voudrais bien ne pas me trouver dans cette situation. Mais puisque je comprends bien qu'il ne peut en être autrement, il nous faudra, de gré ou

4726 Peist o place, vostre plaisir.
　　　Dex li doinst bien, quil nos fera, [34a]
　　　E qui enor nos portera !
　　　Aumosne en porra grant aveir.
4730 — Dame, fait il, vostre voleir
　　　Sera si faiz e aconpliz
　　　Come de vostre boche iert diz. »
　　　Par mi la main destre l'a prise ;
4734 Sor un feutre de porpre bise
　　　Sunt alé il dui conseillier,
　　　Si li comencë a prier :
　　　« Dame, fait il, ce sachez bien,
4738 Onques n'amai mais niulle rien,
　　　Onc mais ne soi qui fu amer,
　　　Onc mais ne m'i voil atorner.
　　　Or ai mon cuer si en vos mis,
4742 E si m'a vostr'amors espris,
　　　Que de tot sui aclins a vos.
　　　Leial ami, leial espos
　　　Vos serai mais tote ma vie,
4746 D'ice seiez seüre e fie.
　　　Tote riens vos obeïra
　　　E tote riens vos servira.
　　　Se vos ai de Grece amenee,
4750 Plus bele e plus riche contree
　　　Verreiz assez en cest païs,
　　　Ou toz iert faiz vostre plaisirs.
　　　Tot ce voudrai que vos voudreiz
4754 E ce que vos comandereiz.
　　　— Sire, fait el, ne sai que dire,
　　　Mais assez ai e duel e ire :
　　　N'en puet aveir niulle riens plus.
4758 Se je desdi e je refus
　　　Vostre plaisir, poi me vaudra ;
　　　Por ce sai bien qu'il m'estovra,
　　　Voile o ne voille, a consentir
4762 Vostre buen e vostre plaisir.
　　　Quant desfendre ne me porreie, [34b]
　　　De dreit neient m'escondireie ;
　　　Nel puis faire, ce peise a mei.
4766 Se me portez henor e fei,
　　　Vos l'avreiz sauf, lonc ma valor. »*
　　　Doncs ne se puet tenir de plor.
　　　Mout l'a Paris reconfortee

de force, nous en remettre à votre bon plaisir. Celui qui sera bien intentionné à notre égard et préservera notre honneur, que Dieu le protège ! Sa récompense pourra être très grande.

— Ma dame, répondit-il, tous les ordres que vous donnerez seront scrupuleusement exécutés. »

Pâris prit alors la reine par la main droite. Tous deux allèrent s'asseoir à l'écart sur un tapis de pourpre foncée et là, le jeune homme formula sa prière.

« Ma dame, dit-il, jamais, je vous l'affirme, je n'ai aimé qui que ce soit. Jamais je n'ai su ce que c'est que d'aimer et jamais je n'ai voulu en faire l'expérience. Mais voici que je vous ai donné mon cœur, et l'amour que je vous porte est si ardent que je suis tout entier à vous. Désormais, et pour le restant de mes jours, vous pouvez en être absolument sûre, je serai votre ami fidèle, votre fidèle époux. Tous, ici, vous obéiront, tous seront à vos ordres. Je vous ai enlevée à la Grèce : vous trouverez ici une terre bien plus belle, bien plus fertile, où tous vos désirs seront comblés. Vos volontés, vos ordres, je les ferai miens.

— Seigneur, lui répondit-elle, je ne sais que dire. La peine et la douleur m'accablent et personne ne peut être plus affligée que moi. Pourtant, m'opposer à vos désirs ne me serait guère utile : il me faudra, de gré ou de force, je le sais bien, faire ce qu'il vous plaira. Puisque je ne saurais me défendre, je me refuserais en vain. Je ne peux m'y soustraire et je le déplore. Mais si vous me respectez et me donnez votre foi, votre récompense sera à la mesure de mes mérites. »

À ces mots, elle fondit en larmes, mais Pâris sut bien la

4750. richencontree

E merveilles l'a henoree.
Mout la fist la nuit gent servir,
Ce puis bien dire sans mentir.

Renomee, qui tost s'espant,
Ne se tarja ne tant ne quant :
Par tote Grece a reconté
Come le tenple orent robé,
Cum Paris e sa cumpaignie
Ot Heleine prise e ravie.
Tot a conté, tot a retrait
Ensi cum il l'aveient fait.
Mout en furent Grezeis irié.
A Menelau l'ont ja nuncié,
Qu'il aveit sa femme perdue :
Paris la li aveit tolue,
A Troie l'en aveit menee,
Ja poeit estre en sa contree.
Mout fu Menelaus angoissous,
Dolenz e tristes e plorous ;
Mout fu destreiz, mout l'en pesa.
Ariere a Parte s'en torna.
Nestor en amena o sei,
Qui mout l'amot par bone fei.
De sa honte e de son damage
Li pesa mout en son corage.
Menelaus son message prent,
Si l'a tramis delivrement
A un frere qui il aveit,
Qui mout buens chevaliers esteit :
N'aveit en Grece plus vaillant
Ne plus riche ne plus sachant.
Agamennon iert apelez.
Icist fu a Parte mandez.

Paris, qui fu a Tenedon,
Il e si autre cumpaignon,
Quant l'endemein furent levé
E del jor virent la clarté –
Biau tens fist mout, cum en Paschor,

Ménélas apprend le rapt d'Hélène 177

consoler et lui montrer en quelle estime il la tenait. Cette nuit-là, je peux vous l'assurer, il ordonna qu'elle fût très bien servie.

HÉLÈNE ARRIVE À TROIE.
LES GRECS RÉUNISSENT LEUR ARMÉE
(vv. 4773-5060)

Renommée, qui se répand vite, ne perdit pas un instant. Elle alla conter dans toute la Grèce comment Pâris et ses compagnons avaient pillé le temple et enlevé Hélène. Elle a dit et répété partout ce qu'ils ont fait. Les Grecs en furent très irrités. On vint vite apprendre à Ménélas qu'il avait perdu sa femme : Pâris la lui avait enlevée et l'avait emmenée à Troie ; sans doute était-elle déjà dans ce pays. Ménélas en fut profondément affligé ; il en conçut une violente douleur et une grande tristesse, et c'est très affecté et très peiné qu'il retourna à Sparte, emmenant avec lui Nestor qui lui portait un amour loyal. La honte et le tort qu'avait subis Ménélas l'affectaient intimement. Ménélas envoya en toute hâte un messager auprès de l'un de ses frères qui était très bon chevalier : on n'en connaissait pas de plus vaillant, de plus puissant et de plus sage dans toute la Grèce. Il s'appelait Agamemnon. Ménélas lui demanda de venir à Sparte.

Lorsque Pâris, qui était encore à Ténédos avec ses compagnons, se leva, le lendemain, et qu'apparut le jour dans toute sa clarté – le temps était très beau, car on était à Pâques,

---

4805. le demein

Qu'es arbres piert e foille e flor –
Monté furent es palefreiz ;
4810 Assez orent riches conreiz.
L'aveir e la robe ont chargee
De que Grece esteit despoillee,
Si l'enveient tot dreit a Troie,
4814 E lur prisons, a mout grant joie.
Paris tint par le regne Heleine,
De li henorer mout se peine ;
Ses cors de grant biautié resplent.
4818 Prianz, o le mieuz de sa gent,
Fu par matin de Troie eissuz ;
Treis lieues est contr'elz venuz.
Estrange joie demenerent
4822 La ou primes s'entrecontrerent.
Icil qui les prisons guioient
E qui lur grant aveir menoient,
De tot ont fait au rei present,
4826 E il s'en esjoï fortment.
Son fill Paris mout conjoïst.
E cil li conta tot e dist
Par ordre, ensi cum il alerent,
4830 Ou e coment il arriverent,
E cum li tenples fu brusiez
E del grant aveir despoilliez,
E cum il furent asailli
4834 Ainz qu'as nés fussent reverti.
Conta li la desconfiture [34d]
Que il firent, la nuit oscure,
E monstre li cele qu'il meine,
4838 Que pas n'est laide ne vileine.
Mout s'en tint li reis a gariz,
Qu'or quide estre segurs e fiz
Que por Heleine seit rendue
4842 Sa suer, que il ont tant tenue.
Dreit avra d'elz en sa merci,
Ainz qu'il en seient mais saisi.
Mout fu li reis prouz e corteis :
4846 Les rennes a noeus d'orfreis
Prist del palefrei dame Heleine ;
Il toz sous la conduit e meine.
Mout la conforte e mout li prie
4850 Qu'ele s'esjoie e ne plort mie.
Assez li a li reis pramis

au moment où les arbres se couvrent de feuilles et de fleurs –, tous montèrent sur leurs palefrois. Quel riche équipage que le leur ! Ils ont très joyeusement chargé toutes les richesses et le butin dont ils avaient dépouillé la Grèce et les envoient tout droit à Troie avec leurs prisonniers. Pâris tenait les rênes du cheval d'Hélène et s'empressait à ses côtés. La beauté de la jeune femme brillait de tout son éclat. Priam, escorté des plus hauts seigneurs, était sorti de la ville dès le matin et s'était avancé trois lieues à la rencontre de son fils et de ses compagnons. Quelles effusions de joie lorsque les deux cortèges se rencontrèrent ! Ceux qui escortaient les prisonniers et transportaient le butin remirent tout entre les mains du roi qui s'en réjouit beaucoup. Il accueillit avec grande joie son fils Pâris qui lui conta alors dans l'ordre comment ils étaient allés en Grèce, où et comment ils avaient débarqué, comment ils avaient dévasté le temple et l'avaient dépouillé de ses richesses et comment ils avaient été assaillis avant d'avoir pu revenir à leurs nefs. Il lui conta encore la déconfiture qu'ils infligèrent aux Grecs dans l'obscurité de la nuit. Puis il lui montra cette femme, à ses côtés, qui vraiment ne manque ni de beauté ni de noblesse !

Le roi fut pleinement satisfait : il était sûr et certain désormais que sa sœur, que les Grecs tenaient depuis si longtemps captive, allait lui être rendue en échange d'Hélène. On lui fera justice, telle qu'il l'exigera, et ce, avant qu'Hélène ne soit elle-même rendue. Le roi était très preux et très courtois : il prit les rênes aux brides d'orfroi du palefroi d'Hélène et, tout seul, il la conduisit et lui fit escorte. Il s'efforçait de la réconforter et la priait de faire bonne figure et de sécher ses larmes. À plusieurs reprises il lui a promis qu'elle

Qu'el sera dame del païs.
Tant chevaucherent, tant parlerent
4854 Que es rues de Troie entrerent.
Onques nus hon, a celui jor,
Si cum nos content li autor,
N'aveit oï anceis parler
4858 De si grant joie demener
A niulle gent qui fussent vis,
Cum le jor firent, el païs.
La nuiz i fu mout celebree,
4862 Mout eissaucee e henoree ;
Mais l'endemain, a grant hautece,*
O grant joie e o grant leece,
A Paris Heleine esposee.
4866 Li reis Prianz li a donee.
Mout li a riches noces faites,
Ja ne seront mais tiels retraites.
Tuit cil de Troie festiverent
4870 Oit jors, qui onques ne finerent.
Grant joie aveient que Paris   [35a]
Aveit laidiz lor enemis.
Por essaucement de la gloire
4874 E por l'enor de la victoire
Dura la feste oit jors e plus,
Si cum il l'aveient en us.
Eleine fu mout henoree
4878 E mout joïe e mout amee
Del roi Priant e de sa femne
E de toz les autres del regne.
Li frere Paris l'orent chiere
4882 E ses serors, a grant maniere,
Fors la devine Cassandra,
Qui mout grant noise demena :
Qui qu'onques fust liez ne joios,
4886 Ele faiseit duel angoissous.
A haute voiz a toz diseit
Que tot certainement saveit
Qu'or sereit Troie desertee,
4890 Ja ne sereit mais rabitee :
Mout en esteit la fins procheine.
Mout maudiseit sovent Heleine,
Mout maudiseit le mariage,
4894 Si lur diseit que tiel damage
Lur avendreit finablement,

sera la souveraine de ce pays. Ils chevauchèrent et parlèrent si longtemps qu'ils entrèrent dans les rues de Troie. Jamais personne, jusqu'à ce jour – ainsi le disent nos Auteurs –, n'avait entendu dire qu'on se soit livré à des manifestations de joie aussi vives que celles qui éclatèrent à cette occasion dans le pays. La nuit se déroula en célébrations et en fêtes. Mais le lendemain, en grande cérémonie, dans la joie et l'allégresse, Pâris épousa Hélène. Le roi Priam la lui a donnée. Les noces furent fastueuses, les plus fastueuses que l'on pourra jamais décrire...

Tous les habitants de Troie allèrent, huit jours durant, de réjouissances en réjouissances. Ils étaient très contents que Pâris ait ainsi nui à leurs ennemis. Selon leur coutume, la fête en l'honneur de la victoire et de la gloire qu'elle leur avait acquise dura huit jours et plus encore. Hélène fut reçue avec honneur et accueillie avec amour et joie par le roi Priam, par sa femme et par tous les gens du royaume. Les frères de Pâris l'aimaient beaucoup ainsi que ses sœurs, sauf Cassandre la prophétesse qui se répandait en imprécations. En dépit de la joie et de l'allégresse qui régnaient autour d'elle, elle ne cessait de se lamenter et disait à haute voix à tous ceux qu'elle rencontrait qu'elle était absolument sûre que maintenant Troie serait dévastée et à tout jamais désertée. La fin était très proche désormais. Sans cesse elle maudissait Hélène, sans cesse elle maudissait ce mariage et répétait qu'ils allaient droit à une catastrophe dont on ne pouvait envisager le terme.

Au v. **4883**, nous avons marqué, en dépit de la syntaxe, l'alinéa correspondant à la présence dans le manuscrit d'une grande majuscule.

Qui durreit pardurablement.
« Lasse, fait ele, quels dolors
4898 Iert, quant charront cesz beles tors,
Cist riche mur e cesz meisons,
E cist palez e cist donjons !
E quel dolor quant mi bel frere
4902 En seront mort e mis chiers pere !
A tart se clamera chaitis
Quant les verra morz e ocis !
  Ecuba, mere, quels pechez !
4906 Tant sera vostre cuers iriez !
Tant par a ci fort aventure !
Cum dolorose porteüre
As fait, dame, de tes enfanz !
4910 Ocis les t'a li reis Prianz,
Qui cest mariage a josté.
Haï ! Troie, noble cité,
Cum grant dolor qu'or finereiz,
4914 Ja mais jor ne restorereiz !
Franches dames, franches puceles,
N'atendez mie les noveles
Qu'orreiz sovent de vos mariz,
4918 De vos freres e de vos fiz !
Fuiez vos en, bien en est termes !
O prendrïez vos tantes lermes
Cum vos convendreit a plorer ?
4922 Lores porra veeir pasmer
L'une de vos l'autre sovent !
Mout desirasse chierement
Mort a venir, s'estre poüst,
4926 Ainz que li termes venuz fust,
Qui s'apareille chascun jor,
De la laide mortiel dolor. »
Ensi criot, ensi braeit,
4930 Si faite vie demeneit
Cassandra. Ja repos n'eüst,
Par niul chasti qui faiz li fust,
Tant qu'il nel porent endurer.
4934 Puis l'a li reis faite enfermer
En une chambre, loinz de gent,
Ou puis fu assez longement.
  Entretandis cum ce fu fait,
4938 Ensi cum je vos ai retrait,
Eç vos Agamennon venu,

[35b]

« Hélas, disait-elle, quelle douleur ce sera quand s'écrouleront ces belles tours, ces splendides murailles, ces demeures, ce palais, ce donjon ! Et quelle douleur quand mes chers frères mourront ainsi que mon père bien-aimé ! Ce sera trop tard pour qu'il se lamente sur lui-même lorsqu'il les verra morts devant lui !

« Hécube, ma mère, quel malheur ! Comme tu seras affligée ! Quelle infortune et pour quel triste sort auras-tu porté tous tes enfants ! Le roi Priam les a tués, lui, l'auteur de ce mariage ! Ha ! Troie, noble cité, quelle douleur de voir ta ruine à tout jamais consommée ! Nobles dames, nobles jeunes filles, ne restez pas à attendre ce que l'on vous dira bien trop souvent de vos maris, de vos frères, de vos fils. Fuyez, il en est temps encore ! Où prendriez-vous toutes les larmes qu'il vous faudra alors verser ? Combien de fois verrez-vous l'une ou l'autre s'évanouir ! Que je succombe, s'il était possible – je n'ai pas d'autre désir –, avant que n'arrive le terme, qui chaque jour se rapproche, où nous affronterons l'horrible douleur de la mort ! »

C'est ainsi que Cassandre criait, se lamentait et se répandait en imprécations. Jamais elle n'aurait cessé en dépit de toutes les remontrances. Tant et si bien que, lorsque les Troyens ne purent plus le supporter, le roi Priam la fit enfermer dans une chambre, loin de tous, où elle resta longtemps cloîtrée.

Tandis que se déroulaient les événements que je vous ai racontés, Agamemnon arriva à Sparte, où l'attendait son frère

Que Menelaus ot atendu.
A Parte vint dreit o il ere ;
4942 Mout trova dehaitié son frere
Por le hontage de sa femme, [35c]
Por le damage de son regne
Que li Troïen li ont fait :
4946 Ne puet müer ne s'en dehait.
Agamennon esteit mout prouz :
Son frere conforta sor toz.
« Ice, fait il, ne vos penseiz.
4950 Gardez que ja hon qui seit nez
Ne puisse aperceveir ne dire
Que vos en aiez duel ne ire,
Quar li proudome del viell tens,
4954 Qui tant orent valor e sens,
Ne conquistrent pas les henors
En duels n'en lermes ne en plors,
Mais quant hon lur faiseit leidure,
4958 Si perneient engin et cure
Cum il se puïssent vengier ;
Si deivent faire chevalier.
Qui n'a guerre n'aversité
4962 Ne damage ne poverté,
Coment conoistra sa valor ?
Mais cil a cui hon tolt s'enor,
Qui les granz cosz a a sofrir
4966 E les maisnees a tenir,
Qu'il seit povres e sofreitos,
Mananz, riches e besoignos,
A la fïee seit perdanz,
4970 A la fïee gaaignanz,
Que ses pris creisse e mont e puit,
E de bien faire ne s'enuit.
Ensi conquistrent lur henor
4974 Ça en ariere nostr'anceisor ;
Ensi puet l'on en pris venir.
Or n'i a mot del plus sofrir
La honte e le damage grant
4978 Qui nos est venuz par Priant.
Or porchast l'on delivrement [35d]
Que l'on en prenge venjement,
Que nostre henor i seit seüe,
4982 E par tot le mond coneüe,
Que cil qui naistront a mil anz

Agamemnon réconforte son frère

Ménélas. Il le trouva très abattu, tant pour l'injure que lui avaient faite les Troyens en lui enlevant sa femme que pour les dommages causés à sa terre. Il lui était impossible d'oublier sa peine. Agamemnon était de très bon conseil : il sut fort bien réconforter son frère.

« Ne pensez plus, lui dit-il, à tout ce qui s'est passé. Faites en sorte que personne au monde ne puisse voir ou dire que vous cédez à la douleur et au désespoir. Les grands héros de jadis, qui eurent tant de valeur et de sagesse, ne firent pas leurs conquêtes en pleurant et en se lamentant. Mais quand on leur faisait du tort, ils se donnaient les moyens d'en prendre vengeance. Ainsi doivent se conduire des chevaliers. Qui ne connaît ni la guerre ni l'adversité ni les torts subis ni la pauvreté, comment éprouvera-t-il sa valeur ? Mais celui à qui on ravit l'honneur, qui doit supporter de rudes assauts et gouverner ses hommes, peu importe qu'il tombe dans la pauvreté et le besoin, qu'il soit tantôt riche, tantôt misérable, tantôt vainqueur, tantôt perdant, l'essentiel est que sa renommée ne cesse de croître et de grandir et qu'il ne renonce jamais à faire ce qu'il doit. C'est ainsi que nos ancêtres, jadis, ont acquis leurs royaumes. C'est ainsi que l'on peut conquérir la gloire. Pas question de supporter plus longtemps le déshonneur et le tort que nous a faits le roi Priam. Cherchons rapidement les moyens d'en prendre une vengeance telle qu'elle assure notre gloire et la fasse connaître à tout l'univers. Ainsi, ceux qui naîtront d'ici

Recontent bien a lur enfanz
Qu'onques si aut dreit ne fu pris
4986 Come de ce que fist Paris.
Grant parole n'a ci mestier,
Mais or penst hon de l'enveier
Par tote terre, sus e jus,
4990 As reis, as contes e as dus;
Semons seient d'aler a Troie.
N'i avra cel qui de grant joie
Ne s'aparelt a son poeir
4994 O quant que il porra aveir.
Quant nostre genz sera jostee
E por bataille conreee,
Soz ciel n'a vile ne cité,
4998 Tor ne chastel ne fermeté
Qui de nos se puisse desfendre.
E qui Paris porra vif prendre,
Si seit penduz come larron.
5002 Si asprement nos en venjon
Que tote Troie en seit fundue
E craventee e abatue. »
Sans autre respit quin fust pris
5006 Ont par Grece lur més tramis.
N'ot rei ne duc ne aumaçor,
Riche conte ne vasvassor,
Qui ne seit baniz e semons.
5010 Oïr pöez d'auquanz les nons :
Danz Patroclus, danz Achillés,
E li tres prous Dïomedés,
E li bons reis Eürialus,
5014 E li forz Telepolemus
Vindrent a Parte, o cist esteient [36a]
Qui de l'ovre s'entremeteient.
Conseil pristrent comunaument,
5018 Quant avreient josté lur gent,
Qu'il ireient sans demorance
D'Eleine prendre la venjance.
De l'ost joster ont conseil pris,
5022 E del navie, qu'il seit quis.
Icist que je vos ai nomé,
O cels qui erent asenblé,
Firent Agamennon seignor
5026 E sor toz elz enpereor.
Totes les genz qu'il josteront

mille ans pourront encore dire à leurs enfants que jamais ne fut prise réparation aussi éclatante que celle que nous allons tirer des actes de Pâris. Mais trêve de paroles ! Occupons-nous plutôt d'envoyer des messagers dans le monde entier, aux rois, aux comtes et aux ducs. Qu'on leur donne ordre de se rendre à Troie : pas un qui ne fera de grand cœur ses préparatifs dans la mesure de ses forces. Et quand nos hommes seront réunis et prêts pour la guerre, il n'y a pas sous les cieux de ville, de cité, de tour, de château ou de forteresse qui pourra nous résister. Si l'on peut alors capturer Pâris, qu'on le pende comme un voleur ! Que notre vengeance soit terrible ! Que Troie soit tout entière abattue et ruinée de fond en comble ! »

Sans plus attendre, ils envoyèrent leurs messagers dans toute la Grèce. Pas de roi, de duc, de chef de guerre, de puissant comte ou de simple vavasseur qui ne soit convoqué et sommé de venir. Mais voici les noms de quelques-uns d'entre eux : le seigneur Patrocle et le seigneur Achille, Diomède, le redoutable guerrier, le bon roi Euryale et le puissant Télépolème se rendirent à Sparte où se trouvaient les chefs de l'entreprise. Ils décidèrent tous ensemble que, dès que leurs troupes seraient réunies, ils iraient immédiatement tirer vengeance du rapt d'Hélène. Ils ont donc décidé de réunir leurs troupes et de se procurer des bateaux. Ceux dont je vous ai cité les noms ainsi que ceux qui étaient déjà réunis choisirent Agamemnon comme seigneur et comme chef suprême. Tous les hommes qu'ils réu-

---

4996. conree

E quil au siege a Troie iront,
Seront desoz sa seignorie,
5030 E de toz avra la bailie.
A lui del tot obeïront,
Son bon e son plaisir faront.
Autresi riches reis e dus
5034 Joustisera, quatorze e plus,
Come il est, mais nequeden,
Par grant esgart e par grant sen,
L'ont il eslit desor elz toz,
5038 Quar mout esteit sages e prouz.
* Mout est ja cest ovre aatie :
De rechief ont Grece banie
Si faitement, par tiel maniere,
5042 O seit par force o par priere,
Ja n'i avra grant ne petit
De remaindre quiere respit.
De nés, d'armes e de conreiz
5046 Aprestent mout a cele feiz,
Si qu'au terme qui mis i est
Fuissent trestuit garni e prest.
A Temese, dreit as rivages,
5050 S'ajostera toz li barnages,
Puis movront tuit comunalment [36b]
Des qu'il avront oré e vent.
S'a Troie pöent arriver,
5054 Mout en seront fort a geter.
Mout en seront ainz lances fraites
E espees de fuerre traites ;
Mout i avra ainz chevaliers
5058 Abatuz morz de lur destriers.
Si est la chose destinee,
Qui ne puet estre trestornee.

5093   Beneeit dit, qui rien ne leit*   [36c]
De quant que Daires li retreit,
Qui ci endreit vout demonstrier
E les senblances racontier
E la forme qu'aveit chascuns,

extraordinairement grand et robuste. Il était d'une force et d'une vigueur redoutables, extrêmement coléreux, acharné et endurci à la peine. Sa peau et ses cheveux, très fins, étaient plus blancs que neige fraîche. Il ne connaissait point de rival pour l'éloquence. Il était sage, aimable et rusé, noble et opulent, mais très avide de richesses.

Ménélas était de taille moyenne. Il était roux, beau, preux et courageux, oui, très beau et avenant, aimable avec tout le monde.

Achille était très beau. Il avait une poitrine très développée, large et imposante, des membres très grands et très forts. Ses yeux brillaient d'audace et de fierté. Ses cheveux châtains étaient tout bouclés. Jamais préoccupé ni triste, il avait toujours l'air joyeux et content, mais s'emportait facilement contre ses ennemis. Il était généreux, avait plaisir à dépenser, et était très aimé des chevaliers. Sa réputation aux armes était très grande. On aurait eu du mal à trouver son égal. Il était plein d'audace et de vaillance, et acharné à vaincre.

Patrocle avait un très beau corps et était extrêmement intelligent. Sa peau était blanche, ses cheveux blonds. Il était grand et élancé, et faisait un très beau chevalier. Dans ses yeux pers, l'éclat de la violence était rare. À la vérité, il était remarquablement beau et d'une extrême générosité, mais ses mœurs étaient loin d'être irréprochables.

Ajax était gros ; sa poitrine, ses bras, ses flancs étaient massifs. Il était très grand, large d'épaules, toujours somptueusement vêtu. Il était plein de force et d'acharnement, mais il n'était pas très fiable. Il parlait un peu trop à la légère et avait tendance à plaisanter.

5150. iert e c.] *éd.* C.

5186 E mout se joot voluntiers.
Mais un autre Aïaux i ot,
Qui Telamon en sornon ot.
Icist fu mout de grant valor
5190 E mout i ot bon chanteor :
Mout aveit la voiz haute e clere ;
De sons e d'arz iert bons trovere.*
Neir chief aveit recercelé.
5194 Mout par iert de grant sinpleté,
Mais encontre son enemi   [37b]
Aveit cuer cruel e hardi :
Ja en estor ne en tornei
5198 Ne portast a niul home fei.
Soz ciel n'aveit tiel chevalier
Ne qui meinz seüst bobancier
De grant biautié, ce dist Daires,
5202 Les sormontot toz Ulixés.
N'iert mie granz ne trop petiz :
Mout par iert de grant sens garniz,
Merveilles esteit biaus parliers,
5206 Mais en dis mile chevaliers
N'en aveit un plus tricheor :
Ja veir ne desist a niul jor ;
De sa boche isseit granz guabeis.
5210 Mout par iert saives e corteis.
Forz refu mout Dïomedés,
Gros e quarrez e granz adés.
La chiere aveit mout felenesse :
5214 Cist fist mainte false pramesse.
Mout fu hardiz, mout fu noisos
E mout fu d'armes engignos ;
Mout fu estouz e sorparlez,
5218 E mout par fu ses cors dotez.
A grant peine poeit trover
Qui contre lui vousist ester :
Riens nel poüst en paiz tenir.
5222 Trop par esteit mals a servir,*
Mais por amer treist mainte feiz
Maintes peines e mainz destreiz.
Nestor fu granz e lons e lez ;
5226 Force deveit aveir assez.
Le nés ot corbe ; de parler
Ne poüst om trover son per.
Mout donot bien un bon conseill

Mais il y avait un autre Ajax, dont le surnom était Télamon. Celui-ci était un homme de grande valeur et un excellent chanteur. Sa voix était haute et claire, il savait bien composer des mélodies et était versé dans les sept arts. Ses cheveux étaient noirs et bouclés. Il était extrêmement affable, mais, envers un ennemi, il se montrait très dur et plein d'audace. Jamais au cours d'une bataille ou d'un combat singulier, il n'aurait fait confiance à qui que ce soit. Il n'y avait pas au monde de meilleur chevalier ni qui soit aussi peu arrogant.

Ulysse, selon ce que dit Darès, les surpassait tous en beauté. Il n'était ni trop grand ni trop petit ; il était doué d'une très grande intelligence et son éloquence était extraordinaire, mais, sur dix mille chevaliers, il n'y en avait pas un de plus menteur que lui : jamais il n'aurait pu dire la vérité et il proférait d'énormes vantardises. Il était très sage et très courtois.

Diomède, lui, était très fort, gros, massif, plutôt grand. La fausseté se lisait sur son visage et il multiplia les promesses fallacieuses. Au combat, il se montrait très hardi, très querelleur, très rusé. Il était très emporté, plein d'arrogance, et l'on redoutait beaucoup sa force : on pouvait difficilement trouver quelqu'un qui accepte de l'attendre de pied ferme. Personne n'était capable de le calmer et il était un bien piètre amoureux, mais, par amour, il endura à plusieurs reprises bien des maux, bien des tourments.

Nestor était grand, élancé et large. Il était très fort, semblait-il. Son nez était recourbé. On n'aurait pas pu trouver aussi éloquent que lui. À qui était son ami et lui était attaché, il savait

5230 A son ami, a son feeill,
Mais quant ire le sorportot, [37c]
Niule mesure ne gardot.
Neis n'est plus blanche qu'il iert toz.
5234 Mout iert hardiz e mout iert prouz.
   Or ne resteit de rien itaus
De senblance Proteselaus,
Quar merveilles esteit isneaus
5238 E genz e prouz e fort e beaus.
   Neptolemus fu granz e lons,
Gros par le ventre cum uns trons.
Merveilles par iert vertuos
5242 E de mainte chose engignos.
Biautié aveit e bone chiere,
Mais balbeiot a grant maniere.
Les oilz aveit gros e roonz,
5246 E le chief neir – n'iert mie blonz –,
Les sorcilles grosses e lees
Come s'il les eüst enflees.
De pleiz saveit trop e de leis,
5250 A merveilles par iert corteis.
   Palamedés nel senblot pas :
Gent cors aveit, n'iert mie cras ;
Grailes iert mout parmi les flans,
5254 Douz e söef, simples e frans,
Hauz, lons e blois, e biaus e dreiz,
E les mains blanches e les deiz.
   Polidarius iert si gras
5258 Que a grant peine alot le pas.
En plusors choses iert vaillanz,
Mais toz jors iert tristes dolanz.
Ainz le cerchast par mainte terre,
5262 Qui plus ergoillos vousist querre.
   Nachaon iert reis merveillos,
Mais mout par esteit corajos.
Le cors aveit trestot roont
5266 E poi cheveus en mi le front.
Mout par menaçot richement [37d]
E mout iert fel a tote gent.
N'iert pas mout granz ne trop petiz.
5270 Toz jors s'endormeit a enviz.
   Li reis de Perse fu mout granz,
E mout riches e mout poissanz.
Le vis ot gras e lentillos,

Portraits des héros grecs

fort bien donner de bons conseils, mais quand la colère s'emparait de lui, il était incapable de se maîtriser. La neige n'est pas plus blanche qu'il ne l'était. Son audace, sa prouesse étaient très grandes.

Pour ce qui est du physique, Protésilas n'était pas en reste : il était extrêmement rapide, noble, preux, plein de force et de beauté.

Néoptolème était grand et élancé, mais aussi rond de ventre qu'un tronc d'arbre. Son courage suscitait l'admiration et il s'y connaissait en bien des choses. Il était beau et avait un visage agréable, mais il était extrêmement bègue. Ses yeux étaient gros et ronds, sa chevelure noire (et non blonde), ses sourcils épais et larges, comme s'ils étaient enflés. Il était très expert en matière de jugements et de lois et se montrait extraordinairement courtois.

Palamède ne lui ressemblait pas : son corps était très beau, sans la moindre graisse, il était très mince au niveau de la taille. Il était plein de douceur, affable, modeste et franc. Il était de haute taille, élancé, blond, beau et droit ; ses mains et ses doigts étaient blancs.

Podalire était si gras qu'il pouvait à peine se mouvoir. Il avait de la valeur en plusieurs domaines mais il se montrait toujours plein de tristesse et de douleur. On aurait pu parcourir bien des pays avant de trouver plus fier que lui.

Machaon était un très grand roi et montrait un très grand courage. Son corps était tout rond et il avait peu de cheveux sur la tête. Il était horriblement prolixe en menaces et se montrait très cruel envers tout le monde. Il n'était ni trop grand ni trop petit et il ne pouvait s'empêcher de s'endormir.

Le roi de Perse était très grand, plein d'opulence et de puissance. Son visage était gras et parsemé de taches de rousseur et sa barbe et ses cheveux étaient également roux.

De barbe e de cheveus fu ros.
    Briseïda fu avenanz,*
Ne fu petite ne trop granz.
Plus esteit bele e bloie e blanche
Que flor de lis, ne neis sor branche,
Mes les sorcilles li joigneient,
Qui auques li mesaveneient.
Biaus oilz aveit a grant maniere
E mout esteit bone parliere.
Mout fu de buen afaitement
E de saive contenement.
Mout fu amee e mout amot,
Mais ses corages li chanjot ;
E si iert el mout vergoindose,
Simple, aumosniere e pietose.
    De celz de Grece vos ai dit
Lur senblances selonc l'escrit.
Itant cum je en ai trové
Vos ai tot dit e reconté,
N'i ai ajoint ne plus ne meins.
Or vos redirai des Troiens.
    Mout par fu biaus e lons e granz,
Ce dist li escriz, reis Prianz.
Le nés e la boche e le vis
Ot bien estant e bien asis.
La parole aveit auques basse,
Söeve voiz e douce e quasse.
Mout par esteit biaus chevaliers,
E matin manjot voluntiers.
Onques niul jor ne s'esmaia   [38a]
Ne onques losengier n'ama.
De sa parole iert veritiers
E de justice dreituriers.
Contes e fables e chançons
E estrumenz e noveus sons
Oeit, sovent s'i delitot,
E chevaliers mout henorot :
Onques nus reis plus riches dons
N'osa doner a ses barons.
    Des Troïens li pluz hardiz
Esteit sans faille Hector sis fiz.
Des Troïens ? Voire del mont,
De ceus qui furent ne qui sunt,
Ne qui ja mais jor deivent estre.

Portraits de Briséida et de Priam

Briséida était gracieuse, ni trop petite ni trop grande. Elle était plus belle, plus blonde, plus blanche que la fleur de lis ou la neige sur la branche, mais ses sourcils se rejoignaient, ce qui déparait un peu sa beauté. Elle avait des yeux extraordinairement beaux et elle savait fort bien parler. Elle était très bien élevée, elle savait fort bien se tenir. Elle fut beaucoup aimée et aima de même, mais son cœur était inconstant ; elle était pourtant très pudique, modeste, large envers les pauvres et pleine de piété.

Je vous ai donc fait, d'après ma source, les portraits des héros grecs. Tout ce que j'y ai lu, je vous l'ai dit et conté à mon tour, sans rien ajouter ni retrancher, et je vais maintenant vous parler des Troyens.

Le roi Priam, à ce que dit ma source, était très beau, grand et élancé. Nez, bouche, visage étaient bien dessinés et bien proportionnés. Il parlait assez bas et son ton de voix était doux et agréable, mais un peu rauque. C'était un très beau chevalier. Le matin, il mangeait avec plaisir. Jamais il ne céda à la peur et jamais il n'aima les flatteurs. Dans ses propos, il était sincère et rendait la justice avec une parfaite droiture. Souvent – et il y prenait un grand plaisir –, il se faisait lire des récits et des contes et chanter des poèmes ; il écoutait jouer des instruments ou exécuter des mélodies nouvellement composées. Il savait honorer ses chevaliers et nul roi jamais ne prit le risque d'offrir à ses barons de plus fastueux présents.

De tous les Troyens, le plus hardi était, sans nul doute, Hector, son fils aîné. De tous les Troyens ? Non, de tous les hommes de tous les temps, passés, présents et à venir. Nature

5318 Des biens le fist Nature mestre
E des bontez qu'on puet aveir.
En lui monstra tot son saveir,
Fors que plus bel le poüst fere,
5322 Mais nus n'en siet meillor retrere.
S'en lui veer riens mesavint,*
Par le bien faire li covint.
Ce savez bien, haute pröece
5326 Abaisse bien cri de laidece.
Or vos dirai d'Ector la somme :
Ja ne l'orreiz mieuz par niul homme.
De pris toz homes sormontot,
5330 Mais un sol petit balbeiot.
D'andous les oilz borgnes esteit,
Mais point ne li mesaveneit.
Chief ot blont e cresp, blanche char,
5334 E si n'aveit cure d'eschar.
Cors ot bien fait e forniz menbres,
Mais il nes aveit mie tendres.
Ne puis qu'il vint al grant besoing
5338 Ne qui il traist vers lui le soing,
Onques as armes n'ot si dur   [38b]
En tot le mond ne si seür.
De sa largece ne fu riens
5342 Quar, se li mondes fust toz siens,
Sil donast tot a bones genz.
Ne li durot ors ne argenz,
Ne bons destriers ne palefreiz,
5346 Ne riches dras ne bons conreiz :
Sol pröesce li remaneit
E li frans cuers quil somoneit
De toz jors faire come bons.
5350 Puis que li pris de toz iert suens,
N'en esteit nus de sa largece,
De tant valeit mieuz sa pröece.
Sa corteisie par fu tiels
5354 Que cil de Troie e l'osz des Griés
Envers lui furent dreit vilain.
Ainc plus corteis ne manja pain.
De sens e de bele mesure
5358 Sormontot tote creature,
N'onques por joie ne por ire
Ne fu menez des qu'au mesdire
Ne a sorfait, n'a niulle faille.

lui accorda la maîtrise de toutes les qualités et de toutes les vertus que l'on peut avoir. Avec lui elle montra tout ce qu'elle savait faire. Elle aurait pu, tout au plus, lui donner plus de beauté. Pourtant, personne ne peut célébrer plus grand héros que lui. S'il avait quelque défaut physique, il le masqua par ses hauts faits. Comme vous le savez bien, la prouesse, lorsqu'elle est grande, fait taire le reproche de laideur. Je vais donc maintenant vous dire – et jamais vous ne l'entendrez mieux conter – tout ce que l'on peut dire sur Hector. Il l'emportait en valeur sur tous les hommes, mais il bégayait un peu. Il louchait aussi des deux yeux, mais ce défaut ne le déparait pas. Sa chevelure était blonde et bouclée, son teint très clair et il se moquait bien des plaisanteries. Son corps était bien proportionné et ses membres, très développés, n'étaient guère délicats ! À partir du moment où la nécessité l'y contraignit et où il prit en main le commandement, personne au monde ne se montra au combat aussi solide et aussi sûr que lui. Personne ne fut aussi généreux : si le monde lui avait appartenu, il l'aurait donné tout entier aux gens de bien. Or, argent, bons destriers et palefrois, belles étoffes et beaux équipements, tout lui filait entre les doigts. Il ne lui restait que la prouesse et son noble cœur qui le poussait sans cesse à agir en héros. Comme il n'avait pas son pareil au combat et que nul ne pouvait rivaliser avec lui de générosité, sa prouesse en acquérait encore un plus vif éclat. Sa courtoisie enfin était telle que les Troyens comme les Grecs de l'expédition faisaient, à côté de lui, figure de rustres. Jamais être plus courtois ne mangea de pain. En sagesse et en mesure, il dépassait tout le monde. Jamais la joie ni la colère ne l'incitèrent à médire, à se porter à quelque excès ou à quelque faute que ce soit. Jamais personne n'égalera ses mérites. Son visage,

5362 Ja mais cors d'ome n'iert quil vaille.
De vis, de boche e de menton
E de cors ot bele faiçon ;
Bruns chevaliers iert de visage.
5366 Le cuer ot franc e douz e sage ;
Trop par esteit de riche cuer :
Si ne desist a negun fuer
Parole laide ne vilaine,
5370 N'ainz ne nasqui hon de sa peine.
D'armes porter ne del sufrir,
Ne de faire tot son plaisir
Ne vit onques nus om meillor,
5374 E mout amot pris e henor.
Onques nus om de mere nez [38c]
Ne fu en vile tant amez
Cum cil de Troie lui ameient,
5378 Peti e grant, qui la esteient ;
Douz e pius iert as citeiens
E contre amor n'iert pas vileins.

    Toz autretiels iert Helenus
5382 E sis freres Deïphebus,
Come Prianz lur pere esteit.
Entr'eus dessenblance n'aveit
De cors, de forme, fors d'aage
5386 E fors de cuer e de corage.
Lur formes erent mout senblanz
Mais divers erent de talanz.
Forz esteit mout Deïphebus,
5390 E de grant sens iert Helenus,
Saive pöete e bon devin :
Des choses diseit bien la fin.

    Troïlus fu biaus a merveille.
5394 Chiere ot riant, face vermeille,
Cler vis espert, le front plenier :
Mout covint bien a chevalier.
Cheveus ot blois, mout avenanz
5398 E par nature reluisanz,
Oilz vairs e pleins de gaieté ;
Ainz ne fu riens de sa biauté.
Tant cum il iert en bon talent,
5402 Par esgardot si doucement
Que deliz iert de lui veeir ;
Mais une rien vos di par veir,
Qu'il iert envers ses enemis

sa bouche, son menton et son corps tout entier étaient beaux et bien faits, son teint de chevalier, plutôt basané. Il était d'un naturel noble, doux et sensé et son cœur était si généreux qu'il n'aurait prononcé à aucun prix parole injurieuse ou déshonnête. Jamais ne naquit homme d'une telle endurance et personne n'en vit de plus capable de soutenir l'effort du combat et de tout mener à sa guise. Il aimait énormément la gloire et l'honneur. Jamais enfin un être humain ne fut l'objet d'un amour pareil à celui que lui portaient les Troyens. Petits et grands, tous les habitants de la ville l'aimaient. À leur égard, il se montrait doux et respectueux et, en amour, il ne se conduisait pas comme un rustre.

Hélénus et son frère Déiphobe se ressemblaient tous les deux et étaient tous les deux le portrait de leur père Priam : même corps, même allure, mais il différaient d'âge, de cœur, de tempérament. Au physique, ils se ressemblaient beaucoup, au moral, ils étaient très différents. Déiphobe était très fort, Hélénus était très savant ; c'était un prêtre plein de sagesse et un bon devin : il savait bien dire ce qui allait advenir.

Troïlus était extrêmement beau. Sa physionomie souriante, son teint vermeil, son visage clair et ouvert, son front haut, tout en lui était digne d'un chevalier. Sa chevelure blonde et naturellement brillante lui seyait particulièrement. Ses yeux pers étincelaient de gaieté. Sa beauté était incomparable. Lorsqu'il était de bonne humeur, son regard était si doux que c'était un plaisir de le voir. Mais je peux vous dire en toute vérité qu'il

D'autre senblant e d'autre vis.
Haut ot le nés, mais par mesure.
Bien fist as armes sa faiture.
Boche ot bien faite e biaus les denz,
Plus blans qu'ivoire ne argenz,
Menton quarré, lonc col e dreit, [38d]
Tiel cum as armes coveneit ;
Les espalles mout bien seanz,
Aval traitices descendanz,
Le piz formé de sus les laz,
Bien faites mains e bien les braz.
Bien fu taillez par la ceinture ;
Mout li sist bien sa vesteüre ;
Endreit les hanches fu pleniers.
A merveille iert biaus chevaliers.
Jambes ot dreites, vols ses piez,
Trestoz les menbres bien tailliez,
E ot bien large aforcheüre.
Si fu de mout bele stature :
Granz iert, mais bien li coveneit
O la taille, que bone avoit.
Je ne cuit ore si vaillant home
Entre que la o terre asome,
Qui tant aint joie ne deduit,
Ne meinz die qui trop enuit,
Ne qui tant ait riche corage,
Ne tant coveit pris ne barnage.
Ne fu sorfeiz ne outrajous,
Mais liez, joious e amorous.
Bien fu amez e bien ama
E maint grant fais en endura.
Bacheliers iert e jovenciaus,
De ceus de Troie li plus biaus
E li plus prouz fors que sis frere
Hector, qui fu dreiz enperere
E dreiz sires d'armes portanz.
Bien nos en est Daires garanz,
Quar flors fu de chevalerie
E cist l'en tint mout bien frairie ;
Bien fu sis frere de prôece,
De corteisie e de largece.
    Paris esteit lons e deugiez, [39a]
E mout par iert isneaus des piez.
Les cheveus avoit blois e sors,

offrait à ses ennemis un tout autre visage ! Son nez était long et bien proportionné. L'armure convenait bien à sa stature. Sa bouche était bien faite, ses belles dents plus blanches qu'ivoire ou argent. Son menton carré, son cou, élancé et droit, allaient très bien avec sa cuirasse. Les épaules, d'une belle carrure, allaient en s'affinant. La poitrine était bien formée sous les lacets du haubert. Ses mains étaient bien faites ainsi que ses bras. Sa taille était bien prise et ses hanches larges. Ses vêtements lui allaient fort bien. C'était un très beau chevalier. Il avait les jambes droites, la voûte plantaire bien formée, tous ses membres étaient bien faits et son assiette à cheval très solide. Il était très grand, mais sa haute stature allait de pair avec les proportions de son corps. Je ne pense pas qu'il y ait à l'heure actuelle de par le vaste monde d'homme qui le vaille, qui aime autant la joie et les plaisirs, qui tienne moins de propos désagréables et qui soit aussi valeureux et épris de gloire et de hauts faits. Il n'était ni insolent ni porté aux excès, mais joyeux, rieur et enclin à aimer. Il fut aimé et il aima avec passion, et il en éprouva bien des tourments. C'était encore un tout jeune homme, mais il était le plus beau et le plus preux des Troyens, à l'exception de son frère Hector dont la suprématie à la guerre ne fut jamais contestée. Darès nous en est ici garant : Hector fut vraiment la fleur de toute chevalerie et Troïlus fut sur ce point bien digne de son frère. Oui, il était vraiment son frère pour la prouesse, la courtoisie et la générosité.

Pâris était grand, élancé et très rapide à la course. Sa chevelure était d'un blond brillant, plus éclatant que de l'or fin. Il

5450 Plus reluisanz que n'est fins ors.
Saives e forz e vertuos
E d'enpire mout coveitos,
Seignorie mout desirot.
5454 Bien faite chiere e bels oilz ot.
Traire saveit merveilles bien,
Si sot de bois sor tote rien.
Hardiz e prouz e cumbatanz
5458 Fu de ses armes, e aidanz.
Mout ot en lui bon chevalier,
E mout se sot bien d'arc aidier.
    Eneas fu gros e petiz,
5462 Saives en faiz, saives en diz.
Mout saveit bien autre araisnier
E son prou querre e porchacier.
Merveilles esteit biaus parliers
5466 E en plait douz e conseilliers.
Mout aveit en lui sapience,
Force e vertu e reverence.
Les iolz ot neirs, le vis joios ;
5470 De barbe e de cheveus fu ros.
Mout ot engin, mout ot veisdie
E mout coveita manantie.
    Antenor fu grailes e lons,
5474 Mout ot paroles e sermons.
Mout le teneient a veizié,
A cheval vistes e a pié.
Saives esteit e enparlez,
5478 Del rei de Troie esteit amez.
Sovent juglot ses cumpaignons
Quant il i truveit achaisons.
    Un fiz aveit, Polidamas,*
5482 Dont li livres ne se test pas,
Qu'a merveilles par iert preisiez   [39b]
E biaus e genz e enseigniez,
Grailes e dreiz e brun le vis,
5486 De bons afaitemenz apris,
Forz e hardiz e defensables
E en toz estoveirs metables.
Nus de son cors plus ne valeit.
5490 Larges e douz e frans esteit,
Point n'esteit feinz, poi iert iros.
O armes esteit vertuos.

était sage, robuste, courageux et aimait commander. Oui, le pouvoir le tentait. Il avait un visage bien dessiné et de beaux yeux. C'était un merveilleux archer et il n'avait pas son pareil pour la chasse. Il était hardi et preux, il savait se battre et c'était un bon escrimeur. Bon chevalier, il savait aussi très bien tirer à l'arc.

Énée était gros et petit. Sage en actes et en paroles, il savait très bien discuter et obtenir ce qui servait ses intérêts. C'était un orateur tout à fait remarquable et, dans les procès, de bon et juste conseil. En lui s'unissaient la sagesse, la force, l'efficacité et le respect d'autrui. Ses yeux étaient noirs, son visage souriant, sa barbe et ses cheveux étaient roux. Il était très rusé, plein d'astuce et très avide de richesses.

Anténor était élancé et de haute taille, habile à parler, à discourir, et on le tenait pour un homme avisé. À pied comme à cheval, il était agile. Il était sage et savait bien parler ; il était aimé du roi de Troie. Souvent, lorsqu'il en trouvait l'occasion, il raillait ses compagnons.

Il avait un fils, Polydamas que le livre ne passe pas sous silence, car on l'estimait énormément ; il était beau, noble, bien élevé. Son corps était élancé et bien droit, son teint foncé ; il avait de très bonnes manières et il était plein de force, d'audace, de ressources au combat, toujours disponible lorsqu'il le fallait. Personne ne l'égalait pour la force. Il était généreux, plein de douceur et de noblesse, il ne savait pas dissimuler et se mettait rarement en colère. Il se battait avec beaucoup de courage.

Li reis Mennon fu genz e granz
5494 E chevaliers mout avenanz.
Si iert, ce conte li escriz,
Par les espalles toz forniz,
O un dur piz, o uns forz braz,
5498 A un chief crespe e aubornaz,
O un lonc vis, o un treitiz,
O uns oilz ros e tres ardiz,
Poi enveisiez, poi enparlez,
5502 E as armes desmesurez.
Rien ne dotot, rien ne cremeit,
E par tot biens li aveneit.
Maint dur estor rendi e prist :
5506 Merveillos fu, merveilles fist.
Sa grant pröece e si grant feit
Seront a toz jors mais retreit.
   Hecuba, – ne voil mie taire
5510 Ce que Daires en voust retraire –
Ensi aveit non la reïne,
Qui mout iert de bone doctrine.
Granz fu assez e bele adés :
5514 De cors senblot home bien pres,
N'aveit pas femenin talant
Ne corage ne tant ne quant.
Juste, pie iert e dreituriere,
5518 E saive dame e aumosniere.
   Andromacha fu bele e gente,   [39c]
E plus blanche que n'est flors d'ente –
Blois fu ses chiés e bloi si oill –*
5522 Franche, simple, sans niul ergoill.
Le col aveit de lonc espace.
En li n'ot rien que bien n'estace ;
En son cors ne en sa senblance
5526 N'aveit un point de mesestance.
N'iert legiere, ne fol senblant
N'aveit en li ne tant ne quant.
   Cassandra fu de tiel grandor
5530 Que ne pot estre de meillor.
Rose ot la chiere e lentillose.
Mais merveilles iert scïentose :
Des arz e des respons devins
5534 Saveit les sommes e les fins ;
De la chose qui aveneit,
Diseit tot quant qu'il en sereit.

Le roi Memnon avait belle et noble allure et c'était un très beau chevalier. Selon ce que dit l'écrit, il avait de très larges épaules, une poitrine robuste, des bras très forts, les cheveux frisés, d'un blond foncé. Les traits de son visage étaient allongés et fins, ses yeux, jaunes, étaient pleins de hardiesse ; il était peu souriant, il parlait peu, mais au combat il se déchaînait : personne ne lui faisait peur, il ne redoutait personne et, en toutes circonstances, il se tirait heureusement d'affaire. Il livra et il subit maints rudes combats : il s'y montra extraordinaire et accomplit des exploits. Sa grande vaillance et ses hauts faits seront à tout jamais célébrés.

Hécube, tel était le nom de la reine – et je ne veux pas omettre ce que Darès a voulu dire à son propos – était pleine de sagesse. Elle était assez grande et belle : elle ressemblait presque à un homme et elle ignorait tout des goûts des femmes et de leur tempérament. Elle avait le respect de la justice et du droit, elle était pieuse, pleine de sagesse et généreuse envers les pauvres.

Andromaque était belle et aimable. Son teint était plus blanc que l'aubépine sur la branche, sa chevelure, blonde, et ses yeux, pers. Elle était noble et modeste, dépourvue d'arrogance. Son cou était très élancé. Tout, en elle, était convenable. Pas le moindre défaut ni sur son corps ni dans son allure, et pas la moindre trace, en elle, de légèreté ou d'inconduite.

Cassandre était juste de la taille qui convient à une femme. Sa peau était rousse et couverte de taches. Elle était extrêmement savante. Elle connaissait tous les tenants et les aboutissants de la magie et des oracles divins et pouvait donc prédire tout ce qui devait advenir. Ses yeux étaient clairs et

Les iollz ot clers e reluisanz,
5538 Toz iert divers le suens senblanz,
E sis estres e sis pensez
Iert d'autres femmes dessevrez.
    De la biautié Polixenain
5542 Vos porreit l'en parler en vain :
Ne porreit mie estre descrite
Ne par mei ne par autre dite.
Haute iert e blanche, graisle e dreite,
5546 Par les flans deugee e estreite ;
Le chief ot bloi, les cheveus lons,
Qu'il li passöent les talons,
Les oilz clers, vairs e amoros,
5550 Les sorcilz deugiez anbedos,
La face blanche e cler le vis,
Plus que rose ne flor de lis.
Mout aveit de gente faiçon
5554 Le nés, la boche e le menton ;
Le col aveit e lonc e bel : [39d]
Gent s'afublot de son mantel.
N'ot pas espalles encröees,
5558 N'erent trop corbes ne trop lees.
Plus li blancheot la peitrine
Que flors de lis ne flors d'espine.
Lons braz aveit e blanches mains,
5562 Les deiz deugiez e lons e plains.
Onc pucele ne fu meins fole.
Le cuer ot douz e la parole,
E bel semblant e bon corage.
5566 Onc fille a rei ne fu plus sage
Ne plus large ne plus corteise :
D'afeitement e de proeise
Ne de biautié ne de valor
5570 Ne nasqui onc riens en l'enor.
Se la biautiez de l'autre gent
Fust tote en un, tot solement,
Si somes nos de ce certain,
5574 Plus en ot en Polixenain.
Plus bele iert e mieuz enseignee
E de totes la plus preisee.
    Autre gent ot a Troie assez
5578 Riches, saives e renomez
Dont n'est ci faite mencions
Ne recontee lur faiçons.

brillants. Son apparence, sa façon d'être et de penser, tout en elle différait des autres femmes.

De la beauté de Polyxène, il est impossible de parler. Ni moi ni personne d'autre, nous ne pourrions vous la décrire. Elle avait le teint clair, elle était grande, gracile et bien droite, la taille étroite et fine. Ses longs cheveux blonds tombaient jusqu'à ses pieds. Ses yeux brillants et pers ne pouvaient qu'inspirer de l'amour. Ses sourcils étaient délicatement tracés, son visage, blanc, son teint plus transparent que rose ou fleur de lis. Nez, bouche et menton étaient très bien dessinés ; son cou était long et gracieux. Elle savait bien se draper dans son manteau. Ses épaules, qui n'étaient pas voûtées, n'étaient ni trop tombantes ni trop larges, et sa gorge était plus blanche que fleur de lis ou d'aubépine. Elle avait de longs bras, des mains bien blanches, aux doigts fins, délicats et pleins. Jamais jeune fille ne fut plus raisonnable. Son cœur était aussi doux que ses paroles, son apparence était aimable et ses intentions chargées de bienveillance. Jamais fille de roi ne fut plus sage, plus généreuse et plus courtoise. Nulle, dans le royaume, ne la surpassait en grâce, en vertu, en beauté et en mérites. Si l'on mettait ensemble toute la beauté du monde, Polyxène, nous pouvons en être certains, en aurait encore davantage. C'était la plus belle, la mieux élevée et, de toutes les femmes, la plus renommée.

Il y avait à Troie bien d'autres gens puissants, sages et très connus qui ne sont ici ni mentionnés ni décrits. Mais je ne

---

5562. Les denz curez, deugiez e p.] *A*

El livre n'en truis plus escrit,
5582 E de niul Daires plus ne dit.

Hector josta trestoz premiers, [59a]
8330 Veiant dis mile chevaliers.
Tant cum uns ars treissist e plus,
Li vint encontre Patroclus.
Lur destrier furent plus isnel
8334 Qu'esmerillon ne arondel,
Qui tost les ont faiz asenbler ;

trouve plus rien à ce sujet dans le livre et Darès n'en mentionne pas d'autre.

Vv. 5583-5702 : Catalogue des quarante-neuf navires grecs et de leurs chefs.

Vv. 5703-6000 : Agamemnon réunit les chefs grecs à Athènes. Achille se rend à Delphes pour consulter l'oracle et apprend qu'au bout de dix ans Troie sera prise. Calchas vient aussi consulter l'oracle pour les Troyens. L'oracle lui ordonne de passer du côté des Grecs pour les conseiller. L'armée grecque fait voile vers Troie après avoir fait un sacrifice à Diane en Aulide.

Vv. 6001-6510 : Les Grecs s'emparent de Ténédos. Agamemnon envoie Ulysse et Diomède en ambassade à Troie. Ils doivent réclamer Hélène. Si Priam refuse, les Troyens seront ainsi dans leur tort et les Grecs auront un juste motif de guerre. Nouvelle description des merveilles de Troie vues par Ulysse et Diomède. Priam rejette les propositions des ambassadeurs.

Vv. 6511-6657 : Achille ravage la Mysie. Son roi est tué. Son successeur, Télèphe, s'engage à ravitailler l'armée grecque.

Vv. 6658-6954 : Dénombrement des alliés de Priam. Le roi met à leur tête Hector.

Vv. 6955-7640 : Arrivée du chef grec Palamède et récit de la première bataille. Les Grecs établissent leur camp.

Vv. 7641-8328 : Dénombrement des chefs troyens et des chefs grecs engagés dans la seconde bataille.

LA DEUXIÈME BATAILLE
(extraits des vv. 8329-10264)

La mort de Patrocle (vv. 8329-8514)

Hector engagea le premier le combat sous le regard de dix mille chevaliers. Patrocle, qu'une portée d'arc environ séparait alors de lui, vint l'affronter. Leurs destriers, plus rapides qu'émerillon ou hirondelle, les ont bientôt rapprochés. Ils ne

Ne faillirent mie au joster.
Hector le fiert par mi l'escu
8338 De tiel force e de tiel vertu
Qu'outr'en passe li fers bruniz
E l'enseigne de vert samiz.
Patroclus sor la sele ploie,
8342 Li ais deriers brise e peceie.
Hector ne muet ne ne chancele :
Tres par mi la targe novele,
Tres par mi l'auzberc menu
8346 Que Patroclus aveit vestu,
Conduit le bon espié trenchant,
Que tot le piz li vait fendant.
Le cuer li part en dous moitiez,
8350 Envers chaï morz a ses piez.
Hector li dist : « Bien sai de fi
Que n'avez or si chier ami
Qui por vos preïst cest' estreine !
8354 Bien conqueïssez or cest regne,
Qui en paiz le vousist sofrir.
Por ce deit hon adevancir
Ses enemis, qui fairel puet. »*
8358 Cil n'entent mais ne ne se muet.

Des que Deus vost le mond sauver,*
N'oï onques nus hon parler
Q'uns chevaliers eüst sor soi
8362 Itiels armes ne tiel conroi :
D'estrange richeise erent faites.
Hector li eüst ja hors traites,
Auques l'aveit ja desarmé,
8366 Quant Merïon l'a esgardé.
Devant trei mile chevaliers
Point vers Hector trestoz premiers,
Puis li a dit : « Lous enragiez,
8370 Autre viande porchaciez !
Ja de cesti ne mangeroiz,
Ainz quit que chier le comparroiz.
Tigre, lïons, orse desvee,
8374 Quant ont lur proie devoree,
Si la revont aillors portier,
E tu t'en vous ci saoler !
En estrange lué descendoies :
8378 Dis mile chevaliers veoies,
N'i a celui qui son poeir

[59b]

manquèrent pas leur coup : Hector donna sur l'écu de Patrocle un coup de lance d'une telle force et d'une telle violence que le fer d'acier bruni et l'enseigne de soie verte le transpercèrent. Patrocle s'affaisse sur sa selle ; l'arçon de derrière se brise en éclats. Hector ne bouge ni ne chancelle. Il pointe alors son bon épieu tranchant en plein milieu de l'écu tout neuf et du haubert aux fines mailles qu'avait pris Patrocle et lui perce la poitrine, coupant le cœur en deux. Patrocle tombe mort aux pieds de son adversaire.

« Je suis bien sûr, lui dit Hector, que désormais aucun de vos amis, même le plus cher, ne voudrait recevoir ce cadeau à votre place ! Sans doute, vous auriez bien conquis la terre d'autrui si on vous avait laissé faire en toute tranquillité. Mais c'est bien pourquoi il faut, lorsqu'on le peut, prévenir ses ennemis ! »

Patrocle cependant n'entend plus rien et gît, immobile.

Depuis le jour où Dieu décida de sauver le monde, je n'ai jamais entendu dire qu'un chevalier ait revêtu des armes et un équipement comparables à ceux de Patrocle. Certes, c'étaient là des armes de très grand prix. Hector était sur le point de s'en emparer, il avait déjà presque désarmé le corps, lorsque Mérion l'a aperçu. Précédant trois mille chevaliers, il se précipita le premier sur Hector et lui dit :

« Loup enragé, allez chercher un autre gibier. Celle-ci, vous n'y toucherez pas mais, à mon avis, vous le payerez cher. Le tigre, le lion, l'ourse en furie, tous, lorsqu'ils ont tué leur proie, vont l'emporter ailleurs. Et toi, c'est ici même que tu voudrais t'en repaître ! Tu as choisi une bien étrange place pour mettre pied à terre. Regarde : il y a là, autour de toi, dix mille chevaliers et pas un qui ne cherche à obtenir ta tête. »

Ne face de ta teste aveir. »
Merïon vait vers lui, sil fiert,
8382 Felenessement le requiert
Par mi l'escu ou l'ors clareie.
Hector chaï en mi la veie,
Mais son destrier pas ne guerpi :
8386 Tost l'ot par le renne seisi,
Tost remonta sans demoree,
Ainz que lor genz fust assemblee.
Des or puet saveir Merïon
8390 Qu'o sei porte sa raençon.
Ja se Hector le puet ataindre, [59c]
Ne li laira de la mort plaindre ;
A ce ne puet il pas faillir
8394 S'il vout le besoing maintenir.
  Glacon i vint o son conroi
E Theseüs, anbedui roi,
Si vint sis fiz Archilogus,
8398 Chevaliers ot, troi mile e plus,
D'ire e de mal talant espris.
Lances baissees, escuz pris,
Sont alé contre celz de Fice,
8402 Loing es plains chans hors de la lice.*
Glacon vint premiers en l'estor
E vait joster a un des lor.
Sa lance el cors li fait baignier,
8406 Mort le trebuche del destrier.
D'anbedous parz sunt assemblé :
La ot un fier estor levé,
La veïsseiz escuz percier
8410 E tant vert heume depecier,
Hauzbers deronpre e desmaillier
E abatre tant chevalier,
Tant maaignier e tant ocire,
8414 Que nel puet nus conter ne dire.
  La bataille que Patroclus
I ameneit ne tarda plus,
Mais mout i ot grant desconfort
8418 Quant lur seignor troverent mort.
Venu sunt tuit a la bataille,
E si pöez croire sans faille
Que granz i fu li fereïz
8422 De lances e d'espiez forbiz.
Maint chevalier i abatirent

Mérion attaque Hector et le frappe. Le coup, très violent, atteint le héros au centre de l'écu, là où l'or étincelle. Hector tombe à terre, mais il ne perd pas son cheval : il le saisit aussitôt par la rêne et se remet en selle avant que les Grecs aient pu engager le combat. Dès lors, Mérion peut bien être sûr qu'il est perdu : si Hector peut le rattraper, il ne lui laissera guère le temps de pleurer sur sa mort. Pas d'autre issue, s'il persiste dans son entreprise.

Vinrent alors Glaucus, suivi de ses troupes, et Héseus (tous deux étaient rois) avec son fils Archilogus et plus de trois mille chevaliers qu'enflamment la fureur et l'ardeur de combattre. Lances en arrêt, écus fermement tenus, ils vont attaquer les hommes de Phtie, au loin, en rase campagne, au-delà des lices. Glaucus marchait le premier au combat et vint attaquer l'un de ses adversaires. Il lui plonge sa lance dans le corps et l'abat mort de son cheval. Cependant, les deux corps de bataille se sont engagés. La mêlée devient terrible et vous auriez pu voir percer les écus, mettre en pièces les heaumes peints en vert, briser les mailles des hauberts et abattre, tuer, blesser tant de chevaliers qu'on ne pourrait en faire le compte.

La troupe nombreuse que Patrocle avait conduite sur le champ de bataille ne resta pas longtemps inactive. Mais de voir leur chef mort plonge les hommes dans le désespoir. Les voici engagés, et vous n'aurez pas de peine à croire qu'il y eut là un terrible échange de coups de lance et d'épieu fourbi. Ils abattirent nombre de chevaliers, mais ils perdirent bien des leurs.

E maint des lor i reperdirent.
       Idomenex i est venuz,
8426 Bien ot dous mile fer vestuz :
   Ce sunt Creteis, li poigneor ;*   [59d]
   Fierement vienent a l'estor.
   Merïon est ensenble o elz,
8430 Por Patroclus cruels e felz.
   Icil de Crete e cil de Fice
   Se cunbatent a celz de Lice :
   Estor i ot e noise grant,
8434 Maint chevalier i ot sanglant.*
8437   Hector est sor le cors venuz,*
   Espee traite est descenduz :
   Ne laissera qu'il nel despout,
8440 Qui quei gaaint ne cui qu'il cout ;*
   Ainz i perdra del sanc del cors
   Que les armes n'en traie hors.
   Amees les a par amors :
8444 Dreit a, que soz ciel n'a meillors
   Ne plus riches ne plus proisies.
   Ja li eüst del cors sachees,
   Mais Merïon le rechoisi,
8448 Qui mout en a son cuer marri.
   O bien cent chevaliers e mes,
   Li point sore de plain eslés.
   Ferir l'en vont bien plus de dis
8452 Por les costez e par le pis ;*
   Des lances volent les esclaz,
   Mout fu sor lui grant li baraz,
   Mais ne l'ont mie el cors navré.
8456 Hector se tint a mal mené,
   Quant a pié fu entre les lor.
   Mais o le vert brant de color
   Lur done coups ruistes e fiers :
8460 Toz lur detrenche lur destriers,
   Trenche lur braz, cuisses e piez ;
   Ocis en a e maaigniez
   Plus de quatorze sans mentir.
8464 Ainc por elz toz ne vost guerpir
   Son bon destrier. Mais Merïon   [60a]
   A mis le cors sor son arçon :
   Fors de la presse le voust traire.
8468 Mout par en fait que de bon'aire,
   Mais je sui mout en grant dotance

Hector veut s'emparer des armes de Patrocle

Voici qu'arrive Idomenée, suivi de deux mille hommes d'armes. Ce sont les combattants crétois qui s'avancent fièrement sur le champ de bataille. Mérion est avec eux. La mort de Patrocle le rend féroce et redoutable. Les Crétois et les gens de Phtie se battent contre les hommes de Lycie. La lutte avec les Grecs est âpre, et nombre de chevaliers sont couverts de sang.

Hector s'est approché du corps de Patrocle. L'épée dégainée, il est descendu de cheval : il ne renoncera pas, quel que soit le prix à payer, à enlever les armes du cadavre. Il est prêt à verser son sang plutôt que de ne pas les lui enlever. Ces armes, il les aime avec passion, et il a raison, car il n'y en a pas au monde qui soient aussi solides, aussi riches et aussi renommées. Il était sur le point de les arracher au cadavre lorsque Mérion l'aperçut de nouveau. Dans sa douleur, il pique des deux sur Hector, suivi de plus de cent chevaliers. Dix au moins frappent le héros sur les flancs et sur la poitrine. Tronçons et éclats de lance volent de tous côtés. Le combat qu'il doit soutenir est très rude. Mais ses ennemis ne parviennent pas à le blesser. Hector cependant ne se sent guère à son aise, ainsi à pied au milieu de ses adversaires. De son épée à la lame teinte en vert, il les frappe à coups redoublés. Il met en pièces tous les destriers, tranche aux hommes bras, jambes et pieds. En vérité, il a tué ou blessé plus de quatorze chevaliers, et sans jamais lâcher la rêne de son bon destrier. Cependant Mérion a mis le corps de Patrocle sur sa selle : il voulait l'emporter loin du combat. Il a agi en noble cœur, mais pour son malheur, et je redoute fort

---

8425. Diomenex – **8427.** Ce sunt Grezeis li p.] *éd. C.* – **8431-2.** Icil de Grice e cil de Lice/ Se cunbatent a celz de Fice] *éd. C.*

Qu'il ne l'en viegne meschaance.
A tant s'en vait, Hector remaint.
8472 Granz merveille est s'il ne se plaint
Des colees dont tant a prises,
Mais mout seront bien en lué mises
A celz qui les li ont donees :
8476 Encui seront chier conparees.
Bien se desfent, mais mout le hastent
Tuit cil qui a lui se conbatent.
Perdre i poïst legierement,
8480 Quar nel veeit nus de sa gent,
N'il ne se poeit tant pener
Qu'en son cheval poïst monter,
N'il ne li poeient tolir.
8484 Dodanïez del Pui de Rir,*
Uns suens vaslez qui mout l'amot,
Qui dous lances li aportot,
Vit le meschief de son seignor :
8488 An cuer en ot ire e dolor.
Une lance li vost geter,
Mais senpres ot autre penser.
Trop ot grant cuer e grant rancune :
8492 En sa main destre en a mis une,
Plus prest se traist de la meslee,
E vit Carut de Pierre Lee
Qui son seignor mout requereit.
8496 Lancié li a la lance dreit
Par mi l'escu e por le cors
La li a faite saillir hors.
Cil chaï morz en es le pas,
8500 E cil se rest feriz el tas.
L'autre lance li a lancee, [60b]
Mais bien la tient a enpleiee,
Quar un d'els en ra mort geté
8504 Puis a a haute voiz crié :
« Ça retornez, franc chevalier. »
Cicinalor l'entent premier.*
La o il sot qu'Ector esteit,
8508 Cele part point a grant espleit :
Entr'elz s'enbat come hardiz,
Trenche lur bus e chiés e piz.
A tant Troïen recovrerent
8512 E cil mout tost se remüerent :

qu'il n'en subisse les tristes conséquences. Mérion s'en va. Hector reste sur le champ de bataille ; c'est vraiment extraordinaire qu'il ne se plaigne pas des coups reçus en si grand nombre... Mais ils seront bien portés au crédit de ceux qui les lui ont donnés ! Il seront dès aujourd'hui très cher payés ! Hector se défend bien, mais ses adversaires le serrent de très près : il aurait très bien pu avoir le dessous, car aucun de ses hommes ne le voyait et il ne parvenait pas à remonter sur son cheval, pas plus que les autres, d'ailleurs, ne pouvaient le lui prendre. Dodaniët du Pui de Rir, un de ses écuyers qui l'aimait beaucoup, vit, alors qu'il apportait deux lances, dans quelle situation périlleuse se trouvait son maître. Il en éprouva une vive douleur et voulut d'abord lui jeter une lance. Puis il se ravisa : son courage et sa haine étaient si forts qu'il prit une lance dans sa main droite et s'approcha de la mêlée. Il vit alors Carrut de Pierrelee qui livrait à son maître un rude assaut. Il lança tout droit sa lance. Perçant l'écu, elle passa à travers le corps. Carrut tomba mort aussitôt et Dodaniët lança la seconde lance au plus épais de la mêlée où il s'était jeté. Il en a fait un bon usage, lui semble-t-il, car il en a abattu un autre. Puis il a crié de toutes ses forces aux siens :

« Par ici, nobles chevaliers ! »

Cicinalor l'entendit le premier et, dès qu'il vit où était Hector, il chevaucha à vive allure vers la mêlée et se jeta avec hardiesse au milieu des combattants, tranchant bustes, têtes et poitrines. Les Troyens, autour d'Hector, reprennent le dessus,

---

8506. Cigna les lor por esmaier] *éd.* C.

En lor bataille se sunt mis,
Des cent en ont bien trente ocis.

Tuit lor conrei se sunt josté, [67a]
Qui au tornei orent esté ;
Ensenble furent avenu :
Onc tant heume ne tant escu
Ne vit nule riens mes ensenble.
Tote la terre crolle e trenble.
Molt esforcierent li Grezeis,
Car batailles lor vindrent treis,
Qui molt durent estre dotoses
E mal feisanz e perilloses,
Car ce furent Eximïeis
O saietes, o ars turqueis.
Huners, li fiz Mahon, les guie.
Iceste genz fu molt hardie.
Ulixés fu o cels de Trace,*
Qui Troïens het e manace ;
O les Pigreis, reis Emelins :
Cist ne chevauchent pas roncis,
Qui chevaus buens, d'outrë Euffrate.
Ici vos di qu'ot grant barate.
Cist trei conrei vindrent le pas.
Dis mile sunt al plus eschars,
N'i a un sol ne seit armez
E de bataille conreez.
O ce que Troien reüsoent,
Qui vers la vile s'en raloent,
Cist avindrent, qui furent freis,
Quils alerent ferir maneis
Si durement que les escuz
E les haubers ont derompuz ;
Percent sei ventres e corailles.
Des or engroissent les batailles, [67b]
Des or i a marteleïz
Sor les heumes des branz forbiz,
Des or i cheient chevaliers
Morz e navrez de lur destriers,
Des or i a mortel estor,
Des or en unt Grieu le meillor,
Des or en meinent cels dedenz

les autres arrivent et se joignent à eux : sur cent hommes, il y en a bien trente de tués.

Mêlée générale. Discours d'Hector à ses troupes
(vv. 9483-9872)

Toutes les troupes engagées dans la bataille en sont maintenant venues aux mains : elles ne forment plus qu'une seule mêlée. Jamais personne ne vit autant de heaumes et d'écus réunis. Toute la terre en tremble et en est ébranlée. Les Grecs reçurent d'importants renforts : trois corps de leur troupe arrivèrent, qui allaient montrer combien ils étaient redoutables et dangereux à affronter. C'étaient en effet des soldats pleins d'audace, les hommes de Syme, armés de flèches et d'arc turcs, que conduisait Hunier, le fils de Mahon. Venaient ensuite Ulysse, qui hait et menace les Troyens, avec les hommes de Thrace et le roi Émelin avec les combattants de Pigris. Ils ne sont pas montés sur de mauvais roussins, mais sur de bien belles bêtes d'au-delà de l'Euphrate. La mêlée, je vous l'assure, fut alors très rude. Ces trois corps de troupe avançaient au pas, dix mille guerriers au bas mot, tous armés et prêts pour le combat.

Alors que les Troyens reculaient, refluant vers la ville, voici qu'arrivent ces troupes toutes fraîches qui aussitôt les attaquent avec une violence telle que les guerriers mettent en pièces écus et hauberts et transpercent ventres et thorax. Et voici que les combats s'amplifient et que résonne le martèlement des lames d'acier sur les casques. Et voici que tombent de leur selle chevaliers tués et blessés et que la bataille se fait meurtrière. Et voici que les Grecs l'emportent, et voici qu'ils mettent en fuite

---

9501. Aigue Frete] *A* – 9504. as plus e.] *A*

E sin funt maint chaeir adenz
Pasmez e freiz, de la mort pres.
Ici unt sostenu grant fes
Li plus hardi e li meillor;
N'i esteient mie a sejor.
Quel merveille si a deshet?
Quinze conreiz sunt contre set!
   Veneient s'en, ce di por veir,
Qui qu'en pesast, par estoveir,
Quant cil de Perse i sunt venu,
Qui aportent maint arc tendu.
Paris li biaus, li proz, les guie.
Ici ot riche cumpaignie :
Hauzbers orent e hauzbergeis,*
De fer fu coverz chascuns d'els,
De dras de seie nués e freis.
Li bon cheval arragoneis
Sunt tuit covert de conoisances;
Ars turqueis unt en lué de lances;
Le brant d'acier chescuns a ceint.
N'i a un sol qui ne se peint
De venjance prendre des lor,
Qu'il lor ocistrent a l'estor.
Serré ensenble chevauchierent,
Vers la bataille s'apresmierent.
De vers destre sunt avenu :
Lores si unt levé le hu;
Tuit ensenble crient e traient   [67c]
E chevaliers e chevaus plaient.
Ici ot noise e traierece;
Sempres s'esmaie qui l'em blece.
Paris i tret, bien i avise :
Ocis lur a un rei de Frise,
Dont molt furent dolent Grezeis,
Car molt esteit proz e corteis.
Cosins germeins iert Ulixés :
De lui vengier s'est mis a fes.
Le cheval poinst, qui molt fu buens;
Paris requiert entre les suens :
Tiel li dona par mi l'arçon
E par les panz de l'hauberjon
Que l'enseigne del vert cendal
Met tote el ventre del cheval.
Paris chaï, por poi n'est morz;

les Troyens qu'en grand nombre ils abattent, face contre terre, évanouis, glacés, quasi morts. Les plus hardis et les plus valeureux des Troyens ont soutenu là de bien rudes assauts ! Ils n'avaient guère le temps de se reposer. Et quoi d'étonnant s'ils désespèrent ? Ils sont sept corps de troupe contre quinze !

Les Troyens donc, comme je vous l'affirme, refluaient vers la ville à leur corps défendant lorsque arrivèrent les hommes de Perse, équipés de nombreux arcs bien bandés. Pâris, le beau, le preux Pâris, les conduit. Quelle troupe splendide ! Ils ont haubert et haubergeons, chacun est bardé de fer et revêtu d'étoffe de soie toute neuve et leurs bons chevaux aragonais sont tout couverts de housses armoriées. Au lieu de lances, ils tiennent des arcs turcs, et chacun a ceint à son flanc son épée d'acier. Pas un qui n'ait en tête de venger ceux des siens que les Grecs ont tués au combat. Ils chevauchent en rangs serrés et s'approchent de la mêlée. Ils arrivent sur le flanc droit et aussitôt poussent leur cri de guerre. D'un même élan, ils crient et décochent leurs flèches, blessant chevaliers et chevaux. Au bruit se mêlent les pluies de flèches : qui est blessé est aussitôt saisi d'effroi. Pâris tend son arc ; il vise juste et tue un roi de Frise, à la grande douleur des Grecs. C'était en effet un guerrier preux et courtois, cousin germain d'Ulysse. Ce dernier tente de le venger : il éperonne son bon cheval et va attaquer Pâris au milieu de ses hommes. Il lui porte un coup tel, à travers l'arçon de la selle et les pans du haubergeon, qu'il fait entièrement pénétrer l'enseigne de soie verte de sa lance dans le ventre du cheval. Pâris tombe, quasi mort. Si Ulysse avait eu des hommes

E s'Ulixés eüst l'esforz,
Sor lui s'arestast voluntiers,
9568 Mes Troïlus i vint premiers.
N'ot point de lance, mes l'espee
Li a s'or l'eume presentee.
Fent e quasse, plie e deront,
9572 Que les mailles davant le front
Li a enz el chef enbarrees,
Del sanc de lui ensanglentees.
Pendant ala une liuee :*
9576 Por poi n'a la sele vuidee.
Le vis ot sempres tot sanglent,
Forment en ot le cuer dolent.
D'un retros fiert en mi le vis
9580 Celui qui si pres l'ot requis ;
Sor le nés pleie le nasal :
Ce sachez, molt li fist grant mal.
Escrieve li, forment li segne.
9584 E la bataille molt engregne : [67d]
De cels de l'ost molt i apluet.
Chescuns s'aïde cum miels puet :
Lancent, traient, fierent maneis.
9588 Doncs rechacierent li Grezeis.
Lieve li huz e la crïee ;
La rot maint coup feru d'espee.
S'Ector ne fust e Troïlus
9592 E lur frere Deïphebus,
Paris li biaus e li Bastart,
Qui seür sunt de la lor part,*
Qui n'i ateignent chevalier,
9596 Sempres ne cheie del destrier,
Mauveisement lur en fust pris ;
Mes cist desfendent le païs
As branz d'acier, que cil comperent,
9600 Qui sor els par force arriverent.
    Grieu des qu'as lices les ameinent.
Del desconfire molt se peinent :
Enz en entrent dis mile e plus.
9604 Iluec s'aida bien Troïlus :
Pris en devra aveir de maint,
Se par envie ne remaint.
N'i eüst mot del plus tenir,
9608 Ja covenist a departir,
Enz les meïssent a dreiture,

avec lui, il l'aurait volontiers attaqué là, mais Troïlus le devança : le Troyen n'avait pas de lance, mais il a abattu son épée sur le heaume de son adversaire ; il le fend, le casse, l'enfonce et le brise avec une force telle qu'il fait pénétrer dans le crâne les mailles frontales du heaume, toutes teintes du sang du guerrier. Ulysse parcourut une lieue, ainsi accroché à son cheval. Peu s'en fallut qu'il ne vide la selle. Son visage fut bientôt tout ensanglanté. Dans son angoisse et sa douleur, il frappe en plein visage d'un tronçon de lance celui qui l'a tenu si court. Il lui enfonce le nasal dans le nez, coup très douloureux, sachez-le. Le nez de Troïlus éclate sous le choc, il saigne abondamment. La bataille cependant fait rage. Les soldats grecs pleuvent de tous côtés. Chacun se bat de toutes ses forces. Les traits et les flèches volent, les coups s'abattent sans relâche. Ce sont les Grecs qui poursuivent désormais leurs adversaires. Clameurs et cris retentissent et bien des coups d'épée sont échangés. Si Hector, Troïlus et leur frère Déiphobe n'avaient été là avec le beau Pâris et les Bâtards, qui sont si sûrs au combat qu'ils font vider la selle à tous les chevaliers qu'ils trouvent devant eux, la situation aurait été bien critique. Mais eux, c'est leur pays qu'ils défendent avec leurs épées d'acier et ceux qui les ont attaqués en force le payent cher.

Les Grecs cependant les repoussent jusqu'aux lices, s'efforçant de les mettre en déroute, et plus de dix mille sont rejetés derrière. Troïlus, en cette circonstance, donna la mesure de sa vaillance : à moins qu'il ne soit victime de l'envie, beaucoup lui décerneront, sans aucun doute, le prix du combat. Mais c'en était fait d'eux, il leur aurait fallu se retirer, les Grecs les auraient à coup sûr repoussés dans la ville et un millier d'entre

---

9594. Qui seure s.

Mil en eüssent sepolture,
Quant Hector vint o son conrei,
9612 Qui ja iert auques en esfrei :
N'aveient mie lor seignor,
Guerpiz les aveit tote jor.
Sans els aveit mainte hanste frete
9616 E en maint lué s'espee trete.
Dis mile e plus sunt el tropel.
Quant le virent, molt lor fu bel,
Tot lur talenz lor mue e change. [68a]
9620 N'esteient mie gent estrange :
Del païs sunt estret e né,
E il e tot lur parenté.
Cist defendront a lor poeir
9624 Els e lor cors e lor aveir.
Cist vengeront les granz forfez
Que cil de Grece lor ont fez,
E le grant tort e le grant let.
9628 Hector lor monstre e lur retret :
« Seignor, fet il, vos veez l'ovre*
Qui ore a primes se descovre :
Estrange en est la commençaille,
9632 Ne sai quels iert la definaille.
Ci a sor nos tiel riche gent :
Por tiel est bien aparissent.
De tot le mont i est la flor,
9636 Li plus fort home e li meillor.
Venu i sunt por nos ocirre
E por nostre cité destruire :
Ja mes anceis ne s'en iront
9640 Se par bataille ne s'en vont,
E s'il nos poënt hui leidir,
Molt nos en puet granz mals venir.
Des que lor genz ne nos crenbra,
9644 Tote lor force en doblera.
Molt les avons hui damagiez,
Ocis e morz e detrenchiez,
E molt par l'ont bien fet li nostre ;
9648 Pensez qu'or en seit l'enor vostre.
Chaciez nos ont e remuez
E sor nos jeudons amenez ;
Ne cuident qu'aions recovrer,
9652 Mes se vos bien volez ovrer,
Ja lor ferons tiel envaïe

eux auraient trouvé la mort, lorsque Hector rejoignit ses hommes qui cédaient déjà à la peur : ils étaient en effet privés de leur chef qui, toute la journée, les avait laissés seuls. Sans eux, il avait brisé maintes lances et en maintes occasions dégainé son épée. Il y avait là une troupe de plus de dix mille combattants. Revoir Hector leur fut bien agréable : leur courage en est tout ranimé. Dans leurs rangs, pas un seul chevalier venu d'ailleurs. Ils sont tous nés dans ce pays et leurs familles en sont issues. Ils défendront de toutes leurs forces leur corps et leurs biens. Ils prendront vengeance des injures cruelles que leur ont infligées les Grecs, des torts et des dommages qu'ils leur ont causés en grand nombre et qu'Hector, maintenant, rappelle à leur mémoire.

« Seigneurs, leur dit-il, vous voyez maintenant la situation sous son vrai jour; le début déjà en est terrible et je ne sais quelle en sera l'issue. Nous sommes attaqués par une nation puissante : ainsi nous apparaît-elle, en effet. Est ici réunie la fleur de la chevalerie, les plus puissants, les meilleurs du monde. Ils sont venus pour nous tuer et pour détruire notre cité. Ce n'est qu'en nous battant que nous pourrons les faire partir. Et s'ils peuvent, aujourd'hui, nous mettre à mal, les conséquences risquent d'en être très lourdes : du moment où leurs hommes ne nous craindront plus, leur courage en sera redoublé. Aujourd'hui nous leur avons infligé de lourdes pertes, nous les avons tués et mis en pièces, et les nôtres se sont fort bien conduits. Faites en sorte que l'honneur de cette journée vous revienne. Ils nous ont repoussés, mis en fuite et ont amené sur nous les gens de pied. Ils sont persuadés que nous sommes aux abois mais, si vous voulez me prêter votre aide, nous pourrions sur-le-champ leur livrer un assaut tel que

---

9651. N'i cuident mes ci r.] A

                Dont mainte ame iert del cors partie ;   [68b]
                Ja les ferons del chanp torner
9656   E lur ferons chier conparer
                La mort de noz riches parenz,
                Des prouz e des biaus e des genz.
                « Venjons, seignors, nos enceisors,
9660   Qui nos conquistrent les henors
                Que cist a tolir nos essaient
                E qui nos ocient e plaient.
                Un de mes freres m'ont hui mort,
9664   Dont je ai ire e desconfort,
                Cassibelan, qui molt iert proz ;*
                Li reis en iert iriez sor toz.
                Saveir poons sans nule faille,
9668   Se vencu ne sunt en bataille,
                Qu'il veintront nos e destruiront
                E nos mesnees ocirront.
                Si voill je e pri endreit mei,
9672   Ainz que departent li tornei,
                Qu'aillons monstrer tot nostre esforz ;
                N'i seit or ja dotee morz :
                Chascuns morra a son termine.
9676   Sachez que mis cors me devine
                Qui il seront hui desconfit.
                Ne seit or ja plus pris respit,
                Mes es nons as deus alons lor,
9680   Qui hui nos en facent henor ! »
                Doncs chevauchent sans demorance.
                La ot drecee mainte lance
                E despleié tant confanon
9684   E tant enseigne e tant penon
                Vert e vermeil, de seie ovré
                E de fil d'or menu brosdé ;
                La perent tant heume d'acier
9688   E tant escu e tant destrier
                Sour e baucen, crisle e ferrant.   [68c]
                Hector les en meine un pendant.
                Tote la bataille eschiverent,
9692   De grant engin se porpenserent,
                Car a travers, bien loing des lor,
                Sunt avenu al grant estor.
                E sachez bien, puis le juïse,*
9696   Ne fu mes genz ensi requise ;
                Hom ne vit unc si dur estor,

beaucoup y laisseront leur vie. Nous leur ferons abandonner le champ de bataille, nous leur ferons payer cher la mort de nos parents, de ces hauts hommes si preux, si beaux, si nobles.

« Seigneurs, vengeons nos ancêtres qui nous ont conquis ces fiefs que les Grecs tentent maintenant de nous ravir en nous infligeant blessures et mort. Ils m'ont tué aujourd'hui l'un de mes frères, Cassibilant, dont la prouesse était très grande. Ma colère et ma douleur sont très vives et le roi en sera plus que tout autre profondément affligé. Or, nous pouvons être sûrs que si les Grecs ne sont pas vaincus par les armes, c'est eux qui nous vaincront, nous tueront et mettront à mort nos hommes. C'est pourquoi, pour ma part, je veux et je vous demande instamment que nous ne quittions pas le champ de bataille sans leur montrer de quelle force nous disposons. Que personne ne redoute la mort ! Pour chacun, elle viendra à l'heure fixée. Et sachez, je le pressens, qu'aujourd'hui nous les battrons. Ne tardons donc pas davantage mais, au nom des dieux, attaquons-les ! Et qu'en ce jour ces mêmes dieux nous accordent de vaincre ! »

Sans plus attendre, ils se mettent en marche : nombreuses étaient les lances qui se dressaient, nombreux les gonfanons déployés, les enseignes et les banderoles de soie verte et rouge, finement tissées de fil d'or. Nombreux étaient les heaumes d'acier, les écus et les destriers aux robes fauves, pie ou mêlées de gris. Hector conduisit ses hommes le long d'un coteau. Ils évitèrent ainsi le champ de bataille, s'avisant d'une ruse subtile : ils rejoindront la mêlée, mais en coupant les rangs ennemis et loin des leurs. Et, sachez-le, jamais, non jamais, on ne vit ni on ne verra assaut aussi rude ni mêlée aussi acharnée

　　　　Ne ne verra mes a nul jor,
　　　　Cum cist rendront ja vers Grezeis.
9700　Chescuns ot ire e fu toz freis,*
　　　　Chescuns a l'enarme seisie,
　　　　Chescuns a l'avenir s'escrie,
　　　　Chescuns ala le suen ferir.
9704　La oïsseiz lances croissir,
　　　　La veïsseiz gent bien aidier,
　　　　La veïsseiz escuz percier,
　　　　La ot tant ozberc desmaillié
9708　E tant bon chevalier blecié,
　　　　Tanz abatuz sans relever;
　　　　La oïsseiz tanz coups doner
　　　　Sor heumes clers des branz d'acier;
9712　La ne se siet coarz aidier,
　　　　La ot granz huz e granz criees,
　　　　La vole fués e ponz d'espees;*
　　　　Fendent heumes, fausent haubers;
9716　La cheient chevalier envers;
　　　　Trenchent sei chiés e braz e cors.
　　　　De grant perill sera estors,
　　　　Qui vis del chanp porra eissir !
9720　Hector lor fet le brant sentir,
　　　　Quis detrenche e les maaigne,
　　　　Quin fet esclarcir lor cumpaigne.
　　　　Des or lur monstre qui il est;
9724　D'els ocirre le trovent prest.　　　　　　　　　　　[68d]
　　　　La bataille ont par mi percee,
　　　　Mais mainte selen sunt voidee.*
　　　　　　Cil qui devant se cumbateient,
9728　Quant il entendent e il veient
　　　　Que triés lur dos sunt envaï,
　　　　Auques en furent esbaï.
　　　　Entr'els veient lor anemis,
9732　Qui maint des lor ont ja ocis,
　　　　E cil recovrent davant els,
　　　　Dont chescuns est cruels e fels.
　　　　Chescuns ra pris ses hardimenz.
9736　Des or vos di que muet contenz;
　　　　Onc hom n'oï parler de tiel,
　　　　Si doleros ne si mortiel.
　　　　　　Par la bataille va Thoas,
9740　Sovent les vet ferir el tas.
　　　　En abandon a son cors mis,

que le combat qu'ils vont livrer aux Grecs. Chacun brûlait d'une ardeur toute neuve. Chacun a saisi la courroie de son écu, chacun crie à l'assaut et va frapper son adversaire. Et vous auriez pu entendre les lances se briser, vous auriez pu voir les guerriers se surpasser, trouant et perçant les écus ! Combien de hauberts aux mailles rompues, de bons chevaliers blessés, d'hommes jetés à terre, incapables de se relever ! Que de coups d'épée portés sur les heaumes d'acier ! Ce n'est pas là qu'un couard peut s'en tirer ! Les clameurs et les cris fusent. Les éclairs des épées, les coups des pommeaux fusent. Les heaumes se fendent, les hauberts sont faussés. Les chevaliers gisent, étendus sur le dos. On tranche têtes, bras, corps. Qui sortira vivant du champ de bataille aura échappé à un bien grand péril ! Hector fait tâter de son épée à ses adversaires : il les met en pièces, il les mutile, il éclaircit leurs rangs. Il leur montre bien maintenant qui il est et eux le trouvent toujours prêt à les tuer. Lui et ses hommes ont coupé par le milieu les rangs ennemis, mais beaucoup, parmi eux, ont été désarçonnés.

Quand les Grecs qui se battaient en première ligne se rendirent compte qu'ils étaient attaqués par-derrière, leur surprise fut très grande. Ils découvrent dans leurs propres rangs leurs ennemis, qui ont déjà tué bien des leurs. Et les Troyens qui leur font face, pleins d'ardeur et d'énergie, reprennent courage : chacun a retrouvé son audace. Et la bataille se fait si acharnée que personne, je vous le dis, ne vit jamais plus terrible ni plus meurtrière.

Thoas parcourt le champ de bataille, frappant au plus épais de la mêlée et sans se soucier des risques qu'il prend. Il inflige

---

9718. estor – 9740. les i fet ferir] *éd.* C.

Molt damage ses enemis.
Coneü l'unt li fill lo rei :
9744 Quintillïens lor monstre al dei.
« Seignor, cist est nostre anemis,
Qui nos a nostre frere ocis ;
Poignons a lui e sil venjon ! »
9748 Doncs point e broche le gascon.
Ydonex point ensenble o lui.
Cist le ferirent anbedui
Par mi l'escu, qu'il l'abatirent,
9752 Mes autre plaie ne li firent.
Ne lor estortra mie o tal,
Car seisi l'a par le nasal
Romodernus, qui i avint,
9756 Mes gueres longues ne le tint,
Car cil a tret le brant d'acier :
Bien se quida de lui vengier.
Tiel li dona par mi la mein, [69a]
9760 Mes oan ne s'en verra sein.
Odeneus l'a treis coups feru
De s'espee sor l'eume agu ;
Si fist Quintilïens tiels set
9764 Dont cil dut bien perdre le het.
Dous feiz o treis l'ont abatu,
Mes dur estor lur a rendu.
Assez tost d'els se delivrast,
9768 Se s'espee ne peceiast.
Sempres le vont seisir e prendre
Des qu'il rien n'ot a quei desfendre.
La ventaille li deslaçoënt,
9772 Assez vilment le demenoënt,
Le chief perdist sans demorance,
Mes molt fu pres sa delivrance :
Li dux d'Atheines i avint.
9776 D'une grant lance que il tint,
Fiert Odenel, si qu'il l'abat
Janbes levees trestot plat.
Tiels l'a veü qui molt en peise,
9780 Ce est Paris, qui l'arc enteise ;
D'une saiete l'a navré
Auques en char par le costé,
E Quintilïens li redone
9784 Tiels coups sor l'eume, tot l'estone.
Volez lur est Thoas des meins,

de lourdes pertes à ses adversaires. Les fils de Priam l'ont reconnu ; Quintilien le leur désigne du doigt.

« Seigneurs, leur dit-il, voici notre ennemi, celui qui a tué notre frère ; allons l'attaquer et vengeons-nous. »

Il lui court donc sus, éperonnant son cheval gascon, et Odenel le suit. Tous deux le frappent en plein centre de son écu et le désarçonnent, mais sans lui causer d'autre blessure. Pourtant, il ne leur échappera pas ainsi, car Rodomorus, qui arrivait, l'a saisi par le nasal ; mais il ne peut tenir longtemps prise, car l'autre a tiré son épée d'acier, pensant bien se venger de son ennemi. Il lui a donné sur la main un coup tel qu'il n'en guérira plus jamais. Par trois fois Odenel a asséné son épée sur le heaume aigu et Quintilien lui donna sept coups d'une force telle que son ennemi avait bien motif de ne pas se réjouir ! À deux ou trois reprises ils l'ont abattu, mais il leur a vaillamment résisté et il se serait bientôt débarrassé d'eux si son épée ne s'était brisée. Dès qu'il n'a plus d'arme pour se défendre, ses adversaires s'emparent de lui. Ils lui avaient déjà délacé la ventaille, ils le traitaient sans aucun ménagement et lui auraient bientôt tranché la tête lorsque intervint sa délivrance. Le duc d'Athènes vint de ce côté du champ de bataille. De sa robuste lance, il donne un tel coup à Odenel qu'il l'aplatit au sol, jambes en l'air. Mais quelqu'un l'a vu faire, qui s'en émeut : c'est Pâris qui bande son arc, le blessant d'une flèche qui entre profondément dans son flanc. Quintilien, quant à lui, lui assène un tel coup sur le heaume qu'il l'étourdit complètement. Thoas cependant leur échappe, mais il est assez mal en point : ses

Mes ne fu mie del tot seins.
Plaies ot granz mes garir puet ;
9788 Por quant buen mire li estuet.
Si home lige natural
L'ont tost monté en un cheval ;
Fors de la presse l'en ont tret :
9792 Assez i ot crïé e bret.
Menesteüs fu bien rescos :
Cent chevalier tuit haïros, [69b]
Si home tuit de son païs,
9796 L'ont tret d'entre ses anemis ;
Estanchee li unt sa plaie,
Que sans n'en ist plus ne raie.
  Hector de rien ne s'aseüre :
9800 Son poeir met tot e sa cure
En els laidir e desconfire.
Des jués partiz avront le pire,*
S'il le peut fere, au departir.
9804 Nel porent mie Grieu sofrir :
Trop les damage leidement ;
Entre lui e la söe gent,
Perciez e remüez les unt.
9808 Cil de la terre bien le funt,
Buen apui ont en lor seignor.
Huners li reis vint par l'estor,
Qui sire esteit d'Eximïeis.
9812 Entesé a un arc turqueis,
Destent, si fiert Hector el vis,
Que por un poi ne l'a ocis ;
Mes la saiete glaceia,
9816 Si que de gueres nel navra.
Hector s'en est molt tost vengiez :
Le chef li fent en dous meitiez.
Aïre sei por ce qu'il segne,
9820 Sis ardemenz des or engreine.
Un gresle sone por apel :
Mainz l'entendent, qui il fu bel.
Vers lui s'en traient tiels set mile
9824 Dont buens chevaliers iert li pire ;
Puis lur chevauchent de rehiz.
Doncs i rot molt grant fereïz.
La bataille ont par mi fendue,
9828 Mes de lor gent ont molt perdue.
O lor conreiz se rajosterent, [69c]

plaies sont profondes. Il pourra toutefois guérir, mais il aura besoin d'un bon médecin. Ses fidèles vassaux l'ont bien vite remis en selle et emmené loin du combat. Que de cris et de clameurs ! Ménesthée, le duc d'Athènes, fut lui aussi sauvé : cent chevaliers pleins de hardiesse, des hommes à lui, venus de son pays, l'ont tiré d'entre ses ennemis et ont étanché le sang qui coulait de sa plaie.

Hector, cependant, ne reste pas inactif. Il fait tout ce qu'il peut pour infliger aux Grecs les plus lourdes pertes. S'il en a la force, ce sont eux qui, du jeu-parti, auront finalement le dessous. Les Grecs ne peuvent supporter ses assauts : il leur fait trop de mal. Avec l'aide de ses hommes, il a percé leurs rangs et les a mis en fuite. Les Troyens se comportent vaillamment, et leur chef leur est un ferme appui. Le roi Hunier, le seigneur des gens de Syme, arriva sur le champ de bataille. Il a bandé son arc turc. Il décoche et frappe Hector au visage. Peu s'en faut qu'il ne l'ait tué mais la flèche dévia, ne causant qu'une blessure superficielle. Hector en a bien vite pris vengeance : il lui fend la tête en deux. Le sang qui coule de sa plaie excite sa fureur et ranime son ardeur au combat. Il sonne de la trompette pour rappeler ses hommes. Beaucoup l'entendirent qui s'en réjouirent. Sept mille chevaliers viennent à lui : le moins vaillant d'entre eux est déjà un bon guerrier. Ils s'élancent alors sur les Grecs avec fureur et, de nouveau, la bataille fait rage. Les Troyens ont coupé en deux les rangs ennemis, mais au prix de lourdes pertes. Ils ont ainsi fait leur jonction

E quant avint qu'il assenblerent,
Si torneierent longement
9832 Davant lor lices o lor gent.
Molt i ot fet chevalerie
E mainte ame del cors partie.
Les jeldes i trestrent assez :
9836 Ocis en unt molt e navrez,
Molt i ot chevaus gaaigniez.
   Hector ne s'est mie atargiez.
Vet a Priant lo rei parler.
9840 « Sire, fet il, jos voill monstrer :
Sachez de veir nostre enemi
Sunt molt gregié e molt leidi
E enuié de nos sofrir.
9844 Se de ci les poons partir,
Desconfit sunt sans retor prendre ;
Ne se porront de nos desfendre
Ne tenir place, jel sai bien.
9848 Or si n'i a plus autre rien :
Mil chevaliers me bailereiz
A refreschir cesz nos conreiz ;
Por rien del siecle ne querreie
9852 Que ja nes metons a la veie
Chevauchez mes hui aprés nos
O la grant gent qui est o vos :
Ja lur covient le chanp guerpir,
9856 O elz o nos toz a morir ;
A ce ne puet mie aveir faille.
E chevauchez mes par bataille,
Les jeldes menez salvement,
9860 E n'i ait d'els desrei nient. »
   Prianz li dist : « Biaus fiz amis,
Molt vei ensanglanté cel vis,
Molt vei cel escu estroé
9864 E cel vert heume decoupé.   [69d]
Bien pert que as eü essoine :
Par mi les mailles de la broine
Te saut li sancz de plusors lués ;
9868 Des or pareist n'est mie jués.
Trop deit estre mis cors marriz.
Or va, sil fai si cum tu diz :
Or t'en doingent li deu victoire,
Si qu'i aions henor e gloire ! »

avec leurs corps de troupe et, aussitôt réunis, ils luttèrent longuement, tous ensemble, devant les lices. Nombreux furent les exploits et nombreuses les âmes qui quittèrent les corps ! Les gens de pied n'arrêtent pas de tirer : ils ont tué et blessé beaucoup d'ennemis et se sont emparés d'un grand nombre de chevaux.

Hector, lui, ne s'attarde pas : il va parler au roi Priam.

« Seigneur, lui dit-il, voici ce que j'ai à vous dire : nos ennemis, sachez-le, ont subi de très lourdes pertes et ont peine à soutenir nos assauts. Si nous pouvons les chasser du champ de bataille, ils seront définitivement vaincus. Ils ne pourront plus, je le sais, nous offrir la moindre résistance ni rester maîtres du terrain. Il n'y a donc pas à hésiter : confiez-moi mille chevaliers qui viendront en renfort des troupes déjà engagées et je suis sûr, absolument sûr, que nous mettrons en fuite les Grecs. Vous-même, aujourd'hui, conduisez sur le champ de bataille les troupes qui sont sous vos ordres. Il faut que maintenant les Grecs prennent la fuite : c'est eux qui doivent tous mourir ou c'est nous, il n'y a pas d'autre solution. Chevauchez aujourd'hui sur le champ de bataille, conduisez les gens de pied sans prendre de risques ; qu'ils prennent soin de bien garder les rangs.

— Mon cher fils, répondit Priam, ton visage, je le vois, est tout couvert de sang, ton écu tout percé et ton heaume vert est mis en pièces. On voit bien que tu as souffert au combat. Ton sang jaillit en plusieurs endroits à travers les mailles de ta cuirasse. Ce combat, c'est clair, n'est pas une partie de plaisir, et je dois, à juste titre, en être affligé. Mais va, agis comme tu viens de le dire ! Que les dieux, aujourd'hui, te donnent la victoire ! Puissions-nous en retirer honneur et gloire ! »

Hector a choisi Merïon, [71a]
Qui par davant un paveillon
Li est guenchiz e corruz sore.
10052 « Ja avendra, fait il, vostre ore :
As morz voil que soiez cumpainz,
Qu'iré me feïstes des ainz
De Patroclus que m'escossistes :
10056 Ainc mes si mal fait ne feïstes. »
Fiert le par mi l'eume desus,
Que del cheval l'abati jus.
Cil se desfent – Hector l'assaut –,
10060 Mais por neient, rien ne li vaut,
Quar il en a le chief perdu,
Se vos di bien que mar i fu.
Chevaliers iert hardiz e proz
10064 E uns des plus amez de toz.

Hector veit lo cors en la tente :
Son poeir a mis e s'entente
D'aveir ses armes, ja li trait,
10068 Ce peise mei, car trop est lait.
Cil qui en a lo chief coupé
L'aveit en la tente aporté.
Se dan Hector fust a plaisir,
10072 Il s'en poïst assez sofrir,
Mais trop les avoit aamees :
A poi ne furent conparees.
Li dus d'Athenes le gaitoit,
10076 A merveille par se penoit
Cum il le poïst damagier : [71b]
10078 Il ne penseit d'el gaaignier.*
10081 Un espié tint d'acier trenchant,
10082 Puis laisse corre l'auferrant.
Anceis qu'Ector l'eüst veü
Ne qu'il eüst pris son escu,
Li a l'auzberc si desmaillé
10086 Un'aune i passe de l'espié.
Plaie i ot grant e merveillose,
Mais n'iert mie trop perillose :
Se travers doi entrast plus enz,
10090 Toz morz jeüst iluec adenz.
Li dus ne se vost arestier :
Bien tost le poïst conparier.
Un'enseigne d'un samit freis

Hector tue Mérion (vv. 10049-10186)

Hector a aperçu Mérion. Ils s'est dirigé vers lui pour l'attaquer juste devant une tente.

« Votre heure est proche, lui dit-il. Allez tenir compagnie aux morts, telle est ma volonté, car vous avez, il y a peu, excité ma colère en m'arrachant Patrocle. Jamais vous n'avez fait une si mauvaise affaire ! »

Il le frappe alors en plein milieu du heaume et le jette à bas de son cheval. Mérion se défend lorsque Hector l'attaque, mais c'est en vain, rien n'y fait : sa tête est tombée. Ce fut une grande perte, je vous l'affirme, car c'était un chevalier hardi et preux, et l'un des plus aimés.

Hector voit dans la tente le corps de Patrocle. Il tente par tous les moyens de s'emparer des armes et déjà il l'en a dépouillé – geste qui m'afflige, car il manque par trop de courtoisie. Mérion, celui qui vient d'être décapité, avait en effet déposé le corps sous la tente. Si Hector avait alors été capable de se maîtriser, il aurait pu renoncer à ces armes, mais il les avait trop vivement désirées et peu s'en fallut qu'elles ne soient cher payées ! Le duc d'Athènes l'épiait, qui cherchait par tous les moyens à lui nuire et ne guettait pas d'autre proie. Il prit en main un épieu d'acier bien tranchant et éperonna son cheval. Avant qu'Hector ne l'ait vu et n'ait pu prendre son écu, son adversaire a percé son haubert, enfonçant l'épieu sur une aune de long. La plaie est profonde et spectaculaire, mais elle n'est pas trop dangereuse. Si cependant l'épieu avait pénétré plus avant de l'épaisseur d'un doigt, Hector serait aussitôt tombé raide mort.

Le duc n'éprouva nulle envie de s'attarder : il aurait pu le payer cher ! Quant à Hector, on lui a étanché et étroitement

---

10055. P. qui m'oceïstes] *éd.* C. – **10087.** e *manque*

A fait Hector pleier en treis :
Sa plaie li unt estanchee
E bien estreitement lïee,
Puis rest montiez, mout ot grant ire :
Des or en fara ja martire.
Ce dist l'estoire de vertié,
Qui, aprés ce qu'il l'ot navré,
En ocist plus que de davant.
Miliers, si cum je truis lisant,
En a le jor mort de ses mains,
E se n'iert il pas trestoz sains,
Quar mout l'aveient debatu
E en maint lué del sanc tolu.
Trop i perdirent Grié le jor :
Desconfit furent sans retor.
Agamennon n'ot pas leisir
C'onques el champ poïst venir,
Ne des autres mout grant partie.
Si est lur genz espaorie
Del recovrier est il neianz.
Le jor i firent granz gaainz,
Que plus de trois cenz paveillons, [71c]
Toz plains de riches garisons,*
En ont porté e gaaignié :
Mout en furent Grié damagié.
Le jor fu fins de la bataille,
A ce ne poïst aveir faille,
Quant Destinee ne laissa,
Qui celz de Troie guerreia.
Savez por quei remest le jor ?*
Prianz aveit une seror,
Esyona iert apelee.
Adoncs, quant Troie fu gastee,
Un fiz aveit la dame eü
Qui au siege en esteit venu :
C'iert Thelamonius Aïaus,
Bons chevaliers e bons vassaus.
A Hector s'est tant cumbatuz
Qu'il se sunt entreconeüz.
Li uns a l'autre fait grant joie :
Hector l'en voust mener a Troie
Por son grant parenté veeir,
Mais il en crensist blasme aveir :
N'en vost aler ensemble o lui ;

bandé sa plaie avec une enseigne de soie neuve qu'il a fait plier en trois. Il est ensuite remonté à cheval. Sa fureur est grande et c'est à un véritable carnage de Grecs qu'il va se livrer. Ma source dit et affirme qu'après avoir été blessé, il tua encore plus d'ennemis qu'auparavant. Ce sont des milliers, à ce que je lis, qu'il mit à mort ce jour-là de ses propres mains ; et pourtant, il n'était pas en très bon état, car il avait reçu bien des coups et perdait du sang par maintes blessures. Les Grecs, ce jour-là, subirent de très grandes pertes et furent battus à plate couture. Agamemnon ne put venir sur le champ de bataille, ni lui ni beaucoup d'autres chefs grecs. Leurs hommes étaient si épouvantés qu'il n'était pas question qu'ils retournent au combat. Les Troyens firent un très riche butin. Ils pillèrent et emportèrent plus de trois cents tentes pleines de somptueux équipements. Les Grecs y perdirent beaucoup.

Ce jour-là, la guerre était terminée, il ne pouvait en aller autrement, mais le Destin ne le voulut pas et montra son hostilité aux Troyens. Et savez-vous pourquoi, en ce jour, la bataille s'arrêta ? Priam avait une sœur, Hésione, qui avait été autrefois enlevée, lorsque Troie fut dévastée. La dame avait eu un fils qui avait pris part au siège, Ajax Télamon, un bon chevalier, un bon guerrier. Hector et lui se combattirent jusqu'au moment où ils se reconnurent avec beaucoup de joie. Hector voulut emmener Ajax dans Troie pour lui faire connaître sa noble famille, mais Ajax eut peur d'en être blâmé et refusa de

Mout se baiserent anbedui,
Mout s'acolerent e joïrent,
E lur chiers aveirs s'entrofrirent.
Cil li a dit e fait priere
Que sa gent face traire ariere
E comant les a departir,
Qu'a ce porront bien revenir
Chascun jor mais, tant que seit fins.
Hector li a dit : « Biaus coisins,
Vostre plaisirs en sera faiz,
Mais fortment nos est laiz cist plaiz.
Ceste genz est sor nos venue,
Qui nostre terre ont confundue,
Si ne sievent dire por quoi. [71d]
Mais je afi la moie foi,
Ainz que seions deserité,*
L'avront si fortment comparé.
Auques lor est ja chalongee,
E mainte ame del cors sevree.
Je ne voil pas que il s'en fuient
Ne qu'il s'en aillent e esduient.
Biau m'iert quant jes verrai morir
E toz a glaives revertir.
Li deu nos en facent henor ! »
Ensi partirent de l'estor,
Ensi remest, n'en fu plus fait.
Si cum l'estoire le retrait,*
Lor nés voleient alumer,
Quant il en fist le fué torner
E cil qui ardeir les voloient.
Tot'aise e leisir en avoient,
Arses fussent de maintenant,
Si n'en seront ja mais a tant ;
N'avront ne force ne pooir
Que ja mais les puissent ardoir.
Se Fortune vousist le jor,
Lor grant trevail e lor labor
Fust si finez qu'a plus n'en fussent
N'autre damage n'i eüssent.
Ha ! Dex, cum lur en fust bien pris !
Mais Aventure, ce m'est vis,
N'en voloit rien, pas nel doton,
Quant par si petite achaison
Remest le jor lur delivrance

l'accompagner. Tous deux s'embrassèrent, se donnèrent l'accolade avec de grandes manifestations de joie et échangèrent de riches présents. Puis Ajax Télamon supplia Hector de donner l'ordre à ses gens de se retirer du combat : ils pourront bien, chaque jour, le reprendre et ce, jusqu'au moment où il s'achèvera.

« Cher cousin, lui répondit Hector, je ferai ce que vous désirez, mais cette affaire est pour nous bien pénible à supporter. Ces gens sont venus nous envahir, ils ont dévasté notre terre, sans même pouvoir en dire la raison. Mais je vous en donne ma parole : avant que nous soyons déshérités, ils le payeront très cher. La querelle est déjà bien engagée : que de corps, désormais, privés d'âmes ! Je ne veux pas que les Grecs prennent la fuite et tentent de s'échapper. Ce que je désire, c'est les voir tous mourir et éprouver de cuisantes douleurs. Puissent les dieux nous faire cet honneur ! »

C'est ainsi qu'ils cessèrent le combat ; ils en restèrent là sans pousser plus avant. Selon ce que rapporte ma source, les Troyens voulaient incendier les nefs lorsque Hector les en dissuada et fit reculer ceux qui voulaient y mettre le feu. Ils en avaient pourtant tout loisir : elles auraient aussitôt brûlé. Pareille occasion ne se retrouvera pas. Jamais plus ils n'en auront la force et la possibilité. Si, en ce jour, la Fortune en avait ainsi décidé, c'en était fini de leurs dures épreuves, de leur grandes peines. Les pertes subies se seraient arrêtées là. Ha ! Dieu, quelle bonne chose ç'aurait été pour eux ! Mais à mon avis, le destin, nous ne pouvons pas en douter, en avait décidé autrement, puisque, pour un motif aussi mince, ils per-

10184 E la rescose e l'acointance.
Si iert la chose a avenir,
Que riens nel poeit destolir.

Hector a fait sa gent remaindre,
10188 Dont toz jors mais se porra plaindre :
A mout grant force e a trevaille [72a]
Parti sa gent de la bataille.
En la cité sunt repeirié :
10192 L'un sont dolant, li autre lié.
Qui pert ami ne bon parent,
Sovent en a le cuer dolent ;
Poi en i a qui perdu n'ait
10196 Tant dun il a ire e deshait.
Por les ostieus sunt departi :
Mout furent bien la nuit servi.
Li sain furent bien ostelé,
10200 E angoissous sunt li navré.

  Hector derreins entren la vile :*
Encontre vindrent tiels .XX. mile
N'i a un sol ne plort de joie,
10204 Quant le veient rentrer en Troie.
Ne remest dame ne pucele
Ne borgeise ne damaisele,
Qui nel venissent esgardier.
10208 Mil en i veïst hon plorier.
En haut s'escrient li plusor :
« Vez ci de toz vaillanz la flor,
Li soverains e li plus prouz !
10212 C'est cil qui nos venjera toz
Des torz, des laiz qui fait nos ont.
Cil qui sire est de tot le mont
Le nos desfende d'enconbrier,
10216 Si cum nos en avons mestier ! »
Onques ice ne li failli
Jusqu'au palaiz, qu'il descendi.
Sa merel prist entre ses braz,*
10220 E ses serors ostent les laz :
Del chief li ont son heume osté,
Del sanc de lui ensanglenté.

TRÊVE ENTRE LES GRECS ET LES TROYENS

Retour d'Hector à Troie (vv. 10187-10264)

Hector a donné ordre aux siens de cesser le combat : un geste qu'il devra à tout jamais regretter. Avec beaucoup de difficulté et d'effort, il leur a fait quitter la bataille et tous reviennent dans la cité, les uns tristes, les autres joyeux. Qui perd un ami ou un parent qui lui est cher en éprouve bien souvent de la peine, et il n'y en a guère dont les pertes n'aient été telles qu'ils ne soient plongés dans la douleur et l'affliction. Les guerriers se répartissent dans les maisons. Cette nuit-là, on s'occupa d'eux avec beaucoup d'empressement. Ceux qui étaient sains et saufs eurent toutes leurs aises, mais les blessés souffrirent mille angoisses.

Hector entra dans la ville le dernier. Des vingt mille Troyens qui viennent à sa rencontre, par un qui ne pleure de joie en le voyant revenir dans Troie. Dames, jeunes filles, bourgeoises, demoiselles, toutes sortent de leur demeure pour l'admirer, et l'on aurait pu en voir pleurer un bon millier tandis que la plupart s'écrient :

« Voici venir la fleur de tous les valeureux, celui qui surmonte tous les autres en bravoure et qui saura tous nous venger des torts et des outrages que nous ont faits les Grecs. Que celui qui est le maître de tout l'univers nous le préserve de tout malheur, car nous avons bien besoin de lui ! »

C'est ainsi qu'il fut escorté jusqu'au palais où il descendit de cheval. Sa mère le serra dans ses bras tandis que ses sœurs, qui l'aimaient tendrement, délacèrent son heaume tout couvert de

L'auzberc li traient de son dos –
10224 La nuit n'ot guaires de repos –,
Ses genoillieres li osterent [72b]
Celes qui de bon cuer l'amerent.
Remés est en un auqueton
10228 Porpoinz d'un mout chier cisclaton.
Li sancs de lui, glaciez e pers,
Le li ot si au dos aers
Qu'a granz peines li ont osté ;
10232 La ot mout tendrement ploré.
Dame Andromacha sa moillier,
Cui el ot sor toz autres chier,
Plora des oilz mout tendrement,
10236 E entor li puceles cent.
La n'ot eschar ne guab ne ris.
En un chier lit de ciparis
A entaille sarrazinor,
10240 D'or e de pierres fait entor,
Covert d'un feutre chier e frois,
D'un drap plus blanc que niulle nois,
Estelé d'or menüement,
10244 Le couchierent isnelement.

Li bons mires Goz li senez,
Que devers Orïant fu nez –
Ne meinz ne le priseit hon pas
10248 Que Galïen ne Ypocras –,
Cil a ses plaies regardees
E afeitees e lavees.
Beivre li fist une poison
10252 Qui tot l'a trait a garison.
Li cors li est asoagiez :
N'en puet mais estre trop gregiez.
Un poi l'a fait desjeüner,
10256 Puis funt la chanbre delivrier.
Ainz qu'il s'endormist, vint le rois,
Prianz li saives, li cortois.
Demande li coment li vait.
10260 Il respont : « Sire, bien m'estait.
Demain sens autre demorance, [72c]
A m'espee e a ma lance,
Lur mosterrai se je sui sains,
10264 De ce seiez vos bien certains. »

sang et le lui enlevèrent ; elles lui enlevèrent également son haubert – cette nuit-là, on ne connut guère de répit –, puis ses genouillères. Il ne garda sur lui qu'une tunique piquée, d'une étoffe de soie très précieuse. Le sang de ses blessures, séché, noirci, l'a tellement collée à son dos qu'elles ont bien du mal à la lui enlever. Oh ! combien de larmes furent alors versées ! Dame Andromaque, sa femme, qui plus que tout autre le chérissait, pleurait d'émotion et, avec elle, une centaine de jeunes filles. Il n'y avait pas place alors pour les rires ou les plaisanteries de quelque nature que ce soit ! Dans un précieux lit de cyprès ciselé à la manière sarrasine, incrusté en son pourtour d'or et de pierres précieuses et dont la couverture, aussi riche que neuve, était faite d'une étoffe plus blanche que neige et toute brodée de fines étoiles d'or, c'est là qu'elles l'ont au plus vite couché.

Le bon médecin Got le sage, qui naquit en Orient et fut autant estimé en son temps qu'Hippocrate et que Galien, a examiné ses plaies, les a nettoyées et lavées. Il lui a fait boire une potion qui l'a bientôt guéri. Ainsi son corps est apaisé : il ne devrait plus beaucoup souffrir. Le médecin lui a donné un peu à manger, puis a fait vider la chambre. Mais avant qu'Hector ne s'endorme, le roi Priam, le sage et le courtois, est venu le voir et lui demander comment il allait. Hector lui répond qu'il va bien et, ajoute-t-il, « Dès demain, sans plus attendre, armé de mon épée et de ma lance, je montrerai, soyez-en sûr, à nos ennemis que je suis guéri ! »

Vv. 10265-10306 : Trêve entre les Grecs et les Troyens

10307 Ja s'en movent par les ostaus. [72d]
Montier voloient es chevaus,
Quant cil de hors trives requistrent.
10310 Mais cil des lor qu'il i tramistrent
Ne sai nomer, nel truis escrit,
Ne l'estoire pas nel me dit.
Les trives furent demandees,
10314 E cil dedenz les ont donees :
Li Troïen e li Grezois
Les ont plevies a dous mois.
N'avront regart li un des lor ;
10318 Des or avront assez leisor :
Grant leisir avront li navré
De revenir en lur santé.
Le chanp o la bataille fu,
10322 Ou mout chiés ot sevré de bu,
Ou tant ot morz e detrenchiez,
Ont commandé qu'il seit cerchiez.
D'anbedous parz i vont les genz :
10326 Chascuns i cerche ses parenz,
O son ami, o son seignor.
La ot assez lermes e plor !
As morz donerent sepolture,
10330 Si cum il iert lois e dreiture.

　　　Achillés plore Patroclus.
Onques greignor duel ne fist nus !
De sor le cors sovent se pasme, [73a]
10334 Mout se destruit e mout se blasme :
« Ne fis pas bien, biaus chiers amis,
Quant je sans moi vos i tramis.
Ha ! las, cum dure destinee !
10338 Mauvaise amor vos ai portee.
Bien le conois, miens est li torz,
Des que vos sans moi estes morz,
Quar se je fusse delez vos,
10342 Au torneiement doleros,
Ne crienseseiz ome vivant.
Quant je de vos depart atant,
N'avrai amor ne cumpaignie
10346 A rien qui seit mais en ma vie.
En vos estoit mes cuers trestoz,
Quar mout esteiez biaus e proz,

FUNÉRAILLES DE PATROCLE (vv. 10307-10398)

Tous les Troyens déjà s'armaient dans leur demeure et étaient prêts à monter à cheval lorsque les assiégeants vinrent leur demander une trêve. Je ne peux cependant vous dire les noms de ceux qu'ils envoyèrent comme messagers, car je ne le trouve pas dans ma source, l'histoire n'en fait pas mention. Une trêve fut donc demandée, et accordée par les assiégés. Troyens et Grecs jurèrent de l'observer deux mois, durant lesquels ils ne devaient rien avoir à craindre les uns des autres. Ils vont pouvoir suffisamment se reposer et les blessés auront le temps de recouvrer la santé. On a d'autre part ordonné de fouiller le champ où s'est déroulée la bataille, là où tant de têtes ont été coupées, là où les morts, les cadavres mutilés gisent si nombreux. Des deux côtés, il y eut foule : chacun recherche ses parents, son ami, son seigneur. Combien de larmes et de pleurs versés ! Puis ils ensevelirent les morts selon les coutumes et le rituel qu'ils observaient.

Achille pleure sur Patrocle. Jamais personne ne manifesta plus vive douleur ! À plusieurs reprises, il s'évanouit sur le corps de son ami ; souvent il s'accuse et s'adresse de vifs reproches :

« Cher et doux ami, j'ai bien mal agi en vous laissant partir sans moi au combat ! Hélas ! Quelle horrible destinée ! Je vous ai bien mal aimé ! Je le vois bien maintenant : tout est ma faute, puisque vous êtes mort loin de moi ! En effet, si j'avais été à vos côtés dans cette funeste bataille, vous n'auriez eu à redouter aucun être vivant. Et puisque maintenant il me faut vous quitter, je n'aurai plus, pour le reste de mes jours, d'autre amour, d'autre compagnon. J'avais mis en vous mon cœur tout entier, car vous étiez beau, hardi, fidèle et d'une très grande

Leiaus e frans e de bon eire.
Amis, ja mais ne cuit rien fere
Dont j'aie joie ne leece.
Toz jors serai mais en tristece.
Amis, por quei vos ai perdu ?
Vostre gent cors, tant mare fu !
Vos m'amïez sor totes riens,
Quar je ere vostrë e vos miens.
A plors, a lermes vos plaindrai
A toz les jors mais que vivrai.
Venjerai vos se fairel puis.
Bien sache Hector, se jel truis,
Qu'il ocirra mei o je lui.
Ha ! las, dolant, que je ne fui
La ou il descendi sor vos !
Li mal cuverz, li coveitos
Le comparast ! Si fera il,
O je i morrai o tiels mil,
N'i avra cil n'ait teste armee.
Bien lur sera l'ire monstree
Que j'ai de vos. » Lors se pasma,   [73b]
Estrange duel par demena.
Tot belement e a leisir
A fait le cors ensevelir
Mout richement de grant maniere.
Plusors jués firent en l'anbiere,*
De maint endreit, de maint senblant,
Quar a cel tens, ce truis lisant,
Le faiseit hon au plus vaillant
Mort de cest siecle trespassant :
Quant i aveit mort un baron,
Granz chanz, granz jués i faiseit hon
Tiels cum a mort apertenoient,
Selonc l'usage qu'il tenoient.
    Un sercueil fist feire Achillés,
E grant e bel e riche assez ;
De vert marbre fu toz ovrez.
Ja fu li cors bien seelez :
La tunbe fu entiere e saine,
E si soudee la plataine
Que riens n'i conoisseit jointure.
Mout li fist riche sepolture.
S'il l'aveit a la vie amé,

noblesse. Plus rien jamais, je le sais, ne pourra me procurer joie et allégresse. Je vivrai désormais dans la tristesse. Ami, pourquoi vous ai-je perdu ? Hélas, votre corps si beau, qu'est-il devenu ? Vous m'aimiez plus que personne au monde : j'étais vôtre, vous étiez mien ! Tout le temps qui me reste à vivre, je le passerai à pleurer sur vous toutes les larmes de mon corps. Mais, si je le peux, je vous vengerai. Qu'Hector sache bien que, si je le trouve devant moi, je le tuerai ou il me tuera. Hélas, malheureux que je suis ! Pourquoi n'étais-je pas là quand il a fondu sur vous ? Cette ordure, ce chien enragé, comme il l'aurait payé cher ! Il le payera d'ailleurs : ou je mourrai, ou mourront un millier de Troyens armés de pied en cap. Ainsi verront-ils quelle peine me cause votre mort ! »

À ces mots il s'évanouit, brisé par l'excès de la douleur. Doucement, avec de très grands soins, il a fait ensevelir le corps de manière somptueuse. Autour de la bière, on célébra des jeux d'origine et de contenu variés. À cette époque en effet, selon ce que je trouve dans ma source, on faisait ainsi lorsque venait à mourir un grand guerrier. Quand un seigneur mourait, on célébrait sa mort par des chants et des jeux appropriés à son rang et aux coutumes alors observées.

Achille fit faire un somptueux cercueil, très beau et très grand ; il était entièrement taillé dans du marbre vert. La dalle fut bien scellée sur le corps. La tombe était d'un seul bloc et sans défaut et la dalle si bien ajustée que n'apparaissait aucune trace de soudure. Il fit à son ami de bien belles funérailles. Il l'avait aimé pendant sa vie et il lui en donna la preuve lorsqu'il

Bien li a a la mort monstré.
Li vilains dist, mais il menti,*
10394 Que ja hon morz n'avra ami.
Ici l'ot mout chier Patroclus,
Qui tant en fist qu'il ne pot plus,
E a la mort e a la vie
10398 Li fu amis sans tricherie.

10417   Quant Cassandra, la fille au roi, [73c]
Oï la noise e veit l'esfroi
E vit l'ocise e le martire,
10420 A haute voiz comence a dire :
« Va, cuvertaille, gent haïe,
Por quei het tant chascuns sa vie ?
Por quei volez si tost morir ?
10424 A ce vos estuet toz venir
O cist sunt que vos enterrez ;
Toz vos tienc a mal eürez.
Quar faites paiz, o se ce non,
10428 Abatuz sera Ylïon.
Franche maisnee, quel dolor
Qu'or decharreiz mais chascun jor !
Frere, ami chier, quel destinee !
10432 Tante lerme iert por vos ploree,
S'est qu'il face, jus qu'a brief tens !
Se creüst en fust li miens sens,
De tot cest mal fusseiz en paiz,
10436 Mais or ne puet remaindre mais
De ci que tuit seions destruit.
Que fait chascuns qui ne s'en fuit ?
Coment porra cuers endurer
10440 Le grant duel qu'avons a passer ?
Ha ! Dex, por quei ne me part il ? [73d]
Ha ! riche Troie, a quel eissil
Sereiz de ci qu'a poi livree !
10444 Maudite seit la destinee
Que nos avons par dame Heleine
E la dolors e la grant peine ! »
Ice diseit assez sovent
10448 En audïence de la gent ;
Encor deïst el mainte chose,
Mais il l'unt en tiel lué enclose

mourut. Le vilain dit, mais il en a menti, qu'un homme mort n'a plus d'ami. Patrocle pourtant eut cet ami : Achille fit pour lui tout ce qu'il put. Dans la vie comme dans la mort, il fut pour lui un ami véritable.

Vv. 10399-10416 : Grecs et Troyens enterrent leurs morts.

PROPHÉTIES DE CASSANDRE (vv. 10417-10454)
Quand Cassandre, la fille du roi, entendit résonner ces cris horribles et quand elle vit l'amoncellement des morts et l'étendue du massacre, elle se mit à crier de toutes ses forces :

« Hélas, misérable et détestable race ! Pourquoi chacun de vous a-t-il pareille haine pour sa vie ? Pourquoi courir ainsi au-devant de la mort ? Vous êtes maintenant assurés de connaître le même sort que ceux que vous mettez en terre. Tous, je peux le dire, c'est le malheur qui vous guette. Faites donc la paix ! Sinon, Ilion sera abattue.

« Ha ! nobles chevaliers, quelle douleur de voir désormais chaque jour vos rangs s'éclaircir ! Ha ! mes frères, mes doux amis, quelle destinée ! Que de larmes, pour vous, seront versées... si du moins il reste encore quelqu'un pour le faire. Si l'on avait cru ce que je pressentais, tous ces maux vous auraient été épargnés. Mais maintenant, il ne peut en être autrement jusqu'à ce que nous soyons tous détruits. Que faites-vous, tous tant que vous êtes, à ne pas prendre la fuite ? Comment mon cœur pourra-t-il endurer les grandes douleurs par lesquelles nous devrons passer ? Ha ! Dieu, pourquoi ce cœur ne quitte-t-il pas mon corps ? Ha ! puissante Troie, quelle catastrophe va bientôt fondre sur vous ! Maudits soient le sort que nous subissons à cause d'Hélène, et les douleurs, et les tourments ! »

Ainsi se lamentait-elle fréquemment devant tout le peuple. Et elle en aurait dit bien davantage, mais on l'enferma dans un

O assez fu puis longement.
10452 N'en isseit pas a son talent.
　　　　Par cesz diz fu maint en errance
E en poor e en dotance.

12337　　　Ne puis dire ne reconter, [86c]
Qu'enuiz sereit de l'escouter,
Ce que chascuns fist endreit sei.
Mais en la vile aveit un rei
Qui sire esteit d'Alizonie.
12342 O merveillose cumpaignie
Esteit venuz Troie garnir,
Mais mal ot eü au venir.
Reis Pistroplex iert apelez,
12346 De totes arz esteit fundez.
Quant il oï e dit li fu
Que li Grieu erent tant venu
E que lor genz esteit laidie,*
12350 Se fist armer sa cumpaignie.
Isnelement s'en est eissuz
O bien trei mile fervestuz.
Il ot o sei un saïetaire*
12354 Qui mout iert fel e de put aire.
Des le lonbril jus qu'en aval
Ot cors en forme de chaval.
Il nen est riens, se il vousist,
12358 Qui d'isnelece l'ateinsist ;
Chief d'ome aveit, braz e senblant,
Mais n'esteient mie avenant ;
Il ne fust ja de dras vestuz,
12362 Car come beste esteit veluz.
La chiere aveit de tiel faiçon,
Plus esteit neire de charbon.
Li oill del chef li reluiseient,
12366 Par nuit oscure li ardeient ;

lieu où, par la suite, elle resta assez longtemps et d'où elle ne pouvait sortir librement.

Ces paroles cependant jetèrent l'inquiétude, la peur et le doute au cœur de nombre de Troyens.

Vv. 10455-10560 : Palamède réclame en vain le commandement de l'armée grecque ; vv. 10561-12336 : récit de la troisième et de la quatrième bataille ; début de la cinquième bataille.

LA CINQUIÈME BATAILLE

Exploits et mort du Sagittaire (vv. 12337-12506)

Je ne peux pas vous raconter dans le détail – ce serait trop ennuyeux à écouter – les exploits de chacun des combattants. Sachez cependant qu'il y avait dans la ville un roi qui gouvernait la terre d'Alizonie. Il était venu défendre Troie à la tête d'une imposante armée, et ce fut pour son malheur. Il s'appelait Pistropleus et était très versé en magie. Quand on vint lui dire que les Grecs attaquaient en grand nombre et que les Troyens subissaient de telles pertes, il fit armer ses hommes et sortit rapidement de la ville avec plus de trois mille soldats tout équipés. Il avait dans sa troupe un Sagittaire très cruel et très malfaisant. En dessous du nombril, le Sagittaire avait le corps et l'apparence d'un cheval et personne n'aurait pu le battre à la course. Le reste du corps, les bras, la figure, étaient semblables aux nôtres, mais l'ensemble n'était pas très plaisant à regarder. Il n'avait pas besoin de porter de vêtements, car il était velu comme une bête. Quant à son teint, il était plus noir que du charbon, ses yeux brillaient sur son visage et éclairaient la nuit

De treis lieues, sans niul mentir,
Le pot hon veeir e choisir.
Tant par aveit la forme eschive, [86d]
12370 Soz ciel n'a nule rien qui vive
Qui de lui ne preïst freor.
Un arc portot : n'ert pas d'aubor,
Ainz iert de gluz de cuir boillie,
12374 Soudez par estrange maistrie.
Tant par iert forz, nus ne traisist
Ne par force nel destendist.
Cent saietes de fin acier
12378 Porta en un coutre d'or mer,
D'alerïon bien enpenees.*
Es granz terres desabitees
Sunt e conversent vers Midi.
12382 Si faitement cum je vos di,
S'en eissirent fors al besoing ;
Ne quistrent pas Grezeis trop loing :
Pres de la vile les troverent.
12386 Por ce vos di le cumparerent.
Troïens veïssez recovrez,
En sus les aveient botez ;
Aste vos Alizonïens
12390 Toz esleissiez par mi le rens.
Cels vont ferir qui les atendent
E qui estrange estor lur rendent.
La fu li chaples perillos
12394 E d'ambedous parz damajos.
Ci ot de morz estrange perte :
Tote la terre en est coverte.
   Uns dus corteis de Salamine,
12398 Polixenarz de la Gaudine,
Parenz Thelamon Aïaux,
Prouz chevaliers e bons vassaus,
Cel a Hector tiel coup feru
12402 Que la teste o tot le bu
Li fait el chanp bien loing voler.
Adoncs laisserent cil aler
Le saïtaire, quil teneient [87a]
12406 E qui en lor garde l'aveient.
Mostré li ont as quels forface,
As quels aït, e les quels hace.
Adonques saut, mout fait grant joie.
12410 Mout le remirent cil de Troie :

la plus obscure. Sans mentir, on aurait pu le voir à trois lieues ou plus. Son visage était tellement effrayant que personne, en le voyant, ne pouvait s'empêcher de céder à la peur. Il portait un arc qui n'était pas en bois de cytise mais en pâte de cuir bouilli et les parties en étaient soudées avec un art extraordinaire. Cet arc était si fortement bandé que personne n'aurait pu tirer avec ou le détendre. Il portait dans un carquois d'or pur cent flèches d'acier fin, bien empennées de plumes d'alérion. Ces oiseaux vivent dans d'immenses étendues désertiques du côté du Midi.

Donc, comme je vous l'ai dit, Pistropleus et ses hommes firent une sortie pour aider les Troyens. Ils n'eurent pas à chercher les Grecs bien loin; il les trouvèrent près de la ville. C'est pourquoi je vous dis que les assiégeants payèrent cher leur avancée. Vous auriez pu voir les Troyens reprendre l'avantage, car ils les avaient repoussés. C'est alors que les Alizoniens arrivèrent à bride abattue parmi les rangs de leurs adversaires. Ils tombent sur les Grecs qui leur font face et leur rendent furieusement leurs coups. Le combat devint acharné et, de part et d'autre, très meurtrier. Il se fit là un épouvantable carnage : tout le champ fut bientôt couvert de cadavres.

Un duc de Salamine, très courtois, Polixenart de la Gaudine, parent d'Ajax Télamon, bon chevalier et bon guerrier, reçut d'Hector un coup tel qu'il fut décapité et que sa tête alla rouler très loin sur le champ de bataille. À ce moment, les hommes qui retenaient le Sagittaire et l'avaient sous leur garde le laissèrent partir à l'assaut. Ils lui ont bien montré qui il doit attaquer, à qui il doit porter secours, qui il doit haïr. Il s'élance alors, ivre de joie. Les Troyens le suivent attentivement des

Grant noise fet, si bret e crie
Que par trestot en vait l'oïe.
Toz cels de l'ost fet merveillier,
12414 E quant il veient l'averser
Qui a elz tret e les ocit,
N'i a un sol, grant ne petit,
Qu'il ne mete en esfreance.
12418 Sans negune autre demorance
Se traient sus, e cil lur vont,
Qui estrange domage en funt.
Li saïtaires tret a els :
12422 A un sol tret en ocit deus
O treis, ce dit l'escriz, sovent ;
En peti d'ore en ocit cent.
De la boche li saut escume
12426 Qui par mi l'air del ciel alume.*
La genz de Grece mout s'esmaie :
Ses saietes, ainz qu'il les traie,
I moille e atoche e adeise ;
12430 Aprés, si tost cum il enteise,
Flanbe li fers, l'airs e li venz.
Se longes durast cist tormenz,
L'osz de Grece fust mau bailie ;
12434 Ja uns sols n'en portast la vie.
Par l'esfreïssement de lui,*
Si cum je pens e cum je cui,
En perdent le jor tiels dous mile
12438 Dont buens chevaliers iert li pire.
Desconfist les li saïtaires,*
Ce dist l'estoire que fist Daires.
Par mi les tentes s'enbatirent [87b]
12442 E sachez bien, grant perte i firent.
Tuit esteient a mort livré,
Ne poeit estre trestorné,
Ne fust une estrange aventure.
12446 As trés iert la desconfiture :
Grezeis a pié e a cheval
Se deffendeient comunal
A grant meschief : mout i perdeient.
12450 E si cum il se cumbateient —
Li saïtaires par tot vet ;
Tant redote chascuns son tret
Quar rien n'ateint qui ne seit morz ;
12454 Ozbers doblers ne escuz forz

yeux. Il fait un bruit énorme : ses cris et ses rugissements se font entendre de tous côtés, frappant de stupeur tous les Grecs.

Lorsqu'ils virent ce diable lancer sur eux ses flèches et les tuer, il n'y en eut pas un, humble ou puissant, qui ne fût saisi d'effroi. Sans plus attendre, ils battent en retraite, mais les Troyens leur courent sus et font d'eux un épouvantable carnage. Il décoche et, d'un seul trait, il lui arrive souvent – ainsi le dit ma source – d'en tuer deux, voire trois. En peu de temps, il en tue une centaine. L'écume jaillit de sa bouche et s'enflamme au contact de l'air. Les Grecs sont terrorisés. Ses flèches, avant de les envoyer, il les mouille et imprègne de cette écume qui les empoisonne. Ensuite, quand il décoche sa flèche, le fer, puis l'air, puis le vent en sont tout embrasés. Si cette lutte avait duré longtemps, les assiégeants auraient été en bien mauvaise posture. Pas un n'en aurait réchappé. La panique que leur cause le monstre est telle – c'est ainsi que j'imagine les choses – que plus de deux mille moururent ce jour-là dont le pire était déjà un bon chevalier. Le Sagittaire les mit tous en déroute, selon l'histoire que composa Darès. Les Grecs se replièrent sur leur campement où ils subirent, sachez-le, de lourdes pertes. Ils allaient tous être tués, rien ne pouvait plus les sauver, lorsque se produisit un extraordinaire événement. Dans le campement, c'était la déroute. À pied, à cheval, tous ensemble, les Grecs faisaient encore front, mais avec beaucoup de mal : les pertes étaient considérables. Tandis qu'ils se battaient ainsi – le Sagittaire courait en tous sens et tous redoutaient ses traits, car celui qu'il atteignait était un homme mort, ni haubert à double épaisseur de mailles ni écu bien solide ne

---

12426. mi l'aier

N'a de son tret defensïon –,
Tres de devant un paveillon
Ert trespassez ; Dïomedés
12458 Veneit fuiant toz sols aprés.
Navrez iert li fiz Tideüs
D'un dart par mi le chief de sus,
Mes ne se sent gueres bleciez ;
12462 Mout a grant duel, mout est iriez
De ce qu'ensi grant perte ont faite.
Tot a cheval, l'espee traite,
S'enbat de sus le saïtaire.
12466 Entrepris est, ne siet que faire :
S'ariere torne, c'est folie,
Senpres maneis perdra la vie ;
Tiel vint mil l'en sievent e mes
12470 Qui o lui n'ont trive ne pes !
Li maufé crient de devant sei,*
Qui Grieus a mis en tiel esfrei.
Li saïtaires le choisist,
12474 En haut cria, bret e henist,*
La terre crolla soz ses piez ;
A lui a tret, mout fu iriez.
D'un dart d'acier l'a si feru   [87c]
12478 Qu'onc ne s'aresta en l'escu.
L'ozberc li trenche e le costé ;
De l'autre part fiert en un tré.
Par poi n'est morz : s'enz plus entrast,
12482 Ja mes sa boche ne menjast.
Doncs ra sa main mise au tarqués,
Mes cil li vient de plain eslés,
Le brant d'acier li fet sentir.
12486 Mout ot grant force e grant haïr.
Andous li trenche les costez ;
D'outre en outre est li branz colez :
Ce qui d'ome est, chiet en la place –
12490 Ce quit, ja remaindra la chace ! –,
Ce qui a beste ert resenblant
Ala grant piece puis corant,
Tant que Grezeis l'ont abatu,
12494 Qui en recoevrent lor vertu.
Se ne fust li fiz Tideüs,
Vencu esteient, n'en sai plus.
    Quant le saïtaire ont ocis,
12498 Se ront Grezeis ardement pris.

Coup d'audace de Diomède

pouvaient résister à ses coups –, le Sagittaire donc passa devant une tente. Diomède, isolé, et qui se repliait, se trouvait derrière lui.

Le fils de Tydée était blessé d'une flèche à la tête, mais il ne se ressentait guère de sa blessure. Les pertes qu'ont subies les Grecs excitent sa douleur et sa fureur. À cheval, l'épée dégainée, il tombe par hasard sur le Sagittaire. Tout interdit, il ne sait que faire : faire demi-tour est une folie, il perdra aussitôt la vie ; en effet plus de vingt mille Troyens le poursuivent, qui n'ont guère conclu trêve ou paix avec lui ! Il redoute d'autre part le diable qui est devant lui et qui a jeté une telle panique dans les rangs des Grecs. Mais voici que le Sagittaire l'aperçoit. Il pousse un cri énorme, rugissant et hennissant, et la terre frémit sous ses pieds. Ivre de fureur, il vise Diomède. La flèche d'acier a frappé avec tant de force que l'écu ne peut l'arrêter. Elle traverse le haubert et le flanc et va se ficher dans une tente. Peu s'en faut que Diomède ne soit tué : si la flèche avait pénétré plus avant, jamais plus il n'aurait connu le goût du pain. Le Sagittaire a alors remis la main à son carquois, mais Diomède lui court sus de toute la vitesse de son cheval et lui fait tâter de son épée d'acier. Le guerrier était plein de force et d'ardeur. Il le pourfend de part en part et le coupe en deux. La moitié humaine s'écroule sur place – la chasse, je pense, s'arrêtera là –, la moitié bête court encore un bon moment jusqu'à ce que les Grecs, qui retrouvent alors leurs forces, l'aient abattue. Que dire de plus ? Sans le fils de Tydée, ils étaient perdus.

Le Sagittaire tué, les Grecs reprennent courage. En enjam-

Par estoveir e par esforz,
Par de sus celz qui gisent morz,
Les vont des tentes hors geter
12502 E loinz as pleins chans reüser.
La ot estor, ne vit hon tel,
Si doleros ne si mortel.
Perdu i ot e gaaignié
12506 Dum li plusor furent irié.

12683 La nuiz passa, li jorz repere,   [88d]
Que Lucifer e l'aube esclere.
Un poi fu enbrons li matins :*
Rosee moille les jardins,
Mes del soleil vint la clartez,
12688 De la nuit passe l'oscurtez.
Sor la fresche erbe vert e lee
Chaï des arbres la rosee.
Biaus fu li tens e clers li jors.
12692 Sachez, n'i ot autres sejors,
Mais de la vile s'en eissirent,   [89a]
E cil de l'ost les recoillirent,
Qui pas nes porent eschiver.
12696 Mielz amassent a sejorner
Qu'a celz cumbatre a cele feiz,
Mes li besoinz e li destreiz
Le lur fet fere, o pest, o place,
12700 E o priere e o manace
En sunt venu el chanp mortal,
E cil qui furent plus vassal
S'entrecuntrerent as premiers.
12704 Puis comença li estors fiers,
Pesmes, estranges, doleros.
La veïsseiz tanz angoissous
Qui sunt navré e qui se plaignent,
12708 Qui s'entr'ocient e maaignent !
Grant sunt li renc e li tornei,
Granz la bataille e li conrei,
Granz les chaces, granz les menees,
12711a Granz les contenz e les meslees,
12711b Granz est li chaples des espees.

bant les corps des morts, poussés par la nécessité, ils mettent toute leur énergie à chasser les Troyens de leurs tentes et à les repousser bien loin dans la plaine. Le combat qui se livra alors, personne, jamais, n'en vit d'aussi acharné ni d'aussi meurtrier. Il y eut des pertes et des gains, mais rares sont ceux que la douleur épargna !

Vv. 12507-12682 : Fin de la cinquième bataille.

LA SIXIÈME ET LA SEPTIÈME BATAILLE
(vv. 12683-12796)

La nuit s'écoula, Lucifer et l'aube ramenèrent la clarté du jour. La matinée était un peu brumeuse et la rosée mouillait les jardins. Mais l'éclat du soleil vint dissiper l'ombre, et la rosée tomba des arbres sur l'herbe verte, fraîche et épaisse. Le temps était beau, le jour brillait. Sans s'attarder davantage, sachez-le, les Troyens firent une sortie et les assiégeants soutinrent leur attaque. Ils n'avaient pas d'autre solution. Sans doute auraient-ils préféré se reposer ce jour-là plutôt que de combattre, mais la dure nécessité les y contraignit, bon gré mal gré. Cédant aux prières ou aux menaces, les soldats reviennent sur ce champ de mort et les plus braves affrontent les premières lignes des Troyens. Alors commença le pire des combats, le plus acharné, le plus terrible, le plus meurtrier. Ha ! de quelles détresses vous auriez pu être témoins ! Les uns sont blessés et se lamentent, les autres se mutilent et s'entre-tuent. Formidables sont les lignes et les rangs des combattants, formidables, la bataille et les corps d'armée, formidables, les poursuites et les attaques, formidables, les luttes et les mêlées ! Formidable,

12712 Sin ont les testes si armees
Qu'il ne s'espandent les cerveles,
Les entrailles e les böeles.
De lor sanc est granz la paluz.
12716 Tant i gist morz e abatuz,
Nus hon n'en siet esmance fere,*
Mes ce vos puis por veir retrere
Que l'estoire me conte e dit,
12720 E Daires qui as oilz le vit,
Que solement de chevaliers
I ot le jor plusors milliers
Abatuz morz, toz detrenchez.
12724 Mout se sont bien Grezeis aidiez,
Mout ont le jor estrangement
A celz dedenz mort de lor gent,
Mes chierement lur fu vendu   [89b]
12728 Qu'estrange perte i ont eü.
Trestot le jor se cumbatirent,
Unc jusqu'al seir ne departirent ;
Griés en fu mout la departie ;
12732 De cels i a poi qui s'en rie,
Mout sunt gregié, mout sunt lassé,
E li plusor d'elz sunt navré.
Li jorz failli, la nuiz vint tost ;
12736 As herberges vont cil de l'ost
E Troïen s'en retornerent,
Dedenz la vile s'en entrerent,
Irié, sans noise e sans gabeis.
12740 Espris sunt d'ire vers Grezeis
Qui par ergoil les ont requis
E lur homes lor ont ocis,
E par force les quident prendre
12744 E Troie ardeir e metre en cendre.
De sanc vermeil e de suor
Sont lait e teint tuit li plusor.
Li cols des meins lur est failliz,*
12748 Tant a duré li fereïz ;
Qui son ami lait el champ mort,
Sin a dolor e desconfort ;
N'en sunt meü ne aporté.
12752 Pleint i ot mout e regreté
E de chaudes lermes plorees.
Or avendrunt les destinees
Que li deu ont en providence.

le fracas des épées. À quoi leur servent leurs casques ? Ils se font jaillir la cervelle, les entrailles et les viscères ! Partout des flaques de sang ! Et le nombre des morts et des gisants est tel que personne ne peut en faire le compte. Mais je peux bien vous dire en toute vérité, car ma source me le rapporte, ainsi que Darès qui fut le témoin de tous ces combats, que ce jour-là, en ne comptant que les chevaliers, il y en eut plusieurs milliers de tués et de mis en pièces. Les Grecs se sont fort bien comportés et ils ont fait un nombre extraordinairement élevé de morts dans les rangs des Troyens. Mais ils le payèrent cher, car leurs pertes, à eux aussi, furent très lourdes. Toute la journée ils se combattirent ; jusqu'au soir, il n'y eut pas la moindre trêve. La fin de la bataille fut pénible ; rares sont ceux qui ont la force de s'en réjouir : beaucoup sont harassés, épuisés et, la plupart, blessés.

Le jour s'en va. La nuit tombe rapidement. Les Grecs reviennent à leur camp et les Troyens retournent dans leurs murs, pleins de douleur, sans échanger le moindre mot, la moindre plaisanterie. Leur colère est grande contre les Grecs qui les ont attaqués par orgueil, qui ont tué leurs hommes et qui croient pouvoir les réduire par la force, brûler Troie et la mettre en cendres. La plupart sont tout souillés de sang vermeil et de sueur. Leurs mains n'ont plus la force de donner des coups, tant la bataille fut longue. Qui abandonne son ami mort sur le champ de bataille, cède à la douleur et au désespoir ; et les cadavres ne sont ni enlevés ni rapportés à la ville. Nombreux sont ceux dont la mort fut déplorée et sur lesquels des larmes brûlantes furent versées ! Mais c'est maintenant que va

---

12720. qui o ses oilz] *éd.* C.

Ne faut pas l'ueuvre, ainz commence,*
Si dolorose e si cruel
Que neguns hon n'orra mes tel.
Que vos en fareie lonc plet ?
En l'ost ra prou ire e deshet ;
Mout ont perdu, poi gaaignié,
Ne rien n'ont encor espleitié.
Fort gent ont encontr'elz trovee, [89c]
Mout est lur osz desbaratee ;
Par plusors feiz les ont laidiz,
Chaciez del chanp e desconfiz.
La vile est forz, qui rien ne crient,
E lor socors toz jorz lor vient.
De vivre i a si grant planté
Que trop sunt riche e asazé.
Mout s'en desheitent li plusor
E mout vousissent le retor.
Mes c'est nïenz ; ne sievent mie
Quels mortiels guerre les desfie.
    Calcas lur fet de granz sermons
E lur mostre de tiels reisons
Por quei plusor s'en raseürent,
Tiels que la mort puis en reçurent.
Sans trive qui entr'elz fust prise,
Si cum l'estoire me devise,
Dura oitante jorz sans faille
Icele setme de bataille.*
Oitante, ce sunt quatre vint.
Mainte merveille lor avint,
Maint dur estor, mainte meslee,
E maint grant coup feru d'espee,
E mainz chevaliers morz e pris
I ot, por veir le vos plevis.
Danz Achillés e danz Hectors
Mainte bataille cors a cors
Firent a cheval e a pié.
Par plusors feiz se sunt plaié,
Par plusors feiz entrebatu,
Mais n'ert pas ancor avenu
Li jorz de lur grant destorber,
Qui ne puet mes gueres targier.

s'accomplir le destin que les dieux ont fixé. L'histoire ne s'achève pas là, elle ne fait que commencer, si douloureuse, si dure, que personne, jamais, n'en entendra de telle. Pourquoi m'attarder davantage ? Chez les Grecs règnent également la douleur et la tristesse. Ils ont beaucoup perdu, peu gagné, et ils n'ont pas encore obtenu le moindre résultat. Ils ont trouvé en face d'eux des guerriers redoutables. Leur armée est mise en déroute. À plusieurs reprises, ces Troyens leur ont infligé des pertes, les ont mis en fuite et déconfits. La ville est forte, elle ne craint aucun assaut et chaque jour arrivent des secours. L'abondance de nourriture est telle qu'ils vivent dans l'opulence et ont tout ce qu'ils désirent. Beaucoup, parmi les Grecs, sont donc découragés et préféreraient repartir. Mais en vain. Ils ne savent pas quelle guerre mortelle les menace.

Calchas cependant leur tient de longs discours et avance de tels arguments que beaucoup reprennent courage qui, pourtant, vont trouver la mort. Ainsi que nous le raconte ma source, cette septième grande bataille dura sans mentir quatre-vingts jours sans que fût décidée la moindre trêve. Quatre-vingts jours, huit fois dix ! Elle fut le théâtre d'extraordinaires exploits, il y eut, je vous le certifie, maints combats acharnés, maintes mêlées, maints grands coups d'épée échangés et maints chevaliers morts ou capturés. Le seigneur Achille et le seigneur Hector y eurent bien souvent l'occasion de se battre corps à corps, à cheval ou à pied. À plusieurs reprises, ils se sont blessés, à plusieurs reprises, ils se sont combattus, mais le jour n'est pas encore venu qui leur sera fatal. Pourtant il ne peut plus guère tarder.

Vv. 12797-13085 : Nouvelle trêve, demandée par les Grecs. Les chefs grecs se rendent à Troie. Échange de deux prisonniers, Anténor le Troyen contre Thoas le Grec.

12782. Cele astenue de b.] *éd. C.*

13086 Calcas li saives, li corteis,*
       Ot une fille molt preisee,
       Bele e corteise e enseignee.
       De li esteit granz renomee :   [91d]
13090 Briseïda iert apelee.
       Calcas ot dit Agamennon,
       As autres reis, a Thelamon,
       Qu'il la demandassent Priant.
13094 Ne voleit pas d'or en avant
       Qu'ele fust plus en lor comune,
       Car trop les het, ce siet, Fortune.
       Si ne vuelt pas qu'o els perisse ;
13098 En l'ost a lui vuelt qui s'en isse.
       Ceste requeste fu bien fete ;
       Mainte parole i ot retrete.
       Calcas blasmerent Troïen,
13102 Dient que plus est vils d'un chien :
       « De toz hontos e de toz vis
       Est il curaille, li chaitis,
       Qui riches, hauz, iert entre nos,
13106 Puis nos guerpi, s'ala a vos. »
       Li reis Prianz jure e afie,
       S'aveir le puet en sa bailie,
       Que male fin li fera fere,
13110 C'iert a chevals ronpre e detrere :
       « Se por ce non que la pucele
       Est franche e proz e saive e bele,
       Por lui fust arse e desmenbree. »
13114 Nos en quier fere demoree.
       Li reis Prianz la lur otreie :
       Aler s'en puet, tienge sa veie,
       Qu'il ne het rien, ce lur dit, tant
13118 Come le viel, le soduiant ;*
       Ne velt que riens qui a lui taigne
       En sa cité seit ne remaigne.

CALCHAS RÉCLAME SA FILLE BRISÉIDA
(vv. 13086-13120)

Calchas, le sage et courtois Calchas, avait une fille dont on disait beaucoup de bien, qui était belle, courtoise, bien élevée. Elle s'appelait Briséida et sa réputation était grande.

Calchas avait demandé à Agamemnon, à Télamon et aux autres rois de la réclamer à Priam. Il ne voulait pas, disait-il, qu'elle reste plus longtemps aux mains des Troyens, car, Fortune, il le sait bien, leur est trop contraire. Il ne veut pas qu'elle périsse avec eux mais il demande qu'elle vienne auprès de lui, dans le camp des Grecs. La requête fut présentée aux Troyens et longuement discutée. Ils couvrirent Calchas de reproches, disant qu'il était plus vil qu'un chien.

« De tous les gens perdus d'honneur, dirent-ils aux Grecs, des plus avilis, ce misérable est encore le rebut, lui qui était, chez nous, puissant et respecté, et qui nous a abandonnés pour vous rejoindre. »

Le roi Priam déclara solennellement que, s'il pouvait s'emparer de lui, il lui infligerait une mort honteuse en le faisant écarteler par des chevaux.

« Et, ajouta-t-il, c'est bien parce que la jeune fille est noble et vertueuse, pleine de sagesse et de beauté, qu'elle n'a pas été, en lieu et place du père, brûlée et écartelée. »

Inutile de m'attarder davantage : le roi Priam accepta finalement de la remettre aux Grecs.

« Elle peut partir, dit-il, qu'elle aille où elle veut ! » Quant à lui, il ne déteste personne autant que ce vieux renard, et il ne souhaite pas que demeure dans la cité qui que ce soit qui ait avec lui le moindre lien.

13100. M. requeste i] *A*

A Hector vait danz Achillés
O tiels cent chevaliers e mes,
Si povre d'els nen i a nus
Ne seit reis, amirauz o dus.
De cels dedenz i rest la flor, [92a]
E de Grezeis tuit li meillor.
La ot retret chevaleries
E de plusors faiz ahaties ;
La ot parlé de desconfire,
Quin iert li mieldres, qui li pire,
Qui jostera, qui sera pris,
Quin iert blasmez, quin avra pris.
En plusors sens se contralient :
L'un s'en corrocent, l'autr'en rient.
« Biaus sire Hector, fet Achillés,
Onc de mes oilz ne vos vi mes
Que n'eüsseiz l'eaume lacié.
Sovent vos truis vers mei irié :
Ce est de loing se vos m'amez.
A mon hauzberc pareist assez :
Sovent me deronpez les laz.
Se de la force de vos braz
Ne me puis garder e desfendre,
La mort m'en convendra a prendre.
Mes, par toz les deus soverains,
De ce reseiez toz certeins,
Se Patroclus vengier poeie,
Molt voluntiers m'en penereie.
Grant duel avez en mon cuer mis,
Mes j'espeir bien, si en suis fis,
Que j'en avrai mon desirier,
Que que il deie porloignier.
Ja si de mei nos gardereiz
Que ne vos reteigne une feiz :
C'iert, se je puis, par tiel maniere
Qu'on vos en portera en biere.
De ce poëz estre segurs,
Se vos sovent issez des murs.
Je m'i atent e atendrai
De ci qu'al jor que jel verrai :
N'a mes gueres, j'en suis certains. [92b]

ENTREVUE D'ACHILLE ET D'HECTOR
(vv. 13121-13260)

Le seigneur Achille se rendit auprès d'Hector avec une suite de cent chevaliers et plus dont le plus pauvre était au moins roi, grand seigneur ou chef d'armée. Il y avait d'un côté l'élite des Troyens et de l'autre les meilleurs des Grecs. Que de discussions alors sur les prouesses accomplies, que de défis échangés ! Que de prédictions sur la déroute, sur qui sera le pire, qui le meilleur, qui combattra, qui sera pris, qui sera blâmé et qui sera loué ! Les sujets de disputes ne manquent pas, mais les uns s'en irritent et les autres en rient.

« Hector, cher seigneur, dit Achille, je ne vous ai jamais vu sinon avec votre heaume lacé sur la tête et, au combat, j'ai trouvé en vous un bien rude adversaire. Si vous m'aimez, c'est à bonne distance ! Mon haubert en porte témoignage : souvent vous en avez brisé les lacets et, si je ne peux me protéger et me défendre de la violence de vos coups, il me faudra en mourir. Mais, au nom des dieux tout-puissants, soyez bien sûr d'une chose : si je trouvais le moyen de venger Patrocle, je ferais sans hésiter tout ce qui est en mon pouvoir. Vous m'avez mis au cœur une très grande douleur, mais j'ai l'espoir, j'ai la certitude que je ferai ce que j'ai envie de faire, même si je dois longtemps attendre mon heure. Vous aurez beau être sur vos gardes, un jour je vous retrouverai et dans des conditions telles que, si je le peux, vous partirez sur une bière du champ de bataille. Voilà ce qui vous guette, soyez-en sûr, si vous sortez souvent de vos murailles. J'attends et j'attendrai, mais il n'est guère loin, je le sais, le jour où mes paroles se réaliseront. C'est votre mort que je tiens entre ces mains que voici.

13162 Vostre mort portent cesz dous meins. »
       Hector respont : « Sire Achillés,
   Se je vos hé, je n'en puis mes :
   Molt par i a achaison grant.
13166 N'irai or ja plus acontant,
   Mes se tant vos fïez en vos,
   Seit la bataille par nos dous ;
   E s'en champ me pöez conquerre,
13170 Troien vos guerpissent la terre,
   Que ja uns sols n'en i remaigne
   Qui ne s'en fuie en terre estraigne.
   Ce vos ferai asegurer
13174 E bons ostages ja livrer,
   Mes autretant refacez mei :
   Si saive e prou vos quit e vei,
   Ja devers vos ne remaindra.
13178 L'ire grant que vostre cuers a
   Porreiz vengier e les mesfez
   Que tant dites que vos ai fez,
   E la dolor del cumpaignon
13182 Dont j'ai fet la desevreison,
   Que tante nuit avez sentu
   Entre vos braz tot nu a nu.
   Icist jués est vils e hontos,
13186 Dont li plusor sunt haïnos
   As deus, quin prenent la venjance
   Par la lor devine poissance.
   Grans biens sereit se par nos dous
13190 En erent tant de mort rescos
   E si mortiels guerre fenie,
   Dont cent millers perdront la vie.
   Par nos cors en puet estre fin
13194 Encore enuit o le matin. »
       Ire e vergoigne ot Achillés :
   « Je ne vivrai, fet il, ja mes
   Jor el siecle sans desenor   [92c]
13198 E sans contraile e sans iror
   Se ja cestë en mei defaut.
   Querez qui vos ostages baut,
   Je referai les miens livrer ;
13202 A ce ne quier plus demorer :
   Toz prez en sui, ne m'en guenchis.
   N'en seit ja jors ne termes mis,
   Mes fetes vos armes venir,

– Seigneur Achille, lui répondit Hector, si je vous hais, je n'y peux rien : il y a de bonnes raisons à cette haine. Mais je ne veux pas tergiverser : si vous êtes si confiant en vous, battons-nous l'un contre l'autre. Si vous triomphez de moi sur le champ de bataille, que les Troyens vous abandonnent ce pays, qu'aucun d'eux n'y reste, mais que tous partent pour une terre lointaine. Je vous ferai donner des garanties sur ce point et livrer de bons otages. Mais faites-en de même de votre côté. Votre prouesse et votre sagesse sont telles, je le vois, je le sais, que vous, vous ne refuserez pas ce combat. Vous pourrez ainsi assouvir votre colère et venger tous les torts que, selon vous, je vous ai faits. Vous pourrez vous venger de la douleur que je vous ai causée en vous séparant de ce compagnon que, si souvent, vous avez tenu nu à nu entre vos bras. Pratique vile et infamante, qui attise contre leurs auteurs la colère des dieux qui, dans leur toute-puissance, en prennent vengeance. Mais ce serait bien si, grâce à nous deux, tant de guerriers échappaient à la mort, et si se terminait cette cruelle guerre où cent mille d'entre eux perdront encore la vie. Ce soir même ou demain matin, elle peut être terminée grâce à nous. »

La colère et la honte envahirent Achille.

« Je ne pourrai plus vivre un seul jour, répondit-il, sans me déshonorer et sans éprouver contrariété et colère si cette proposition échouait de mon fait. Faites chercher ceux qui doivent livrer vos otages. J'en ferai de même. Je ne veux pas tarder davantage. Me voici prêt : point de dérobade ! Inutile de fixer un délai ou un jour, mais faites apporter vos armes et que la décision soit entre nos mains ! »

En marge du v. **13183**, on peut voir dans le manuscrit le dessin d'une main à l'index tendu qui désigne ce passage sans doute jugé scabreux. Mais on retrouve cette même main aux vv. 13632 et 13774 dans un contexte différent.

13187. vejance

13206 Si seions mis al covenir. »
       Departent sei por rasenbler :
       La veïsseiz genz asenbler.
       Entor Hector sunt Troïen,
13210 A Achillés vindrent li sien.
       De la bataille qu'il ont prise
       Parolent tuit en mainte guise.
       La ot estreitement parlé
13214 E maint conseil pris e doné.
       Agamennon ne li haut home
       Ne voelent pas, c'en est la some,
       Qu'Achillés face la bataille.
13218 Mes je vos di por veir, sans faille,
       Qu'en lui de rien pas ne remeint :
       D'els se claime e d'els se pleint
       Que si le voelent abaissier,
13222 Quant por le cors d'un chevalier
       Nel laissent mettre en aventure.
       Molt s'en corroce e molt en jure
       Que ja de lui mes en lur vie
13226 N'avront ne force ne aïe.
         D'Hector quos ireie acontant ?
       Par Troie est la temulte grant.
       A la reïne e as puceles
13230 En sunt contees les noveles :
       Por la poor, por l'esmaiance,
       Por la pitié, por la dotance,
       Ont molt ploré e grant duel fet. [92d]
13234 Quos en fareie plus lonc plet ?
       Ne voelent sofrir Troïen
       A negun fuer n'a negun sen
       Qu'Ector se cumbate por els.
13238 Onc tiel merveille ne tiels duels
       Ne vit hon a niulle gent fere.
       Tuit voelent oster e desfere
       Que la bataille ja ne seit.
13242 A toz, ce vos di, desplaiseit,
       Fors solement au rei Priant ;
       Mes a ses diz n'a son senblant
       Ne pareist pas qu'il le desvoille ;
13246 La söe face point ne moille.
       Que que chascuns parout ne die,
       Il siet tres bien en qu'il se fie.
       La bataille sai qu'il vousist :

Sur ce, ils se quittèrent pour aller délibérer avec les leurs. Quelle foule de gens vous auriez pu voir réunie ! Autour d'Hector se pressent les Troyens, Achille est entouré des siens. Tous parlent du combat dont les deux hommes ont décidé. On discuta avec acharnement et bien des avis furent demandés et reçus. Ni Agamemnon ni les chefs de l'armée ne consentirent finalement à laisser Achille livrer ce combat. Mais je peux bien vous affirmer que ce ne fut pas sa faute. Il accablait les Grecs de reproches, se plaignant qu'ils cherchaient à le déshonorer puisqu'ils lui interdisaient de tenter sa chance contre un seul chevalier. Dans sa colère, il jure que, désormais, il ne viendra plus jamais à leur aide.

Et que vous dirais-je d'Hector ? Dans Troie, l'agitation est grande. On vient rapporter à la reine et à ses filles ce qui s'est passé. Saisies de peur et d'effroi, pleines de compassion et de crainte, elles ne cessent de pleurer et de se lamenter. Mais pourquoi m'attarder plus longtemps ? Les Troyens ne veulent à aucun prix accepter qu'Hector se batte pour eux. Jamais personne ne vit un peuple se lamenter d'aussi extraordinaire manière. Tous veulent faire en sorte que cette bataille n'ait pas lieu. À tous, je vous le dis, ce projet déplaisait sauf au roi Priam : rien, dans ses paroles ni dans son attitude, ne permet de penser qu'il s'y oppose ; pas de larmes sur son visage. Quels que soient les propos tenus autour de lui, lui, il sait bien qu'il peut avoir confiance en Hector. Et je sais qu'il aurait accepté

278   Le Roman de Troie

¹³²⁵⁰ Se en Grezeis ne defaillist,
Ja par lui ne fust desloee.
Senpres ceinsist Hector s'espee,
El chanp entrast, armez s'esteit,
^{13253a} Ja endreit lui ne fust desfeit ;
¹³²⁵⁴ Mes li haut home des Grezeis,
^{13254a} E cil qui aiment les torneis,
Li duc, li prince e li contor,
Tuit li plus saive e li meillor,
Ont tant parlé e dit e fet
¹³²⁵⁸ Que l'uns ne l'autre n'i ait let,
Ne rien qui tort a desenor.
Ensi departirent le jor.

Qui qu'eüst joie ne leece,
Troïlus ot ire e tristece :
Ce est por la fille Calcas,
¹³²⁶⁴ Il ne l'amot nïent a guas, [93a]
Tot son cuer aveit en li mis ;
Si par iert de s'amor espris
Qu'il n'entendeit se a li non.
¹³²⁶⁸ El li raveit fet de sei don
E de son cors e de s'amor,
Ce saveient bien li plusor.
Quant dit li fu, qu'el sot de veir
¹³²⁷² Que par force e par estoveir
L'en convendreit en l'ost aler,
N'i aveit rien del plus ester,
Molt ot grant duel, molt ot grant ire.
¹³²⁷⁶ Des oilz plore, del cuer sospire :
« Lasse, fait el, quel destinee,
Quant la vile dont je sui nee
M'estuet guerpir en tiel maniere !
¹³²⁸⁰ A une assez vil chanberere
Sereit il d'estre en ost grant honte.
N'i conois rei ne duc ne conte
Qui ja henor ne bien m'i face.
¹³²⁸⁴ Or moilleront lermes ma face
Chescun jor mes, sans alejance.
Ha ! Troïlus, quel atendance*

que soit livré ce combat si les Grecs, de leur côté, n'y avaient renoncé. Non, il ne s'y serait pas opposé : Hector aurait aussitôt ceint son épée, il serait tout aussitôt entré – il s'était déjà armé – sur le champ de bataille. Il n'y aurait pas eu de défection de sa part. Mais les chefs des Grecs et les hommes qui aiment les batailles, les ducs, les princes, les grands seigneurs, les plus sages comme les plus valeureux, ont tant fait et tant dit que ni Hector ni Achille ne se sentent humiliés et atteints dans leur honneur. Ainsi se séparèrent-ils ce jour-là.

LES AMOURS DE TROÏLUS ET DE BRISÉIDA
(vv. 13261-13866)

Briséida au camp des Grecs

Si certains accueillirent la nouvelle avec une joie très vive, Troïlus en éprouva douleur et affliction : en effet il aimait éperdument la fille de Calchas. Il lui avait donné son cœur, et sa passion était si forte qu'il ne vivait que pour elle. Et la jeune fille, bien des gens le savaient, lui avait aussi fait don de sa personne et de son cœur. Lorsque Briséida apprit que c'était bien vrai, qu'il lui fallait absolument partir pour le camp des Grecs et qu'elle ne pourrait rester plus longtemps à Troie, elle en éprouva une grande douleur, une grande tristesse.

« Hélas, dit-elle, pleurant et soupirant, quelle triste destinée que la mienne quand il me faut ainsi quitter la ville où je suis née ! La plus humble servante ne supporterait pas la vie humiliante qui m'attend dans le camp des Grecs. Je n'y connais personne, roi, duc ou comte, qui pourrait m'y être de quelque secours et m'y faire honneur. Désormais, chaque jour, sans répit, mon visage sera mouillé de larmes. Ha ! Troïlus, mon

Ai fait en vos, biaus douz amis !
13288 Ja mais niul jor que seiez vis
Nos amera riens plus de mei.
Molt a mal fet Prianz, par fei,
Qui de sa vile m'en enveie.
13292 Ja Deu ne place que je seie
Vive deci qu'a l'ajornant !
La mort voil e quier e demant. »
La nuit vait a li Troïlus,
13296 Qu'iriez est si qu'il ne puet plus.
Del conforter n'i a neient :
Chascuns sospire tendrement,
Quar bien sievent que l'endemein
13300 Partiront, bien en sunt certein. [93b]
N'avront plus aise ne leisor
De fere asenbler lor amor.
Tant cum lor leist, qu'il en ont aise,
13304 Vos di que l'uns d'els l'autre baise ;
Mes la dolors qu'as cuers lor toche
Lur fet venir par mi la boche
Les lermes qui lur chient des oilz.
13308 Entr'els n'a ires ne ergoilz,
Defensïon ne descordance.
En grant dolor e en pesance
Les ont cil mis qui ce lur funt :
13312 Ja Deus joie ne lur en doint !
Le peché deit espeneïr,
Qui dous amanz fet departir
Ensi come li Grezeis firent,
13316 Qui puis griefment l'espeneïrent.
Troïlus les haeit avant,
Puis lor mostra e fist senblant
Qu'il li aveient fet tiel chose
13320 Dont li menbra puis a grant pose.
Onc ne s'en sorent si garder,
A mil le fist puis conparer.
La nuit ont prou ensenble esté,
13324 Mais mout lur a petit duré.
Assez fu griés li departirs,
Jeté i ot plainz e sospirs.
E l'endemain, dreit au cler jor,
13328 Fist la pucele son ator.
Ses chiers aveirs fist enmaler,
Ses dras e ses roubes trosser ;

doux ami, quelle confiance j'avais mise en vous ! Jamais, de toute votre vie, personne ne vous aimera plus que moi ! Vraiment le roi Priam a bien mal agi, lui qui me chasse de sa ville. À Dieu ne plaise que je sois encore en vie demain au lever du jour ! C'est la mort que je veux, que j'appelle, que je désire ! »

Cette nuit-là, Troïlus vint la retrouver, en proie au plus vif désespoir. Rien ne peut consoler les amants : chacun soupire pitoyablement, car ils savent bien qu'au matin ils seront séparés, que plus jamais ils n'auront le loisir de s'aimer comme ils le désirent. Mais je peux vous dire que, tant qu'on le leur permet encore, ils ne cessent de s'étreindre. Pourtant la douleur envahit leur cœur et les larmes qui leur montent aux yeux coulent sur leur visage. Entre eux, ni colère, ni fierté, ni résistance, ni dispute. Ceux qui leur imposent cette séparation leur infligent grande douleur et grand tourment. Puisse Dieu ne jamais leur donner l'occasion de s'en réjouir ! Qui sépare des amants doit bien expier le péché qu'il a commis. C'est ce qui arriva aux Grecs, qui le payèrent très cher. Troïlus auparavant les haïssait. Par la suite, il leur prouva bien qu'ils lui avaient fait un tort si grand qu'il en garda longtemps le souvenir ! Et les Grecs ne surent si bien se garder qu'il ne le fasse payer très cher à un bon millier d'entre eux. Cette nuit-là, les amants l'eurent à eux, mais elle leur parut bien courte. La séparation fut très douloureuse. Que de plaintes et de soupirs !

Au matin, dès que le jour fut levé, la jeune fille se prépara à partir. Elle fit mettre dans des coffres tous ses trésors, elle plia

---

13307. chiet

Son cors vesti e atorna
13332 Des plus chiers garnemenz qu'el a.
D'un drap de seie a or brosdé,
O riches huevres bien ovré,
Ot un bliaut forré d'ermine, [93c]
13336 Lonc que par terre li traïne,
Qui fu riches e avenanz
E a son cors se bien estanz
Qu'el mont n'a rien, que le vestist,
13340 Qui plus de ce li avenist.
En Inde la Superïor*
Firent un drap enchanteor
Par nigromance e par merveille :
13344 N'est pas la rose si vermeille
Ne si blanche la flors de lis,
Cum le jor est, cinc feiz o sis.
Le jor est bien de set colors ;
13348 Si n'est soz ciel beste ne flors
Dont l'on n'i veie portretures,
Formes, senblances e figures.
Toz jors est freis, toz jors est biaus :
13352 De cel drap fu fes li mantiaus.
Un saive pöete indïen,*
Qui o Calcas le Troïen
Ot esté longement apris,
13356 Li enveia de son païs.
Ainc nus nel vit n'eüst merveille
Qui est qui tiel chose apareile,
Quar a si fete ovre bastir
13360 Covient grant sens e grant haïr.
Del mantel fu la pene chiere,
Tote enterigne e tote entiere :
N'i ot ne piece ne costure.
13364 Ce trovent clerc en escriture
D'une beste fu de dous anz –
Molt par fust cele de treis granz –
L'on les claime dindïalos ;*
13368 Molt valt la pel e plus li os.
Onc Deus ne fist cele color,
En teint n'en erbe ne en flor,
Dont la peaus ne seit coloree. [93d]
13372 Genz salvage d'une encontree
Qui Cenocefali ont non –*
Lait sunt e d'estrange faiçon –

Description du manteau de Briséida

ses vêtements et ses parures, puis elle se vêtit des plus beaux habits qu'elle avait. Elle portait un bliaut doublé d'hermine, fait d'une étoffe de soie tissée d'or, merveilleusement brodée, et qui tombait jusqu'à terre. Le bliaut était si précieux, si élégant et si seyant qu'il aurait rehaussé la beauté de toute femme qui l'aurait revêtu. Des enchanteurs tissèrent, en Inde supérieure, y mettant tout leur art et leur extraordinaire maîtrise, une étoffe dont l'éclat est tel, dans la lumière du jour, que la rose la plus vermeille, le lis le plus blanc pâlissent à côté. Le jour, elle se nuance de sept couleurs au moins et l'on peut y voir représentés les formes et l'aspect de toutes les bêtes, de toutes les fleurs du monde. C'est de cette étoffe, toujours neuve, toujours belle que fut fait le manteau de Briséida. Un sage Indien, expert en magie, et qui s'était longuement instruit auprès de Calchas le Troyen, le lui avait envoyé de son pays. Et personne ne pouvait voir cette étoffe sans se demander qui avait bien pu faire pareille merveille, car, pour exécuter une telle œuvre, il faut beaucoup de savoir-faire et de travail acharné.

La doublure du manteau, très précieuse, était d'un seul morceau, sans pièce ni couture. Les clercs lisent dans leurs livres qu'il y a des bêtes de deux ans – à trois ans elles sont de très grande taille – que l'on appelle « dindialos ». Leur fourrure est précieuse et plus encore leurs os. Toute la palette des couleurs que Dieu donna aux teintures, aux herbes, aux fleurs, se retrouve sur cette fourrure. Un peuple sauvage qui s'appelle les Cynocéphales – ils sont laids et très bizarrement faits – les

Cil en prenent, mes ce est tart,
13376 E si vos dirai par quel art.
La o il sunt, a grant arson,
N'i a ne onbre ne boisson ;
Mes li monstre, li averser
13380 Prenent les reins del balsamer,
Lor cors en coevrent e lor braz,
Ne funt ne pieges n'autres laz.
E la beste, qui n'est pas sage,
13384 Vient a la fueille e a l'onbrage ;
Ne siet sa mort ne sen enconbre :
Broste, puis si s'endort en l'onbre.
Cil la tue, qui mainte feiz
13388 En est des qu'a la mort destreiz
O ars o esteinz de chalor.
Il n'i vont mie chascun jor.
De celes bestes fu la penne :
13392 Basmes, ences ne timïene*
N'oelt onc si bien cum el faiseit ;
Tot le drap del mantel covreit,
Dolgee iert plus que nus ermines.
13396 L'orle n'iert pas de cenbelines,
Qui d'unes bestes de grant pris :
Dedenz le flun de Paredis
Sunt e conversent, ce siet l'on,
13400 Se c'est veirs que nos en lison.
D'inde e de jaune sunt gotees ;
Trop sereient cher achatees
Quin trovereit, mes par ma fei,
13404 Si cum je quit e cum je crei,
N'en furent onques prises dis ;
N'est nulle beste de lor pris.
De dous robins sunt li tassel :   [94a]
13408 Onques se riche ne si bel
Ne furent veü n'esgardez.
Quant sis cors fu gent atornez,
Congié a pris de mainte gent
13412 Qui de li furent molt dolent.
Les puceles e la reïne
Ont grant pitié de la meschine
E molt en plore dame Heleine.
13416 E cele, qui n'est pas vileine,
Se part d'eles o plors, o criz,
Car mout par est sis cors marriz :

capture (mais au prix d'une longue patience) et voici comment. En ces régions où il fait extrêmement chaud, il n'y a pas d'ombre ni de buisson. Ces monstres diaboliques prennent donc des rameaux de balsamier, en couvrent leurs corps et leurs bras – ils n'utilisent pas d'autres pièges ni d'autres rets – et la bête, qui n'est pas très rusée, s'approche des feuilles et de l'ombre. Elle ne voit pas la mort qui la guette. Elle broute puis s'endort à l'ombre, et l'homme la tue qui, bien souvent, en meurt lui aussi, brûlé ou asphyxié par la chaleur. Mais ils ne font pas cela tous les jours.

C'est donc de la fourrure de cette bête qu'était faite la doublure du manteau. Ni le baume ni l'encens ni le thym ne sentent aussi bon. Cette fourrure, plus fine que l'hermine, doublait entièrement l'étoffe du manteau. La bordure n'était pas garnie de zibeline, mais de la fourrure de bêtes de grand prix qui vivent dans le fleuve de Paradis (si ce que nous lisons est bien exact) et qui sont tachetées d'indigo et de jaune. On les vendrait très cher si on pouvait en trouver mais, sur ma foi, je suis bien sûr qu'on n'en a jamais pris plus de dix... Aucune bête ne les vaut. Les plaques d'agrafe sont faites de deux rubis : jamais personne n'a pu en voir d'aussi précieux ni d'aussi beaux.

Lorsque Briséida se fut ainsi préparée avec soin, elle prit congé d'une foule de gens que son sort attristait profondément. La reine et ses filles sont pleines de compassion pour la jeune fille et ma dame Hélène pleure beaucoup. Briséida la très courtoise les quitte avec des pleurs et des plaintes, car son cœur est bien lourd. Personne, à la voir, qui n'en ait pitié. On lui a

Riens ne la veit, pitié n'en ait.
13420 Un palefrei li ont hors trait :
Onques pucele negun jor
N'en chevaucha, ce quit, meillor.
Li conveiz fu des fiz lo rei :
13424 O li s'en issent plus de trei.

Troïlus a sa resne prise,
Qui molt l'ama d'estrange guise.
Mes or faudra, des or remeint,
13428 Por quei chascuns sospire e pleint.
Mes, se la danzele est iree,
Par tens resera apaiee.
Son duel avra tost oblïé
13432 E son corage si müé
Que poi li iert de cels de Troie.
S'el a hui duel, el ravra joie
De tiel qui onc ne la vit jor ;
13436 Tost i avra torné s'amor,
Tost se sera reconfortee.
Femme n'iert ja trop esgaree :*
Por ce qu'ele truist o choisir,
13440 Poi durent puis li suen sospir.
A femme dure duels petit,
A un oil plore, a l'autre rit.
Molt müent tost li lor corage,   [94b]
13444 Assez est fole la plus sage :
Quant qu'el a en set anz amé,
A ele en treis jorz oblïé.
Onc nule ne sot duel aveir.
13448 Bien lur pareist de lur saveir :
Ja n'avront tant nul jor mesfet
Chose ne rien que si seit let,
Ce lor es vis, qui que les veie,
13452 Que l'on ja blasmer les en deive.
Ja jor ne quideront mesfere.
Des folies est ce la meire.
Qui s'i atent ne qui s'i creit,
13456 Sei meïsme vent e deceit.

D'icest vers crien je estre blasmez
De cele qui tant a biautez,
Qui hautece a, pris e valor,
13460 Honesté e sens e henor,
Bien e mesure e seinteé,
Noble largece e honesté,

Propos misogynes. Éloge d'une noble dame

amené un palefroi tel que jamais jeune fille n'en monta, je pense, de meilleur. Pour lui faire escorte, il y avait les fils du roi. Trois et plus l'accompagnaient.

Troïlus tenait la rêne de son cheval. Il lui vouait un amour passionné, mais désormais, cet amour est condamné, il n'a plus d'avenir, et c'est pourquoi les deux amants soupirent et se lamentent. Cependant, si la jeune fille est maintenant très affligée, elle sera bientôt apaisée ; elle aura bien vite oublié sa peine et si bien changé de sentiments qu'elle se souciera fort peu des Troyens. Aujourd'hui elle souffre, mais elle trouvera bientôt la joie auprès d'un homme qui ne l'a encore jamais vue. Elle aura vite fait de lui donner son amour, elle aura vite fait d'y trouver du réconfort. Une femme n'est jamais vraiment désemparée. Pour peu qu'elle trouve où arrêter son choix, ses soupirs durent peu. La douleur de la femme est de courte durée : elle pleure d'un œil et rit de l'autre. Son cœur change bien rapidement et même la plus sage est complètement folle. Aurait-elle aimé sept ans, qu'en trois jours tout est oublié ! Nulle femme n'a jamais su ce que c'est que la douleur. Cela se voit bien à leur façon de faire : quelle que soit la gravité de l'offense qu'elles ont commise, il leur semble que, même si on les démasque, on ne doit pas les en blâmer. Jamais elles ne pourront admettre qu'elles se conduisent mal : c'est là la plus grande de leurs folies. Celui qui croit en elles, qui leur fait confiance, se trahit et s'abuse lui-même.

Mais je crains, en vérité, que ces vers ne soient pris en mauvaise part par celle qui a en elle tant de beauté, celle qui possède aussi bien noblesse, gloire et valeur, vertu, sens et honneur, bonté, mesure et pureté, générosité et probité, celle

En qui mesfet de dames meint
13464 Sunt par le bien de li esteint,
En qui tote scïence abunde,
A la quel n'est nule secunde
Qui el mond seit, de nule lei.
13468 Riche dame de riche rei,
Sans mal, sans ire, sans tristece,
Puissez aveir toz jorz leece !
   Salemons dit en son escrit,*
13472 Cil qui tant ot saive esperit :
« Qui fort femme porreit trover,
Le Criator devreit löer. »
Fort l'apele por les feblors
13476 Qu'il sot e conut en plusors.
Forz est cele qui se desfent
Que fols corages ne la prent.
Biautez e chasteez ensenble [94c]
13480 Est molt griés chose, ce me senble :
Soz ciel n'a rien tant coveitee.
Assez avient mainte fïee
Que par l'ennui des proieors
13484 En sunt conquises les plusors :
Merveille est cum riens se desfent
A qui l'on puet parler sovent.
Qui la trueve bele e leial,
13488 Un des angeles esperital
Ne deit estre plus cher tenuz :
Chieres pieres ne or moluz
N'est a cel thesor conparez.
13492 Ici porrïens dire assez,*
Mes n'est or lués; retorneron
A ce que proposé avon.
   La danzele quide morir
13496 Quant de celui deit departir
Qu'ele tant aime e tant a chier.
Ne li fine hore de prïer
Qu'il ne l'oblit, car a sa vie
13500 Ne sera ja autrui amie ;
S'amor toz jorz li gardera,
Ja mes jor autres ne l'avra,
Ne riens n'avra joie de li.
13504 « Bele, fait il, or vos en pri,
S'onc m'amastes, or i pareisse !
Ne vueil que nostre amors descreisse :

dont les mérites effacent les méfaits de toutes les autres dames, celle en qui toute sagesse abonde, celle qui, où qu'on aille dans le monde, n'a pas son égale. Puissante dame, épouse d'un puissant roi, puissiez-vous ignorer le mal, la douleur et la tristesse, et vivre à tout jamais dans l'allégresse !

Salomon, dont la sagesse fut si grande, dit dans son livre :

« Celui qui pourrait trouver une femme forte devrait louer le Créateur. »

Il la dit forte en pensant à toutes les faiblesses qu'il a connues chez bien des femmes. Forte est celle qui se refuse à céder à la folie de son cœur. Mais il est bien difficile, me semble-t-il, de trouver réunies beauté et chasteté, et il n'y a rien au monde de plus rare. Il arrive d'ailleurs bien souvent que la plupart d'entre elles cèdent aux assauts de ceux qui les prient et c'est extraordinaire comme une femme à qui l'on a l'occasion de parler offre peu de résistance. Mais quand on en rencontre qui sont à la fois belles et fidèles, on doit plus les estimer qu'un ange du Paradis. Ni pierre précieuse ni or fin n'est comparable à un tel trésor. Nous pourrions continuer longtemps sur ce sujet, mais ce n'est pas le lieu : nous allons donc revenir à notre propos.

La jeune fille est persuadée qu'elle va mourir s'il lui faut quitter celui qu'elle aime si passionnément. Sans cesse elle le prie de ne pas l'oublier ; elle, elle n'aura jamais d'autre ami, elle lui restera toujours fidèle ; jamais elle ne se donnera à un autre, jamais quelqu'un d'autre n'obtiendra ses faveurs.

« Belle, reprend Troïlus, je vous en prie : si vous m'avez jamais aimé, montrez-le-moi maintenant. Je ne veux pas que notre amour perde de sa force ! De mon côté, je peux vous

De meie part vos di je bien
Qu'el n'apeticera de rien.
Mon cuer avreiz toz jorz verai,
Por autre ne vos changerai. »
De ce se sunt entreplevi,
Ainz qu'il se seient departi.
Li conveiz a ja prou duré
Qu'il furent hors de la cité.
Cels la livrerent qui il durent, [94d]
Qui molt voluntiers la reçurent.
Contre li vint Dïomedés,
Reis Thelamon, reis Ulixés,
Reis Aïaux, Menesteüs,
Cil qui d'Athene iert sire e dus,
E biaus chevaliers tiels seisante
El plus povre aveit riche conte.
   La damaisele plore fort ;
Riens ne li puet doner confort :
De Troïlus a grant dolor,
Qu'ensi s'esloigne de s'amor.
En lui ne ra joie ne ris :
Mout s'en torne tristes, pensis.
E li fiz Tideüs l'en meine,
Qui ainz en soferra grant peine
Qu'il sol la best ne qu'il i gise.
Bele, fait il, a dreit se prise*
Qui de vostre amor est saisiz :
Vostre cuers e vostre esperiz
Fust ore miens par covenant
Que vostre fusse a mon vivant !
Se por ce non que trop est tost
E que si summes pres de l'ost,
E que je vos sai desheitee,
Pensive e dotose e iree,
Vos criasse molt grant merci
Qu'a chevalier e a ami
Me receüsseiz tot demaine.
Ainz en voudrai sofrir grant peine
Que, se vos plest, a ce n'en vienge ;
Mes molt me dote e molt me crien ge
Que vostre cuers seit haïnos
Vers mei e vers celz devers nos.
A la gent qui vos ont norrie
Sai que sereiz toz jorz amie :

Adieux de Troïlus et de Briséida

assurer qu'il ne diminuera pas. Je vous serai toujours fidèle et jamais je ne changerai pour une autre. »

Tels sont les serments que les amants ont échangés avant de se séparer. Briséida et son escorte sont maintenant sortis de la cité. On remit alors la jeune fille à ceux qui étaient chargés de la recevoir et qui le firent avec joie. Vinrent à sa rencontre Diomède, le roi Télamon, le roi Ulysse, le roi Ajax, Ménesthée, qui était seigneur et duc d'Athènes, et bien soixante beaux chevaliers dont le plus pauvre était déjà un comte puissant.

La jeune fille pleure à chaudes larmes et rien ne peut la réconforter. Elle est très affligée de voir ainsi s'éloigner Troïlus, son amour. Pour lui, c'en est fini de la joie et de la gaieté. Il s'en retourne, triste et pensif, tandis que le fils de Tydée, qui va subir bien des épreuves avant de pouvoir l'embrasser, de pouvoir coucher avec elle, emmène la jeune fille.

« Belle, lui dit-il, il peut s'estimer heureux celui à qui vous avez fait don de votre amour. Être maître de votre cœur et de vos sentiments, voilà ce à quoi je voudrais parvenir en vous faisant le serment d'être à vous pour le reste de mes jours. Il est trop tôt sans doute, nous sommes trop près de l'armée des Grecs, et je vous vois bien affligée et bien pensive, pleine de crainte et de douleur. En d'autres circonstances pourtant, je vous prierais très humblement de me prendre comme votre chevalier et votre ami le plus proche. Je préfèrerais endurer mille tourments plutôt que de ne pas réussir, si du moins vous y consentez. Mais je redoute, j'appréhende fort que votre cœur soit plein de haine envers moi et envers ceux de mon camp. Je sais que vous aimerez toujours ceux qui vous ont élevée et on

De ce nos deit hon ja blasmer. [95a]
13552 Mes j'ai oï assez parler
Que gent qui ne s'erent veü
Ne acointié ne coneü
S'amoient molt, ç'avient adés.
13556 Bele, fait sei Dïomedés,
Onques d'amer ne m'entremis,
N'amie n'oi ne fui amis.
Or sent qu'Amors vers vos me tire.
13560 Qui vostre grant biautié remire,
N'est merveille se il esprent.
Tant sachez bien certeinement
Qu'en vos metrai mon bon espeir :
13564 Je ne quier mes grant joie aveir
De ci que j'aie segurance
D'aveir vostre amor sans dotance,
E que j'aie vostre solaz
13568 Si fetement qu'entre mes braz
Vos beis e oilz e boche e face.
Douce amie, ne vos desplace
Riens que vos pri ne que vos die,
13572 Ne nel tengiez a vilenie.
Preiee sereiz e requise
D'amer, ce sai, en mainte guise ;
Ci sunt tuit li preisié del mont
13576 E tuit li riche qui i sunt,
E li plus bel e li meillor,
Qui vos requerront vostre amor.
Mes sachez, bele, bien vos di,
13580 Se de mei fetes vostre ami,
Vos n'i avreiz se henor non.
Preisiez deit estre e de grant non
Qui de vostre amor est seisiz.
13584 Bele, s'a vos me sui offriz,
Ne refusez lo mien homage.
Tiel cuer prenez e tiel corage
Que mei prengiez a chevalier. [95b]
13588 Leial ami e dreiturer
Vos serai mes d'or en avant
A toz les jorz de mon vivant.
Mainte pucele avrai veüe
13592 E mainte dame coneüe ;
Onc mes a rien ne fis preiere

ne peut vous le reprocher. Pourtant, j'ai souvent entendu dire que des gens qui ne s'étaient jamais vus et qui ne savaient rien l'un de l'autre pouvaient s'aimer beaucoup; la chose est fréquente.

«Belle, poursuivit Diomède, jamais je n'ai aimé. Jamais je n'ai eu d'amie ni n'ai été aimé. Mais maintenant, Amour me pousse vers vous, je le sens. Qui peut contempler votre grande beauté, ce n'est pas merveille s'il s'éprend de vous. Sachez-le, je mettrai en vous tous mes espoirs et je ne veux pas goûter la moindre joie avant d'être certain d'obtenir votre amour, de pouvoir, pour mon plus grand bonheur, vous prendre dans mes bras et embrasser vos yeux, votre bouche, votre visage. Ma douce amie, ne prenez pas en mal mes prières et mes paroles et n'y voyez pas un manque de courtoisie. Vous allez faire l'objet, je le sais, de maintes prières d'amour. Il y a dans ce camp les hommes du monde les plus renommés, les plus puissants, les plus beaux et les plus braves; ils vont vous déclarer leur amour. Mais je peux vous le dire, belle amie, si vous m'acceptez comme ami, l'honneur en sera vôtre. Il doit être de grand prix et de grand renom celui à qui vous accorderez votre amour!

«Belle, si je me suis donné à vous, ne refusez pas mon hommage. Que votre cœur consente à faire de moi votre chevalier et je serai désormais, et pour le restant de mes jours, votre ami fidèle et sincère. J'ai vu bien des jeunes filles, j'ai connu bien des dames : à aucune je n'ai demandé de m'aimer

---

13583. vostremor

De mei amer en tiel maniere.
Vos en estes le premeireine
13596 E si sereiz la dereeine.
Ja Deu ne place, s'a vos fail,
Que mes por autre me trevail !
Ne farai je, ce sai de veir,
13600 E se vostre amor puis aveir,
Garderai la sans rien mesfere :
N'orreiz de mei chose retrere
Qui vos desplace a negun jor.
13604 Des granz sospirs e del grant plor
Dont vos vei molt chargee e pleine
Metrai mon cors a molt grant peine
Cum vos en puisse leecier
13608 O acoler e o baisier ;
Se metrai tiel confort en vos
Dont vostre cors sera joios.
Al servir sui abandonez :
13612 Grant joie avrez, se vos volez.
Des or en sui apareilliez :
Deus doint ne m'en facez deviez,
Quar qui ce aime e prie e sert
13616 Quil het, tote sa peine en pert. »
         Briseïda fu saive e proz.
Respondi li e a briés moz :
« Sire, fait ele, a ceste feiz
13620 Nen est biens ne reisons ne dreiz
Que d'amer vos donge parole :
Por trop legiere e por trop fole
M'en porrïez toz jors tenir. [95c]
13624 Se dit m'avez vostre pleisir,
Bien l'ai oï e coneü,
Mes poi vos ai encor veü
A vos doner si tost m'amor.
13628 Molt s'en deduient li plusor.
Mainte pucele sunt escharnie
Par cels o est la tricherie
E qui sunt mençongier e faus.
13632 Cil deceivent les cuers leiaus.
Trop est griés chose a esgarder
O l'on se deit d'amor fïer.
Por un qui rit, en plorent sis.
13636 Ne voil entrer de mal en pis :

ainsi. Vous êtes la première et vous serez la dernière. À Dieu ne plaise, si j'échoue auprès de vous, que j'aille souffrir pour une autre ! Non, je n'en ferai rien, je le sais. Mais, si je peux mériter votre amour, j'y serai fidèle, sans jamais le trahir. Jamais vous n'entendrez dire sur moi quoi que ce soit qui puisse vous déplaire. Ces profonds soupirs, cette grande douleur qui, je le vois, vous accablent, je ferai tout ce qui est en mon pouvoir pour les dissiper et pour vous rendre la joie en vous serrant tendrement dans mes bras. Je saurai si bien vous réconforter que vous retrouverez le bonheur. Me voici tout prêt à vous servir : si vous y consentez, vous en éprouverez une grande joie. Oui, me voici prêt. Dieu veuille que vous ne me refusiez pas ! Car qui aime, prie et sert qui le hait, il perd sa peine ! »

La sage et vertueuse Briséida lui répondit en quelques mots :
« Seigneur, lui dit-elle, ce ne serait ni convenable ni raisonnable ni juste que je vous fasse en ce moment des promesses d'amour ; vous pourriez me considérer définitivement comme une femme bien légère et bien peu sensée. Vous m'avez dit ce que vous aviez envie de me dire. Je vous ai écouté avec beaucoup d'attention, mais vraiment, je ne vous connais pas encore assez pour vous accorder si vite mon amour. La plupart d'entre vous n'y voient qu'un simple divertissement. Bien des jeunes filles sont abusées par des hommes qui ne sont pas sincères, qui leur mentent et les trahissent. Ainsi trompent-ils des cœurs pleins de loyauté et c'est une chose bien difficile que de savoir distinguer l'homme à qui l'on peut se fier en amour. Pour un qui rit, six d'entre nous se lamentent. Je ne veux pas aggraver

Qui tant a ire e esmaiance
E a son cuer duel e pesance
Come je ai, molt li tient poi
13640 D'amor ne de bien ne de joi.
Mes buens amis guerpis e les
O ja ne cuit recovrer mes,
Que conoisseie e que j'amoie
13644 E ou a grant henor estoie.
N'est richece ne bel aveir
Que n'i eüsse a mon voleir :
Or en sui mise del tot hors ;
13648 Por ce en ai meinz chier mon cors.
N'est merveille se me desheit,
Ne n'est mie biens, se vos pleit,
A pucele de ma valor
13652 Qu'en ost emprenge fole amor.
Se en li a point de saveir,
Garder se deit de blasme aveir.
Celes quil funt plus saivement
13656 En lor chanbres celeement
Ne se pöent pas si garder
D'els ne facent sovent parler.
Or serai en feire e en fole,* [95d]
13660 Sans autres dames serai sole :
Ne voudreie pas chose faire
Que l'on poïst en mal retraire.
Non ferai je, n'en ai corage ;
13664 Mes tant vos quit de haut parage
E proz, selonc lo mien avis,
Bien afeitié e bien apris,
Ne vos voil chose fere acreire
13668 Qui molt ne fust leiaus e veire.
Soz ciel n'a si riche pucele,
Ne si preisee ne si bele,
Por ce que rien vousist amer,
13672 Qui pas vos deüst refuser ;
Ne je nos refus altrement,
Mais n'ai corage ne talent
Que vos ne autre ain aparmeins.
13676 Se pöez estre bien certeins,
S'a ce me voleie apresmier,
Nul plus de vos n'avreie chier,
Mes n'en ai pensé ne voleir,
13680 Ne ja Deus nel me doinst aveir ! »

mon sort : quand on est, comme moi, pleine de tristesse et d'angoisse, quand on a le cœur lourd de douleur et de peine, on ne se soucie guère de l'amour, du bonheur, de la joie.

« Je viens de me séparer, sans espoir de les revoir, de mes amis très chers que je connaissais, que j'aimais et qui me tenaient en grande estime. Toutes les richesses, tous les biens que je pouvais désirer, je les avais, et voilà que je dois renoncer à tout cela. C'est pourquoi je fais bien peu de cas de ma personne, et ma peine n'a pas de quoi surprendre ! J'ajouterai, si vous le permettez, qu'il ne convient pas à une jeune fille de ma qualité de céder imprudemment à l'amour au beau milieu de l'armée : la plus élémentaire prudence est d'abord de ne pas se faire blâmer. Or, même celles qui agissent avec le plus de prudence et qui dissimulent leurs amours dans le secret de leur chambre ne peuvent empêcher, bien souvent, de faire parler d'elles. Et moi, je vais être là, toute seule, au milieu de cette foule de guerriers, et sans une seule dame avec moi pour me faire compagnie ! Je ne voudrais donc pas que l'on puisse trouver quoi que ce soit à reprendre dans ma conduite. Non, je n'en ai aucune envie.

« Cependant vous me donnez l'impression d'être si noble et si preux, si bien élevé, si bien éduqué, que je ne veux pas vous faire croire une chose qui ne serait ni juste ni vraie. Il n'y a pas au monde de jeune fille, aussi noble, aussi estimée et aussi belle qu'elle soit qui, si elle voulait consentir à aimer, devrait vous être cruelle. Et moi non plus, je ne vous repousse pas, mais je n'ai en ce moment aucune envie d'aimer, ni vous ni un autre. Mais vous pouvez être sûr que, si je me laissais de nouveau tenter par l'amour, c'est vous que je préfèrerais. Pourtant, je n'en ai actuellement ni la pensée ni le désir. Et Dieu veuille me garder dans ces dispositions ! »

13673. nes

Dïomedés, qui molt fu proz,
Bien entendi as premiers moz
Qu'el n'esteit mie trop salvage.*
13684 Itant li dist de son corage :
« Bele, ce sachez bien de veir
Qu'en vos metrai tot mon espeir.
Amerai vos d'amor veraie,
13688 Tant atendrai vostre manaie
Que vos avreiz de mei merci
E que me tendreiz por ami.
Quant Amors vout qu'a vos m'otrei,
13692 Nel contredi ne nel denei.
A son agré, a son pleisir
Li voudrai mes des or servir.
De vos me rendra guerredon : [96a]
13696 Je ne l'en quier nul autre don,
E se a ce ne m'atendeie,
Ja de bon cuer nel servireie.
De sa meisnee serai mes,
13700 E se sol cele boche en bes,
N'avra nul plus riche de mei
En l'ost de Troie devers sei. »
Mout desist plus Dïomedés,
13704 Mes ja erent des tentes pres :
Ne poeit plus o li parler.
Ainz que venist al desevrer,
Li a crié cent feiz merci,
13708 Que de lui face son ami.
Un de ses guanz li a toleit,*
Que nus nel siet ne aperceit :
Molt s'en fet lez, n'aperceit mie
13712 Qu'el s'en face de rien marrie.
  Atant Calcas est avenuz,
Qui contre li s'en fu eissuz.
Molt l'a joïe e ele lui,
13716 E molt se sunt beisié andui.
Assez se sunt entrenbracié :
Calcas en plore de pitié :
O sa fille li vielz parole,
13720 Mout sovent la baise e acole.
« Sire, fet ele, dites mei,
Ce est merveille que je vei
De vos qui ensi l'avez fet
13724 Que toz jorz mes vos iert retret,

Diomède, pourtant, prend espoir

Diomède, qui était très preux, comprit d'emblée qu'elle ne lui était pas trop hostile. Voici donc ce qu'il lui répondit :

« Belle amie, soyez sûre que je mettrai en vous tous mes espoirs. Je vous aimerai d'un amour sincère et j'obéirai à vos ordres jusqu'au jour où vous aurez pitié de moi et où vous me prendrez pour ami. Puisque Amour m'ordonne d'être à vous, je ne cherche pas à lutter contre lui. J'ai décidé de le servir désormais comme bon lui semblera. Vous serez la récompense qu'il m'accordera : je ne lui en demande pas d'autre. Et si je n'avais pas le ferme espoir de l'obtenir, je ne le servirais pas de bon cœur. Désormais je fais partie de sa compagnie, et si je puis seulement embrasser votre bouche, il n'y aura pas, dans toute l'armée de Troie, de plus puissant seigneur que moi ! »

Diomède aurait volontiers continué à parler avec la jeune fille, mais ils approchaient des tentes et parler devenait impossible. Avant qu'ils ne se séparent, il l'a suppliée plus de cent fois de l'accepter comme ami. Il lui a dérobé l'un de ses gants sans qu'autour d'eux on s'en soit aperçu. Il en est tout content et il ne lui semble pas que la jeune fille en soit trop ennuyée.

Mais voici que Calchas est venu à la rencontre de sa fille. Leur joie, lorsqu'ils se revoient, est très vive. Ils échangent force baisers et embrassades et Calchas pleure d'émotion. Tout en parlant, le vieil homme embrasse sa fille et la serre entre ses bras.

« Seigneur, dit Briséida, dites-moi, que signifie cette conduite si surprenante et qui vous sera à tout jamais repro-

Qui aidiez a vos anemis,
Cum il destruient vos amis
E la terre dont estes nez,
13728 E que vos tres granz heritez,
Vos richeces, vos mananties
E vos henors avez guerpies
Por estre povres, eissiliez. [96b]
13732 Cum iert ja mes vostre cors liez,
Qui de tiel huvre estes aïdanz ?
Vostre clers sens, li hauz, li granz,
Qu'est devenuz ? O est alez ?
13736 Trop malement estes blasmez,
E si devez vos molt bien estre :
Evesque e pere, sire e mestre
Vos aveient sor toz elz fet.
13740 Trop a ici vergoindos plet.
Molt deit hon plus honte doter
Que mort fuïr ne eschiver.
A morir a, ce siet, chescuns :
13744 Icist dons est a toz comuns ;
E qui morir puet henorez,
Li cors en est bon eürez
E l'ame en vait en granz deliz.
13748 Mes qui en cest siecle est honiz,
En l'autre sera trop hontos.
Li laiz enfers, li tenebros
Li est aprestez, c'est bien dreiz.
13752 Sire, molt est mis cuers destreiz
De ce qu'en si fete haïne
Vos a Pluto e Proserpine
E li autre deu enfernal
13756 Por cui vos avez icest mal,
Ceste hontë e cest damage.
Quant vos avïez en corage
Qu'en la cité ne tornesseiz
13760 Ne qu'a nos ne revertisseiz,
Por quei fustes doncs si cruels
Que vers nos enemis mortels
Venistes nos ci damagier
13764 Ne nostre perte porchacier ?
Mes alisseiz vos sejorner
En un de cesz isles de mer
Tant que cist sieges preïst fin ! [96c]
13768 Trop i mesfist danz Apollin,

chée ? Pourquoi venir en aide à vos ennemis au moment où ils mettent à mal vos amis et votre terre natale ? Pourquoi avoir abandonné vos possessions, vos trésors, vos biens et vos terres pour vivre ici dans la pauvreté et dans l'exil ? Comment pourrez-vous retrouver jamais la joie après avoir favorisé une telle action ? Votre clairvoyance, si renommée, si pénétrante, qu'est-elle devenue ? Qu'en avez-vous fait ? On vous accable de blâmes, et à juste titre : les Troyens avaient fait de vous leur évêque, leur père, leur chef et leur maître. Vraiment, cette action est indigne ! L'homme doit bien plus redouter le déshonneur que chercher à fuir la mort. Chacun, on le sait, doit mourir : c'est le lot commun. Mais celui qui meurt en ayant préservé son honneur est bienheureux et son âme s'en va dans un lieu de délices tandis que celui qui, en ce monde, est déshonoré, sera dans l'autre voué à l'opprobre. L'enfer horrible et ténébreux s'ouvre devant lui, et cela est juste.

« Seigneur, je suis bien triste de voir quelle haine ont pour vous Pluton, Proserpine et tous les dieux des enfers, eux qui vous apprêtent ce malheur, ce déshonneur et ces maux. Mais, à partir du moment où vous aviez décidé de ne pas revenir dans la cité, auprès de nous, pourquoi avoir été assez cruel pour venir ici, auprès de nos mortels ennemis, et les aider à nous ruiner et à nous perdre ? Pourquoi n'être pas allé dans l'une ou l'autre de ces îles toutes proches, jusqu'à la fin de ce siège ?

        Se itiel respons vos dona
        Ne se il ce vos commanda.
        Maudiz seit hui icest augurs
13772   E icist dons e cist eürs,
        Qu'a si grant honte vos revert !
        Qui l'enor d'icest siecle pert,
        Molt deit petit sa vie amer ! »
13776   Adoncs commença a plorer
        E si li est serrez le cuer
        Que ne parlast plus a nul fuer.
             Calcas respont a la meschine :
13780   « Fille, fet il, ceste destine
        Ne vousisse que ja fust moie.
        Bien sai que grant blasme en avroie,
        Mes ne m'en puis fere escurdeus*
13784   N'encontre les deus refuseus ;
        Ne poi desvoleir lor pleisir :
        Tost m'en poïst mesavenir.
        Ce m'estuet fere e venir ça,
13788   Puis qu'Apollo le commanda.
        Ne fis mes rien si a enviz :
        Je n'en dei mie estre honiz,
        Car se il fust au mien talant,
13792   Cest huevre alast tot autremant.
        Riens ne siet mie la dolor
        Qu'en soefre mis cuers nuit e jor.
        Mes se fusse si fols ne tiels
13796   Qu'encontre le voleir as deus
        Vousisse errer ne chose fere
        Qui lur fust de nïent contrere,
        De ce ne sui pas en dotance
13800   Qu'il en preïssent tiel venjance
        Que toz jors mes me fust grevose,
        Pesme e mortiels e perillose.
        Ensorquetot bien por veir sai   [96d]
13804   Que morz e destruiz les verrai ;
        Si nos vient mielz aillors garir
        Que la dedenz o elz morir.
        Mort seront il, vencu e pris,
13808   Car li deu l'unt ensi pramis.
        Ne puet mes guere ce durer.
        Ne fineie hore de penser
        Cum ça vos en treïsisse a mei :
13812   Je n'esteie d'el en esfrei.

Apollon est bien coupable si c'est là l'oracle qu'il a rendu, si c'est ainsi qu'il vous a ordonné d'agir. Maudits soient en ce jour cet augure, ce don de prophétie et cette élection du sort qui causent maintenant votre déshonneur ! Certes, qui perd l'honneur en ce monde, il a bien raison de faire peu de cas de sa vie ! »

Briséida fondit alors en larmes, et son cœur était si lourd qu'elle n'aurait pu ajouter un mot de plus.

« Ma fille, lui répondit Calchas, ce destin, jamais je n'aurais souhaité qu'il fût mien ! Je savais bien qu'on me reprocherait ma conduite, mais je n'ai pas pu m'y soustraire ni m'opposer aux dieux. Je n'ai pu refuser de faire ce qu'ils ordonnaient : mon châtiment aurait été immédiat. À partir du moment où Apollon l'exigeait, j'ai été forcé d'agir ainsi et de venir en ces lieux. Je n'ai jamais rien fait qui m'ait autant coûté, mais je ne dois pas en être blâmé car, si j'avais pu agir comme je le souhaitais, il en irait autrement. Personne ne connaît la douleur que j'éprouve, nuit et jour. Mais si, dans ma folie, j'avais osé aller en quoi que ce soit contre la volonté des dieux, je suis profondément convaincu qu'ils se seraient vengés, qu'ils m'auraient infligé, pour le restant de mes jours, le plus dur, le plus terrible, le plus atroce de tous les châtiments.

« De surcroît, je sais bien que j'assisterai à la mort et à la destruction des Troyens. Mieux vaut donc être ailleurs, à l'abri, que mourir avec eux dans la cité, car ils seront vaincus, faits prisonniers et mis à mort. Ainsi l'ont prédit les dieux et le dénouement, désormais, est proche. Je n'ai donc pas cessé de chercher comment vous faire venir ici, auprès de moi. C'était

Quant or vos ai, se bien m'estait
N'avrai mes ire ne deshait. »
   Molt fu la danzele esgardee,
Molt l'unt entr'elz Grezeis loee :
« Molt est bele » ce dient tuit.
Dïomedés tant la conduit
Qu'el descendi al paveillon
Qui fu au riche pharaon,
Cil qui neia en la mer Roge.
Dan Calcas l'ot d'un suen serorge,
Por aprendre li la mesure,
Cum bien li monz est granz e dure,
Cum bien la terre est parfunde
E qui sostient la mer ne l'onde.
Ce li aprist e fist saveir.
Assez l'en dona grant aveir
Quant il le paveillon en ot,
Car onques nus clerz tant ne sot*
Que la feiçon ne la merveille
Ne ce que li trés apareille
Poïst escrire en parchemin,
Ne en romanz ne en latin.
Taire m'en voil a ceste feiz.
Se fust il bien reisons e dreiz
Que je de la feiçon parlasse,
Mes longement i demorasse :
Molt ai a dire e molt a fere,   [97a]
Por ce n'en voil or plus retrere.
Trop fu riches e biaus e genz.
Jonchez fu toz d'erbes dedenz
Qui o les flors furent coillies ;
Ne furent flestres ne mesties,
Molt oloerent bien e süef.
Quant la danzele fu el tref,
E sis conduiz l'ot descendue,
Qui sovent color por li mue,
Congié a pris de li a peine.
Mes li haut prince e li demeine
Sunt venu por li remirer
E ses noveles demander.
A brief moz e corteisement
Respont a toz molt sagement.
Molt l'unt joïe e enoree,
E molt l'unt tuit reconfortee.

là mon seul sujet d'inquiétude. Puisque je vous ai, me voici comblé. Je ne connaîtrai plus ni douleur ni tristesse. »

La jeune fille attirait tous les regards des Grecs qui se répandaient en éloges sur son compte. « Comme elle est belle », disent-ils tous. Diomède l'a escortée jusqu'à une tente qui avait appartenu au puissant Pharaon, celui qui se noya dans la mer Rouge. Le seigneur Calchas avait reçu cette tente d'un de ses beaux-frères pour qu'il lui apprenne en échange l'étendue du monde, la profondeur de la terre et ce qui supporte la mer et les ondes. Calchas lui apprit tout cela et l'autre lui donna une riche récompense en lui offrant cette tente. Jamais en effet il n'a encore existé de clerc assez savant pour décrire sur parchemin, en latin ou en langue française, l'aspect de la tente et les merveilles qu'elle offrait aux regards. Mais, pour cette fois, je n'en veux rien dire. J'aurais de bonnes raisons de parler de l'aspect de cette tente, mais cela risquerait de me retarder, et j'ai encore beaucoup à dire ; c'est pourquoi je veux en rester là. Elle était pourtant d'une très grande beauté et d'une très grande splendeur. On en avait jonché le sol d'herbes mélangées à des fleurs qui n'étaient encore ni fanées ni flétries et qui répandaient une très suave odeur. Quand Briséida fut arrivée à la tente et que celui qui l'escortait – et pour l'amour d'elle, bien souvent il changeait de couleur – l'eut aidée à descendre de cheval, il prit congé d'elle avec grand regret. Cependant les princes et les plus grands seigneurs grecs sont venus pour la voir et prendre de ses nouvelles. À chacun elle a dit quelques mots pleins de sagesse et de courtoisie. Eux, ils lui ont montré combien ils étaient heureux et honorés de sa présence et ils l'ont bien réconfortée. Voici donc que tout s'arrange mieux qu'elle ne le

>   Or li vait mielz que ne cuidot,
>   Car sovent veit ce que li plot.
>   Avant que veie le quart seir,
> 13860 N'avra corage ne voleir
>   De retorner en la cité.
>   Molt sunt corage tost mué,
>   Poi veritable e poi estable ;
> 13864 Molt sunt li cuer vein e muable.
>   Por cel conperent li leial,*
>   Assez en traient peine e mal.

>   E en la huiteine bataille,
> 14530 Par les mailles de la ventaille
>   Fu Hector navrez en la chiere
>   D'un lonc quarrel en tiel maniere
>   Que par un poi ne fu ocis.
> 14534 Puis en jut bien tiels quinze dis
>   Qu'ainc son hauberc ne pot vestir
>   Ne hors des murs de Troie issir.
>   Molt en reçurent grant damage
> 14538 Li plus prochein de son lignage :
>   Grant perte i ont puis receüe
>   Tant cum la bataille ont tenue :
>   En furent toz jors li peior.
> 14542 Molt iert regretez chescun jor,
>   Molt en ploröent tendrement
>   Cil qui le grant destruiement
>   Veoient faire de lor genz.
> 14546 Par maintes feiz les mistrent enz,
>   E par maintes feiz recovrerent
>   E par maintes feiz reüserent.
>   Molt en aveient lo peior :
> 14550 Quant il n'aveient lor seignor,
>   N'aveient point de forterece.
>   Molt regretöent sa pröece,
>   Molt par en erent angoissous,
> 14554 Dolent e tristë e plorous.
>   Li chanp erent covert des morz,

pensait, car elle voit autour d'elle bien des choses propres à la réjouir. Dans moins de quatre jours elle n'aura plus le moindre désir de retourner à Troie ! C'est chose bien changeante vraiment, bien peu fiable et bien peu stable que les affections humaines ! Le cœur humain est bien souvent léger et versatile ; les êtres fidèles le payent cher et ils en souffrent souvent peines et tourments.

Vv. 13867-14528 : Récit de la huitième bataille qui dure trente jours. Diomède désarçonne Troïlus et envoie à Briséida le destrier de son rival.

LA CHAMBRE DE BEAUTÉS
(vv. 14529-14958)

Au cours de la huitième bataille, Hector fut blessé au visage par une flèche d'une très grosse dimension qui transperça les mailles de sa ventaille. Il faillit bien être tué. Quinze jours durant, il fut immobilisé et ne put ni revêtir son haubert ni prendre part aux sorties. Ses plus proches parents subirent alors de grandes défaites : ils éprouvèrent de grandes pertes aussi longtemps que durèrent les combats et eurent toujours le dessous. Chaque jour, on regrettait son absence. Et tous ceux qui assistaient à la destruction des leurs n'arrêtaient pas de pleurer pitoyablement. À plusieurs reprises, les Grecs rejetèrent les Troyens dans la ville ; à plusieurs reprises ils eurent le dessus, à plusieurs reprises il les forcèrent à reculer. Les Troyens avaient très nettement le dessous. Privés de leur chef, ils n'avaient plus de rempart ! Comme ils regrettaient sa prouesse ! Comme ils étaient pleins d'angoisse, de tristesse, d'affliction ! Comme ils se lamentaient !

Champs, vergers, jardins, tout était couvert de cadavres.

14529. uuiteine] *voir la graphie de la leçon rejetée du v. 15197*

E li vergier o toz les horz.
Ce diseient e afichöent*
Cil quis veeient e esmöent,
Que plus en i aveit assez
Que quant il furent ars es rez.
Ce diseient bien li plusor :
« N'en i ot pas tant l'autre jor. »
 Nel reporent plus endurer,
Car n'aveient ou asenbler :
L'olors e la puors les chace,
N'i aveit voit ne chanp ne place.
E por Hector qui iert navrez,
Dont molt erent espöentez,
E por redelivrer les chans,
Requist trives li reis Prians.
Ses genz veeit, ce dit l'auctor,
A millers morir chascun jor.
Molt pareit bien que n'i ert mie
La flors de lor chevalerie.
Messagiers prist li nobles reis,
Menbrez e sages e corteis ;
A Agamennon les tramist,
Qui des Griés sor toz s'entremist :
Sis meis requistrent trive entiere
Qu'om n'i traie ne lanst ne fiere.
Donee fu sans contredit
Qui fust de grant ne de petit ;
D'anbedous parz l'ont afïee.
Adoncs fu molt granz l'asenblee
Por les rez faire as cors ardeir ; [102b]
Ne finerent ne main ne seir
Devant que tot ont aconpli
E que tuit furent sepeli
E mis en cendre e en serquelz.
N'i ot si jovne ne si vielz
Qui ne fust liez del lonc sejor.
En fuerre alerent li plusor :
Mestiers lur en iert e besoinz ;
Molt lur covint a querre loinz.
Li fil lo rei furent ploré*
Le jor qu'il furent enterré :
Sarquelz orent trop precïos.
Seveliz les ont anbedous
Delez lur freres richement,

Ceux qui les ramassaient affirmaient qu'il y en avait bien plus que lorsqu'on avait fait brûler les corps sur les bûchers et bien des gens disaient : « Il n'y en avait pas autant l'autre fois. »

Les Troyens ne purent supporter plus longtemps cette situation : ils ne savaient plus où se réunir ; l'odeur, la puanteur des cadavres les mettaient en fuite. Il n'y avait plus un seul endroit de libre. À cause de la blessure d'Hector, qui les frappait de terreur et afin de pouvoir nettoyer les champs de bataille, le roi Priam demanda une trêve. Il voyait, dit l'Auteur, ses hommes mourir par milliers. L'absence de leur meilleur chevalier n'était que trop manifeste ! Le noble roi choisit comme messagers des hommes renommées, sages et courtois, et les envoya auprès d'Agamemnon, qui joua un rôle décisif dans les pourparlers. Ils demandèrent une trêve de six mois, sans tir de flèche, sans jet de lance, sans coup d'épée. Elle leur fut accordée sans que personne s'y opposât et on échangea des serments de part et d'autre. Les Troyens se mirent donc en grand nombre à élever des bûchers et à faire brûler les corps. Ils y passèrent des journées entières jusqu'à ce que tout fût achevé, les cadavres ensevelis, brûlés ou mis dans des cercueils. Tous, jeunes ou vieux, se réjouissaient de ce long répit. Beaucoup allèrent faire du fourrage : ils en avaient bien besoin et il leur fallut aller le chercher très loin. Le jour où ils furent enterrés, les fils du roi furent longuement pleurés. On les mit dans de somptueux cercueils et ils furent tous deux ensevelis en grand honneur, auprès de leurs frères, et selon les coutumes troyennes.

Selonc lor lei molt hautement.
   En pes furent e en sejor
14602 Bien demi an, car ainc nul jor
   N'i ot josté ne torneié.
   Respassé furent li plaié :
   Brot li Puillanz, li plus senez
14606 De mecine qui ainc fust nez,
   Ne d'oignement freis ne d'enplastre,
   Dedenz la chanbre d'alabastre
   Tailla Hector si gentement
14610 Que mal ne tret, dolor ne sent.
   Vienent i dames e puceles :
   Totes les riches damaiseles
   Sunt davant lui e nuit e jor.
14614 Vienent i rei, prince e contor,
   Vienent i cil qui plus valeient
   E qui de greignor pris esteient.
   Polixena i est, sa suer,
14618 Qui molt l'aime de tot son cuer,
   E dame Heleine qui le sert,
   Qui sa plaie li lie e tert
   Molt doucement e de bon gré. [102c]
14622 Assez en ont sovent parlé
   La quele tienent a plus bele,
   O dame Heleine, o la pucele ;
   Mes il n'en sievent qu'afermer
14626 Ne la plus bele deviser :
   Soz ciel n'a cuer qui porpensast
   Ne la boche qui devisast
   La biautié ne les resplendors
14630 A la meinz bele d'eles dous.
   En la chanbre d'alabaustrie,
   Ou l'ors d'Araibe reflanbie,
   E les doze pierres jumeles*
14634 Que Deus en eslist as plus beles
   Quant precïoses les noma –
   Ce est saphir e sardina,
   Topace, prasme, crisolite,
14638 Maraude, beriz, aumentiste,
   Jaspe, robin, chiere sardoine,
   Charboncle cler e calcedoine –
   De cestes ot, de lonc, de lé,
14642 Dedenz la chanbre grant plenté.
   N'i coveneit autre clarté,

Les Troyens jouirent ainsi de cette paix et de ce répit six bons mois, car jamais il n'y eut ni joute ni tournoi. Les blessés reçurent enfin tous les soins dont ils avaient besoin. Brot des Pouilles, le plus savant de tous ceux qui apprirent la médecine, l'art des onguents frais ou des emplâtres, opéra Hector dans la Chambre d'albâtre avec tant d'habileté qu'il ne ressentit pas la moindre douleur. Dames, jeunes filles, nobles demoiselles, toutes étaient auprès de lui nuit et jour. Les rois, les princes, les seigneurs, tous les plus valeureux et les plus renommés des Troyens, vinrent également le voir. Polyxène est là, sa sœur, qui l'aime de tout son cœur, et ma dame Hélène, qui le sert et qui bande et essuie sa plaie avec douceur et empressement. Bien souvent ils discutent pour savoir qui est la plus belle, d'Hélène ou de la jeune fille, mais ils n'arrivent pas à se décider et à trancher. Personne au monde ne serait au reste capable de se représenter et de décrire l'éclatante beauté et les attraits de la moins belle des deux.

Dans la Chambre d'albâtre étincellent l'or d'Arabie et les douze pierres jumelles que Dieu désigna comme les plus belles lorsqu'il les nomma «précieuses». Ce sont le saphir, l'agate rouge, la topaze, le quartz vert, la chrysolithe, l'émeraude, le béryl, l'améthyste, le jaspe, le rubis, la précieuse sardoine, l'éclatante escarboucle et la calcédoine. Ces pierres, partout répandues dans la Chambre, sont en si grand nombre qu'il n'y a pas besoin d'autre source de lumière : le plus beau jour d'été

Car toz li plus biaus jors d'esté
Ne reluist si n'a tiel mesure
14646 Cum el faiseit par nuit oscure.
De prasmes verz e de sardines
E de bones alemandines*
Sunt les listes, e li chassiz
14650 D'or d'Araibe tresgeteïz.
Des entailles ne des figures
Ne des formes ne des peintures
Ne des merveilles ne des jués,
14654 Dont molt i ot en plusors lués,
Ne vos voil ore reconter,
Qu'enuiz sereit de l'escouter.
    Mes en la chanbre, es quatre anglieus,* [102d]
14658 Ot quatre pilers lons e bieus.
L'uns fu de leutre precïous,
L'autre de prasme vertuos,
D'une oniche li tierz aprés,
14662 E li quarz fu de guagatés.
Plus de dous cenz mars d'or recuit
Valeit li noaudres, ce cuit.
N'est hui nus hon de cest poeir
14666 Qui, par force ne par aveir,
En eslijast les dous menors.
Treis pöetes, saives autors,*
Qui molt sorent de nigromance,
14670 Les asistrent par tiel senblance
Que sor chescun ot tresjeté
Une ymage de grant biauté.
Les dous qui plus esteient beles
14674 Aveient formes de puceles,
Les autres dous de jovenceus :
Onques nus hon n'en vit si beus ;
E si esteient colorees
14678 E en tiel maniere formees,
Quis esgardot, ce li ert vis
Qu'angel fussent de Paredis.
    Des damaiseles la menor
14682 Teneit toz tens un mireor
En or asis cler e vermeil ;
Reis de lune ne de soleil
Ne resplant si cum il faiseit.
14686 Qui onques en la chanbre entreit,
Si se veeit apertement

n'est pas plus lumineux que ne l'était la Chambre, même dans l'obscurité de la nuit. Les bordures sont faites de quartz vert, de sardoines et de beaux rubis d'Alabanda et les châssis des fenêtres sont en or ciselé d'Arabie. De l'abondance des ciselures, des images, des sculptures, des peintures, des objets extraordinaires et des jeux que l'on pouvait voir disposés un peu partout dans la Chambre, je ne veux pas vous parler maintenant, car ce serait ennuyeux à écouter.

S'élevaient en revanche dans les quatre angles de la Chambre quatre magnifiques colonnes. La première était en ambre jaune très précieux, la seconde était faite d'un quartz vert aux rares vertus, la troisième d'onyx et la quatrième de jais. La moins riche valait déjà, je pense, plus de deux cents marcs d'or pur. Il n'existe pas aujourd'hui au monde d'homme assez puissant pour acquérir ne serait-ce que les deux moins belles de ces colonnes. Ce sont trois savants, trois sages très experts en magie qui les avaient dressées, sculptant sur chacune d'elles une statue d'une très grande beauté. Les deux plus belles représentaient deux jeunes filles et les deux autres, les deux plus beaux jeunes gens du monde. Ces statues étaient si artistiquement colorées et d'une telle perfection de formes qu'on pouvait croire, à les regarder, que c'étaient des anges venus du Paradis.

La plus petite des jeunes filles présentait un miroir serti d'or rouge, plus brillant et plus resplendissant que les rayons de la lune ou du soleil. Quiconque entrait dans la chambre pouvait

---

14668. saies] *éd.* C.

Sans fauser son avisement.
Li mireors n'iert mie faus :
14690 A toz icelz iert comunaus,
Qui onques en la chanbre entroient.
Lur senblances i esgardoient :
Bien conoisseient maintenant   [103a]
14694 Ce que sor els n'iert avenant ;
Senpres l'aveient afeité
E gentement apareillé.
Apertement, sans deceveir,
14698 I pöent conoistre e veeir
Les danzeles quant lor mantel
Lor estont gent e lor cercel,
E lur guinples e lur fermals.
14702 Ce esteit biens, non mie mals :
Plus seürement s'en esteient,
E molt meinz assez en doteient.
N'i esteit hon gueres repris
14706 De fols senblant ne de fols ris :
Tot demostrot li mireors,
Contenances, senblanz, colors,
Tiels cum chescuns aveit en sei.
14710 D'el serveient li autre trei.

   L'autre danzele est molt corteise,
Car tote jor joie e enveise,
Bale e tresche e tunbe e saut,
14714 Desus le piler, si en haut
Que c'est merveille qu'el ne chiet.
Par soventes feiz se rasiet,
Lance e requeut quatre coutieus.
14718 Cent jués divers, riches e bieus
I fait le jor set feiz o huit.
Sor une table d'or recuit
Qui davant li est lee e granz,
14722 Fait merveilles de tanz senblanz
Que nel porreit cuers porpenser —
Batailles d'ors e de sengler,*
De grif, de tigre, de lïon
14726 Ne vol d'ostoir ne de faucon
Ne d'esperver ne d'autre oisel,
Jué de dame o de damaisel
Ne parlement ne repostauz,   [103b]
14730 Bataille, traïsons n'asauz,
Ne nef si grant, par haute mer,

s'y contempler dans toute sa vérité. Le miroir ne trompait pas : il était offert à tous ceux qui pénétraient dans la Chambre. Leur image s'y reflétait et ils apercevaient aussitôt ce qui n'allait pas dans leur toilette ; ainsi, ils pouvaient immédiatement y remédier et se présenter avec grâce. Les jeunes filles pouvaient voir très distinctement si leur manteau, le bandeau retenant leurs cheveux, leur guimpe ou leur broche étaient bien mis. C'était là, il faut le reconnaître, une bien bonne chose : tous se sentaient plus sûrs d'eux et perdaient beaucoup de leur timidité. Dans cette Chambre, il était bien rare qu'on vous reprenne pour une attitude ou un rire déplacés : maintien, attitude, couleurs, le miroir reflétait de chacun une image fidèle. Les trois autres statues avaient d'autres fonctions.

La deuxième jeune fille est un modèle de courtoisie : toute la journée, elle s'amuse et se divertit, ne cessant de danser et d'exécuter cabrioles et sauts, perchée au sommet de la colonne. On se demande comment elle fait pour ne pas tomber ! Mais bien souvent elle s'assied, jongle avec quatre couteaux et exécute ainsi sept ou huit fois par jour les tours les plus divers, aussi admirables que plaisants à regarder. Sur une grande table d'or pur placée devant elle, elle montre des merveilles telles que personne ne saurait les imaginer. Combats d'ours, de sangliers, de griffons, de tigres, de lions, vols d'autours, de faucons, d'éperviers, d'autres oiseaux encore, divertissements de dames et de jeunes gens, assemblées, embuscades, batailles, trahisons, assauts, nef de bonne taille, voguant en pleine mer,

Reison de haïr ne d'amer,
Ne batailles de chanpïons,
14734 Homes cornuz ne marmïons,*
Ne granz serpenz volanz hisdous,
Nuituns ne mostres perillous –
Que n'i face le jor joier
14738 E lur nature demostrer.
Conoistre fet bien e apert
De quei chascune vit e sert.
Merveille senble a esgarder,
14742 Car hon ne savreit porpenser
Que devienent aprés les jués.
Des arz e des secrez des ciels
Sot cil assez quis tresjeta
14746 E qui l'image apareilla.
Qui esgarde la grant merveille,
Qui est qui tiel chose apareille,
Grant merveille est ce que puet estre,
14750 Qu'ainc ne fist Dex cel home nestre
Quis esgarde, ne s'entroblit
De son pensé o de son dit,
E cui entendre n'i coveigne,
14754 E cui l'image ne detiegne.
A peine s'en puet riens partir
Ne de la chanbre hors issir
Tant cum l'image ses jués fet,
14758 Qui desus le piler estet.
      Uns des danzeus de l'autre part
Fu tresjetez par grant esgart.
Sor le piler esteit asis
14762 En un faudestuel de grant pris ;
D'une ofïane esteit ovrez :
C'est une pierre riche assez.
Cil qui la veit auques sovent,   [103c]
14766 Ce dit li livres qui ne ment,
En refreschist e renovele,
E la colors l'en est plus bele,
Ne grant ire ja n'en avra
14770 Le jor qu'une feiz la verra.
L'image ot son chief coroné
D'un cercle d'or molt bien ovré
O esmaraudes, o rubins,
14774 Qui molt li escleirent le vis.
Estrumenz tint, genz e petiz,

motifs d'aimer et de haïr, combats singuliers, hommes cornus, nains, hideux serpents volants, monstres marins et créatures redoutables, il n'est rien au monde qu'elle ne soit capable de représenter et de montrer dans toutes ses caractéristiques ; et elle fait très clairement voir comment vit et à quoi sert chacune de ces figures. Ce spectacle est tout à fait extraordinaire, car il est impossible de savoir ce que deviennent ensuite les jeux. Celui qui les a sculptés et qui a mis au point cette statue était vraiment expert en enchantements et connaissait bien les secrets célestes. Qui regarde cette extraordinaire merveille se demande bien comment elle fonctionne et ce qu'il en est. Aucun être vivant en effet ne peut la regarder sans oublier aussitôt ce à quoi il pense ou ce qu'il est en train de dire. Il est tout entier absorbé par ce spectacle et ne peut quitter la statue des yeux. Oui, il est bien difficile de s'en détacher et de quitter la Chambre tant qu'elle exécute, en haut de la colonne, ses différents tours.

Le premier des deux jeunes gens avait été sculpté avec beaucoup de maîtrise. Il était assis au sommet de la colonne dans un magnifique fauteuil d'obsidienne. C'est une pierre très précieuse : celui qui peut la contempler assez souvent – ainsi le dit ma source qui ne saurait mentir – retrouve jeunesse et allant, son teint est plus éclatant, et jamais il n'éprouvera de douleur le jour où il l'aura vue, ne serait-ce qu'une fois. La statue porte une couronne faite d'un cercle d'or incrusté d'émeraudes et de rubis qui donnent un grand éclat à son visage. Elle tient de beaux instruments de musique de petite taille. Et jamais David,

E si n'en sot onc tant Daviz,*
Quis fist e quis apareilla,
14778 N'onques se bien ne les sona
Come l'image, sans desdit.
Iluec par ot si grant delit
Qu'il gigue, il harpe e sinphonie.*
14782 Rote, vïele e armonie,
Sautier, cinbales, tinpanon,
Monacorde, lyre, coron –
Ice sunt les doze estrument –,
14786 Tant par les sone doucement
Que l'armonie esperitaus
Ne li curres celestiaus
N'est a oïr si delitable :
14790 Tot senble chose esperitable.
Quant cil de la chanbre conseillent,
A l'endormir e quant il veillent,
Sone e note tant doucement,
14794 Ne treit dolor ne mal ne sent
Quis puet oïr e escoutier.
Fol corage ne mal penser
N'i prent as genz, ne fols talanz.
14798 Mout funt grant bien as escoutanz,
Quar auques haut pöent parler :
Ja nes porra nus escouter.
Ice agreë as plusors   [103d]
14802 Qui sovent conseillent d'amors
E de segrez e d'autres diz
Qui ne volent mie estre oïz.
     Li damaiseus, qui tant est genz,*
14806 Aprés le son des estrumenz
Prent flors de molt divers senblanz,
Beles e fresches, bien olanz ;
Adoncs les giete a tiel planté
14810 Desus le pavement listé
Que toz en est des flors coverz,
C'est en esté e en yverz.
Ce fait l'image assez sovent,
14814 Si ne siet riens cum feitement
O tant en a n'ou tant en prent.
Ne durent mie longuement,
Car sor l'ymage a un aiglel
14818 D'or tresgeté, sor un archel,
Qui mout par est bien faiz e biaus.

qui pourtant fabriqua et mit au point les instruments de musique, ne sut en jouer avec autant de maîtrise et n'en tira d'aussi beaux sons. Quel plaisir extrême que de les écouter ! Il joue de la gigue, de la harpe et de la symphonie. Avec la rote, la vielle et l'harmonie, le psaltérion, les cymbales, le tympanon, le monocorde, la lyre et la cithare, ce sont les douze instruments. La satue en joue avec tant de douceur que ni l'harmonie des sphères célestes ni le chœur des anges ne sont si agréables à écouter. Vraiment, on se croirait transporté dans l'univers céleste ! Quand les occupants de la Chambre parlent, veillent ou vont s'endormir, la statue joue avec tant de douceur que celui qui peut écouter ces instruments ne souffre plus, ne ressent plus le moindre mal, la moindre douleur. En tous se dissipent alors mauvaises intentions, mauvaises pensées, désirs insensés. Et ces instruments sont très précieux aussi pour tous ceux qui sont là à les écouter, car ils peuvent parler à haute voix sans que personne les entende. Voilà qui est bien agréable à tous ceux qui parlent souvent d'amour et échangent paroles et secrets sans vouloir qu'on les entende !

Lorsque ce si beau jeune homme a fini de jouer des instruments, il prend des fleurs d'espèces différentes, belles, fraîches et odorantes, et les répand si abondamment sur le dallage orné de bordures qu'il l'en recouvre entièrement et cela, été comme hiver. La statue répète assez souvent ce geste et personne ne peut savoir comment et où elle arrive à trouver tant de fleurs. Mais elles ne durent guère. Sur la statue en effet, posé sur un arceau et ciselé avec grand art, il y a un très bel

D'une chose qui molt valeit,
Car celz de la chanbre esgardot
14866 E par signe lur demonstrot
Que c'ert que il deveient faire
Qui plus lur esteit necessaire ;
A conoistre le lor faiseit,
14870 Si que riens ne l'aperceveit.
S'en la chanbre fussent set cent,
Seüst chescuns veraiement
Que l'image li demonstrast [104b]
14874 Ice qui plus li besoignast.
Ce qu'il monstrot ert bien segrei :
Ne coneüst ja rien fors mei,
Ne je de nul, fors il toz sous.
14878 Ici ot sens trop engignous :
Merveilles fu cum ce puet estre
Ne coment hon fu de ce mestre.
Ja en la chanbre n'esteüst
14882 Nus hon, fors tant cum il deüst :
L'image saveit bien monstrer
Quant termes esteit de l'aler,
E quant trop tost e quant trop tart ;
14886 Sovent s'en perneient regart.
Bien gardot cels d'estre enoios,
D'estre vileins, d'estre coitous,
Qui dedenz la chanbre veneient,
14890 Qui entröent e qui esseient.
Nus n'i poeit estre obliëz,
Fols ne vilains ne esgarez,
Car l'ymage par grant mestrie
14894 Les gardot toz de vilenie.

  D'un grant topace cler e cher
Tint en sa main un encesser,
O chaeines bien entaillees
14898 E de fil d'or menu trecees.
D'unes gomes esperitaus,
Dont molt traite li Mecinaus,*
Fu toz enpliz li encessers ;
14902 Ainc tant d'aveir ne fu si chers.
Une pierre ot enz alumee,
Dont il n'ist flanbe ne fumee,
Sanz descrestrë art nuit e jor :*
14906 Granz est li funs de sa chalor.
Des guomes qui dedenz alument

importance. Elle examinait les occupants de la Chambre et leur indiquait par signes ce qu'ils devaient faire et ce dont ils avaient le plus besoin. La statue leur en faisait prendre conscience sans qu'autour d'eux quelqu'un s'en aperçût. Et même s'il y avait eu sept cents personnes dans la Chambre, chacun aurait pu savoir, grâce aux signes de l'image, ce qui vraiment n'allait pas. Mais c'était fait avec une telle discrétion, qu'à part celui qui était concerné, personne d'autre, ni vous, ni moi, n'aurait pu s'apercevoir de quoi que ce soit. C'était vraiment là le comble de l'ingéniosité et l'on peut se demander comment pareille chose était possible et comment on avait bien pu maîtriser cette invention. Personne, jamais, n'aurait pu rester dans la Chambre plus longtemps qu'il ne lui était permis. La statue savait bien leur indiquer quand il était temps qu'ils s'en aillent, si c'était trop tôt ou trop tard, et ils y prêtaient grande attention. Elle empêchait ceux qui venaient dans la Chambre, ceux qui entraient ou qui sortaient, de se montrer importuns, discourtois ou trop pressants. Personne ne pouvait mal s'y conduire, par manque de sens ou de courtoisie ou par distraction, car cette statue si ingénieusement inventée leur évitait tout faux pas.

Elle tenait à la main un encensoir taillé dans une précieuse topaze d'un très bel éclat et retenu par des chaînes artistiquement ciselées et finement tressées d'un fil d'or. Dans l'encensoir, il y avait une grande quantité d'aromates à l'odeur exquise dont parle longuement le Traité de Médecine. Jamais rien ne coûta aussi cher. Il y avait aussi une pierre embrasée qui ne donne pourtant ni flamme ni fumée. Elle brûle nuit et jour sans diminuer de volume, mais la chaleur qu'elle répand est très vive. Les aromates qui brûlent à l'intérieur de l'encensoir dif-

---

14900. Matinaus] *A*

Bone est l'odors, puis qu'eles fument :
Soz ciel n'a rien, qui la receive,   [104c]
14910 Ja fols corages le deceive.
Esperitaus en est l'olors,
Car il nen est mals ne dolors
Qui ne garisse, qui la sent.
14914 Ici covient grant esciënt
A faire, si que fust durable
E a trestoz jors mes estable ;
Si fust ele tres qu'au joïse
14918 S'ensi ne fust la citez prise.
En la chanbre n'ot ainc morter,
Chauz ne sablon ne ciment cher,
Enduit ne maierun ne plastre :*
14922 Tot entiere fu d'alabastre.
C'est une pierre de grant pris,
Blanche est ensi cum flor de lis
Trestote de hors e dedenz.
14926 Quant il i a aucunes genz,
Veeir pöent tot cler par mi,
Mes il ne serunt ja choisi.
Qui dedenz est, de hors veit cler ;
14930 Si ne siet riens tant esgarder,
S'il est de hors, ja dedenz veie.
Bien met son aveir e enpleie
Qui en tiel ovre le despent !
14934 Li huiz furent de fin argent,
O neielz fait, molt bien ovré,
E li corell d'or esmeré.
     Li liz en que se jut Hector,
14938 Se il i ot argent ne or,
Ce puet estre la plus vils chose.
N'en sereit veritez esclose
Hui mes s'en voleie parler,
14942 Mes ne me leist pas demorer :*
Molt ai a corre e a sigler,
Car encor sui en haute mer.
Por ce me covient espleitier,   [104d]
14946 Sovent sort noise e destorbier ;
Maintes ovres sunt conmencees
Qui sovent sunt entrelaissees.
Ceste me doinst Deus achever,
14950 Qu'a dreit port puisse ancre geter !
Quant Paris ot pris dame Heleine,

fusent dans l'air une odeur exquise. Quiconque la respire ne saurait être le jouet d'un désir insensé. Cette odeur est vraiment paradisiaque car il n'est personne qui, à la respirer, ne guérisse de ses maux, de ses douleurs. Il fallut beaucoup de science pour faire pareille merveille qui échappe ainsi au temps et à son pouvoir destructeur. Et elle aurait ainsi duré jusqu'au jour du Jugement si la cité n'avait été prise.

Pour construire la Chambre, on n'avait utilisé ni mortier, ni chaux, ni sable, ni ciment précieux ; pas d'enduit, de hourdis ni de plâtre. Elle était entièrement en albâtre, une pierre de grand prix, et, sous tous ses angles, plus blanche que fleur de lis. Quand il y a des gens dans la Chambre, ils peuvent voir au-dehors comme ils le veulent mais eux, personne ne les verra. Si l'on est à l'intérieur, on voit distinctement ce qui est à l'extérieur. Mais de l'extérieur, on a beau regarder, on ne voit rien. Il sait bien dépenser et utiliser ses richesses, celui qui les emploie à édifier cette Chambre ! Les portes étaient d'argent pur, niellé et très bien travaillé et les gonds étaient d'or fin. Quant au lit où était couché Hector, l'or et l'argent n'en étaient que les plus vils ornements !

Ce jour ne suffirait pas à dire tout ce que je pourrais révéler sur ce lit si je voulais le faire, mais je n'ai pas le loisir de m'y attarder : je suis encore en haute mer et il me faut encore longuement naviguer. Je dois donc me hâter, car bien souvent surgissent difficultés et empêchements. Il est tant d'œuvres commencées qui restent inachevées ! Que Dieu m'accorde de mener à bien celle-ci et de jeter l'ancre à bon port !

14924. ensi cu f.

Se li dona tote en demeine
Ceste chanbre li reis Prianz,
14954 Par le voleir de ses enfanz.
Onques a dame n'a pucele
N'en dona l'on autresi bele
N'ausi riche, ce dit li livres :
14958 Plus valeit de cent mile livres.

      Dedenz les trives seüreines
14960 Jut danz Hector bien treis semaines.
Toz fu respassez e gariz
Ainz que li meis fust acompliz.
Sovent alot chacier Paris
14964 Es granz foresz de Beleitis,
E cil qui aler i voleient
Sauvaizine molt i perneient,
Car tote en ert la foresz pleine.
14968 Sovent en tramet dame Heleine
Longes, lardez o les deintiez,*
Cimers e hanches e forchiez.
Molt en aportent veneison,
14972 Molt en pernent a grant foison.
Ainc de dis anz que li osz tint,
Griex n'i chaça ne n'i avint,
N'onques dedenz lor chevalier
14976 Por els n'i laisserent aler.

      Cil de Grece sunt en grant cure   [105a]
Del siege qui tant tient e dure.
Chascuns siet bien e veit e pense
14980 La grant angoisse e la despense
Qu'il lur estuet mener e faire ;
Si ne s'en puet nus d'elz retraire :
En tiel folie se sunt mis
14984 Dont il ont molt sovent malmis
Le gros des cors e des costez.
L'ovre durra encor assez
Ainz qu'el ait fin, por tant lur peise.
14988 Tiel s'en rit e jue e enveise,
Qui en son cuer pense tot el :
Estre voudreit a son ostel,

Cette Chambre, le roi Priam, avec l'accord de ses enfants, en donna à Pâris la pleine et entière possession quand il épousa Hélène. Jamais dame ni jeune fille n'en reçut d'aussi belle, d'aussi somptueuse. Selon ma source, elle valait plus de cent mille livres.

BRISÉIDA ET DIOMÈDE
(vv. 14959-15186)

Pendant le temps que dura la trêve, qui fut scrupuleusement respectée, Hector resta bien trois semaines couché, mais en mois d'un mois, il fut entièrement guéri et remis en forme. Pâris allait souvent chasser dans les grandes forêts de Beleitis ; tous ceux qui y allaient prenaient beaucoup de gibier, car elle en regorgeait. Ma dame Hélène recevait donc souvent, avec les morceaux les plus délicats, longes, filets, selles, cuisses et cuissots. Les chasseurs capturaient et rapportaient en abondance du gibier ; en effet, durant les dix années que dura la guerre, pas un seul Grec n'alla chasser dans cette forêt ni ne s'y aventura, tandis que les assiégés ne cessèrent de le faire, malgré la présence de leurs ennemis.

Les Grecs cependant, eux, commencent à s'inquiéter de la longueur de ce siège dont ils ne voient pas la fin. Chacun considère les grandes peines et les lourdes dépenses qu'il lui faut engager. Personne, pourtant, ne peut se dérober. Ils se sont lancés, bien imprudemment, dans une entreprise où ils ne récoltent bien souvent que plaies et bosses. Et ce qui les tourmente, c'est que l'aventure est bien loin de prendre fin. Tel en plaisante et en rit qui en lui-même pense tout autrement : il

---

Au v. **14959**, figure une lettrine historiée (8 lignes de hauteur) qui représente un personnage couronné (homme plutôt que femme ?) drapé dans un manteau rouge.

Ne revendreit des meis ariere
14992 Por semonse ne por priere.
Li jovencel por deporter
Aiment molt armes a porter
E li sieges assez lur plest,
14996 Mes Achillés point ne se test
D'Ector haïr e manacier.
Riens ne le puet esleecier,
Ja n'avra mais joie ne ris
15000 Davant que il l'ait mort o pris.
   Qui qu'ait sejor, repos ne bien,*
Li fiz Tideüs n'en a rien,
Quar por amor est si destreiz,
15004 Une ore est chauz e autre freiz.
Ne puet dormir n'il n'a l'oil clos,
Ne nuit ne jor n'est en repos;
Sovent pense, sovent sospire,
15008 Sovent a joie e sovent ire,
Sovent s'irest, sovent s'esheite.
Amors li a fait tiel entreite
Dont la colors li change e mue.
15012 Par maintes feiz le jor tressue,
Que il n'a chaut ne qu'il nel sent. [105b]
Tiel sunt li trait d'amor sovent :
Que il tient de rien ne enlace,
15016 Sovent li fait palir la face.
Trop par sunt griés ses chevauchees ;
Endurer fait mortiels aschees.
N'est mie del tot a sejor
15020 Qui est espris de fine amor
Ensi cum est Dïomedés,
Qui ore n'a joie ne pes.
Poor a grant, n'est mie fiz,
15024 Que il ja seit de li seisiz.
En la fille Calcas de Troie
Est l'esperance de sa joie.
Crient sei que ja soz covertor
15028 Ne gise o li ne nuit ne jor.
De ce se voudreit molt pener,
A ce tornent tuit si penser.
S'ele ensi ne li consent,
15032 Morz est sans nul recovrement.
Par maintes feiz la vait veeir,
E cele est trop de grant saveir :

voudrait bien être chez lui : ni ordre ni prière ne le feraient alors revenir de sitôt ! Les jeunes guerriers cependant sont ravis de se battre et ce siège fait leur bonheur. Quant à Achille, il ne cesse de crier sa haine pour Hector et de se répandre en menaces. Rien ne peut le divertir ; il ne pourra pas recouvrer la joie et le sourire avant d'avoir capturé ou mis à mort son ennemi.

S'il y en a qui connaissent bien-être, tranquillité et bonheur, ce n'est pas le cas du fils de Tydée ! L'amour le tourmente tant qu'il passe sans arrêt du chaud au froid. Il ne peut dormir ni fermer les yeux. Ni nuit ni jour il n'a le moindre répit ; tantôt il pense, il soupire, tantôt il est joyeux, tantôt il est triste ; tantôt il se met en fureur, tantôt il retrouve son entrain. Amour le traite avec si peu de ménagements que sans cesse il change de couleur et se retrouve couvert de sueur sans ressentir pourtant la moindre chaleur. Tels sont, bien souvent, les traits que décoche Amour ! Celui qu'il a pris dans ses filets en porte souvent les marques sur son visage ! Les assauts qu'il lance sont bien rudes et il fait souvent subir de cruels tourments ! Il ne connaît guère de repos celui qui, tel Diomède, aime d'un amour sincère. Le jeune homme ne connaît plus ni joie ni répit, et sa peur est grande, car il n'est pas sûr d'obtenir jamais l'amour de Briséida. Il a placé dans la fille de Calchas le Troyen tout son espoir de connaître un jour la joie d'amour, mais il a bien peur de ne jamais se retrouver avec elle dans un lit, de nuit ou de jour ! Voilà à quoi il voudrait parvenir. C'est là l'objet de toutes ses pensées et, si elle le repousse, il ne voit d'autre issue que la mort. Il va très souvent voir la jeune fille, mais elle est bien trop fine : elle se rend bien vite compte qu'il

       Tost aperceit bien e conoist
15036 Qu'il l'aime plus que nule rien,
       Por ce l'en est treis tanz plus dure.
       Toz jors a dame tiel nature :
       S'el aperceit que vos l'ameiz
15040 E que por li seiez destreiz,
       Senpres vos fera ses ergoilz,
       Poi vos torra ja mes ses oilz,
       Que n'i ait dongier e fierté.
15044 Molt avreiz ainz cher conparé
       Le bien, qu'ele le vos deint faire.
       C'est une chose molt contraire
       A amer ce dont n'est amez ;
15048 Ice avient sovent assez.
       A merveilles deit hon tenir   [105c]
       Cum ce puet onques avenir.
       Cil prie, qui faire l'estuet ;
15052 Fort chose i a, mes el n'en puet.
       Prier estuet Dïomedés,
       Qui tant aime qu'il ne puet mes
       Plus sufrir ne plus endurer.
15056 Sovent li vait merci crïer,
       Sovent li dit que por s'amor
       Ne puet garir ne nuit ne jor ;
       Le mangier pert e le dormir,
15060 Penser e lermes e sospir
       Le funt palir e esmaier.
       Molt est vileins de li prier :*
       Ne cuit qu'ainc riens qui bien amast,
15064 Tant dementres cum il priast,
       Que il ne fust auques vileins.
       En ses paroles dit molt meins
       Que il ne li sereit mestiers
15068 E dont sereit tenuz plus chers.
       Ja nus ne s'iert tant porpensez
       Qu'els diz ne seit molt oblïez.
       De ce se teist, qui plus vaudreit
15072 E qui plus grant lué li tendreit.
       Dïomedés feit autresi :
       Soventes feiz met en obli
       Ce qui il plus li voudreit dire.
15076 Longement sofri cest martire
       Ainz qu'il de li par nul poeir
       Poïst delit ne joie aveir.

Cour maladroite de Diomède

est amoureux fou. Aussi se montre-t-elle trois fois plus dure à son égard. Telle est bien la nature féminine ! Si une femme s'aperçoit que vous l'aimez, que vous souffrez pour elle, elle fera tout aussitôt la fière. Tous ses regards ne seront que refus pleins de dédain et d'orgueil. Avant qu'elle daigne vous accorder quelque faveur, vous l'aurez très cher payé ! C'est une chose bien fâcheuse que d'aimer qui ne vous aime pas, mais cela arrive bien souvent. On peut cependant à bon droit s'étonner que ce genre de choses se produise. Le jeune homme ne cesse de supplier : il n'a pas d'autre ressource. S'y résoudre lui est pénible, mais il n'a pas d'autre solution, car il est si amoureux qu'il ne peut supporter plus longtemps sa souffrance. Bien souvent il vient implorer Briséida, bien souvent il vient lui dire que, pour l'amour d'elle, il ne connaît de répit ni jour ni nuit, qu'il ne peut ni manger ni dormir ; à force de penser, de pleurer, de soupirer, il pâlit, il perd son sang-froid ; au mépris de toute discrétion, il ne cesse de supplier. Pourtant je ne pense pas que l'amant sincère puisse être indiscret parce qu'il supplie l'objet de son amour. Dans les discours qu'il tient, il ne dit pas tout ce qui pourrait le servir et le faire apprécier davantage. Et même lorsqu'il a bien réfléchi à ce qu'il veut dire, il en oublie en parlant la majeure partie ; il omet ce qui lui serait le plus utile et ferait avancer ses affaires. Ainsi en va-t-il de Diomède : bien souvent il oublie ce qu'il voudrait absolument lui dire. Il souffrit ainsi longuement ce martyre sans pouvoir obtenir de la jeune fille la moindre faveur, la moindre privauté.

　　　　Un jor li ert alez prier,
15080 Qu'ele remirot le destrer*
　　　Qui son ami aveit esté.
　　　Molt li ert bien dit e conté
　　　Qu'a s'amie en iert fait presenz.
15084 Iriez en esteit e dolenz.
　　　Bien le li cuidot metre en lué　　　　　　　　[105d]
　　　Ainz que departissent lor jué.
　　　Se la danzele l'osast faire,
15088 Que n'en crensist honte e contraire,
　　　Voluntiers li eüst tramis,
　　　Mes tost l'en peüst estre pis,
　　　Car trop en fust en l'ost haïe.
15092 Quant celui veit, sil contralie :
　　　« Sire, fait el, trop grant largece
　　　Apovrist home e gaste e blece.
　　　Li plusor en sunt sofreitous.
15096 Ne fusseiz pas si besoignous
　　　L'autrier au grant torneiement,
　　　Quant cil qui vos het durement
　　　Vos toli vostre milsoldor
15100 Dont ne vos fust ainc puis retor.
　　　Se lors eüsseiz cest destrier,
　　　Il vos eüst, ce cuit, mestier !
　　　Trop le partistes tost de vos ;
15104 Je crien qu'en fusseiz besoignos.
　　　S'en seüsse vostre estovoir,
　　　Tost le repoïsseiz aveir :
　　　Ne fet mie mauvez doner
15108 A tiel quil siet guerredoner.
　　　Ne sunt mie de la folet :
　　　De grant folie s'entremet
　　　Cil quils cuide deseriter
15112 E de lur terre hors giter.
　　　Chevalier sunt, prou e vassal.
　　　Sire, feit ele, le cheval
　　　Vos presterai, nel puis müer ;
15116 Ne porrïez meillor trover.
　　　Molt vos en est bien avenu :
　　　Puis que le vostre avez perdu,
　　　Cestui avreiz, prest vos en faz,
15120 Mes cil sunt molt de grant porchaz :
　　　Se nel gardez, il le ravront,　　　　　　　　　[106a]
　　　Molt grant peine ainceis i metront.

Diomède vint un jour la supplier alors qu'elle était en train de contempler le destrier qui avait appartenu à son ami Troïlus. On avait bien rapporté à ce dernier comment Diomède l'avait donné à la jeune fille. Il en éprouvait ressentiment et peine et pensait bien pouvoir s'en venger avant que ne cessent les hostilités. Si la jeune fille avait osé le faire, si elle n'avait pas eu peur de s'attirer ennui et honte, elle l'aurait volontiers renvoyé à Troïlus. Mais elle aurait pu en pâtir et se faire haïr des Grecs. Quand elle vit approcher Diomède, elle lui dit d'un ton moqueur :

« Seigneur, se montrer trop généreux est source d'appauvrissement et de maux : bien des hommes en font l'expérience. Si l'autre jour, au cours de cette grande bataille, et lorsque celui qui ne vous aime guère s'empara de votre cheval de grand prix – qu'il ne vous rendit pas – vous aviez eu ce cheval, vous n'auriez pas été ainsi pris au dépourvu ! Il vous aurait été bien utile, je pense ! Vous l'avez trop vite donné et je crains fort qu'il ne vous ait fait défaut ! Si j'avais su que vous en aviez besoin, vous auriez pu bien vite le ravoir. Ce n'est pas un mauvais calcul que de faire des cadeaux à qui sait les rendre ! Mais vos adversaires ne sont pas fous. Qui s'imagine pouvoir les déshériter et les chasser de leur pays se lance dans une aventure bien périlleuse : ce sont des chevaliers pleins de prouesse et de courage. Seigneur, poursuivit-elle, ce cheval, je vais vous le prêter, je ne peux faire autrement : vous ne pourriez retrouver son pareil ! Mais vous avez bien de la chance de récupérer celui-ci alors que vous avez perdu le vôtre. Je vous le prête, mais vos ennemis sont très forts : si vous ne le défendez pas bien, ils vous le reprendront, et ils y prendront peine ! Celui qui s'est emparé du vôtre n'est ni un couard ni un

                Icil qui del vostre est seisiz
15124   N'est pas coarz ne esbaïz ;
            Nel puet aveir nus qui tant vaille.
            — Dame, fait il, ce n'est pas faille
            Que il ne seit molt prous de sei
15128   En grant bataille e en tornei,
            Mes ne feit pas a merveillier
            Se chevaliers p̄ert son destrier.
            Qui bien se vueut d'armes pener
15132   E les granz estors endurer,
            Guaaigne e pert soventes feiz.
            Trop besoignos ne trop destreiz
            Ne sui je pas ; j'en oi assez.
15136   Se vos le me recomandez,
            Jel garderai a mon poeir.
            Trop avrai ainz grant estoveir
            Que je le lais partir de mei,
15140   Ainz le conperront plus de trei.
            Des or vei e conois e sai
            Que la grant peine que je trai
            Por vos ou mis cuers tent e tire
15144   Sans aveir joie ne remire
            Ne bien ne confort ne solaz,
            Qual atendance que je faz,*
            Me tornera a joie entiere.
15148   Tant vos farai longue priere
            Que vos avreiz merci de mei.
            Ice atent, por tant souplei,
            Ice coveit, ice desir,
15152   Ici feniront mi sospir.
            Mis desirers iert aconpliz
            Quant je serai de vos seisiz.
            Or remaindré en vostre esgart.
15156   Douce amie, ne vienge a tart
            Vostre secors ! Griefment m'esteit   [106b]
            Si n'en pensez, ci a mal pleit.
            Se en vos n'aveie esperance,
15160   Ja mes ne cuit qu'escuz ne lance
            Fust par mei portez ne seisiz.
            Meilz me vaudreit estre feniz
            Que vivre puis. La meie vie
15164   Sereit trop grief. La meie amie,
            Tornez vers mei vostre corage.
            Tant estes bele e proz e sage

lâche et personne n'est aussi digne que lui de l'avoir.

— Ma dame, répondit Diomède, personne ne conteste sa grande valeur, aussi bien dans la mêlée qu'en combat singulier. Mais il n'y a rien d'extraordinaire à ce qu'un chevalier perde son cheval. Qui a à cœur de bien se battre et de supporter de rudes assauts, connaît alternativement succès et défaites. Je n'ai pas un besoin pressant de ce cheval : j'en ai bien d'autres. Mais si vous me le confiez, je le garderai du mieux que je pourrai. Il faudra que je sois en bien mauvaise posture avant que je ne me le laisse enlever et plus d'un le payera cher. Mais maintenant je vois, j'ai la certitude que les tourments que j'endure pour vous — pour vous vers qui mon cœur sans cesse me ramène sans que je connaisse jamais ni joie ni soulagement ni bonheur ni réconfort ni apaisement à ma souffrance —, que la longue attente que j'ai supportée m'apporteront enfin joie pleine et entière. Je saurai si longuement vous prier que vous aurez pitié de moi : c'est là ce que j'attends, ce que je demande ; c'est là ce que je désire, ce à quoi j'aspire. Alors cesseront mes soupirs, et mon bonheur sera parfait lorsque enfin vous serez mienne. Je m'en remets maintenant à vous. Douce amie, ne tardez pas trop à venir à mon secours ! Ma situation est très pénible : si vous ne changez pas d'attitude, mon affaire s'engage mal. Et si je ne conservais encore quelque espérance, jamais plus, je crois, je ne pourrais porter écu ni lance. Il vaudrait mieux que je meure plutôt que de vivre ainsi : ma vie me serait trop importune ! Ma douce amie, donnez-moi votre amour ! Vous êtes si belle, si pleine de qualités et de sagesse que je ne peux,

Que je ne puis, gente faiçon,
15168 A rien entendre s'a vos non.
Or iert ensi cum vos voudreiz
E si cum vos commandereiz :
Je n'en puis prendre autre conrei,
15172 Mes a vos me rent e otrei. »
　　　　La damaisele est molt haitee
E molt se fait joiose e lee
De ce qu'il est si en ses laz.
15176 La destre manche de son braz,
Nueve e fresche, d'un ciclaton,
Li baille en lué de confanon.
Joie a cil qui por li se peine :
15180 Ja est tochee de la veine
Dont les autres font les forfeiz,
Qui sovent sunt diz e retreiz.
Des or puet saveir Troïllus
15184 Que mar s'atendra a li plus.
Devers li est l'amors quassee,
Qui molt fu puis cher cumparee.

　　　　Acumpli furent li sis meis.
15188 Cil de la vile e li Grezeis
Rarmerent bien d'armes lor cors,
Puis s'en eissirent as chans hors.
Par doze jors se cumbatirent,
15192 Ainc tres qu'au seir ne departirent.
Mout i ot jostes e torneiz　　　　　　　　　[106c]
E chevaliers a mort destreiz.
Molt par i ot d'estrange guise
15196 De ça e de la grant ocise.
En iceste bataille noveine,
Ainz que trespassast la quinzeine,
Ot molt ocis de haute gent.
15200 Ce dit Daires qui pas ne ment,
Maint duc, maint amiraut preisié
I ot ocis e detrenchié.
　　　　En cel termine e en cel meis,
15204 Molt plus que n'aveit feit ainceis,
Morurent cil qui navré erent ;

ô trop aimable objet ! penser à nulle autre qu'à vous. Il en ira désormais comme vous le voudrez, comme vous l'ordonnerez. Pour moi je ne peux faire autrement que de me donner tout entier à vous. »

La jeune fille est très contente, sa joie est très vive de le voir ainsi pris au piège. En guise d'enseigne, elle lui donne alors sa manche droite, taillée dans une étoffe de soie toute neuve et éclatante. Quelle joie pour celui qui, pour l'amour de la jeune fille, endure tant de maux ! La voici désormais atteinte, comme les autres, de ce trait qui incite à faire toutes ces trahisons qui font la matière de tant de récits. Troïlus peut bien être sûr désormais qu'il l'aime en vain ! Elle, elle a brisé leur amour, cet amour qui, par la suite, fut si cher payé.

LA NEUVIÈME BATAILLE
(vv. 15187-15262)

Les six mois de trêve arrivèrent à expiration. Troyens et Grecs reprirent les armes et retournèrent sur le champ de bataille. Douze jours de suite ils se battirent, du matin au soir, sans s'arrêter. Il y eut bien des joutes, bien des combats et bien des chevaliers blessés à mort. Le massacre, de part et d'autre, fut effroyable. Durant cette neuvième bataille, avant que la quinzaine ne fût achevée, il y eut un très grand nombre de gens de haut rang qui furent tués. Darès, qui dit la vérité, affirme qu'il y eut alors beaucoup de ducs et de chefs d'armée de grande renommée qui furent tués et massacrés.

À cette époque-là, les guerriers blessés moururent en plus grand nombre qu'auparavant : très peu, sachez-le, en réchappè-

---

15179. a *manque* – 15197. huitiene] *éd. C.*

Sachez molt poi en eschaperent.
Ensi avint qu'en cel esté
15208 I ot si grant mortalité
Que senpre erent li navré mort.
Molt en orent grant desconfort
E cil de hors et cil dedenz.
15212 Tant rot duré icil contenz
Que li damages fu si forz
E tant i ot chevaliers morz
Qu'il ne porent plus endurer :
15216 Trives lur estut demander.
Agamennonz i a tramis
Par le conseil de ses amis ;
Au rei Priant les ont requises.
15220 Il les dona par tiels devises
Que trente jors seient seürs
Dedenz la vile e hors des murs.
   Li trente jor sunt afié.
15224 Quant li mort furent enterré
E ars es rez e seveli,
Si refurent auques gari
Cil de la vile e afeitié.
15228 Lur pas orent bien reforcé.
Li reis Prianz soventes feiz [106d]
Teneit parlemenz molt estreiz
As plus procheins de ses amis
15232 E as meillors de son païs.
Prent e done conseilz e arz :
Porveient sei de maintes parz
De tiels choses qui lur nuireient
15236 Se il regart ne s'en perneient.
   A ! las, quel perte e quel dolor*
Lur avendra ainz le tierz jor,
E cum pesante destinee !
15240 Ne sai cum seit por mei contee,
Ne sai cum nus la puisse oïr.
Le jor deüssent bien morir
Que lur avint, ce fust bien dreiz ;
15244 Si angoissous e si destreiz
Furent puis tant cum il durerent.
Onques joie ne recovrerent
Ne je ne sai mie coment.
15248 Des or orreiz cum feitement
Avint de la bataille enprés.

rent. Il y eut, cet été-là, une telle mortalité que les blessés mouraient aussitôt. Assiégeants et assiégés étaient très mal en point. Cette nouvelle bataille dura si longtemps, les pertes furent si élevées, il y eut tant de chevaliers tués qu'ils ne purent plus continuer ainsi et qu'il fallut conclure une trêve. Agamemnon, sur le conseil des siens, envoya des messagers pour en faire la demande au roi Priam. Le roi accepta et demanda une trêve de trente jours et la sécurité pour les siens, dans la ville et hors des murs.

La trêve fut jurée. Quand les morts furent ensevelis, mis en terre ou brûlés sur les bûchers, les Troyens se retrouvèrent assez bien équipés pour se défendre et prêts pour de nouveaux assauts; ils avaient également bien renforcé les issues de la ville. Bien souvent le roi Priam réunissait en conseil restreint ses amis les plus proches et les meilleurs hommes de son pays; ils échangeaient conseils et idées et prenaient toutes les précautions pour parer à toute éventualité qui pourrait leur être funeste.

Hélas! quelle perte et quel dommage ils vont subir dans les deux jours qui viennent! Hélas! quelle pénible destinée! Je ne sais comment je pourrai la raconter et comment on pourra en supporter le récit! Le jour où cette catastrophe se produisit, ils auraient bien dû tous en mourir, oui vraiment, car tout le temps qui s'écoula après ne fut qu'une suite d'angoisses et de tourments. Jamais, par la suite, ils ne connurent la joie; au reste, je ne sais comment il aurait pu en être autrement. Vous allez donc maintenant entendre comment se déroula la suite des

Ne cuit que nus hon oie mes
Si grant dolor, si grant damage.
15252 Ce que dist Cassandra la sage
Avendra tot, des ore mes.
Icele trive, icele pes
Des trente jors fu trespassee
15256 E lur gent fu bien respassee.
Chascuns a l'endemein s'atent
D'estre au mortiel torneiement,
Au desfaé, au perillous ;
15260 Trop par fu griés e angoissous.
En molt male ore commença,
E en plus male defina.

Andromacha apelot l'on*
15264 La fame Hector par son dreit non,
Gente dame de haut parage, [107a]
Franche, corteise e proz e sage.
Molt fu leials vers son seignor
15268 E molt l'ama de grant amor.
De lui aveit douz bieus enfanz :
Li greindres n'aveit que cinc anz.
Laudomata ot non li uns,
15272 Qui ne fu leiz ne neirs ne bruns,
Qui blans e blois e genz e biaus
E flors sor autres damaisiaus.
Li autres ot non, ce dit l'escriz,
15276 Asternantés, mes molt petiz
Iert li enfes e aleitanz :
N'aveit mië encor treis anz.
Oiez cum fet demonstrement :
15280 Icele nuit demeinement
Que la trive fu definee,
Dut bien la dame estre esfreee ;
Se fu ele, jel sai de veir.
15284 Li deu li ont fet a saveir,
Par signes e par visïons
E par interpretatïons
Son grant damage e sa dolor.

combats. Jamais personne, j'en suis sûr, n'entendra parler d'une pareille catastrophe, d'une perte aussi lourde ! Tout ce qu'a prédit la sage Cassandre va désormais se produire. La trêve, le répit de trente jours s'achevèrent donc. Les combattants étaient guéris et reposés. Chacun est prêt à participer le lendemain à ce funeste combat aussi acharné que meurtrier. Oh, comme il fut pénible, lourd à supporter ! C'est sous de bien mauvais auspices qu'il commença, sous de plus funestes encore qu'il s'acheva.

LA DIXIÈME BATAILLE
(vv. 15263-16316)

Le songe d'Andromaque

La femme d'Hector s'appelait Andromaque. C'était une noble dame, de haute naissance, généreuse, courtoise, de grande vertu et de grande sagesse. Sa fidélité envers son mari, qu'elle aimait profondément, était exemplaire. Elle avait de lui deux beaux enfants. L'aîné n'avait que cinq ans. Il s'appelait Laodamas. Cet enfant n'était pas laid, mais très beau et très aimable ; son teint n'était pas foncé, mais clair, et sa chevelure n'était pas brune, mais toute blonde : c'était le plus bel enfant du monde ! L'autre s'appelait, selon ma source, Astyanax ; c'était un tout petit enfant, encore à la mamelle et qui n'avait pas trois ans. Écoutez maintenant ce qui fut annoncé à Andromaque : la nuit même où la trêve expira, la jeune femme eut de bonnes raisons d'avoir peur et en vérité elle fut très effrayée, je vous l'assure. Les dieux en effet lui annoncèrent, multipliant les signes, les visions, les songes prémonitoires, la perte ter-

---

15282. esfree

La nuit, ainz que venist au jor,
Ot ele assez peine soferte,
Mes de ce fu seüre e certe,
Se Hector ist a la bataille,
Ocis i essera sans faille ;
Ja ne porra del chanp eissir,
Cel jor li estovra morir.
La dame sot la destinee
Qui la nuit li fu revelee.
S'el ot de son seignor dotance,
Crieme, poor ne esmaiance,
Ce ne fu mie de merveille.
A lui meïsmes se conseille.

« Sire, fait el, mostrer vos voill   [107b]
La merveille dont je me doil,
Que par un poi li cors de mei,
Tiel poor ai e tiel esfrei,
Ne me desment e ne me faut.
Li soverein e li plus haut
Le m'ont monstré, que je vos die
Qu'a la bataille n'aillez mie ;
Par mei vos en funt desfïance
E merveillose demonstrance.
Ne vendrïez ja mes ariere,
Qu'on ne vos aportast en biere.
Ne volent pas les pöestez
Ne les devines deïtez
Que vos morreiz, mostré lo m'ont.
Tiel desfïance vos en funt,
Que vos nen isseiz a l'estor,
Car vos morrïez en cest jor ;
E quant il vos en funt devié,
N'i ireiz pas sans lor cungié.
Se m'en creez, jel vos di bien,
Garder devez sor tote rien
Que n'enfreigniez lor voluntez
Ne rien qui seit contre lor grez. »

Hector vers la dame s'irest.
De quant qu'il ot, rien ne li plest ;
Ses paroles tient a balue,*
Ireement l'a respondue :
« Des or, fait il, sai bien e vei,
Nel dot de rien ne nel mescrei,
Qu'en vos n'a sens ne escïent.

rible qu'elle allait subir, la douleur qu'elle allait éprouver. Cette nuit-là, et jusqu'au lever du jour, elle fut atrocement tourmentée et acquit la certitude que, si Hector allait se battre, c'en était fait de lui : il ne reviendra pas du champ de bataille, il lui faudra mourir en ce jour. Ainsi la jeune femme apprit au cours de la nuit le sort réservé à son mari. Et il n'est guère surprenant qu'elle ait eu très peur pour lui et qu'elle ait été saisie de crainte et d'effroi. Elle vint donc s'en ouvrir à lui.

« Seigneur, lui dit-elle, je veux vous faire part d'un prodige qui me cause une si vive douleur que peu s'en faut – si grands sont mon effroi et ma crainte – que moi-même je ne défaille et perde conscience. Les plus puissants des dieux m'ont fait savoir, afin que je vous le répète, que vous ne deviez pas aller au combat. C'est par moi que, d'une manière très extraordinaire, ils vous en avertissent et vous en font défense. Autrement, c'est sur une bière que vous reviendriez du champ de bataille. Les dieux, les puissances célestes ne veulent pas que vous mouriez, ils me l'ont clairement indiqué. La défense qu'ils vous font est nette : si vous allez vous battre, ce jour sera le dernier de votre vie. Et à partir du moment où ils vous l'ont interdit, si vous m'en croyez, vous n'irez pas vous battre contre leur gré. Je vous le dis : vous devez par-dessus tout faire attention à ne pas vous opposer à leur volonté, ne rien faire qui n'ait pas leur agrément. »

Hector est très irrité des paroles de sa femme. Rien, dans ce qu'elle dit, ne lui est agréable. Il n'y voit qu'inventions grossières.

« Je sais bien maintenant, lui dit-il avec colère, et je n'ai plus aucun doute sur ce point, qu'il n'y a en vous ni bon sens ni

---

15300. m. le c.] A

15332 Trop avez pris grant hardement
Quant tiel chose m'avez noncee.
Se la folie avez songee,
Se la me venez reconter,
15336 E chalongier e deveer
Qu'armes ne port ne ne m'en isse ; [107c]
Mes ce n'iert ja, tant cum je puisse,
Que je les cuiverz ne contende,
15340 E que je d'elz ne me desfende,
Qui mon lignage m'ont ocis
E en ceste cité asis.
Se li felon, li deputeire
15344 Oeient conter e retreire,
E li chevalier d'este vile,
Dont plus i a de dous cenz mile,
Que d'un songe, se le songiez,
15348 Fusse si pris ne esmaiez
Que je n'osasse o els eissir,
Cum me porreie plus honir ?
Ne voille Deus que ce m'aviengne,
15352 Que por ice mort dot ne crienge !
N'en parlez mes, ce sachez bien,
Que n'en fareie por vos rien. »
 Andromacha plore e sospire.
15356 Si grant duel a e si grant ire
Que par un poi le sens ne pert.
Au rei Priant mande en apert
Qu'il le li viet e le retienge,
15360 Que leiz damages ne l'en vienge.
Sor tote rien gart n'i ait faille,
Qu'il n'aut le jor a la bataille.
Crient e dota li reis Prianz
15364 Les perilz qui tant i sunt granz,
N'il n'a fiance que en lui,
Car c'est s'enteute e son refui.
S'il sous n'i vait, la perte ert lor,
15368 Sor elz revertira le jor.
Ensorquetot n'ose müer
Qu'il nel retienge de l'aler :
La dame siet de grant saveir.
15372 Ne deit hon mie desvoleir
Ce que por bien dit e enseigne. [107d]
Paris a prise sa cumpaigne,
E Troïlus e Eneas,

sagesse. Vous êtes bien hardie de venir me tenir de pareils discours ! Parce que vous avez rêvé à des bêtises, vous venez me les raconter et vous prétendez m'empêcher de prendre les armes et de sortir me battre ! Pourtant, tant que je le pourrai, je ne renoncerai jamais à aller affronter ces ordures, à aller me battre contre ceux qui m'ont tué ma famille et qui m'assiègent dans ma cité. Si ces traîtres, ces misérables, mais aussi les chevaliers de cette ville, qui sont plus de deux cent mille, entendaient dire que, pour un rêve que vous avez fait, j'étais si saisi, si ébranlé que je n'osais plus faire une sortie, comment pourrais-je davantage me couvrir de honte ? Dieu veuille que cela ne m'arrive jamais et que je n'en vienne pas à redouter la mort à cause d'un songe ? N'en parlez plus, taisez-vous : je ne ferai pas ce que vous désirez. »

Andromaque pleure et soupire. Sa peine et sa douleur sont si vives que peu s'en faut qu'elle ne perde l'esprit. Elle vint alors ouvertement demander au roi Priam d'interdire à Hector d'aller au combat et de le retenir, de peur de subir une bien lourde perte. Qu'il fasse à tout prix en sorte, lui dit-elle, qu'Hector n'aille pas ce jour au combat. La peur et la crainte envahissent le roi Priam : il voit bien en effet que le danger est grand et il n'a confiance en personne d'autre qu'en Hector ; c'est son espérance et son refuge. S'il ne va pas au combat, les Troyens auront le dessous, les choses tourneront mal pour eux aujourd'hui. Pourtant, il ne peut faire autrement que de lui interdire d'y aller. Il connaît la très grande sagesse d'Andromaque et on ne doit pas refuser les bons conseils que l'on vous donne. Pâris a réuni ses troupes. À Troïlus, à Énée, au roi

15376 Reis Mennon e Polidamas,
Reis Sarpedon e reis Clautus,
E de Laucoine Eüfremus,
E Cupesus, li forz, li granz,
15380 Qui esteit graindres des jaianz,
Reis Terepex, reis Ascamus,
Reis Epistroz, reis Adrastus,
Reis Eseüs e reis Fortins,
15384 Qui sire esteit des Philistins,
Filimenis, li granz, li proz,
E les autres reis toz
A establiz e devisez
15388 E les conreis feiz e sevrez.
Molt furent grant, riche e plenier.
Quant covert furent li destrier
E les enseignes atachees
15392 Es trenchanz lances aguisees,
E li vassal furent armé
Cum por bataille conreé,
S'a commandé Prianz li reis,
15396 Qui molt ert sages e corteis,
15396a Q'hui mes s'en issent li conrei,
15396b Tot belement, sans nul desrei ;
Trop tarjöent, car cil de la
Sunt as lices grant piecë a.
    Mes quant ce vit Hector e sot
15400 Que sis peres li deveot
Qu'il n'i alast a cele feiz,
Enragiez fu e si destreiz
Que par un poi n'a molt leidi
15404 Cele qui ce li a basti :
Lui e s'amor a toz jors pert.
Quant ce a dit e descovert
Sor son devié, sor sa manace,   [108a]
15408 Ja mes n'iert jors qu'il ne la hace ;
A par un poi qu'il ne la fiert.
Ses armes li demande e quiert.
La dame les ot destornees,
15412 Mes voille o non, sunt raportees.
Son hauzberc vest isnelement.
La dame sor le pavement
Par maintes feiz estuet pasmer
15416 Quant el li vit son cors armer.
Molt feit grant duel e angoissos :

Priam interdit à Hector d'aller se battre

Memnon, à Polydamas, au roi Sarpédon, au roi Glaucon, à Euphémus, roi de Lycaonie, au fort Cupésus, qui était plus grand qu'un géant, au roi Stéropeus, au roi Acamus, au roi Épistrot, au roi Adrastus, au roi Héseus, à Fortis, roi des Philistins, à Philémenis, aussi grand que preux et à tous les autres rois, il a indiqué leur place dans la bataille et a constitué et délimité les corps de troupe. Ils présentaient, une fois réunis, une masse imposante et solide. Quand on eut mis leurs housses aux chevaux et attaché les enseignes aux lances aiguisées et tranchantes, quand les guerriers furent armés et prêts pour le combat, le roi Priam, qui était très sage et très courtois, donna ordre aux corps de troupe d'avancer en bon ordre : ils n'ont que trop tardé, car les assiégeants, depuis longtemps déjà, sont arrivés près des lices.

Mais quand Hector s'aperçut que son père lui interdisait de participer à cette bataille, il en fut si furieux et si affecté que pour un peu il s'en serait pris à celle qui en portait la responsabilité. Qu'elle sache bien qu'elle l'a perdu, qu'elle a perdu son amour à tout jamais. Puisqu'elle a découvert cette affaire malgré son interdiction, il la haïra pour le restant de ses jours, lui dit-il, et peu s'en faut qu'il ne la frappe. Il lui demande alors de lui faire apporter immédiatement ses armes. La dame les avaient dissimulées, mais, qu'elle le veuille ou non, elles sont rapportées. Il revêt son haubert rapidement. Elle ne peut s'empêcher de s'évanouir à plusieurs reprises en voyant Hector revêtir ses armes. Sa douleur et son angoisse sont grandes : elle

Le jor redote perillos.
Molt li prie que il remaigne
15420 E que son corage refraigne;
Merci li crie molt sovent :
Rien ne li vaut. Quant ele entent
Que n'i porra nul bien trover,
15424 Ne por breire ne por crïer,
Bien veit que par nule maniere,
Por dit, por feit ne por priere
Ne l'en porra plus retenir;
15428 Si a les dames feit venir,
Sa mere e ses beles serors.
O criz, o lermes e o plors
L'unt deprié e conjuré
15432 E en maint sens amonesté
Qu'il ne s'en isse e qu'il n'i aille :
N'i a priere qui rien vaille,
Ne lur monte ne lur vaut rien.
15436 « Fiz, feit la mere, or sai je bien
Que tu n'as mes cure de mei
Ne de ta femme ne del rei,
Qui nos voluntez contrediz.
15440 Bien devreies creire mes diz.
Biaus douz amis, ne nos guerpir !
Ne nos fei de dolor morir !
Fix, chers amis, que farïons [108b]
15444 Se ton cors perdu avïons ?
N'i a cele ne s'oceïst
E que li cuers ne li partist !
Remanez vos, douz amis chers,
15448 Creez les diz de cesz moilliers ! »
Qui donc veïst a cum grant peine
15450 Polixena e dame Heleine
15450a Se meteient de lui tenir !
15450b Mes rien ne vaut, car retenir
Nel porrunt pas, por nule rien,
15452 Ce lor afiche e jure bien.
Tant est irez, ne siet qu'il face;
Andromacha het e manace.
Quant ele veit que el n'en iert,
15456 O ses dous mains granz coups se fiert,
Ses chevels tort e ront e tire,
Fier duel demeine e fier martire ;
Bien resenble femme desvee.

redoute ce jour funeste, elle le supplie de rester et de retenir son ardeur, elle implore sa pitié à plusieurs reprises : cela ne lui sert à rien ; elle comprend que ni ses cris, ni ses plaintes ne peuvent l'attendrir. Enfin, lorsqu'elle voit que rien, ni parole ni geste ni prière, ne parviendront à le retenir, elle fait venir les autres femmes. Sa mère et ses chères sœurs, se répandant en pleurs et en gémissements, l'ont prié et supplié, essayant par tous les moyens de l'empêcher de partir. Mais leurs prières restent sans le moindre effet. Tout effort est vain.

« Mon fils, lui dit sa mère, tu ne te soucies désormais, j'en suis sûre maintenant, ni de moi, ni de ta femme, ni du roi, puisque tu refuses de faire ce que nous te demandons. Tu devrais bien croire mes paroles. Mon très cher fils, ne nous abandonne pas, ne nous fais pas mourir de douleur ! Mon fils, mon doux ami, que ferions-nous si nous te perdions ? Pas une parmi nous qui ne se tue ou qui ne meure de douleur ! Restez ici, doux et cher ami, écoutez ce que disent ces femmes ! »

Ha ! si vous aviez vu alors les efforts que faisaient pour le retenir Polyxène et ma dame Hélène ! Mais c'est en pure perte : elles n'y arriveront pas, leur jure-t-il bien. Il est si furieux qu'il ne sait plus ce qu'il fait. Il crie sa haine à Andromaque et la couvre de menaces. Quand la jeune femme comprend qu'elle n'en obtiendra rien d'autre, elle se frappe violemment la poitrine, tire et arrache ses cheveux, laissant éclater sa douleur et son tourment. On pourrait croire qu'elle a perdu la raison.

15460 Tote enragee, eschevelee
E trestote hors de son sen,
Cort por son fiz Asternanten ;
Des oilz plore molt tendrement,
15464 Entre ses braz le charge e prent,
Vint el palez o tot arieres,
La ou chauçot ses genoillieres.
As piez li met e se li dit :
15468 « Sire, por cest enfant petit
Que tu engendras de ta char,
Pri que ne tienges a eschar
Ce que je t'ai dit e noncié.
15472 Aies de cest enfant pitié :
Ja mes des oilz ne te verra
Se asenbles a cels de la.
Hui iert ta morz, hui iert ta fins ;
15476 De tei remaindra orphenins.
Crüels de cuer, lous enragiez,   [108c]
A quei ne vos en prent pitiez ?
Por quei volez si tost morir ?
15480 Por quei volez si tost guerpir
E mei e lui e vostre mere
E voz freres e vostre pere ?
Por quei vos laissereiz perir ?
15484 Cum porrïons sans vos garir ?
Lasse ! cum male destinee ! »
Aprés cest mot chaï pasmee
A quas desus lo pavement.
15488 Cele l'en lieve doucement,
Qui estrange duel i demeine :
C'est sa serorge, dame Heleine.
     Hector de rien ne s'asopleie,
15492 Ne por l'enfant ne s'amoleie :
Nel regarde n'il n'en tient plet.
Ja li orent son cheval tret,
Monter voleit, n'i aveit plus.
15496 Andromacha saut hors par l'us.
Plaint sei e crie a si auz criz
Que molt par sunt de loinz oïz :
El grant chastel perrin de Troie
15500 N'a nul si sort qui cler ne l'oie.
Plorer lur feit de chaudes lermes.
Ha ! las, cum aprisme li termes
Que chescuns voudreit estre morz !

Ainsi folle de douleur, échevelée et éperdue, elle court prendre Astyanax son fils et, pleurant d'émotion, elle le prend et le serre dans ses bras, puis retourne au palais où Hector était en train de mettre ses genouillères. Elle dépose l'enfant aux pieds de son mari et lui dit :

« Seigneur, au nom de ce petit enfant que tu engendras, je te supplie de ne pas prendre à la légère ce que je t'ai prédit. Aie pitié de cet enfant : jamais il ne te reverra si tu vas te battre contre ceux qui nous assiègent. C'est aujourd'hui que tu mourras : ce jour sera le dernier de ta vie, et lui, il restera orphelin. Cœur cruel, loup enragé, pourquoi n'as-tu pas pitié ? Pourquoi vouloir déjà mourir ? Pourquoi m'abandonner ainsi et, avec moi, mon enfant, votre mère, vos frères et votre père ? Pourquoi vous condamner ainsi à la mort ? Comment, sans vous, pourrions-nous nous protéger ? Hélas, malheureuse ! quel sort infortuné ! »

Elle tomba alors évanouie, la face contre terre, mais ma dame Hélène, sa belle-sœur, qui manifeste une violente douleur, vient la relever.

Hector cependant reste inflexible et la présence de l'enfant ne l'attendrit pas : il ne le regarde pas, il n'en fait aucun cas. On lui avait entre-temps amené son cheval : il allait monter en selle et plus rien ne pouvait l'arrêter. Mais Andromaque se précipite alors hors de la salle, gémissant, pleurant et poussant de si grands cris qu'on les entend de très loin. Personne n'est assez sourd dans le palais de Troie, dans le grand palais de pierre, pour ne pas l'entendre distinctement, et elle arrache à tous ceux qui sont présents de brûlantes larmes. Hélas ! comme il est proche maintenant le moment où chacun voudrait être

Cele cui rien ne fait conforz
Vient andous ses mains detordant
Tot dreitement au rei Priant;
Si grant duel a que mot ne sone.
A chef de piece l'areisone :
« Di, va, fait ele, es tu deviez ?
Trop leidement seras grevez
S'Ector s'en ist a la bataille,
Qu'il i morra encui sans faille.*
Je l'ai veü par demonstrance :   [108d]
Li deu l'en ont feit desfïance
Par mei ensi faitierement
Que, s'il asenble a la lor gent,
Il l'ocirront. Gar qu'en feras :
Ja mes des oilz nel reverras.
Va, sire, tost, e sil retien !
Asternantés, son fil e mien,
Li aportai ore a ses piez ;
De sa mere a esté priëz,
D'Eleine e de Polixenein,
Mes ç'a esté trestot en vein :
Ne nos deignot neis esgarder.
Il voleit or endreit monter,
Quant acorui corrant a tei.*
Va tost, sire, retien lo mei ! »
Ne pot plus dire, pasme sei
Tres de davant les piez au rei.

 Molt fu Prianz austers e durs,
Envers ses anemis seürs ;
Ne fu hastis, legiers n'estouz ;
Franc cuer ot molt, e sinple e douz.
Quant les paroles ot retrere
E vit la dame tiel duel feire,
El cors li prent une freidors,
Dotance e criemë e poors ;
Sospirs l'en issent, granz e lons.
Une piece fu toz enbrons :
Lermes li moillent le menton
E le bliaut de ciclaton.
Son damage sent e aleine.
En un cheval monte a grant peine,
Hors del palez s'en est issuz,
Dolenz, pensis, taisanz e muz.
 Hector ateint en mi la rue,

mort ! Mais la jeune femme, que rien ne peut réconforter, va tout droit auprès de Priam en se tordant les mains. Sa douleur est si grande qu'elle ne peut d'abord parler, mais finalement elle lui dit :

« Dis-moi, es-tu fou ? Tu seras durement éprouvé si Hector va se battre, car il sera tué aujourd'hui, tu peux en être certain. J'en ai vu les signes manifestes. Par moi, les dieux lui ont interdit d'aller se battre et lui ont signifié que, s'il affronte ceux qu'ils soutiennent, ils le tueront. Vois ce que tu as à faire. Sinon, jamais tu ne le reverras. Dépêche-toi, seigneur, retiens-le. Je viens de déposer à ses pieds Astyanax, son fils et le mien. Sa mère, Hélène, Polyxène l'ont supplié, mais en vain : il ne daignait même pas nous regarder et sache qu'il allait monter en selle lorsque je me suis précipitée en courant. Dépêche-toi, seigneur, garde-le-moi ! »

Elle ne put en dire davantage et elle se pâma juste aux pieds du roi.

Priam était un homme austère et sévère, ferme face à ses ennemis ; il n'était ni irréfléchi ni changeant ni emporté, mais son cœur était franc, doux et bienveillant. Quand il entendit les paroles d'Andromaque et la vit en proie à une douleur aussi violente, tout son corps se glaça, la crainte, le doute et la peur s'emparèrent de lui. Il se mit à pousser de profonds soupirs et resta longtemps le front baissé. Des larmes vinrent mouiller son menton et sa tunique de soie ; il sent, il pressent sa ruine. Il monta péniblement à cheval et sortit du palais sans mot dire, perdu dans ses pensées et abîmé dans sa douleur.

Qui toz de mal talant tressue.
Molt par l'aveient feit irié [109a]
15552 Por la noise, por le devié
D'eissir s'en hors contre Grezeis.
Desoz le heume pavïeis
A le vis teint e coloré ;
15556 Li oill li sunt el chef enflé
Plus les a vermeilz que charbons,
Plus fiers que lioparz ne lïons.
L'auzberc vestu, ceinte l'espee,
15560 Sist toz armez sor Galatee*
Qui del dur mestier ert apris.
Prianz l'a par la resne pris :
« Biaus fiz, fait il, vos remaindreiz ;
15564 Sachez que pas hui hors n'istreiz.
Sor ce qu'il a de mei a tei,
E sor les deus de nostre lei,
T'en conjur e t'en faz devié,
15568 Que n'isses hors sans mon congié.
Ne deiz faire n'a tort n'a dreit
Chosë o mis pleisirs ne seit.
Sor tei avrai tiel poësté
15572 Que n'istras de ceste cité.
Hui en cest jor veiz quel criee
Unt cesz dames entr'els levee !
Veiz cum chascune plore e bret :
15576 Soz ciel n'a rien pitié n'en ait !
Va, descendre, chers fiz amis ! »
    Mout par fu Hector entrepris :
Le vié son pere n'os'enfraindre,
15580 Ne il ne siet coment remeindre ;
Honiz en crient estre a sa vie.
« Sire, fait il, itiel folie,
Cum fu solement porpensee ? [109b]
15584 Por une fole, une desvee,
Qui ses songes vos a retrez
Quos entremetez de tiels plez ?
N'avenist pas, ce di, por veir.
15588 Trop i porrai grant honte aveir
Se je remeing por tiel afaire ;
Ne vos devreit mie desplaire
Se vos genz alöe aidier :
15592 Encui en avront grant mestier. »
    De tot ice n'a Prianz cure.

Priam arrête Hector 355

Il rejoignit Hector au milieu de la rue, Hector qui suait de fureur. L'agitation qui règne et l'interdiction d'aller se battre contre les Grecs l'avaient mis dans cet état. Sous son heaume de Pavie, son visage est écarlate, ses yeux exorbités et plus rouges que charbon ardent, plus féroces que ceux d'un léopard ou d'un lion. Vêtu de son haubert et l'épée ceinte, il est là, tout armé sur Galatée son cheval qui est bien habitué à de rudes combats. Priam a saisi le cheval par la rêne :

« Cher fils, lui dit-il, il vous faut rester ici : aujourd'hui, sachez-le, vous ne sortirez pas de la ville. Au nom des liens qu'il y a entre toi et moi et au nom de nos dieux, je t'en prie et je t'interdis de sortir sans ma permission. Que ce soit à tort ou à raison, tu ne dois pas t'opposer à mes volontés. J'userai de toute mon autorité afin qu'aujourd'hui tu ne sortes pas de la cité. Vois l'agitation et le tumulte que ces femmes ont suscités ! Vois comme chacune pleure et se lamente. Il n'est personne au monde qui n'en ait pitié. Mon fils, mon ami, viens, descends de cheval ! »

Hector est très embarrassé : il n'ose désobéir à son père, mais il ne voit pas comment renoncer à aller au combat ; il craint d'être déshonoré pour le restant de ses jours.

« Seigneur, lui dit-il, comment avez-vous pu ne serait-ce que penser à pareille folie ? C'est à cause d'une femme qui perd la tête, d'une folle qui est venue vous raconter son rêve que vous intervenez ainsi ? Plût au ciel qu'il n'en soit rien ! Je vous le dis en vérité, je risquerai fort d'être déshonoré si je renonce à me battre pour un tel motif. Pourtant, vous ne devriez pas être fâché que j'aille au secours de vos hommes qui en auront grand besoin aujourd'hui. »

Après le v. 15558, M2 donne Nus hom de char ne l'avisast/ Por rien que l'on li devisast/ Par mal talant en mi la chiere/ Une enseigne ot molt riche e chere

Tant le prie, tant le conjure
Qu'il l'en a feit torner ariere.
15596 Tant par est fiers en mi la chiere
Que nus ne l'ose regarder.
Ne se volt onques desarmer
Fors solement de sa ventaille.
15600 Prianz enveie a la bataille
Celz qui il a ne aveir puet.
Tote la vile s'en esmuet.
Tuit s'en issent, les armes prises,
15604 Loinz as plains chans, hors les devises.
    Cil de l'ost sunt molt apresmé,
De bataille prest e rengié.
Dïomedés a gent conrei,
15608 E Achillés, riche endreit sei,
E Thelamon e Aïaux,
Agamennon e Menelaux,
E li saives Palamedés.
15612 Chevalers ont, prou e adés.
Li heume cler e li blançon,*
Les banieres e li penon
Resplendissent par la champaigne.
15616 Dïomedés e sa cumpaigne
E Troïlus o les Friseins
Asenblerent toz premeireins.
Icist dui conrei s'entrevindrent, [109c]
15620 Qui grant partie del chanp tindrent.
Li cheval meinent grant esfrei :
De loinz en ot l'on lo trepei,
E la terre soz els bondir.
15624 Baissent les fusz a l'avenir,
Brisent lances, percent escuz,
E par haubers maillez menuz
Froissent lances e enastelent,
15628 E cors de chevaliers desselent.
Au bien ferir e a hurter
En i covint a enverser
De tiels qui puis ne releverent.
15632 Cil qui as lances eschaperent
Traient les branz d'acier toz nuz.
La ot estranges coups feruz :
Set cenz en raient les costez.
15636 Tant i a ja morz e navrez,
Que toz li chans en est jonchez.

Dixième bataille

Mais Priam reste inflexible. À force de le supplier, il le fait retourner dans la ville. Le visage du guerrier exprime une telle fureur que personne n'ose le regarder. Il refuse de se désarmer, n'ôtant que sa ventaille. Priam, cependant, envoie au combat tous les hommes qu'il a pu et qu'il peut réunir. Toute la ville se met en branle. Tous, une fois armés, s'en vont au loin, en rase campagne, au-delà des lices.

Les assiégeants se sont bien approchés, rangés en ordre de bataille et prêts à se battre. Diomède conduit un bien beau corps d'armée et celui que mène Achille est très imposant. Télamon, Ajax, Agamemnon et Ménélas, ainsi que le sage Palamède, ont avec eux un grand nombre de vaillants chevaliers. Leurs heaumes brillants, les hauberts blancs, les bannières et les pennons des lances resplendissent dans la plaine. Diomède et ses hommes, Troïlus et ses Phrygiens, commencèrent les hostilités. Les deux corps d'armée, qui occupaient une grande partie du champ de bataille, s'affrontèrent. Les chevaux faisaient grand bruit et l'on entendait de loin le martèlement de la terre qui tremblait sous eux. Les cavaliers se rencontrent, lances à l'arrêt ; ils brisent leurs lances, ils transpercent les écus et, sur les hauberts aux mailles serrées, les lances volent en éclats. Les chevaliers sont désarçonnés. Sous le choc de la rencontre, plus d'un vida la selle, qui ne put se relever ! Ceux qui échappèrent au choc des lances tirèrent alors les épées d'acier. Que de coups meurtriers furent échangés ! Sept cents guerriers ont les côtés qui ruissellent de sang et les morts et les

---

15613. blazon

Dïomedés est molt irez
Quant veit sa gent ensi morir
15640 E Troïens si contenir.
Le cheval point vers Troïlus :
Tote la lance d'ebenus,
O la manche iert de ciclaton,*
15644 Passe par l'escu au lïon.
Le hauberc li fait dementir*
E le fet lez le flanc sentir.
Mes Troïlus ne refaut pas,
15648 Ainz le fiert si, en es le pas,
15648a L'escu li a del cors sevré
15648b E le hauzberc bien esfondré,
Si que le gros del cors li raie ;
Mes n'i a mie mortel plaie,
Ne qui li face grant nuisance
15652 A ferir d'espee e de lance.
Tiel jué voleient commencier   [109d]
O les clers branz trenchanz d'acier,
De que les testes lor segnessent,
15656 Ja mes ainceis ne dessevrassent,
Mes Menelaus i est venuz
O plus de quatre mil escuz.
O Miscerés, lo rei de Frise,
15660 Josta, n'i ot autre devise.
Ateint se sunt li dui seignor,
Que les enseignes de color
Se funt passer par les escuz.
15664 Reis Micerés fu abatuz ;
Sor lui fu li trepeiz si granz
E des Menelaus i ot tanz
Que cil ne pot aveir aïe
15668 De toz celz de sa cumpaignie.
Li reis de Frise iert retenuz :
Ne fust rescous ne secoruz
Se n'i venist Polidamas.
15672 Sachez mes hui ne cuit je pas
Que il l'en meinent sans chalonge.
Ja n'iert tenuz en si fort longe
Qu'i n'en lor eschap tres qu'a poi.
15676 « Troïlus, sire, avoi ! avoi ! »
15676a Funt Troïen a Troïlus,
15676b « Trop vos retraiez tost en sus !
Cum estes vos si resortiz ?

blessés sont si nombreux que la plaine en est jonchée. Diomède est furieux de voir que ses hommes meurent ainsi et que les Troyens se battent aussi bien. Il éperonne son cheval en direction de Troïlus et enfonce dans l'écu au lion sa lance en bois d'ébène à laquelle est fixée la manche de soie. Le haubert n'offre pas de résistance, et Troïlus sent la lance près de son flanc, mais il ne manque pas de frapper à son tour son adversaire. Il lui arrache l'écu du corps et défonce son haubert. Le sang jaillit de la blessure qui pourtant n'est pas mortelle et n'empêchera guère Diomède de se servir de son épée ou de sa lance. Ils allaient jouer avec leurs épées d'acier claires et bien tranchantes à un jeu auquel ils n'auraient pas mis fin avant d'avoir la tête en sang, lorsque arriva Ménélas avec plus de quatre mille soldats. Il alla jouter avec Mercerès, le roi de Phrygie : sans plus tarder, les deux guerriers se heurtèrent, faisant passer les enseignes colorées au travers des écus. Le roi Mercerès fut abattu. Sur son corps, la mêlée fut si épaisse et les hommes de Ménélas étaient si nombreux qu'aucun des siens ne put venir à son aide. Le roi de Phrygie était donc captif et personne ne l'aurait secouru ni délivré si n'était arrivé Polydamas. Je ne pense pas, sachez-le, que ses ennemis pourront en ce jour l'emmener sans rencontrer d'opposition ! Ils ne le tiennent pas si bien qu'il ne puisse finir par leur échapper !

« Troïlus, seigneur, eh bien ! disent les Troyens au chevalier, vous reculez trop vite ! Comment vous êtes-vous tiré d'affaire ?

360 *Le Roman de Troie*

    Grieu choisissent des jués partiz :*
    Laissier nos cuident le sordeis.
15680 Tolu nos a Hector li reis :
    Nos n'avrons hui secors par lui.
    Puis cele ore que je nez fui,
    N'oï mes dire ne conter
15684 Que chevaliers laissast porter
    Armes por songe e por balue !
    Hui cornerons la recreüe. »
    Troïlus dist a ses amis :   [110a]
15688 « Lo rei de Frise en meinent pris ;
    Veez le la en cel tropel ;
    Secorrons le tost e isnel ! »
    Adoncs laissent chevaus aler,
15692 E sans nul autre demorer
    Lor vont les hauzbers desmaillier
    E les forz lances peceier.
    Si par fu granz li fereïz,
15696 Li chaples e li hurteïz
    Que cent des Griés i abatierent
    Ocis, e mil en maaignierent,
    Si que li feie e li poumon
15700 En pent a maint desus l'arçon.
    Ci ot grant noise e grant esfrei,
    Ci ot trop dolerous tornei,
    Ci ocit hon e navre e bleice.
15704 Par vive force e par destrece
    Ont lo rei de Frise rescos,
    Qui en esteit molt besoignos.
    La ventaille li deslaceient :
15708 Puis que il vif ne l'en meneient,
    Ja i perdist por veir la teste,
    Mes Troylus sor lui s'areste :
    Des poinz le lor a fait voler.
15712 La li veïsseiz decoler
15712a Au brant forbi maint chevalier
15712b E afoler e maaignier.
    Doncs vint Thelamon Aïaux
    O plus de treis mile vassaux
    Armez es chevaus arrabeis,
15716 O armes e o confanons freis.
    A redoter fait li conreis :
    N'est pas merveille, bien est dreiz,
    Car molt par sunt bon chevaler

Les Grecs fixent les jeux-partis et s'imaginent pouvoir nous laisser le moins bon rôle ! Le roi Priam nous a enlevé Hector : il ne viendra pas à notre aide aujourd'hui. Pourtant, depuis que je suis au monde, je n'ai jamais entendu dire qu'un chevalier ait renoncé à aller au combat pour un songe ou quelque billevesée de ce genre ! Nous allons aujourd'hui sonner la retraite !

— Chers amis, répondit Troïlus, on emmène prisonnier le roi de Phrygie. Il est là, au milieu de cette mêlée. Secourons-le au plus vite. »

Ils éperonnent alors leurs chevaux et, sans plus attendre, vont démailler les hauberts de leurs adversaires et briser les fortes lances. Les coups échangés et l'assaut furent si violents qu'ils abattirent et tuèrent une centaine de Grecs et en blessèrent mille ; à la plupart d'entre eux le foie et les poumons ressortaient sur l'arçon de la selle. Quel bruit ! Quel tumulte ! Quel douloureux combat ! Que d'hommes tués, blessés, meurtris ! Avec beaucoup d'efforts et de peine ils ont sauvé le roi de Phrygie qui était en bien mauvaise posture : ses ennemis étaient en train de délacer sa ventaille. Puisqu'ils ne pouvaient l'emmener vivant, ils allaient lui couper la tête, mais Troïlus s'arrête à son niveau et le leur arrache des mains. Là, vous l'auriez vu décapiter, blesser et estropier maint chevalier de son épée étincelante !

S'avança alors Ajax Télamon, avec plus de trois mille hommes montés sur des chevaux arabes et dont les armes et les enseignes étaient toutes neuves. Ce corps d'armée sème la terreur et ce n'est pas extraordinaire, c'est bien juste, car, il y a là de très bons chevaliers, preux, audacieux, sachant se battre, et

15720 Prou e hardi e fort e fier,
E tant par ont vaillant seignor [110b]
Qu'il ne pöent aveir meillor.
N'erent pas Troïens partiz
15724 De l'estor ne del fereïz :
Por tant lur en fu molt sordeis.
Cil vindrent abrivé e freis ;
Sils vont ferir, molt i perdirent,
15728 Voillent o non, lo champ guerpirent.
Ne lur porent pas frois aveir.*
De tiels i estuet remaneir
Qui molt voluntiers s'en tornassent,
15732 Se il poïssent e osassent.
Molt i ot ci estrange perte :
Des morz est la terre coverte.
Vers lor bataille s'en tornerent
15736 Cil qui a grant meschief i erent,
Molt desconfiz e molt leidiz.
Reis Thelamon s'est avanciz :
Polidamas veit envaïr ;
15740 Par grant pröece e par haïr
L'a abatu de son destrier.
La veïsseiz molt bien aidier
Troïlus qui sor lui retorne.
15744 Cels d'entor lui ocis a orne ;
O le brant d'acier le lur tout,
E sachez que grant pris en ot :
Trop gente retenue fist :
15748 N'ot cunpaignon qui ne guenchist.
Polidamas est remontez ;
D'estrange jué est eschapez,
Car, ce sachez, qu'iluec charreit,
15752 Lor devreit estre bien par dreit.
D'iluec refurent deronpu
E sin i ot maint abatu
Ainz qu'il encontrassent Perseis ;
15756 Mes cil orent les ars turqueis
E furent bien set mile e meis
Quis acoillent de plein esleis. [110c]
Traient saietes e quarreus ;
15760 N'i a d'auzbers si forz claveus
Qu'il ne desclöent e desjoignent.
Mil en navrent e mil en poignent,
Si que d'anbedous parz del cors

qui ont le meilleur chef que soldats eurent jamais. Les Troyens n'avaient pas renoncé à se battre. Pourtant ils eurent nettement le dessous. Les autres arrivaient tout frais, pleins d'ardeur, et vinrent se jeter sur les Troyens dont les pertes furent très lourdes. Bon gré, mal gré, ils quittèrent le champ de bataille et ne purent avoir de répit. Certains y restèrent, qui auraient bien voulu s'en aller s'ils en avaient eu la possibilité et l'audace. Les pertes étaient considérables. La terre était couverte de cadavres. Les combattants, en difficulté, finirent par rejoindre le gros des troupes. Ils battirent en retraite, vaincus.

Le roi Télamon s'avança. Il vint attaquer Polydamas. Dans un élan de prouesse et de rage, il le jeta à bas de son cheval. Là, vous auriez vu Troïlus montrer sa force : il vient le couvrir et abat à la file tous ceux qui l'entourent. De son épée d'acier, il le leur arrache. Cet exploit, sachez-le, lui valut beaucoup d'éloges. Il a fait là une bien belle prise ! Pas un de ses compagnons qui ne vienne également attaquer ! Polydamas est remonté à cheval. Il a échappé à un bien grand péril car, sachez-le, celui qui tomberait sur le champ de bataille appartiendrait de droit à qui l'avait abattu. Les Grecs furent donc repoussés à leur tour et beaucoup avaient déjà été abattus avant même de se heurter aux Perses. Ceux-ci avaient des arcs turcs et étaient plus de sept mille. Ils les attaquèrent de plein fouet, tirant des flèches de toutes tailles. Les anneaux des haubers ne sont pas assez solides pour ne pas céder et se tordre sous leurs coups. Ils en blessent mille, ils en transpercent mille, si bien que, de part et d'autre, le sang ruisselle du corps de leurs

Lur en raie li sancs clers hors.
Ci ot ocise de chevaus.
Paris le feit come vassaus :
Molt les damage a grant maniere,
Auques les unt feiz traire ariere.
Ci ont tant Griés des lor perduz,
Dont molt deivent estre esperduz,
E si sunt il, mes s'il poeient,
Cil de Troie le cumparreient :
A cumparer lur estovra,
Ja ainz li vespres ne vendra.
    De la bataille se trest pres,
Il e ses genz danz Achillés.
Vit que li suen molt i perdeient
E grant damage receveient ;
Par mi le chanp veit mainte teste.
Les suens semont e amoneste
Qu'il le facent proosement,
Tuit ensenble comunement.
Doncs ront les enseignes baissees,
Qui ja ne serunt mes drecees ;
Sin erent cent ensanglentees,
En cors de chevaliers entrees.
Ne porreit riens conter ne dire
La merveille ne le martire
Qu'ici sofrirent cil dedenz.
Molt se contint bien la lor genz,
Mes tant fu granz li bruiz des lances
E tant i ot de mescheances,
Tant i chiet dels morz e navrez,
Que de la place sunt levez.
E puis qu'il furent esmeü,
E sor els ont levé le hu
O le cuivert quin feit martire,
Qui rien ne dote ne remire,*
Si les acoillent de randon ;
La ot grant desbarateison.
La bataille laissent ester,
N'i ot plus rien de plus ester ;
Toz desconfiz les en ameinent,
Ce est la riens dont plus se peinent
Que d'elz metr'enz par mi le pas.
Molt s'en veit bel Polidamas,
E Troïllus dejoste lui :

[110d]

adversaires. Que de chevaux tués ! Pâris combat vaillamment. Il inflige de lourdes pertes aux ennemis, et les Troyens ont fait reculer les Grecs qui ont perdu beaucoup d'hommes. C'est à juste titre qu'ils en sont affligés et, s'ils en avaient la force, les Troyens le payeraient cher. Mais c'est bien ce qui arrivera, et avant que le jour ne s'achève.

Le seigneur Achille s'approcha du lieu du combat avec ses hommes. Il se rendit compte que son parti était en train de subir de lourdes pertes et il vit bien des têtes coupées sur le champ de bataille. Il exhorte alors ses troupes, leur recommandant de se battre avec hardiesse et de marcher ensemble au combat. Les guerriers ont baissé leurs enseignes, qui ne seront jamais redressées : une centaine vont aller percer des corps de chevaliers dont elles ressortiront pleines de sang. Personne ne saurait raconter l'effroyable assaut que subirent les Troyens. Leurs hommes se comportèrent très vaillamment, mais la forêt des lances, en face d'eux était si épaisse, il y eut tant de coups malheureux, de morts, de blessés qu'ils durent laisser la place. Et dès que les autres se furent mis en branle, poussant leur cri de guerre et entraînés par ce misérable qui fait un véritable carnage et qui va toujours de l'avant sans avoir peur de rien, ils attaquèrent avec fureur et ce fut alors la déroute : incapables de résister, les Troyens abandonnèrent le combat et les hommes d'Achille, implacablement, les repoussèrent. Tous leurs efforts tendaient à les ramener aux portes de la ville. Polydamas cependant reculait en bon ordre et Troïlus était à ses côtés.

15774. vespres li v.] A

15808 Sovent guenchissent anbedui,
Grant merveille est cum il tant durent;
Maint de lur genz i secorurent,
Qui tuit i fussent mort o pris.
15812 Le brant d'acier retint Paris,
Environ lui depart la presse.
Bien le refait li reis d'Aresse.
Biau s'en vienent triés lor tropiaus.
15816 Des jués n'est pas lor li plus biaus,*
Quant li Bastart les secorurent,
Qui entr'els afient e jurent
Que ja le conperront li lor.
15820 Poignant en vienent a l'estor.
Par mi Grezeis se sunt plungiez,
Tiels trente en unt deschavauchez
Dont li plus a la mort baaille.
15824 A ! quex chevaliers en bataille !
Quex por grant presses departir,*
E quex por biax estors sufrir !
Cum vassaument cist se aiüent,
15828 Si que toz les conreiz remuent !
As espees trenchanz d'acier   [111a]
I font maint visage segner.
Entr'els abatent Thelamon.
15832 Saisi l'aveit Margariton,
Quant i avint danz Achillés,
Qu'ensi le fiert de plein eslés
D'une lance par la forcele
15836 Que detres l'en saut la lemele;*
La lance froissa a dous piez.
Ainz qu'a terre fust trebuchez,
L'en ont hors de la presse trez.
15840 Ha ! tant i ot crïé e bret,
Car cist par esteit si vassaus,
Si biaus, si proz e si leiaus,
Que trop en sunt li suen irié.
15844 Ne li unt pas le tros sachié,
Ainz l'en meinent en la citié.
A cum grant duel i a entré !
Cum plorent dames e puceles,
15848 Enfanz e toses e ancelez !
Sus el palés l'en meinent dreit.
Quant sis freres Hector le veit,
Si li estreint li cuers e serre

Tous deux, bien souvent, revenaient à l'assaut. Leur résistance, extraordinaire, leur permit de secourir bien des leurs qui, sans eux, auraient été tués ou faits prisonniers. Pâris, lui, a dégainé son épée d'acier et il fait le vide autour de lui. Quant au roi d'Aresse, il se comporte vaillamment et tous reviennent en bon ordre près du gros des troupes. Ils étaient pourtant dans une situation bien critique lorsque les Bâtards, qui avaient fait entre eux le serment de se venger de leurs ennemis, vinrent à leur secours. Ils chevauchent à bride abattue vers la mêlée et plongent dans les rangs des Grecs. Ils en ont désarçonné une trentaine qui n'attendent plus que la mort. Ha ! quels merveilleux chevaliers ce sont, aussi capables de disperser les mêlées les plus épaisses que d'endurer les plus rudes assauts ! Avec quelle bravoure ils se battent, repoussent les rangs ennemis ! De leurs épées étincelantes, ils ensanglantent les visages de leurs adversaires.

Ils avaient abattu Télamon – c'est Margariton qui l'avait pris – lorsque survint le seigneur Achille qui, de plein fouet, transperce Margariton de sa lance au niveau de l'estomac et avec une violence telle que la lame jaillit par-derrière. La lance, dans le corps, se brisa sur une longueur de deux pieds mais, avant que Margariton soit tombé à terre, les Bâtards l'arrachèrent à la mêlée. Ha ! que de cris et de clameurs ! Ce chevalier était si beau, si hardi, si preux, si loyal que tous les siens sont pleins de douleur. Sans lui retirer le fer de la plaie, ils l'emportèrent vers la cité. Quelles lamentations quand il y entra ! Dames et jeunes filles, enfants, fillettes et servantes, toutes se mettent à pleurer. On l'emmena tout droit au palais. Quand Hector, son frère, l'aperçut, son cœur se serra de douleur. Peu

Qu'a por un poi ne chiet a terre.
Sor une colte fu posez,
D'angoisse s'est treis feiz pasmez.
    Hector demande qui ç'a feit,
E cil li unt senpres retreit
Qui le navra ou e coment.
« Par Deu, fait il, quant il l'entent,
Bien me devreit li cuers partir
Quant je contr'elz ne puis eissir !
Je nel puis mes plus endurer :
La m'en estuet par force aler
Cestui vengier, se fairel puis.
Se je dedenz le chanp les truis,
Il me lairont senpres lor guage ;   [111b]
Ja lur vendrai chier cest damage.
Toz jors sereie mes honiz
S'ensi lor esteie guenchiz,
Mes il le verront tres qu'a poi,
Qui qu'en ait duel, ire ne joi. »
Del cors li unt treiz les escliz,
E cil devant lui est feniz.
Doncs demande Hector son destrer,
E dit qui il l'ira vengier.
Senpres montast, mes li reis vint,
Qui a grant peine le retint.
    Davant les lices des fossez
Se fu li torneiz arestez.
Grant piece lur tindrent le pas,
Car venuz i fu Eneas
O tiels treis mile chevaliers
Qui molt josterent voluntiers
E molt se aïderent bien.
Mes por veir sachez une rien :
Grant desconforz lur est a toz
E meins en sunt ardiz e proz
De ce qu'Ector nen est o elz.
Quant Achillés le sot, li felz,
Ne preisa puis gaires lor genz,
Ainz dit que ja les metront enz.
Agamennon l'est alez dire :
« Car chevauchez, fait il, biaus sire,
Sis alons toz ocirre e prendre,
Car il ne sunt o quei desfendre :*
N'ont pas Hector, hui ne l'avront ;

s'en fallut qu'il ne tombe à terre. On étendit Margariton sur une courtepointe et, par trois fois, il se pâma de douleur.

Hector demande qui a fait cela et on lui dit aussitôt qui l'a blessé, comment et où cela est arrivé.

« Par Dieu, dit-il quand il l'apprend, mon cœur devrait bien se briser quand il m'est ainsi impossible d'aller attaquer nos ennemis ! Mais je ne peux plus supporter cela. Il me faut à toute force venger ce guerrier si je le peux. Et si je trouve mes adversaires sur le champ de bataille, ils m'abandonneront bien vite leur mise ; je leur ferai payer cher cette perte. Je serais à tout jamais déshonoré si je leur faisais ainsi défaut. Mais ils auront bientôt l'occasion de voir ce qu'il en est, et peu importe alors qui en sera triste, affligé ou joyeux. »

On retira du corps de Margariton les éclats du bois de la lance et il mourut sous les yeux d'Hector. Le guerrier cependant demande son destrier et jure qu'il va le venger. Déjà il était en selle, mais le roi arriva et parvint, difficilement, à le retenir.

Le combat s'était arrêté devant les lices des fossés. Les Troyens tinrent longtemps cette position, car Énée était arrivé en renfort avec trois mille chevaliers qui se battirent de bon cœur et avec beaucoup de succès. Mais, sachez-le bien, c'est pour tous une grande source de découragement que l'absence d'Hector : ils y perdent beaucoup de courage et de hardiesse. Quand le cruel Achille apprit qu'il n'était pas là, il fit peu de cas des autres combattants de Troie et déclara que les Grecs allaient bientôt les repousser dans la ville, puis il vint en informer Agamemnon.

« Cher seigneur, lui dit-il, avancez ! Nous allons tous les prendre et les tuer, car ils ne sont pas en position de se défendre : Hector n'est pas avec eux et n'y sera pas de toute la

15896 Gardez por quei nos contrestont.
Sachez que hui ne s'en istra.
Molt le regretent cil de la,
Ne se sievent sans lui aidier.
15900 Faites cesz conreiz chevauchier,
Si seient ja si envaïz
Mil nos i laissent de pasmiz. »
A tant s'esmoevent li conrei,
15904 L'un avant l'autre, sans desrei.
Ja i avra merel mestret :*
Ne puet ainz departir le plet.
    Li dux d'Atheines vint premiers.
15908 Bien ot dis mile chevaliers
Sor les chevaus, les armes prises.
N'i ot puis fet autres devises,
Mes maintenant les vont hurter
15912 E les forz escus eströer,
Mes molt i perdirent des lor.
Ici leva si fier estor
Que il n'est se merveille non.
15916 Des ore voident li arçon,
Iluec ot mort maint bon vassal,
Par le chanp fuient li cheval.
    Filimenis de Pafagloine,
15920 O la söe gent sans essoine,
Josta o les Atheniens :
Se vos di bien qu'en tant de tens
N'oï onques nus hom parler
15924 De tant chevalier decouper.
Grant sunt e fort Pafagloneis,
E molt redotent poi Grezeis ;
Ne sievent rien de coardie,
15928 Molt par ont feit riche envaïe.
Trop le fist bien Filimenis,
De maint en ot le jor le pris.
O le duc d'Ateines josta :
15932 En la boche si le hurta,
Quatre des denz li fist voler,
E del cheval jus enverser.
Ne li lut pas sor lui descendre
15936 Ne son cors pas seisir ne prendre :
Trop i aveit des suens assez.   [111d]
De la place fu tost levez,
Vers les herberges l'en porterent

[111c]

journée. Voilà pourquoi ils ne peuvent vous résister. Oui, soyez-en sûr, il ne sortira pas aujourd'hui et les Troyens regrettent beaucoup son absence : sans lui, ils ne savent pas se battre. Faites donc avancer vos corps de troupe et attaquez nos ennemis avec tant d'ardeur qu'ils nous laissent mille d'entre eux pâmés sur le champ de bataille ! »

Les corps de troupe se mirent alors en marche, l'un devant l'autre, en bon ordre. Le désastre bientôt va fondre sur les Troyens : rien ne peut désormais l'arrêter.

Le duc d'Athènes marchait en tête, suivi de plus de dix mille chevaliers tous en selle et prêts au combat. Sans attendre plus longtemps, ils vont attaquer les Troyens et percer leurs solides écus. Les pertes des Troyens sont très élevées ; la mêlée devient extraordinairement acharnée, les cavaliers sont désarçonnés, maints bons guerriers sont tués et leurs chevaux s'enfuient sur le champ de bataille.

Philéménis de Paphlagonie alla aussitôt affronter les Athéniens avec ses hommes. Et je vous dis bien que jamais personne n'entendit dire qu'on eût fait en si peu de temps un tel massacre de chevaliers. Les Paphlagoniens sont grands et robustes ; ils ne redoutent guère les Grecs : leurs cœurs ignorent la lâcheté et ils ont attaqué en force. Philéménis se battit fort bien et fut ce jour-là consacré comme l'un des plus valeureux. Il alla jouter avec le duc d'Athènes et le heurta si violemment à la bouche qu'il lui fit voler quatre dents et le jeta à bas de son cheval. Il ne lui fut pas possible, cependant, de mettre pied à terre et de s'emparer de son adversaire, car les hommes du duc étaient trop nombreux et eurent tôt fait de l'enlever. Ils l'emportèrent vers le camp en manifestant une très vive douleur.

15898. le *manque*] A – 15899. se *manque*] A

15940 Cil qui grant duel en demenerent.
       Palamedés les encontra,
       A par un poi ne se desva,
       E dit que ja le cumparront
15944 Cil qui ce ont feit, ja n'i faudront.*
       Les escuz ont pris e seisiz,
       Jan i avra de toz marriz.*
       N'i ot ainc puis frein retenu :
15948 A la bataille sunt venu
       Plus tost, ce sachez, que le pas,
       Puis si les vont ferir el tas.
       Froissent e peceient les fuz
15952 O en chevaus o en escuz,
       O par mi cors de chevaliers.
       Ci fu li estors molt pleniers,
       Ci ot estrange chaplerece
15956 E de Perseis grant traierece.
       Ci ot si grant destruiement
       E si mortiel torneiement
       Que nel porreit riens reconter.
15960 Nel porent pas plus endurer
       Icil dedenz : desconfit sunt,
       Sachez trop laide perte i funt.
       Par mi les lices les unt mis,
15964 Molt en i ot ainz de malmis :
       Es doves cheient des fossez.
       Ainz que fust enz li tierz entrez,
       I orent si grant perte feite
15968 Que ne vos puet estre retreite.
       Totes les lices premereines
       Ont cil de hors en lur demeines ;
       Es barbequanes les ont mis.
15972 La se contint molt bien Paris :
       O le brant d'acier de color   [112a]
       Lur en a maint ocis le jor.
       Ha ! cum la fait bien Troïlus !
15976 Ne s'en apresme de lui nus
       Qu'il nel conpiert molt eigrement.
       Bien monstre iluec son ardement.
       Polidamas, cum le refeit !
15980 Icil retint le brant nu treit :
       Tant en ocit, tant en maaigne
       Qu'en vermeil sanc trestoz se baigne.
       Molt se contint prooosement :

Palamède, en les rencontrant, faillit devenir fou de rage et déclara qu'il allait tirer une vengeance éclatante de ceux qui avaient ainsi traité le duc : pour eux, point d'échappatoire. Ses hommes ont donc pris leurs écus – beaucoup, parmi eux, s'en repentiront – et, à bride abattue, ils sont accourus sur le champ de bataille. Ils n'allaient pas lentement, sachez-le, mais plongèrent aussitôt dans la mêlée et attaquèrent. Ils brisent et mettent en pièces le bois de leurs lances qu'ils enfoncent dans les chevaux, dans les écus, dans le corps des chevaliers. C'est alors que le combat atteint son apogée, c'est alors que la mêlée se fit acharnée et que les Perses décochèrent une pluie de traits ; c'est alors que le carnage fut tel, la lutte si meurtrière que personne ne pourrait en faire le récit.

Les Troyens ne purent supporter plus longtemps l'assaut : ils sont battus et leurs pertes, sachez-le, sont très élevées. Les Grecs les ont repoussés derrière les lices ; beaucoup d'entre eux sont en très mauvaise posture : ils tombent des fossés dans les douves. Un tiers d'entre eux seulement avait pu entrer dans la ville et déjà les pertes étaient telles que personne ne pourrait en dire l'étendue. Les assiégeants tiennent maintenant la première ligne de ces lices et ont repoussé les Troyens sur les barbacanes. Pâris, en cette circonstance, se battit fort bien. De son épée d'acier peint, il a tué nombre de Grecs. Et Troïlus, comme il se comporte vaillamment ! Personne ne vient l'attaquer qui ne le paie très cher. Il montre bien sa valeur. Et Polydamas, comme il se bat bien lui aussi ! Il brandit son épée nue, il tue et fait un tel carnage qu'il baigne tout entier dans le sang vermeil. Quelle extraordinaire prouesse que la sienne ! Si

S'il a damage, chier lor vent.
Filemenis, li granz, li proz,
Icil i est desor trestoz :
Ne gete colp qu'i n'en ocie
15988 A l'espee d'acier forbie.
Molt le funt bien, mes ce que chaut ?
Ne monte rien ne ne lor vaut.
Puis que tiels genz est resortie
15992 E de champ sevree e partie,
N'est mie puis chose legiere
De faire les torner ariere.
Par mi les portes de la vile
15996 En sunt ja entré tiels vint mile,
N'i a un sol qui senblant face
De retorner ariere en place.
Li criz lieve par la cité ;
16000 Merveilles sunt tuit esfreé.
En la vile sorst tiel esfrei
Que nus n'i est seürs de sei.
Montent sor murs e sor portaus.
16004 Li criz i est si comunaus
Que senpres cuident estre pris ;
Molt sunt de grant poor sorpris.
    Hector entent e ot e veit
16008 La merveille qu'il aperceit
E lo damage e lo martire   [112b]
Que nus ne pot conter ne dire.
La cité veit si esmeüe
16012 E a la novele entendue
Que par les portes les unt mis.
Li sans li est montez el vis
E li cuers del ventre engroissiez ;
16016 Tant par fu desvez e iriez
Que riens ne s'ose trere a lui.
« Des or est, fait il, grant enui
Que n'is hors vers mes enemis. »
16020 En son chief a son heume mis :
Lacié li a uns damaiseus.
Adoncs refu li deuls novels :
Plorent, crient par mi la sale,
16024 Mainte dame i devint pale
Por la poor qui de lui ont.
Ha ! las ! ja mes nel reverront
Qu'en aient joie ne leece.

l'ennemi lui nuit, il le lui fait payer cher. Mais Philéménis, le grand, le vaillant Philéménis, l'emporte sur tous. Chaque coup de son épée d'acier bien fourbie est un coup mortel. Tous se battent bien, mais à quoi bon ? Tout est vain désormais. À partir du moment où les hommes ont reculé, ont abandonné le champ de bataille, il n'est guère facile de les faire revenir en arrière. Vingt mille déjà sont entrés dans la ville et pas un seul ne manifeste l'intention de revenir au combat. L'alarme est donnée dans la cité. Tous les habitants sont absolument terrifiés : il se répand une telle panique que plus personne ne garde son sang-froid, tous montent sur les murailles et sur les portes. L'alarme est si générale qu'ils se voient déjà pris d'assaut. Une peur terrible les saisit.

Hector entend et voit ce qui se passe. Il se rend compte que le carnage et le désastre sont tels que personne ne saurait en faire le récit. Il voit la cité en proie à la panique et il a appris que les Grecs ont repoussé les Troyens derrière les portes. Son visage s'empourpre, son cœur se gonfle dans sa poitrine. Il est en proie à une telle fureur, à une telle colère, que personne n'ose s'approcher de lui.

« Quel tourment de ne pouvoir sortir contre mes ennemis ! » dit-il, en mettant sur sa tête son heaume que vient lui lacer un jeune garçon. Les lamentations reprirent alors de plus belle : tous pleurent et crient dans la salle. Il y a là beaucoup de nobles dames qui pâlissent, tant elles ont peur pour lui. Hélas ! jamais plus elles n'éprouveront, en le revoyant, joie et allégresse !

16028 Cum grant dolor e quel tristece
Qu'il ne poeit cel jor sufrir
Qu'il li deveit mesavenir !
   Enz en la sale qui fu peinte
16032 Monte el cheval, l'espee ceinte.
Son escu prent, puis si s'en ist.
Andromacha pasmee gist :
Tiel dolor a ne ot ne veit.
16036 Prianz nel siet ne n'aperceit :*
N'i alast mie, se devient.
Cil qui ne dote ne ne crient
Est par les rues devalez :
16040 De plus de mil fu aorez.
Molt ont grant joie receüe
Quant l'aperceit la genz menue.
Encontre lui vont tuit e corent
16044 E de pitié braient e plorent.
« Sire, funt il, bien ont seü, [112c]
E molt l'unt bien aperceü
Icil de Grece, tote jor,
16048 Que n'estïez pas a l'estor.
Bien i unt hui feit lur talanz :
Des nos est la perte si granz
Que nus nel porreit recontier,
16052 Mes or lor covient conparer :
Des qu'a petit n'i avra faille. »

Hector avient a la bataille,
Mes la presse par fu si granz,
16056 Des desconfiz e des entranz,
Qu'a peine s'en pot hors eissir.
Senpres maneis, a l'avenir,
Lor gete mort Euripulus.
16060 Qui d'Orcomeine iert sire e dus.
Yfidus iert cuens merveillos,
Fiers e hardiz e corajos.
A celui a le braz trenchié,
16064 Si l'a navré e maaignié,
Que ja mes ne ferra d'espee.
La ot tante enseigne escriee,
Soné tant cor, tant maienel,
16068 E tant olifant grant e bel
Tuit li murail en rebondissent,

Quelle douleur extrême, quelle misère qu'il n'ait pu se résoudre à laisser passer ce jour qui devait lui être si funeste !

Dans la salle ornée de peintures il monte en selle, l'épée ceinte, prend son écu et s'en va. Andromaque gît sur le sol, pâmée. Sa douleur est telle qu'elle n'entend ni ne voit. Priam, lui, n'en a rien su... peut-être Hector ne serait-il pas parti. Mais le guerrier, qui ignore la crainte, descend par les rues de la ville. Plus de mille personnes s'inclinent sur son passage : leur joie est vive. Et le menu peuple, lorsqu'il l'aperçoit, court vers lui, gémissant et pleurant d'émotion.

« Seigneur, disent-ils, les Grecs aujourd'hui ont bien su, bien compris que vous n'étiez pas au combat. Ils ont fait ce qu'ils ont voulu : nos pertes sont si grandes que personne ne pourrait en dire l'étendue. Mais maintenant, et cet instant, à coup sûr, est proche, ils vont le payer. »

LA MORT D'HECTOR

Hector arrive là où se déroule le combat, mais la foule des vaincus et de ceux qui refluaient dans la ville était telle que lui-même avait eu de la peine à en sortir. Dès qu'il rencontre ses ennemis, il leur abat mort Eurypylus, seigneur et duc d'Orménie.

Ifidus était un comte de grande noblesse, redoutable, hardi et plein d'audace : Hector lui a tranché le bras. Il l'a blessé et mutilé au point que jamais plus il ne pourra se servir de son épée. Que de cris de guerre sont lancés ! Que de trompes, de cors, de grands et beaux olifants résonnent ! Toutes les

---

16035. a n'ot ne v. – **16060.** iert *répété*

         E li palés en retentissent.
         Bien fu Hector reconeüz :
16072   Tant fu dotez li suens escuz
         Qu'en es le pas sunt resorti
         Trestuit si mortiel anemi.
         Polidamas aveient pris
16076   Au rescorre Filemenis.
         Par mi la presse l'en menöent,
         Estrange joie en demenöent,
         Car molt les aveit feit iriez
16080   E maintes feiz endamagiez ;
         Por ce li donoient de granz,   [112d]
         Par mi le heume, de lur branz.
         Sa rescosse iert tote obliee,
16084   Ja n'en fust mes sachee espee.
         Sovent iert Hector regretez
         De celz dont molt esteit amez,
         Mes bien l'orent reconeü
16088   Cil qui ariere sunt venu ;
         Toz lor est li cuers revenuz.
         Polidamas fu secoruz,
         Qu'Ector s'ala o cels mesler
16092   Cui leidement fist cumparer
         La seisine qu'il en aveient.
         Cels a ocis qui le teneient.
         Doncs les aqueut au brant d'acier ;
16096   Maint en i fait mort trebuchier ;
         Par les destreiz les feit passer.
         Trop i perdent au rentasser,
         Toz desconfiz les metent hors ;
16100   Molt gete Hector ames de cors.
         Cil dedenz furent recovré ;
         A la trenchee del fossé,
         Rentassent si lor anemis,
16104   Molt i ont d'els morz e malmis :
         C'est par l'esforz qu'Ector a feit.
         Que vos en fareie lonc pleit ?
         Loing as plains chans les ont enpeinz,
16108   Si n'en fu pas lor li guaeinz.
                 Amirauz iert Leotetés,
         Cosins germeins Dïomedés ;
         Riches esteit e alosez,
16112   E en l'ost bien enparentez.
         A cel trest Hector la coraille,

murailles en retentissent et les échos s'en répercutent dans les palais.

Hector fut vite reconnu. Son écu était si redouté qu'aussitôt tous ses ennemis mortels prennent la fuite. Ils avaient pris Polydamas alors qu'il venait au secours de Philéménis. Ils l'emmenaient à travers la mêlée avec beaucoup de joie, car bien souvent le guerrier les avait plongés dans l'affliction et leur avait infligé des pertes. Aussi lui donnaient-ils de grands coups d'épée sur son heaume. On ne songeait plus à le secourir ; pas une épée n'aurait été dégainée pour lui : l'absence d'Hector était bien déplorée par ceux qui lui vouaient une profonde amitié ! Mais les soldats qui avaient battu en retraite ont reconnu le héros et ont repris courage. Polydamas fut secouru, car Hector vint attaquer ceux qui l'emmenaient et leur fit payer cher leur prise : il a tué ceux qui tenaient le guerrier ; les autres, il les assaille de son épée d'acier et en met à mort un grand nombre. Il les force à repasser par d'étroits passages et, en reculant, ils subissent de lourdes pertes. Les Troyens rejettent ainsi leurs adversaires et en triomphent. Que d'âmes Hector sépare de leur corps ! Les assiégés ont repris l'avantage : ils viennent écraser leurs ennemis dans une tranchée. Ils en ont tué et blessé un grand nombre. Et ce retournement est l'œuvre d'Hector ! Mais pourquoi m'attarder plus longtemps ? Les Troyens ont repoussé leurs adversaires, bien loin, en rase campagne, et la victoire a changé de camp.

Léotétès, un chef de guerre, était cousin germain de Diomède. C'était un magnifique guerrier, très renommé, et qui comptait beaucoup de parents dans l'armée. Hector l'a étripé

Enz en mi lué de la bataille ;*
Josta a lui, tiel coup li done,
16115a Que li escuz bondist e sone,
16115b Ou il aveit peint un liepart ; [113a]
16115c Soz la bocle, par mi li part.
16115d Le hauzberc a rot e quassé,
16115e Par mi lo cors li a passé
16115f Le confanon vermeil de seie.
16115g Par detriés en geta le feie,
16115h Au fer trenchant, e les roignons ;
16116 Cil chaï morz jus des arçons.
Or le refunt bien cil de Troie :
Des or ont il leece e joie,
Des or resunt il par igaus ;
16120 Ce feit Hector li bons vassaus.

Quant Achillés veit la merveille
Qu'Ector lur feit e apareille,
Que toz lor princes lur ocit,
16124 A sei meïsme pense e dit
Que s'il puet vivre longement,
A duel, a mort e a torment
Sont tuit livré sans retor prendre.
16128 Mes molt voudreit a ce entendre
Qu'il le poïst desavancir
O a tiel encontre venir
Qu'il li feïst l'ame roter.
16132 A ce tornent tuit si penser,
A el n'entent ne el ne feit,
Tot autre ovre por ce leit.
A ice a tot atorné
16136 E son corage e son pensé.
Ja mes n'avra joie ne ris
Devant qu'a ses mains l'ait ocis.
La gent de Grece veit morir :
16140 Tant a Hector force e haïr
Que tot ocit e navre e tue
E de la place les remue.
Bien le funt cil de la citié :
16144 Forment se sunt raseüré.
Tuit s'en eissirent hors as criz. [113b]
Puis que li monz fu establiz,
Ne vit nus hon tiel contençon,
16148 Tiel chaple, tiel ocisïon.
A cenz, a milliers s'entrocient,

au beau milieu de la bataille : il joute contre lui et lui donne un coup qui rebondit et résonne sur son écu où était peint un léopard : l'écu, fendu sous la boucle, se rompt. Hector a aussi rompu le haubert et a transpercé Léotétès d'une enseigne de soie vermeille. Il lui arrache le foie et les rognons de son épée tranchante. L'autre tombe de son cheval, raide mort. Les Troyens, de leur côté, se battent vaillamment. Les voici de nouveau pleins de joie et d'allégresse. Les voici qui combattent d'égal à égal, et tout cela grâce à Hector, le bon guerrier.

Quand Achille voit les prouesses que fait Hector qui est en train de tuer tous les chefs de guerre, il se dit en lui-même que, si son adversaire reste encore longtemps vivant, ils vont tous connaître, c'est assuré, de bien cruels tourments. Il voudrait donc le prévenir ou, mieux encore, trouver l'occasion de lui faire cracher son âme. Tel est désormais son unique souci : il ne fait rien d'autre, il ne se soucie de rien d'autre, abandonnant toute autre entreprise. Toutes ses intentions et ses pensées sont tournées vers cet unique but. Il ne connaîtra plus la joie, il ne rira plus avant de l'avoir tué de ses mains. Il voit mourir sous ses yeux les guerriers grecs : Hector a en lui tant de force et d'ardeur qu'il les met tous en pièces et les fait fuir du champ de bataille. Les Troyens se battent vaillamment : ils sont tout revigorés. Lorsque retentissent les clameurs du combat, tous sortent de la ville. Personne, depuis la création du monde, n'a jamais vu pareil combat, pareille tuerie, pareil massacre. C'est par centaines, c'est par milliers qu'ils s'entre-tuent. Dans la

Par la citié cornent e crient,
E as tentes funt ensement.
16152 Ce est avis a tote gent
Que la terre funt soz lor piez :
Des morz est toz li chans jonchiez.
    Politenés esteit uns dus
16156 D'outre les puis de Calcasus –
Ce est vers Inde la Major.
Molt ot grant force e grant valor,
Merveilles par iert proz de sei
16160 E molt aveit riche conrei.
Nus hom el siecle trespassé
N'aveit veü si bel armé.
D'or e de pierres precïoses,
16164 Resplendissanz e merveilloses,
Erent tuit si ator covert.
Achillés aime, henore e siert
Por ce que doner li deveit
16168 Une süe suer qu'il aveit.
Il iert chevaliers merveillos,
A celz dedenz trop perillos.
Le jor; lur en ot maint ocis,
16172 Mais Hector l'a si entrepris
Qu'il ne li puet plein pié fuir,
En la place l'a fait morir :
Tot le fendi deci qu'as denz.
16176 E quant il vit les garnemenz,*
Si riches e si precïos,
Molt fu de l'aveir coveitos.
Oster les li voleit e traire,
16180 Mes Achillés, son aversaire,
I est venuz, qui les li viee.   [113c]
La rot mainte selle voidiee ;
Ci rasembla si fier estor,
16184 Dont maint perdirent la color.
    Hector e Achillés s'ateinstrent,
Qui d'els ocirre ne se feinstrent :
Mainte colee se donerent
16188 Sor les heumes qui resonerent,
Que toz en ronpirent li laz,
E tuit lur dolurent li braz.
Mes Hector seisi un espié,
16192 Cler e trenchant e aguisié.
A dous poinz en fiert Achillés

cité, ils crient et font sonner les cors et de même dans le camp grec. Il leur semble à tous que la terre s'entrouvre sous leurs pieds, et le champ de bataille est tout jonché de cadavres.

Polibétès était un duc venu d'au-delà des monts du Caucase, c'est-à-dire près d'Inde la Majeure. Il était très fort, très valeureux. Sa prouesse était extraordinaire et il conduisait une troupe imposante. Jamais homme par le passé n'avait vu guerrier avec des armes si belles. Son équipement, tout resplendissant, était entièrement couvert d'or et de pierres précieuses qui jetaient un extraordinaire éclat. Il aime Achille et le traite avec beaucoup d'honneur et d'égards parce qu'il voulait lui donner une de ses sœurs. C'était un chevalier extraordinaire et très redoutable pour les Troyens : ce jour-là, il avait tué beaucoup des leurs. Mais Hector le serre de si près qu'il ne peut plus lui échapper, et il l'a mis à mort sur le champ de bataille en lui fendant la tête jusqu'aux dents. Lorsque Hector vit la richesse et la valeur de ses armes, il eut très grande envie de s'en emparer. Il allait les lui enlever lorsque survint Achille, son ennemi, qui l'en empêcha. Il y eut là bien des chevaliers désarçonnés et c'est un combat si cruel qui s'engagea alors que beaucoup y perdirent toute couleur.

Hector et Achille s'affrontèrent ; ils n'avaient qu'une pensée, se tuer. Ils se donnèrent sur leurs heaumes tant de coups retentissants que les lacets en furent rompus et que les bras leur faisaient très mal. Mais Hector saisit un épieu brillant, tranchant et bien aiguisé ; à deux mains il en frappa Achille à la

Par mi la cuisse, de si pres
Qu'il nel pot mie jus abatre.
16196 Atant laissierent le cunbatre
Cil qui esteient a l'estor :
Ensus se resunt treit li lor.
Achillés fu griefment navrez.
16200 Lors ot dolor e ire assez :
Nus hon n'en ot ainc plus ne tant ;
Por ce en fera bien senblant.
Sa plaie li ont bien faissee,
16204 E d'un penon estreit lïee,
Puis rest montez, l'iaume lacié,
Cler e trenchant tint un espié.
En la bataille ariere torne,
16208 Cum cil qui gueres ne sejorne ;
Hector agueite, ensi navrez :
Mielz en volt estre morz gitez
Qu'il ne l'ocie, ce dit bien.
16212 A ce entent sor tote rien.
La bataille est molt aïree,
Mainte ame i ot de cors sachee.
Li cri i sunt grant e li hu,
16216 Qu'Ector a un rei abatu.
Prendre le volt e retenir [113d]
E as lor par force tolir.
Par la ventaille le teneit,
16220 Hors de la presse l'en traeit,
De son escu iert descoverz.
16222 Et quant l'aperceit li cuiverz,*
16225 Dreit a lui broche le destrier :
16226 Nel pot garir l'auberc dobler
Que tot lo feie e le poumon
Ne li espande sor l'arçon.
Mort le trebuche tot envers,
16230 En poi d'ore fu pale e pers.
Ha ! las ! cum pesante aventure !
Tant par est pesme e tant est dure,
E cum pesante destinee !
16234 N'i ot puis autre demoree :
Vont s'en fuiant, sans nul conrei,
Q'uns sols n'i prent regart de sei.
Ce lor est bel qu'on les ocie ;
16238 Petit aime chascuns sa vie ;
Getent lances, getent escuz :

cuisse, mais de si près qu'il ne peut le jeter à terre. De part et d'autre les hommes cessèrent alors de se battre et les Grecs reculèrent.

Achille était très gravement blessé. Sa douleur et sa colère étaient très vives : jamais personne n'en ressentit autant, mais il aura bien l'occasion de le montrer ! On lui a étanché sa plaie et on l'a étroitement bandée avec un pennon. Il est alors remonté à cheval, le heaume lacé, tenant un épieu clair et tranchant. Il retourne sur le champ de bataille, sans prendre le moindre répit. Ainsi blessé, il guette Hector. Il préfère être tué, se dit-il, plutôt que de ne pas le mettre à mort. C'est là son but unique. La bataille est acharnée. Bien des âmes se séparent des corps. Cris et clameurs s'élèvent, car Hector a abattu un roi. Il voulait s'en emparer et l'arracher de force aux Grecs, déjà il le tenait par la ventaille de son heaume et le tirait hors de la mêlée, sans prendre garde à se couvrir de son écu. Lorsque ce scélérat d'Achille l'aperçoit, il s'est dirigé droit vers lui, éperonnant son cheval et, malgré le haubert à double rang de mailles, il lui fait jaillir sur sa selle foie et poumons et l'abat mort à la renverse. En quelques instants le visage d'Hector pâlit et devient livide.

Hélas ! quel douloureux événement, si atroce, si cruel ! Quelle rigoureuse destinée ! Les choses, ensuite, allèrent très vite : les Troyens s'enfuient en désordre. Pas un ne se soucie de son sort : il leur est doux à tous de se faire tuer ; chacun d'eux fait bien peu de cas de sa vie. Ils abandonnent lances et

La mort Hector les a vencuz
E morz e si descoragiez,
16242 Angoissous sunt e si iriez
Que li plusor, estre lor gré,
Se sunt de duel el chanp pasmé.
La les ocient sans retor
16246 E sans rescosse d'un des lor.
Par force sunt del chanp geté ;
Tres qu'as portes de la cité
Les en meinent molt leidement.
16250 La ot maint brant d'acier sanglent.
Pöez saveir, molt en ocistrent
E molt en navrerent e pristrent,
Tant cum il voustrent e non plus.
16254 Des or sunt il bien au desus.
Par mi les portes s'en entrerent, [114a]
Cil qui del chanp vif eschaperent.
Iluec en ocist Achillés
16258 Cinc cenz, ce dit l'escriz, e mes.
Espés les trove e entassez ;
Tant en a morz, ainz que passez
Fussent, n'en puis esmee faire.
16262 Mes si cum me reconte Daire,
Mennon torna contre Achillés,
Si le feri de plein eslés,
Que jus l'aporte de la sele.
16266 E cil, qui ses jués renovele,
Le ra seisi par mi l'escu
Qu'a la terre l'a abatu,
Puis treit l'espee, si l'assaut.
16270 E reis Mennon ne l'en refaut,
Se cil le fiert dous coups o treis,
Qu'il ne li rende de maneis
Par mi le heume de desus,
16274 Si que del chief li abat jus.
Le sanc li feit voler del vis.
Fierement l'a Mennon requis,
Fiere escremie s'unt rendue ;
16278 De lur sanc la terre enpalue.
Chescuns d'els i est si gregiez
Qu'a peines puet ester sor piez.
Plaié se sunt e si tué
16282 Que del chanp en furent porté.
S'eüst Mennon un poi d'aiüe,

écus. La mort d'Hector les a vaincus. Ils sont si fatigués, si désemparés, si éprouvés, si affligés que beaucoup d'entre eux s'évanouissent bien malgré eux sur le champ de bataille et y sont aussitôt tués sans qu'aucun des leurs intervienne. Les Troyens sont chassés du champ de bataille. Les Grecs les repoussent sans ménagement jusqu'aux portes de la ville. Que d'épées d'acier ensanglantées ! Les Grecs, sachez-le, tuèrent, blessèrent ou firent prisonniers autant de Troyens qu'ils le voulurent. Désormais, ils triomphent.

Ceux qui parvinrent à s'échapper vivants du combat, entrèrent dans la ville par les portes, mais là, Achille, selon ma source, en tua cinq cents et plus. Il trouve ses adversaires entassés les uns sur les autres et il en fait un tel carnage avant qu'ils puissent se réfugier dans la ville que je ne peux vous dire le nombre des morts. Mais, ainsi que me le rapporte Darès, Memnon vint attaquer Achille. Il le frappa de plein fouet, si bien qu'il le désarçonna, mais l'autre, qui retrouve toute son ardeur, l'a saisi si violemment par son écu qu'il le jette à terre ; puis il tire son épée et bondit sur lui. Memnon cependant ne se dérobe pas : tous les coups qu'Achille lui donne, il les lui rend aussitôt et finit par lui faire voler son heaume. Achille, sous le choc, devient livide : Memnon l'a assailli avec une rare violence et c'est à un rude assaut de coups d'épée qu'ils se sont livrés. La terre est tout imprégnée de leur sang et l'un et l'autre sont si épuisés qu'ils peuvent à peine se tenir debout. Les blessures et les plaies qu'ils se sont faites sont si graves qu'on les emporte loin du champ de bataille. Si Memnon avait reçu

Si tres grant peine fust creüe
A Achillés, que ja mes jor
16286 Ne portast armes en estor.
Sor son escu en fu portez.
Set feiz se fu ainceis pasmez
Qu'il fust dedenz son paveillon.
16290 Sor un feutre de ciclaton
Le coucherent, sil desarmerent. [114b]
Quant ses plaies li regarderent,
Cuidierent l'ame s'en alast,
16294 Ja mes sa boche ne parlast,
Ne fust uns mires d'Oriant,
Qui de plaie par saveit tant,
Que nus hon ne poïst morir
16298 O il poïst a tens venir.
Cil l'a feit si asoagier
Qu'en es le pas le fist mangier
D'un chaudel precïos e sein.
16302 Or sunt tuit si ami certein
Qu'il est a garison tornez.
Toz fu gariz e respassez
Ainz que passassent gueres jor.
16306 Grant joie en demeinent li lor :
Tote la perte qu'il ont fete,
Qui d'els est dite ne retrete,
Ne prisent il pas un denier
16310 Quant vengié sunt de lor guerrer
E de lur anemi mortal.
Ja n'avront mes dolor ne mal,
Ce lor est vis, por nule rien.
16314 Mes une chose sai je bien,
Qu'encor avront de tiels jornaus
O morront mil de lor vassaus.

  Or vos dirai de cels de Troie :
16318 N'orent ainc puis ne bien ne joie.
Del chanp fu li cors aportez.
Quant en la vile fu entrez,
Ainc n'en vit nus, sor piez estast,
16322 Qui de dolor ne se pasmast.

un peu d'aide, Achille aurait été si profondément atteint qu'il n'aurait jamais pu reprendre les armes. On l'emporta sur son écu et il s'évanouit à sept reprises avant d'arriver à sa tente. On l'a étendu sur un tapis de soie, puis on l'a désarmé. Ses hommes eurent très peur qu'il n'expirât lorsqu'ils examinèrent ses plaies. Jamais plus il n'aurait parlé s'il n'y avait eu là un médecin venu d'Orient. Il savait si bien soigner les plaies que, pour peu qu'il arrivât à temps, il aurait pu sauver n'importe qui. Il est aussitôt parvenu à soulager Achille en lui faisant absorber un chaudeau salutaire et efficace. Les compagnons d'Achille sont maintenant sûrs et certains qu'il va guérir ; au reste, très peu de temps après, il fut tout à fait tiré d'affaire et les Grecs en furent très joyeux : toutes les pertes qu'ils ont, dit-on, subies, tout cela leur est parfaitement égal à partir du moment où ils se sont vengés de leur adversaire, de leur mortel ennemi. Il leur semble que c'en est fini des maux et des douleurs. Pourtant, je le sais bien, ils connaîtront encore des journées si dures que mille de leurs guerriers y mourront.

LES FUNÉRAILLES D'HECTOR
(vv. 16317-16858)

Mais revenons maintenant aux Troyens pour qui désormais joie et bonheur n'existent plus. On rapporta le corps d'Hector du champ de bataille. Lorsqu'il fut entré dans la ville, pas un habitant qui, à le voir, puisse rester debout et qui ne se pâme

---

16317. Ore vos dirai

Braient fames, braient enfanz,
Toz li poeples, petiz e granz.
Plorent li rei e li contor,
16326 Prince, domeine e vasvassor.
Les puceles l'ont regreté, [114c]
E les dames de la cité.
    « Sire Hector, douz nobles guerriers,
16330 Sire, nobiles chevaliers,
Sire, qui tant nos amïez,
Sire, qui toz nos gardïez,
Sire, qui tant estïez proz,
16334 Qui nos desfendïez de toz,
Quel damage que estes morz !
Tant par est granz li desconforz !
Ja mes nus biens ne nos vendra,
16338 Ja mes nus hom ne vos vaudra,
Ja mes jor ne serons rescos.
Toz lur voleirs faront de nos
Li enemi, li reneié.
16342 Ha ! cum serunt desconseillié
Li chaitif chevaler de Troie !
La lor desfense iert mes molt poie
Ja n'i avra mes porte overte
16346 Ha ! lasses, funt eles, quel perte !
Ja ne serons mes mariees.
Chaitives en serons menees,
Doloroses, en lonc servage.
16350 La vostre morz est si sauvage
Que il n'est pas dreiz ne reisons
Que nos ore aprés vos vivons. »
    Aprés le cors iert tiels li criz
16354 Que nus si granz ne fu oïz.
Tuit le sievent tres qu'en la sale.
La sunt persi e freit e pale,
La est li duels si angoissos,
16358 Si pesmes e si doloros,
Que riens nel porreit reconter.
Sor lui se vait Prianz pasmer,
Sor lui se gist reides e freiz,
16362 Sor lui se pasme trente feiz,
Que il n'en ist funs ne aleine.
Osté l'en ont a molt grant peine [114d]
Si fil, si rei e si contor.
16366 En une chanbre peinte a flor

de douleur. Femmes, enfants, le peuple tout entier, tous poussent de grands cris. Rois, nobles, princes, grands seigneurs, vavasseurs, tous pleurent, tandis que les jeunes filles et les dames de la cité se lamentent sur le corps en disant :

« Seigneur Hector, doux et noble guerrier, seigneur, noble chevalier, seigneur, vous qui si bien nous aimiez, vous qui si bien nous protégiez, seigneur, vous qui étiez si preux, qui contre tous saviez nous défendre, quel malheur que votre mort ! Dans quel désespoir nous voilà plongées ! Jamais plus nous ne connaîtrons le bonheur ! Jamais plus il n'y aura d'homme qui vous vaille ! Désormais, nous n'avons plus l'espoir d'être sauvées. Nos ennemis, ces Grecs perfides, feront de nous ce qu'ils voudront ! Hélas ! comme ils seront désemparés, les malheureux chevaliers troyens. C'est une bien piètre défense qu'ils opposeront. Plus jamais les portes de la ville ne s'ouvriront. Malheureuses que nous sommes, quelle perte pour nous ! Jamais nous ne serons mariées, mais les Grecs nous prendront et nous réduiront à un douloureux esclavage. Votre mort est pour nous une si cruelle épreuve qu'il n'est ni légitime ni juste que nous vous survivions ! »

Les lamentations, sur le passage du corps, furent telles que jamais on n'en entendit de pareilles. Tous l'accompagnent jusqu'à la salle du palais. Ils sont là, blêmes, pâles et glacés. Là leurs plaintes s'élèvent, si amères, si terribles, si pitoyables que personne ne pourrait en faire le récit. Sur le corps Priam s'évanouit. Sur lui il tombe, raide et glacé ; sur lui, à trente reprises, il se pâme ; plus un souffle ne sort de sa bouche. Ses fils, ses rois, ses vassaux l'ont à grand-peine arraché au cadavre. Dans une chambre ornée de fleurs peintes on l'a emporté, à demi

En est portez, si come morz.
Mauvez est mais li suens conforz.
    Estrange duel refet Paris.
16370 L'aigue li cort aval lo vis,
De ses dous oilz tendrement plore,
E molt maldit lo terme e l'ore
Que icil jors ainc ajorna
16374 E que la bataille asenbla.
A mort se tient e confundu
E dit sovent que mare fu.
« Sire, douz amis, sire chers,
16378 Vaillanz sor trestoz chevaliers,
Qui fara mes les granz esforz
E qui venjera mes nos morz?
Qui nos sera mes confanons,*
16382 Chastiaus, estandarz ne dragons,
E qui nos savra mes tenir?
Li cuer nos devreient partir
Quant nos vos esgardons en biere !
16386 La vostre morz par est si fiere
Que riens ne siet le grant damage
Que receit hui nostre lignage.
Par vos esteit toz desfenduz,
16390 Mes or est morz e confunduz.
Mes se Deu plest, cil en morra :
Ja rien soz ciel ne l'en garra.
S'il est trovez a la bataille,
16394 Bien i sereiz vengiez sans faille.
Mei ne chaut s'il m'aveit ocis,
Mes de lui fust vengemenz pris. »
Desus lo cors cheï pasmez,
16398 Adoncs i ot dolor assez.
    Mout lo regrete Troïlus, [115a]
Car rien soz ciel n'amot il plus,
E si refeit Polidamas,
16402 E Antenor e Eneas,
Tuit si ami e tuit si frere.
Adoncs vint Ecuba sa mere,
Andromacha e dame Eleine.
16406 Chescune esteit si pale e veine,
Que se ne fussent sostenues,
Ne se fussent ja sol meües,
Ne peüssent sor piez ester.
16410 Qui les oïst brere e crier,

mort. Il lui sera désormais difficile d'apaiser sa peine.

Pâris, de son côté, montre une très violente douleur. Les larmes coulent sur son visage. Il pleure pitoyablement, maudissant le moment où ce jour s'est levé, et où cette bataille a commencé. Il se tient pour un homme mort et regrette bien souvent le jour qui le vit naître :

« Ha ! cher seigneur, dit-il, mon doux ami, vous étiez le plus vaillant de tous les chevaliers ! Qui donc, maintenant, livrera les rudes assauts ? Qui vengera nos morts ? Qui sera notre bannière, notre forteresse, notre étendard, notre enseigne au dragon ? Qui saura désormais nous protéger ? Nos cœurs devraient se fendre en vous voyant ainsi sur cette bière ! Votre mort est si cruelle que personne ne peut évaluer la perte immense que subit aujourd'hui notre lignage. C'est par vous seul qu'il était défendu : il est désormais mort et anéanti. Pourtant, s'il plaît à Dieu, l'autre en mourra. Rien ne saura l'en préserver. Si on le trouve sur le champ de bataille, vous serez bien vengé, cela est sûr. Peu m'importerait qu'il me tuât si je pouvais, avant de mourir, assouvir ma vengeance ! »

Il tombe alors évanoui sur le cadavre et les manifestations de douleur, autour de lui, reprennent de plus belle.

Troïlus à son tour se lamente sur le corps – il n'y avait personne au monde qu'il aimât davantage – suivi par Polydamas, Anténor, Énée, tous les amis, tous les frères d'Hector. Vint alors Hécube sa mère, accompagnée d'Andromaque et de ma dame Hélène. Elles étaient toutes trois si pâles, si faibles, qu'elles avaient peine à se déplacer et qu'elles n'auraient pu rester debout si on ne les avait pas soutenues. Ha ! si vous les aviez entendues gémir et crier, frapper leurs

E lur paumes entreferir,
E geter lermes e sospir,
Ne poïst müer a nul fuer
16414 Qu'il n'en eüst dolor au cuer.
Quant sor le cors se sunt pasmees,
Si regretent les destinees
Qui tant lur par sunt felenesses.
16418 « Ha ! Cassandra, les vos promesses
Sunt bien veires, e d'Eleni !
Maleüré, dolent, chaiti,
S'en eüssent esté creeit,
16422 Ne nos fust pas si mescheeit !
Meschaeit ! lasses, doloreses,
Coment serons ja mes joioses ? »
    « Filz, feit Ecuba, quel atente ?
16426 En cui avrai ja mes entente ?
En cui sera mes mis deliz ?
Trestoz mis joies est feniz,*
Perdue ai ma deffensïon.
16430 N'aveie amor se a tei non.
Filz, douz amis, parlez a mei !
Vos n'estes mie morz, ce crei.
Ovrez les oilz, si m'esgardez,
16434 Mal faites qu'a mei ne parlez.
Fiz chiers, vos nes pöez ovrir !   [115b]
La grant error e li sospir
Ou je esteie chascun jor
16438 Senefiot ceste dolor,
Cest'angoisse, ceste merveille.
Soz vos vei la terre vermeille
Del sanc qui del cors vos avale.
16442 Ha ! cum vei or cel bel vis pale,
Douz, biaus e proz, pius e rianz !
Que fara mes li reis Prianz ?
Qui li fara ja mes la rien
16446 Por que il ait joie ne bien,
Confortement ne alegrance ?*
A ! douz amis, quel atendance !
Cum vos departez tost de nos !
16450 Dreiz est que nos muirons o vos,
Que nos ne vos veions morir,
Ne par force çaien saisir
As anemiz – cui Deus maldie ! –
16454 Par cui avez perdu la vie.

mains et répandre larmes et soupirs, quelle douleur vous auriez, vous aussi, ressentie ! En se pâmant sur le corps, elles maudissent le destin, ce destin qui leur est vraiment trop cruel.

« Ha ! Cassandre, disent-elles, vos prédictions, comme celles d'Hélénus, ne se sont que trop avérées ! Hélas, infortunés, malheureux que vous êtes, si l'on vous avait crus, pareille catastrophe nous aurait été évitée ! Hélas, pauvres de nous, pauvres affligées, comment pourrons-nous jamais connaître de nouveau la joie ? »

« Mon fils, dit Hécube, quel espoir me reste-t-il ? En qui mettrai-je désormais mon espérance ? Qui désormais pourra me procurer quelque plaisir ? Toute joie est morte pour moi. J'ai perdu celui qui me protégeait. Je n'avais d'autre amour que toi. Mon fils, mon doux ami, parlez-moi. Vous n'êtes pas mort, il me semble. Ouvrez vos yeux, regardez-moi. Vous avez tort de refuser ainsi de me parler ! Hélas, mon cher fils, vous ne pouvez plus ouvrir vos yeux ! L'angoisse extrême, les soupirs qui m'agitaient chaque jour étaient les présages de cette douleur, de ce tourment, de cette catastrophe. Je vois, sous votre corps, la terre rougie du sang qui ruisselle de votre cadavre, mais ce beau visage, sous mon regard, comme il est pâle ! Hélas, fils si tendre, si beau, si preux, si pieux, si aimable, que va faire maintenant le roi Priam ? Qui pourra faire en sorte qu'il connaisse encore joie et bonheur, réconfort et soulagement ? Ha ! doux ami, quel espoir, désormais ? C'est bien trop tôt que vous nous quittez ! Il est juste que nous mourions en même temps que vous afin que nous n'assistions pas à votre mort et que nous ne soyons pas ici même saisies de force par nos ennemis – que Dieu les maudisse ! –, ceux qui sont respon-

---

16431. parler] *A*

Nel verrai ja, lasse cheitive !
Ja Deu ne place que plus vive ! »
Atant sor le cors s'espasmi,
16458 E mil des autres autresi.

Andromacha ot tant ploré
E tant lo jor breit e crié
Que parole n'en pot eissir.
16462 Sovent feit senblant de morir,
Sovent est verz e pale e veine ;
De li nen ist funs ne aleine.
Mes cil qui de bon cuer l'amerent,
16466 Tote por morte l'en porterent ;
Dedenz un lit si l'unt posee,
La li unt la chiere arosee.
Molt s'est malmise e enpeiree :
16470 Tote sa chiere a depecee,
Toz les chevels s'a eschaciez.   [115c]
Se fust tenuz li suens deviez,
Encor n'eüst Troie nul mal,
16474 Car cil au bon cuer, au leial,
La desfendist vers tote gent.
Li doleros destrüement
Sunt avenu e avendront :
16478 Ja ainz li jué ne remaindront.*

Dame Heleine ne s'est pas feinte :
De dolor a la color teinte,
Ses chevels a ronpuz e treiz,
16482 E sovent gete criz e breiz :
N'i a nule qui plus en face.
Lermes li fundent sor la face,
Si que la peitrine a moillee.
16486 Tiel dolor a e tiel aschee,
Se morte fust, ce li fust bel ;
Molt l'an prisent viell e danzel,
E molt l'en sorent puis bon gré
16490 Li plus prochein del parenté.

De Polixena que diroie,
Quant retrere ne vos savroie
La merveille qu'a feit de sei ?
16494 N'i a duc, amiraut ne rei
Cui ne face des oilz plorer.
Se vos voleie reconter
La verité de sa dolor,
16498 Ice durreit mes tote jor ;

tage : il me faut maintenant revenir à la suite de mon récit et le poursuivre, car il vaut la peine d'être écouté.

Dans la chambre resplendissante, où abondent l'or, l'argent et les pierres précieuses – c'est là qu'on a mis sur une civière le corps –, on a enlevé à Hector ses armes et, par sept fois, on l'a lavé avec un vin blanc dans lequel ont macéré des herbes rares. Avant de le revêtir de son linceul, on l'a ainsi imprégné d'aromates et on lui a soigneusement enlevé le ventre, les intestins, le foie, les poumons et tout le reste des entrailles. À l'intérieur comme à l'extérieur, le corps a été tout enduit de baumes. Puis on lui a taillé un vêtement dans une étoffe que les Troyens gardaient dans leur trésor. Elle avait plus de valeur que deux cités et était entièrement brodée d'or et de pierres précieuses. C'est la plus somptueuse étoffe qui ait jamais été faite et dont vous entendrez jamais parler. C'est dans ce tissu qu'ils firent le vêtement, très beau, taillé à la mesure du guerrier, et entièrement cousu de fils d'or. Lorsqu'il en fut revêtu, on aurait pu croire qu'il était encore vivant. On a alors assis Hector sur un lit de parade : il se tenait seulement un peu penché en arrière, et il était appuyé au chevet du lit. Le lit était somptueux, entièrement sculpté dans l'ivoire. Les pieds étaient habilement ciselés et ornés de bêtes, d'oiseaux, de petits serpents et entourés de guirlandes de fleurs. Tous ces ouvrages étaient passés à l'or. La tête, le pied et les côtés du lit étaient faits avec les dents d'un poisson que Pline mentionne dans son livre.

16537. envionees

    Si bel'ovre ne si bien faite. [116a]
    De riche seie bien entreite
    Fu toz li liz de soz cordez,
16546 E merveilles bien atornez.
    Feutre de paile enperïal
    I ot, nus hon ne vit ainc tal.
    Un grant paile d'Orïent freis,
16550 Qu'en son thesor aveit li reis,
    Que molt amot de grant maniere,
    Cil covri tote la litiere.
    En chandelers d'or giteïz,
16554 Qui n'esteient mie petiz,
    Ot granz cirges e clers ardanz,
    Ne vos sai mie dire quanz.
    Tuit li poëte e li clergiez,
16558 De par totes lur evesquiez,*
16561 Vindrent au cors ; si vos di bien
16562 Que il ne s'i feinstrent de rien
    De biau chantier e de bien lire :
    Tote la nuit dura a tire.
    Tuit i veillerent conte e rei,
16566 Mes il erent en tiel esfrei,
    Par mi la vile, li borgeis,
    Que nes traïssent li Grezeis,
    Que tote nuit sunt sor les murs :
16570 N'i esteit nus de rien seürs.
    Par tot aveit tiel crierece,
    Tiel duel, tiel plor, tiel uslerece,
    Que cil de l'ost cler les oeient,
16574 Qui merveilles s'en esjoeient.
        Quant cele nuiz fu trespassee
    E resclarzi la matinee,
    Se pristrent conseil li Grezeis.
16578 Agamennon parla, li reis :
    « Seignor, feit il, bien nos esteit.
    Molt liez nos a trestoz cil feit
    Qui d'Ector nos a delivrez ; [116b]
16582 Molt l'en devons saveir bons grez,
    Molt nos a nostre ovre avancee ;
    Des or est el bien espleitee.
    Molt en devons aveir grant joie.
16586 Mort sunt e vencu cil de Troie ;
    Ne nos pöent mes frois aveir.*
    Besoingz iert grant e estoveir

Aucun être humain ne vit œuvre aussi magnifique, aussi parfaite. Par-dessous, le lit était sanglé d'une étoffe de soie savamment tressée et très bien travaillée. Il y avait une couverture de soie digne d'un empereur – personne ne vit jamais la pareille – et, pour couvrir la tête de lit, un grand tissu oriental tout neuf que le roi gardait en son trésor et auquel il tenait beaucoup. Sur des chandeliers en or moulé de haute taille, de grands cierges – impossible de vous en dire le nombre – répandaient une très vive clarté. Tous les prêtres, tout le clergé venus de tous les évêchés, vinrent veiller le corps, sachez-le, et, sans ménager leur peine, chantèrent et dirent leurs prières toute la nuit sans jamais s'arrêter. Les comtes et les rois le veillèrent également, mais les bourgeois avaient une telle peur que les Grecs ne viennent les surprendre qu'ils observèrent toute la nuit des tours de garde sur les murs. Personne ne se sentait en sécurité. Par toute la ville les cris, les pleurs, les lamentations, les gémissement étaient tels que les Grecs, qui les entendaient distinctement, en éprouvaient une très vive joie.

Lorsque la nuit fut passée et que le jour revint dans son éclat, les Grecs délibérèrent. Le roi Agamemnon prit le premier la parole :

« Seigneurs, dit-il, les choses se présentent bien. Il nous a comblés de joie celui qui nous a délivrés d'Hector et il faut lui en être très reconnaissants. Il a bien avancé nos affaires et nous voilà en bonne voie. Nous devons nous en réjouir grandement, car les Troyens, désormais, sont morts et anéantis. Ils ne peuvent plus nous opposer beaucoup de résistance. Il était bien

                Que li cuiverz fust entrepris,
16590 Qui tant rei nos aveit ocis,
        Tant baron e tant chevalier.
        S'il vesquist plus un an entier,
        Tuit fussiens mort, pris e vencu.
16594 Molt nos en est bien avenu.
        Danz Achillés fu molt bleciez,
        Mes auques est asoagiez.
        Il garra bien, molt a bon mire.
16598 E une rien vos voil je dire :
        Ne lou pas que nos conbatons
        Davant que sain e sauf l'aions.
        Atendons qu'il seit respassez,
16602 Car ausi somes trop lassez ;
        E del cumbatre sai je bien
        Que cil dedenz ne feront rien :
        Trop ont perdu, desheitié sunt ;
16606 Ja ore nel se penserunt
        Que vers nos issent a bataille ;
        Ce pöez bien creire sens faille
        Que il n'en ont ore talant.
16610 Mes mandons ore au rei Priant
        Que trives nos donge dous meis,
        Si sevelirons nos Grezeis
        E il les lor, ce feit a feire. »
16614 Ensi l'otreient sens contreire.
            Li messagier montent en l'ost.
        A Troie vindrent assez tost ;
        Molt unt bien forni lur message,   [116c]
16618 Car li meillor e li plus sage
        De celz dedenz donent la trive,
        E si sachez que molt lur grieve,
        Mes ne porent ore eschiver :
16622 Douz meis l'unt feite aseürer.
            Cil de la vile ont feiz les rez.
        En maint lué les ont alumez,
        Si unt cil de l'ost autresi.
16626 Quant li mort furent seveli,
        Si retornerent en sejor.
        Troïen plorent lor seignor.
        El riche tenple Junonis
16630 Le garderent bien quinze dis.
        Entretant dis ont esgardé
        Ou n'en quel lué de la cité

nécessaire, oui vraiment, qu'on s'attaquât à ce scélérat qui nous a tué tant de rois, de barons, de chevaliers. S'il avait encore vécu ne serait-ce qu'un an, nous étions tous morts, pris, anéantis. Mais les choses ont bien tourné. Le seigneur Achille a été gravement blessé, mais il va déjà mieux, et il sera bientôt guéri, car il a un bon médecin. Je veux cependant ajouter encore ceci : je ne suis pas d'avis que nous recommencions à nous battre avant qu'il ne soit à nos côtés, en parfaite santé. Attendons qu'il soit rétabli puisque aussi bien nous sommes nous aussi épuisés. Je sais bien que les Troyens ne tenteront rien : ils ont fait une trop lourde perte, ils sont abattus, et ce n'est pas maintenant qu'ils vont se soucier de venir nous attaquer. Vous pouvez en être absolument sûrs : ils n'ont aucune envie, à l'heure actuelle, de se battre. Envoyons donc immédiatement une ambassade au roi Priam pour qu'il nous donne deux mois de trêve. Ainsi nous ensevelirons nos morts et eux les leurs, comme il convient de le faire. »

Tous tombent d'accord pour agir ainsi. Les messagers, dans le camp grec, montent à cheval et se rendent bien vite à Troie. Ils ont été persuasifs, car les plus valeureux et les plus sages des Troyens accordent cette trêve. Ils en sont très ennuyés, sachez-le, mais ils ne peuvent faire autrement. Elle est donc conclue pour deux mois.

Les Troyens ont élevé des bûchers et les ont allumés en maints endroits. Les Grecs ont fait de même. Quand les morts furent ensevelis, ils prirent tous du repos. Les Troyens pleurèrent leur seigneur : ils le gardèrent ainsi une bonne quinzaine de jours dans le somptueux temple de Junon. Pendant ce temps ils ont cherché en quel endroit de la cité ils pourraient l'ense-

Le porreient ensepelir :
Auques en orent de leisir.
Par le comun esgardement
Del rei Priant e de sa gent
Li unt faite sa sepoture –
Ce me reconte l'escriture –
Davant la porte de Tinbree,
Ensi iert par non apelee.
Devers l'ost des Grezeis esteit ;
Un molt riche tenple i aveit,
Feit en l'onor Apollinis,
De marbre vert e blanc e bis.
Molt par i aveit granz feitures,
Granz entailles e granz peintures.
Molt par esteit bien atornez
E molt richement aornez.
Tres de devant l'autel major,
Firent trei saive engigneor*
Un tabernacle precïos,*
Riche e estrange e merveillos.
Quatre ymages firent estanz. [116d]
Igaus de groisses e de granz.
Lïons asistrent soz lur piez,
D'or esmerez bien entailliez,
Les ymages d'or ensement.
Les dous erent de biau jovent,
Les autres dous, de grant aage.
Oëz qui firent li trei sage :
Si feitement les ont formees
E en tiel guise tresgitees
Que les braz destres estendirent
Ensi que les paumes ovrirent.
En chascun'ot un pileret
D'un grant, tuit par auques longuet ;
Mes au meinz e au plus eschars
Valeit li pire dous cenz mars,
Car d'un jargonce granat chier
Firent li sage lo primier,
L'autre, d'un prasme verdeiant.
D'un lonc esteient e d'un grant.
Li tierz esteit d'une geteine,
Soz ciel n'a pierre a si grant peine
Seit eüe ne conquestee,
Ne qui plus chier seit achatee.

velir. Ils eurent bien le temps d'y réfléchir. D'un commun accord, Priam et son peuple ont finalement décidé de construire son tombeau – ainsi me le dit ma source – devant la porte de Tinbrée, tel était son nom, qui se touvait du côté du camp grec. S'élevait là un très beau temple dédié à Apollon et construit en marbre vert, blanc et brun. L'exécution en était remarquable : il était orné de sculptures, de décorations, de peintures de grande taille ; c'était un très beau monument, magnifiquement décoré. Juste devant le maître-autel, trois maîtres d'œuvre très expérimentés construisirent un tombeau en forme de tabernacle aussi précieux que somptueux et d'une forme tout à fait extraordinaire. Ils élevèrent d'abord quatre statues de même taille et de même apparence. Elles étaient posées sur des lions d'or pur, très bien sculptés. Des quatre statues, qui étaient également en or, deux représentaient deux hommes dans la plénitude de la jeunesse et les deux autres, deux hommes d'un âge très avancé.

Mais écoutez ce que firent ces trois habiles artistes : ils façonnèrent et sculptèrent ces statues de telle sorte qu'elles étendaient le bras droit en tenant la main ouverte. Puis, sur chaque main, ils posèrent une petite colonne : les quatre avaient exactement la même taille et la moins belle valait à tout le moins deux cents marcs. Elles furent en effet taillées, la première dans une précieuse hyacinthe de couleur grenat, la seconde dans un quartz vert foncé (elles étaient toutes deux de même taille et de même grosseur), la troisième dans une pierre précieuse venue d'Égypte et qui, plus que toute pierre au monde, est chère et difficile à acquérir. Je vous dirais bien où

           Bien vos deïsse ou hon la prent,
16678 E ses vertuz, dont el a cent,
           Mes por l'intierposicïon
           N'en voil or fere mençïon.
           Li quarz pilers fu d'un pedoire.*
16682 Ensi cum nos retret l'estoire,
           Dedenz le flun de Paredis
           A un arbre d'estrange pris :
           Pome charge qui au fonz vet.
16686 Cele qui set anz i estet
           Devient pierre serree e dure.
           Vertuz a granz e tiel nature
           Qu'ome desvé, sans escïent,   [117a]
16690 Qui rien ne siet ne rien n'entent,
           Rameine tot en sa memoire ;
           C'est la nature del pedoire.
           Cinc piez aveient largement.
16694 A merveille tienent la gent,
           Des ymages qu'iluec esteient,
           Cum faitement les sosteneient.
           Des meins senestres s'apoieent
16698 Des bastoncels qui ne pleieent.
           Tuit quarré erent, a neiel,
           D'or entaillé, merveilles bel.
           Les cimeises des pileriaus,
16702 Qui tant erent riches e biaus,
           Erent les dous, de crisolites,
           E les autres dous, d'ametites.
           Sus furent voutiz li arcel,
16706 Tuit par trestot double e jumel.
           Molt par fu riche le civoire :*
           N'esteit pas de chauz ne d'ivoire,
           Ainz fu de fin or e de pierres
16710 Molt precïoses e molt chieres.
           D'iluec eissi granz la clartez :
           Plus resenbla cels estelez
           Que nule rien qui fust el mond.
16714 Molt ont grant sens cil qui ce funt.
           Sor le civoire funt maisiere,
           Tot enterine, molt tres chiere,
           De marbre de plusors colors.
16718 Vint piez en dura la hauçors.
           Voute i ont feite, d'or vousee.
           Quant ele fu tote aprestee,

on la trouve et les cent vertus qu'elle possède, mais comme ce serait hors de mon sujet, je le passe sous silence. La quatrième colonne était faite dans une autre sorte encore de pierre précieuse. Comme nous le raconte notre histoire, il y a dans le fleuve du Paradis une espèce d'arbre extrêmement précieuse. Le fruit qu'elle donne tombe au fond de l'eau ; celui qui y reste pendant sept ans devient une pierre très dure. Elle a de telles vertus, de telles propriétés qu'elle redonne la mémoire au fou qui a perdu la connaissance et l'entendement : telle est la nature de cette pierre. Ces colonnes avaient bien cinq pieds de haut et tout le monde se demandait avec étonnement comment les statues pouvaient en supporter le poids. Les statues, d'autre part, appuyaient leur main gauche sur de petits bâtons qui ne pliaient pas : ils étaient solides, en or ciselé et niellé, d'une extrême beauté. Deux des cimaises qui surmontaient ces merveilleuses colonnes étaient faites de chrysolithe, les deux autres d'améthyste. Elles supportaient des doubles arcs voûtés, tous faits à l'identique. Le baldaquin était somptueux : il n'était fait ni de chaux ni d'ivoire, mais d'or fin et des plus précieuses pierres qui soient. Il en rayonnait une très vive clarté. L'ensemble ne pouvait se comparer qu'au ciel clouté d'étoiles. De quelle maîtrise font preuve ceux qui construisent de tels objets ! Sur le baldaquin, ils ont élevé un mur d'un seul tenant fait d'un marbre de plusieurs teintes ; il avait vingt pieds de haut. Ils ont enfin construit une voûte toute dorée. Quand elle

---

16687. p. serre e – **16707.** riche de civoire

S'unt un siege dedenz asis,
16722 E si n'est hon, ne nez ne vis,
Qui de si riche oïst parler,
Car pierres orent feit tribler,*
Esmaraudes, alemandines, [117b]
16726 Saphirs, topaces e sardines.
En or d'Araibe sunt fundues,
E trestotes a un venues.
Li trei saive devin ont feit
16730 Un moule entaillié e portreit
De la plus riche ovre qui fust
E qui nus hon veeir poïst.*
L'or e les pierres i giterent.
16734 D'estrange chose se penerent,
Car n'i covient ne meinz ne plus :
Molt par fu bien li moules pleins.
De la chaiere, que direie ?
16738 Ja tant ne me porpensereie
Qu'ele ja fust par mei retrete,
Quels ert ne cum el esteit fete,
Mes l'enpereres d'Alemaigne,
16742 Au mien cuidier, e cil d'Espaigne,
Ce vos puis dire sans mentir,
Ne la porreient tiel bastir.
  Le cors Hector ont aporté.
16746 Quant il eissi de la cité,
Doncs refreschi trestoz li duels :
Batent paumes, tirent chevels,
Uslent, braient, plorent e crient.
16750 Les termes e les jors maudient
Qu'il nasquirent ne q'unt veü,
Ne q'unt tant longement vescu
Que sa mort veient, ne le jor
16754 De si angoissose dolor.
N'i a un sol, petit ne grant,
Neis les femmes e li enfant,
Qui n'i vienge e duel ne face.
16758 Maint en morurent en la place,
Qui li cuer des ventres partirent.
Tiels mil e plus s'i espasmirent,
Qui por mort en furent porté. [117c]
16762 Ne vos puet estre reconté
La siste part de la dolor.
Li saive mestre e li doutor

fut achevée, on y abrita le plus somptueux siège dont on ait jamais entendu parler. Les savants maîtres d'œuvre firent en effet broyer des pierres précieuses, émeraudes, rubis de Carie, saphirs, topazes, agates rouges qu'ils mélangèrent et fondirent dans de l'or d'Arabie. Enfin, ils firent un moule sculpté et façonné de la plus extraordinaire manière qu'on ait jamais vue et ils y coulèrent le mélange d'or et de pierres précieuses. Ils entreprirent là un travail inouï puisqu'ils ne s'arrêtèrent que lorsque le moule fut entièrement rempli. Que vous dirais-je du trône ? Malgré tous mes efforts, je ne pourrais vous dire comment il était ni comment on l'avait construit. Mais, à mon avis, ni l'empereur d'Allemagne ni celui d'Espagne ne pourraient, je vous l'affirme, construire son pareil.

Les Troyens apportèrent alors au temple le corps d'Hector. Lorsqu'il sortit de la ville, le deuil reprit de plus belle. Tous se frappent les mains, s'arrachent les cheveux. Partout hurlements, pleurs, plaintes retentissent. Ils maudissent le jour, l'heure où ils sont nés. Ils se maudissent d'avoir vécu assez longtemps pour voir la mort du héros et ce jour si terrible, si douloureux. Humbles ou puissants, femmes et enfants, ils sont tous là et font grand deuil. Pour beaucoup, leur cœur se brisa dans leur poitrine et ils moururent là. Plus de mille s'évanouirent, qu'on emporta comme morts. On ne pourrait vous raconter le tiers du quart de la douleur qu'ils manifestaient. Les savants maîtres d'œuvre ont pris le corps et doucement ils l'ont

                Ont pris le cors, je n'en sai plus.
16766 Enz en la voute, la desus,
            L'ont gentement porté e mis
            E dedenz la chaeire assis.
            Dous vaisseaus ont apareilliez,
16770 D'esmaraudes bien entailliez,
            Pleins de basmë e d'aloés.
            Sor un bufet de gargatés
            Les ont assis en tiel endreit
16774 Que ses dous piez dedenz teneit.
            Del basme grant planté i ot :
            Tres qu'as chevilles i entrot.
            Dous tuelez d'or giteïz,
16778 Merveilles bels e bien feitiz,
            De ci qu'au nés li ateignoient,
            Qui dedenz les seiaus estoient,
            Si que la grant force e l'odor
16782 Del vert basme e de la licor
            Li entröent par mi lo cors.
            Enpleiez est bien li thesors
            Dont la sepouture fu feite !
16786 Quant la chose fu a chief treite,
            Si ont l'ovre si haut levee
16788 Qu'a merveille fu esgardee.*
16791 En la chaerre Hector seeit,
16792 Un brant d'acier tot nu teneit,
            Grezeis par signes manaçot.
            Ce voleit dire e ce mostrot
            Qu'encor sereit vengiez un jor,
16796 E si fu il, al chief del tor,
            Si faitement cum nos dirons
            Avant qu'a la fin parveignons.
                    Oiez que firent li trei sage.   [117d]
16800 Desoz, davant chascune ymage,
            Firent lanpes d'or alumer
            En reverence de l'auter.
            Tiels est li fués, ja n'esteindra
16804 Ne ja a nul jor ne faudra.
            Une pierre est de tiel nature,*
            Que toz jors art e toz jors dure.
            Cher refu molt le pavement,
16808 Car il esteit de fin argent,
            E si ot d'or plus de set listes,
            Ou en grié ot letres escristes.*

vait y lire qu'en vérité c'est là que reposait Hector, le guerrier à l'extraordinaire prouesse, qu'Achille tua au combat. Mais je vous affirme bien qu'Achille ne triompha pas de lui dans un combat corps à corps, car jamais il n'y eut de chevalier, quel qu'il soit, qu'il n'ait vaincu. Nulle part nous ne lisons qu'un homme aussi preux, aussi fort, aussi bon guerrier, ait jamais vu le jour. Depuis la création du monde et tant qu'il durera, jamais il n'y eut, jamais il n'y aura chevalier qui le vaille.

Il l'emporta en valeur sur les plus vaillants et tua de ses propres mains bien des rois. C'est lui en effet qui tua Protésilas qui était un redoutable guerrier, c'est lui qui tua le roi Patrocle, le roi Mérion, le roi Scédius, le roi Boëtès, le roi Prothénor, le roi Antipus, le roi Elpinor; c'est lui qui tua Archilogus, Orcomenis, Dorius, Polixenart, le roi Ifidus, Polibetès, Léotétès, Philippe et Mérionès. S'il avait encore vécu deux ans ou plus, il aurait anéanti tous ses ennemis. Mais Fortune s'y opposa ainsi que l'Envie et le Destin. Sa vie, pour les siens, fut trop brève. La liste des puissants ducs, des seigneurs, des grands seigneurs et des capitaines qu'il tua, qui s'élevait à plus de trois cents noms, n'est pas donnée ici.

Les choses furent ainsi organisées : le roi installa dans le temple où reposait Hector un couvent de saints hommes consacrés, et qui devaient avoir de quoi vivre pour toujours dans l'opulence. Mais je ne sais pourquoi je m'attarde

Mes onques cors de chevalier,
16856 Del derreein tres qu'al premier,
Ne jut a terre a tiel henor,
Non fera il ja mes nul jor.

  Quant icil anz fu aconpliz   [122c]
17490 Qu'Ector fu morz e seveliz,
Se vos puet hon por veir retrere
C'onques plus riche anniversere
Ne fu el siecle celebrez
17494 Que li a feit sis parentez
E toz li poeples comunaus.
Molt fu festivez l'anoaus,
Molt par i chanta li clergiez,
17498 Molt fu icil jors essauciez
E molt i despendi li reis.
Ne ot chevalier ne borgeis
Qui icel jor ne festivast
17502 E qui a son talant n'entrast
Dedenz la riche sepolture
O li cors gist sans porriture.
Le jor le virent bel e freis
17506 Chevalier, dames e borgeis :
Ainc ne leidi ne enpira,
Car cil qui l'aromatiza
L'en gardast de ci qu'au joïse,
17510 Se la chose ne fust malmise.*
Ecuba e Polixenein,
Tote la nuit e l'endemein,
Veillent a dolor e a peine,
17514 Ensenble o eles dame Eleine.
Mainte dame, mainte pucele
E mainte riche damaisele

Service anniversaire d'Hector

Selon ce que je trouve dans l'histoire, les Grecs vinrent dans la ville pour assister au sacrifice, au service anniversaire et aux jeux funèbres institués que célèbrent les prêtres et les hommes consacrés mais ils vinrent aussi pour admirer les dames. Les gens de l'armée grecque ne craignaient rien car la trêve conclue était scrupuleusement observée. Les Grecs les plus renommés qui fussent dans l'armée, chefs de troupe ou rois, étaient venus assister à la célébration de l'anniversaire. Même le seigneur Achille y vint, tout désarmé, et s'approcha tant des Troyens qu'il pouvait leur adresser la parole. Mais il aurait mieux fait de s'abstenir de venir, car c'est pour son malheur qu'il entra dans la ville : en effet, avant qu'il ne quitte la cérémonie et ne reparte, il s'est mis dans une situation telle que c'est sa mort qu'il emporte en son sein. Il a vu Polyxène, il a vu distinctement son visage, et c'est la raison pour laquelle il perdra la vie, pour laquelle son âme quittera son corps.

Écoutez quel sort lui fut réservé et vous apprendrez maintenant comment l'amour, un amour sincère, le fit cruellement souffrir. C'est pour son malheur qu'il vit se lever ce jour. C'est une étrange chose que le Destin : il se montre très rude et très cruel à l'égard de bien des hommes ! Et un fait bien mince fut à l'origine de bien grands maux ! L'extrême beauté de la jeune fille et son allure embrasèrent le cœur d'Achille d'une flamme qu'elle ne viendra jamais éteindre. Son image s'est gravée dans son cœur. Ses beaux yeux pers, si brillants, son front, sa chevelure si blonde, qui resplendit comme de l'or, tous ses attraits, Achille s'en pénètre, aucun ne lui échappe, tous lui infligent

N'a rien sor li qu'il ne retraie ;
17562 El cuer li a feit mortiel plaie.
La resplendor qu'ist de sa face
El cors li met freidure e glace.
Sis nés, sa boche e son menton
17566 Le resprenent de tiel arson
Dom ardra mes dedenz lo cors :
Pinciez sera d'Amors e mors.
Ses tres biaus cors e sa peitrine
17570 Li redonent tiel descepline
Que ja n'iert mes ne nuit ne jor
Qu'il ne sente les treiz d'Amor
Plus de quarante treze feiz.
17574 Des or sera mes si destreiz
Qu'il ne se savra conseillier,
Des or li estovra veillier
Les longues nuiz sans clore l'oil :
17578 Tost a Amors plaissié l'ergoil.
Poi li vaudra ci sis escuz
E ses hauzbers mailliez menuz ;
Ja s'espee trenchanz d'acier
17582 Ne li avra ici mestier :
Force, vertu ne ardement
Ne valent contre Amor neient.
       Achillés mire la pucele :
17586 Ce li est vis que molt est bele.
Si est ele, sans contredit :
Nus hom si tres bele ne vit
Ne ne fera ja mes nul jor. [123b]
17590 Plusor se mistrent el retor,
Car la grant genz se departeit,
Qui iluec asenblee esteit.
Vers le palés totes irees
17594 S'en sunt les dames reperees.
D'Ector plorent e ploreront
Toz les jors mes qu'eles vivront :
N'est pas damage a oblïer
17598 Ne perte qu'on puist restorer.
O els s'en vet Polixenein.
Pris est Achillés de son hein,
Car de s'amor est aaschez.
17602 Onques ne remua ses piez
Tant cum la dame pot veeir :
Ja ne se queïst mes moveir

une plaie mortelle. L'éclat du visage de la jeune fille jette un froid de glace dans son corps, mais, tout aussitôt, contempler son nez, sa bouche, son menton lui inflige de telles brûlures qu'elles le consumeront à jamais. Bientôt il sera saisi par Amour et pris à son piège. Le corps si beau, la gorge de la jeune fille lui sont un tel supplice que désormais, de jour et de nuit, il sentira sans relâche les traits d'Amour. Il sera désormais si tourmenté qu'il ne saura que faire. Il lui faudra passer de longues nuits de veille, sans jamais fermer l'œil. Amour a eu vite fait de dompter son orgueil ! Son écu, son haubert aux mailles fines ne lui serviront guère. Son épée d'acier bien tranchant ne lui sera ici d'aucun secours. Force, courage ou audace ne comptent pas face à Amour.

Achille contemple la jeune fille. Elle lui paraît extrêmement belle et elle l'est en effet : jamais on ne vit ni on ne verra pareille beauté. Cependant, beaucoup parmi les Grecs qui étaient venus s'en retournèrent, car la foule qui s'était rassemblée commençait à se disperser. Les dames sont retournées au palais dans une très grande affliction. Elles pleurent sur Hector et le pleureront jusqu'à la fin de leurs jours : ce n'est pas là une catastrophe que l'on puisse oublier, une perte que l'on puisse réparer. Polyxène repart avec elles, mais Achille a mordu à l'hameçon appâté par Amour. Il resta immobile tant qu'il put la suivre des yeux. Il n'aurait pas pu bouger tant qu'elle aurait

Tant cum ele fust en la place.
17606 Sovent mue color sa face :
Une ore est pale, autre vermeille.
A sei meïsmes se merveille
Que ce puet estre qui il sent,
17610 Qu'ensi freidist e puis resprent.
Sempres li estreint si le cuer
Qu'il ne se meüst a nul fuer
Tant cum il la poïst choisir ;
17614 Del cuer li issent lonc sospir.
Quant ne la veit, adonc s'en torne,
Molt fet pensive chiere e morne ;
Molt va petit ne s'arestace
17618 Por remirer ancor la place
Ou la damaisele ot veüe.
Toz sis estres li change e mue.
Tant i pense e tant i entent
17622 Qui il n'ot mes ne qu'il n'entent
Rien nule qui dite li seit :
Trop est en angoissos destreit.
Molt malades, molt desheitiez, [123c]
17626 S'est en son paveillon couchiez ;
N'a si privé qui i remaigne.
Des or a prou de qu'il se plaigne,
E si feit il, car n'en puet mes :
17630 Amors li a chargié tiel fes
Qui molt est griés a sostenir.
A sa fin li estuet venir
Se autre n'en sostient sa part.
17634 Cest secors avra il a tart.
E de la coment li vendreit ?
Soz ciel n'a rien qui el mond seit
Qu'il heent plus qui il funt lui.
17638 « Ha ! las, feit il, tant mar i mui !
Tant mar alai veeir les lor !
Tant mar i vi la resplendor
Dont mis cuers sent mortel dolor
17642 E main e seir e nuit e jor !
E je por quei la blasmereie ?
Je sai molt bien que tort fareie.
Se je m'en plaing, qu'en puet el mes ?
17646 Autre la virent il adés,
Cui rien n'en fu ne riens n'en est.
Trop me trova hui Amors prest,

été là ! Souvent il change de couleur et son visage est tantôt pâle, tantôt vermeil. Il se demande bien ce qui lui arrive, pourquoi son sang se glace, puis tout aussitôt le brûle. Amour lui serre si fort le cœur que pour rien au monde il ne pourrait bouger tant qu'il lui est encore possible de la contempler. Il pousse de profonds soupirs, puis, ne la voyant plus, il s'en retourne, morne et abîmé dans ses pensées. Mais peu s'en faut qu'il ne s'arrête pour regarder encore une fois l'endroit où il l'a vue. Tout en lui est bouleversé, il pense à elle avec une telle intensité qu'il n'entend ni ne comprend rien de ce qu'on lui dit ! Quel douloureux tourment que le sien ! Malade, abattu, il se couche dans sa tente, n'acceptant personne autour de lui, pas même ses intimes. Il a maintenant de bonnes raisons de se plaindre et c'est ce qu'il fait. Il n'a d'ailleurs pas le choix : Amour lui a imposé un fardeau bien lourd à porter ! Il lui faudra en mourir si personne ne le partage avec lui, mais ce secours, il l'aura bien tardivement. Et comment pourrait-il lui venir de là où il l'espère ? Il n'y a personne au monde que les Troyens haïssent autant que lui !

« Hélas, dit-il, c'est pour mon malheur que je suis allé à Troie, pour mon malheur que j'ai vu ces gens, pour mon malheur que j'ai contemplé la beauté resplendissante qui m'a mis au cœur une douleur mortelle qui me tourmente nuit et jour, soir et matin ! Mais pourquoi lui en faire reproche ? Je serais dans mon tort, je le sais bien : si je me plains, quelle part y a-t-elle ? D'autres la virent aussi bien, qui restèrent et restent indifférents à sa beauté. Mais moi, aujourd'hui, Amour a bien

Trop m'esteie en sa veie mis.
17650 Por itant m'a lacié e pris
Que je ne li puis eschaper ;
Des or m'estuet merci crïer.
E je, a cui le crïereie ?*
17654 Ja mes des oilz ne la verreie !
E Deu merci ! Se ce saveie,
Ja gueres longues ne vivreie !
N'est ele ma mortel enemie ?
17658 Oïl, mes or sera m'amie.
Veire, car or est a mon chois !
Je meïsmes me triche e bois,
Je me decef a escïant, [123d]
17662 Car molt sai bien certainement
Qu'el me voudreit aveir ocis.
Trop laidement sui entrepris,
Qui voil amer ce qui me het.
17666 E Deus, biaus sire ! qu'el ne siet
Le cuer de mei e le pensé,
Cum je l'ai tot vers li torné,
Cum je m'i doing, cum m'i otrei,
17670 Cum est Amors seisiz de mei !
Ne puis aveir por rien confort,
Car mis cuers me pramet la mort.
Ja n'avrai mal qu'el ne vousist
17674 Que cent itanz m'en avenist :
Son frere Hector li ai ocis,
Si grant duel ai en son cuer mis
Que ja mes ne voudra mon bien ;
17678 Ce m'ocirra sor tote rien.
Se je priasse e entendisse
Qu'au loing aucun bien atendisse,
Ce me donast confortement ;
17682 Mes je ne vei ne pas n'entent
Que je ja rien vers li conquiere.
Ainc mes ne cuit qu'en tiel maniere
Amast nus hom. Je sui desvez
17686 E de mon sens si mesalez*
Que je ne sai mes que je faz.
S'un poi estreint Amor ses laz,
Bien sai de veir que je sui morz ;
17690 De nule part n'atent conforz.
  « Narcisus sui, ce sai e vei,*
Qui tant ama l'umbre de sei

vu que j'étais à sa portée : je m'étais trop avancé sur son chemin. Et voici pourquoi il m'a si bien pris au piège que je ne peux lui échapper. Désormais il me faut crier merci. Mais auprès de qui ? Jamais je ne pourrai la revoir. Ha ! Dieu, pitié ! Si j'étais sûr de ne pas la revoir, je ne pourrais vivre encore longtemps ! Mais n'est-elle pas ma mortelle ennemie ? Oui, mais elle va être maintenant mon amie. Ah vraiment ! C'est bien à moi d'en décider ! Moi-même, je me trompe et m'abuse et me trahis, car je sais bien qu'elle préférerait m'avoir tué. Je me suis lancé dans une bien fâcheuse entreprise, moi qui veux aimer celle qui me hait ! Hélas ! mon Dieu, mon doux Seigneur, que ne sait-elle combien mon cœur et mes pensées s'attachent à elle, comme je lui suis tout entier voué et comme Amour s'est emparé de moi ! Rien ne peut me réconforter, car mon cœur ne me laisse présager que la mort. Et elle, quel que soit le mal que j'éprouve, elle souhaiterait que j'en ressente le centuple ! J'ai tué Hector, son frère, j'ai plongé son cœur dans une telle affliction que jamais elle ne voudra mon bonheur. Et c'est cela, oui cela qui me tuera. Si je pouvais la prier et vivre dans l'espoir qu'un jour, même lointain, j'en obtienne quelque faveur, j'y trouverais un grand réconfort. Mais je ne vois pas, je n'imagine pas comment je pourrais obtenir quoi que ce soit. Je ne pense pas que jamais homme ait ainsi aimé. Je suis si affolé, si dépossédé de moi-même que je ne sais plus ce que je fais. Et si Amour resserre un peu ses lacs, c'en est fait de moi, je le sais. Rien ne peut apaiser ma peine.

« Je suis Narcisse, je le sais, je le vois, qui aima tant son

---

17657. mortele

424 Le Roman de Troie

Qu'il en morut sor la funteine.
17694 Iceste angoisse, iceste peine
Sai que je sent. Je raim mon onbre,
Je aim ma mort e mon encombre.
Ne plus que il la puet baillier   [124a]
17698 Ne acoler ne enbracier,
Car riens nen est ne riens ne fu,
Ne qui ne pot estre sentu,
Plus ne puis je aveir leisor
17702 De li aveir ne de s'amor.
Faire m'estuet, je n'en sai plus,
Ice que refist Narcisus,
Qui tant cria plorant merci
17706 Que l'ame del cors li parti.
Tiels iert ma fins, que que il tart,
Car je n'i vei nul autre esgart.
Narcisus por amor mori,
17710 E je referai autresi.
Deceüz fu par sa senblance :
Je n'ai pas meillor atendance,*
Car je ne puis aïde aveir
17714 Ne plus qu'il ot, ce sai de veir.
E neporquant penser devreie,
Saveir s'en nul sens porverreie
Chose qui a prou me tornast.
17718 Trop par me coit e trop me hast :
A ce convendreit grant leisir.
Veire, qui tant porreit sofrir ?
Mes je porreie tant atendre,
17722 Sans rien aveir e sans rien prendre,
Que ne me porreie aïdier
Ne mei ne autre conseillier.
Qui le mal sent venir sor sei,
17726 Si en deit prendre tiel conrei
Que garir puisse e reschaper :
Tot autresi dei je penser.
Malades sui : s'or ne porquier
17730 Aucune rien qui m'ait mestier,
Morz sui en fin, jel sai e sent.
Trop a mis cuers peine e torment.
Molt en voudreie estre devins,   [124b]
17734 Saveir quels en sera la fins.
Assez la cuit, assez la pens :
Trop sui conquis en poi de tens,

ombre qu'il en mourut au bord de la fontaine. C'est la même détresse, c'est la même peine que j'éprouve, je le sais. Moi aussi j'aime mon ombre, j'aime ma mort et mon tourment. Pas plus qu'il ne peut saisir son ombre et l'étreindre dans ses bras – mais elle n'avait, elle n'a pas de réalité –, pas plus qu'il ne put la sentir contre lui, je ne pourrai moi non plus l'obtenir, elle et son amour. Il me faut donc faire ce que fit Narcisse (je ne vois pas d'autre possibilité), qui si longtemps pleura et supplia que son âme quitta son corps. Voilà quelle sera ma mort, même si elle tarde à venir. Je ne vois pas d'autre issue. Narcisse mourut d'amour et je ferai de même. Il fut trompé par son image et je n'ai pas meilleur espoir que lui car, pas plus que lui je ne peux espérer, je le sais bien, quelque secours.

« Pourtant je devrais réfléchir et voir si je ne trouverais pas d'une manière ou d'une autre une solution plus bénéfique. Mais Amour m'aiguillonne et me presse, alors qu'il me faudrait beaucoup de temps. Vraiment, qui pourrait autant souffrir ? Mais je risquerais d'attendre si longtemps, sans rien avoir, sans rien obtenir, que je ne pourrais plus m'en sortir ni savoir quel conseil prendre ou donner à autrui. Celui qui sent venir le mal doit se donner les moyens de se guérir et de se tirer d'affaire : je dois faire de même. Je suis malade : si je ne cherche pas dès maintenant quelque bon remède, je n'aurai pas d'autre issue que la mort, je le sais, je le sens. Mon cœur souffre un trop cruel tourment ! Et je voudrais bien être prophète pour prédire ce que sera la fin. Mais je peux bien l'imaginer et me la représenter : il a fallu si peu de temps pour

Trop me desheit e trop m'esmai.
17738 Je n'en puis mes, car de fin sai
Ci sera mis joies feniz*
O ci sera toz aconpliz.
Mes je redot plus l'un que l'al :
17742 Por tant me fet au cuer grant mal.
Deseperance me confont.
Or pri a Deu qui il me dont
Tiel conseil prendre e tiel conrei
17746 Par qu'elë ait merci de mei. »
        Un suen feel, un suen ami,
Qui molt esteit privez de li,
A fait venir de devant sei,
17750 Puis li descovre son secrei.
Tot li a dit cum il li vet,
Nule celee ne l'en fet,
Puis li encharge son message.
17754 « A Ecuba, fet il, la sage,
La femme au riche rei Priant,
Diras tot ce que je li mant.
Salue la de meie part
17758 E di que molt me sereit tart
Que je fusse o li acordez.
Vers li me sui trop mal menez,
Trop li ai fet pesant damage
17762 Par mon peché, par mon outrage ;
En grant dolor ai son cuer mis,
Qu'Ector son fiz li ai ocis.
Mei en peise, j'en sui iriez,
17766 Sovent m'en prent granz pïetez.
Dreit l'en voil fere a sa merci,
Tiel dont me tienge por ami :
Sa fille me doinge a moillier,   [124c]
17770 E s'el la me feit otreier
Au rei Priant e a Paris,
Je m'en irai en mon païs ;
Merrai en mes Mirmidoneis.
17774 Ja puis n'iert si hardiz Grezeis
Que ci remaignë aprés mei.
Trestot leiaument li otrei
Que je farai l'ost departir :
17778 En bone pes porront tenir
Lor cité mes e lur païs :
J'en osterai lor anemis.

m'abattre, et me voici si affligé, si affolé ! Impossible de lutter : je sais bien que désormais, ou mon bonheur sera définitivement mort, ou il sera total. Mais, j'en ai peur, c'est la première hypothèse qui se vérifiera, et voilà pourquoi ma souffrance est si vive. Le désespoir me tue. Puisse Dieu m'accorder, je l'en supplie, de faire ce qu'il faudra pour qu'elle ait pitié de moi ! »

Il fit alors venir auprès de lui l'un de ses amis fidèles avec qui il était très intime et il lui a dit son secret. Il lui a tout raconté sans rien lui cacher, puis il lui a confié un message.

« Tu répéteras à Hécube, lui dit-il, à la sage Hécube, la femme du puissant roi Priam, le contenu de ce message. Salue-la de ma part et dis-lui que je désirerais vivement conclure un accord avec elle. Je me suis bien mal conduit à son égard. Je lui ai causé – c'est là mon tort et mon crime – une bien lourde perte. J'ai plongé son cœur dans l'affliction en lui tuant Hector son fils. J'en éprouve maintenant peine et douleur et bien souvent la compassion m'étreint. Je veux donc réparer mes torts et faire ce qu'elle me demandera pour gagner son amitié. Qu'elle me donne sa fille en mariage et, si elle obtient l'accord du roi Priam et de Pâris, je retournerai dans mon pays en emmenant mes Myrmidons. Il n'y aura pas alors un seul Grec assez hardi pour demeurer ici après mon départ. Je lui garantis en toute loyauté que je ferai repartir l'armée. Ils pourront alors gouverner en paix leur ville et leur royaume : j'en

Puis que je serai d'elz partiz,
17782 Nen iert ja puis escuz seisiz,
Ome feru ne adesé.
Molt riche plet ont encontré,
Se il devers els ne remeint :
17786 Ja ne troveront plus les aint
Que je farai d'or en avant.
Lor fille o le cors avenant
Sera guarie e henoree,
17790 Car richement iert marïee :
El chef li aserrai corone.
E se Deus tant vivre me done
Que je de li saisiz me veie,
17794 Toz mes bons aconpliz avreie.
Tant me sereie amanantiz
E sor toz autres enrichiz,
Que del monde, qu'ensi est lez,
17798 Sereie li plus asasez
E cil qui graindre joie avreit.
Commenciez vostre erre orendreit :
Deus doinst que ce seit en bone ore !
17802 Molt me targe, molt me demore
Que je vos veie el repeire.
A la reïne de bon eire,
Dites tot ce que je li mant. » [124d]
17806 Li més s'en est tornez atant.
Celeement e en privé
En est venuz a la cité.
Molt fu sages e molt bien duiz.
17810 Es chanbres entre o bons conduiz ;
A la reïne saluz rent
De son seignor priveement.
Aprés li a dit son message :
17814 « Ecuba, dame, or seiez sage.
Or pöez aveir a ami
Vostre plus mortiel enemi ;
Por lui estes trop damagee :
17818 Or vos fara joiose e lee,
Or vos fara henor e dreit
De quant que il vos a toleit :
Vostre fille prendra a femme.*
17822 Ja mes en trestot vostre regne
Ne troverez chalonge i mete
Ne de guerreier s'entremete.

délogerai leurs ennemis. À partir du moment où j'abandonnerai les Grecs, il n'y aura plus un seul écu pris en main, un seul homme blessé ou touché au combat. Ils ont donc là une bonne occasion de faire la paix, si du moins ils ne s'y opposent pas ! Ils ne trouveront personne qui leur soit désormais plus dévoué que moi. Leur fille si belle, si aimable, sera sauvée et couverte d'honneurs, car elle fera un beau mariage. Je la couronnerai moi-même et, si Dieu m'accorde de vivre assez longtemps pour obtenir sa main, tous mes désirs seront satisfaits. Je serais alors si riche, si puissant que, dans tout le vaste monde, il n'y aurait pas d'homme plus comblé, dont la joie serait aussi vive. Mettez-vous aussitôt en route. Et Dieu veuille que ce soit sous de bons auspices ! J'ai hâte, oui vraiment grande hâte de vous voir revenir. Allez donc auprès de la noble reine pour lui faire mon message. »

Le messager s'est mis en route. Il est entré en grand secret dans la cité. Il était sage et savait ce qu'il avait à faire. Il est conduit par de bons guides jusque dans les appartements et, en privé, il salue la reine au nom de son seigneur, puis lui dit son message.

« Reine Hécube, montrez votre sagesse ! Voici que vous pouvez gagner l'amitié de votre ennemi mortel. Il vous a infligé une bien lourde perte, mais il va vous rendre la joie et l'allégresse et il saura très honorablement vous donner satisfaction pour tout ce qu'il vous a ravi. Il prendra votre fille comme épouse et, dorénavant, personne ne viendra vous disputer votre royaume ou y porter la guerre. C'est fini : votre terre retrouvera

Tote est remese atant la guerre ;
17826 En pes remaindra vostre terre,
Car quil ore qu'il s'en ira,
Ja uns toz sous n'i remaindra.
En lor contrees s'en iront,
17830 Ja mes ça ne retorneront.
Or en pensez sans nul respit,
Come par vostre grant profit
E por vostre regne sauver
17834 E por vos vies aquiter. »
  Ecuba fu merveilles sage :
« Biaus amis, fet ele au message,
Griés chose est molt ce que tu quiers ;
17838 Por quant jel voudrai voluntiers
Se jel puis trover o le rei.
D'ui en tierz jor revien a mei :
Adoncs en savrai son talant.   [125a]
17842 Di tun seignor que je li mant
Qu'en mei ne remaindra il mie.
En grant dolor a mis ma vie,
Je n'ai leece ne deport,
17846 Assez voudreie mielz la mort
Que vivre en si tres grant dolor
Cum mis cuers sofre nuit e jor ;
Mes se ceste hovre iert achevee
17850 Que nos avons ci porparlee,
Encor m'ireit il auques bien.
D'ui en tierz jor a mei revien :
De ce que je avrai apris
17854 A mon seignor e a Paris,
Selonc ce respondre savrai ;
S'il le greent, bien le voudrai. »
Li messages ensi l'otreie.
17858 Erraument s'est mis a la veie.
Sans ce qu'en fust apercevance
Ne retraçon ne reparlance,
Est repairiez a son seignor
17862 Qui molt esteit en grant error,
Saveir qu'il li raportereit.
Grant joie en a quant il le veit.
« Di mei, fait il, cum tu l'as fet. »
17866 E cil li a senpres retret
Tot lo respons de la reïne.
Le jor devise e le termine

la paix car, dès qu'il quittera ce pays, pas un Grec n'y demeurera. Ils s'en iront dans leurs royaumes et ne reviendront jamais ici. Prenez donc sans plus attendre vos dispositions, pour votre plus grand bien, et afin de préserver votre royaume et de sauver vos vies. »

Hécube était d'une très grande sagesse.

« Cher ami, dit-elle au messager, tu me fais là une proposition très délicate. Je voudrais bien pourtant l'accepter, si du moins le roi y veut consentir. Reviens donc dans trois jours : je saurai alors ce qu'il veut faire. Et dis bien à ton maître que, pour ma part, je n'y mettrai pas d'opposition. Il m'a plongée dans l'affliction. Je ne connais plus ni joie ni plaisir. Je préférerais mourir plutôt que de vivre avec cette douleur qui accable mon cœur et de nuit et de jour. Mais si ce projet dont nous venons de parler aboutit, j'en tirerai quelque réconfort. Reviens donc d'ici trois jours. Je pourrai alors te répondre, en accord avec ce que m'auront dit mon époux et Pâris. S'ils donnent leur consentement, je donnerai aussi le mien, et très volontiers. »

Le messager se satisfait de cette réponse et repart aussitôt. Sans que personne s'en soit aperçu ou ait eu l'occasion d'en parler, il est revenu auprès de son maître qui attendait dans l'angoisse de savoir quelle réponse il lui apporterait. Sa joie, à le revoir, est très vive.

« Dis-moi, lui dit-il, comment les choses se sont passées. »

Le messager aussitôt lui a rapporté toutes les paroles de la reine et lui a dit quel délai elle avait fixé.

Qu'ele li a posé e mis :
17870 « Se li reis ne s'en fet eschis,
Vostre besoigne iert achevee. »
Or ot il molt que li agree,
Or li est li cuers revenuz.
17874 « Or funt, fet il, li deu vertuz
Por mei, tres bien le vei e sai,
Que aucun conseil troverai
Por quei je porrai aconplir [125b]
17878 Ce que tant voil e tant desir.
Trop sereie bon eürez
Se j'aveie mes voluntez
De la rien que je plus coveit,
17882 Por qui je sui en tiel destreit
Que se a ce ne parveneie,
D'ire e de duel sai que morreie. »
En une chanbre peinte a flor
17886 Au rei Priant, son cher seignor,
Parole Ecuba la reïne :
« Sire, fet ele, molt decline
Nostre valor : nostre barnage,
17890 Nostre fiz, nostre granz lignages.
Nos reis, nos dus, nos chevaliers
Perdons a cenz e a milliers ;
Perdu avons nostre fïance,
17894 Hector o iert nostre esperance.
Ne vei mes nostre garison,
Puis que nos lui perdu avon.
Molt est cest'ovre perillose
17898 E as nostre hués trop damajose.
Sans plus sofrir, sans plus atendre,
En fereit bien conseil a prendre,
Mes ne sai quil seüst doner.
17902 Achillés fet a mei parler,
Priveement e en segrei,
Qui il nel siet fors vos e mei :
Polixena quiert e demande.
17906 Or si oiez qui il vos mande :
Corone el chef li aserra
E riche dame la fera.
Le jor qu'il iert de li seisiz,
17910 Sera li sieges departiz,
Torner fara en lor païs
Trestoz nos mortiels anemis ;

« Si le roi ne s'y oppose pas, ajoute-t-il, c'est une affaire réglée. »

Achille entend enfin des paroles qui lui font plaisir, Achille reprend courage.

« Les dieux, dit-il, font pour moi des miracles, je le sais, je le vois, puisque j'ai trouvé le moyen de mener à bien ce que je veux si ardemment ! Vraiment, je serais comblé si j'obtenais ce que je veux de celle vers qui vont tous mes désirs, de celle qui me cause un si vif tourment que, si mon attente était déçue, j'en mourrais, je le sais, de douleur et de tristesse. »

Dans une chambre ornée de fleurs peintes, la reine Hécube s'adresse à Priam son cher époux.

« Seigneur, lui dit-elle, nos forces déclinent beaucoup. Nos hommes, nos fils, notre nombreuse parenté, nos rois, nos ducs, nos chevaliers, nous les perdons par centaines, par milliers. Nous avons perdu Hector en qui reposaient notre espoir, notre confiance. Du moment où nous l'avons perdu, je ne vois pas où trouver du secours. Cette guerre est beaucoup trop meurtrière, elle nous cause de trop grands maux. Il serait bon de trouver une solution sans en supporter davantage et sans attendre encore. Mais j'ignore qui pourrait la trouver. Achille m'a envoyé un messager en grand secret : personne ne le sait, sauf vous et moi. Il demande la main de Polyxène et voici ce qu'il vous fait dire : il fera d'elle une reine et une dame très puissante ; de plus, le jour où elle sera à lui, le siège sera levé. Il fera repartir dans leurs pays tous nos ennemis mortels, ils ne

Ne serons mes requis par els, [125c]
17914 Si nos sera amis feels
E desfendra vers tote gent.
Pernez conseil astivement
De cest peril en que nos somes,
17918 Nos fiz, nos filles e nos homes.
Bien fareit tielz plez a receivre :
E si vos voil bien amenteivre,
Qu'a grant meschief devez pes querre :
17922 Trop a fort gent en nostre terre,
Si est pechez trop granz e maus
Que tanz hauz homes, tanz vassaus
Morent a si fete dolor
17926 Es granz batailles chascun jor.
Perilz i a de tantes parz,
Bien i avreit mestier esgarz. »
    Li reis Prianz baissa son vis,
17930 Une grant piece fu pensis.
Aprés en a dit son viaire
A la reïne de bon aire :
« Dame, dist il, ne puis saveir
17934 Ne conoistre n'aperceveir
En nul porpens ne a nul plet
Coment ce poïst estre fet,
Car s'Achillés iert mis amis
17938 Si cum il est mes anemis,
Si n'est il pas de mon parage :
Trop baissereie mon lignage.
Pesera mei, ce sachez bien,
17942 S'endreit mei abaisse de rien.
E s'il iert or de li seisiz,
Coment en sereie je fiz
Qu'il fareit departir le siege ?
17946 Or me cuide prendre a la piege !
Trop sereie ore recreüz
Se je esteie deceüz
Par l'ome que plus dei haïr. [125d]
17950 Tant i a reis de grant aïr
Plus riches de lui contre nos !
E doncs se cuideriëz vos
Que il por lui s'en departissent ?
17954 Ja por s'amor ça ne venissent
Ne ja por lui rien n'en fareient
Ne ainz ne s'en departireient.

viendront plus nous assaillir. Il deviendra notre ami loyal et nous portera secours contre tous nos ennemis. Prenez donc vite votre décision face à ce péril qui nous menace, qui menace nos fils, nos filles, nos hommes. Cette proposition, on devrait bien l'accepter, et je tiens à vous rappeler que, dans la situation critique où nous sommes, vous devez chercher à conclure la paix. Notre royaume est envahi par des hommes bien trop redoutables. C'est un crime, c'est un bien grand mal que tant de nobles seigneurs, tant de guerriers trouvent chaque jour dans les combats une mort si douloureuse. Les dangers nous pressent de tous côtés. Il serait bon d'examiner la situation.»

Le roi Priam baissa la tête et resta un long moment pensif. Puis il a dit à la noble reine ce qu'il lui en semblait.

«Dame, dit-il, sous quelque angle que j'examine la question, je ne vois vraiment pas comment trouver le moyen de régler ainsi les choses. En effet, même si Achille était mon ami, tout comme il est à l'heure actuelle mon ennemi, il n'est pas de si haute noblesse que moi. J'abaisserais donc par trop mon lignage par cette alliance. Je serai très ennuyé, sachez-le, si pareille chose se produit de mon fait. D'autre part, si je lui donnais Polyxène, comment être sûr qu'il ferait lever le siège? Il cherche à me tendre un piège! Et ce serait une bien honteuse défaite pour moi que d'être ainsi joué par l'homme que je dois plus que tout autre haïr. Tant de rois plus forts et plus puissants que lui nous font actuellement la guerre! Pouvez-vous penser qu'ils abandonneraient le siège à sa demande? Ils ne seraient jamais venu ici pour l'amour de lui et jamais ils ne feraient quelque chose pour lui ni n'accepteraient de s'en aller. Et pour-

E neporuec s'il ce puet estre
Que Grié se metent el repere,
De lui sera pes e de nos :
Ne li serons plus haïnos,
Pardoné serunt li mesfet,
Ja ne li serunt mes retret ;
Ma fille avra, bien li otrei
Sor toz les deus de nostre lei.
Por ce qu'il n'ait vers nos doutance,
L'en farai bone seürtance.
S'ensi puet estre, ensi l'agré
E ensi iert ma volunté. »
    Quant la chose fu porparlee,
Qui molt fu puis cher conparee,
Si departirent lor conseill.
Ainz que veïssent le soleill,
Fu li més au tierz jor tornez.
Molt fu li termes desirez
Ainceis que il fust aconpliz.
Dedenz la chanbre as ars voutiz
En est venuz a la reïne ;
Cent saluz rent a la meschine
De part son seignor que li mande
Qu'a li se rent e se commande :
Del tot vout metre en son voleir
Lui e sa terre e son aveir.
N'i puet longue parole fere,
Car la reïne de bon ere
Est dedevant, qui ne li let, [126a]
E cele ne tient autre plet :
N'el nes receit n'ele n'i dit
Ergoil, outrage ne desdit ;
Que il l'en peist ne fet senblant
Ne que biau l'en seit tant ne quant.
    La reïne, qui molt est sage,
Parole, se dit au message
Tot le respons au rei Priant.
Bien devise le covenant,
E Achillés seürs sera :
Ja devers els ne remaindra.
« Ensi, fet il, li puez retrere.
Ci a grant hovre e grant afere :
Celee seit tant qu'el iert feite,
Ja ne seit dite ne retrete. »

tant, s'il peut se faire que les Grecs se retirent, nous ferons la paix avec lui, nous ferons taire notre haine et ses crimes lui seront pardonnés. On n'en parlera plus et il aura ma fille, je la lui accorde au nom de tous les dieux que nous adorons. Je lui fournirai toutes garanties, afin qu'il n'ait rien à craindre de nous. S'il peut en être ainsi, pour ma part j'y consens, je le veux. »

C'est sur cette décision qui, par la suite, fut si cher payée, qu'ils terminèrent leur entretien. Avant que soit levé le troisième jour, le messager était de retour. Comme le terme fixé avait été ardemment désiré ! Il s'est rendu dans la chambre voûtée, auprès de la reine. Il transmet à la jeune fille tous les saluts de son maître qui lui fait savoir qu'il se livre tout entier à elle : elle disposera comme elle le voudra de lui, de ses richesses, de sa terre. Le messager ne peut cependant lui parler longuement, car la noble reine est présente, qui le lui interdit, et la jeune fille ne lui répond rien : elle ne donne pas son accord, mais elle ne prononce pas non plus la moindre parole désobligeante et n'oppose aucun refus ; rien, dans son attitude, n'indique qu'elle soit fâchée ou contente.

[SILENCE]

La reine pleine de sagesse prend la parole et répète au messager la réponse du roi Priam. Elle lui explique bien ce qu'ils ont convenu et lui dit qu'Achille peut avoir confiance : ce n'est pas de leur côté qu'il y aura quelque obstacle que ce soit.

« Tu peux donc, poursuit-elle, lui répéter tout cela. Voilà certes une bien grande entreprise, un bien grand projet ! Qu'il soit tenu secret jusqu'à ce qu'il soit mené à bien, que rien n'en transpire ! »

17999. qu'el ier f.

                    Que vos ireie porloignant ?
18002 Congié a pris li més atant.
      A son seignor est reperez,
      Qui molt esteit desconseilliez,
      Qu'Amors li mostre de ses jeuz*
18006 E cum l'en tient de li ses fieus.
      A celz ou est li suens plaisirs,
      Fet geter plainz e granz sospirs ;
      Veillier les fet e jeüner
18010 E totes ovres oblïer,
      Por estre a la rien ententis
      Dom il est mornes e pensis.
      La sunt li cuer e nuit e jor :
18014 En crieme sunt e en error
      D'atendre ce qui il desirrent,
      Dont si destreitement sospirent,
      Espris d'amor e de voleir,
18018 Sans bien e sans repos aveir,
      Icil qui en ce ont entente.
      C'est li servizes e la rente
      Qu'Amors prent mainte fïee   [126b]
18022 De cels qui sunt de sa maisnee.
      De cels est bien danz Achillés :
      A lui a trait Amor de pres,
      Bien li apert en mi lo vis
18026 Qu'a son hués l'a seisi e pris :
      Amer le feit outre mesure.
      « Ha ! las, fet il, quel aventure !
      Cum sui destreiz, cum sui pensis,
18030 Cum sui a tote rien eschis !
      Ne voil que hom parolt o mei.
      Se fui sages, des or folei,
      Que en tiel lué me sui donez
18034 Dont ja n'avrai mes voluntez.
      Jes en avreie ? E je, coment ?
      Ja sai je bien certeinement,
      Puis que li mondes commença
18038 Ne ja mes tant cum il durra,
      N'amera riens plus folement.
      Se mis corages me reprent,
      Ce que me vaut ? Bien puis saveir
18042 Que ci ne m'a mestier saveir
      Ne hardemenz ne vasselages.
      Qui est qui contre Amor est sages ?

Pourquoi m'attarder davantage ? Le messager a aussitôt pris congé et est revenu vers son maître qui était plongé dans le plus grand désarroi, car Amour lui montre de quoi il est capable et quel sort il réserve à l'homme qui lui appartient. Ceux sur qui il exerce son bon plaisir, il leur arrache plaintes et profonds soupirs. Il les empêche de dormir, de manger et leur fait tout oublier pour consacrer toutes leurs pensées à l'objet qui les rend comme Achille si tristes et si pensifs. Voilà dans quel état sont, nuit et jour, les cœurs embrasés d'amour et d'ardeur. Incapables de connaître le moindre bonheur, le moindre répit, s'efforcent et désespèrent de tendre vers ce qu'ils désirent et qui leur fait pousser de si profonds soupirs. Tel est le sort de ceux qui sont voués à Amour. Tel est le service, telle est la rente qu'Amour exige bien souvent de ceux qui sont ses vassaux. Et Achille fait vraiment partie du nombre. La flèche d'Amour l'a touché de près. On voit bien, à son visage, qu'Amour l'a saisi et soumis à sa loi, Amour qui le pousse à d'excessives ardeurs.

« Hélas ! dit-il, quelle aventure ! Comme me voilà tourmenté, obsédé par mes pensées, hostile au reste du monde. Je ne peux supporter que l'on me parle. Si j'ai jamais été sage, je suis bien fou maintenant, moi qui ai placé mon amour là où je ne saurai rien obtenir. Pourrais-je y parvenir ? Et comment ? Je sais bien que, depuis que le monde a été créé et tant qu'il durera, personne, jamais, n'aimera plus follement. Mais à quoi bon les reproches que m'adresse mon cœur ? Je sais trop qu'ici rien ne vaut, ni savoir, ni courage, ni prouesse. Qui peut, contre Amour, faire preuve de sagesse ? Tel ne fut pas le cas de

Ce ne fu pas Fortins Sansons,
18046 Li reis Daviz ne Salemons,
Cil qui de sens fu soverreins
Sor toz autres homes humeins.
Je, qu'en puis doncs, se je desvei
18050 Se je refaill, se je folei ?
N'i a neient del consirrer :
Je ne puis mie contrester
Vers ce don li saive ancetor
18054 Ne porent prendre d'els retor.
Or n'i a doncs nul autre rien :
Je vei e sai e conois bien
Que a ce me covient entendre, [126c]
18058 Coment qui il m'en deie prendre.
Se en mei a point de valor,
Ce parra bien tres qu'a brief jor.
En penser é en porchacier
18062 D'acumplir mon grant desirer,
Soz ciel n'a rien qui je n'en face.
E qui voudra, puis si m'en hace.
Se tote genz a son talent,
18066 E je n'en ai ne tant ne quant,
Ce que me vaut ? Je dei penser
Coment j'aie joie d'amer.
Joie en avrai, se tant puis fere
18070 Que de la douce de bon aire,
La resplendor de biautié fine
En cui est tote ma destine,
Tote ma joie e ma santez,
18074 Se je de li esteie amez,
Conquis avreie tot atant.
Haï ! fine de biau senblant,
Esperitaus, enluminee,
18078 Sor totes autres desirree,
Sor totes celes qui plus vaut,
Cum malement Amors m'assaut
Por vostre senblance delite
18082 Qu'en mon cuer port peinte e escrite !
Quant la recort, ne sui pas seins,
Sovent en sui pales e veins,
Sovent me refreidist li cors,
18086 Tant m'a Amors pincié e mors.
S'ensi se tient, s'ensi m'asproie,
Ja gueres longues ne vivroie.

Samson le Fort ni du roi David, ni de Salomon, qui pourtant l'emporta en sagesse sur tous les autres hommes. Qu'y puis-je si je perds le sens, si je me fourvoie et m'égare ? Impossible de renoncer ; et comment lutter quand les anciens eux-mêmes, dans leur sagesse, ne surent résister ? Point d'autre issue donc : je vois bien, oui vraiment je sais qu'il me faut m'abandonner à Amour, quel que soit le sort qui m'attend. Mais si j'ai quelque mérite, il y paraîtra rapidement. Je vais mettre effort et ardeur à obtenir ce que je désire. Il n'est rien au monde que je n'entreprenne en ce sens. Et peu m'importe qu'ensuite on me haïsse. À quoi bon, si tous les hommes ont ce qu'ils désirent et si moi, je n'ai rien ? Il me faut chercher comment goûter à la joie d'amour. Et cette joie je l'aurai si je peux me faire aimer, si je peux réussir à posséder la très douce, la très noble, la resplendissante beauté qui est maîtresse de mon sort, de mon bonheur, de ma vie. Hélas ! beauté parfaite, célestes appas, beauté éclatante, plus que toute autre désirée, ô vous qui sur toutes autres beautés l'emportez, comme Amour m'attaque et me presse en me présentant cette image exquise que je porte gravée au fond de mon cœur ! Quand je l'évoque, j'en suis malade, bien souvent je pâlis, je défaille et mon corps se glace. Amour m'a si bien attrapé à son piège que je ne pourrais vivre encore longtemps s'il continue ainsi et me tourmente aussi cruelle-

---

18081. deite

Que me demandereit il plus ?
18090 De son plaisir rien ne refus,
En mei n'a mes point de dangier.
Por sa merci li voil prïer
Que il me face le secors [126d]
18094 Que il suelt fere as ancetsors,
Qu'en mei ne perde sa costume :
La douçor e la soatume
Qu'il done as autres me redoint
18098 Cil qui sire est de tot le mont !
Tiels noveles m'en doinge oïr
Que j'en puisse aveir mon plaisir ! »

Ensi destreiz, ensi pensis,
18102 Ensi en amor ententis,
Consirra tant e atendi
Que sis messages reverti.
Quant il le vit, joie ot e crieme –
18106 C'est costume de rien qui aime.
Enquis li a e demandé
Saveir qu'on li aveit mandé.
E cil ne li a fet celee :
18110 Tote l'ovre li a contee,
Toz les respons, les covenanz
Que li tendra li reis Prianz,
E cum il l'en asseüront,
18114 E la requeste qu'il li font.*

18117 « Pensez, fet il, cum l'osz s'en haut.
Tant sai je bien, se Deus me saut,
Ses pöez fere departir,
18120 E en lor terres revertir,
Seisiront vos de la pucele
Qui sor totes autres est bele.
Ainz n'en sereiz vos ja seisiz
18124 De ci qu'il s'en seient partiz.
S'en ceste chose dotez rien,
Il vos en aseürra bien
Par tot si cum devisereiz,
18128 Al mielz que vos onques savreiz. »

Achillés ot qu'el n'en sera :
De molt parfunt cuer sospira.
Ire a e joie e atendance : [103d]
18132 *Moult par li plest la convenance,*
Mes grief chose est a acomplir
Ice que lor a fet offrir.

ment. Que pourrait-il me demander de plus ? Je ne lui oppose aucun refus. En moi, il ne trouve point de résistance ! Mais je veux le prier d'avoir pitié de moi et de me secourir comme il secourut nos ancêtres. Qu'il ne change pas avec moi de façon de faire ! Que ce maître du monde me donne, à moi aussi, les douceurs et les soulagements qu'il dispense aux autres ! Qu'il m'accorde d'apprendre des nouvelles telles que je puisse obtenir ce que je veux. »

C'est ainsi, torturé par l'angoisse, perdu dans ses pensées et préoccupé de son seul amour, qu'il méditait, attendant le retour de son messager. À le voir, il éprouva à la fois joie et crainte. Telle est bien la coutume des amoureux ! Il lui a demandé de quel message on l'avait chargé et l'autre ne lui a rien caché : il lui a tout exposé, la réponse et les accords proposés par Priam, les garanties que lui donneront le roi et Hécube et la prière qu'ils lui adressent.

« Faites en sorte, poursuivit le messager, que l'armée se retire. Je suis sûr – que Dieu m'aide ! – que, si vous pouvez obtenir des Grecs qu'ils repartent dans leur pays, ils vous donneront cette jeune fille à l'incomparable beauté. Mais vous ne l'aurez pas avant que les Grecs ne se retirent. Et si vous avez quelque crainte, Priam saura bien vous donner toutes les garanties que vous pourrez lui demander. »

Achille comprit qu'il ne pouvait en aller autrement. Il soupira du fond du cœur, éprouvant tout à la fois joie, douleur et espoir : cet accord le ravit, mais il est bien difficile de mener à bien les propositions qu'il a faites au roi et à la reine. Pourtant,

---

Les vers **18131-18472**, qui manquent dans *M2*, sont édités d'après *A*. Le manuscrit représentant le texte sur trois colonnes, celles-ci sont indiquées par les lettres a b c d e f suivant le numéro du feuillet. Étant donné la date du manuscrit, l'abréviation 7 (la forme développée ne semble pas représentée dans le manuscrit) équivaut vraisemblablement à *et*, mais, pour ne pas introduire de disparate, nous avons conservé la graphie *e* de *M2*.

             E non pour quant a l'essaier
18136 *Sera demain, sanz atargier.*
             Assez trait ainz maus e dolours
             Que fust trespassez icilz jours.
             Destrois iert moult e anïeus,
18140 *Moult par fu ce jour angoisseus.*
             La nuit aprés veilla sanz faille,
             Moult iert son cors en grant bataille.
             En son lit fist la nuit maint tour,
18144 *E quant il aperçut le jour,*
             S'a pris conroi e engingnié
             Com li haut homme e li prisié,
             Li duc, li prince e li demainne,
18148 *Li amiraut e li chataingne*
             Soient mandé a parlement.
             Je n'en ferai porlongnement :
             Li concirres fu moult pleniers,
18152 *Moult i ot riches chevaliers ;*
             Parlé i ot en maint endrois,
             En audïence e en consois ;
             De maintes riens i ont traitié.
18156 *Dont leva Achillés em piez.*
             Bien fu oïz e escoutez,
             Car moult iert cremus e amez
             E redoutez e essauciez.
18160 *Sages fu moult e vesïez :*
             Si com il sot qu'il fist a faire,
             Commence a dire e a retraire :
             « Seingnours, fet il, moustrer vous vueil
18164 *Que par forfet e par orguel*
             Nous faisons chasun jor occirre.
             L'en a mors telz .XXX. mile
             Qui moult erent hardis e prous ;
18168 *A ce revertirons nous tous.*
             Ja par la foy que je doi vous,
             .I. n'en eschapera touz sous
             Que ci ne soit mors e ocis,   [103e]
18172 *Ainz que cist regnes soit conquis,*
             Se autres conseus n'iert pris.*
             En estrange plait sommes mis,
             Qui pour l'achoison d'une femme
18176 *Avons guerpi tant riche regne,*
             Tant royaume, tant bon païs.
             Plus de .V. ans avons ci sis,

dès demain, il s'efforcera d'y parvenir. Il endura encore bien des peines, bien des douleurs avant que ce jour ne fût achevé. Son tourment, son angoisse le lui firent paraître bien long, bien pénible, et la nuit suivante, il ne put trouver le sommeil. En son cœur, la bataille faisait rage. Il se tourne et se retourne dans son lit, mais, dès le lever du jour, il a trouvé les moyens de réunir en assemblée les plus importants des Grecs et les plus renommés, les ducs, les princes, les grands seigneurs et les capitaines. Je ne vais pas m'attarder plus longtemps. L'assemblée était très nombreuse. Il y avait là de puissants guerriers et bien des paroles furent échangées en public et en privé. Beaucoup de sujets furent abordés. Achille s'est levé et il fut écouté avec attention : on le craignait, on l'aimait et on le traitait avec honneur et considération. Il était sage et habile et il commença à expliquer l'affaire de la manière qu'il savait être la plus appropriée.

« Seigneurs, leur dit-il, je veux vous montrer combien, par notre démesure et dans notre orgueil, nous courons chaque jour à la mort. Déjà, trente mille d'entre nous ont été tués, qui étaient pleins de prouesse et d'audace, et c'est là le sort qui nous attend tous. Sur ma foi je vous le dis, pas un seul d'entre nous ne pourra échapper à la mort avant que soit conquis ce royaume, si nous ne décidons pas d'agir autrement. Nous nous sommes lancés dans une entreprise bien insensée, nous qui, pour une femme, avons abandonné tant de terres opulentes, tant de bons et riches royaumes. Ce siège dure depuis plus de cinq

---

18151. condeours] *R*

Encor n'i avons chose faite
Qui em bien puisse estre retraite.
A grant mesaise, a grant ahan,
Sommes ici le plus de l'an;
Nostre gent est trop besongneuse
E trop malement souffraiteuse.
Moult me merveil estrangement
Que tant a ici sage gent
Qui n'en ont pris autre conroi :
Tuit i voient quanque g'i voi.
Moult est mauvaise l'achoison
De nostre grant destruicïon.
Cil d'Eürope e cil d'Aufrique,
Cil d'outre es pors de Salenique
Sont ici venu mort recoivre,
E si vous sai bien amentoivre,
Ne fu onc mes graindre folage
Ne graindre orgueil ne graindre otrage,
Que pour une femme mourons
E que pour lui nous destruisons.
Mes, biau seingnour, que nous tegnoit
Que, se Paris l'a, seue soit ?
Ja en menerent Greu s'antain,
Sereur son pere, Ezionain,
Qui moult fu quise e demandee.
Se cist en ra ceste menee,
Quel tort, quel honte e quel dommage
I puet avoir nostre lignage
Ne nous meïsmes qui ci sommes ?
Touz avons ja perdus nos homes ;
Maint riche roy, maint duc prisié
En sont ja mort e detrenchié.
Sachiez qu'encor reconnistrons
La folie que faite avons :
Moult nous en tendrons a bricons.
Bien est que nous nous en tournons.
Si remaingne a tant la folie
Qui folement fu envaïe,
Si soions riche e honnoré
Es grans regnes dont somes nés,
E si reverrons nos mesniees, [103f]
Qui de nous sont desconseilliees ;
Si se marieront plusours
Nieces e filles e serours

ans et nous n'avons encore rien fait dont nous puissions tirer gloire. Nous passons la plus grande partie de l'année dans les souffrances et les peines, nos hommes manquent de tout, ils sont dans le plus grand dénuement. Je suis donc vraiment très surpris que tous ces gens pleins de sagesse, qui sont ici en si grand nombre, n'aient pas pris d'autre disposition. Tous peuvent voir ce que je vois. Le motif pour lequel nous courons à notre perte est bien mauvais. Tous les peuples d'Europe, ceux d'Afrique, ceux qui sont au-delà des rivages de Salonique, sont ici réunis pour y trouver la mort. Et jamais, je peux bien vous le rappeler, il n'y eut d'entreprise aussi folle, aussi démesurée, aussi déraisonnable que la nôtre : nous risquons la mort pour une femme et pour elle courons à notre perte. Enfin, mes seigneurs, quelle importance ? Si Pâris l'a, qu'il la garde ! Jadis les Grecs enlevèrent sa tante, Hésione, la sœur de son père, qu'on vint souvent nous réclamer. Si Pâris, en retour, a enlevé Hélène, où est le tort, où est le déshonneur, où est la perte pour notre race et pour nous tous ici présents ? Nous avons déjà perdu tous nos hommes. Nombre de rois puissants et de ducs renommés sont déjà morts et massacrés. Sachez que nous prendrons bientôt conscience de la folie que nous avons faite : nous comprendrons notre bêtise. Il est donc bon que nous repartions. Que s'arrête là cette folle entreprise qui fut follement commencée. Alors nous vivrons, puissants et honorés, dans les royaumes qui nous ont vus naître, nous reverrons nos gens qui sont, par notre absence, privés de tous guides et de tous conseils et la plupart d'entre nous se remarieront avec nos nièces, nos filles et nos sœurs qui ont bien besoin de nouveaux

---

18200. ce] *voir aussi la graphie* ci *du v. 18171* – **18201.** L'en ramenerent a s'a.] *R*

Cui besoins est e grans mestiers.
Miex nous vient estre chevaliers
En nos regnes ou en estranges.
Je n'ai mes cure de ces changes :
Miex aing mon regne que l'autrui.
En l'ost des Griex ne sont pas dui
Qui o dommage e o doulour
E o moult grant perte des lour
Ne s'en retorge, c'est vertez.
Quant en a fait les foletez,
Si les ramende l'en aprés.
Sachiez ce est dans Achillés
Qui ja en plus ne s'en metra
Ne son elme n'en lacera.
D'or en avant soit qui ce vueille,
Qui s'en combate e qui s'en dueille,
Qui soit navrez, qui soit occis,
Car loiaument le vous plevis,
Ja n'en serai mes abatus
N'autre n'en iert par moi ferus.
Preu puet trouver dant Menelaus
Gentes dames as cuers loiaus :
S'en pregne une qui soit prisee
E lest ester, ceste fiee,
Cestui, puis qu'avoir ne la puet.
Avis m'est que faire l'estuet :
N'en avra mie, par semblant,
Tant com soit vis le roy Priant.
Autres de moi li conquerra :
C'est cil qui ja plus n'en ferra,
Ne moi ne home que je aie.
E qui veult, en mal sel retraie,
Car par mon chief jel prise poi. »
Dont dist Thoas : « Avoi ! avoi !
Sire Achillés, vous dites mal.
Tant par estes preus e vassal,
Ne doit de vostre bouche issir
N'ueuvre loer ne consentir
Ou point aiez de deshonnour.
Sor touz vaillans avez valour
E pris e honneur e proesce :
N'abessiez pas vostre hautesce,
Ne maumetez ce qu'est en vous.
Veü l'ai ja de .XX. e dous

époux. Mieux nous vaut guerroyer dans nos pays ou n'importe où. Je n'ai plus envie de troquer un royaume pour un autre. Je préfère le mien. Dans l'armée des Grecs, il n'y a pas deux d'entre nous qui puissent s'en aller sans avoir subi pertes et douleurs et sans avoir vu mourir beaucoup des leurs ; c'est la pure vérité. Mais quand on a fait une folie, il faut savoir la réparer. Vous avez donc devant vous le seigneur Achille qui jamais plus ne se mêlera de cette affaire et ne lacera son heaume. Désormais, aille au combat qui voudra, qu'il s'en repente, qu'il y soit blessé ou tué ! Mais, en ce qui me concerne, je vous jure bien que jamais plus je ne serai abattu, que jamais plus je ne porterai un coup. Le seigneur Ménélas peut trouver quantité de belles dames au cœur fidèle : qu'il s'en choisisse une, de grande renommée, et qu'une bonne fois il renonce à cette femme puisqu'il ne peut plus l'avoir. Au reste, il n'a pas d'autre solution, semble-t-il, car, à mon avis, il ne pourra pas la reprendre tant que le roi Priam sera en vie. Ce n'est pas moi qui la lui reconquerrai. Pour moi, c'est fini, pour moi et pour tous mes hommes. Qu'on me le reproche, si on veut, mais, sur ma tête, je m'en moque.

— Hé là, hé là, seigneur Achille, répliqua Thoas, c'est mal parlé. Votre courage et votre prouesse sont tels que vous ne devez ni vous prêter ni consentir par vos propos à une entreprise dans laquelle vous risqueriez de vous déshonorer ! Vous qui l'emportez sur tous les preux, en valeur, en gloire, en honneur et en prouesse, ne diminuez pas votre grandeur, ne vous nuisez pas à vous-même. J'ai déjà vu que pareille chose était

---

18255. chief je p.

Soissante mile chevalier,
18314 *Qu'ainsi s'en veulent repairier.*
N'i sommes pas pour ce venu :
Tuit serons e mort e vaincu,
Ou cil de la cité conquis, [104b]
18318 *C'un seul en tourt en son païs.*
Ne sommes mie si afflis
Ne de ceste oeuvre si guenchis,
Qu'il en vousissent chose faire
18322 *Qu'il en poïst en mal retraire,*
Ne reprouchié fust a lor hoirs.
Il n'ont mie si fox savoirs
Que ja seul em pensé lor viengne.
18326 *Deux set quis gart e quis maintienge,*
Car li vostre amonnestement
N'est, s'il vous plest, ne bel ne gent.
Ne sommes pas en ceste painne
18330 *Pour Menelaus ne pour Helainne,*
Que pour avoir pris e honnour,
Si com orent nostre ancessour.
Ja n'en partirons sanz victoire,
18334 *Si que de nous soit fet memoire.»* *
18337 *Pour qu'avez tel conseil donné,*
Sachiez, moult en serez blasmé,
S'en set qu'a certes l'aiez dit. »
18340 *Li dux d'Athenes s'en sourrit.*
D'une chappe d'un drap en grainne –
Ainz mieudre ne fu fes de lainne –
Trait arriere son chaperon,
18344 *Puis s'apuia sus son menton.**
18349 *Iriez fu moult de la parole,*
Sachiez que moult la tint a fole.
« Des or, fet il, m'est il avis
18352 *Que conquerrons nos anemis !*
Semblant en est, n'en dirai plus,
Mes, par les deux du ciel la sus,
Se tuit vouloient otroier,
18356 *Löer e dire e conseillier*
Que l'ost ainsi s'en repairast
Que nus de nous plus ne s'armast,
Sanz plet avoir a nos agrez,
18360 *Miex voudroie estre desmembrez*
Que j'eüsse esté au conseil.
E sachiez moult bien me merveil

ront de rudes assauts avant de vouloir repartir dans ces conditions. Nous ne sommes pas venus pour en finir ainsi : ou nous serons tous morts et vaincus ou les Troyens seront conquis avant qu'un seul d'entre nous ne reparte dans son pays. Nous ne sommes pas si abattus ni si disposés à renoncer au point que nos hommes acceptent de faire quelque chose qu'on puisse leur reprocher, à eux, puis à leurs descendants. Ils ne sont pas assez insensés pour en avoir ne serait-ce que la pensée ! Que Dieu, dans sa sagesse, les protège et les garde ! Votre conseil n'est, excusez-moi, ni noble ni beau. Nous n'affrontons pas ces dangers pour Ménélas ou pour Hélène, mais pour conquérir gloire et honneur, comme le firent nos ancêtres. Nous ne nous retirerons pas sans avoir obtenu la victoire, tant et si bien que nos hauts faits resteront en mémoire. Pour avoir donné semblables conseils, sachez-le, vous serez vivement blâmé, si l'on sait que vous avez parlé sérieusement ! »

Le duc d'Athènes se mit à sourire. Il rejeta en arrière le capuchon de son manteau de drap d'écarlate – jamais plus belle laine ne fut tissée – et porta la main à son menton. Le discours d'Achille, sachez-le, l'avait irrité et il le trouvait tout à fait déplacé.

« Eh bien, dit-il, il me faut croire que nous avons vaincu nos ennemis ! Tout le laisse supposer : je n'en dirai pas plus. Mais, par les dieux du ciel, si tous ici s'accordaient pour recommander instamment et décider que l'armée se retire ainsi et que personne ne prenne plus part aux combats, comme vous le souhaitez, et ce, alors qu'aucun accord n'est conclu qui nous agrée, je préférerais être mis en pièces plutôt que d'avoir participé à ce conseil. Sachez-le, je suis très étonné que de telles

---

18326. set quil g. e quil m.] *R* – **18357.** lors] *R*

Dont ceste parole est venue.
Ne deüst pas la recreüe
Ja estre cornee entre nous!
Cist parlemens est trop hontous :
A touz nous iert abaisemens,
Sel sevent cil de la dedens.
Ne fust pas en tel mal escrit
S'uns de nos autres l'eüst dit,
E si ne sai je que ce vaut. [104c]
Tant riche roi, tant amiraut,
Tant duc prisié e tant baron
A ci en ceste assembloison,
Qui miex voudroient estre pris,
Mort e detrenchié e ocis,
Que il s'en fussent repairié.
N'est pas en tel sens commencié :
Tout autrement, ne puet müer,
Couvient ceste afaire finer.
N'i a noient de desconfort.
On ne doit mie criendre mort
Contre si faite deshonnour.
Demain nous combatrons ad lour :
O les lances d'acier brunies
E o les espees fourbies
Sera li alerz aprochiez ;*
En ferant iert pris li congiez.
Demain soient si salué
Cil qui istront de la cité,
Que mil des plus outrecuidez
Nous otroient nos volentez
E touz nos bons a acomplir.
Faisons la chose parvenir
Hastivement a ce qu'el doit :
.I. jour n'iert mes que il ne soit
La nostre gent contre les lour. »
A ce respondirent plusour :
« *Bien dit, bien dit, ce est li miex!* »
N'i a si joenne ne si viex
Qu'il ne l'otroit, quel cuer qu'il ait.
Que vous en feroie autre plait ?
O noise, o cris e o tençons
S'en rentrerent es paveillons.
Assez orent de coi parler,
E Achillés de coi pensser.

paroles aient été prononcées. Ce n'est pas dans nos rangs qu'on aurait dû sonner la retraite. Cette délibération est infamante et nous déshonore à tout jamais si les assiégés en ont connaissance. Mais ce discours n'aurait pas lieu d'être si sévèrement jugé si un autre l'avait prononcé. Je ne sais pourtant ce que cela signifie. Il y a dans cette assemblée tant de rois puissants, tant de chefs de guerre, de ducs renommés, de seigneurs qui choisiraient plutôt d'être prisonniers, tués, mis en pièces que de s'en aller dans ces conditions. Cette expédition n'a pas été commencée dans cet esprit et elle doit s'achever autrement, il le faut. Il est vain de se décourager. Face à un pareil déshonneur, on ne doit pas redouter la mort. Demain nous irons combattre nos adversaires et c'est avec nos lances d'acier bruni et nos épées étincelantes que sera mené l'assaut ! C'est à coups d'épée que nous prendrons congé ! Que demain soient ainsi salués les Troyens qui sortiront de leur cité ! Que mille des plus présomptueux se soumettent à notre loi, qu'ils fassent tout ce que nous exigerons d'eux ! Arrivons-en au plus vite à la seule issue que l'on doive envisager : que pas un jour ne se passe sans que nos hommes n'affrontent les leurs ! »

« C'est bien dit, c'est bien dit, c'est là la meilleure solution ! » s'écrièrent alors la plupart des présents. Et tous, jeunes et vieux, d'approuver, quels que soient leurs sentiments. Mais pourquoi m'attarder plus longtemps ? Dans le bruit, l'excitation et la fureur, tous retournent dans leurs tentes. Ils ont bien de quoi discuter et Achille de quoi être préoccupé ! Inutile de

---

18365. Ja *manque*] R

S'il est iriez, nul nel demant.
18408 *Trop par en fet chiere e semblant;*
Riens ne li ose mot sonner.
Ses gens a fet a soi mander,
Puis lor a dit qu'il gardent bien,
18412 *Sor lor vie, sus toute rien,*
Que .I. tout seul n'en seingne espee
N'a bataille ne a mellee
Ne a tournoi ne a cembel.
18416 *« Ne m'est, fet il, ne bon ne bel*
De vous soient Grieu secouru.
Quant de mon conseil sont issu,
Moustrer lor doi que je lor vail. [104d]
18420 *Moult i ai bien sauf le travail*
Que j'ai souffert bien a .V. ans !
Je ne lor serai plus aidans
Ne je ne riens qui a moi tiengne.
18424 *N'i orront mes crier m'enseingne*
Devant .II. ans, ce sachent il,
Ainz en avront perdu .XX. mil
E autre mil que mes m'en mueuve.
18428 *Qui orgueil a, se il le treuve,*
C'est a bon droit; or iert veü
E esprouvé e conneü,
Savoir quel conseil lor donnoie,
18432 *E se je de riens lor aidoie,*
Ne s'il m'eüssent a oïr
Ne ma parolle a consentir.
Par euls le feront or sanz nous :
18436 *Gardez n'i ait .I. seul de vous*
Qui s'en isse pour riens qu'il oie ;
Ne nuisiez mes a ceus de Troie.
E qui enfraindra mon chasti,
18440 *Si soit tres bien seür e fi*
Jamés ne sera jour des miens
Ne par moi ne li vendra biens. »
   Ce devé lor fait Achillés.
18444 *Se il lor fait, qu'en puet il mes,*
Quant cil li tolst sens e mesure,
Qu'il ne garde loi ne droiture,
Noblesce, honnesté ne parage.
18448 *Vers Amour, qui puet estre sage ?*
Ce n'est il pas ne ne puet estre :
En Amour a trop greingnour mestre

demander s'il est en colère ! Il le montre bien par son attitude. Personne n'ose lui adresser la parole. Il a alors réuni ses hommes et leur a ordonné sur leur vie, sur tout ce qui leur est cher, de ne plus ceindre désormais leur épée. Qu'ils s'abstiennent de toute bataille, de toute rencontre, mêlée ou combat singulier.

« Il ne me plaît plus, leur dit-il, que vous aidiez les Grecs. Puisqu'ils n'ont pas suivi mon avis, je dois leur montrer ce que je leur apporte. J'ai été bien récompensé des peines que, depuis cinq ans au moins, j'ai endurées pour eux ! Je ne viendrai plus à leur aide, ni moi, ni quelque homme qui me soit lié. Ils n'entendront plus avant deux ans résonner mon cri de guerre, qu'ils le sachent bien ! Et ils perdront vingt mille hommes et mille encore avant que je ne bouge. Il est juste que l'orgueil s'oppose à l'orgueil ! Maintenant on va bien voir et connaître à l'épreuve quel bon conseil je leur donnais, quelle aide je leur apportais et combien ils auraient dû m'écouter, accepter ma proposition. Désormais, ils se battront tout seuls, sans nous. Que pas un seul d'entre vous ne bouge, quoi qu'il entende dire, tel est mon ordre. Ne faites plus le moindre tort aux Troyens. Quant à celui qui enfreindra mes ordres, qu'il sache qu'il ne pourra plus jamais être considéré comme l'un des miens et que jamais il n'obtiendra de moi le moindre bienfait. »

Tels sont les ordres d'Achille. S'il s'égare, qu'y peut-il, quand celui qui n'a cure ni de la loi ni du droit ni de ce qu'exigent la noblesse du cœur, l'honneur, le sang, le prive de sens et de mesure ? Qui peut être sage quand Amour s'empare de lui ? Cela n'est pas et ne peut être. Amour est un maître

---

18416. bon bel] *R*

E trop par lit forte leçon.
18452 *Bien apparut a Salemon :*
Moult monta pou vers lui son sens.
De touz hommes fet a ses bons.
Creance e foy, pere e seingnour
18456 *En ont ja relenqui plusour*
E grans terres e grans païs.
Qui tres bien est d'amour espris,
Pou a en soi sens ne raison.
18460 *Ainsi par iceste achoison*
Guerpi armes dans Achillés.
Blasmez en fu lonc temps aprés.
La seue gent e sa mesniee
18464 *En iert doulereuse e iriee :*
De duel les veïst on plorer,
Qu'il n'osoient armes porter.
Hontous en erent e destroit, [104e]
18468 *Mes a lor seingnour n'en chaloit.*
Qui qui em parlast bas ne haut,
Pou i entent e pou l'en chaut.
Mal est bailliz, que poi esploite
18472 *De ce que tant vuelt e convoite*

20202 *Quant Diomedés fu navrez** [135b]
E la fille Calcas lo sot,
Conforta sei al miels qu'il pot,
Mes ne puet pas son cuer covrir,
20206 *Que plaint e lermes e sospir*
N'isent de li a neisun fuer.
Senblant feit bien que de son cuer
L'aime sor tote rien vivant.
20210 *Ainc n'en aveit fet grant senblant*
Tres qu'a cel jor de lui amer,
Mes adoncs ne s'en puet celer.

Diomède est blessé 459

beaucoup trop rude et la leçon qu'il expose est bien trop sévère elle aussi. L'exemple de Salomon le démontre amplement, lui dont la sagesse offrit bien peu de résistance à l'amour. Amour fait ce qu'il veut de tous les hommes. Beaucoup d'entre eux, pour lui, ont abandonné leur foi, leur croyance, leur père, leur maître, de grands royaumes et de grandes terres. Celui qui brûle vraiment du feu d'amour, il n'a plus guère en lui sens ni raison. Ainsi Achille, pour ce motif, renonça à se battre. Il en fut longtemps blâmé par la suite. Ses hommes, ses proches en éprouvaient peine et colère. On les voyait pleurer de douleur, car ils n'osaient prendre leurs armes. Ils en étaient honteux et accablés, mais leur seigneur restait indifférent. Qu'on en parlât, publiquement ou en cachette, il s'en moquait, peu lui importait : lui, il est très malheureux, car il ne parvient pas à obtenir ce qui est son seul désir.

Vv. 18473-20201 : Récit de la douzième bataille au cours de laquelle meurent notamment Déiphobe, fils de Priam, et le chef grec Palamède. Agamemnon remplace Palamède à la tête des troupes grecques. La treizième bataille s'achève sur une trêve de deux mois pendant laquelle Ulysse, Nestor et Diomède viennent en vain demander à Achille de reprendre les armes. La quatorzième bataille est marquée par les exploits de Troïlus qui blesse Diomède et Agamemnon. La blessure de Diomède incite Briséida à avouer son amour au jeune homme.

BRISÉIDA DONNE SON AMOUR À DIOMÈDE
(vv. 20202-20340)

Lorsque Diomède fut blessé et que la fille de Calchas l'apprit, elle s'efforça de prendre courage, mais elle ne fut pas capable de se maîtriser assez pour dissimuler les plaintes, les pleurs et les soupirs qui lui échappaient. Tout, dans son attitude, laisse voir qu'elle l'aime plus que tout être au monde. Jamais, jusqu'à ce jour, elle ne l'avait montré, mais désormais

---

18456. ja tel en qui] *R* – **18470.** haut] *R* – **20205.** cur

---

Les vv. **20202-20207** sont écrits dans *M2* d'une main différente qui commence au v. 20194 de l'éd. C.

Molt a grant duel e grant pesance ;
20214 Ne leisse pas por reparlance
Que nel veie dedenz sa tente.
Or est en li tote s'entente,
Des or l'aime, des or l'en tient, [135c]
20218 Mes de lui perdre molt se crient.
Molt fu perillose la plaie :
Li osz des Grex molt s'en esmaie,
E ele en plore o ses dous oilz.
20222 Ne remeint por Calcas lo vielz,
Ne por chasti ne por manace,
Ne por devié qui il l'en face,
Qu'ele ne l'aut sovent veeir.
20226 Des or puet hom aperceveir
Que vers lui a tot atorné
S'amor, son cuer e son pensé ;
E si siet bien certeinement
20230 Qu'ele mesfeit trop laidement.
A grant tort e a grant boisdie
S'est si de Troÿlus partie.
       Mesfeit a molt, ce li est vis,
20234 E trop a vers celui mespris
Qu'ensi est biaus, riches e prouz
E qui d'armes les veint trestoz.
A sei meïsmes pense e dit :
20238 « De mei n'ert ja feit bon escrit
Ne chantee bone chançon.
Tel aventure ne tiel don
Ne vousisse je ja aveir !
20242 Mauvez sen oi e fol saveir
Quant je trichai a mon ami,
Qui ainc vers mei nel deservi.
Ne l'ai pas feit si cum je dui :
20246 Mis cuers deüst bien estre en lui
Si atachiez e si fermez
Que de mei fust toz jors amez.
Fause sui e legiere e fole
20250 La ou d'autre escoute parole.
Qui leiaument se vueut garder,
Ne deit ja parole escouter :
Par parole sunt engignié [135d]
20254 Li saive e li plus veizïé.
Des or avront pro que retrere
De mei cil qui ne m'aiment guere ;

Briséida amoureuse

elle ne peut plus dissimuler. Sa douleur et sa peine sont extrêmes et, en dépit du qu'en-dira-t-on, elle ne peut s'empêcher d'aller le voir sous sa tente. Maintenant c'est à lui seul que vont ses vœux, c'est lui qu'elle aime, lui qui possède son cœur, mais elle a très peur de le perdre : la blessure de Diomède est en effet très grave. Dans l'armée grecque on a pour lui les plus vives craintes et elle en pleure à chaudes larmes. En dépit des reproches, des menaces, des interdictions du vieux Calchas, bien souvent elle se rend auprès de lui, et il est désormais manifeste que Diomède est l'objet de son amour, que lui seul occupe son cœur et ses pensées. Elle sait bien pourtant combien sa conduite est blâmable : c'est très injustement et avec beaucoup de perfidie qu'elle a abandonné Troïlus.

Elle s'est mal conduite envers lui, elle en est consciente, elle a bien mal agi envers ce guerrier si beau, si puissant, si preux et qui l'emporte au combat sur tous les autres.

« Jamais, dit-elle en pensant à sa conduite, jamais on ne fera sur moi chanson ou récit élogieux ! Jamais je n'aurais souhaité pareille aventure, pareil don du sort ! Vraiment, j'ai été bien mal inspirée et bien irréfléchie de trahir mon ami qui ne l'avait nullement mérité. Je ne me suis pas conduite comme je le devais : mon cœur aurait dû être si fermement lié au sien que j'aurais dû à tout jamais lui conserver mon amour. Je suis infidèle, inconstante et insensée de prêter attention aux discours d'un autre. Qui veut garder loyalement sa foi ne doit rien écouter. C'est par la parole que sont séduits les plus sages, les plus expérimentés. Ceux qui ne m'aiment guère auront bien

Harront mei, e grant dreit avront,
Les dames qui a Troie sunt :
Honte i ai feit as damaiseles,
Trop leide, e as riches puceles.
Ma tricherie e mon mesfet
Lur sera mes toz jors retret.
Peser m'en deit, e si fet el.
Trop ai lo cuer muable e fel,
Qu'ami aveie le meillor
Qui mes pucele doinst s'amor ;
Ce qu'il amast deüsse amer,
E ce haïr e eschiver
Qui porchaçast point son damage.
Ici parut cum je fui sage,
Quant a celui qu'il plus haeit,
Contre reison e contre dreit,
Ai ma fine amor otreiee :
Trop en serai mes despreisee.
E que me vaut se m'en repent ?
Mis cuers n'i a recovrement.
Serai doncs a cestui leiaus
Qui mout est proz e bons vassaus.
Je ne puis mes la revertir,
Ne de cestui mei resortir :
Trop ai ja en lui mon cuer mis,
Por ce fis je ce que j'en fis.
E n'eüst pas ensi esté
Se encor fusse en la cité :
Ja jor mis cuers ne porpensast
Qu'il tressaillist ne qu'il chanjast ;
Mes ci esteie sans conseil
E sans ami e sans feeil ;
Si m'ot mestier tiel entendance   [136a]
Qui m'ostast d'ire e de pesance.
Trop peüsse ci consiurer,*
E pleindre e mei desconforter,
E endurer tres qu'a la mort,
Ne me venist de la confort.
Morte fusse piece, ce crei,
Se n'eüsse merci de mei.
Sans ce que je ai fet folor,
Des jués partiz ai le meillor ;*
Tiel ore avrai joie e leece,
Que mis cuers eüst grant tristece.

des choses à dire sur moi maintenant ! Les dames de Troie vont me haïr, et à juste titre. J'ai par trop déshonoré les demoiselles et les nobles jeunes filles, car on leur opposera à tout jamais ma trahison et mon crime. Je peux en avoir le cœur gros, et je l'ai en vérité ; ce cœur est trop volage, trop cruel : mon ami était le plus noble de ceux à qui une jeune fille puisse donner son amour. J'aurais dû aimer ce qu'il aimait, haïr et fuir ce qui risquait de lui faire du tort. Voilà qui montre bien ma sagesse : celui qu'il détestait par-dessus tout, je lui ai, contre toute raison, contre toute justice, voué l'amour le plus sincère ! J'en serai à tout jamais méprisée.

« Mais à quoi bon me repentir. Je n'ai plus aucun recours. Je serai donc désormais fidèle à ce guerrier si preux, si vaillant. Je ne peux en effet revenir à mes premières amours ni renoncer à Diomède. Mon cœur lui est déjà trop attaché et c'est pourquoi j'ai agi ainsi. Les choses auraient été différentes si j'étais restée à Troie. Jamais mon cœur n'aurait imaginé qu'il puisse ainsi vaciller ou changer. Mais je me suis trouvée ici sans personne pour me guider, sans ami à qui me fier : j'avais bien besoin d'arrêter mes vœux sur ce qui pourrait dissiper ma peine et ma souffrance. J'aurais pu m'abîmer dans les soucis, les plaintes, le désespoir et attendre ainsi la mort : je n'aurais jamais eu le moindre réconfort de mon premier amour. Je serais morte depuis longtemps, je pense, si je n'avais eu pitié de moi-même. Peut-être ai-je commis une folie, du moins ai-je choisi le meilleur parti : je connaîtrai un jour joie et allégresse alors qu'autrement mon cœur serait plongé dans la douleur. Tel qui me blâ-

Tiels en porra en mal parler,
20302 Qui me venist tart conforter !
Ne deit hom mie por la gent
Estre en dolor e en torment.
Se toz li mondes est heitiez,
20306 E mis cors toz sols seit iriez,
Ice ne m'est nule gaaigne ;
Ne puis müer que ne me plaigne
De ce dont je sui en error,
20310 Car nule riens qui a amor,
La ou sis cuers seit point tiranz,
Trobles, doutos ne repentanz,
Ne puet estre sis cuers verais.*
20314 Sovent m'esjoi, sovent m'irais,
Sovent m'est bel, e bien le voil,
Sovent resunt plorous mi oil.
Ensi est or, je n'en sai plus.
20318 Deus donge bien a Troÿlus !
Quant nel puis amer ne il mei,
A cestui me don ge e otrei.
Mout voudreie aveir cel talent
20322 Que n'eüsse remenbrement
De ce qu'ai fet ça en ariere :
Ce me fet mal a grant maniere,
Ma conciënce me reprent, [136b]
20326 Qui en mon cuer fait grant torment ;
Mais or m'estuet a ce torner
Tot mon corage e mon penser,
Voille o non voille, des or mes,
20330 Cum fetement Dïomedés
Seit d'amor a mei atendanz,*
Si qu'il en seit liez e joianz,
E je de lui, puis qu'ensi est.
20334 Or truis mon cors hardi e prest*
De faire ce que lui plaira :
Ja mes orgoil n'i trovera.
Par parole l'ai tant mené
20338 Qu'or li farai sa volunté,
E son plaisir e son voleir.
Deus m'en doinst joie e bien aveir,*
20340a E si resjoïe Troÿlus,
20340b Car rien soz ciel n'amai ainc plus.
20340c Ne puis mes a s'amor ateindre,
20340d Por ce m'estuet mon cuer refreindre. »

mera aurait peut-être bien tardé à soulager ma peine ! On ne doit pas souffrir et se tourmenter par peur du qu'en-dira-t-on. Si tous, autour de moi, sont heureux et si moi seule je suis affligée, qu'y gagnerai-je ? Je ne peux m'empêcher de me plaindre de ce qui me tourmente : si quelqu'un place son amour là où son cœur est quelque peu rétif, hésitant, agité par le doute et le repentir, ses sentiments ne peuvent être sincères. Tantôt je me réjouis, tantôt ma douleur renaît. Tantôt il me plaît de suivre mon désir, tantôt mes yeux s'emplissent à nouveau de larmes. Mais les choses sont ainsi, c'est tout ce que je sais. Que Dieu soit favorable à Troïlus ! Puisque je ne peux être à lui, puisqu'il ne peut m'avoir, c'est à Diomède que je me donne. Mais je voudrais bien pouvoir oublier jusqu'au souvenir de ce que j'ai fait et qui m'afflige profondément. Ma conscience me fait des reproches et tourmente mon cœur. Mais il me faut désormais, bon gré mal gré, mettre tout mon cœur et toutes mes pensées à faire en sorte que Diomède soit amoureux de moi et moi de lui et qu'il soit ainsi heureux et comblé puisqu'il ne peut en être autrement. Me voici, je le sens, toute prête à faire ce qu'il désirera. Rien en moi ne lui opposera plus aucun obstacle. Je l'ai longtemps leurré par mes discours : désormais je ferai tout ce qu'il voudra, tout ce qui lui plaira. Dieu fasse que j'en obtienne joie et bonheur et qu'il en aille de même pour Troïlus, car je n'ai aimé personne au monde plus que lui. Mais je ne peux plus jouir de son amour et il me faut refréner mon cœur. »

Vv. 20341-20690 : Seizième bataille. Les Grecs obtiennent d'Achille que les Myrmidons prennent part au combat. Exploits de Troïlus, qui donne l'avantage aux Troyens et cause de grandes pertes aux Myrmidons. Ses blessures sont soignées dans la Chambre de Beautés.

Quant Achillés vit sa mesniee [112b]
Morte, laidie e empiriee –
De cent n'en sont nul reperié,
20694 *Ainz sont tuit mort e detrenchié,*
Des vis i a pluseurs navrez,
Qui les chiez ont enseglentez –,
S'il ot ire, nul nel demant : [112c]
20698 *Puis en moustra assez semblant,*
Que qu'il tardast ; mes, ce sachiez,
Cele nuit fu moult vergongniez.
Bien se sont acointié a lui
20702 *Amours e Mesfés ambedui.*
Amours li dist : « Que veuls tu faire,
E a quel chief voudras tu traire
D'avoir Polizena t'amie ?
20706 *Tout ainsi ne me servent mie*
Li mien sougit, li mien amant.
Tu as moustré e fait semblant
Que tu te veuls partir de moi :
20710 *Moult as pou gardé mon secroi !*
Je te faisoie estre entendant
20712 *A la belle fille Priant,**
20715 *E tu as estainte ma loi !*
20716 *Ne deüsses pas au tournoi*
Envoier tes Mirmidonois :
Cele qu'est plus blanche que nois
S'en est griefment a moi clamee.
20720 *Ceste oeuvre sera comparee*
Droitement tout a son plesir.
Grief le t'estuet espeneïr ;
Fort en sera la penitance ;
20724 *De sa fourme e de sa semblance**
Bien cuit qu'il t'estouvra morir.
Ne ne vueuls plus ainsi servir.
Mes o biaus fais e o biaus dis
20728 *E pour estre tout tans garnis*
De faire son commandement
E si grant bien a toute gent,
Sois larges, frans, simples e dous
20732 *E si honneurz les siens sor tous.*
E tel sont cil de ma mesniee :

ACHILLE EN PROIE À L'AMOUR
(vv. 20691-20812)

Quand Achille vit que ses hommes étaient ainsi éprouvés, mis à mal et tués – pas un sur cent n'est revenu sain et sauf, les autres ont été mis en pièces et abattus sur le champ de bataille et, parmi les rescapés, nombreux sont ceux qui sont blessés et ont la tête en sang –, inutile de demander combien il en fut affecté. On le vit bien par la suite à sa réaction, même si elle se fit un peu attendre. Cependant, sachez-le, il fut cette nuit-là bien sermonné : Amour et Vengeance le serrent tous deux de près.

Amour lui dit :

« Quel est ton dessein ? Où veux-tu en venir ? Tu veux avoir Polyxène ton amie ? Ce n'est pas ainsi que me servent ceux qui sont mes sujets, ceux qui m'aiment ! Tout, dans ton attitude, indique que tu veux m'abandonner. Mais tu connais bien mal mes secrets : je t'avais rendu amoureux de la très belle fille du roi Priam. Or, tu as enfreint ma loi. Tu n'aurais pas dû envoyer au combat tes Myrmidons, car celle dont le teint est plus blanc que neige est venue dans sa douleur s'en plaindre à moi et tu payeras cher ce que tu as fait. Elle aura la réparation qu'elle voudra. Il te faudra durement expier ton crime, et ta pénitence sera sévère. Je crois bien que sa beauté et son image causeront ta mort. Tu ne dois plus me servir ainsi. Mais avec de nobles actions, de belles paroles, en étant toujours prêt à exécuter ses ordres, à faire du bien à tout le monde, sois généreux, franc, simple et doux, et honore sa famille plus que tous les hommes. Ainsi se comportent ceux qui m'appartiennent, et c'est à eux

---

20706. Toute – **20723.** courte] *R* – **20726.** Ne me v.] *R* – **20730.** bien qu'a t.] *R* – **20731.** Soit] *R* – **20732.** honneurt

---

les vv. **20691-20813**, qui manquent dans *M2*, sont édités d'après *A*.

A cels est ma joie otroiee;
S'il me servent, il font savoir,
20736 *Car refui sui de lor douloir.*
Mes tu n'es pas de tel nature
Que ja en sentes mes ardure;
Je ne fas pas a guerroier,
20740 *Qui a humblement deprier*
E tout lessier e tout guerpir
Pour ma volenté acomplir.
Remembre toi que tu atens :
20744 *Dont n'est t'amie la dedens ?*
Ne li a tu ses freres mors ?
Dommage li as fet e tors.
N'avoies tu en convenant [112d]
20748 *A la roÿne au cors vaillant*
Que ja mes nes guerroieroies
Ne lor mal ne pourchaceroies ?
N'iés tu de son couvent issus
20752 *E de parolle derompus ?*
Le teue gent i trameïs
Pour euls dommagier. Ce m'est vis
Qu'il se sont moult bien desfendu :
20756 *De cent n'en sont .XII. venu.*
Sez com tu as bien esploitié ?
Bien t'iés en .III. cens dommagié.*
Tes hommes pers, ce m'est avis,
20760 *Que tu n'i as honneur ne pris,*
Quant tu si faitement sanz toi
Les envoies a nul tournoi.
Tu pers ton pris e ta valor,
20764 *E si pers t'amie e t'amour.*
Ne l'avras mie, ainz en mourras,
Jamés par li secours n'avras.
E si n'en iras mie atant :
20768 *Je vueil que face son talent*
De toi occirre sanz dangier,*
Que te toille boivre e mengier,
20770a *Repos e aise e alegier,*
20770b *Guieres ne dormir ne veillier.*
Sanz bon espoir, sanz atendance
20772 *Te convient estre en esperance.*
Des or lui appareil e fas
Qu'ele te destraingne en ces las. »
Ainsi toute nuit se garmente

que j'accorde la joie d'amour. S'ils se mettent à mon service, ils agissent avec sagesse, car je suis refuge à leur douleur. Mais tu n'es pas tel que tu en ressentes jamais les brûlures. On ne doit pas me faire la guerre mais très humblement me prier et abandonner tout désir propre pour accomplir ce que j'ordonne. Souviens-toi de ce que tu désires. Ton amie n'est-elle pas dans cette cité ? Ne lui as-tu pas tué ses frères ? Tu lui as causé une grande perte, un grand tort. N'avais-tu pas promis à la noble reine que plus jamais tu ne leur ferais la guerre et n'essaierais de leur faire du mal ? Or, n'as-tu pas rompu l'accord conclu avec elle et renié ta parole en envoyant tes hommes leur nuire ? Ils se sont bien défendus, ce me semble ! Sur cent, il n'y en a pas douze qui soient revenus ! Veux-tu savoir ce que tu as obtenu ? Tu t'es nui de trois manières : d'abord tu perds tes hommes et il me semble que tu n'as guère sujet de t'enorgueillir quand tu les envoies sans toi au combat ; ensuite tu perds ta réputation et ta valeur ; enfin tu perds ton amie et ton amour. Tu ne l'auras pas, mais tu en mourras sans jamais obtenir d'elle le moindre réconfort. Et tu ne t'en tireras pas ainsi : je veux qu'elle ait toute liberté et tout pouvoir de te tuer ; je veux qu'elle t'enlève le désir de boire, de manger, qu'elle t'empêche de prendre le moindre repos. Il te faut vivre dans l'espérance sans avoir le moindre espoir. Maintenant je lui donne toute liberté pour qu'elle t'enserre de ses lacs et qu'elle te tourmente. »

C'est ainsi que toute la nuit, Achille se lamente et qu'il se

---

20734. A ce] *R* – **20749.** nel] *R* – **20755.** moult *manque*] *R* – **20768.** faces] *R* – **20774.** E el] *R*

20776 *E moult cruelment se tourmente.*
En duel, en lermes e en plour
Fu Achillés de ci au jour.
Par Amours est ainsi destrains.
20780 *Moult s'est iriez e moult s'est plains,*
Moult soupire, moult a travail :
*Ne sont pas sien li enviail ;**
Des jeus partis n'a pas le chois.
20784 « *Je meïsmes, fet il, me bois ;*
Nul ne me fait mal se je non.
Trop sent mon cuer pesme e felon :
Il me destreint, il me deçoit,
20788 *Mes maus se voit e aperçoit :*
Il m'eslongne quant m'i atent.
Bele qui avez lo cors gent,
Tant sui pour vous desavanciez
20792 *E de joie desconseilliez,*
Fors vous ne me puet riens valoir, [112e]
E ce me tourne a desespoir
Que je ne puis a vous aler
20796 *Pour vostre face remirer*
E vous conter ma grant dolour.
20798 *Douce, fine, fresche coulour,**
20801 *Comme je pers pour vous la vie*
20802 *Sanz avoir secours ne aïe !*
Ovre de nature devine,
De trestoutes biautez roÿne,
En vous en va mes esperis !
20806 *Mes, las ! ja n'i ert acueillis,*
Qu'Amours me nuit, jel sai e voi :
Ne se tient mie devers moi.
Polizena, a vous m'otroi.
20810 *Se n'en prennent li dieu conroi,*
J'en ferai ce que je ne doi.
*Ne sai que dire, metrai moi**
Es las ou ont esté plusour. »

débat dans de cruels tourments. Jusqu'au jour, il pleure et souffre sous les coups d'Amour qui l'accable. À maintes reprises, en proie à la douleur, il se plaint, soupire et se tourmente. Mais ce n'est pas lui qui a porté les enchères et il n'est pas maître du jeu.

«Je me trahis moi-même, s'écrie-t-il, et moi seul me nuis ! Mon cœur est trop mauvais et trop cruel, lui qui me trompe et m'accable. Il sait mon tourment, il le voit et, quand je me fie à lui, il m'éloigne de mon but. Hélas ! belle, ô très belle, dans quel pitoyable état me voilà, privé de toute joie à cause de vous ! Rien, sinon vous, ne peut améliorer mon sort et je me désespère de ne pouvoir contempler votre visage et vous dire l'étendue de ma peine. Ô vous, si douce, si pure, au teint si délicat, voici que je meurs à cause de vous, sans avoir le moindre réconfort, le moindre secours. Vers votre divine perfection, vers vous, reine de toutes beautés, s'envole mon âme, mais, hélas, elle ne sera pas accueillie. Amour veut ma perte, je le sais, je le vois : il n'est pas à mes côtés. Polyxène, je me donne à vous. Si les dieux n'interviennent, je commettrai un geste irréparable. Mais je ne sais plus que dire sinon me laisser prendre aux rets où se sont pris tant d'autres.»

Vv. 20814-21241 : Récit de la dix-septième et de la dix-huitième bataille (à laquelle Achille participe avec les Myrmidons). Apprenant qu'Achille a repris les armes, Priam jure qu'il ne lui donnera jamais Polyxène qui était cependant décidée à épouser le héros.

20788. Mes il s.] *R* – **20793.** Pour v.] *R*

21242 Des or porroiz oïr retraire
La bataille dis e nuevainne [114b]
E la douleur e la grant painne
Qui i avint a ceus dedens.
21246 Moult par fu Achillés dolens,
Moult fu dolens, moult fu iriez :
Voit que trop mal s'est esploitiez.
Demorez s'est d'armes porter
21250 Pour la fille Priant amer ;
Trop par souffroit cruel amour,
N'avoit joie ne nuit ne jour.
Ne cuit que il li vaille rien ;
21254 N'en avra mie, ce set bien.
Des or ne s'i atent il mes ;
Non pour quant si sueffre grant fes,
Il n'a repos, joie ne bien.
21258 Destrois en est sor toute rien.
Quant le ramembre, si s'oublie,
Mes mis se rest en sa folie ;
Ne set comment il s'en retraie.
21262 Ire, douleur li fet sa plaie ;*
Pensse, se il estoit garis,
E celui treuve au fereïs,
Chier le li fera comparer.
21266 Parmi ses mains l'estuet passer :
Ou soit a droit, ou soit a tort,
Seür puet estre de la mort.
Vers lui a moult le cuer enflé : [114c]
21270 Pour ce li sera bien moustré.
Ce iert dommage, sanz mentir,
Mes ainsi est a avenir.
Du jour qui vient a redouter
21274 Vint li termes sanz demourer.
Armer s'alerent par la ville ;
Plus s'en ist de .LX. mille,
N'i a cil n'ait cheval braidif,
21278 Fort e courant, non pas restif ;
N'i a cil n'ait escu e broigne,
21280 Elme e espee de Sessoigne.*
21285 Hors des lices, es plains grans,

LA DIX-NEUVIÈME BATAILLE
(vv. 21242-21463)

Achille tue Troïlus

Vous pourrez maintenant écouter le récit de la dix-neuvième bataille et les terribles souffrances qu'endurèrent alors les Troyens. Achille, très affecté, était plein d'angoisse et de fureur. Il voit qu'il a bien mal engagé son affaire : il a renoncé à se battre pour l'amour de la fille de Priam ; nuit et jour, cet amour lui a causé de mortelles douleurs sans qu'il connaisse le moindre bonheur, sans qu'il ait la moindre récompense. Il sait bien maintenant que renoncer à se battre ne lui a rien apporté. Il n'a plus rien à espérer. Pourtant il endure de si cruels tourments qu'il n'a ni repos ni joie ni bonheur. Il est le plus malheureux des hommes. Quand il songe à cet amour, il perd le sens. Il est de nouveau en proie à cette folie et il ne sait comment s'en guérir. Sa blessure excite sa douleur et sa colère : il se dit que, s'il parvient à guérir et s'il peut rencontrer son ennemi sur le champ de bataille, il lui fera payer cher ce qu'il lui a fait. Il ne pourra lui échapper : juste ou non, sa mort est sûre. Son cœur est plein de ressentiment contre Troïlus et il le lui montrera bien. Ce fut là, sans aucun doute, une bien grande catastrophe, mais le sort en avait ainsi décidé. Ce jour si redoutable arriva bientôt. Les Troyens se sont armés et plus de soixante mille guerriers sortent de la ville. Tous ont des chevaux rapides, robustes, légers, et durs à la peine. Tous ont écu, cuirasse, heaume, épée de Saxe. Au-delà des lices, dans la vaste plaine sablonneuse, ils ont réparti les chevaliers. Les

---

21270. demoustré] *R* – **21275.** Armerent

Les vv. **21242-21426**, qui manquent dans *M2*, sont édités d'après le ms. *A*, excepté le v. 21242, absent de *A* et rétabli d'après *R*.

21286 *Ont devisez lor chevaliers.*
Cil de l'ost vindrent encontre euls,
Prest de bataille, irié e feus,
En fors conrois e en pleniers.
21290 *Achillés duist ses chevaliers*
E les doctrine a son vouloir.
« *Vous vueil, fet il, faire savoir*
Que n'ailliez pas au fereïs
21294 *De ci qu'aient les nos partis*
De champ de bataille e de place ;
E si vueil bien que chascun sace
Que je ne hez nule riens tant
21298 *Com Troïlus, le filz Priant.*
Trop m'a laidi e empirié
E de ma gent adommagié.
Le sanc m'a fet du cors issir,
21302 *Si s'en devroit bien repentir ;*
Si fera il, ne puet remaindre :
A vous m'en doi clamer e plaindre.
Quant vous les en verrez venir,
21306 *Si n'i ait rien de plus souffrir.*
Lors chevauchiez estroit serrez,
E s'il puet estrë encontrez,
Si gardez bien que il n'en aut.
21309 *De touz les autres ne me chaut,*
Mes que de lui prenez venjance
Des plaies que m'a fet sa lance.
N'aiez jamés fiance en moi
21313 *Se hui s'en reva du tournoi.*
Or i parra que vous ferez.
Je vous di bien que moi avrez
Au grant mestier e au besoing :
21317 *Ne serai mie de vous loing,*
Mes ne m'ose pas traveillier :
En mes plaies me crieng blecier."
Ainsi devisent tout l'afaire ;   [114d]
21322 *Miex lor venist cesser e taire :*
Se cil en pueent avoir force
Gage i metra de la caboce,
E s'est quel vous sache conter,
21326 *A ço pourra il bien tourner.*
     Cil de l'ost sont tuit a cheval.
21328 *Pourpris ont ja le champ mortal.**
21331 *Grieu chevauchent vers Troïens*

Grecs s'élancent contre eux, prêts au combat, ivres de fureur et de cruauté, en troupes nombreuses et redoutables. Achille conduit ses chevaliers et leur explique ce qu'il veut faire :

« Je vous ordonne, leur dit-il, de ne pas participer au combat avant que les Troyens n'aient repoussé les nôtres du champ de bataille. Et je veux que chacun d'entre vous sache que je ne hais personne au monde plus que Troïlus, le fils de Priam. Il m'a très gravement blessé et il a infligé à mes hommes de très lourdes pertes. Il a répandu mon sang et c'est à juste titre qu'il devrait s'en repentir. Au reste, c'est ce qui lui arrivera, il ne peut en être autrement; et c'est à vous que je dois m'en plaindre et en demander raison. Quand vous verrez les guerriers revenir de la bataille, n'attendez pas plus longtemps : chevauchez en rangs serrés et, si vous trouvez Troïlus, faites en sorte qu'il ne vous échappe pas. Peu m'importe les autres pourvu que vous me vengiez de lui, des plaies que m'a faites sa lance. S'il parvient aujourd'hui à quitter le combat, ne me faites plus jamais confiance. On verra quelle sera votre conduite. Je peux vous assurer que je serai là si vous avez besoin de moi : je ne serai pas bien loin de vous, mais je n'ose pas faire trop d'efforts, car j'ai peur de rouvrir mes plaies. »

Ils discutent ainsi de la conduite à tenir, mais ils auraient mieux fait de se taire, je pense : si ses hommes en ont la force, il y risquera sa tête. Et s'il y a quelqu'un pour vous en faire le récit, c'est bien ce qui pourra arriver.

Les Grecs sont déjà tous à cheval. Ils ont pris place sur le champ de mort. Les Grecs chevauchent vers les Troyens en

---

21324. metront

Par grans echielles e par rens.
.XX. mil enseingnes i ventellent,
Qui d'or reluisent e fretellent
Contre la raye del soleill.
Sanz demander autre conseil,
Se sont requis en tel maniere
Qu'en ensenglenta la poudriere.
A bandon metent les poitrines
El brueil de .M. lances freisinnes :
N'i vaut escus n'auberc doublier
Que li cler fer trenchant d'acier
Ne trespercent pis e corailles.
Avenues sont les batailles
E li conroi communement.
Adonc i rot tournoiement
Si doulereus e si tres fier
Que nul ne s'i set conseillier;
Nul n'i cuide avoir garison.
Senglent en sont li confanon.
Li sons est grans e li timbois,
De sor les elmes pavïois,
Des espees d'acier burnies.
La ot .M. cors jetez de vies,
La a presse, la a grant fole.
Telz s'i embat e telz s'i cole
Que ja n'en tournera arriere,
Se on ne l'en reporte em biere.
Par mi la place en gist maint,
Qui a la mort baaille e plaint;
Moult en y a de deshestiez
Qui ne pueent estre sor piez
Ne euls aidier ne a ceus nuire :
Ne puet estre qu'i n'en i muire.
    La bataille avoit tant duré
Que pot estre midi passé.
Adonc i vint, ne tarda plus,
A moult grant force Troïlus :
.III. mile l'en erent au dos.
Adonc n'i ot Grejois si os
Que sempres ne chanjast estal.
La furent brochié li cheval,
La ot chacié e abatu,
La sont li cri, la sont li hui,
La ot sonné tant olifant

[114e]

bataillons, en rangs serrés. Vingt mille enseignes claquent au vent, dont l'or resplendit et étincelle sous les rayons du soleil. Sans plus attendre, les deux armées s'attaquent si violemment que le sable en est tout ensanglanté. Dans cette forêt d'un millier de lances de hêtre, les poitrines sont offertes aux coups. Ni écu ni haubert à double rang de mailles ne résistent à l'acier tranchant des épées étincelantes : elles transpercent tout, poitrines et entrailles. Les troupes et les corps de bataille en sont tous venus aux mains. La mêlée est alors si meurtrière et si rude que personne ne sait que faire et ne pense pouvoir en réchapper. Les enseignes sont toutes sanglantes. Terrible est le fracas des épées d'acier bruni sur les heaumes de Pavie ! Là gisent mille corps privés de vie. Là se déchaînent la mêlée et la confusion. Tel s'y jette, tel s'y glisse, qui n'en ressortira pas, à moins qu'on ne l'emporte sur une civière. Beaucoup d'hommes gisent sur le champ de bataille qui se lamentent et n'attendent plus que la mort. Nombreux sont les blessés qui ne peuvent se redresser, incapables aussi bien de se tirer d'affaire que de nuire à leurs ennemis. Point d'autre issue que la mort.

La bataille durait depuis si longtemps déjà que midi était passé. Alors, sans plus attendre, Troïlus arriva avec une nombreuse troupe. Trois mille hommes le suivent. Pas un Grec n'eut alors assez d'audace pour rester sur ses positions. Aussitôt, du côté troyen, on éperonne les chevaux, on court sus et on abat. Cris et clameurs s'élèvent et les cors font un tel

Qu'en n'i oïst pas Dieu tonnant.
La ot si fier abateïs
21380 *Que Grieu s'en vont tuit desconfis.*
S'est qui fuie, preu est qui chace.
Sachiez moult i perdent en la place.
Ja estoient des tentes pres,
21384 *Lors sourt la mesniee Achillés :*
.II. mile sont en .I. conroi
Sanz ce qu'en soient pas li troi
Sanz fort destrier e sanz fort broingne.
21388 *Sanz demander nule autre essoingne,*
Vont encontre lor anemis,
Lances bessiees, escus pris.
E il les ont bien recueillis
21392 *Ens es pointes des fers brunis,*
Si durement que li chaciers
Remaint de touz les chevaliers.
N'orent corage ne talent,
21396 *Ce di pour voir, d'aler avant.*
Au secours des Mirmidonois
Recouvrerent sempres Griiois.
La rot si faites assemblees,
21400 *Telz occises e telz mellees,*
Que nul nel savroit raconter.
Ne porent cil plus oublïer
La proiere de lor seingnour :
21404 *Troïlus cerchent en l'estour ;*
A la seue eschielle s'aponent.
Dont s'acueillent e tot se donent
De lances e d'espees nues :
21408 *La ot testes par mi fendues.**
21411 *Troïlus est touz forcenez,**
21412 *Quant entour lui voit assemblez*
Ceus qui pour mort le vont querrant.
Trait a le branc d'acier trenchant :
Dont les aqueult, dont les detrenche.
21416 *N'i a noient que touz nes venche.*
En la greingneur presse lor vet :
Cui il ataint, de lui est fet.
Onques nuls homs, ce nous dit Daire,
21420 *Ne vit a cors d'omme ce faire,*
Tele ocise ne tel maisel :
De sanc i courent grant ruisel.
Touz les avoit desbaretez,

[114f]

vacarme qu'on n'aurait pas entendu la foudre divine. Le carnage est tel que les Grecs fuient, vaincus. Et celui qui fuit, que de poursuivants après lui ! Sachez-le, les pertes des Grecs sont alors très lourdes. Ils approchaient déjà de leurs tentes lorsque surgirent les hommes d'Achille : ils sont deux mille, rangés en corps de bataille, et il n'y en a pas trois qui n'aient destrier robuste et cuirasse solide. Sans tarder davantage, ils attaquent l'ennemi, lances en arrêt, écus près du corps. Mais les Troyens, pointant les fers d'acier bruni, soutiennent si fermement l'assaut que s'arrête net leur élan : ils n'ont plus aucun désir, je vous le dis, d'aller de l'avant. Les Grecs aussitôt viennent au secours des Myrmidons. Et, de nouveau, il y eut de tels combats, de telles mêlées, un tel carnage que personne ne pourrait vous en faire le récit. Les Myrmidons cependant n'oublièrent pas l'ordre de leur maître. Ils cherchent Troïlus sur le champ de bataille et viennent attaquer son bataillon. Ils se battent âprement, à coups de lances et d'épées nues : que de têtes fendues ! Troïlus se déchaîne quand il voit rassemblés autour de lui ceux qui cherchent à le tuer. Il a dégainé son épée à l'acier tranchant. Il les attaque, il les met en pièces. Il ne songe qu'à se venger d'eux tous. Là où ils sont le plus nombreux, c'est là qu'il va et celui qu'il atteint est un homme mort. Jamais personne, nous dit Darès, ne vit un être humain faire un tel carnage, une telle boucherie. Partout le sang ruisselle. Il les

---

21382. en la chace – 21411. touz aournez] *R*

*Ocis, detrenchiez e navrez;
A la voie les avoit mis
Quant son cheval li fu ocis :*
Feruz esteit de treis espiez, [128a]
Ne poeit mes ester sor piez :
En mi la place s'estendi,
E Troylus soz lui chei.
Avant qu'il poïst relever
N'aveir ne cumpaignon ne per,
Fu Achillés sor lui venuz.
Ha ! tant granz cops i ot feruz
Sor lui d'espees maintenant !
E Achillés s'est mis en tant,*
Qu'il ot la teste desarmee.
Grant desfense, dure meslee
Lur a rendu. Mes ce, que chaut ?
Rien ne li monte ne ne vaut,
Car le cuivert, le reneié,
Li a avant le chef trenché
Qu'il puisse aveir secors n'aïe.
Grant cruelté, grant vilenie
A fet. Bien s'en poïst sofrir !
Ancor s'en puisse repentir !
A la cöe de son cheval*
Atache le cors del vassal ;
Adoncs le traïne aprés sei,
Si quel veient cil del tornei.
La novele fu tost seüe.
Quant Troïen l'unt entendue,
Fremissent tuit e se restreignent,
Braient, crient, plorent e plaignent.
En la bataille e en l'estor
En chaïrent pasmé plusor.
Paris le siet e Eneas,
Reis Mennon e Polidamas.
Tiel ire e tiel dolor les prent
Qu'uns sols d'els a rien n'entent.
Getent escuz e getent lances.
Or renouvelent lor pesances ;
Des ore ont il assez que faire.

avait déjà mis en déroute, tués, blessés, mis en pièces et ses adversaires reculaient lorsque son cheval fut tué. Atteint de trois épieux, il ne pouvait plus rester debout et il s'affaissa sur le champ de bataille. Troïlus tomba sous lui. Avant qu'il puisse se relever ou qu'un de ses compagnons ou de ses amis puisse l'aider, Achille était sur lui. Hélas! que de coups d'épées s'abattent sur le Troyen! Achille s'est précipité, car l'autre avait la tête nue. Troïlus se défend avec acharnement, mais à quoi bon? Tout effort est vain, car Achille, ce perfide, cette ordure lui a tranché la tête avant que les Troyens n'aient pu venir à son aide. Il a commis là un acte très cruel, tout à fait infâme, dont il aurait bien pu s'abstenir. Puisse-t-il un jour s'en repentir! Il a attaché le corps du guerrier à la queue de son cheval et il le traîne derrière lui sous les regards des combattants. La nouvelle de la mort de Troïlus se répandit très vite. Dès que les Troyens l'apprirent, tous frémirent et s'immobilisèrent, criant, pleurant et se lamentant. Nombreux furent ceux qui s'évanouirent sur le champ de bataille. Pâris apprit la nouvelle ainsi qu'Énée, le roi Memnon et Polydamas. Ils en éprouvèrent une telle douleur, une telle affliction qu'aucun d'entre eux ne pouvait penser à autre chose. Ils jettent écus et lances. Voici que leur peine se réveille. Maintenant, ils vont avoir de quoi faire!

Vv. 21464-21837 : Suite de la dix-neuvième bataille. Achille tue le roi Memnon qui a voulu lui reprendre le corps de Troïlus. Deuil pour la mort de Troïlus et de Memnon et funérailles des deux guerriers.

21454. Braient e c. – **21460.** ne tient] A

21838 La reïne ne fu pas seine [138d]
　　　 Ne haitee ne tant ne quant :
　　　 Ne fet de vivre nul semblant.
　　　 Muert sei Ecuba la reïne,
21842 Ne nuit ne jor sis duels ne fine ;
　　　 Rien ne li puet confort doner.
　　　 Un jor comença a penser
　　　 Cum sereient si fill vengié
21846 Del traïtor, del reneié,
　　　 Qui les li a morz e toleiz.
　　　 Pensé en a par mainte feiz :
　　　 S'el engigne par traïson
21850 Sa mort e sa destructïon,
　　　 Cum de lui se puisse vengier,
　　　 Nus hom ne s'en deit merveillier
　　　 N'a mal n'a blasmë atorner.
21854 Paris a fet a sei mander.
　　　 Il iert de ce toz coneüz
　　　 Qu'il iert de covenenz menuz.
　　　 A li en vint morne e pensis,
21858 Qu'en li nen a joie ne ris.
　　　 Sa mere conforte e sermone,
　　　 Mes poi de heitement li done.
　　　 « Fiz, fait Ecuba la raïne, [139a]
21862 Tu veiz qu'a grant dolor decline
　　　 La vie qui el cors me dure.
　　　 D'ensi dolorose aventure
　　　 N'oï onc mes nus hom parler.
21866 Je ne puis mes longues durer,
　　　 Morir m'estuet, tu le veiz bien,
　　　 Mais por Deu te pri d'une rien :
　　　 Done a m'ame confortement
21870 E a ton cher pere ensement !
　　　 Done a ma vie sostenance
　　　 E aliege un poi ma pesance !
　　　 Done confort a mon deshet !
21874 Saches que malement me vet :
　　　 Oste de mon cuer la dolor,
　　　 Si tol a mes dos oilz le plor.
　　　 En cest lit me plainc e sospir :*
21878 Couchee me sui por morir.

LA MORT D'ACHILLE
(vv. 21838-22334)

La reine Hécube était malade et très abattue : on aurait pu croire qu'elle était morte. De fait, elle se mourait et, nuit et jour, elle ne cessait ses lamentations. Personne ne pouvait lui apporter le moindre réconfort. Puis, un jour, elle se mit à réfléchir aux moyens de venger ses fils de ce perfide, de ce scélérat qui les lui a ravis et tués. Bien souvent elle y songeait : si c'est par la ruse et par la trahison qu'elle cherche à perdre Achille et à s'en venger, personne ne doit s'en étonner ni le lui reprocher. Elle demanda à Pâris de venir auprès d'elle. Il était bien connu de tout le monde qu'il ne respectait guère la parole donnée. Il vint donc auprès de sa mère, triste et préoccupé : il ne sait plus ce que c'est que d'être heureux et de rire. Il l'apaise et la sermonne, mais ne lui procure guère de réconfort.

« Mon fils, dit la reine Hécube, tu vois dans quelle douleur s'achève le peu de vie qui me reste encore. Personne n'a jamais entendu parler d'un sort aussi rigoureux. Je ne peux pas vivre bien longtemps encore, il me faut mourir, comme tu le vois, mais je t'en prie, au nom de Dieu, donne quelque réconfort à mon âme et à celle de ton cher père. Viens soutenir ma vie, allège un peu ma peine, réconforte-moi dans mon désespoir. Je suis dans un bien triste état, sache-le, mais ôte la douleur de mon cœur et sèche mes pleurs. Sur ce lit où je me suis couchée pour mourir, je ne fais que soupirer et me lamenter. Sache que

---

21842. sis cors] A – 21846. traïte] A – 21862. d. devine] A

Saches ja mes n'en levarai
Ne de mes oilz ne te verrai,
Car je ne puis mes plus sofrir.
21882 Mis esperiz me vuelt guerpir,
Ce saches tu des or por veir,
Se tu n'aconplis mon voleir.
Garde que tu me respondras
21886 E si me di que tu feras. »
   Paris respont : « Dame, por quei
Avez de ce dote vers mei,
Seit mals, seit prouz, bien o folie,
21890 Que de rien nule voz desdie ?
Comandez mei, presz sui del fere,
A quel que chef j'en deie trere.
  – De ce te rent je granz merciz.
21894 Or entent doncs a mei, biaus fiz :
Tu siez bien que cil anemis
T'a tes freres ensi ocis.   [139b]
Par lui perdons nostre eritage,
21898 Par lui perdons nostre barnage,
Par lui est morz li reis Prianz,
Car s'Ector mis filz fust vivanz,
Ja ne fussons de guerre afliz.
21902 Trop leidement nos a bailiz,
Molt grant damage nos a fet,
N'encore point ne s'en retret.
Laidement s'est vers mei mené :
21906 Pramis m'aveit e afié
Que ta suer a mollier prendreit
E cest regne deliverreit
De toz nos mortiels anemis.
21910 Molt a esté de li espris,
Molt l'a amee a grant maniere
E molt m'en a fet grant priere ;
Molt par en a fet son poeir,
21914 Ce sai molt bien de fi por veir,
Que il nes en puet faire aler.
Or le nos fet chier cumparer :
En pes e en tiel atendance –
21918 Ne m'en aveit fet desfiance –
Mon fill m'a mort, le prou, le sage.*
Je li voil trametre message
Que il veigne parler a mei,
21922 Celeement e en requei,

jamais je ne me relèverai ni ne pourrai te revoir, car je ne peux souffrir plus longtemps : mon âme, sache-le bien, veut me quitter, si du moins tu ne fais pas ce que je désire. Vois donc quelle sera ta réponse et dis-moi ce que tu comptes faire.

– Ma dame, répondit Pâris, pourquoi ces doutes à mon égard ? Pourquoi craindre que je me dérobe, que ce soit mal ou bien, folie ou sagesse ? Ordonnez et je suis prêt à agir, quelles qu'en soient les conséquences.

– Grâces t'en soient rendues ! Alors, mon cher fils, écoute-moi. Comme tu le sais, ce monstre a tué tes frères. C'est lui qui cause la perte de notre terre ; c'est lui qui anéantit nos hommes ; c'est lui qui met à mort le roi Priam car, si mon fils Hector était encore en vie, nous ne succomberions pas sous le poids de cette guerre. Cet homme nous a énormément nui, il nous a infligé de très lourdes pertes et il est encore loin de s'arrêter. À mon égard, il s'est bien mal conduit : il s'était engagé, il me l'avait promis, à prendre ta sœur pour épouse et à débarrasser ce royaume de tous nos ennemis mortels. Il était fort épris d'elle, il l'aimait profondément et il m'avait instamment priée de la lui donner. Il a fait tout ce qu'il a pu, mais je sais bien – je n'ai plus aucun doute à ce sujet – qu'il n'a pas le pouvoir de faire partir les Grecs. Alors maintenant il nous fait payer bien cher cet espoir : en pleine paix, en pleine attente d'une solution, et sans m'en avoir formellement fait le défi, il m'a tué mon fils, si preux, si sage. Je veux donc lui envoyer un messager qui lui dira de venir me parler à la nuit noire, en

                Par nuit oscure e en celee,
                Davant la porte de Tinbree,*
                Dedenz le tenple Apoulinis.
21926   E tu te seies dedenz mis
                O tant de gent qu'il ne t'estorce.
                Garde que töe seit la force,
                Gar que vengié seient ti frere,
21930   E fai le desirrer ta mere.
                Je ne dot pas ni ne me crien ge   [139c]
                Que voluntiers a mei ne vienge,
                Puis qu'il orra cest covenant
21934   E cest otrei del rei Priant.
                A la saisine e as otreiz
                Sai qu'au terme sera toz prez.
                E tu garde qu'il seit ocis
21938   E que par rien n'eschap vis.
                Ensi m'avras reconfortee
                E de mort a vie tornee. »
                        Paris respont : « De dous periz
21942   M'avez estranges jués partiz.
                Morir vos vei, ne sai coment
                Ne face le comandement ;
                N'os desdire vostre plaisir.
21946   Bien sai que vos dei obeïr,
                Mes ci a molt grant mesprison :
                Puis qu'ovre torne a traïson,
                Si a honte cil qui la fet.
21950   Trop me sera en mal retret :
                Beisser en crieng e meinz valeir.
                Ensorquetot n'ous desvoleir
                Nule rien, puis qu'ele vos place.
21954   Por ce vos otrei que jel face.
                A que que tort, prest m'i avreiz,
                Ja mar por mei le demorreiz. »
                        Quant cest'ovre fu si enprise,
21958   Sempres n'i ot autre devise.
                Prist la raïne un messager,
                Saive, corteis e bon parler.
                Ses paroles e son corage
21962   Li dit e enseigne e encharge,
                E cil a pris de li congié.
                N'esteit ancor pas anuitié :
                Dreit vers les tentes vet grant pas.
21966   Quant il i vint, vespres fu bas.

cachette et en grand secret, devant la porte de Tinbrée, dans le temple d'Apollon. Toi, tu seras à l'intérieur du temple, et avec assez d'hommes pour qu'il ne puisse t'échapper. Fais en sorte alors d'avoir le dessus, prends garde à venger tes frères et à exaucer le souhait de ta mère. Je n'ai aucune inquiétude, il viendra bien volontiers me voir, j'en suis sûre, dès qu'il apprendra la proposition que lui fait le roi Priam. Je sais qu'au jour fixé il sera tout prêt à accepter cette offre et ces propositions. Et toi, fais en sorte qu'il soit tué et qu'en aucun cas il n'en réchappe. C'est ainsi que tu sauras soulager ma peine et me ramener à la vie.

– Vous me mettez, répondit Pâris, devant un bien pénible choix. Vous allez mourir, je le vois. Je me sens donc obligé de faire ce que vous désirez. Je n'ose refuser d'accéder à votre demande. Je sais bien que je dois vous obéir, mais, d'un autre côté, c'est là une bien méchante affaire : dès qu'il y a trahison, celui qui la commet se déshonore. On me la reprochera et j'ai peur que ma réputation n'en souffre et n'en soit diminuée. Cependant je n'ai pas l'audace de refuser de faire ce que vous m'ordonnez. J'accepte donc : quoi qu'il arrive, vous me verrez prêt. Et n'allez pas faire traîner les choses à cause de moi. »

Une fois la décision prise, il n'y eut pas d'autre discussion. La reine fit venir un messager sage, courtois et habile orateur. Elle lui expliqua ce qu'elle avait en tête et ce qu'il devait dire et lui confia son message. Lorsque l'homme prit congé de la reine, il ne faisait pas encore nuit. Il se dirigea rapidement vers le camp des Grecs. Lorsqu'il y arriva, le soir tombait. Il pénétra

---

21936. Si qu'a.] A

El paveillon entre soutis, [139d]
De pailes vertz, vermeilz e bis,
Ou li aigles d'or cler resplent.
21970 Achillés trove entre sa gent.
Li messages, cum afeitiez,
S'est davant lui agenoilliez.
En un chier lit turqueis feitiz,
21974 Fet de pierres e d'or massiz,
S'esteit, n'aveit gueres, couchez,
Auques pensis e desheitiez.
Cil li reconte son message :
21978 « Sire, Ecuba, fait il, la sage,
M'enveie a vos, si vos di bien
Que ne laissez por nule rien
Que ne vengiez o li parler,
21982 Car sa fille vos vuelt doner.
Demain au seir sans demoree,
Ainz que la lune seit levee,
Vos mande que a li vengeiz
21986 E que por veir la trovereiz
Dedenz lo temple Apollinis.
Polixenain o le cler vis
Vos vuelt doner en mariage.
21990 Li reis Prianz par bon corage
Le vuelt de buen cuer e desirre.
Entr'els e vos n'avra mes ire :
Ce sievent bien e sin sunt fiz,
21994 Puis que sereiz de li seisiz,
Puis porchacereiz vos lur bien
E lor henor sor tote rien.
De vos cuident buen ami trere,
21998 Ce est li mielz qu'il puissent fere.
Esté avez lor plus nuisanz,
Or resereiz lor plus aidanz :
En vos restoreront lur fiz.
22002 Ainz que seiez d'els departiz,
Trestot par vos devisemenz [140a]
Sera icist ajostemenz.
Joie pleniere vos atent,
22006 Car, tant cum tient le firmament,
N'a dous femmes, tant seient beles,
Seient dames, seient puceles,
Se lur biautez esteit en une,
22010 Que ne fust neire e pale e brune

très discrètement dans la tente faite de soies vertes, vermeilles et brunes, finement tissées, au sommet de laquelle resplendissait un aigle d'or pur. Il y trouva Achille entouré de ses hommes. Le messager, en homme bien élevé, s'est agenouillé devant le guerrier. Achille venait juste de s'allonger sur un précieux lit turc tout sculpté, en or massif, et orné de pierres précieuses. Il était tout pensif et très abattu. L'autre lui dit alors son message.

« Seigneur, lui dit-il, Hécube, la sage reine, m'envoie auprès de vous et je vous dis que pour rien au monde vous ne devez manquer de venir lui parler : elle veut en effet vous donner sa fille et elle vous demande de venir demain soir, sans plus tarder, avant que la lune soit levée. Elle vous assure que vous la trouverez dans le temple d'Apollon. Elle veut vous faire épouser Polyxène au clair visage. Le roi Priam s'y accorde bien volontiers et de bon cœur. Désormais, entre vous et eux, il n'y aura plus de ressentiment : ils savent bien en effet – ils en ont la certitude – que, dès qu'elle sera en votre possession, vous chercherez tous moyens de les secourir et de préserver leur honneur. Ils pensent qu'ils auront en vous un ami sûr et que c'est pour eux le meilleur parti. C'est vous qui, plus que tout autre, leur avez nui, c'est vous qui serez désormais leur plus sûr appui. En vous ils retrouveront leurs fils. Avant que vous ne les quittiez, cette alliance sera conclue dans les termes que vous exposerez. La joie la plus parfaite vous attend alors car, sous la voûte céleste, il n'existe pas deux femmes, aussi belles soient-elles, dame ou jeune fille, qui, en unissant leurs attraits, ne pâlissent et ne perdent tout éclat comparées à celle que la

---
21969. Ou *manque*] A

            Envers cele dont la seisine
            Vos fet sa mere, la reïne.
            Bien est qu'o elz vos apaisez,
22014   Car trop les avez damagiez.
            Oï avez que je ai quis
            Ne por quei sui a vos tramis.
            Responez mei vostre pleisir,
22018   Car molt m'est tart del revertir. »
            Un poi s'est teüz Achillés.
            Or a joie, si grant n'ot mes.
            Or ot ce qu'il plus desirrot
22022   E que sis cuers plus coveitot.
            « Amis, fet il, ce puez retrere*
            A la reïne de buen eire
            Que je li rent molt granz merciz
22026   E que je serai mes sis fiz,
            Leials, feels e sans boisdie,
            A toz les jors mes de ma vie.
            Par mei, se longuement puis vivre,
22030   Sera Troie tote delivre.
            Ce li afi e jur e vou,
            Je non voudrai mes plus mon prou
            Que autrement le suen ne voille.
22034   En tiel amor pri que m'acoille,
            Que ses pertes restort en mei.
            Ce qu'ele mande, bien otrei ;
            A li irai demain au seir –
22038   Dex m'en doinst joie e bien aveir ! –
            Dreit au tenple, si cum el mande ;   [140 b]
            Ainz que li clers del jor s'espande,
            Reserai ci, car ne voil pas,
22042   A jué n'a certes ne a guas,
            Que ceste chose seit seüe
            Ne par nului aperceüe :
            Ne porreie pas puis se bien
22046   Lor prou cercher por nule rien.
            Va t'en e si le me salue.
            Di a ma dame e a ma drue
            Que toz sui suens e serai mes ;
22050   Par li iert cist regnes en pes. »
                  Cil prent congié, si s'en repere :
            Bien a espleitié son afere.
            A la reïne vint tot dreit.
22054   Molt fu lee quant el le veit,

reine sa mère vous donne. Il est bien que vous vous réconciliez avec eux, car vous leur avez fait beaucoup de tort. Ainsi donc vous avez entendu ma demande et ce pour quoi j'ai été envoyé auprès de vous. Dites-moi ce que vous décidez, car j'ai hâte de m'en retourner. »

Achille est resté un moment silencieux : jamais il n'a éprouvé pareille joie. Il a enfin ce qu'il désire le plus, ce à quoi son cœur aspire par-dessus tout.

« Ami, dit-il, tu peux rapporter à la noble reine que je lui rends grâce. Désormais et jusqu'à la fin de mes jours, je serai son fils fidèle et loyal et je ne la tromperai pas. C'est par moi, si du moins je peux vivre assez longtemps, que Troie sera délivrée. Je le lui assure, je le lui jure, je le lui promets. Dorénavant mon intérêt et le sien seront entièrement confondus. Et je la prie de m'aimer maintenant de telle sorte qu'elle répare en ma personne les pertes qu'elle a subies. J'accepte bien volontiers sa proposition. Demain soir – que Dieu m'en donne joie et bonheur ! – j'irai directement au temple pour la rencontrer comme elle me le demande et, avant que revienne la clarté du jour, je serai de retour ici, car je ne veux pas que, soit par plaisanterie soit sérieusement, cette affaire soit ébruitée et connue de qui que ce soit. Il me serait ensuite plus difficile de venir à leur aide. Va donc, salue la reine de ma part. Et dis, à celle qui est ma dame et mon amie, que je suis et serai tout à elle. Grâce à elle, ce royaume retrouvera la paix. »

Le messager prend congé et revient à Troie : il a bien mené son affaire. Il va directement trouver la reine qui est très heu-

Molt li est tart qu'el ait oï,
Saveir se cil vendra a li.
E cil li dit cum fetement
22058 Il en a pris le parlement,
E sans mentir, qu'il est molt liez.
« Des or pensez e espleitiez
Cum vos en voudreiz a chef trere,
22062 Car il n'i a mes que del fere. »
   La reïne fu engignose
E de ceste ovre coveitose :
A sei a fet venir Paris.
22066 Ne sai que plus vos i devis :
Comté li a tot e retret
Cum sis messages l'aveit fet
E come cil joiosement
22070 Vendra sans faille au parlement.
« Demain, fet ele, t'apareille
E te conreie e te conseille,
Car ce t'est mestier e besoingz :
22074 Icist termes n'est gueres loingz.
Cumpaignons prent esliz e taus   [140c]
Qui hardiz seient e vassaus,
E adurez e desfensables,
22078 E en toz estoveirs metables,
Car cil est si vaillanz e forz
Qu'a peine sera pris ne morz. »
   Paris respont : « D'el ne me criem ge,*
22082 Mes sol itant que il n'i vienge,
Car se tant est que estre puisse
Que dedenz le temple le truisse,
El n'i laira que le mantel,
22086 Ce iert del sanc e de la pel.
Presz en sui d'aler a l'essai
Demain ; ja plus ne targerai. »
Ecuba l'a plorant beisié ;
22090 Enprés li a doné congié.
   Quant cele nuiz fu trespassee,
En l'endemain vers la vespree,
S'est bien Paris apareilliez ;
22094 Pris a vint chevaliers preisiez,
Tiels dom il esteit bien certein
Que prou erent e seürein.
En l'anuitant, que s'escurcis,
22098 Dedenz le temple se sunt mis.

reuse de le revoir. Elle a hâte d'apprendre de sa bouche si Achille viendra la voir. Et le messager lui explique avec quel empressement il a accepté l'entrevue et combien, sans mentir, il est heureux.

« Voyez, dit-il, comment vous voulez maintenant achever cette affaire, car il ne reste plus qu'à passer aux actes. »

La reine était pleine de ruse et décidée à mener à bien son projet. Elle fit venir Pâris. Inutile de m'attarder : elle lui a répété tout ce que son messager avait fait et avec quelle joie Achille a décidé de venir le lendemain sans faute à l'entrevue.

« Fais donc, poursuit-elle, tous tes préparatifs pour demain et prends toutes tes précautions, car tu en as bien besoin. Le délai est bref. Choisis avec soin tes compagnons ! Qu'ils soient audacieux, bons guerriers, endurcis et redoutables, capables enfin d'affronter toutes les situations, car ton adversaire est si preux, si fort, qu'il sera bien difficile de le prendre et de le tuer.

– Je ne crains qu'une chose, lui répondit Pâris, qu'il ne vienne pas, car, s'il m'est donné de le trouver dans le temple, il ne laissera que son manteau : c'est de sa peau et de son sang que je veux parler. Je suis prêt à engager cette affaire dès demain ; je n'attendrai pas davantage. »

Hécube, tout en pleurs, l'a embrassé et l'a laissé ainsi repartir. La nuit passa. Le lendemain, vers le soir, Pâris était fin prêt. Il a pris avec lui vingt chevaliers de grande renommée dont il connaissait parfaitement la prouesse et qu'il savait fiables. À la nuit, quand tout devint sombre, ils se sont postés

---

22081. me *manque*] A – criem gie

Crotes e voutes e chancieus*
I ot assez, riches e bieus :
Por Hector, qui iert seveliz,
22102 Esteit li lués fortment cheriz.
En quatre parz se deviserent,
Tiels enseignes s'entredonerent :
Si tost cum il iert tens e ore,
22106 Saudront ensenble sans demore.
Cist unt les repostauz garniz :
Bien puet estre seürs e fiz
Danz Achillés, s'il s'i enbat,
22110 Qu'il l'i enverseront tot plat.
En ce a mis si son porpens [140d]
Qu'il n'i cuide ja estre a tens :
Molt li demore l'avesprer
22114 E qu'il fust termes de l'aler.
Molt le desirre e molt le vuelt,
Or est espris plus qu'il ne suelt.
Amors li a le sens toleit :
22118 Ne siet ne veit ne n'aperceit
Ne dote mort, ne l'en sovient.
Ce fet Amor, que rien ne crient.
Tot autresi cum Leandés,*
22122 Cil qui neia en mer Enlés,
Qui tant ama Ero s'amie
Que sans batel e sans navie
Se mist en mer par nuit oscure,
22126 N'i redota mesaventure,
Tot autresi Achillés fet :
De rien ne tient conte ne plet.
Ne crient perill ne enconbrer,
22130 Qu'Amor qui fet le sens changier,
Qui home fet sort, cec e mu,
L'a si sorpris e deceü
Que nule rien plus ne desirre
22134 Qu'aler al doleros martire
E a sa pesme destinee.
Polixena mar vit ainc nee :
Bien se trahi, bien se tua,
22138 Le jor que il veeir l'ala.
La resplendor de sa senblance
L'a fet ester en tiel errance
Qu'il ne puet ainc puis aveir bien.
22142 Or desirre sor tote rien

dans le temple d'Apollon. Il y avait là des cryptes, des salles voûtées, des grilles très belles, très somptueuses : cet endroit était très vénéré parce que Hector y était enseveli. Les hommes se partagèrent en quatre groupes et se donnèrent des signes de reconnaissance : quand viendra le moment, tous ensemble ils courront sus à Achille. Ils ont ensuite pris place dans leurs cachettes. Achille peut être sûr que, s'il pénètre dans le temple, ils le jetteront à terre. Mais lui, il est si préoccupé par son amour qu'il ne pense pas pouvoir arriver à temps. Le soir tarde trop à son gré et le moment de partir. Il l'attend, il le désire. Il est encore plus épris qu'auparavant. Amour l'a rendu fou. À tout ce qui l'entoure, il est indifférent. Il ne redoute pas la mort, il n'y pense pas. Tels sont les effets d'Amour, qui dissipe toute crainte. De même que Léandre, celui qui se noya dans l'Hellespont, aima Héro son amie au point qu'il se jeta à la mer, par la nuit obscure, sans le moindre bateau et sans redouter les dangers, de même fait Achille : il ne prend aucune précaution, il ne redoute aucun péril. Amour, qui fait perdre la raison et qui rend un homme sourd, aveugle et muet l'a si bien surpris et trompé que son plus cher désir est d'aller là où l'attend un douloureux supplice, là où l'attend son funeste destin. C'est pour sa perte qu'il a vu Polyxène. Il s'est trahi lui-même, il a causé sa mort le jour où il est allé la voir. L'éclat de sa beauté le plonge dans un tel égarement qu'il ne peut plus connaître le bonheur : il n'a d'autre désir que de voir arriver l'heure fixée.

           Que cist termes seit avenuz.
           Uns chevaliers esteit sis druz,
           Antilocus aveit cil nom,
22146   Jovne, sans barbe e sans grenon.
           Au viel Nestor iert eirs e fiz, [141a]
           Molt par esteit proz e hardiz.
           De totes riens esteit corteis
22150   E molt preisiez entre Grezeis.
           Molt par l'amot danz Achillés :
           Parenz esteit auques de pres.
           A cestui a s'ovre gehie.
22154   O seit saveirs o seit folie,
           Otreie li que o lui aut :
           Trestoz en est presz, ne l'en faut.
           Ja commençot a anuitier
22158   E la lune cler a raier.
           Quant il partirent des herberges,
           Oscurs iert li ciels e tenerges.*
           Se ne luisist si cler la lune,
22162   Molt fust la nuiz oscure e brune.
           Dreit al tenple tienent lor veie :
           Riens ne les siet ne nes conveie.
           N'i unt escu n'auzberc dobler,
22166   Fors solement les branz d'acier.
           Tant unt erré qu'au tenple vindrent :
           Onques ainceis resne ne tindrent.
           Le lué troverent molt segrei :
22170   Hidor lur en prist e esfrei.
           Descendu sunt li bon vassal ;
           Chescuns aresna son cheval.
           Li sans lur est montez es vis.
22174   Dedenz lo tenple Apollinis
           S'en entrerent, merveille ont grant
           Qu'il n'i troverent rien vivant.
           Enhardi sunt en lor corage :
22178   Ja paristra cum il sunt sage !
           De quatre parz lur sunt sailli,
           A une voiz e a un cri,
           Li vint qui erent enbusché.
22182   Maint dart d'acier i ot lancié :
           Feru en sunt de plus de dis [141b]
           Par les costez, ce m'est avis.
           Escrïé sunt e asailli
22186   E de totes parz envaï.

L'embuscade dans le temple 497

Il avait comme ami très proche un chevalier du nom d'Antilocus, un jeune homme encore imberbe, fils et héritier du vieux Nestor. Il était preux et hardi, d'une extrême courtoisie et sa renommée était très grande chez les Grecs. Le seigneur Achille l'aimait beaucoup : c'était un parent très proche. Achille lui a révélé toute l'affaire ; et l'autre, que ce soit sagesse ou folie, s'engage à l'accompagner : il est tout prêt, il ne lui fera pas défaut.

Il commençait déjà à faire nuit et la lune brillait. Lorsqu'ils quittèrent le camp, le ciel était sombre et lourd de ténèbres. Sans les rayons de la lune, la nuit aurait été bien noire et bien épaisse. Les deux hommes vont tout droit vers le temple. Personne n'est dans le secret, personne ne les accompagne. Ils n'ont ni écu ni haubert à double rang de mailles, mais seulement leurs épées d'acier. Ils chevauchèrent à bride abattue jusqu'au temple. Le lieu leur parut très isolé et écarté, si bien que la peur et l'effroi les saisirent. Les deux bons guerriers mirent alors pied à terre et attachèrent leurs chevaux. Le sang leur refluait au visage. Ils pénétrèrent dans le temple d'Apollon et s'étonnèrent de n'y trouver âme qui vive, mais ils n'ont peur de rien. Pourtant, ils vont faire bientôt la preuve de leur sagesse ! Des quatre coins du temple sont tombés sur eux, à un même signal, les vingt hommes qui s'étaient mis en embuscade. Ils ont lancé une pluie de traits et plus de dix, me semble-t-il, ont percé les flancs des deux guerriers. De toutes parts ils sont attaqués au milieu des clameurs.

22151. l' *manque*] *éd. C.* – 22176. Qui il

Quant Achillés veit e entent
Qu'il est trahiz tot pleinement,
Son braz molt tost e molt isnel
22190 A bien entors de son mantel.
S'espee tret, se lur cort sore,
Treis lur en ocit en poi d'ore.
Antilocus bien se raiüe :
22194 Mainte colee i a ferue.
Par mi le tenple les deschace,
E Paris molt les suens manace.
« Ne fuiez pas, franc chevalier !
22198 Ne veez vos treis darz d'acier
Qu'il a par mi le cors toz dreiz ?
Rasaillons les un'autre feiz
Comunement, jas verreiz morz. »
22202 A toz done cuers e conforz.
Tuit les rasaillent e refierent
E tuit vasaument les requierent.
E cil se sunt molt desfendu,
22206 Mes de lur armes furent nu.*
S'eüssent lur hauzbers vestiz,
Por fol i fussent asailliz :
Ja de cels n'eschapast uns piez.
22210 Par mainz lués unt les cors plaiez ;
Li sancs lur en cort hors a fais,
Qui trop lur done granz esmais.
N'est merveille s'il s'afebleient :
22214 Lor mort sentent e lur mort veient,
Mes neporquant trop cher se vendent :
Dure bataille e fort lur rendent.
Des cors unt fet chastel e mur,
22218 Mes malement sunt aseür :
Nus nes atent ne face plaie.* [141c]
Par le sanc qui des cors lor raie,
Lur faut li cuers e espasmist.
22222 Antilocus premiers s'asist :
Ne poeit plus ester sor piez,
Navrez esteit de set espiez ;
En plorant dist a Achillés :
22226 « Biaus douz amis, ne vos puis mes
Aidier, ce pöez bien saveir,
Qu'essoine ai grant e estoveir
Quant je vos faill. Las ! ques damages
22230 Que ci perist nostre barnages,

Dès qu'Achille s'aperçoit qu'il est trahi et qu'il n'y a plus d'issue, il entoure bien vite son bras de son manteau, tire son épée, et court sus à ses assaillants. Il en a bientôt tué trois. Antilocus, de son côté, lui est d'une aide précieuse. Il porte lui aussi de rudes coups et poursuit ses ennemis à travers le temple. Pâris cependant exhorte ses hommes :

« Ne fuyez pas, nobles chevaliers ! Ne voyez-vous pas ces trois traits fichés droit dans son corps ? Renouvelons notre attaque tous ensemble et c'en est fait d'eux ! »

Ses paroles redonnent courage à tous les assaillants et ils viennent hardiment attaquer Achille et son compagnon. Ceux-ci se sont courageusement défendus, mais ils n'ont point d'armures. S'ils avaient eu leurs hauberts, c'eût été pure folie que de les assaillir. Pas un de leurs adversaires n'en aurait réchappé. Mais là, Pâris et ses hommes leur ont fait de multiples plaies par lesquelles le sang coule à flots et qui les affolent. Il n'est guère étonnant que leur résistance faiblisse : ils sentent venir la mort, ils la voient. Pourtant, ils se défendent avec acharnement et livrent un rude combat à leurs ennemis. Des corps des tués, ils se font un rempart, mais ce n'est pas un bien sûr abri : tous les coups portés leur infligent une nouvelle blessure et leur sang ruisselle, si bien que le cœur leur manque et qu'ils défaillent. Antilocus se laisse tomber le premier, incapable de rester plus longtemps debout, car il avait reçu sept coups d'épieu. Tout en pleurs, il dit à Achille :

« Mon doux, mon tendre ami, je ne peux plus vous être d'aucun secours. Pour vous abandonner ainsi, il faut, vous le savez bien, que j'en sois à la dernière extrémité. Hélas ! quel malheur de voir ici se perdre notre rare prouesse et disparaître

E la grant hautece de nos !
Iriez en sui e angoissos.
Vostre mal sens nos a traïz. »
22234 A cest mot rest en piez sailliz,
Qu'Achillés resteit trebuchez.
Paris l'aveit de dous espiez
Feru, en lançant, mortelment.
22238 Del redrecier fust mes nïent,
Quant Antilocus lor cort sore :
Dous lor en ocist en poi d'ore.
De sor lui les a debotez,
22242 E Achillés s'est relevez.
L'un des espiez lance a Paris :
Feru l'eüst par mi le vis,
S'il nel veïst vers sei venir ;
22246 A grant peine se puet tenir.
Antilocus se rest pasmez
E contre terre jus versez ;
E Achillés, molt longement,
22250 S'estut sor lui e le desfent :
Pitié en a plus que de sei.
« Amis, fet il, ce peise mei
Que de mort vos sui achaison.
22254 Se je dotasse traïson,
Il alast or tot autrement !   [141d]
Deceüz sui trop malement.
Tot cest plait m'a basti Amor :
22258 Sentir me fet mortiel dolor.
Ne sui mie des premereins,
Ni ne serai des derreeins
Qui en morrunt ne quin sunt mort.
22262 Biaus douz amis, ci n'a confort.
Dejoste vos, o peist o place,
M'estuet morir en ceste place.
Ne me puis mes gueres aidier :
22266 Por quant, o cest mien brant d'acier,
Vos venjerai ja, se je puis.
Se je Paris ateing e truis,
Ja li rendrai mal guerredon
22270 De ceste mortiel traïson. »
Li temples iert cler alumez,
E molt i ert granz la clartez,
Mes la veüe li troblot
22274 Del sanc qui del cors li raiot

des guerriers de notre envergure ! J'en suis plein de douleur et de désespoir, mais c'est votre folie qui nous a perdus ! »

En prononçant ces mots, il s'est remis debout, car Achille venait de tomber : Pâris l'avait mortellement blessé en lui lançant deux épieux et le guerrier n'aurait pu se relever si Antilocus n'avait couru sus aux Troyens et n'en avait aussitôt tué deux, dégageant ainsi Achille. Celui-ci, cependant, s'est remis debout. Il lance un des épieux sur Pâris et il l'aurait atteint en plein visage si l'autre n'avait vu venir le coup ; c'est à grand-peine qu'Achille se tient encore debout. Antilocus, lui, s'évanouit et tombe à terre. Achille, un long moment, le couvre de son corps et le défend. Il a pitié de son compagnon plus que de lui-même.

« Ami, lui dit-il, je regrette beaucoup d'être la cause de votre mort. Si j'avais soupçonné le piège, il en aurait été tout autrement. J'ai été honteusement trompé. C'est Amour qui est le responsable de tout cela : il me fait éprouver de mortelles douleurs, mais je ne suis ni le premier ni le dernier de ceux qui en mourront ou qui en sont morts. Mon doux ami, il n'y a plus rien à espérer : bon gré mal gré, il me faut mourir ici même, à côté de vous. Je suis presque au bout de mes forces. Pourtant, si je le puis, je vous vengerai de mon épée d'acier et, si je trouve Pâris et peux l'atteindre, je lui ferai payer cher ce piège mortel. »

Le temple était plein de lumière. Une grande clarté y régnait, mais Achille avait la vue toute troublée à cause de la quantité

A tiel foison, pres morz esteit ;
A grant peine se soteneit.
Faite lor a une envaïe
22278 A l'espee d'acier forbie :
Dous en a morz e cinc navrez.
E Paris li est sor alez :
Les braz li trenche e le viaire.
22282 Lez Antilocum s'en repaire :
Iluec se rest tant cumbatu
Que par force l'unt abatu.
A genoillons e en gisant,
22286 De ci qu'il ne pot en avant,
Desfent son cumpaignon e sei.
Paris li dist : « Or vos otrei,
Vos conperreiz cesz drueries !*
22290 Mar unt perdu por vos les vies
Hector e Troïlus mi frere ! [142a]
Par le comandement ma mere
Les vengerai de vostre cors.
22294 Trop par vos estïez amors
A nos leidir e damagier,
Mes or le conperreiz molt chier.
Ici morreiz, ce iert grant joie
22298 A trestote la gent de Troie. »
*Desus le pavement listé
S'esteient ambedui pasmé :*
N'aveient mes desfensïon.
22302 Ne trovons pas ne ne lison
Que chevalier tant se tenissent
Ne que lur cors se desfendissent.
D'armes erent si desgarniz,
22306 Ce nos reconte li escriz,
Paris les a toz detrenchez :
Bien a ses dous freres vengiez.
Del tenple les ont hors gitez
22310 Ainz que del jor parust clartez,
E quant il prist a esclarcir,
S'a fet ses morz ensevelir.
Ce vos sai bien dire, de meint
22314 Furent assez ploré e pleint.
Riches sarquels fist fere a toz,
Car molt erent hardiz e proz.
    Ceste novele fu seüe,
22318 Tost fu par maint lué espandue.

de sang qu'il perdait ; il était presque mort et avait bien du mal à se tenir debout. Cependant, il a attaqué ses ennemis avec son épée d'acier étincelante. Il en a tué deux et blessé cinq, mais Pâris de nouveau l'a assailli. Il lui taillade les bras et lui balafre le visage. Achille retourne alors près d'Antilocus. Il se défend encore, mais bientôt il est jeté à terre par ses adversaires. À genoux, puis allongé sur le sol, jusqu'au bout il se défend et défend son compagnon.

« Je vous accorde, lui dit Pâris, que vous payez cher vos amours. Hector et Troïlus mes frères ont, hélas, perdu la vie sous vos coups. Je les vengerai sur vous, par ordre de ma mère. Vous mettiez trop d'acharnement à nous nuire et à nous infliger des pertes, mais vous allez le payer cher, car c'est ici que vous allez mourir. Quelle immense joie en éprouveront tous les habitants de Troie ! »

Les deux compagnons s'étaient évanouis sur le sol orné de bordures. Ils n'offraient plus aucune résistance. Nulle part dans nos livres nous ne trouvons que des chevaliers aient ainsi résisté et aient pu se défendre. Comme ils n'étaient pas protégés par leurs armures, Pâris – ainsi le raconte notre source – les mit en pièces, vengeant ainsi ses deux frères. Puis il jeta les cadavres hors du temple avant que le jour se lève. Au matin, il fit ensevelir ses hommes. Je peux vous affirmer que bien des gens les pleurèrent et déplorèrent leur mort. Il leur fit faire à tous de riches cercueils, car c'étaient de preux et vaillants guerriers.

L'affaire fut bientôt connue et la nouvelle s'en répandit en

Les vv. **22299-22300** qui manquent dans *M2* sont rétablis d'après *A* et *B*.

Quant Grié le sorent, bien sachez,
Angoissos furent e destreiz.
Ainc tiels duels ne fu mes veüz
22322 Cum fu par trestot l'ost meüz.
Des or sunt il desconseillié :
Vint mil en plorent de pitié.
Des or n'unt il mes nul espeir
22326 De la cité par force aveir.
Des or voudreient il aler :
N'i a mes rien del plus ester.
Des or sunt il taisant e mu. [142b]
22330 Tuit se tienent a confundu,
E s'il ne fust por cele alee
Qu'il aveit fete en recelee,
De qu'il est entr'els molt blasmez,
22334 Molt fust plus plainz e regretez.

De sa maisnee, que direie,
Quant recontier ne vos porreie
Le duel qu'il funt de lor seignor ?
22338 Laissié s'en sunt morir plusor.
Aler volent querre le cors,
Ja esteient des tentes hors.
Agamennon les en rameine,
22342 Qui d'els retorner est en peine.
Qui ques ocie, ne lur chaut.
Braient, crïent, plorent en haut.
Dit lur que sempres maintenant
22346 Querra lo cors au rei Priant.
E si fist il, ne targa guere.
Mes or öez qu'en cuidot fere
Paris del cors. Il n'aveit cure
22350 Qu'eüst mestier ne sepolture :
Mangier le vout fere a mastins
E a choes e a corbins.
Tant par le het, ne puet sofrir
22354 Que Grié le puissent sevelir.
Venu i sunt tuit cil de Troie,
Qui sor le cors meinent grant joie.
Quant veient qu'Achillés est morz,

maints lieux. Lorsque les Grecs l'apprirent, ils en éprouvèrent, sachez-le, grande peine et grande détresse. Jamais on ne vit deuil comparable à celui que fit l'armée grecque tout entière. Les voilà tout désemparés. Vingt mille hommes pleurent pitoyablement : ils n'ont plus aucun espoir de conquérir de force la cité. Ils voudraient maintenant s'en retourner, car rien ne sert de demeurer plus longtemps et ils restent là, silencieux, et se sentant perdus. N'eût été cette expédition qu'Achille avait faite en cachette et dont les Grecs l'ont, entre eux, bien blâmé, le héros aurait été bien plus encore pleuré et regretté.

LES FUNÉRAILLES D'ACHILLE
(vv. 22335-22500)

Que vous dire de ses hommes, alors que je serais bien incapable de vous décrire la douleur qu'ils manifestent ? Un grand nombre se laissent mourir. D'autres décident d'aller rechercher le corps et déjà ils étaient sortis du camp, mais Agamemnon les y ramène à grand-peine. Peu leur importe qu'on les tue : ils crient, se lamentent et pleurent bruyamment. Agamemnon cependant leur promet d'aller sur-le-champ demander le corps au roi Priam. Et ainsi fit-il presque immédiatement. Mais écoutez ce que Pâris pensait faire du cadavre : il n'était pas dans ses intentions qu'on lui fît un service funèbre et qu'on l'ensevelît. Il voulait qu'il fût dévoré par les chiens, les chouettes et les corbeaux. Sa haine est telle qu'il ne peut supporter l'idée que les Grecs l'ensevelissent. Tous les Troyens sont venus voir le corps et manifestent hautement leur joie.

22358 Ne cuident pas par nul esforz
Que Grieu lur puissent grantment nuire
Ne lor riche cité destruire.
Molt par en sunt joiant e lé.
22362 De toz esteit bien otreié
Ce que Paris en voleit fere,
Mes Helenus prist a retrere
Qu'il n'esteit pas reisons ne dreiz. [142c]
22366 Laissier lur fist a cele feiz :
Por lui furent li cors rendu.
Ainc si faiz duels oïz ne fu
Cum firent Grieu quant il les virent.
22370 Molt haltement les sepelirent.
Mes Nestor est si angoissos,
Si destreiz e si doloros
Por son dreit eir Antilocus,
22374 Qu'il n'aveit fille ne fill plus.
Il l'amot plus assez que sei :
Au repeirer le feïst rei.
Si home l'unt molt regreté
22378 E longuement plaint e ploré :
Molt i eüssent bon seignor.
Nestor se muert de la dolor ;
Tant est pasmez qu'a rien n'entent.
22382 Ne puet mes vivre longuement,
Car icist duels se li durra
Toz les jors mes que il vivra.
    Trop fu li duels cruels e fiers.
22386 Agamennon prist messagiers
E si manda au rei Priant
Qu'il voille e place e qu'il comant
Qu'Achillés facent sepouture,
22390 Quar c'est biens, reisons e dreiture.
Tant a esté vaillanz e prouz,
E sire e mestre sor els toz,
E si enoré chevalier
22394 Que bien le lur deit otreier.
Son pleisir en a fet li reis :
Trives lor dona a un meis.
Des or ont il terme e leisir
22398 D'els enterrer e sepelir.
Une semeine tot entiere
Garderent les dos cors en biere,
Enoinz e aromatiziez [142d]

Devant le cadavre d'Achille, ils s'imaginent que les Grecs n'auront plus les moyens de leur faire grand tort et de détruire leur opulente cité. Tous éprouvent joie et allégresse. Tous s'accordent pour laisser Pâris faire ce qu'il veut du cadavre. Mais Hélènus leur remontra que cette façon d'agir n'était ni convenable ni juste. Il les en détourna donc et c'est sur son intervention que les corps furent rendus. Jamais on n'entendit manifestations de deuil pareilles à celles que firent les Grecs lorsqu'ils virent les corps. Ils les ensevelirent avec beaucoup de solennité. Nestor cependant est plongé dans la plus vive détresse, dans la plus profonde douleur, lui qui a perdu Antilocus, son héritier, son seul enfant, qu'il aimait plus que lui-même : de retour dans son pays, il l'aurait couronné roi. Ses hommes ont longuement regretté cette perte, ils ont longuement pleuré le jeune homme : il aurait été pour eux un si bon maître ! Nestor se meurt de douleur : il s'est si souvent évanoui qu'il a perdu toute conscience. Ses jours, désormais, sont comptés, sa douleur ne prendra fin qu'avec sa vie.

Les manifestations de deuil furent très violentes et très vives. Agamemnon choisit des messagers qui allèrent demander au roi Priam de bien vouloir leur donner le temps nécessaire pour faire ensevelir Achille comme il le méritait. C'est là une requête juste et légitime, ajoutèrent-ils, car Achille a fait preuve d'une telle vaillance, lui qui a été leur maître à tous et leur seigneur, il a été un chevalier d'une telle valeur qu'il convient que le roi accepte leur demande.

Priam a fait ce qu'on lui demandait : il leur a accordé une trêve d'un mois. Ainsi ont-ils tout loisir d'ensevelir les deux chevaliers. Pendant toute une semaine, ils conservèrent les deux corps sur une civière. Ils les avaient bien oints et

22402 E richement apareilliez.
Ploré esteient come rei
E porchanté selonc lor lei.
Li soverein engigneor*
22406 E li saive mestre doctor
Ont fet, de marbre vert e blé,
Inde, jaune, menu goté,
Une ovre si tres merveillose*
22410 E si riche e si precïose
Que neis uns peintres a poincel
Ne formast si beste n'oisel
Ne laz de flors environees
22414 Cum el marbre sunt colorees.
Soz ciel nen est deboisseüre
Ne ovre qu'en face en peinture
Qu'il n'i forment, si parissanz
22418 Que toz jors mes sera duranz.
A tantes feiz, cum moillereient,
Par tantes feiz esclarcireient.
De fort betun e de ciment
22422 Qui tres qu'al jor del finement
N'en charra tant cum monte un peis,
Molt plus en aut qu'uns ars turqueis
Ne traireit, fu l'ovre levee.
22426 A merveille fu esgardee :
De la hauçor fu fiere chose,
Ne coment riens ester i ose.
N'i ot ne voutes ne arciaus
22430 Ne cimeses ne pileriaus,
Fors une viz fet o eschale,
Par ou li mestres s'en devale.
Nus qui la veie ne dit mie
22434 Qu'ainc mes tiel ovre fust bastie.
Une image d'or tresgiterent,
E sachez bien molt s'en penerent,
Qu'a Polixena fust senblant : [143a]
22438 Ne fu ne meindre ne plus grant.
Triste la firent e plorose*
E par senblant molt dolorose
Por Achillés qui morz esteit,
22442 Qui a femme la requereit.
Formee l'unt en tiel maniere
Que molt en fet dolente chiere.
Si fist ele, ce sachez bien,

embaumés et somptueusement parés. On les pleura comme des rois et on chanta la service funèbre selon le rituel observé. Les plus habiles artistes, les maîtres les plus expérimentés ont taillé dans un marbre vert, bleu, indigo, jaune et finement tacheté un monument si extraordinaire, si magnifique, si précieux que même un peintre n'aurait pu peindre de son pinceau bêtes, oiseaux, entrelacs ou guirlandes de fleurs capables de rivaliser avec ceux qui étaient représentés dans le marbre. Il n'y a pas au monde de sculpture ni de peinture qui n'apparaissent ici, fixées pour l'éternité : plus elles seraient mouillées et plus elles retrouveraient leur éclat. C'est dans un ciment, dans un mortier si résistant que pas une parcelle n'en tombera jusqu'à la fin des temps que fut érigé le monument, plus haut que la portée d'un arc turc. Ce fut pour tous un grand sujet d'admiration. Sa hauteur est extraordinaire et l'on peut se demander comment on ose se tenir à sa cime. Il ne comportait ni voûte ni arc ni cimaise ni pilier, mais on avait construit un escalier à vis par lequel le maître pouvait descendre. Personne, devant cette merveille, ne pouvait prétendre avoir jamais vu pareille construction.

Les artistes sculptèrent une statue en or et mirent tout en œuvre pour qu'elle fût semblable à Polyxène : elle en avait la taille exacte. Ils représentèrent la jeune fille triste, tout en pleurs, et profondément affligée par la mort d'Achille qui la voulait pour épouse. Ils lui ont donné une expression telle qu'elle a l'air extrêmement peiné. De fait, elle l'était et cette mort l'affecta beaucoup, sachez-le. Si elle en avait eu l'audace

---

22413. envionees

22446 Qu'il l'en pesa sor tote rien.
S'osast, qu'en mal ne fust retret,
Merveillos duel en eüst fet.
Vers sa mere en fu molt iree,
22450 Qui l'ovre avoit apareillee.
Par li est morz, molt par l'en peise,
Mes n'est pas fole ne borgeise :
Sage est, si ne vuelt fere mie
22454 Rien qu'on li tort a vilenie.
Por tant se tot, se fist que sage ;
Grant mal en vousist son lignage.
En son cuer ot plus grant iror
22458 De ce qu'il iert morz por s'amor.
Ainc puis ne fu ne l'en pesast
E que sa mere n'en blasmast.
L'image fu de sa senblance
22462 Formee o ire e o pesance.
En ses dous mains tint un vessel
D'un rubin precïos e bel.
Por ce que li cors iert plaiez*
22466 E par morsiaus toz depeciez,
Ne poïst aveir sepouture,
Qu'il ne tornast a porreture.
Por ce l'arstrent, la cendre ont prise,
22470 Dedenz le cher vaissel l'ont mise.
Ja hom l'image n'esgardast,
Ne li fust vis qu'ele plorast.
Bien plest a toz comunement : [143b]
22474 Dïent molt est a lur talent.
Levee l'ont sor l'ovre en haut ;
Iluec ou la chevee faut,
Assise l'unt sor le pomel
22478 Fet d'un topace cler e bel.
De Troie fu tot cler veü.
Molt grant parole en unt tenu :
Dient qu'ainc mes plus richement
22482 N'ot chevaliers enterrement.
Rendu li ont, a la destrece,
Grant guerredon de sa prõece.
Quant la chose fu achevee,*
22486 Si unt la viz si seelee
Que riens ne peüst porpenser
Par ou hom i poïst entrer.
L'estopeüre ne l'entree

et n'avait craint qu'on le lui reprochât, elle aurait bien montré l'étendue de son chagrin. Elle en voulait beaucoup à sa mère qui avait tramé toute cette affaire. C'est à cause d'elle qu'Achille est mort et elle en est très affligée. Mais elle n'est ni sotte ni dépourvue de finesse et, dans sa sagesse, elle ne veut pas faire quelque chose qu'on puisse lui reprocher. Aussi, elle n'en souffla mot et elle eut bien raison car sa famille lui en aurait énormément voulu. Mais, dans son cœur, sa peine était d'autant plus grande qu'elle pensait qu'il était mort parce qu'il l'aimait. Pas un jour ne se passa sans qu'elle n'en fût affligée et qu'elle n'en blâmât sa mère. La statue, sculptée à son image, montrait douleur et affliction. Elle tenait dans ses mains un vase taillé dans un très beau rubis de grand prix. Comme le corps d'Achille était tout couvert de blessures et complètement mis en pièces, il ne pouvait être question de l'embaumer, il aurait pourri. Les Grecs le brûlèrent donc et déposèrent les cendres dans ce précieux vase. Personne ne pouvait regarder la statue sans s'imaginer qu'elle pleurait. Tous s'accordaient à la trouver très belle et à leur goût. Ils la hissèrent en haut du monument et la placèrent à la cime, sur une boule taillée dans une topaze aussi belle qu'éclatante. On la voyait très distinctement de Troie. Elle fit l'objet de bien des discours et l'on disait que jamais chevalier n'avait eu tombeau aussi magnifique. Les Grecs, en cette pénible occasion, surent bien récompenser Achille de sa prouesse. Quand tout fut fini, ils ont si soigneusement scellé l'accès de l'escalier que personne n'aurait su par où entrer. Ni les sceaux ni l'accès ne pourront être découverts

N'iert mes davant la fin trovee.
Bele fu trop l'ovre de hors.
Son fill a pris li vielz Nestors,
Se l'a tramis en son païs :
La vuelt qu'il seit en terre mis,
E si fu il si richement
Que nus plus precïosement
Ne jut el siecle trepassé.
Longuement l'ont plaint e ploré
Tuit si ami e si parent,
E si sai bien certeinement
Que toz les jors de sa veillece
Fu puis sis pere en grant tristece.

En juing, quant sunt plus lonc li jor, [144a]
Que li soleilz rent grant chalor,
Se ratornerent, ce sai dire,
Par grant ergoil e par grant ire.
De l'ost partirent li conrei.
Vint mile confanon desplei
I veïst l'om, vert e vermeil.
Contre la raie del soleil
Resclarcist tote la chanpaigne
De cler verniz e d'or d'Espaigne.
Reis Aïaus vet premereins* :
Tant par est d'estoutie pleins
Qu'armes ne prent ne qu'il nes baille; [144b]
Toz nuz vuelt estre a la bataille.*
S'il ne s'i garde, il fait que fous,
Car molt li dorra l'om granz cous.
Fort pel avra, se l'om l'atent,*
Qu'om ne la perz e navre e seint.
Dïomedés vient aprés cesz,
De bataille garniz e presz.
Li dux d'Atheines vint aprés,
E Menelaus e Ulixés,
E tuit li prince e tuit li rei.
Agamennon lur tient conrei
O plus de trente mil armez,

avant la fin du monde. Vu de l'extérieur, ce monument était splendide. Quant au vieux Nestor, il a fait porter le corps de son fils dans son pays. C'est là qu'il veut qu'il soit enterré. Ainsi fut fait : sa tombe était la plus magnifique qu'homme eût jamais eue. Tous ses amis et ses parents ont longuement pleuré le jeune homme. C'est dans une profonde tristesse que son père, je le sais bien, passa le reste de ses jours.

Vv. 22501-22598 : Les Grecs envoient Ménélas chercher Pyrrhus, le fils d'Achille.

LA VINGTIÈME BATAILLE
(vv. 22599-23126)

LA MORT DE PÂRIS

En juin, au moment où les jours sont les plus longs et où le soleil est le plus chaud, les Grecs, je le sais bien, reprirent les armes, pleins d'ardeur et de flamme. Les corps de bataille quittèrent le camp et l'on aurait pu dénombrer vingt mille bannières déployées, vertes et vermeilles. Sous les rayons du soleil, toute la plaine resplendit de l'éclat des armes vernissées et de l'or d'Espagne. Le roi Ajax marche en tête. Dans sa grande témérité, il a refusé de revêtir son armure ou de la prendre. Il veut aller tout désarmé au combat. C'est une folie que de ne pas se protéger, car on va lui assener de rudes coups ! Il faudra que sa peau soit bien dure pour ne pas être transpercée, entamée, ensanglantée, s'il est atteint. Diomède suivait, tout équipé et prêt à se battre. Puis venait le duc d'Athènes avec Ménélas et Ulysse, ainsi que tous les princes et les rois. Agamemnon est avec eux, qui mène plus de trente mille

---

Au v. **22599** figure une lettrine (8 lignes de hauteur) : deux griffons.

Forz e seürs e adurez.
Le pas chevauchent vers la vile :
D'els i a tiels seisante mile
Qui avront ainz destorber grant,*
Ce vos di je bien, que avant
Qu'il seient mes del chanp gité.
Tuit se rarment par la cité,
E quant il n'i unt Troylus
Ne Hector ne Deïphebus,
Molt en sunt triste e doleros :
Le jor redotent perillos.
Paris s'en ist l'iaume lacié :
Molt a le cuer gros e irié
De ses freres qui sunt ocis ;
L'eve li cort aval le vis.
Bien siet qu'il en avra besoing :
Ne cuit que ce seit gueres loing.
Ha ! las, cum male destinee
Li iert cel jor determinee !
Aprés lui vint Polidamas,
Fillemenis e reis Esdras,
Danz Eneas e tuit li suen,
Qui chevalier erent trop buen.
Trestuit s'en eissirent li lor. [144c]
Ainz que bien fust prime de jor,
Furent tuit prest en mi la plaigne.
La veïsseiz mainte cumpaigne*
Preste e garnie e bien armee,
Tant fer, tant enseigne orfresee,
Tant bon cheval baucent e sor,
Tant hieume e tant escu a or,
Tante coverture entaillee,
De drap de seie detrenchee,
Tanz bruiz de lances de sapin !
Encor esteit assez matin
Quant il s'entralerent ferir.
Sempres maneis a l'avenir
I ot si merveillos estor
Que dis mile targes a flor
I fendirent e dequasserent
E mil haubers i esfondrerent.
Tres en mi les ventres s'ateignent,
Si que les lances i enpeignent
E que lor saut li sancs des cors.

hommes en armes, des guerriers aussi sûrs que redoutables et endurcis. Ils s'avancent au pas vers la ville. Dans ces troupes, il y a bien soixante mille hommes qui sauront souffrir, je peux vous l'affirmer, avant d'être rejetés du champ de bataille. Dans la cité, les Troyens eux aussi se préparent au combat. L'absence de Troïlus, d'Hector, de Déiphobe les remplit de tristesse et de douleur. Ils redoutent cette journée et ses dangers. Pâris sort, heaume lacé. Son cœur est lourd de chagrin : il pense à ses frères qui sont morts et les larmes coulent sur son visage. Il sait qu'ils vont lui manquer, et ce moment, je pense, arrivera vite. Hélas ! quelle cruelle destinée l'attendait ce jour-là ! Venaient derrière lui Polydamas, Philéménis, le roi Édras, le seigneur Énée et tous ses hommes, de fort bons chevaliers. Tous sortirent de la ville et, bien avant le point du jour, ils étaient tout prêts dans la plaine. Ha ! qui aurait pu voir les nombreuses compagnies prêtes à l'attaque et sur le pied de guerre, et, en si grand nombre, les fers de lance, les enseignes tissées d'orfroi, les bons chevaux aux robes pie et fauve, les heaumes, les écus incrustés d'or, les couvertures de cheval, brodées, incrustées de bandes de soie, et la forêt des lances de sapin. Il était encore de bonne heure lorsque les deux armées en vinrent aux mains. Dès le premier assaut, le combat fut si acharné que dix mille écus ornés de fleurs furent fendus et mis en pièces et mille hauberts transpercés.

Les guerriers s'atteignent en plein ventre, ils y enfoncent les lances, si bien que le sang jaillit des corps. C'est à un bien rude

A estrange jué sunt amors :
Sovent lor en creist li bacins
O les branz d'acier peitevins,
Si qu'il s'entrebuchent des seles
E que lor saillent les cerveles.
  Paris o la söe cumpaigne,
Perde o gaaing, cum que l'en preigne,
O cesz de Grece s'est meslez.
La ot mainz fers ensanglentez,
Tanz darz d'acier e tanz quarreus,
Par mi costez e par bueus,
Par mi chieres e par mi oilz,
N'i a si jovne ne si vielz
Qui vivre i puisse une liuee.*
N'i a broigne si bien maillee
Par on le sancs ne rait a fil. [144d]
El champ en gisent ja tiels mil
Dont li plus sains est si freidiz
Que n'en ist funs ne esperiz.
  Dïomedés rest avenuz.
Feru se sunt e abatuz,
Entre lui e Filemenis ;
O les branz nus se sunt requis :
Dure escremie se rendissent
Se lor dous genz nes departissent.
Ci rot peceieïz de lances
E derompues conoisances
E grant retenteïz d'espees
Tres par mi les testes armees ;
Ci desjoignent cercle e nasal,
Ici trebuchent maint vassal
Mort e freit de sor lur destrer ;
Ci fausent li hauzberc dobler.
Prou sunt e fort Pafagloneis :
Grant ocise funt de Grezeis.
Nel pot sofrir Dïomedés :
Quatre archees o cinc bien pres,
Les unt chaciez et remuez,
Sin unt a cent les chés coupez.
  Adoncs avint Menecïus :
Mil chevaliers ot bien e plus,
N'i a un n'ait lance planee
O enseigne d'orfreis bendee.
Sor les chevaus toz abrivez

jeu qu'ils s'adonnent ! Souvent les casques se bossellent sous le choc des épées d'acier poitevin, si bien que les cavaliers tombent les uns sur les autres répandant leur cervelle.

Pâris et les siens perdent et gagnent alternativement. Le guerrier a attaqué les hommes de Grèce. Que de lances ensanglantées, de dards d'acier et de flèches qui s'abattent sur les flancs, les entrailles, les visages, les yeux des combattants ! Combien, jeunes ou vieux, perdent incontinent la vie ! Pas de cuirasse, si solide soit-elle, d'où ne s'écoulent des filets de sang. Il y a sur le champ de bataille un bon millier de gisants dont le plus sain est déjà tout froid, privé de souffle, sans signe de vie.

Diomède est revenu au combat. Philéménis et lui se sont attaqués. Tous deux désarçonnés, ils se battent à l'épée nue. Leur combat aurait été terrible si leurs hommes ne les avaient séparés. Et voici que recommencent les bris de lance, que les enseignes se déchirent, que les épées retentissent bruyamment sur les têtes casquées. Voici que sautent les cercles et les naseaux des heaumes et que maints guerriers, déjà glacés par la mort, tombent de leurs chevaux. Voici que se disjoignent les hauberts à double rang de mailles. Les gens de Paphlagonie sont vaillants et forts. Ils font un grand carnage de Grecs. Diomède ne peut résister à leur assaut : sur quatre ou cinq portées d'arc ils l'ont fait reculer et ils ont coupé la tête à une centaine de ses hommes.

S'engage alors Ménesthée. Il avait avec lui plus de mille chevaliers équipés de lances bien lisses aux enseignes tissées d'orfroi. À bride abattue, ils ont attaqué les guerriers de

22712 Ont Pafagloneis encontrez.
Lur enseigne crïent en haut,
Se vos di bien que nus n'en faut.
L'espeisse i est granz e li tas :
22716 Ici sunt desboclé e quas
Li fort escu peint a color.
Ci commença si fier estor
Que hom mortaus n'en vit son per [145a]
22720 Ne tant feïst a redoter.
Trenchent sei chiés e braz e piez.
Menecïus vint esleissiez,
L'escu au col, lance levee.
22724 Soz la bocle d'or nïelee
A si feru Polidamas
Que d'or en autre est frez e quas.
L'auberc li trenche e le verniz ;*
22728 Ne l'ateint pas el gros del piz –
Sempres fust morz de maintenant –
Por quant si fist l'auzberc sanglant.
Polidamas ra lui feri
22732 Sus en la penne de l'escu :
Sa lance froisse e enastele,
Al parhurter guerpist la sele.
L'espee tret Menecïus.
22736 De lui fust sempres au desus,
Maintenant l'eüst mort o pris,
Quant le rescost Filemenis,
Qui Griex ocit e quis requiert
22740 E qui estranges coups i fiert.
Bien lur monstre qu'il est vasaus :
A mainz en trenche les nasaus,
Les nes, les mentons e les boches ;
22744 Ne jöe mie o els a toches.
   Paris tant dis se cumbateit,
O cels de Grece contendeit :
A l'arc les berse treis e treis
22748 E o l'espee demaneis.
Molt en ocit, molt en maaigne,
Molt en abat en mi la plaigne ;
Par la force des suens les chace.
22752 Grant perte i a d'els en la place :
Se ne fussent Atenïeis,
Trop par i perdissent Grezeis,
Mes secoruz les ont sans faille. [145b]

Paphlagonie. D'un même élan, je vous l'affirme, ils poussent leur cri de guerre. La presse et la foule sont grandes. Voici que perdent leurs boucles et que se brisent les robustes écus aux vives couleurs. Voici que commence un combat si acharné que personne ne vit son pareil, ni un qui ait pu causer autant d'effroi. Ils se tranchent têtes, bras et pieds. Ménesthée arriva à vive allure, écu au cou, lance dressée. Il a atteint Polydamas sur la boucle en or niellé de son écu avec une telle force qu'il a disjoint et brisé l'écu de part en part et il perfore le bois verni. Le coup, cependant, ne porte pas en pleine poitrine – Polydamas aurait été tué sur-le-champ – mais le haubert est tout ensanglanté. À son tour Polydamas frappe son adversaire sur le bord de l'écu : il brise sa lance qui vole en éclats et, par la force du coup, il est désarçonné. Ménesthée dégaine alors son épée. Il aurait bientôt triomphé de son adversaire, il l'aurait tué ou fait prisonnier si Philéménis n'était venu à la rescousse, qui attaque les Grecs, qui les tue, qui leur porte de furieux coups. Il leur montre bien sa prouesse : à bon nombre d'entre eux il tranche les naseaux des heaumes, les nez, les mentons, les boucles. Ce n'est pas une partie de jonchets qu'il joue avec eux !

Pâris cependant se battait et luttait contre les hommes de Grèce. De son arc il les atteint, trois par trois, ou les attaque à l'épée. En grand nombre il les tue, les blesse, les abat sur le champ de bataille. Avec l'aide puissante des siens, il les repousse, leur infligeant de lourdes pertes. Sans les Athéniens, qui sont alors arrivés à leur secours, les Grecs auraient eu beaucoup de morts. Mais voici que s'engage un combat au

---

22744. Ne joie] *A*

Ici commença tiel bataille,
Don set cenz chevaliers esliz
Orent sanglenz testes e piz.
   Aïaux vait par la bataille,
Qui n'a hauzberc ne n'a ventaille,
Heume, lance n'escu a col :
Bien se devreit tenir por fol,
Qui en tiel lué s'est enbatuz,
Le piz e les costez a nuz :
C'est merveille qui il tant dure.
Oez quels esteit s'aventure :*
Molt par damajot Troïens
E molt alot cerchant les rens :
N'i a chevalier si armé
Qui tant s'i seit abandoné.
Sovent i fiert, sovent i maille,
Sovent tresperce la bataille.
Sor un cheval sist merveillos,
De besanz vaut o mil o dos :
En Grece n'aveit son pareil.
Tot l'ot covert d'un drap vermeil.
Sovent lo point, tost se remue ;
Maint en ocit e navre e tue.
   Quant Paris veit le forsené,
Que ensi s'est abandoné,
Sa gent li vait forment laidir,
Nen ot cure de plus sofrir :
Une saiete a encochee,
Reide e trenchant e aguisee ;
Enteise bien e tret d'aïr :
Bien le feru e, sans faillir,
Par mi les dous costez l'enpaint,
Si que l'eschine li desjoint.
Cil a sentu lo coup mortal :
Fierement broche le cheval ;
Fors de son sens, desvez e fels, [145c]
Se fiert par mi la presse d'els.
Fiert e done coups perillos,
Plus en a mort de vint e dos.
Paris a quis tant qu'il le trueve.
Se vos di bien qu'ainz qu'il s'en mueve,
S'entredorront de granz frestiaus*
De sus par mi les hatiriaus,
Si que les testes lur segnierent.

cours duquel sept cents chevaliers, parmi les plus braves, eurent têtes et poitrines toutes sanglantes.

Ajax parcourt le champ de bataille sans haubert ni ventaille ni heaume, ni lance, ni écu au cou. Il devrait bien se tenir pour fou de s'être ainsi aventuré dans un tel lieu, les flancs et la poitrine découverts : c'est extraordinaire qu'il puisse aussi longtemps résister. Écoutez ce qu'il faisait : il infligeait aux Troyens de lourdes pertes, parcourant et reparcourant leurs rangs. Pas de chevalier, aussi bien armé soit-il, qui se mette autant en avant. À plusieurs reprises, il frappe, il martèle ses adversaires. À plusieurs reprises, il perce les lignes de bataille. Il est monté sur un cheval extraordinaire qui vaut bien mille ou deux mille besants : il n'a pas son pareil dans toute la Grèce. Il l'a tout entier recouvert d'une étoffe vermeille. Souvent Ajax l'éperonne et le fait manœuvrer avec rapidité. C'est ainsi qu'il tue et blesse en grand nombre ses adversaires.

Quand Pâris voit ce fou se déchaîner ainsi et faire tant de tort à ses hommes, il ne peut plus le supporter. Il ajuste une flèche solide, pointue et bien aiguisée, il vise soigneusement et tire de toute sa force. Le trait a bien porté : de part en part il transperce Ajax et lui disjoint l'échine. Le guerrier a senti qu'il était mortellement atteint : il éperonne hardiment son cheval et, hors de lui, plein de rage et de fureur, il se jette dans la bataille. Il frappe et porte des coups redoutables. Il a déjà tué plus de vingt-deux guerriers. Finalement, il rejoint Pâris et je peux vous affirmer qu'avant qu'il le lâche, les deux hommes se porteront de tels coups de marteau sur la nuque que leurs têtes en seront toutes sanglantes. Ils s'attaquent avec fureur.

22781. laidir *manque*] A

22800 Felenessement se requierent.
Fait Aïaux : « Sire Paris,
Je cuit qu'or estes entrepris :
Se avez tret a mei de loingz,
22804 Vers vos me sui serrez e joingz.
Ocis m'avez, jel sai e sent,
Por quant s'ert ja premierement
Vostre ame en enfer de la meie :
22808 Je voill que se mete a la veie.
Ja n'en trairez mes d'arc d'aubor.
Ici deseivre vostr'amor
D'Eleine, qui mar fust ainc nee,
22812 Que tante gent ont cumparee.
Por li morreiz, e je si faz. »
Aïaus l'a seisi as braz
Qui il a plus forz d'un jaiant.
22816 Granz coups li done maintenant ;
Sa mort li vuelt paier e soudre,
Ne se pot pas de lui esvoudre.
Par mi la chiere l'a feru
22820 De la pointe del brant molu :
Sempre maneis l'estuet morir
E de cest siecle departir.
En la place chiet morz Paris :
22824 L'espee ot par mi le vis.
E cil par est si detrenchez
Qu'il n'a entier ne mains ne piez,
Teste ne piz, costé ne braz. [145d]
22828 Mis l'ont desus un talevaz.
Deus ne fist home, s'il le veit,
Que toz li cors ne l'en esfreit.
Vers les tentes l'en ont porté
22832 Cil qui molt l'unt plaint e ploré,
Ce est sa maisnee demeine.
A grant trevail e a grant peine
Li est l'ame del cors issue :
22836 Por poi qu'as denz ne la manjue.
Si tost cum il orent sachee
La saiete qu'ert entoschee,
Sans sanc, toz freiz, pales e veins,
22840 Sempres fenist entre lor meins.
Paris fu morz, li prous, li sages.
Ce fu as suens trop granz damages :
Molt en furent descoragié,

Mort de Pâris

« Seigneur Pâris, dit Ajax, vous voilà, je crois, en bien mauvaise posture. Vous m'avez visé de loin, mais maintenant je suis là, tout près de vous. Vous m'avez blessé à mort, je le sais, je le sens. Pourtant, c'est votre âme qui ira aux enfers avant la mienne. Je veux qu'elle en prenne le chemin. Vous ne vous servirez plus de votre arc de cytise. Ici prennent fin vos amours avec Hélène – maudite soit l'heure de sa naissance ! –, ces amours qui ont coûté si cher à tant de guerriers. C'est à cause d'elle que vous allez mourir et moi de même. »

Ajax a alors pris Pâris dans ses bras – sa force dépassait celle d'un géant – et il l'accable de coups. Il veut lui faire payer sa mort et l'autre ne peut lui échapper. En plein visage il l'a frappé de son épée d'acier bien aiguisée et tout aussitôt c'en est fait de Pâris : il lui faut quitter ce monde. Pâris tombe mort sur le champ de bataille, l'épée d'Ajax plantée en plein visage. Mais son adversaire a reçu tant de coups qu'il est blessé de partout : mains, pieds, tête, poitrine, flancs, bras, rien n'est épargné. On l'a déposé sur un bouclier. Aucun être humain n'aurait pu le voir sans être saisi d'effroi. Ceux qui plaignent son sort et le pleurent, je veux dire ses hommes, l'emportent vers les tentes, et c'est au terme de grands tourments et de pénibles efforts que son âme, qu'il ne cesse de remâcher, s'échappe enfin de son corps. Dès que ses hommes eurent retiré la flèche empoisonnée, sans perdre son sang, déjà glacé, pâle et sans forces, il expire dans leurs bras.

Pâris, le sage, le preux Pâris, était mort : ce fut pour les siens une perte irréparable. Ils en furent si accablés, si découragés, si

Desconforté e esmaié ;
Tiel duel en ont qu'ainc puis le jor
Ne tindrent place ne estor.
Dïomedés a fet soner
Un cor d'olifant haut e cler ;
Ses rens estreint e ses batailles.
Des or veit hom les devinailles
Que Cassandra aveit pramis !
Porté en ont le cors Paris
En la cité sor son escu.
E Grieu orent levé le hu
Sor Troïens, si les acoillent ;
D'els ocient e esboelent
Tant cum lur plest e neient plus.
Sachez que li fiz Tideüs
En fist a mil les dos torner :
N'i a neient del plus ester.
Menecïus fort s'i aiüe :
A la trenchant espee nue,
Entre lui e Dïomedés, [146a]
Les funt entrer enz si a fes
Que mil en laissent de forclos,
Qui n'unt entier ne cuir ne os.
Par mi les portes les unt mis :
Ce lur a fet la mort Paris.
Li fiz Tideüs les ensuit :
Morz est cui a coup aconsuit.
Par mi la vile o els s'est mis.
Quatre archees, o cinc o sis,
Torne del borc en son demeine :
Ja mes par force ne par peine
N'en fust partiz ne deronpuz,
Se des suens fust bien secoruz.
Ariere l'en covint torner.
Come musarz i deit entrer,
Car li Bastart l'en unt mis hors
E en set lués plaié son cors.
Les portes clostrent cil dedenz :
Lasse e matee est molt lur genz.
     Agamennon – que fareit al ? –
Devant l'entree del portal
A fet la nuit Grezeis logier ;
Vint mile d'els a fet veillier :
Bien sunt asis li pan des murs.

troublés, leur douleur fut telle qu'ils renoncèrent ce jour-là à rester plus longtemps sur le champ de bataille. Diomède a fait sonner haut et clair un cor d'ivoire : il resserre les rangs de ses troupes. C'est alors qu'on voit se réaliser les prédictions de Cassandre ! Les Troyens déposent le corps de Pâris sur un écu et l'emportent dans la ville. Mais les Grecs poussent leur cri de guerre et se jettent sur leurs adversaires : ils les tuent, les étripent à leur guise.

Le fils de Tydée a fait prendre la fuite à un bon millier d'entre eux. Toute résistance est inutile. Ménesthée, de son côté, se bat avec ardeur. Épées brandies, Diomède et lui font reculer jusque dans la ville une si grande masse de Troyens que plus d'un millier, dont les corps ne sont que plaies, doivent rester à l'extérieur des murs. Les Grecs ont ainsi repoussé les Troyens jusqu'aux portes de la ville : telles sont les conséquences de la mort de Pâris. Le fils de Tydée se jette à leur poursuite ; mort est celui qu'il atteint et frappe. Avec eux, il pénètre dans la ville. Il en occupe les faubourgs sur quatre, cinq, six portées d'arc et jamais il n'aurait pu en être délogé et chassé si les siens lui avaient prêté main forte. Il fallut cependant revenir en arrière : il avait été bien fou de pénétrer ainsi dans la ville car les Bâtards l'ont repoussé et l'ont blessé en sept endroits. Les Troyens cependant ont refermé les portes : leurs hommes sont bien las, bien abattus.

Cette nuit-là Agamenmon – que pouvait-il faire d'autre ? – a fait camper les Grecs devant la porte de la ville. Vingt mille soldats ont ordre de monter la garde. Les murailles sont bien

22888 Dedenz n'a gueres de seürs
Ne des heitiez ne des joios,
Car trop i a duel angoissos.
La nuit se sunt esquergueitié
22892 Mil chevalier riche e preisié.
Seveliz fu li cors Paris,
Dedenz le temple Junonis,
Si fetement qu'ainc fiz de rei
22896 Ne fu si richement, ce crei,
Ne n'iert ja mes tres qu'a la fin.
Tuit li pöete e li devin
I sunt au mestier dire e fere. [146b]
22900 Ne porreie mie retrere
Le duel, trop est cruels e granz,
Que de lui fet li reis Prianz
E la reïne qui s'en muert :
22904 Sovent se pasme, ses mains tuert.*
22909 Grant duel fet molt Polidamas,
E Antenor e Eneas,
E li estrange e li privé.
22912 Sachez qu'ainc mes en la cité
N'ot si grant duel, puis que fu fete :
Tote rien vivant se desheite.
        Qui veit Heleine, bien puet dire*
22916 Que sor toz duels est la söe ire :
Ainc riens n'ot mes si grant destrece.
Sovent regrete sa pröece
E sa biauté e sa valor :
22920 « En duel, en lermes e en plor,
Fait el, biaus sire amis, morrai
Quant je ensi perdu vos ai.
Plus vos amöe que mon cuer :
22924 Ce ne puet estre a nis un fuer
Qu'aprés vos remaigne en vie.
A Mort pri gié qu'ele m'ocie.
Ja plus terre ne me sostienge
22928 Ne ja mes par femme ne vienge
Si grant damage cum par mei !
Tant riche duc e tant bon rei
E tant riche amiraut preisié
22932 En sunt ocis e detrenchié !
Lasse ! por quei fui onques nee
Ne por quei oi tiel destinee
Que li monz fu par mei destruit ?

assiégées. À l'intérieur de l'enceinte, bien peu se sentent en sécurité, bien peu se réjouissent : leur douleur est trop poignante. Cette nuit-là, mille chevaliers troyens de grande valeur et de grande renommée ont monté la garde. Puis on a déposé le corps de Pâris, enveloppé dans un linceul, dans le temple de Junon. Jamais fils de roi, à ce que je crois, ne fut ni ne sera aussi magnifiquement enseveli. Tous les prêtres et les devins sont présents pour célébrer le service funèbre. Je ne pourrais raconter, tant il fut terrible, tant il fut profond, le deuil que firent Priam et la reine. Peu s'en faut qu'elle ne meure de douleur : à plusieurs reprises, elle s'évanouit ; elle tord ses mains. Grande est la douleur que manifeste Polydamas et tout aussi grandes celles d'Anténor, d'Énée et de tous les autres membres de la famille comme des étrangers. Jamais, depuis que la cité fut construite, il n'y eut, sachez-le, aussi vive douleur. Tous ceux qui sont là sont plongés dans l'affliction.

Mais celui qui voit la douleur d'Hélène peut bien dire qu'elle est plus que tout autre éplorée. Personne, jamais, ne fut si affligé. À maintes reprises elle regrette la prouesse, la beauté, la valeur de Pâris.

« Mon seigneur, mon doux ami, s'écrie-t-elle, c'est dans la douleur, dans les larmes et dans les pleurs que je vais mourir de vous avoir ainsi perdu ! Je vous aimais plus que ma vie. Non vraiment, il n'est pas possible que je vous survive ! Mort, je te supplie de venir me prendre : puisse la terre ne plus me supporter et que jamais n'arrive, par la faute d'une femme, catastrophe pareille à celle que j'ai causée ! Tant de nobles ducs, tant de bons rois, tant de chefs renommés et puissants sont à cause de moi morts et mis en pièces ! Hélas, pourquoi suis-je née et pourquoi ma destinée a-t-elle voulu que par moi le

Bien engendra estrange fruit
Mis pere en mei, quant jo conçui !
C'est granz dolors que unques fui :
A ma neissance vint sor terre   [146c]
Ire e dolor e mortiel guerre,
Del mont cheï e joie e pes.
Ja tiel femme ne nesse mes !
Li cuers me partireit, mon vuel.
Ha ! tante dame ai mise en duel
Dont lur seignor e lur ami
Sunt ja par mei enseveli !
Por mei n'ert ja fete oreisons ;
Sor mei vendront les maldiçons
De cesz qui sunt e qui serunt
E qui el siecle mes nestront.
Lasse ! por quei serai haïe ?
Ce peise mei, que j'oi ainc vie.
Ja ne vousisse estre engendree,
Ce peise mei que ainc fui nee.
En maudite ore comença,
En plus male definera.
Mil muis de sanc de cors vassaus
De chevaliers proz e leiaus
Sunt espandu par m'achaison :
Qui me fera beneïçon ?*
Ce n'iert mie nus hom vivanz.
Que ne m'ocit li reis Prianz,
Qui par mei est vis confunduz
E que ses fiz li ai toluz ?
Par mei se veit deseriter :
Molt me devreit bien desmembrer.
Ecuba, dame, que fareiz ?
De mei coment vos vengereiz ?
Toluz vos ai voz bels enfanz,
Les prouz, les riches, les vaillanz.
Ne fist dame tiel porteüre,
Ne fust dolerose aventure.
Ja mes des qu'a la fin del mont,
De cors de femme tiels n'istront.
Commandez, dame, en quel maniere   [146d]
Ma fins sera ore plus fiere ;
Vengiez vos tost, por Deu, de mei :
Ne voil plus vivre ne ne dei.
Del cors me traient les mameles

monde fût détruit ? Mon père, quand je fus conçue, engendra un bien funeste fruit et c'est une bien triste chose que j'aie vu le jour ! Avec ma naissance, la douleur, la souffrance, la guerre et son cortège de mort ont envahi la terre, la joie et la paix ont quitté ce monde. Que jamais pareille femme ne naisse à nouveau ! Mourir, tel est mon seul désir ! Hélas ! que de femmes j'ai plongées dans l'affliction, qui ont vu, à cause de moi, ensevelir leurs époux et leurs amis ! Jamais on ne priera pour moi, mais à tout jamais je serai maudite des hommes de ce temps et de ceux qui viendront ensuite.

«Hélas ! pourquoi serai-je un objet de haine ? Il m'est pénible d'être venue au monde et j'aurais préféré n'avoir jamais été conçue ! Maudite fut l'heure de ma naissance et plus encore le sera celle de ma mort ! À cause de moi ont été versés plus de mille muids de sang, qui ont coulé des corps valeureux de chevaliers aussi loyaux que braves. Qui me bénira au jour de ma mort ? Personne au monde, jamais. Pourquoi le roi Priam, dont j'ai de son vivant causé la ruine et à qui j'ai ravi ses fils, pourquoi ne me met-il pas à mort ? C'est à cause de moi qu'il se voit ainsi dépouillé de son royaume. Il devrait bien me faire mettre en pièces ! Et vous, dame Hécube, qu'allez-vous faire ? Quelle vengeance prendrez-vous de moi ? Je vous ai ravi vos beaux enfants, si braves, si puissants, si valeureux ! Jamais femme ne conçut si belle lignée, vouée à un si funeste destin, jamais, jusqu'à la fin du monde, femme ne mettra au monde de si beaux enfants. Ordonnez, ma dame, que je meure dans les plus effroyables supplices. Au nom de Dieu, vengez-vous vite de moi : je ne veux, je ne dois plus vivre. Que

22980 Dames, meschines e puceles,
Qui par mei ont perdu lor joie !
En la noble cité de Troie,
Lasse, mar me virent venir !
22984 Ja ne deüssent consentir
Li deu ne la mers ne li vent !
Bien m'i deüst neier torment :
Ce fust granz joie e granz biens,
22988 E granz profiz as Troïens.
Sire Paris, biaus douz amis,
Ne seit vostre esperiz eschis !
Au mien voille sa cumpaignie.
22992 Ja sui je vostre douce amie,
Cele qui por vos se forsene,
Qui riens ne conforte n'asene,*
Cele qui por vos sent la mort,
22996 Cele qui ainc ne vos fist tort,
Ne qui ainc jor de vostre vie
Ne pensa vers vos vilenie,
Cele qui ne desirre rien,
23000 N'autre confort ne autre bien,
Ne mes m'ame o la vostre seit.
A la mort pri qu'el en espleit,
Si la sivra ainz qu'il seit loingz :
23004 Ice sunt or toz mes besoingz,
Ice sunt tuit mi desirier.
Ha ! chaeles, Morz, ne targier,
Vien plus a heit, e si sivrai
23008 Mon ami, que trop demoré ai.
Atendez mei, biaus sire amis,
Tant qu'aie beisié vostre vis,
Vos oilz e vostre bele boche. » [147a]
23012 Autresi tost cum ele i toche,
S'espasmi, si que a grant peine
Eissi de li puis funs n'aleine.
Reide por morte en est levee,
23016 En un chier lit en est portee.
Par maintes feiz se resperist,
Par maintes feiz se respasmist ;
Par maintes feiz se fet mener
23020 Au cors por plaindre e por plorer.
Sovent entre ses braz le prent,
Sovent rechiet el pavement.
De li a l'om plus grant pitié

les dames, les demoiselles, les jeunes filles qui ont à cause de moi perdu toute joie m'arrachent les seins ! Hélas ! c'est pour leur malheur qu'elles me virent arriver dans la noble cité de Troie ! Ni les dieux ni la mer ni les vents n'auraient dû le souffrir ! Une tempête aurait dû me noyer. Ç'aurait été là une grande joie, un grand bonheur, un grand bienfait pour les Troyens ! Seigneur Pâris, mon doux et tendre ami, puisse votre âme ne m'être pas hostile, puisse-t-elle accepter la mienne comme compagne ! C'est moi, votre très douce amie, celle qui pour vous perd la raison, celle que rien désormais ne peut réconforter, à qui tout est indifférent, celle qui pour vous ressent les affres de la mort, celle qui jamais ne vous causa le moindre tort, qui jamais n'eut pensée de vous trahir, celle qui ne désire d'autre réconfort, d'autre bonheur que d'unir son âme à la vôtre. Je prie la mort qu'elle prenne ce soin, car mon âme vous suivra bientôt. C'est là tout ce qu'il me faut, tout ce que je désire. Eh bien, Mort, hâte-toi ! Montre-toi plus empressée : je rejoindrai ainsi mon doux ami. J'ai déjà trop tardé. Mais laissez-moi juste le temps, mon cher et doux seigneur, d'embrasser votre visage, vos yeux, votre belle bouche. »

Dès qu'elle eut embrassé le corps, elle tomba évanouie. Elle respirait à peine et on l'emmena toute raidie, comme morte. On l'allongea sur un lit somptueux. À maintes reprises, elle revint à elle, à maintes reprises elle s'évanouit de nouveau. À maintes reprises elle demande qu'on la mène auprès du corps pour le plaindre et le pleurer. Bien souvent, elle le prend dans ses bras, puis se laisse retomber sur le sol. On la plaint plus encore que

---

22998. Ne pense v.] *A*

Que de Paris l'une mitié.
Mil lermes fist la nuit plorer :
Ne la poeit riens esgarder,
Hom ne femme, jounes ne vielz,
Qu'el ne feïst plorer des ielz.
  Tote la nuit a ce duré.
Quant del jor parut la clarté,
S'a fet Prianz apareillier
Dedenz un temple riche e chier
Fondé en l'enor de Minerve :
Au cors volt que l'on chant e serve,
Car molt par i a grant covent
E molt i a de sainte gent.
Li reis aveit en son tresor*
Un chier sarquel qui n'iert pas d'or,
Ainz ert d'un vert jaspe goté :
Ainc en cest siecle trespassé
Ne fu veüz plus cher vaissel.
Au cors en a l'om fet tumbel.
A son hués l'estoiot li reis :
Aillors gerra, se li Grezeis
Pöent aveir de lui seisine.
Davant l'autel a la devine,
Firent dui mestre d'Orïant [147b]
Quatre lïons trestoz d'un grant,
D'or esmerez tresgiteïz,
E si ne sunt mie petiz.
De sus ont le sarquel asis,
Puis i mistrent le cors Paris,
Bien enbasmé e richement.
Precïos fu lo monument :
Ainc fiz de rei ne jut plus bel.
Li reis Prianz prist son anel –
El dei li mist de la main destre –
E sa corone e son ceptre ;
El chief li asiet la corone,
Beneïçon a s'ame done :
Ne vuelt que Grieu seient seisiz.*
Iluec ot assez brez e criz
E uslemenz e pasmeisons.
Ciment fet o sanc de dragons
Unt pris li mestre plus sené,
Sin unt le sarquel seelé
O une molt chiere plateine,

Pâris et elle fit, cette nuit-là, couler bien des pleurs. Personne, homme ou femme, jeune ou vieux, ne pouvait la regarder sans fondre en larmes.

Ainsi s'écoula la nuit. Lorsque le jour se leva, Priam fit préparer les funérailles dans un temple magnifique, fondé en l'honneur de Minerve. Il ordonna que l'on célèbrât dignement le service funèbre. Il y avait là en effet un couvent important, où vivaient en grand nombre de saintes personnes. Le roi gardait dans son trésor un somptueux sarcophage : il n'était pas en or, mais sculpté dans un jaspe tacheté de vert. Jamais on n'avait vu par le passé cercueil plus somptueux. C'est là que fut déposé le corps de Pâris. Le roi se réservait ce cercueil, mais c'est ailleurs que son cadavre reposera si les Grecs peuvent s'emparer de lui...

Deux maîtres venus d'Orient érigèrent devant l'autel de la puissante déesse quatre lions de même grandeur, sculptés dans l'or fin, et de bonne taille. Ils placèrent dessus le sarcophage et ils y déposèrent le corps de Pâris qui avait été embaumé avec le plus grand soin et les plus précieux aromates. Le monument était somptueux : jamais fils de roi n'eut plus beau tombeau. Le roi Priam prit alors son anneau – il le glissa à la main droite de son fils –, sa couronne et son sceptre ; il plaça la couronne sur la tête de son fils et bénit son âme. Il ne voulait pas en effet que ces insignes tombent un jour aux mains des Grecs. Nombreux furent alors les cris et les pleurs, les hurlements et les pâmoisons.

Les plus sages d'entre les maîtres ont détrempé du ciment fait avec du sang de dragon et ils ont ainsi scellé sur le sarco-

---

23062. ot asis] *A*

23068 De piere qu'om claime jeteine,*
Plus precïose e plus riche
Que calcedoine ne qu'oniche.
Ne sai dire ne reconter
23072 Le duel qui fu a l'enterrer.
Tiel li a dame Heleine fet
E tant i a crïé e bret
Que Prianz e sis parentez
23076 L'en sorent puis merveillos grez.
Molt en fu puis de toz amee
E molt l'en ont puis henoree.
La raïne, ce vos di bien,
23080 L'en ama puis sor tote rien.
Come lor fille la teneient,
A merveilles la cherisseient.
Por ce qu'ainc n'aveient veü   [147c]
23084 Qu'ele eüst lor mal volu
Ne fet regret de son païs
N'amé le prou lor anemis,
Por ce l'ameient autretant
23088 Cum se fust fille au rei Priant.
    Oï avez que j'ai conté,
Qu'asis furent en la cité :
N'osöent les portes ovrir
23092 Ne a bataille hors eissir.
Cil de l'ost ont la vile asise,
Mes li mur ne sunt pas de lise
Ne de paliz ne de terrace ;
23096 De marbre sunt plus plein de glace,
Vert sunt e pers, jaune e vermeil ;
Molt reluisent contre soleil,
Haut sunt e dreit e bataillié :
23100 N'i atendreit lance n'espié.
Chargiez sunt de chaillols cornuz
E de granz pels fentiz aguz.
S'a dedenz tiels vint mil danziaus
23104 Qui bien desfendront les criniaus,
Se il trovent quis i requiere,
Molt voluntiers e sans priere.
Mes ainc n'i ot doné assaut :
23108 Trop sunt li mur espés e haut.
Les tors, li mur, e li donjon
O molt poi de desfensïon
Se tendreient tres qu'a mil anz.

phage une très belle dalle faite d'une pierre qu'on appelle égyptienne et qui est bien plus précieuse que la calcédoine ou l'onyx. Je suis incapable de raconter les manifestations de douleur qui accompagnèrent cet enterrement. La douleur que montra alors Hélène fut telle, elle cria et se lamenta si violemment que Priam et sa famille lui en furent par la suite très reconnaissants. Elle gagna ainsi leurs cœurs et tous la respectèrent. La reine, je vous l'affirme, l'aima plus que tout être au monde. Priam et elle la considéraient comme leur fille et la chérissaient de tout leur cœur. Parce qu'ils avaient bien vu que jamais elle n'avait cherché à leur nuire, que jamais elle n'avait regretté son pays ni ne s'était réjouie des succès de leurs ennemis, tous l'aimaient autant que si elle avait été la fille du roi Priam.

Vous avez donc entendu que les Troyens, comme je vous l'ai conté, étaient assiégés dans leur ville. Ils n'osaient plus ouvrir les portes ni faire de sortie pour se battre. Les Grecs ont mis le siège. Pourtant les murailles de la ville ne sont pas faites de glaise, de boue et de torchis. Elles sont construites dans un marbre plus poli que la glace où s'unissent le vert, le pers, le jaune et le vermeil, et qui rivalise d'éclat avec le soleil. Elles sont élevées, abruptes, pourvues de créneaux. Ni lance ni épieu ne peuvent les atteindre. On y a accumulé des cailloux pointus et de grands pieux fendus, bien aiguisés. Il y a à l'intérieur de la ville vingt mille jeunes gens qui sauront bien défendre les créneaux sans qu'on les en prie si l'ennemi vient les attaquer. Mais les Grecs n'ont jamais donné l'assaut : les murs sont trop épais, trop élevés ; rien qu'avec une poignée d'hommes, tours, murs et donjons pourraient résister mille ans durant. L'armée

23112 Li osz des Griés fu fiers e granz.
Agamennon les fist armer
E par eschieles deviser.
A celz dedenz mandent bataille,
23116 Mes cele feiz lor en funt faille.
Ne vuelt Prianz qu'uns sols s'en isse
A cele feiz, davant qu'il puisse
Aveir esforz a els sofrir, [147d]
23120 Si qu'il les face revertir
As herberges e as chans pleins.
Oiez de qu'il esteit certeins :
D'un secors merveillos et fier,
23124 D'un grant, d'un riche, d'un plenier,
D'un des plus bels qui ainc fust fet.
Oiez que l'estoire retret.

Ce qui terre e mer avirone,*
23128 Si cum la letre dit e sone,
Est Oceanum apelez.
En quatre parz est devisez
Li mondes toz : c'est Orïent,
23132 Meridiés e Occident,
Septentrion ; en ce contient
Le cercle qu'Abisme sostient.
Julius Cesar li senez,*
23136 Qui tant fu saives e discrez,
Fist tot cercher e mesurer.
Soz ciel nen ot terre ne mer,
Ysle, province, pui ne flun,
23140 Ne pople en tot le mont nis un,
Qu'il ne meïssent tot en letre.
Grant chose fu de l'entremetre :
Trente dous anz i demorerent
23144 Cil qui grant peine en endurerent.
Trente mers distrent qu'il aveit,
En tant cum li mondes teneit :
N'en i a plus ne plus ne distrent
23148 Ne, ce sachez, plus n'en escristrent.
Cesz reperent totes a un ;
D'eles reneissent grant li flun

rent les terres avant de se jeter à nouveau dans les mers. Les fleuves ne sont que cinquante-six, sous toute l'étendue du firmament. Il n'y a pas plus de fleuves de première importance ; il existe de nombreuses rivières et de nombreux ruisseaux de moindre importance, mais il n'y a que cinquante-six fleuves, c'est ce que je trouve dans les textes. On a enregistré aussi soixante-douze îles sur lesquelles la vie peut se développer, pas une de plus. Il existe aussi quarante montagnes de première importance : il en existe beaucoup d'autres, mais les auteurs n'en parlent pas et il n'y a que ces quarante qui soient nommément décrites. On a recensé les régions et on en a dénombré soixante-dix : ceux qui parcoururent le monde, n'en trouvèrent pas plus, sachez-le.

(Vv. 23175-23301) : Description des différentes parties du monde sous forme de liste de noms propres.

Les traités et les grands livres d'histoire nous disent que c'est en Orient que se trouve l'Amazonie, un vaste royaume. Écoutez ce que nous lisons dans ces livres.

Cette terre est entièrement peuplée de femmes et jamais un être du sexe masculin ne pénétrera sur toute son étendue. À ce que disent nos auteurs, à proximité de ce royaume il y a une île assez grande : elle a au moins soixante lieues de large et elle abonde en arbres rares et en plantes aux vertus particulières. Cette île est plate, sans le moindre escarpement : elle est très opulente et très belle. Lorsque revient le printemps, les Amazones s'y rendent. Elles revêtent de belles et riches parures. Leurs vêtements, somptueux, faits en soie tissée de fils

De dras de seie a or batuz.
23322 Noblement unt les cors vestuz.
Tant tost cum avrils est entrez
De ci que juing s'en est alez,
I sunt a joie e a sejor.
23326 Li home des regnes entor
Vienent a eles, c'est lur us.
Treis meis i sunt e neient plus :
A molt grant joie les receivent ;
23330 Adoncs enpreignent e conceivent.
Les plus beles, les plus preisees
N'i sunt eües n'atochees
Si de celz non qui unt valor
23334 E qui plus unt pris e henor :
Li plus vaillant as plus vaillanz. [149b]
Iluec aportent les enfanz
Qui masles sunt e d'eles né ;
23338 As peres sunt iluec doné,
Que ja un sol n'en retendront
Ne plus d'un an nel norrirront.
Mes les puceles bien norrissent.
23342 E quant avient qu'il departissent,
Tot l'an sunt puis, ja de lor oilz
Hom ne verront, jovne ni vielz.
S'en lur terre meteit les piez,
23346 Senpres sereit toz detrenchiez.
D'eles i a molt grant partie
Que ja a nul jor de lor vie
Ne seront d'omes adesees
23350 Ne ja n'erent despucelees.
Armes portent, molt sunt vaillanz
E ardies e cumbatanz,
E en toz lués en sunt preisees.
23354 Avenu est mainte fïees
Qu'isseient hors de lor païs,
Armes porter por avoir pris.

d'or, leur donnent noble allure. Du début du mois d'avril jusqu'à la fin de juin, elles séjournent dans l'île et y vivent dans la joie. Les hommes des terres d'alentour viennent les voir : telle est leur coutume. Elles ne passent pas plus de trois mois dans cette île où elles font le meilleur accueil aux hommes. Alors elles sont fécondées et conçoivent. Les plus belles d'entre elles, les plus estimées, ne s'unissent qu'aux hommes qui sont les plus valeureux, les plus renommés et les plus estimés : ainsi la valeur s'accorde à la valeur. Les enfants mâles qu'elles mettent au monde, elles les ramènent ensuite dans l'île et ils sont alors remis à leurs pères. Elles n'en garderont pas un seul et ne les élèveront pas au-delà d'un an. Mais les filles, elles les élèvent avec soin. Lorsque les hommes quittent l'île, il se passe un an sans sans qu'elles puissent voir un homme quel qu'il soit, jeune ou vieux. Si l'un d'entre eux pénétrait dans leur royaume, il serait aussitôt mis en pièces. Parmi ces femmes, il y en a un grand nombre qui ne connaîtront jamais d'homme et resteront vierges. Celles-ci sont vouées aux armes et ce sont des guerrières pleines de vaillance, d'audace et d'ardeur au combat. Leur réputation est grande en tous lieux. À plusieurs reprises elles sont sorties de leur pays : c'est pour conquérir la gloire qu'elles se battent.

En icel terme e en cesz anz
23358 Que cist sieges esteit si granz
A Troie, esteit en lur contree
La raïne Panteselee,
Prouz e ardie e bele e sage,
23362 De grant valor, de haut parage ;
Molt iert preisee e henoree,
De li esteit granz renomee.
Por Hector que voleit veeir*
23366 E por pris conquerre e aveir,
S'esmut a venir au secors.
Molt furent riche ses ators,
Molt amena noble cumpaigne,
23370 Fiere e hardië e grifaigne :
Mil damaiseles adurees, [149c]
Forz e aidanz, bien atornees
De bons chevals arrabieis ;
23374 Molt par orent riche herneis.
Tant errerent par lor jornees
E trespasserent des contrees
Qu'a Troie vindrent : c'ert mestiers !
23378 Dous meis e plus trestoz entiers
Aveient Grieu sis as portaus,
Que n'en esteit issuz vassaus.
Prianz n'i laissot porte ovrir,
23382 Qu'il les atendeit a venir.
Quant noncié fu Panteselee
La dolorose destinee,
Qu'Ector ert morz, molt l'en pesa :
23386 Un si fet duel en demena
Que rien ne vit ainc si grant faire ;
Por poi ne se mist el repaire.
Bien ert seü qu'ele l'amast
23390 Se fust qu'en vie le trovast.
Troïen sorent sa venue.
Contre li est lor genz eissue :
Li reis Prianz lur fet grant joie
23394 E tuit icil qui sunt a Troie.
      Pantaselee grant duel fet
Quant li reis li dit e retret

LA VINGT ET UNIÈME BATAILLE
(vv. 23357-23780)

Exploits de Penthésilée

À l'époque où se déroulait le grand siège de Troie, la reine de l'Amazonie était Penthésilée. Elle était vaillante et audacieuse, belle et sage, de grande valeur, de haute noblesse, très estimée et très respectée. Sa renommée était immense. Parce qu'elle voulait voir Hector et parce qu'elle voulait se couvrir de gloire, elle sortit de son royaume pour lui apporter son aide. Son équipement était somptueux et la troupe qu'elle conduisait était considérable, composée de fières et redoutables guerrières pleines d'audace. Il y avait là mille jeunes filles endurcies aux combats, résistantes, braves et fort bien armées, montées sur de bons chevaux arabes. Leurs équipements étaient magnifiques. Elles chevauchèrent longtemps et traversèrent bien des pays avant d'arriver à Troie. Il était grand temps ! Il y avait plus de deux mois que les Grecs assiégeaient les portes de la ville d'où nul guerrier n'était sorti. Priam, qui attendait ce renfort, ne laissait ouvrir aucune des portes. Quand on apprit à Penthésilée la triste nouvelle de la mort d'Hector, elle en fut profondément peinée. La douleur qu'elle manifesta dépassa toutes celles que l'on vit jamais. Peu s'en fallut qu'elle ne repartît. Et l'on comprit bien alors qu'elle l'aurait aimé si elle l'avait trouvé encore en vie. Lorsqu'ils apprirent son arrivée, les Troyens envoyèrent leurs hommes à sa rencontre. Le roi Priam et tous les habitants de la ville l'accueillirent avec de grandes manifestations de joie.

Penthésilée montra une vive douleur lorsque le roi Priam lui

23365. veir

Son duel e son grant desconfort
23398 E cum si fill esteient mort.
« Sire, dist la franche reïne,
Trop a ici fiere destine !
Ainc mes tiel perte ne fu feite.
23402 Sachez de veir, molt me desheite
Que je Hector ne truis en vie.
Toz jors en serai mes marrie :
Plus l'amöe que rien vivant.
23406 La perte de lui est trop grant,
Mes en ce n'a mes recovrer. [149d]
Faites vos genz apareiller,
S'irons la hors as Grieus parler :
23410 Des qu'a poi lur voudrai monstrer
Quels puceles je mein o mei
E qu'eles valent en tornei.
Duel ai d'Ector sor tote rien ;
23414 Encui s'en apercevront bien.
Sa mort lur farai comparer :
Ja ne s'en savront si garder. »
    Que vos ireie porloignant ?
23418 Semondre a fet li reis Priant
Totes ses genz, q'uns n'i remaigne.
La ot atachié mainte enseigne
E maint penon en fusz planez.
23422 Tote s'estormist la citez,
Par tot s'armerent comunal.
La ot covert maint buen cheval.
Lor eschieles unt devisees
23426 En unes places granz e lees.*
23429 Un hauzberc vest Panteselee,
23430 Plus blanc que neif de sus gelee :
Onques nus hom, ce sai de veir,
Si bel arme ne pot veeir.
Dous puceles molt henorees
23434 E de lur dame molt amees
Li unt son hiaume el chef asis.
Riches dut estre e de grant pris,
Car li cercles e li nasaus
23438 Fu tot a pieres precïaus ;
Ainc n'ot si cher prince ne rei.
En un cheval d'Espaigne bei,
Plus grant, plus fort e plus vaillant
23442 D'autres chevaus e plus corant,

dit sa peine et son accablement et lui expliqua comment ses fils avaient trouvé la mort.

« Seigneur, dit la noble reine, ce destin est vraiment trop cruel! Jamais pareille perte n'arriva! En vérité, sachez-le, je suis très affligée de ne pas trouver Hector vivant! J'en serai à tout jamais malheureuse, car je l'aimais plus que tout au monde. Cette perte est immense, pourtant elle est irréversible. Faites donc armer vos hommes et nous irons parler aux Grecs là dehors : je veux très vite leur montrer ce que sont ces jeunes filles que je mène au combat et ce qu'elles valent dans les batailles. La mort d'Hector m'afflige plus que tout : les Grecs auront dès aujourd'hui l'occasion de s'en apercevoir, et je la leur ferai payer cher ; rien ne saura les protéger. »

Pourquoi vous faire languir plus longtemps ? Le roi Priam a convoqué tous ses hommes : nul ne doit s'abstenir. Maintes enseignes et maints pennons furent alors fixés aux bois polis des lances. La cité tout entière s'ébranla. Tous, partout, prirent leurs armes. Maints bons chevaux furent couverts de leurs housses et les corps de bataille furent mis en place sur une grande et vaste place. Penthésilée revêtit un haubert plus blanc que la neige sur la terre gelée. Personne, je le sais, ne put jamais voir guerrier si bien armé. Deux jeunes filles de grande renommée et très aimées de leur maîtresse lui ont mis son heaume. Il était vraiment magnifique et de très grand prix, car le cercle et le nasal en étaient entièrement incrustés de pierres précieuses. Jamais roi ni prince n'en eut de si riche. Pleine de fureur et de ressentiment, la reine est promptement montée sur un cheval d'Espagne à la robe baie, plus grand, plus fort, plus

Est montee delivrement,
Pleine d'ire e de mal talent.
Coverz fu toz d'un drap de seie [150a]
23446 Qui plus qui flor de lis blancheie.
Cent eschilletes cler sonanz,
Petites, d'or, non mie granz,
I atachent. Sans plus targier
23450 A ceint le brant forbi d'acier
Dom el ferra granz coups maneis.
Un fort escu plus blanc que neis
O une bocle de fin or –
23454 Orlé de pieres tuit li bor,
De buens rubins clers e ardanz
E d'esmeraldes verdeianz –,
Par la guige d'orfreis l'a pris ;
23458 Si l'a au col serré e mis.
Une lance de fust freisnin
O un trenchant fer acerin
Li a bailee une pucele,
23462 O une enseigne fresche e bele.
Hastivement, sans demorer,
A fet sa meisnee monter :
Mil sunt e plus ; n'i a pas dis
23466 Qui bien n'aient armez les vis
E toz les cors e les costez.
Sor les haubers tresliz safrez
Sunt lor biaus crins toz detreciez,
23470 Si reluisanz e si pignez
Que fins ors resenblast oscurs.
O hardiz cors e o seürs
Chevauchent dreit vers les portax,
23474 Les escuz pris, sor les chevaus.
Puis que li mondes commença
Ne ja mes tant cum il durra,
Ne verra nus hom tiel conpaigne :
23478 N'i a une qui n'ait enseigne
E grosse lance o fer d'acier.
Molt oïsseiz les deus prier
As gentis dames henorees [150b]
23482 Qui de la vile esteient nees,
Qu'il les desfendissent le jor
De mort, de perte e de dolor.

Armement de Penthésilée

robuste et plus rapide que tout autre. Il était entièrement couvert d'une housse de soie blanche dont l'éclat surpassait celui du lis. On y fixa cent clochettes au son clair, plutôt petites, tout en or. Sans plus attendre, Penthésilée a ceint son épée d'acier avec laquelle elle va tout aussitôt frapper de rudes coups.

Son écu – un écu solide, plus blanc que neige, avec une boucle d'or pur et tout entier bordé de pierres précieuses, de beaux rubis brillant de tous leurs feux et d'émeraudes d'un vert étincelant –, elle l'a pris par la courroie d'orfroi et l'a bien serré contre son cou. Une jeune fille lui a tendu une lance en bois de frêne au fer d'acier tranchant où était fixée une belle enseigne toute neuve. Tout aussitôt, sans plus attendre, elle a donné ordre à sa troupe de monter en selle. Elles sont là, plus de mille. Il n'y en a pas dix qui ne soient entièrement armées, visage, flancs, corps tout entier bien protégés. Elles ont laissé flotter sur leurs robustes hauberts couverts de safre leurs beaux cheveux si bien peignés et si brillants que l'or pur, en comparaison, perdrait tout éclat. Pleines d'audace et d'assurance, elles chevauchent droit vers les portes, leurs écus serrés. Jamais, depuis l'origine du monde et tant qu'il durera, on ne vit ni on ne verra aussi belle troupe. Pas une qui n'ait enseigne et lance solide, munie d'un fer d'acier. Que de prières adressées aux dieux par les nobles dames de la cité de Troie pour qu'en ce jour ils protègent ces guerrières et leur épargnent mort, pertes et tourments.

Vv. 23485-23592 : Affrontement entre les Grecs et les Troyens.

Recul des Grecs
Adoncs avint Panteselee

O sa gent estreite e serree,
Qui molt est fiere e cumbatanz.
Li bruiz des lances i est granz.
Haut s'escrient a l'avenir,
Mes soz ciel n'est riens a oïr
Avers eles : lai de Breton,*
Harpe, viele n'autre son
N'est se plors non avers lor criz.
Sor les escuz peinz a verniz
Vont Grezeis ferir sans demore :
Tant en abatent en poi d'ore
Que toz en covre li herbeiz.
Des ore enforce li torneiz :
En mi les ventres les ateignent
Si que des arçons les enpeignent
E si que les granz fuz planez
Lor remeinent par les costez.
Quant les lances sunt debrisees,
Si unt les espees sachees,
Dont eles fierent coups molt fiers.
Ci ot traïn de chevaliers !
Ci ot si fet abateïz
E si angoissous chapleïz
Que riens nel poïst pas sofrir !
Ce vos puis dire sans mentir
Que cil de hors sunt si branlé
Qu'a peine puis sunt aresté.
Merveilles fet Panteselee :
Ja n'i ferra coup de l'espee
Q'un n'en ocie. Mes griefment
Li remaumetent Grieus sa gent.
  O Menelaus josta la bele,
Envers le mist jus de la sele.
Au meinz en ot le milsoldor ;
Maint en i gaaigna le jor.
Ele e Dïomedés josterent.
De plein eslés tiels se donerent*
Que d'escu n'ot ainc puis seisine :
Voler le li fist la raïne.
Soz lui s'aarbra le destrier,*
Molt par fu pres del trebuchier :
Coneü a bien sa visteice

Recul des Grecs

Penthésilée arriva alors à la tête de ses guerrières formées en rangs serrés, pleines d'audace et d'ardeur au combat. C'est une véritable forêt de lances ! En marchant au combat, elles poussent un cri de guerre dont la sonorité n'a pas d'égale : les lais que chantent les Bretons, le son de la harpe, de la vielle, ou d'autres encore, ne sont que gémissements en comparaison. Puis, tout aussitôt, elles frappent les Grecs sur leurs écus vernissés. En peu de temps, elles en ont abattu un si grand nombre que la plaine herbeuse en est toute jonchée. La mêlée désormais bat son plein. Elles frappent leurs adversaires au ventre, si bien qu'elles les désarçonnent et que les gros bois de lance polis restent fichés dans les flancs de leurs ennemis. Quand leurs lances sont brisées, elles dégainent leurs épées avec lesquelles elles assènent des coups féroces. Que de chevaliers traînés ! Quel carnage ! Quels coups meurtriers, auxquels personne ne peut résister ! Les assiégeants sont si ébranlés, je peux bien vous le certifier, qu'ils ont peine à maintenir leurs positions. Penthésilée multiplie les exploits. Tous ceux qu'elle frappe de son épée, elle les tue. Les Grecs cependant infligent à ses troupes des pertes sévères.

La belle jouta avec Ménélas et le désarçonna. Elle conquit au moins son cheval, de grand prix, et ce jour-là elle en gagna beaucoup d'autres. Puis elle jouta avec Diomède. Tous deux s'attaquèrent avec tant de violence que Diomède perdit son écu : la reine le lui fit voler. Le destrier de Diomède se cabra sous lui et peu s'en fallut qu'il ne tombât. Il a ainsi bien éprouvé par lui-même quelles étaient la rapidité, la force et la

550　　　　　　　　*Le Roman de Troie*

²³⁶³⁸ E sa vertu e sa pröece.
　　Redotee est en petit d'ore.
　　Es greignors presses lur cort sore,
　　Sovent lur fet müer estaus
²³⁶⁴² E guerpir seles e chevaus.
　　Bien li aïdent ses puceles :
　　Sanc i espandent e cerveles ;
　　Toz les conreiz funt trere ariere.
²³⁶⁴⁶ Si vos di bien que la poudriere
　　Est de sanc vermeil destenpree.
　　Rei Thelamon molt desagree
　　Ce qui il veit ; ne puet sofrir :
²³⁶⁵⁰ Panteselee vait ferir.
　　Souprise l'a, ne le vit pas,
　　Jus l'abati en mi le tas ;
　　Puis met la main au branc d'acier,
²³⁶⁵⁴ En mi eles se vet plongier.
　　A treis en fet les chés voler,
　　Mes molt le dut cher conparer,
　　Qu'abatu l'ont de son destrer ;
²³⁶⁵⁸ Par quenze lius funt raier*
　　Le sanc del cors par mi la broine.
　　Ci li dut creistre tiel essoine
　　Qu'o l'aïde Filemenis
²³⁶⁶² L'en menöent entr'eles pris,
　　A peine puet secors aveir.　　　　　　　　　[151c]
　　Mes par force e par estoveir
　　Le lor toli Dïomedés,
²³⁶⁶⁶ Qui d'armes i sofri tel fes
　　Que onques puis qui il fu nez
　　Ne fu en estor si grevez.
　　Anceis qui il fust departiz,
²³⁶⁷⁰ En i ot tant des espasmiz
　　Que l'om n'en sot le nonbre dire.
　　Ainc si fet duel ne tiel martire
　　Ne vit rien nee de ses oilz.
²³⁶⁷⁴ Des ore covient baissier l'orgoilz.
　　　　Panteselee se rescrie,
　　O ses puceles se ralie,
　　Puis lur chevauche de rechief.
²³⁶⁷⁸ Adoncs i ot estor molt grief
　　E grant bataille tote jor ;
　　Ensi cum reconte l'autor,
　　Par l'esforz des Amazoneises,

prouesse de la reine. En peu de temps Penthésilée sème la terreur. Là où les guerriers sont les plus nombreux, c'est là qu'elle attaque. Bien souvent elle leur fait quitter la place, vider la selle et abandonner leurs chevaux. Ses compagnes lui apportent une aide efficace : elles répandent sang et cervelles, elles font reculer tous les corps de troupe. La poussière du champ de bataille est, je vous le dis, tout imprégnée de sang vermeil. Ce spectacle ne plaît guère au roi Télamon, il ne peut plus le supporter : il va donc frapper Penthésilée. Il l'a touchée par surprise, car elle ne l'avait pas vu s'approcher et il l'a abattue en pleine mêlée. Il dégaine alors son épée d'acier et plonge dans les rangs des guerrières. À trois d'entre elles il fait voler la tête, mais il va le payer cher. Les autres l'ont en effet jeté à bas de son cheval et, en quinze endroits, elles font jaillir le sang de son corps à travers la cuirasse. Il était déjà en bien mauvaise posture : avec l'aide de Philéménis, elles l'emmenaient prisonnier, et il aurait été bien difficilement secouru. Diomède cependant vint leur arracher le roi de vive force. Mais il dut supporter de tels assauts que jamais, depuis sa naissance, il n'avait connu combat si pénible. Avant que celui-ci ait pris fin, il y avait un tel amas de guerriers évanouis qu'on ne pouvait les dénombrer. Jamais personne ne vit de ses propres yeux pareil champ de douleur et de supplice. Il faut maintenant que diminue ce déchaînement de violence.

Penthésilée pousse de nouveau son cri de guerre et rallie ses compagnes. Elle se porte de nouveau contre les Grecs. La mêlée recommence et, tout le jour, la bataille fait rage. Mais, comme le dit l'Auteur, les troupes des Amazones, ces très

Dé franches puceles corteises,
Furent Grieu si estouteié
E si leidi e si plaïé
E tant perdirent de lor gent
Que sans autre recovrement,
Lur estut la vile guerpir
E as herberges revertir,
Molt leidi e molt desconfit.
Se la nuiz ne preïst respit,*
De la bataille mal estast :
Ja piez des Grieus n'en eschapast.
La raïne Panteselee
Lor a molt bien l'ire monstree
Qu'il a d'Ector. Comparé l'unt
E plus, s'el puet, le comperront.
Sachez, ensi cum nos lisons,
Pris les eüst es paveillons, [151d]
Morz e vencuz e detrenchiez,
Que ja n'en estorsist uns piez
E les nés arses tot li plus,
Ne fust sols li fiz Tideüs.
Mes il sis cors le lor toli,
Qui grant fes d'armes i sofri.
Ja n'avront mes o li sejor.
Ainz qu'il partissent de l'estor,
Fu vespres bas e nuiz procheine :
Assez orent trevail e peine.
Li Troïen ò lor conreiz,
Le peti pas serré estreiz,
Entrerent enz ; molt l'unt bien fet.
De trestoz fu dit e retret
Que la reïne, sans desdit
Qui fust de grant ne de petit,
Aveit le pris de cel jornal,
Si que li dui meillor vassal
N'aveient d'els fet tant d'esforz
Ne tant des lor ocis e morz,
Cum la raïne solement.
La nuit li firent maint present,
Molt l'unt joïe e henoree ;
Cele nuit l'ont bien celebree
E fet ses bons e ses talanz.
Toz cuide estre rescos Prianz
Par li e par la söe gent.

nobles et très courtoises jeunes filles, accablèrent tant les Grecs, leur infligèrent de telles pertes, de telles blessures et tuèrent tant des leurs qu'incapables de résister, ils durent abandonner le siège et revenir à leur camp, bien malmenés et bien abattus. Si la nuit ne leur avait procuré un répit, cette journée leur aurait été fatale : pas un n'en aurait réchappé. La reine Penthésilée leur a bien montré la douleur que lui causait la mort d'Hector. Ils l'ont payé cher et le payeront plus cher encore si elle le peut. Sachez en effet que nous lisons dans notre source qu'elle les aurait capturés dans leur camp, mis en pièces et tués, que pas un n'aurait pu en réchapper et qu'elle aurait fait brûler la quasi-totalité de leurs vaisseaux sans l'intervention du fils de Tydée. Lui seul empêcha le désastre, au prix d'héroïques faits d'armes. Désormais, les Troyens le trouveront toujours en face d'eux.

Le soir tombait, la nuit était proche lorsqu'on abandonna finalement le combat. Que de peines et de souffrances endurées ce jour-là ! Les Troyens et leurs troupes rentrèrent au pas dans la ville, en rangs bien serrés. Ils se sont bien battus. Mais tous, petits et grands, s'accordèrent pour dire que, sans conteste possible, la reine Penthésilée devait avoir le prix de cette journée : les deux meilleurs guerriers de la ville n'avaient pas fait autant de prouesses ni tué autant d'ennemis que la reine, et à elle seule. Cette nuit-là, ils la comblèrent de présents et lui firent de grandes démonstrations de joie et d'honneur. Cette nuit-là, ils ont chanté ses louanges et exaucé ses moindres désirs. Priam est persuadé que, grâce à elle et à ses guerrières, il est sauvé. Il

23726 Entre ses braz l'acole e prent,
Merciz li rent, tot sei li done
E quant qu'il a li abandone.
Molt li fet grant pitié li vielz,
23730 Car tendrement plore des oilz
De ses fiz e de sen damage ;
E cele, come prouz e sage,
Le conforte molt bonement.
23734 La nuit jurent seürement
En la cité. Mes l'ost grezeis   [152a]
Fu en crieme e en grant soupeis
Qu'il ne seient l'endemein pris
23738 E par asaut del tot conquis.
Esgardé ont qu'els paveillons
Sera tant lor desfensïons
Que Menelaus seit repairiez
23742 De la ou il iert enveiez
E que li fiz Achillés vienge.
N'i a nul d'els qui ne s'en crienge.
    Cele nuit se sunt bien garni,
23746 E quant li jors lur esclarci,
Si se rarmerent cil dedenz ;
Hors s'en eissi tote lur genz.
Lor conreiz ont bien devisez.
23750 Ainz que li soleilz fust levez,
Furent il pres des paveillons.
Quant Grieu virent les confenons
E les cunpaignes avenir,
23754 Lur armes sunt alé seisir.
Desfendront sei, o autrement
Lor ira ja trop malement.
Devant les tentes se rengierent,
23758 E cil de Troie les requierent,
Quis vont ferir sans autre esgart.
La volent saiete e dart,
La ot criz hauz, durs e mortaus,
23762 La ot detrenchiez mainz vassaus,
La furent Grieu requis a mort,
Mes molt par se desfendent fort :
Il perdent molt, mes neporquant
23766 Sil compere la gent Priant.
Li asauz fu molt granz e fiers,
Tant cum li jors dura entiers.
    La reïne de Femenie

la prend et la serre dans ses bras, il lui rend grâce, il se déclare sien et lui abandonne tout ce qu'il possède. Ce vieillard, qui pleure si pitoyablement sur ses fils, sur sa ruine, excite la compassion de Penthésilée et cette noble et sage reine le réconforte tendrement. Cette nuit-là, dans la ville, ils dormirent tranquillement. Mais les Grecs redoutaient énormément d'être attaqués le lendemain matin et pris d'assaut. Il décidèrent donc de se retrancher dans leur camp jusqu'à ce que Ménélas revienne de là où il a été envoyé et qu'arrive le fils d'Achille. Pas un seul qui ne cède à la crainte.

Cette nuit-là, ils ont bien fortifié leur camp. Lorsque le jour se leva, les Troyens reprirent les armes et tous les guerriers sortirent de la ville. Ils répartirent soigneusement les corps d'armée. Avant le lever du soleil, ils étaient près du camp. Lorsque les Grecs virent les enseignes, lorsqu'ils virent les troupes s'approcher, ils prirent rapidement leurs armes. Il leur faudra en effet se défendre ; sinon, ils courront à leur perte. Ils se mirent donc en ordre de bataille devant les tentes tandis qu'approchaient les Troyens qui vinrent les attaquer sans plus attendre. C'est alors que volent flèches et dards ; c'est alors que s'élèvent des hurlements lourds et funèbres, que maints guerriers sont massacrés. Ce jour-là, les Grecs subirent de mortels assauts, mais ils se défendirent avec acharnement. Leurs pertes furent sévères, mais les Troyens eux aussi payèrent un lourd tribut. Tout le jour, la bataille fut terrible et acharnée.

23770 Lur i a fet mainte envaïe.
Entre li e ses damaiseles
Lur funt oïr males noveles.
Par maintes feiz les derompeient
23774 De la ou il se desfendeient.
Ainc tiel dolor genz ne sofrirent
Ne si fete perte ne firent !
Icist assauz e cist martire
23778 Lur a duré trestot a tire
Tant que Menelaus reverti :
Ainc un sol jor ne lor failli.

    Li fiz Achillés veit l'ovraigne
24072 E la bataille qui engraigne :
Celui guerpi qu'il teneit pris.
D'ire e de maltalant espris,
Reprent l'escu par les enarmes ;
24076 Je cuit ja lor fera tiels charmes
Dont les costez lur segneront.
Toz les suens escrie e semont :
« Tornez, fait il, franc chevalier !
24080 Trop vos laissiez estouteier !
Ce sunt femmes, ce m'est avis,
Qui ci vos tolent voz amis,
Voz cumpaignons, les biaus, les prouz !
24084 Mes se n'en est lor li desoz,
Ja mes ne quier armes porter.
Enuier nos deit e peser
Quant femmes vers nos tienent place. »
24088 Pantaselee ot la manace.*
A poi l'en est, petit le crient :
« Vassal, fet ele, se devient,
Tu cuides que nos seions tels
24092 Cum autres femmes comunels,
Qui les cors ont veins e legiers.
Ce n'est mie nostre mestiers :

À plusieurs reprises la reine de Féminie a attaqué les Grecs. Ses compagnes et elle leur en font voir de toutes les couleurs ! À plusieurs reprises, elles ont rompu les lignes de défense de leurs ennemis. Jamais combattants n'endurèrent pareils tourments et ne subirent de telles pertes ! Et ces assauts, ces supplices se renouvelèrent chaque jour, sans le moindre répit, jusqu'au retour de Ménélas.

Vv. 23781-24070 : Arrivée de Pyrrhus qui est armé chevalier avec les armes de son père et reprise des hostilités. Nouveaux exploits de Penthésilée et des Amazones au cours de la vingt-deuxième bataille. La reine vient au secours de Philéménis et attaque les Myrmidons.

LA FIN DE LA VINGT-DEUXIÈME BATAILLE
(vv. 24071-24271)

Le fils d'Achille voit les exploits qu'accomplit Penthésilée et il se rend compte que la bataille se fait plus acharnée : il lâche alors le guerrier qu'il tenait. Plein de fureur et de colère, il reprend son écu par la courroie : il va bientôt jeter aux guerrières un sort tel, à ce que je crois, que leurs flancs seront tout rouges de sang. Il rappelle les siens et les exhorte :

« Faites front, leur dit-il, nobles chevaliers ! Vous vous laissez trop abattre ! Ce sont des femmes, à ce que je vois, qui vous ravissent ainsi vos amis, vos compagnons si beaux, si preux ! Mais si elles n'ont pas bientôt le dessous, je renonce pour toujours à porter les armes. Comment pouvons-nous supporter que des femmes nous disputent ainsi la place ? »

Penthésilée entend ses menaces. Elle n'en tient guère compte, elle le redoute fort peu :

« Chevalier, lui dit-elle, tu t'imagines sans doute que nous sommes pareilles aux autres femmes, que nous sommes des êtres sans force et sans résistance. Tel n'est pas le cas : nous

Puceles somes, n'avons cure [154c]
24096 De malvestié ne de luxure.
Le renne qui nos apartient
Desfendons si que rien ne crient ;
N'est peceiez, ars ne maumis.
24100 Porter armes por aveir pris
Somes a cest secors venues.
N'est mie del tot sans aiües
Qui mes cumpaignes a e mei !
24104 E, si come je pens e crei,
Tu savras, ainz que cest jor faille,
De que nos servons en bataille.
A tei e a la töe gent
24108 Vendrai encui mon mautalant.
Por Achillés cui tu es fiz,
Qui a Priant a mort sis fiz,
Hector le prou e le vaillant
24112 Qui de son cors par valeit tant
Qu'en tot le siecle trespassé
Ne fu ainc nus de sa bonté,
Dont ai dolor, ire e pesance,
24116 Tei desfie de mort ma lance.
Ja savras bien, se je t'ateing,
S'est a certes o je me feing. »
N'i ot ainc puis autre devise.
24120 L'escu seisi, la lance a prise,
Puis let aler de plein eslés ;
E Pirrus, li fiz Achillés,
De molt grant ire la receit.
24124 Par mi les escuz, bien a dreit,
Se ferirent de tiel haïr
Cum li cheval porent venir.
Les es fendirent e percierent
24128 E les forz broignes desmaillierent.
Lez les costez passent les fers :
Bien i sunt aparant les mers,
Car li sans toz chauz e vermeilz [154d]
24132 Lur file de ci qu'as orteilz.
Les broignes sunt ensi fausees
Qu'outre passent ensanglentees
Les enseignes de dras de seie.
24136 E la lance Pirrus peceie :
Sus contremont en sunt volé
Li grant esclat del fust plané.

sommes vierges, nous ignorons le vice et la luxure. Notre royaume, nous le défendons si bien qu'il ne redoute personne : il n'est ni ravagé, ni brûlé, ni pillé. Nous sommes venues au secours des Troyens pour nous couvrir de gloire. Il n'est pas vraiment dépourvu d'aide celui qui a à ses côtés mes compagnes et moi-même ! Et, comme je le pense, comme je le crois, tu sauras toi aussi, avant la fin de ce jour, comment nous savons nous comporter au combat. Aujourd'hui même j'assouvirai ma fureur sur tes hommes et sur toi. En lieu et place d'Achille, cet Achille dont tu es le fils et qui a tué à Priam son fils, le preux, le vaillant Hector, cet être dont la valeur reste inégalée et dont la mort m'a remplie de douleur, de colère et d'affliction, en lieu et place d'Achille donc, ma lance te jette un défi mortel. Tu sauras bien, si je t'atteins, si c'est pour de bon ou si je me dérobe ! »

Sans attendre davantage, elle saisit écu et lance et chevauche contre lui à bride abattue. Plein de fureur, Pyrrhus, le fils d'Achille, fait front. Ils se heurtèrent, écu contre écu, de toute la force de leurs chevaux. Ils fendirent et percèrent les bois des écus et rompirent les mailles de leurs cuirasses. Les fers des lances entament les flancs et y laissent leurs traces : le sang chaud et vermeil vient couler jusque sur leurs pieds et les cuirasses sont si disjointes que les enseignes de soie, tout ensanglantées, sortent par-derrière. La lance de Pyrrhus se brise : les grands morceaux de bois poli volent en éclats dans

Bien le renpeint Panteselee,
24140 Si que de la sele doree
Le sozlievë e porte jus.
En piez est resailliz Pirrus :
O le brant nu li corut sore,
24144 Treis coups la fiert en molt poi d'ore.
E cele reteinst si a lui*
Que, ce sachez, si cum je cui,
Se la presse nes departist,
24148 Legierement li mescheïst.

   Por la joste sorst grant meslee,
Grant contençon, grant asenblee.
Mirmidoneis unt remonté
24152 Pirrus le novel adobé,
Lor naturel seignor novel.
Molt sunt joiant, molt lor est bel
De ce qu'ensi hardiement,
24156 Si bien e si proosement
Fet, veiant els, chevalerie.
Ci ot mainte lance croissie
En hardi cors de chevalier ;
24160 Ici fu l'estor si plenier
Qu'Agamennon i est venuz
Ou plus de trente mil escuz,
E Dïomedés ensement,
24164 Qui molt i amena grant gent.
Lor duc, lor amiraut, lor rei,
Lor batailles e lor conrei,
Tote lor force s'i aüne :   [155a]
24168 Mes hui iert bien l'ovre comune.
La raïne de Feminie
Ra jostee sa cumpaignie.
Hastivement a fet monter
24172 Fillemenis d'outre la mer :*
Bon gré l'en sot, molt l'en mercie,
Dit qu'el li a rendu la vie.
Ses genz restreinst environ sei :
24176 Ja i avra pesme tornei.

   Polidamas i rest venuz,
Qui longuement s'iert cumbatuz
As jués Thelamon Aïaus :
24180 Grant planté rot de bons vassaus.
Remus, li reis de Cisonie,
Fu o iceste cumpaignie.

les airs. Penthésilée à son tour frappe le guerrier avec une force telle qu'elle le soulève de la selle dorée et le jette à terre. Mais Pyrrhus s'est remis debout. Il lui court sus, l'épée dégainée et, sans désemparer, il la frappe à trois reprises. La reine cependant riposte, sachez-le, avec tant de vigueur que, même si la foule des guerriers n'avait alors séparé les combattants, elle n'aurait guère été, j'en suis sûr, en difficulté.

La joute se transforme en mêlée acharnée où se pressent et s'affrontent les combattants. Les Myrmidons ont remis en selle Pyrrhus, le nouveau chevalier, leur nouveau seigneur. Ils sont heureux, ils sont ravis de voir qu'il accomplit sous leurs yeux de tels exploits, qu'il fait preuve de tant d'audace et de prouesse. Bien des lances alors se brisèrent dans les corps de chevaliers pleins de hardiesse, mais plus général encore devint le combat lorsque fut arrivé Agamemnon avec plus de trente mille chevaliers, accompagné de Diomède, qui était lui aussi à la tête de troupes importantes. Ducs, chefs de guerre, rois, corps de bataille, troupes armées, ils rassemblent toutes leurs forces : désormais tous vont prendre leur part du combat. De son côté, la reine de Féminie a rallié ses troupes. Elle fait bien vite remettre en selle Philéménis, le roi d'outre la mer, qui lui en sait grand gré et l'en remercie, disant qu'elle lui a sauvé la vie. Puis le roi rassemble ses hommes autour de lui : le combat, bientôt, sera terrible.

Voici qu'arrive Polydamas qui a longuement rivalisé avec Ajax Télamon. Il avait avec lui un grand nombre de bons guerriers. Rémus, le roi des Cicones, était là. Énée, lui, condui-

---

24141. La] *éd.* C.

562   *Le Roman de Troie*

   Eneas rot riche conrei,
24184 Car cels de Laucoine ot o sei.
   Prianz vient aprés en bataille
   O tiels qui ja ne feront faille
   Ne ja en champ nel guerpiront.
24188 Puis que Deus establi le mont,
   Ne fu hovre plus haatie
   Ne plus criente ne plus haïe.
   Li fereïz rest commenciez
24192 Molt granz, de lances e d'espiez
   Qui esfondrent ventres e piz.
   Des plus vassauz, des plus esliz,
   Cheient sovent pasmez e freiz
24196 E qui a la mort sunt destreiz.
     Li fiz Achillés s'esvertue.
   O la trenchant espee nue
   Se plonge es presses molt sovent,
24200 De son pere venjance prent.
   Molt en ocit, molt en maaigne :
   Aprés lui moille la champaigne
   De sanc de cors de chevaliers.   [155b]
24204 Tant cum dura li jors entiers,
   Fu la bataille si meslee
   Que ne puet estre desevree.
   A pié se cumbatent plusor
24208 En dous cenz lués par mi l'estor.
     Panteselee o ses puceles
   Lor fet oïr freides noveles !
   Pres se tienent des fers des lances !
24212 As Griés sunt trop les meschaances.
   Glaucus, un gentil chevalier,
   Fiz Antenor, de sa moillier –
   Polidamas esteit sis frere
24216 D'autre femme que de sa mere –,*
24219 Cel a Pirrus mort de sa lance.
24220 Ce fu as suens duels e pesance :
   Por la venjance, ce di bien,
   I brochierent mil Troïen
   E mil puceles henorees
24224 La rot molt seles delivrees
   Dont li seignor jurent envers
   Par mi l'areine, pale e pers.
   S'ire e son maltalent lor vent
24228 Pantaselee d'Orïent

sait un puissant corps d'armée, car il avait avec lui les gens de Lyconie. Priam venait ensuite, accompagné de guerriers qui ne faibliront pas et ne l'abandonneront pas sur le champ de bataille. Depuis la création du monde, il n'y eut pas de combat aussi acharné, aussi redoutable, aussi abominable. De nouveau s'échangent coups de lances et d'épieux qui transpercent ventres et poitrines. Bien souvent tombent et se pâment, déjà glacés et étreints par la mort, les guerriers les plus hardis et les plus renommés.

Le fils d'Achille se dépense sans compter. Armé de son épée tranchante, sans arrêt il plonge au plus épais de la mêlée. Il venge son père, tuant et blessant d'innombrables guerriers. Sur son passage, la plaine est toute mouillée du sang des chevaliers. Durant tout le jour la bataille fut si acharnée qu'elle ne connut nulle trêve. En plus de deux cents endroits, sur le champ de bataille, on se bat à pied.

Penthésilée et ses guerrières en font voir aux Grecs de toutes les couleurs! Elles suivent de près le fer de leurs lances! Le désastre menace leurs adversaires. Mais voici que Glaucus – c'était un noble chevalier, fils légitime d'Anténor et frère de Polydamas (qui, lui, était né d'une autre mère) – est tué par Pyrrhus d'un coup de lance. Les hommes de Glaucus en éprouvèrent une grande douleur et, pour le venger, mille Troyens, je vous l'assure, et mille guerrières renommées éperonnèrent leurs chevaux. Bien des selles furent alors vidées et bien des cavaliers tombèrent à la renverse sur le sable, le teint déjà pâli par la mort. Penthésilée l'Orientale fait payer cher sa colère et

            Au fill Achillés qu'el retrove.
            Avant que chascun d'els se move,
            Se sunt bien trenchiez les escuz
24232   O les branz d'acier esmoluz
            E des heumes ronpu les laz,
            Si qu'envers, a denz e toz plaz
            S'entrebatirent el sablon.
24236   Longues dura lor contençon.
            A ceste feiz, d'icest estor,
            En fu Pirrus le sordeior :
            Le chef, le vis e la peitrine
24240   Li ensanglenta la raïne.
            Seisi l'aveit par la ventaille,   [155c]
            Quant sor els versa la bataille
            Quis a partiz e desevrez.
24244   Polidamas fu si desvez
            De son frere qui est ocis
            Que par un poi n'enrage vis :
            Molt le regrete e plaint e plore.
24248   En la grant presse lor cort sore :
            Fiert e chaple, maint en adente,
            Maint en ocit, maint en cravente.
            Par la merveille qui il fet,
24252   Si cum l'estoire me retret,
            E par l'esforz Pantaselee,
            Quant vint le seir, vers la vespree,
            Les deronpirent si a fes
24256   Que plus de treize arpenz e mes
            Les chacierent si a desrei
            Que uns n'i prist retor de sei.
            Grieu i perdirent maint des lor,
24260   E perdissent molt plus le jor
            Se ne fust li fiz Achillés,
            Thelamon e Dïomedés.
            Cist recovrerent de la chace,
24264   Mes a peine tindrent puis place :
            Molt en orent puis le sordeis.
            Si ne fu jor de tot le meis
            Qu'il ne fussent en autretant,
24268   Ensi cum nos trovons lisant.
            Molt s'ocistrent d'anbes parties :
            Dis mile en perdirent les vies
            Ainz qu'i eüst parlé de trieve.

sa fureur au fils d'Achille qu'elle vient de retrouver. Sans que l'un et l'autre aient cédé du terrain, ils se sont percé leurs écus de leurs épées d'acier aiguisées, ils ont brisé les lacets de leurs heaumes et, mutuellement, ils se sont abattus sur le sable, face contre terre. Leur combat dura longtemps. Cette fois, c'est Pyrrhus qui eut le dessous. La reine fit ruisseler le sang sur la tête, la face, la poitrine du guerrier. Elle l'avait déjà saisi par la ventaille lorsque les combattants arrivèrent sur eux et les séparèrent. Polydamas est si désespéré de la mort de son frère qu'il manque de perdre la raison. Il ne cesse de se lamenter et de pleurer sa perte. Il se jette au plus épais des mêlées. Il multiplie les coups et met à terre, abat et tue d'innombrables guerriers. Grâce aux exploits qu'il accomplit, comme me le fait savoir l'histoire, et grâce aux troupes de Penthésilée, les Troyens, vers la fin de la journée, enfoncèrent si bien les rangs de leurs adversaires qu'ils les repoussèrent sur treize arpents et davantage. Les Grecs fuirent en grand désordre – aucun ne cherchait à résister – et perdirent beaucoup des leurs. Mais leurs pertes auraient été encore plus grandes sans la présence du fils d'Achille, d'Ajax Télamon et de Diomède. Ceux-ci mirent en fuite leurs ennemis, mais ils eurent du mal à tenir bon et, par la suite, ils eurent souvent le dessous. Durant tout le mois, à ce que dit ma source, il n'y eut pas une seule journée où ils purent reprendre l'avantage. Des deux côtés, ce fut une véritable tuerie. Dix mille combattants trouvèrent la mort avant qu'on envisageât de faire une trêve.

24248. la *manque*] A – **24253.** esfoz

24272 Panteselee molt les grieve,
Molt par ocit Griex e maaigne
Par la force de sa cumpaigne.
Sovent repert de ses puceles,
24276 Des mielz vaillanz e des plus beles.
Molt se heent li e Pirrus :   [155d]
Por tant lur est sovent en us
E de cumbatre e d'envaïr
24280 E d'els sovent entreferir.
Sovent se sunt entressaié,
Tant a cheval e tant a pié,
Qu'el derreein jor se troverent :
24284 En maudite ore s'asenblerent.
Parmi les escuz se ferirent
Si tost cum il s'entrechoisirent.
La joste fu bien esleissee :
24288 Sa lance i a Pirrus brisee.
E la reïne le raseine,
Qui se desve, qui se forsene
Dom il tant de li se desfent.
24292 Par mi le cors tot pleinement
Li met l'enseigne de cendal,
Mes ne l'abat pas del cheval.
La lance est par mi tronçonee :
24296 Ainz que del cors li fust ostee,
I ot assez e criz e pleinz.
A lui venir brocherent meinz.
Le sanc li troble e le cervel :
24300 S'il or muert ne li est pas bel ;
Ne vivra plus s'il ne se venge.
Le trous el cors, cum que l'en prenge,
Vait envaïr Penteselee.
24304   Öez cum fete destinee !
El n'aveit pas l'ieume lacié :
Tot li aveient detrenché.
Quant el le vit vers sei venir,
24308 Premiere le cuida ferir ;
Mes Pirrus tant s'esvertua
Q'un coup merveillos li jeta
A dreit entrel cors e l'escu :

LA VINGT-TROISIÈME BATAILLE
(vv. 24272-24396)

LA MORT DE PENTHÉSILÉE

Penthésilée inflige aux Grecs de lourdes pertes. Elle met à mort ou blesse un grand nombre d'entre eux, tant sont puissantes ses troupes. Mais bien souvent aussi elle voit mourir les plus vaillantes et les plus belles de ses guerrières. La haine entre Pyrrhus et elle est très vive. Aussi est-ce fréquemment qu'ils se battent et s'attaquent et se portent des coups. Souvent ils se sont affrontés, à cheval ou à pied, jusqu'à cette journée maudite où ils engagèrent un ultime combat. Dès qu'ils se retrouvèrent sur le champ de bataille, ils vinrent se frapper de leurs écus. La joute fut brutale : Pyrrhus a brisé sa lance et la reine le frappe à son tour, folle de fureur et de rage devant la résistance qu'il lui oppose. Elle lui enfonce son enseigne de soie en plein corps, mais ne parvient pas à le désarçonner. Sa lance se brise par le milieu. Que de cris et de gémissements s'élevèrent avant qu'on pût l'extraire du corps du guerrier ! Beaucoup de chevaliers se précipitent pour venger Pyrrhus. Lui, son cerveau se trouble, son sang se glace, mais il lui déplairait de mourir en cet instant : il n'a plus qu'une idée en tête : se venger. Le tronçon encore fixé dans la plaie, indifférent au sort qui l'attend, il va de nouveau attaquer Penthésilée.

Écoutez ce terrible coup du sort : le heaume de la reine, à ce moment-là, n'était pas lacé, mais tout déchiqueté. Quand elle vit arriver Pyrrhus sur elle, elle crut qu'elle allait le frapper la première, mais Pyrrhus parvint à lui porter un coup tel qu'il l'atteignit droit entre le corps et l'écu : il lui a coupé le bras, le

---
24283. Que el

24312 Sevré li a le braz del bu,
Tot le li trencha en travers. [156a]
Ensanglentez, pales e pers
E demi morz la ra seisie.
24316 O l'esforz de sa cumpaignie
Qui des danzeles le desfendent
E qui o Troïens contendent,
L'a trebuchee del destrier.
24320 Sor li descent, cruels e fier,
Granz coups mortiels li meist e done
Del brant d'acier qui cler resone.
Sor l'erbe vert, fresche e novele,
24324 Li espant tote la cervele ;
Toz les menbres li a trenchez ;
Ensi se rest de li vengiez.
C'est damages, tiels ne fu mes.
24328 Pirrus vuide le sanc a fes ;
En mi la place chiet pasmez.
Adoncs fu plainz e regretez :
Grant noise i sorst e grant criee.
24332 Criement l'ame s'en seit alee ;
Porté l'en unt as paveillons.
E des danzeles, que dirons ?
Veient que lur dame est perdue.
24336 N'i ot ainc puis resne tenue.
Hors de lor sens e pleines d'ire,
Se volent totes fere ocire :
As plusors sunt les cuers partiz.
24340 Ilueques sorst tiels fereïz
D'eles envers Mirmidoneis,
De Troïens contre Grezeis,
Que riens nel vos savreit conter.
24344 Tuit se volent a mort livrer.
Mesle pesle s'entrefereient,
E ensi a fes s'ocieient
Que sor les morz erent li vif.
24348 Demi jor dura cel estrif,
Que nus ne s'en pot resortir [156b]
Ne d'eschaper ne de foïr ;
Ne ne saveient qui ventreit
24352 Ne as quels d'els li chans sereit.
Tant que – ce truis escrit lisant –
Por la perte qu'ensi fu grant
De la reïne qui fu morte,

tranchant tout net. Tout couvert de sang, pâle, livide, presque mort, il s'est emparé de la reine. Avec l'aide de ses troupes qui le protègent des guerrières et qui repoussent les Troyens, il l'a jetée à bas de son cheval. Il se penche sur elle, terrible et redoutable : à plusieurs reprises il lui assène des coups mortels de son épée d'acier qui sonne clair. Sur l'herbe verte toute fraîche, il lui fait éclater la cervelle et dépèce ses membres. Voilà comment il s'est vengé d'elle. Jamais, non jamais on ne vit pareil désastre. Pyrrhus perd beaucoup de sang. Il tombe pâmé sur le champ de bataille. On le plaint, on se lamente sur son sort. De partout s'élèvent cris et clameurs. Tous ont peur qu'il n'ait rendu l'âme tandis qu'on l'emporte jusqu'aux tentes. Et que dirons-nous des guerrières ? Lorsqu'elles voient que leur maîtresse est morte, égarées par la douleur, elles se précipitent sur l'ennemi à bride abattue, recherchant la mort. Beaucoup d'entre elles expirent. La bataille qu'elles engagent alors avec les Myrmidons, et les Troyens avec les Grecs, est telle que personne ne saurait vous la conter. Tous sont prêts à mourir. Ils se battent pêle-mêle et les cadavres s'entassent de telle sorte que les vivants piétinent les morts. Cette bataille dura une demi-journée sans que personne puisse se dégager, s'échapper et prendre la fuite. Personne ne savait qui vaincrait, qui serait le maître du champ de bataille. Mais finalement – selon ce que je trouve dans ma source – l'histoire rapporte que la mort de la

---

24348. durra

24356 Dit que chescuns se desconforte;*
E por la mesnee henoree
Qui tant s'est puis abandonee
De li vengier, qui mortes sunt,
24360 Qu'eles n'unt piz ne braz ne front
Qui de sanc vermeil ne decore,
Sans plus ester e sans demore
Prenent le branle vers la vile.
24364 Ce dit l'escrit, plus de dis mile
En ocistrent a l'entasser.
Ja n'orra mes nus hom parler
De si tres doloros jornal.
24368 Ne sunt si large li portal
Qu'espessement ne s'i estreignent.
E cil de Grece ne se feignent
D'els ocirre e de detrenchier;
24372 Tresqu'as ventres sunt li destrier
En sanc vermeil; ne puet hom dire
La merveille ne le martire
Qui fu le jor sor celz dedenz.
24376 Morte e vencue est si lor genz
Que ja mes des portes n'istront
Ne celz de hors ne soferront.
Cil qui de l'ocise eschaperent
24380 Clostrent les portes e serrerent;
Assez i ot duel e deshet.
O els fust bel, o els fust let,
Les murs asistrent environ.
24384 Ne trovons pas ni ne lison
Qu'ainc puis en fust arme seisie   [156c]
Ne puis bataille n'ahatie.
Dite vos en ai la derriere;
24388 Mes or orreiz en quel maniere
En fu la fins ne quenement*
Avint le grant destruiement,
De la cité; cum fu traïe
24392 Par mauvestié et par envie,
Si cum Ditys le dit e Daire.*
Ja me porreiz oïr retraire
Tot en ordre la veritié,
24396 Si come cil de la cité
24396a Porparlerent la traïson
24396b Par quei fu destruiz Ylïon.

Fin de la dernière bataille

reine les avait tous plongés dans l'affliction ; et comme ses vaillantes guerrières, qui s'étaient battues avec tant d'acharnement pour la venger que leurs bras, leurs poitrines, leurs fronts ruisselaient de sang vermeil, étaient recrues de fatigue, les Troyens se replièrent sur la ville sans résister plus longtemps. D'après ma source, plus de dix mille se firent tuer en s'entassant aux portes. Personne jamais n'entendra parler d'une journée aussi meurtrière. Les portes ne sont pas assez larges pour laisser entrer les Troyens sans difficulté et les Grecs ne se privent pas de les tuer et de les massacrer. Le flot de sang vermeil monte jusqu'aux ventres des chevaux. Personne ne peut dire quel épouvantable supplice endurèrent ce jour-là les assiégés. Leurs hommes sont si déconfits, si décimés, que plus jamais ils ne feront de sortie ni ne soutiendront le choc de leurs adversaires.

Ceux qui échappèrent au carnage fermèrent très soigneusement les portes. Quelle douleur et quel accablement ! Bon gré mal gré, ils virent les Grecs assiéger leurs murailles et nous ne trouvons pas dans notre livre qu'on ait ensuite repris les armes, qu'il y ait eu de nouvelles batailles, de nouveaux combats. Je vous ai conté la dernière bataille, mais vous allez maintenant apprendre comment les choses se terminèrent, comment se produisit cette terrible destruction et comment la cité fut livrée à la trahison par l'esprit du mal et la cupidité, comme le racontent Dictys et Darès. Maintenant vous pourrez m'entendre raconter scrupuleusement le déroulement des faits, comment s'engagèrent, du côté des traîtres, les pourparlers qui amenèrent à la destruction d'Ilion.

Riches chevaliers fu Ditis
E clers sages e bien apris
E scïentos de grant memoire.
24400 Contre Daire rescrist l'estoire.
Cist fu de hors, en l'ost grezeis,
Chevaliers sages e corteis.
Les hovres, si cum il les sot,
24404 Mist en escrit cum il mielz pot.
Icist Ditis nos fet certeins*
Por veir li quel des citeeins
Porparlerent la traïson,
24408 E coment le Palladïon*
Fu del tenple Minerve enblez
E as Grezeis de hors livrez,
E coment par seducïon
24412 De nuit seisirent Ylïon ;
Cum la citez fu enbrasee
A fué e a flanbe livree,
Li quel furent mort e ocis
24416 E li quel d'elz menez chaitis.
Aprés ice porreiz oïr
Cum Ditis les fet revertir
En lor contrees dum il vindrent   [156d]
24420 E les merveilles qui avindrent
As plusors d'els e les dolors.
Tot ce qu'en conte li autors
Vos conterai sans demorer ;
24424 Des or i fait buen escouter.

En la cité ot grant dolor,
Grant perte, grant esmai, grant plor.
Nule riens n'i prent heitement :
24428 Ne veient mes cum feitement
Il aient secors ne aïe.
La raïne de Femenie
Fu plainte molt e regretee
24432 E tendrement de toz ploree.
Cil de hors unt le cors miré
E dient que de sa biauté
Ne nasqui onques rien vivant.
24436 Parlé en unt peti e grant,

PRIAM CONCLUT LA PAIX
(vv. 24397-24953)

Dictys fut un puissant chevalier et un clerc aussi sage que savant dont la science est restée dans toutes les mémoires. Il écrivit son histoire en contrepoint de celle de Darès. Il faisait en effet partie de l'armée grecque et c'était un chevalier plein de sagesse et de courtoisie. Il mit par écrit du mieux qu'il put tous les événements dont il eut connaissance. C'est par lui que nous savons en toute certitude quels furent les Troyens qui entrèrent en pourparlers avec les Grecs pour discuter de la trahison, comment le Palladion fut enlevé du temple de Minerve et livré aux Grecs et comment ceux-ci, de nuit, s'emparèrent par ruse d'Ilion. C'est lui qui nous apprend comment la cité fut livrée aux flammes et incendiée, qui, des Troyens, trouvèrent la mort et qui furent emmenés en esclavage. Vous pourrez ensuite écouter le récit que fait Dictys des retours des Grecs dans leurs pays et les extraordinaires aventures et les tourments que beaucoup d'entre eux affrontèrent. Tout ce que rapporte l'Auteur, je vais vous le redire sans tarder davantage, et ce récit mérite d'être écouté.

Dans la cité régnait la douleur la plus vive. Tous se lamentaient sur l'étendue de leur perte, pleuraient, étaient remplis d'effroi. Personne ne pouvait trouver quelque réconfort. Ils ne voient pas désormais d'où leur viendrait le moindre secours. Tous longuement pleurèrent et déplorèrent pitoyablement la mort de la reine de Féminie. Les Grecs, eux, contemplaient avec admiration son corps en disant que jamais femme d'une

---

Au v. **24425** figure une lettrine (8 lignes) : dans la partie supérieure du *E*, Penthésilée enveloppée dans un linceul est couchée sur une civière ou un bouclier ; dans la partie inférieure, deux Amazones ; l'une, en rouge, s'arrache les cheveux, l'autre, en gris-vert, se tord les mains.

Saveir que del cors sereit fet.
Dient que grant honte e grant let
Lur fist de venir encontr'els,
24440 Si lur a fet damage e dels :
Par li e par le suen esforz
I a des lor dis mile morz ;
Par maintes feiz les a vencuz.
24444 Seit l'en tiels guerredons renduz
Que ja ne seit ensevelie.
Neptolomus n'agree mie,
Ainceis vout qu'el ait sepolture
24448 E son mestier e sa dreiture ;
« Dolor sereit e retraçon
Se s'ame aveit dampnatïon. »
Tot ce desvout Dïomedés ; [157a]
24452 Sor toz en est fels e engrés.
A toz vout fere otreier
Qu'a chiens la dongent a mangier*
O en un des flueves gitee.
24456 Ce est la veritez provee
Que a Schande la traïnerent ;*
La savons bien qu'il la giterent :
C'est une eve granz e parfunde.
24460 Damedeus trestoz les confunde,
Car molt i firent que vilein.
Quant de Pirrus furent certein
Qui il garreit, molt lur fu bel :
24464 Des or ont bien tot lur avel.

    Li pan des murs e li portal
Entor e amont e aval
Furent asis e bien de pres ;
24468 Ja Troïen n'en istront mes.
Treis jors furent si abosmé
Qu'om n'i a autre areisoné.
Entre Antenor e Eneas,
24472 Anchisés e Polidamas,
Ont pris conseil e esgardé,
Qui que desplace o viegne a gré,
Rendront Heleine son seignor :
24476 « N'i remaindra aveir n'ator,
Drap de seie ne or molu,
Que tot ne seit o li rendu ;
N'iert mes por li plus de mal fet. »
24480 N'en farai orë autre plet,

pareille beauté n'avait vu le jour. Puis tous se sont concertés pour savoir ce qu'ils allaient faire du cadavre, car c'était une grande honte, un grand outrage qu'elle leur avait faits en venant se battre contre eux. Elle leur a causé, poursuivent-ils, beaucoup de torts et de douleur. Elle et ses guerrières leur ont bien tué dix mille hommes et, à plusieurs reprises, elle les a battus. Qu'on lui refuse donc, en punition de ses crimes, le droit d'être ensevelie. Mais Néoptolème s'oppose à cette décision : il exige qu'elle soit enterrée et qu'on lui fasse, comme il convient, un service funèbre. « Ce serait, ajoute-t-il, un grand sujet de douleur et de réprobation si son âme était damnée. » Diomède cependant s'y oppose. Plus que tout autre, il est acharné et cruel, et il veut obtenir de toute l'assistance qu'elle soit donnée en pâture aux chiens ou jetée dans l'un des fleuves. Et c'est un fait sûr et certain qu'elle fut finalement traînée jusqu'au Scamandre – un fleuve large et profond – et qu'elle y fut jetée, comme nous le savons. Que Dieu confonde tous les Grecs car ils se conduisirent, en cette circonstance, comme des barbares ! Quand les Grecs eurent l'assurance que Pyrrhus guérirait, ils en furent très heureux : tous leur désirs désormais sont satisfaits.

Ils assiégèrent de toutes parts et de très près les murailles et les portes de la ville : plus jamais les Troyens ne pourront sortir. Trois jours durant, ces derniers furent alors plongés dans une telle stupeur que pas une parole ne fut échangée dans la ville. Anténor et Énée, Anchise et Polydamas ont délibéré entre eux et ont décidé de demander qu'Hélène soit rendue à son mari, que cela plaise ou non aux autres : « argent, équipements, étoffes de soie, or fin, on ne gardera rien, tout sera restitué, et c'en sera fini de souffrir à cause de cette femme ». Je n'en dirai

---

24440. e *manque*, *voir le v.* 24696

Mes venu sunt au rei Priant.
La corz josta pleniere e grant.
Dient au rei que or les creie,
24484 Prenge conseil e si porveie
Coment des males aventures,
Qui tant par sunt pesmes e dures,
Traira a chef, qu'en voudra fere, [157b]
24488 Car tuit li deu lor sunt contrere.
Tuit conoissent e veient bien
Que de son prou ne volent rien.
Monstré li ont des qu'a la fin,
24492 E bien li pramist Apollin
E tuit li profeticement
E li saive devinement.

   Prianz, pleins d'ire e de rancune,
24496 En sospirant maldit Fortune.
Chaitif se cleime e doleros
E a toz les deus haïnos.
Dit lur qu'il s'en conseillera
24500 E en aprés lor respondra.
« Sire, funt il, s'il te plaiseit,
Il sereit bien, reison e dreit
Que tu oïsses nos conseilz.
24504 E se il sunt buens e feeilz,
Por quei nel farïez vos bien ?
T'enor volons sor tote rien ;
Saches chescuns de nos se crient
24508 Del grant damage qui te vient :
La o tu perz, la perdons nos ;
De ton preu somes coveitos. »
A ce respondi Priamus :
24512 « Vostre conseil pas ne refus :
Dire pöez, e nos l'orron.
S'est bien a fere, sil ferons. »

   Doncz leva Antenor en piez,
24516 Qui sages iert e enresnez :
« Sire, fet il, bien est seü
E esprové e coneü
Par tot le mont tant cum il dure
24520 Que, se ne fust Mesaventure,
Vengiez nos fussiens des torz fez*
Que cil de Grece aveient fez
A nos e a nos ancetsors. [157c]
24524 Ce a duré e anz e jors,

pas plus. Ils vinrent trouver le roi Priam. Le roi réunit une cour très nombreuse. Ils lui demandèrent alors de leur accorder sa confiance. Qu'il délibère, disent-ils, et qu'il considère comment mettre un terme aux terribles et épouvantables catastrophes qui fondent sur lui, car tous les dieux sont contre eux. Tous les Troyens ont pleinement conscience que les dieux ne veulent pas son bien. Ils le lui ont bien montré, jusqu'à ce moment ultime, tout comme le lui avaient prédit Apollon ainsi que toutes les prophéties et consultations des oracles.

Priam, plein de colère et de ressentiment, maudit la Fortune en poussant de profonds soupirs. Il pleure sur sa misère, sur son sort douloureux, sur l'hostilité des dieux. Puis il ajoute qu'il va réfléchir et leur donner ultérieurement sa réponse.

« Seigneur, reprennent ses interlocuteurs, il serait bon et juste et légitime, si tu le veux bien, que tu écoutes nos propositions. Et si elles te paraissent bonnes et loyales, pourquoi ne pas les accepter ? Nous voulons par-dessus tout préserver ton honneur. Sache bien que chacun de nous redoute également le malheur qui s'abat sur toi : tout ce qui t'atteint nous atteint aussi, et nous sommes nous aussi très soucieux de ton intérêt.

— Je ne refuse pas vos conseils, leur répondit Priam : parlez donc, nous vous écouterons, et, si ce conseil est bon, nous le suivrons. »

Anténor se leva alors : c'était un homme sage et un habile orateur.

« Seigneur, dit-il, la preuve est faite désormais, et le monde entier le sait, que, si le destin ne s'y était opposé, nous nous serions vengé des torts que les Grecs ont faits à nos ancêtres et à nous-mêmes. Or voilà des années et des jours que dure cette

Tant que vostre regne est destruit :
N'en avez vin ne blé ne fruit.
Tant nos en somes cumbatuz
Que toz vos fiz nos unt toluz,
Les bieus, les prouz e les vaillanz,
Dont damages est fiers e granz.
N'avez mes qui por vos contende
Ne qui vostre cité desfende.
De vostre gent est mort la flor :
N'i avez mes desfendeor
Qui gueres seit crienz ne dotez
Ne qui d'armes seit renomez.
Fort sunt encontre nos Grezeis :
Encor i a seisante reis,
N'i a un sol mal ne vos vueille,
Qui ne se plaigne e ne se dueille
De lur perte, qui molt lur griege.
Des or nos est molt pres lor siege ;
Encor est vis danz Menelaus
E danz Thelamon Aïaus,
Dïomedés le corajous
E reis Ulixés l'engignous,
Menetüus lo prou, le sage,
Nestor, le viell de grant aage,
Agamennon, le prince d'els,
E Pirrus le chevalereus,
Le hardiz e le cumbatere,
Qui molt poi vaut meinz de son pere,
E des autres millers bien cent,
Qui valor unt e ardement,
Qui ça dedenz nos unt asis
E morz e vencuz e ocis,
Qui talant n'ont ne volunté
De nos guerpir ne la cité
Des qu'il l'aient par force prise [157d]
E de nos toz fait lor jostise.
S'il vos plest, si avendreit bien
Que vos esgardesseiz tiel rien
Par quei nos poïssons garir
D'estre destruit e de perir.
Tot cest damage e ceste peine
Nos est venu por dame Eleine.
Des ore seit rendue as lor,*
Puis qu'el a perdu son seignor.

Réponse de Priam

faire une sortie. En ce qui nous concerne, la guerre est finie. Il faut chercher une autre solution et faire la paix, je ne vois pas d'autre issue. »

Priam répondit avec colère aux deux hommes :

« Seigneurs, leur dit-il, comment avez-vous pu nourrir à mon égard tant de cruauté, d'hostilité et de félonie pour me proposer pareille solution ? Peu s'en faut que je ne désespère ! Mais vous pourriez vous-mêmes en être déshonorés : ce que j'ai fait, je l'ai fait, me semble-t-il, sur vos conseils. Le seigneur Anténor, ici présent, quand il revint de Grèce où il était allé rechercher Hésione, dit que les Grecs allaient envahir ma terre et causer ma perte et ma ruine. Il m'incita à envoyer Pâris piller leur royaume. Jamais je n'aurais eu l'idée de lui donner l'ordre, à lui ou à un autre, d'aller les attaquer et les inquiéter, s'il ne m'avait si vivement conseillé de le faire. C'est à son instigation que j'ai agi. Et voici que je suis vaincu, que j'ai perdu mes fils et mes gens. Et il veut maintenant que je fasse la paix avec eux ! Il a dit là, sachez-le, des paroles trop perfides et je ne sais comment il a pu me donner pareil conseil. Quant à vous, seigneur Énée, poursuivit-il, ne vous souvenez-vous pas que vous étiez là lorsque Hélène fut enlevée et que vous auriez bien pu, alors, vous y opposer ? Si vous n'y aviez consenti, jamais Pâris ne l'aurait amenée dans ce pays. Vous avez participé à ce qui a été fait alors, vous aussi, vous l'avez enlevée. Et maintenant vous voulez que je fasse la paix avec ceux qui m'ont vaincu et mis à mort et qui m'ont tué mes valeureux fils ! Comment ne pas me sentir pénétré d'angoisse et d'affliction à l'idée même

Se me covient tiel pes a fere.
Mes il n'avra saiete a traire
En ceste vile ne quarrel
24660 Ne tor entiere ne crenel
Quant je a ce serai trovez. »
A merveille les a blasmez.
Vers lui s'irest molt Eneas
24664 E, si sachez, ne se tint pas.
Grosses paroles e enflees
I ot retretes e parlees.
Iriez reperent as ostaus : [158c]
24668 Comparez fu puis cil jornaus.
    Li reis Prianz ne siet que face.
L'eve li cort aval la face.
Cels crient e dote, si a dreit,
24672 Car bien conoist e aperçeit
Qu'il n'avra plus aïüe d'els;
Engignos sunt, ce set, e fels.
En une chanbre peinte a flor,
24676 O le vaslet son fiz menor
Parole e dit li reis Priant
Qu'il a poor e dote grant
De cesz vassauz, que nel traïssent,
24680 Qu'ensi fetement l'envaïssent
De pes fere. Ne dote mie
Qui il n'i pensent felonie :
« Fort sunt e bien enparenté.
24684 Trestot le mielz de la cité
Porront aveir a lur plaisir
E a lor ovre consentir.
Je sai, s'il ne sunt devanci,
24688 Que nos serons par els trahi.
Je lou que lor trenchons les chiés.
Por quant, si est afere griés,
Mes de dous mals deit hom eslire
24692 Quels est li mieldre e quels li pire.
Ce est granz mals qu'om les ocie ;
Noeus sereit s'esteit traïe
Ceste citez ne nos par elz.
24696 Trop sereit let damage e dels.
Por ce, fet il, le t'ai conté
Que plus chier ami de tei n'é :
Tis pere sui e tu mis fiz ;
24700 Gar que seies prouz e hardiz,

de conclure une telle paix ? Le jour où j'en arriverai là, il n'y aura plus, dans cette ville, ni flèche à décocher ni trait à lancer ni tour ni créneau encore debout ! »

C'est ainsi que Priam les accable de reproches, mais Énée, sachez-le, s'irrite contre lui et ne reste pas silencieux. De part et d'autre sont échangés maintes paroles désagréables, maints propos désobligeants, et c'est pleins de colère qu'ils rentrèrent chez eux : cette journée de dispute fut, par la suite, bien cher payée !

Le roi Priam ne sait que faire. Les larmes coulent sur son visage. Il est plein de crainte devant l'attitude d'Énée et des autres, et à juste titre, car il se rend bien compte qu'il ne peut plus compter sur leur aide : il connaît leur ruse et leur perfidie. Dans une chambre décorée de fleurs peintes, il s'entretient avec son plus jeune fils et lui fait part de son inquiétude. Il redoute beaucoup que ces seigneurs, qui le pressent si instamment de faire la paix, n'en viennent à le trahir. Il est persuadé qu'ils trament quelque félonie.

« En effet, poursuit-il, ils sont puissants et ont de nombreux parents. Ils pourront mettre de leur côté les personnages les plus importants de la cité et obtenir leur consentement. Et je suis sûr que, si nous ne prenons pas les devants, ils nous trahiront. Mon avis est donc qu'il faut leur couper la tête. C'est une entreprise difficile à mener à bien mais, entre deux maux, on doit choisir le moindre et éviter le pire. C'est un grand mal de les tuer, mais ce serait pire encore si, de leur fait, cette cité et nous-mêmes nous étions trahis. Ce serait une trop pénible catastrophe, une trop grande douleur. C'est pourquoi, poursuit-il, je te confie cette tâche, moi qui n'ai pas de membre de ma famille qui me soit plus cher que toi. Je suis ton père, tu es mon fils. Donne la preuve de ta prouesse, de ton audace ; mais

E seit celee ceste ovraigne,
Qu'om n'en veie senblant n'enseigne.
Demein au seir seront mandé, [158d]
24704 Si cum il unt acostumé,
Por prendre o elz conseilz estreiz,
Lous e paroles e segreiz,
E por fere uns devinemenz
24708 E uns granz sacrefïemenz.
Aprés les farai convïer*
Que il remaignent au soper.
E tu te seies bien armez
24712 O feels cumpaignons privez ;
Puis gar qu'il n'en estortent vis ;
Se tu les aveies ocis,
Molt porrons puis poi doter,
24716 Qu'as murs ne puet riens abiter
Ne asaillir, car trop sunt haut.
Se sol vitaille ne nos faut,
Des qu'a mil anz ne cremons rien.
24720 Or gar que tu le faces bien ! »
Ce li respont Anphimacus :
« De ce, fet il, rien ne refus,
Car cist conseilz nos est salvables
24724 E a la cité profitables. »
Ensi remest ceste parole.
Mes Renomee, qui tost vole,
Lur fist saveir de meintenant
24728 Tot le pensé le rei Priant.
Ne vos puis dire chose certe,
Cum ceste ovre fu descoverte,
Mes bien le sot danz Eneas,
24732 Antenor e Polidamas
E Anchisés e cuens Dolon
E li saives Eucalegon.
Hastivement pristrent conseil,
24736 Qu'en crieme erent e en esveil,
Cum fetement s'en vengereient
E coment il s'en desfendereient.
Que mes en fareie lonc plet ? [159a]
24740 Ensi cum l'estoire retret,
Plevi se sunt e afié
Qu'il traïereient la cité
O ce que lur possessïons
24744 E lur aveirs e lur meisons

que ce projet soit tenu secret, que rien n'en transpire ! On les convoquera demain soir, comme à l'accoutumée, en conseil restreint, pour délibérer et discuter en secret, pour consulter les dieux et offrir un grand sacrifice. Ensuite je les prierai instamment de partager notre repas. Toi, arme-toi soigneusement, entoure-toi de tes plus fidèles amis et prends garde que nos ennemis ne t'échappent. Si tu parvenais à les tuer, nous n'aurons plus guère de crainte à avoir. Personne en effet ne peut s'approcher de nos murs ni les prendre d'assaut : ils sont trop hauts. À moins que la nourriture ne nous fasse défaut, nous pouvons tenir mille ans sans avoir rien à craindre. Aie donc à cœur de bien te conduire !

— Je ne m'oppose en rien à ce projet, répondit Amphimacus, car de cette décision dépendent notre salut et celui de la cité. »

Ils n'en dirent pas plus, mais Renommée, qui se répand bien vite, fit aussitôt connaître aux autres ce qu'avait en tête le roi Priam. Je ne peux pas vous dire avec certitude comment la chose fut dévoilée, mais le seigneur Énée, Anténor et Polydamas, Anchise et le comte Dolon et le sage Ucalegon en furent informés. Pleins de crainte et d'inquiétude, ils cherchèrent rapidement les moyens de se venger et de se défendre. Mais pourquoi m'attarder davantage ? Ils ont juré entre eux, selon ce que rapporte l'histoire, de livrer la cité à condition d'obtenir sauvegarde et immunité pour leurs possessions, leurs

E lur amiz e lor parent
Eüssent pes e quitement.
Ce sera parlé as Grezeis :
24748 Ice jurerent sor lor leis.
Aprés unt esgardé coment
Sereit empris cel parlement.
Antenor dist qu'il soferreient
24752 E tuit ensemble atendreient
Que les mandast li reis Prianz.
Doncs fust la cumpaigne si granz
Qu'il nel dotassent ne ses fiz.
24756 « Puis resera tant acoilliz
De pes fere, qu'estre son gré
Nos sera dit e comandé
De sa boche tot erraument
24760 Qu'en l'ost aujons au parlement.
Des qu'il nos trovera garniz
De son aguet e de son fiz,
Il ne fera ja autre rien.
24764 Quarante anz a, jel conois bien !*
E puis que nos avrons leisir
D'aler en l'ost e de venir,
Si porrons doncs apareillier,
24768 Fere, parler e porchacier
Cum ceste ovre seit achevee,
Que nos avons ci porparlee. »
Ensi se resunt departiz,
24772 Mes bien se sunt entr'els garniz,
Que qu'avenist ne que que non,
Car molt redotent traïson.
Ensi cum je vos ai conté,   [159b]
24776 Furent en l'endemein mandé.
Ce puet hom bien de fin saveir
Que molt aveient grant aveir
E grant force e grant pöesté
24780 E grant lignee en la cité.
Quant il certein sans sospeçon
Saveient bien la traïson,
Cum des chiés perdre sans respit –
24784 Ja ne trespassassent la nuit –,
E li reis Prianz afebliz
De ses homes e de ses fiz,
Quant il, sor ce, a cort aloent,
24788 Pöez saveir grant gent menoent,

richesses, leurs maisons, leurs amis et leurs parents. Voilà ce qui sera proposé aux Grecs. Ils prêtèrent serment selon leurs coutumes, puis examinèrent par quels moyens ils entreprendraient les pourparlers.

Anténor leur conseilla de ne rien précipiter et d'attendre tous ensemble que Priam les convoque.

« Qu'ils viennent alors en si grand nombre, dit-il, qu'ils n'aient rien à redouter ni du roi ni de son fils. Ensuite, on le pressera tant de faire la paix qu'il lui faudra malgré lui nous donner aussitôt l'ordre, et de sa propre bouche, d'aller en ambassade auprès des Grecs. Dès qu'il verra que nous avons pris nos précautions contre son fils et le guet-apens qu'il préparait, il n'agira pas autrement : il a quarante ans, je le sais bien ! Dès que nous aurons la liberté d'aller et de venir entre la cité et le camp des Grecs, nous pourrons alors faire tout ce qu'il faudra et prendre tous les accords nécessaires pour mener à bien l'entreprise dont nous venons de parler. »

Ils se séparèrent alors, mais après avoir bien pris toutes leurs précautions, quoi qu'il dût advenir, car ils redoutaient beaucoup d'être trahis. Le lendemain, comme je vous l'ai dit, ils furent convoqués. Et l'on peut bien imaginer qu'ils avaient dans la cité beaucoup de ressources, beaucoup d'hommes, beaucoup d'appuis et de nombreux parents. De plus, alors qu'ils savaient pertinemment ce qui se tramait contre eux et qu'ils seraient décapités sur-le-champ – ils ne devaient pas passer la nuit – et alors qu'ils voyaient le roi Priam privé du secours de ses hommes et de ses fils, quand ils se rendaient à la cour, sachant cela, vous pouvez être sûrs qu'ils menaient

E tiel qui bien lur aïdast
Se a nul besoing lor tornast.
       Tost conut Prianz lor corages
24792 E qu'il erent garniz e sages
De traïson, d'estre entrepris.
Veit qu'il ne porront estre ocis
Ne engignié por nule rien.
24796 Angoissos fu, ce vos di bien.
Veit qu'il n'est lués del comencier ;
Anphimacus a fet leissier
Ce que il lor apareillot.
24800 Ne lur fist rien, car il n'en pot.
       Ses genz manda li reis Prianz.
La corz josta pleniere e granz.
Adoncs i ot assez parlé
24804 E maint conseil pris e doné ;
Puis se tienent a un acort.
Li un dient : « Li reis a tort,
Qui toz nos volt fere morir
24808 E fere destruire e perir.
Son regne veit a force prendre,
Si n'en a mes o quei desfendre. »
       O Eneas tença li reis, [159c]
24812 Mes comandé a sor son peis
Coment sereit pes de la guerre :
Encercher le vueut molt e querre.
« Alez, fet il, quant mes ne puis
24816 E quant autre conseil ne truis.
Si engignez e si querez
E si sachez lor voluntez,
Que ce sereit qu'il requerreient
24820 E que il nos demandereient.
Puis le me resavrez a dire.
Ha ! las, cum doleros concire !
Cum me devreit li cuers partir !
24824 Plus hé mes vivre que morir. »
       La cort se depart a itant.
Angoissous duel meine Priant :
Poor a grant d'estre engigniez :
24828 E cil s'est tost apareilliez :
Sor les murs monte e sor l'eschive ;
En sa main tint un rain d'olive,
Pes monstre as Grieus e seürtance.
24832 E cil li unt fet demonstrance

avec eux une nombreuse escorte d'hommes capables, au besoin, de les aider efficacement.

Priam les démasqua très vite et comprit qu'ils avaient pris toutes leurs précautions contre une éventuelle trahison. Il voit bien qu'ils ne pourront être tués ou trompés de quelque manière que ce fût. Il en fut très affecté, je vous le dis bien, mais il comprit qu'il n'y avait plus lieu d'entreprendre quoi que ce soit. Il ordonna alors à Amphimacus de renoncer à son projet et il ne fit rien contre ses adversaires, car il n'en avait pas les moyens.

Le roi Priam convoqua ses hommes à sa cour. L'assemblée était très nombreuse. Beaucoup de paroles furent prononcées, beaucoup de conseils échangés, puis l'on arriva à un accord. Certains disent :

« Le roi a tort, lui qui veut tous nous faire périr, nous conduire à notre destruction et à notre mort. Il voit que son royaume est pris de force et il n'a plus les moyens de le défendre. »

Le roi discuta âprement avec Énée, mais, à son grand regret, il lui a demandé de rechercher les moyens de mettre fin à la guerre : c'est ce qu'il désire ardemment.

« Allez, lui dit-il, puisque je n'ai pas d'autre solution et ne reçois pas d'autre avis. Manœuvrez et faites en sorte de savoir ce que veulent les Grecs et quelles seraient leurs propositions et leurs conditions. Ensuite, vous saurez bien me les répéter. Hélas ! quelle douloureuse décision ! Mon cœur devrait bien me quitter, car désormais je hais la vie bien plus que la mort. »

Sur ce, l'assemblée se sépara. Le roi Priam est profondément désespéré : il a très peur d'être trahi. Anténor s'est rapidement équipé : il monte sur les murailles et sur la tour de guet, tenant dans sa main un rameau d'olivier. Il montre bien aux Grecs qu'il vient proposer la paix, et les autres lui ont signifié qu'il

Que il s'en isse toz seürs.
E Antenor ist hors des murs ;
Benignement fu saluez
24836 E receüz e henorez.
Entor lui est grant genz venue :
Chescuns le joïst e salue ;
De lui funt los e dient bien
24840 Qu'il est saives sor tote rien.
Par lui, ce ont bien menteü,
Ne lur est nul mal avenu ;
Prient qu'il die e qu'il espande
24844 A toz que il quiert e demande.

« Seignor, fet il, une merveille –
Ainc nus hom ne vit sa pareille –
Avient toz jors a cels de Troie, [159d]
24848 Que ja n'avront repos ne joie
Ne grant properité ne pés.
Bien oïstes cum Herculés
Destruist cest renne e cest païs,
24852 Cum Laomedon fu ocis,
Cum ceste citez fu fundue,
Robee e arse e abatue.
Sans forfet e sans achaison
24856 Fu icele destrucïon.
Prianz icist, qui iert sis fiz
E chevaliers prouz e ardiz,
Refist la vile noblement.
24860 Aprés li conseilla sa gent
Qu'il enveiast sa seror querre,
Esyona, en vostre terre,
Que Thelamon de Salamine
24864 Teneit vilment cum sa meschine.
Je meïsmes i fui tramis ;
Mes molt trovai icels eschis
A cui j'en fis requerement.
24868 Il fust alé tot autrement,
Ce sachiez bien, se fust rendue ;
Ja puis guerre ne fust meüe.
Li reis aveit fiz merveillos
24872 E hardiz e cheveleros.
Distrent ja ce ne soferreient,
L'ire e la honte vengereient.
Assez en furent destorné
24876 E par mainz desamonesté.

peut venir auprès d'eux en toute sécurité. Anténor sortit donc de l'enceinte de la ville. Il fut accueilli dans le camp grec avec beaucoup de bienveillance et de marques d'honneur. Bien des gens se rassemblent autour de lui. Tous lui font le meilleur accueil et louent sa très grande sagesse. Aucun mal, se rappellent-ils, ne leur a été causé de son fait. Ils lui demandent donc instamment de leur expliquer à tous ce qu'il vient chercher, ce qu'il demande.

« Seigneurs, leur dit-il, la plus extraordinaire malchance poursuit depuis toujours les Troyens : jamais ils ne connaîtront le repos ni la joie, la prospérité ni la paix. Vous avez bien su comment Hercule jadis a dévasté ce royaume et cette terre, comment Laomédon a été tué et comment cette cité a été abattue, pillée, brûlée, anéantie. Or aucun crime, aucun motif ne justifiaient cette destruction. Priam, qui règne actuellement, et qui était son fils, un chevalier valeureux et plein d'audace, a magnifiquement reconstruit la ville. Ses hommes lui ont ensuite conseillé d'aller réclamer dans votre pays sa sœur Hésione que Télamon de Salamine avait déshonorée en en faisant sa concubine. Moi-même je fus alors envoyé en Grèce et ceux à qui je la réclamai ne m'ont manifesté que de l'hostilité. Sachez-le, si elle avait été alors rendue, les choses auraient tourné autrement et jamais la guerre n'aurait été déclarée.

« Le roi avait des fils d'une prouesse et d'une vaillance extraordinaires. Ils lui déclarèrent qu'ils ne supporteraient pas cette injure, qu'ils vengeraient son honneur et apaiseraient sa colère. On essaya bien de les détourner de ce projet et beau-

---

24842. m. venu] *A*

Mes ne lur puet estre toleit,
Qui qu'eüst tort, qui qu'eüst dreit ;
Fet en sunt puis li fier damage.
Tant bel chevalier prou e sage
E tant bon rei en sunt ocis,
E deserté tant bon païs,
Ja mes de ci qu'au feniment [160a]
N'en sera fet restorement.
Tot ensi coveneit a estre.
Nostre seignor e nostre mestre
M'ont ci endreit tramis a vos,
De la pes fere desirros.
J'en sui venuz o vos parler,
Se vos i voudreiz atorner.
Bien devreit cest'ovre aveir fin.
Cil qui erent jovne meschin
Sunt or tuit viell e tuit chenu.
Seient de vos tant esleü
Cum vos plaira a ce treitier,
Car ensi a hués e mestier.
Puis nos traions a une part
E si en pernons tiel esgart
Par quei remaingne cist contenz
E que pes seit entre nos genz. »
 Ceste parole fu greee ;
Sempres n'i ot plus demoree
Ne pris ne terme ne respit.
I ont Agamennon eslit,
Lo rei de Crete e Ulixés,
E si refu Dïomedés.
Ensi cum reconte Ditis,
Sor cesz quatre fu l'esgart mis.
En un paveillon riche e bel
Dont l'aigle est d'or e le pomel
E li pesson d'ivoire chier,
S'en entrerent por conseillier.
Longues paroles i unt fetes,
Que bien serunt aillors retretes.
Porparlee unt la traïson
Ensi cum nos la vos diron :
Que Eneas ait quitement
Sa rente e ce qu'a lui apent
E sun aveir sans perdre rien. [160b]
E se li aseürent bien

coup le leur déconseillèrent mais, à tort ou à raison, il fut impossible de les en dissuader. Telle fut l'origine de ces épouvantables désastres. Combien de beaux chevaliers preux et sages et de bons rois sont morts ! Combien de terres dévastées ! Jamais, jusqu'à la fin des temps, ce désastre ne sera réparé. Mais le destin en avait ainsi décidé. Nos seigneurs et nos maîtres m'ont donc envoyé auprès de vous parce qu'ils veulent faire la paix. Je suis venu en ambassadeur afin de voir si vous y consentiriez. Il faudrait vraiment que cette guerre cesse : ceux qui étaient tout jeunes au début sont devenus des vieillards chenus. Choisissez donc parmi les vôtres autant d'hommes que vous voudrez pour discuter de cette affaire, car cela devient absolument nécessaire. Puis réunissons-nous à l'écart et examinons comment mettre fin à cette lutte et faire régner la paix entre nos peuples. »

Ce discours fut bien reçu : sans plus attendre, les Grecs firent choix d'Agamemnon, du roi de Crète, d'Ulysse et de Diomède. Comme le rapporte Dictys, ce sont ces quatre qui furent chargés des pourparlers. Ils s'enfermèrent pour délibérer dans une tente belle et somptueuse, couronnée d'une boule et d'un aigle d'or et dont les piquets étaient d'ivoire précieux. Les délibérations – dont on pourra trouver ailleurs le détail – furent très longues. Puis ils ont ainsi conclu la trahison dans ces termes : Énée garderait la possession pleine et entière du territoire qui lui appartenait et de tous ses biens. Assurance lui est

---

24901. gree

                Que de l'avoir comunal pris,
                Quant partiz sereit e devis,
                Avreit tiel don e tiel partie
24924   Que toz les jors mes de sa vie
                Sereit d'aveir enmanantiz,
                Riches, conblez e repleniz.
                    A Antenor offrent e dient
24928   E bien li jurent e afient
                Que si aveir seront gardé
                E que cil avront quiteé
                Qu'il voudra e qui li tendront
24932   E qui rien li aparteindront.
                Demi le regne au rei Priant,
                Tant cum il tient e il est grant,
                Donent Polidamas son fiz.
24936   De ce se sunt entrepleviz.
                Ensi aferment lor afere
                Del bien celer e del bien tere ;
                Si cum la letre aprés nos dit,
24940   Que une trive e un respit
                Seit prise entr'els e cels dedenz
                Tant qu'enterree seit lor genz ;
                Car ce covient e est mesure
24944   Que li mort aient sepolture.
                Aprés ra fet tot son poeir
                Del cors Panteselee aveir ;
                Molt en furent ainceis prié
24948   Que il l'eüssent otreié.
                Mes li haut prince e li demeine
                Donent la trive a quel que peine
                Tant qu'en terre seient li cors.
24952   Merci lur en rent Antenors ;
                Congié prent d'els, je n'en sai plus.

25850 Quant furent fet li serement,   [166c]
       Trestoz li poeples s'en fist liez :
       Joïz se sunt e enbraciez ;
       Li uns vers l'autre s'umelie.

en outre donnée que, sur les richesses communes qui seront prises, et une fois que le partage sera fait, il recevra une somme, une part telles qu'il sera, pour le restant de ses jours, riche, puissant et comblé de biens.

Ils promettent d'autre part à Anténor et lui jurent que ses biens seront protégés et que conserveront leur liberté tous ceux pour qui il la demandera, qui lui sont apparentés ou qui dépendent de lui. Enfin, la moitié du royaume de Priam, pris dans toute son étendue, ils l'attribuent à son fils Polydamas. Tels sont les accords qu'ils ont conclus. Ils ont ainsi décidé de garder le secret le plus absolu ; comme la source nous le dit, ils s'engagèrent à conclure, une trêve avec les Troyens afin d'enterrer les morts. Il convient en effet, il est juste que les morts soient ensevelis. Anténor a fait ensuite tout son possible pour qu'on lui restitue le corps de Penthésilée. Il fallut longuement prier les Grecs avant qu'ils n'acceptent. Finalement, et non sans difficulté, les hauts princes et les grands seigneurs accordèrent une trêve, le temps d'enterrer les morts. Anténor les en remercia, puis il prit congé d'eux et je ne sais rien de plus.

Vv. 24954-25849 : Anténor persuade les Troyens de donner leurs biens et leurs trésors pour conclure la paix. Funérailles de Penthésilée. Ulysse et Diomède se rendent à Troie pour conclure la paix. Anténor vole dans le temple de Minerve le Palladion, la relique sacrée qui protège Troie depuis sa fondation, et la fait remettre à Ulysse. Calchas conseille aux Grecs de construire en réparation un grand cheval et de le faire transporter dans le temple de Minerve. Grecs et Troyens jurent la paix.

LA PRISE DE TROIE
(vv. 25850-26240)

Le cheval de Troie

Lorsqu'on eut échangé les serments, la joie du peuple fut très grande : Grecs et Troyens, tous se congratulaient, tombaient dans les bras les uns des autres et rivalisaient de bons procédés.

598   Le Roman de Troie

25854 Prianz li reis n'oblie mie
        Que d'Eleine – dont molt fist bien –
        Ne les priast sor tote rien,
        E dit que sor celes del mont
25858 Qui sunt nees e qui nestront
        La tient il a la plus senee.
        Merveilles la lor a löee,
        Merveilles lur dit bien de li :
25862 « A toz, fet il, requier e pri
        Que ne li faciez deshenor. »
        Li rei, li prince e li contor*
        Li ont prié, dit e requis,   [166d]
25866 Tant tost cum erent en mer mis,
        Face Minerve presenter
        Un don qu'il li funt aprester :
        « Nostre evesque, funt il, nos dient
25870 E bien nos jurent e afient
        Que toz nos neiereit tormenz,
        Se ne li iert fez li presenz.
        A nos iert proz e a vos maire,
25874 Car c'est tiel ovre e tiel afaire
        Par quei Troie iert mes henoree.
        Ainc puis le jor qu'el fu fundee,
        N'i entra riens qu'a ce montast
25878 Ne don ele tant sorhauçast.
        Minerve volt e quiert cest don.
        A joie e a processïon
        Le recevez, car ce li plest. »
25882 Prianz li reis a ce se test,
        Ne respont rien ne mot ne sone.
        Mes Eneas l'en areisone
        E Antenor, qui li funt fere ;
25886 Otreié lor fu sans contrere.
        Ensi departirent le jor.
        Molt s'esjoient li traïtor,
        E le poeples comunement
25890 Cuident de fin certeinement
        Que, par lur diz e par lur feiz,
        Seit la citez de Troie en pez.
        Ha ! las ! cum male l'ont parlee !
25894 Grieu ne firent plus demoree :
        Mes la merveille – n'en sai plus –
        Qu'ot fete e drecee Epïus,
        Sor röes forz e granz e dures

Demande d'offrande à Minerve 599

Le roi Priam – et il fit très bien – n'oublia pas d'intercéder longuement en faveur d'Hélène, disant aux Grecs qu'il la considérait comme la plus sage de toutes les femmes qui sont nées et qui naîtront. Il s'est répandu en éloges sur son compte ; il leur en a dit beaucoup de bien.

« Je vous prie tous instamment, ajouta-t-il, de ne pas la maltraiter. »

Les rois, les princes, les seigneurs lui ont demandé avec beaucoup d'insistance d'offrir à Minerve, dès qu'ils seraient en mer, un présent qu'ils sont en train de préparer.

« Nos évêques, disent-ils, nous affirment et nous jurent que la tempête nous noierait tous si on ne lui faisait ce présent. C'est important pour nous, et plus encore pour vous, car, grâce à cette offrande, Troie sera désormais tenue en grande révérence. Rien, depuis la fondation de la ville, n'a pénétré dans ses murs qui soit aussi précieux ou qui puisse davantage exalter sa puissance. Minerve veut, exige cette offrande. Acceptez-la, telle est sa volonté. Avec joie, escortez-la en procession jusque dans la ville. »

Le roi Priam reste muet : pas une parole ne sort de sa bouche ; mais Énée et Anténor l'en prient et obtiennent son consentement. Sur ce, on se sépara. Les traîtres sont pleins de joie, mais le peuple tout entier l'est aussi, persuadé que, grâce à eux, à leurs discours, à leurs démarches, la cité de Troie va retrouver la paix. Hélas ! quel désastre que ces pourparlers ! Les Grecs n'ont pas perdu de temps : l'objet merveilleux qu'avait érigé Épius (je n'ai pas plus de détails sur cet objet),

25898 Ont soz levees les feitures,
Les laz e les entravemenz.
Adoncs s'i prist tote la genz
Comunement, nus ne s'en feint :
25902 Chescuns i tret, bote e enpeint.
A molt grant peine est l'ovre fete
Qu'en forme de cheval est portrete.
Si est haute, si par est grant
25906 Que ne l'esgarde rien vivant
Qui n'ait merveille e qui ne die
Coment fu fete e establie.
O sons, o estrumenz, o bauz,
25910 Fu amenez tres qu'as portaus.
Cil dedenz tuit refestiveient,
Qui lur grant joie i espereient.
O merveillos dedïemenz*
25914 E o granz sacrefïemenz
Li alerent encontre hors.
Mes tant ot grant e haut le cors
Que portes n'i valurent rien.
25918 E quant ce virent Troïen,
Conseill pristrent que des terrauz
Abatreient les granz murauz,
Les biaus, les granz, que Nepturus
25922 Ot fet, mil anz aveit o plus,
E qu'Apollo ot dedïé.
Ha ! las ! cum se sunt engignié !
Comunement sunt deceü !
25926 Quant li mur furent abatu,
S'a Ulixés parlé as suens :
« Des or, fet il, est lués e tens,
Sans targier e sans demorer,
25930 Des aveirs querre e demander.
Dementres qu'ensi est l'afere,
Ne lur leisserons mes refere
Les murs, n'enz tirer le cheval
25934 D'avant que tuit nostre vassal
Aient lor dons e lor loiers,
Que ja n'en faille uns deniers. »
Tot erraument fu ce requis.
25938 Cil qui sunt fol e entrepris
L'unt tot livré : c'est duels e mals.
Adoncs fu enz trez le chevals
O si granz veneratïons

ils l'ont monté, à l'aide de machines, de cordages et de câbles, sur quatre roues énormes et très solides. Puis, tous ensemble, ils s'y attelèrent. Pas un ne se dérobe : chacun tire, pousse, s'évertue. Ils ont eu beaucoup de peine à faire avancer cette machine en forme de cheval. Ses dimensions sont telles qu'aucun homme au monde ne peut la regarder sans en être émerveillé et sans se demander comment on a pu construire une œuvre pareille ? » Tandis qu'on jouait des instruments et qu'on dansait sur son passage, le cheval fut traîné jusqu'aux portes de la ville.

Les Troyens, eux aussi, se réjouissaient, car ils en espéraient beaucoup de joie. Ils sortirent à sa rencontre en multipliant les formules de consécration et les sacrifices. Mais le cheval était si haut et si large qu'il ne pouvait passer par les portes. Lorsque les Troyens s'en aperçurent, ils décidèrent d'abattre les hautes murailles des fortifications, celles-là mêmes qu'avait édifiées Neptune, il y avait plus de mille ans, et qu'Apollon avait consacrées. Hélas ! comme ils se sont eux-mêmes trompés, comme ils sont tous trahis ! Lorsque les murs furent abattus, Ulysse s'est adressé aux siens :

« Le moment est venu, leur dit-il, et il ne faut pas traîner, de réclamer les richesses que nous attendons. Vu les circonstances, nous ne leur laisserons pas relever leurs murailles et tirer le cheval à l'intérieur de la ville avant que tous nos guerriers n'aient reçu leur salaire et leur récompense jusqu'au dernier denier. »

Tout fut aussitôt réclamé. Et les Troyens, qui ont perdu le sens et ne savent plus ce qu'ils font, leur ont fait remettre toutes leurs richesses. Quelle douleur ! Quel malheur ! Alors le cheval est introduit dans la ville dans une telle atmosphère de vénéra-

---

25904. partrete

25942 E o si granz processïons
Qu'om ne siet pas conter la joie
Que de lor mort funt cil de Troie.

Entre tanz dis fu li navies
25946 Refeitiez e les nés garnies.
Li granz aveirs, li granz treüz,
Qui de Troie lur est renduz
Est aportez, chargiez e mis.
25950 Un estrange conseill ont pris,
Que Heleine pas ne prendreient
D'avant que la cité avreient
Prise e gastee, arse e fundue,
25954 Car, s'il l'aveient receüe,
Let sereit puis e honte e tort
Que il la livrassent a mort ;
E il volent qu'el seit dampnee.
25958 Ce desplest molt e desagree
A Menelau, ce sachez bien,
Mes il n'en puet fere autre rien :
Por lui n'en sereit plus ne meinz.
25962 Molt en fu vers els d'ire pleins.
Acreire ont fet par coverçon
Au rei Priant qu'a Tenedon
Condureient lor cumpaignies,
25966 Totes lor genz e lor navies ;
Doncs trametront por dame Heleine,
Car ne volent li cheveteine
Que li poples comuns la veie :
25970 N'i a nul haïr ne la deie,
Car il unt par li perdu tant
Que soz ciel nen a rien vivant
Qui de mort la poïst garir, [167c]
25974 S'entr'els la poeient tenir.
Celeement i trametront.
Ensi l'engignent, si le funt ;
Ce vueut bien Prianz e otreie.
25978 Des or se metent a la veie.
    Quant lor buens orent acompliz
E li navies fu garniz,
Si unt les loges alumees.
25982 De Troie en veient les fumees.
Molt i erent grant li atret

Faux départ des Grecs

tion, au milieu de tant de processions, que personne ne pourrait dire avec quelle joie les habitants de Troie accueillent la mort qui les guette.

LE SAC DE LA VILLE

Pendant ce temps, les bateaux furent radoubés et équipés. Les immenses richesses, le lourd tribut donnés par les Troyens sont apportés et chargés à bord. Les Grecs ont pris cependant une étrange décision : ils ne reprendront pas Hélène avant d'avoir pris et dévasté la cité, de l'avoir réduite à un amas de cendres et de ruines, car, disent-ils, si Hélène leur est auparavant rendue, ce serait une infamie et une honte que de la mettre à mort. Or ils veulent qu'elle soit condamnée. Ménélas, je vous l'assure, est tout à fait opposé à cette décision et la désapprouve, mais il ne peut rien faire : les Grecs ne tiendront aucun compte de son avis. Sa colère contre eux est très vive. Les Grecs cependant ont menti au roi Priam, lui faisant croire qu'ils allaient rassembler toutes leurs troupes, leurs hommes et leur flotte à Ténédon.

Alors, ajoutent-ils, ils enverront chercher ma dame Hélène, car les chefs de l'armée ne veulent pas que les hommes de la troupe la voient. Tous ont de bonnes raisons de la haïr : ils ont subi tant de pertes à cause d'elle que personne au monde ne saurait la protéger contre la mort si elle tombait entre leurs mains. Ils iront donc la chercher en secret.

C'est ainsi qu'ils trompent la confiance du roi qui accepte leur proposition. Les Grecs se mirent alors en route.

Lorsqu'ils eurent fait tout ce qu'ils désiraient et qu'ils eurent équipé leurs bateaux, ils incendièrent leurs tentes. On voyait s'élever les fumées depuis Troie. Ce camp était bien agréable

Qu'il i aveient de loinz fet :
        Molt si erent bien herbergié,
25986   Bien atorné e bien logié.
        Voluntiers i unt le fué mis,
        Si cum dist Daires e Ditis.
        Des or n'i sunt plus demoré,
25990   Des porz se sunt desaancré ;
        Vont s'en a joie e a baudor.
        Plus de mil veiles de color
        I pareient sor maz drecees,
25994   De dras de seie entreseignees.
              Cil de Troie molt s'esjoïssent
        Quant en mi la mer les choisissent.
        A Deu prient que les torment.
25998   Que toz les ocie e cravent,
        Si que la mers toz les sorbisse
        Que uns n'en eschat ne n'isse,
        Car leidement les unt gregiez,
26002   Morz e destruiz e eissilliez.
        Qu'en fareie or lonc sermon ?
        Le seir vindrent a Tenedon.
        N'alerent plus, iluec tornerent,
26006   De haut vespre s'i aancrerent.
        Molt sunt joiant, molt sunt heitié.
        La nuit, quant il orent mangié,
        Si se sunt bien apareillié   [167d]
26010   A terre, as porz sunt repeirié.
        Des nés eissirent as chans hors,
        Puis armerent molt bien lor cors
        De bones armes maintenant.
26014   Grant piece avant que li jaus chant,
        Furent garni e apresté,
        Puis chevauchent vers la cité.
        Lor signe virent parissant :
26018   C'ert un grandisme fué ardant
        Que Synon alumé aveit,*
        Qui dedenz le cheval esteit.
        Ensi li esteit commandé :
26022   Quant il orreit que la cité
        Sereit aseüree e quoie,
        Doncs se metreient a la voie.
        C'iert o les traïtors enpris.
26026   Haï ! Prianz, dolenz, chaitis,
        Male garde pernez de vos !

à vivre : voilà bien longtemps que les Grecs l'avaient construit, ils s'y étaient installé de belles tentes, bien équipées et pleines d'agrément, mais c'est avec plaisir qu'ils y mirent le feu, ainsi que le rapportent Darès et Dictys. Puis, sans s'attarder davantage, ils levèrent l'ancre et s'éloignèrent, dans la joie et l'allégresse. Plus de trois mille voiles de toutes couleurs, où brille la soie des armoiries, sont hissées le long des mâts.

Les Troyens se réjouissent lorsqu'ils les aperçoivent au milieu de la mer et ils prient Dieu de les rouler dans les tempêtes, de les mettre en pièces, de les détruire. Que la mer engloutisse tous leurs ennemis, s'écrient-ils, qu'aucun n'en réchappe ! Ces Grecs les ont si cruellement éprouvés, tués, anéantis et détruits !

Mais pourquoi m'étendre davantage ? Ce même jour, les Grecs arrivèrent à Ténédon. C'est là qu'ils se dirigèrent et qu'ils mouillèrent de bonne heure dans l'après-midi. Ils sont tout joyeux et tout contents. Le soir, après avoir mangé, ils se sont de nouveau équipés à terre et ils sont revenus aux rivages de Troie. Une fois débarqués sur la plaine, ils s'armèrent aussitôt avec soin. Bien avant que le coq ait chanté, ils étaient équipés de pied en cap. Ils chevauchèrent vers la cité où ils virent brûler le signal convenu. C'était un grand feu que Sinon, qui était resté caché dans les flancs du cheval, avait allumé. Ils lui avaient en effet ordonné d'agir ainsi lorsqu'il verrait que tout reposerait dans la cité. Alors les Grecs devaient se mettre en route : voilà ce qu'ils avaient manigancé avec les traîtres. Hélas ! Priam, malheureux, misérable Priam, que n'êtes-vous davantage sur vos gardes ! Dans la ville, tous se réjouissaient

Par la vile furent joios
De ce qu'alé s'en sunt Grezeis.
26030 N'unt mes ne crieme ne soupeis
Ne dotance de nule part.
Il n'i aveient pas regart
A cele feiz d'ome vivant.
26034 Travail aveient eü grant,
Dolor e peine e esmaiance ;
E por la pes, por l'alejance
Erent de dormir desirros
26038 E de reposer coveitous.
O ce qu'assez beü aveient
E que nule rien ne cremeient,
S'erent couchié e endormi :
26042 N'i aveit home resperi.
Grieu troverent les murs funduz
E peceiez e abatuz,
Por la merveille qui iert fete, [168a]
26046 Qu'il orent enz tiree e trete.
Vint mile d'els i a entrez ;
Partiz se sunt e devisez
E par mainz sens e par mainz lués.
26050 Oscurs iert li ciels e la nuiz ;
Signes se sunt entredonez.
Ainz que del jor parust clartez,
En orent il vint mile ocis.
26054 Li granz palés de marbre bis
Sunt asailli e depecié,
E cil dedenz tuit detrenchié.
N'i espargnerent riens vivanz,
26058 Ocïent meres e enfanz.
       Li criz e la noise est levee.
Ha ! las ! cum fiere destinee !
Cum pesant nuit a cels dedenz !
26062 Ainc si fet duels ne tiels tormenz
Ne fu ne n'iert tres qu'a la fin.
N'i remeint povre n'orphenin,
Jovne ni viell cui il ateignent.
26066 De l'ocise li palés teignent,*
Tuit decorent li pavement :
De sanc sunt moillié e sanglent.
N'i a rue, n'i a sentier
26070 Ou l'om n'entrast tresqu'al braier.
Par les places, par les veneles,

du départ des Grecs. Aucun parmi les Troyens n'éprouve la moindre inquiétude, le moindre souci, la moindre crainte. Désormais, ils ne redoutent personne au monde. Ils avaient beaucoup enduré, beaucoup souffert, beaucoup tremblé. Maintenant ils jouissent de la paix retrouvée et, soulagés, ils aspirent à dormir en paix, à goûter du repos. Comme ils avaient beaucoup bu et qu'ils ne craignaient plus rien, ils étaient allés se coucher et dormaient : personne n'était éveillé. Les Grecs trouvèrent les murailles mises en pièces et abattues, et tout cela à cause de cette extraordinaire machine que les Troyens avaient introduite dans la ville. Vingt mille d'entre eux sont entrés et se sont répartis partout dans la cité. La nuit était obscure, le ciel était sombre. Ils se sont donné des signes de reconnaissance. Avant que le jour ne se lève, ils avaient tué vingt mille Troyens. Les hauts palais de marbre brun sont envahis et détruits. Leurs habitants sont massacrés. Personne n'est épargné. Ils tuent les mères et les enfants.

L'alarme est donnée. Hélas ! quel funeste destin ! quelle nuit terrible pour les Troyens ! Jamais, jusqu'à la fin du monde, on n'a connu, on ne connaîtra pareille douleur, pareil tourment. Ni le pauvre ni l'orphelin ni le jeune ni le vieux n'échappent aux coups des Grecs. Les palais sont ensanglantés par le carnage. Sur leurs sols, le sang ruisselle. Les Grecs baignent dans le sang. Il n'y a ni rue ni sentier où il ne monte jusqu'aux cuisses des assaillants. Sur les places, dans les ruelles, dans les salles

Par les sales riches e beles,
Par les meisons de marbre bis,
26074 Morent dames as cors gentis :
Hauz criz crïent e angoissos.
Tiel damage, si doleros,
Cum pot sol estre porpensé ?
26078 Li portal furent bien gardé,
Q'uns n'en issist ne eschapast,
O qui en mer ne s'en entrast.
As braz des meres alaitanz [168b]
26082 Sunt detrenchié lor biaus enfanz ;
Aprés funt d'eles autretant.
L'ocise par i est si grant ;
Tote la nuit dura ensi,
26086 Tant que li jors lur esclarci.
As forz meisons as treïtors
Ont enveiez bons gardeors,
Q'eles ne seient alumees,
26090 Ne peceiees ne robees.
Li temple furent despoillié,
E cil tuit mort e detrenchié
Qui por garir fuï i erent.
26094 Tot cerchierent e tot roberent :
Or e argent, pailes e dras,
Bacins e copes e enas
E autres aveirs precïos
26098 E chiers e biaus e delitos.
En prenent tant cum il en querent ;
Par mil fïees se chargierent.
       Prïanz li reis oï les criz ;
26102 Sot e conut qu'il iert trahiz.
Esbaïz fu e entrepris.
L'eve li cort aval le vis,
Cent feiz se pasme de dolor.
26106 Ensi cum me retret l'autor,
Fuïz s'en est mort receveir,
Cum cil qui n'a de vie espeir.
Davant l'autiel Apollinis,
26110 Sor le vert marbre blanc e bis,
Se rest pasmez ; molt faut petit
Que il meïsmes ne s'ocit.
L'ovre mortiel e la destine
26114 Conoist Cassandra la devine :
Veit ce que tant a pronuncié

splendides, dans les demeures de marbre brun, les nobles, les belles dames succombent en poussant hurlements et cris de douleur. Comment a-t-on pu ne serait-ce qu'imaginer pareil désastre ? Les portes d'enceinte furent soigneusement gardées : personne ne put les franchir ni s'échapper par mer. Les petits enfants à la mamelle sont tués dans les bras de leurs mères qui succombent après eux. La tuerie fait rage. Elle dura toute la nuit, jusqu'au moment où l'aube apparut. Les Grecs postèrent de bons gardiens devant les maisons fortifiées des traîtres afin qu'elles ne soient ni incendiées ni abattues ni pillées. Les temples, eux, furent saccagés et ceux qui s'y étaient réfugiés pour se protéger furent mis en pièces et tués. Partout les Grecs fouillèrent et pillèrent. Or, argent, étoffes de soie et de laine, bassins, coupes, hanaps, objets précieux de toute nature, tout ce qui avait valeur, beauté, agrément, ils s'en emparèrent jusqu'à plus soif. Sans relâche, ils chargèrent leur butin.

Le roi Priam entendit les clameurs qui s'élevaient et comprit qu'il avait été trahi. Il tomba dans une profonde stupeur. Les larmes coulent sur son visage et, à maintes reprises, il s'évanouit. Puis, comme me le relate l'Auteur, il s'enfuit par la ville pour chercher la mort, en homme qui a perdu tout espoir de vivre. Devant l'autel d'Apollon, sur le marbre blanc et brun, il s'est de nouveau évanoui. Peu s'en faut qu'il ne se tue de ses propres mains. Cassandre cependant, la prophétesse, voit se lever ce jour funeste et se réaliser l'horrible catastrophe qu'elle

E pramis e prophetizié.
S'el a dolor, rien nel demant! [168c]
26118 Tote sole s'en vait fuiant,
Que rien ne la conoist n'enterce,
El riche temple de Minerve.
La se detort, la se degete,
26122 Son pere e sa mere regrete.
　　　Ne sai qu'alasse porloignant.
L'ocise par estoit si grant
Qu'ainc, puis ne ainz, ne fu maire
26126 Ne riens ne la porreit retraire.
Dedenz la chanbre de biauté,
Ou tant aveit or esmeré
E chieres pieres precïoses,
26130 Sont les dames si angoissoses
Que ne se sievent conseillier.
Quant li jors prist a esclairier,
S'unt Grieu asailli Ylïon.
26134 N'i troverent desfensïon.
Antenor, li cuiverz Judas,
E Anchisés e Eneas
Les i unt conduiz e menez.
26138 Molt sunt cruels e desfaez :
Coment le puet lor cuers sofrir ?
A duel lor puisse revertir !
Tant damage, tante dolor
26142 Sunt avenu por traïtor ;
Mes sor toz fu ceste la maire,
Ce reconte Ditis e Daire,
Que Pirrus a ocis Priant
26146 Davant l'autiel au deu puissant.
La li fist si le chief voler,
L'autiel fist tot ensanglenter.
Por tant en fu vers lui iriez
26150 Reis Jupiter, li deus prisiez.
Par signe e par grant demonstrance*
En prist puis de son cors venjance.
Sus el palés, qui d'or resplent, [168d]
26154 Fu doloros l'ocïement :
Riens n'i garist ne n'a pardon,
Riens n'i a de mort raançon.
　　　Ecuba e Polixenein
26158 Fuient envers un sozterrein.
A la mort fuient – ce que chaut ?

a si souvent prédite et prophétisée. Inutile de demander combien elle souffre! Seule elle fuit, sans que personne la reconnaisse ni l'interroge, jusqu'au somptueux temple de Minerve. Là, elle se tord de douleur et se roule à terre, se lamentant sur son père et sur sa mère.

Que vous dirais-je de plus? Le carnage fut si grand que jamais on ne vit, on ne verra son pareil et que personne ne pourrait le décrire. Quant aux dames, incapables, dans leur angoisse, de prendre une décision, elles se sont réfugiées dans la Chambre de Beautés, où abondent l'or pur et les pierres précieuses. Lorsque le jour se leva, les Grecs assaillirent Ilion. Personne ne leur opposa de résistance. Anténor, cet infâme Judas, Anchise et Énée, ces êtres cruels et pleins de perfidie, leur ont servi de guide. Comment ont-ils pu, dans leur cœur, se résoudre à commettre un acte pareil? Puisse le mal en retomber sur eux! Que de catastrophes, que de maux ont été causés par des traîtres! Mais, de toutes les douleurs, la plus terrible fut, comme me le content Dictys et Darès, le meurtre de Priam, tué par Pyrrhus devant l'autel du dieu tout-puissant. C'est là qu'il lui coupa la tête, ensanglantant tout l'autel. Ce crime irrita contre lui le roi Jupiter, le dieu vénéré, et il lui en donna bien la preuve, lui qui se vengea du héros en le faisant mourir. Là-haut dans le palais, où l'or resplendit, se déchaîne un atroce carnage. Personne ne peut trouver grâce, personne n'est épargné, personne n'obtient de sursis devant la mort.

Hécube et Polyxène s'enfuient par un souterrain. Elles fuient vers la mort, mais qu'importe? Tout est inutile et vain. Dans

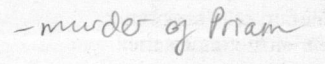

Riens ne lur monte ne lor vaut —
Hauz criz criant e angoissos :
26162 Ainc nus n'oï plus doleros.
   La reïne veit Eneas :*
« Cuiverz, fet ele, Satanas,
Vils e hontos e reneiez,
26166 Sor toz traïtres desleiez,
Cum osastes or porpenser,
Ne cum le pöez endurer,
Que l'om ici, vos oilz veiant,
26170 A detrenchié lo rei Priant ?
Il ne pert mie a vostre face
Que il vos en peist ne desplace.
Par vos est or Troie eissillee,
26174 Nos mort, e la haute lignee
Qui de Dardani iert estreite ;
Haï ! cuiverz ! quel l'avez faite !
A honte en puissez vos aler ! »
26178 Sor le marbre l'estut pasmer.
Quant el repot aveir s'aleine,
Si li a dit a molt grant peine :
« Cuiverz, traïtres reneiez,
26182 Quant de mei ne vos prent pitiez
Ne de Troie qu'ensi decline,
Gardez sevaus ceste meschine,
Que anemis n'en seit seisiz.
26186 Ja mar de mei avreiz merciz !
S'il ocirre ne me voleient,
S'ai je dous mains, que m'ocirreient. »
Adoncs rechiet pasmee a quaz. [169a]
26190 Eneas prent entre ses braz
Polixenein tote par morte.
Isnelement o sei l'enporte,
Qu'ele n'en siet mot ne nel sent,
26194 Ne de li n'ist aspirement.
   Menelaus est alez tot dreit
En la chambre o Eleine esteit.
Ne la leidist, bat́ ne decire,
26198 Ne fet semblant de li ocire.
Conseill unt pris li Grieu entr'els,*
Saveir qu'il fereient de cels
Qui es temples s'en sunt entré.
26202 A ce se sunt tuit acordé
Que l'om par force les en traie,

Hécube couvre d'injures Énée

leur angoisse, elles poussent des cris terribles. Personne, jamais, n'entendit pareilles lamentations. La reine cependant aperçoit Énée :

« Infâme Satan, lui dit-elle, monstre de scélératesse et d'ignominie, oh, le plus traître des traîtres[^1], comment avez-vous osé tramer cette ruine, comment pouvez-vous supporter que l'on ait massacré, sous vos yeux, le roi Priam ? Il ne semble pas, à vous voir, que vous en soyez affligé et peiné ! C'est par vous qu'aujourd'hui Troie succombe et que meurt avec nous la noble race issue de Dardanus ! Ha ! monstre, qu'avez vous fait ? Que la honte soit désormais votre lot ! »

À ces mots, elle tomba évanouie sur le sol de marbre. Quand elle reprit ses sens, elle lui dit encore, cherchant son souffle :

« Scélérat, traître, renégat, si vous n'avez pas pitié de moi ni de Troie dont la perte se consomme, protégez du moins cette enfant, empêchez les Grecs de s'en emparer. Vous auriez bien tort d'avoir pitié de moi ! S'ils ne voulaient me tuer, c'est de mes propres mains que je me mettrais à mort. »

À ces mots, elle retombe lourdement évanouie. Énée prend alors entre ses bras Polyxène à demi morte et, rapidement, il l'emporte sans qu'elle s'en rende compte : pas un souffle ne sort de sa bouche.

Quant à Ménélas, il est allé tout droit dans la chambre où se trouvait Hélène. Il ne l'injurie pas ni ne la maltraite ni ne fait mine de vouloir la tuer. Les Grecs cependant ont délibéré pour savoir ce qu'ils feraient de ceux qui se sont réfugiés dans les temples. Ils sont tombés d'accord pour qu'on les en fasse sortir

---

26166. traîtes

Si n'aient ja de mort manaie.
Ensi firent : mal lor doinst Dex !
26206 Ainc ne les garanti autex,
E cil furent cerchié trestuit,
Qui s'estoient repoz la nuit ;
N'orent garison li derrier
26210 S'autretiel non cum li premier.
　　Andromacha la proz, la bele,
E Quassandra, qui iert pucele,
Ont des temples ça hors sachees,
26214 Mes nes unt mortes n'atochees,
Car reis Thelamon Aïaux
Les gari come buens vassaus.
Des beles dames, des preisanz,
26218 Des puceles e des enfanz
I unt molt retenu de vis.
Quant tot orent robé e pris,
Si unt la cité enbrasee,
26222 Tote fundue e cravantee.
Toz est trebuchez Ylïons,
Les riches tors e les donjons
E li riche palés marbrin   [169b]
26226 E les granz sales a or fin ;
Ainc n'i remest tor ne portal.
Trestot firent plain e igal ;
A ce fere mistrent lonc tens.
26230 Cil ou plus ot valor e sens
Firent les thesors amasser
E ensemble toz ajoster.
N'ot si hardi en tot l'enpire
26234 Qui rien en osast fere a dire :
Amassez fu comunement.
Trop par i ot or e argent,
E despueilles riches e chieres,
26238 E dras de cent mile manieres,
De seie e d'or fez e teissuz ;
Ja tiels aveirs n'iert mie veüz.

Destruction de la cité

de force et qu'on ne les épargne pas. Ainsi firent-ils. Que Dieu les maudisse ! Les autels ne servirent point d'asile à ceux qui s'y étaient réfugiés. On donna alors la chasse à ceux qui s'étaient cachés pendant la nuit. Ni les uns ni les autres ne purent se sauver.

Andromaque, la belle, la noble Andromaque et la vierge Cassandre furent tirées hors des temples, mais elles ne furent ni tuées ni violées, car le roi Ajax Télamon les protégea, en noble guerrier. Les Grecs ont capturé vivantes beaucoup de nobles dames de grande renommée, de jeunes filles et d'enfants. Puis, quand ils eurent fini de piller, ils mirent le feu à la ville opulente. Tout fut brisé, abattu, jeté à terre. Ilion s'écroule. S'écroulent les tours magnifiques, les donjons, les magnifiques palais de marbre, les salles décorées à l'or fin. Pas un mur, pas une porte ne restèrent debout : les Grecs rasèrent entièrement la ville, mais au prix de longs efforts. Ceux des Grecs qui étaient connus pour leur valeur et leur sagesse ordonnèrent d'apporter toutes les richesses et de les mettre en commun. Personne, dans l'armée, n'osa s'opposer à cette décision : tout le butin fut donc réuni. Quelle quantité d'or, d'argent, d'armes d'une extrême richesse, d'étoffes de toutes sortes, tissées de soie et d'or ! Jamais on ne vit pareil butin !

Quant trestot ce fu aplané
E Grieu furent resazié
E las de destruire e d'ocire,
Si josterent un grant concire
En la tor Minerve, en la grant,*
Si cum jo Daire truis lisant.
Agamennon la s'umelie,
Toz les deus aore e mercie
De ce qu'il lor ont consentu
Que Troïen erent vencu.
Les reis löe toz un e un,
E tot l'autre pople comun,
Puis dist : « Seignor, or entendez.
Bien seüstes e bien savez
Les covenanz e les otreiz
Dont nos somes par les nos feiz
O cels qui nos unt fet seignors
De la cité e des henors.
Tot nos unt fet e acompli
Ce que il nos orent plevi.
Or si gardez quel la ferons, [169c]
Saveir se nos lor retendrons
Ce dun il unt nos seürtances,
Nos seremenz e nos fiances. »
    A ce respondirent Grezeis :
« Ne seit enfrainte nostre leis.
Tot aient ce qu'om lur pramist
E qu'om lur otreia e dist. »
Ensi fu de toz creanté.
Aprés furent tuit apelé :
Cum a amis e bien voillanz
Lur unt renduz lor covenanz :
Ne lur en fu ainc fet boisdie
Ne fauseté ne tricherie.
Puis ront parlé e conseill pris
Cum li aveir fussent devis
E departi par tiel igance
Qu'il n'i ait ire ne pesance.
    Molt fu destreiz reis Menelaus,
Car danz Thelamon Aïaus*
E li autre prince plusor

LA MORT DE POLYXÈNE ET D'HÉCUBE
(vv. 26241-26590).

Quand la ville fut entièrement rasée et que les Grecs furent rassasiés de meurtre et de carnage, ils réunirent une grande assemblée dans le temple de Minerve, ainsi que je le lis chez Darès. Agamemnon se prosterne, adorant tous les dieux et les remerciant d'avoir permis aux Grecs de vaincre les Troyens. Il félicite un par un les rois, puis l'ensemble des soldats et leur dit :

« Seigneurs, écoutez-moi. Vous savez bien quels accords nous avons passés, sur la foi des serments, avec ceux qui nous ont rendus maîtres de la cité et de ses biens. Tout ce dont ils étaient convenus avec nous, ils l'ont exécuté. Considérez donc ce que nous ferons, si nous tiendrons les engagements pris et les serments que nous avons échangés.

— Ne violons pas la foi jurée, répondirent les Grecs, et donnons-leur tout ce qu'on leur a promis et accordé. »

Tel fut l'avis unanime. On fit alors venir les traîtres et on leur donna, comme à des amis très chers, tout ce qui était convenu, sans la moindre tromperie, sans la moindre fausseté ni la moindre tricherie. Les Grecs délibérèrent ensuite pour savoir comment les biens seraient équitablement partagés afin que personne n'en conçoive colère ou ressentiment.

Le roi Ménélas était très affligé, car le roi Ajax Télamon et beaucoup d'autres princes exigeaient qu'Hélène soit suppliciée

26282 Volent que muire a deshenor
Heleine sans aveir pardon ;
Car ce monstrent bien par reison
Que sor toz a mort deservie.
26286 Riens ne li poeit fere aïe,
Quant Ulixés s'en entremist
Par la priere que l'en fist
Reis Menelaus. Granz jugemenz
26290 E granz noises e granz contenz
Tindrent de li treis jors entiers.
Mes Ulixés, li buens parlers,
Li saives e li engignos,
26294 Li a son cors de mort rescos.
Veiant trestoz e sor lor peis,
26296 La rot dan Menelaus li reis.*

26299   Reis Agamennon tant refist [169d]
E tant reporchaça e quist
Que Cassandra li fu donee.
26302 Merveilles l'aveit aamee,
Sor tote rien la desirrot,
Ne tant ne quant ne s'en celot.
Molt par iert de s'amor espris,
26306 Ce me retret Daire e Ditis.
Merveilles se tint a gariz
Quant il de li se vit seisiz.
Dous beles dames, Climena,
26310 E l'autre raveit nom Etra,
Donerent a dous riches reis :
L'une a Demophon le corteis,
E l'autre rot reis Achamas.
26314 Danz Antenor, danz Eneas
Resunt el grant concire entré.
Assez furent a dei monstré.
      Premiers parla danz Antenors :
26318 « Sire, fet il, Agamennors,
Or entendez nostre reison
E comandez que la dïon.
 – Dites, que bien sera oïe. »
26322 E Antenor merci lor crie
D'Andromacha e d'Elenus,*
Qu'il ne desvoustrent ainc rien plus,
Que la guerre iert estre lor gré :
26326 « Se fust par la lor volunté,
Il n'en eüst ja esté rien.

et refusaient de lui faire grâce. Ils ont en effet beau jeu de démontrer qu'elle a plus que tout autre mérité la mort. Personne ne pouvait plus la sauver lorsque Ulysse intervint, sur les prières du roi Ménélas. Trois jours durant on discuta sur le sort d'Hélène dans le bruit et la fureur. Mais Ulysse, l'habile orateur, le sage, le rusé Ulysse, l'arracha finalement à la mort. Sous les yeux des Grecs, et à leur grand mécontentement, elle fut rendue au roi Ménélas.

Agamemnon de son côté multiplia les prières et les démarches pour qu'on lui donnât Cassandre. Il s'était en effet passionnément épris d'elle et la désirait plus que tout être au monde, sans d'ailleurs s'en cacher. À ce que disent Darès et Dictys, il brûlait d'amour pour elle et, lorsqu'elle lui fut donnée, ce fut un homme comblé. Les Grecs donnèrent à deux puissants rois deux nobles dames qui s'appelaient Cliména et Aethra. La première échut à Démophon le courtois et l'autre, au roi Acamas.

Le seigneur Anténor et le seigneur Énée se présentèrent devant l'assemblée. Bien souvent on les montrait du doigt. Anténor prit le premier la parole :

« Seigneur Agamemnon, dit-il, écoutez-nous, s'il vous plaît, permettez-nous de prendre la parole.

– Faites, répondit le roi, vous serez écouté. »

Anténor le supplia alors d'avoir pitié d'Andromaque et d'Hélénus qui, plus que quiconque, se sont opposés à cette guerre.

« S'il n'avait tenu qu'à eux, dit-il, rien de tout cela ne serait

        Tot ce lor en pramistrent bien
        Treis anz avant qu'il commençast,
26330   Ne que Paris en Grece alast.
        Le cors Achillés firent rendre,
        Qu'il voleient a forches pendre.
        Mal ne nuisance, engin ne art
26334   Ne vos vint ainc de la lor part ;
        N'ont deservi mort ne servage.   [170a]
        Tant estes noble e franc e sage
        Qu'il besoigne qu'or i gardez ;
26338   Se il vos plest, sis delivrez. »
        A ce ot mainte response fete,
        Mes, si cum l'ovre m'est retrete,
        Toz li comuns vout lor quitance,
26342   Lor franchise, lor delivrance.
        Quant Helenus fu delivrez,
        E sis aveirs quite clamez,
        Molt bonement en mercia
26346   Cels de Grece, puis lor pria
        Que sa serorge li rendissent,
        Por amor Deu ne l'oceïssent.
        Plus le desveut que ne l'otreie,
26350   Mes Agamennon tant les prie,
        Ce trovons nos e ce lison,
        Qu'il li firent de mort pardon.
        Ovec sei les retint Pirrus
26354   E, por Andromacha le plus,
        Fist les dous fiz Hector quiter,
        Qu'il voleient a mort livrer.
        Les gentis dames henorees
26358   Furent quites e delivrees ;
        Par le comun esgardement
        De l'ost des Grieus comunement
        Fu mis del tot a lor voleir
26362   De l'aler o del remaneir.
        O sorz e o devisïons
        E par comuns particïons
        Fu li granz aveirs asigniez.
26366   As plus riches, as mielz preisiez
        Fist hom selonc ce qu'il esteient
        E que il deservi aveient.
        Selonc lor fez e lor valors,
26370   Doneient a toz les plusors.
        Departiz fu e devisez   [170b

arrivé. Ils avaient prédit aux Troyens tout ce qui devait se produire, trois ans avant le début des hostilités et avant même que Pâris n'allât en Grèce. C'est eux qui ont fait rendre le corps d'Achille que les Troyens voulaient pendre aux fourches. Jamais le moindre mal, le moindre tort, la moindre trahison ni la moindre fourberie ne vous ont été causés de leur fait. Ils n'ont mérité ni la mort ni l'esclavage. Et vous, vous êtes si nobles, si généreux, si sages que vous devez en tenir compte et – nous vous en prions – leur accorder leur liberté. »

Les avis échangés furent partagés, mais, comme me le dit l'histoire, les soldats demandèrent qu'on accordât pleine et entière liberté à Hélénus et à Andromaque. Lorsque Hélénus fut libéré et qu'on lui eut restitué ses biens, il remercia beaucoup les Grecs et les pria de lui rendre sa belle-sœur et de lui laisser la vie sauve pour l'amour de Dieu. Les uns étaient d'accord, les autres, plus nombreux, s'y opposaient, mais Agamemnon les en pria si instamment, selon ce que nous trouvons dans notre source, qu'ils épargnèrent Andromaque. Pyrrhus les garda tous les deux pour lui et, surtout pour plaire à Andromaque, il fit libérer les deux fils d'Hector que les Grecs voulaient mettre à mort. Les nobles dames de haute renommée furent elles aussi libérées. Tous les Grecs décidèrent d'un commun accord de leur laisser le choix de partir ou de rester. Les immenses richesses qui avaient été réunies furent tirées au sort, partagées et réparties entre les Grecs. On les distribua aux plus puissants et aux plus renommés selon leur rang et en proportion des services rendus. Pour la masse des hommes, la répartition se fit en fonction de ce que chacun avait fait et de la vaillance qu'il avait montrée. Tout fut distribué et donné selon

A lur voleirs e a lor grez.
Ce fu bien fet, sans descordance,
26374 Sans haïne, sans mal voillance.
    Aprés parlerent de l'aler,
Mes si orrible fu la mer,
Si ydose, si reversant,
26378 Qu'en nule fin ne fet senblant*
Que il ja mes dedenz entrassent,
Que maintenant tuit ne neiassent.
Chascun jor iert si forz li venz
26382 E par la mer tiels li tormenz,
Nus n'i entrast qui ne fust mort
Ne qui ja mes venist a port.
Ce dura plus d'un meis entier,
26386 Tant qu'a toz prist a enuier.
Calcas distrent qu'il enqueïst
Que ce esteit, si lor deïst.
Ses responz prist, ses sorz geta,
26390 E aprés si lur aconta
Que ja li venz n'abeissereit
Ne la mer ne s'apeisereit
Davant que les enfernals Fures
26394 Avreient eü lor dreitures
E l'ame Achillés vengement.
Por autre rien ne sunt li vent.
    Ce lor espiaut, ne meinz ne plus.
26398 Adoncs s'est apensez Pirrus
Se cele iert morte o el viveit,
Par qui sis peres morz esteit
E en traïson fu ocis.
26402 Demandé l'a molt e enquis.
Tuit dient que n'en sievent rien,
Ainz aferment e jurent bien
Que, quant la citez fu eüe,
26406 Ne fu trovee ne veüe.
La parole fu eissaucee [170c]
E demandee e encerchee,
Tant qu'Antenor en fu blasmez
26410 *E molt eigrement acusez.*
Agamenon l'en fist l'apel,
Tiel qui n'esteit ne bon ne bel.
Cil en parole o Eneas,
26414 *Si li dist qu'il ne loot pas,*
S'il la sievent, qu'el fust celee,

ce que chacun voulait et désirait. Tout se passa bien, sans heurt, sans manifestation de haine ou de malveillance.

Les Grecs parlèrent ensuite de partir, mais la mer était si mauvaise, si déchaînée, si agitée qu'ils ne voyaient pas comment ils pourraient s'embarquer sans être aussitôt noyés. Chaque jour, le vent soufflait si fort, la tempête était si violente que personne n'aurait pu naviguer sans trouver la mort : impossible d'arriver à bon port. Il en fut ainsi un mois durant et tous les Grecs commençaient à supporter difficilement cette situation. Ils demandèrent donc à Calchas de chercher quelle en était la cause et de le leur dire. Calchas consulta les augures et les oracles et révéla que le vent ne se calmerait pas, que la mer ne s'apaiserait pas, avant que les Furies infernales n'aient eu satisfaction et que l'âme d'Achille n'ait été vengée. C'est là la seule cause de la tempête.

Voilà donc ce que le devin leur expliqua. Pyrrhus se demanda alors si celle à cause de qui son père avait été tué par traîtrise était ou non vivante. Il a partout cherché sa trace. Tous lui dirent qu'ils ignoraient ce qu'elle était devenue ; ils lui assurèrent et lui jurèrent que personne ne l'avait vue lorsque la cité avait été prise. Les discussions s'amplifièrent et s'envenimèrent si bien que le blâme en retomba sur Anténor, qui fut sévèrement accusé. Agamemnon, à qui toute cette affaire déplaisait profondément, lui réclama la jeune fille. Anténor discuta de son côté avec Énée, lui disant qu'il n'était pas d'accord pour qu'on la cachât si on savait où elle se trouvait :

26389. resposz

Les vv. **26407-26550**, qui manquent dans la photographie du manuscrit de Milan, ont été restitués d'après l'éd. C et son apparat critique, et en tenant compte du système graphique de *M2*.

Quar molt sereit chier comparee.
Molt li prie que veir l'en die,
26418 *Quar trop par a fet grant folie*
Des Grieus faire vers eus marrir.
Ne li voust onques descovrir
Ne dire qu'il en seüst rien,
26422 *Mais Antenor, le vieil, le chien,*
L'a quise tant e nuit e jor
Qu'es chambres d'une vieille tor
La trueve raposte e muciee;
26426 *Par les dous braz l'a hors sachiee.*
Al rei Agamennon la rent,
Qui en a fait don e present
Al fill Achillés, al cuivert.
26430 *E Ulixés dit en apert*
Que l'om l'ameint isnelement
Al tumbel e al monument
Ou Achillés gist, la l'ocie :
26434 « *Doncs iert la venjance acomplie*
E li Enfernal apaié,
Qui de l'aler nos font devié. »
Creüz en fu : si le feront,
26438 *Mais griement le conperra*
Ensi com vos m'orreiz conter,
Avant que vienge al definer.
Quant li poeples sot la novele
26442 *Qu'ocire voleit la puncele,*   [170d]
Tuit i corent, q'uns n'i remaint;
Chascuns la plore e crie e plaint.
Chascuns qui remire sa face,
26446 *Ne puet müer ne li desplace*
Ço qu'om la veit a mort livrer.
A mil la veïsseiz plorer.
Pitié en ont, n'est pas merveille.
26450 *Li lis e la rose vermeille*
Sunt envers li descoloré;
Quant que ot Nature de beauté
Mist ele en li par grant leisir.
26454 *De sa beauté m'estuet taisir*
Quar ne la porreie descrire
En demi jor trestot a tire.
Las! quel damage e quel dolor!
26458 *Ancor en fust le mont meillor*
Se de li fussent heir eissu.

les risques étaient trop grands. Il le prie donc instamment de lui dire la vérité, car il s'est montré bien peu raisonnable en irritant les Grecs contre eux. Énée ne voulut rien lui révéler de ce qu'il savait. Mais Anténor, ce vieux chien d'Anténor, chercha si bien nuit et jour la jeune fille qu'il finit par la trouver dans les chambres d'une vieille tour où elle s'était terrée. Il la saisit à bras-le-corps et la livra à Agamemnon qui la remit au fils d'Achille, à ce monstre. Ulysse conseilla aussitôt de la conduire là où se trouvait le tombeau d'Achille et de l'y mettre à mort.

« Ainsi, dit-il, la vengeance sera assouvie et les divinités infernales qui nous retiennent ici seront satisfaites. »

On lui fit confiance : les Grecs feront ce qu'il leur a conseillé, mais ils le payeront cher, comme vous me l'entendrez raconter avant que je ne termine mon récit. Quand le peuple apprit qu'on voulait tuer la jeune fille, tous sans exception accoururent. Chacun pleure sur elle, se lamente et la plaint. Chacun, en voyant son visage, déplore de la voir ainsi livrer au supplice. Vous auriez pu en voir pleurer un bon millier ! Ils ont pitié d'elle, et ce n'est guère surprenant. Le lis, la rose vermeille perdent tout leur éclat auprès du sien. Toute la beauté que possédait Nature, c'est à elle qu'elle en avait fait don sans rien garder pour elle. Mais je ne dois pas parler plus longuement de la beauté de cette jeune fille car, même en y consacrant toute une demi-journée, je ne saurais la décrire tout entière. Hélas ! quelle catastrophe, quelle douleur ! Comme le monde

Ço qu'ert de bel i fu perdu :
Sor autres fussent remirables
26462 E de beauté resplendissables
Cil qui de li fussent estrait.
Las ! tant i ot doloros plait !
Com pesme mort e com haïe !
26466 El ne l'aveit mie deservie :
Ço peise li, el n'en puet mais,
Quant Paris ocist Achillés :
Onques n'en fu a li parlé,
26470 Ainz ne fu tot par le suen gré.
A la mort vet que l'om la meine.
A eus parole a molt grant peine,
Quar de paor tremble e tressaut.
26474 Li cuers li mue e change e faut.
« Seignors, fet ele, vil concire
Avés tenu de mei ocire.
Ainc ne fu mes venjance prise
26478 Que en si grant mal fust reprise ; [171a]
Trop estes home et riche rei
A faire tel chose de mei.
N'ai mort ne peine deservie,
26482 Ne ainc ne fis jor de ma vie
Par quei jo fusse ensi traitiee.
Tant par sui de haute ligniee,
Pucele jovne senz malice,
26486 Que, s'il vos pleüst, ceste jostice
Deüst bien remaindre de mei.
Ocis avez Priant le rei,
Ses fiz, ses freres, ses nevoz
26490 E ses autres bons amis toz :
D'ocire e d'espandre cerveles
E d'estre en sanc e en boëles
Deüsseiz estre si saol,
26494 E aveir en atel refol
Qu'un meis entier avez esté
Si cruelment ensanglenté
De l'ocise des cors dampnez
26498 Que c'est merveille qu'or avez
De ma mort faim ne desirier.
Volez vos vos rasaziier
Ancor de mei ? Ço sacheiz bien,
26502 Que je ne voill por nule rien
Vivre aprés si faite dolor :

aurait été meilleur si elle avait donné naissance à une lignée ! La beauté qu'il y avait en elle fut perdue alors que ses descendants, si elle en avait eu, auraient été d'une éblouissante beauté et auraient fait l'admiration de tous ! Hélas ! quelle douloureuse décision ! Quelle mort atroce et détestable ! Elle ne l'avait pas méritée pourtant, car, lorsque Pâris tua Achille, elle en a été très affligée, mais elle n'a pu s'y opposer. Personne ne lui en avait parlé et ce ne fut pas fait avec son accord. Polyxène voit qu'on la mène à la mort. Elle s'adresse aux Grecs en parlant avec peine, car elle tremble de peur. Le cœur lui manque et elle défaille.

« Seigneurs, leur dit-elle, vous vous déshonorez en décidant ainsi de me tuer. Jamais acte de vengeance ne sera aussi sévèrement blâmé. Vous êtes de trop nobles seigneurs, de trop puissants rois, pour me traiter ainsi ? Je n'ai mérité ni la mort ni quelque punition que ce soit. Je n'ai jamais rien commis qui mérite un tel traitement. Je suis si jeune, si innocente, issue d'une si noble race que vous devriez bien, je vous en prie, m'épargner ce châtiment, si tel était votre bon plaisir. Vous avez tué le roi Priam, ses fils, ses frères, ses neveux et tous ceux qu'il aimait. Vous devriez être saoulés de tuer, de répandre des cervelles, de vous vautrer dans le sang et dans les entrailles. Vous devriez être dégoûtés d'être restés un mois entier ainsi couverts du sang de ceux que vous avez condamnés à mort. Et je ne peux croire que vous soyez encore tenaillés du désir de me tuer. Voulez-vous une fois encore vous rassasier par ma mort ?

« Pourtant, sachez-le, je ne désire plus vivre après ce terrible

---

26502. Q. il] *éd. C.*

Ja ne verreie mais nule jor
Chose que me reconfortast
26506 Ne que leece me donast.
N'istra de mei fille ne fiz
A estre vils e en eissill.
Sui trop de haut lignage nee ;
26510 Ne refus pas ma destinee :
O ma virginité morrai.
Biau m'est, quant jo ne maumetrai
La hautece de ma valor.
26514 Ne dei aveir ja mais amor   [171b]
O rien vivant : ja Deus nel doint !
Or ne vueil pas qu'om me perdoint,
Qu'om m'asueille, trop le desvoill :
26518 Trop plorassent sovent mi oill.
Qui me vausist vivre en dolor
N'en mortel glaive ne en plor ?
Vienge la morz, ne la refus,
26522 Quar n'ai talent de vivre plus.
Mon pucelage li otrei :
Ainc si biau n'ot ne cuens ne rei.
Ne voill pas que cil l'aient pris,
26526 Qui mon chier pere m'ont ocis.
Car ne fust mie saus en els :
Traïtor sont molt e cruels.
Molt sui liee quant fenirai
26530 E quant jo d'els departirai :
Molt haïsse lor cumpaignie.
Tant a or porchacié Envie
Que de ma beauté se plaigneit
26534 E que tant me par haïsseit,
Qu'or n'iert ja mais por mei iriee.
Ne fusse mie a mort jugiee
Se Envie nel feïst faire.
26538 Ço vos puis bien dire e retraire,
Ne voill criembre la destinee. »
S'el peüst estre rachatee,
Li comuns toz de l'ost grezeis
26542 La raiensist d'or ses cenz peis.
Mais ço que Calcas lor enseigne,
Por quei la tormente remainge,
Covient faire. Las ! quel damage !
26546 La bele, la pro e la sage
E de totes la mieuz preisiee

désastre. Rien désormais ne pourrait me réconforter ou m'apporter un peu de joie. Jamais je ne mettrai au monde un fils ou une fille dont le sort soit de vivre dans la honte et dans l'exil. Je suis issue d'un trop noble lignage. Je ne refuse pas le sort qui m'attend : je mourrai vierge et je suis heureuse de protéger ainsi de toute corruption l'éclat de ma noblesse. Dieu veuille qu'il me soit à tout jamais interdit d'aimer ! Je ne veux pas qu'on me pardonne. Je refuse qu'on m'absolve. Trop souvent mes yeux se mouilleraient de larmes ! À quoi bon vivre dans la douleur, dans l'affliction, dans les pleurs ? Vienne la mort ! Je ne la refuse pas, car je n'ai plus envie de vivre et c'est à elle que je voue ma virginité. Jamais roi ni comte ne reçurent plus beau présent ! Et je ne veux pas que me la prennent ceux qui ont tué mon père chéri. Je ne la croirais pas en sûreté si j'étais entre leurs mains. Ce sont des traîtres cruels et perfides. Je suis heureuse de mourir ainsi et de leur échapper. Je n'aurais pu supporter de vivre avec eux. Envie a si bien manœuvré, elle qui se plaignait de ma beauté et me poursuivait de sa haine, que jamais plus elle ne sera irritée contre moi. Jamais cependant je n'aurais été condamnée à mort si Envie n'y avait poussé, mais je peux bien vous assurer que je ne redoute pas le Destin. »

Si elle avait pu être rachetée, le menu peuple, dans l'armée grecque, aurait bien versé pour elle une rançon de sept cents poids d'or. Mais il leur fallut suivre les conseils de Calchas et apaiser ainsi la tempête. Hélas ! quel malheur ! La belle, la noble, la sage Polyxène, la plus estimée de toutes les jeunes

---

26509. Si] *A* – 26527. sans *A*

A Neptolemus detrenchiee
Sor la sepolture son pere.
26550 *Tot ço vit Ecuba sa mere :*
Del sanc de ses fines biautez [171c]
Fu li tumbels ensanglentez.
 D'Ecuba ne vos sai que dire,
26554 Tant est pleine d'angoisse e d'ire
E de dolor e de haschee.
26556 De son sens est si enragee*
26559 Que riens ne la poeit tenir
26560 Ne por batre ne por ferir.
Les reis, les princes leidisseit
E tote jor les honisseit :
A els lançot coutels aguz
26564 E pierres e bastons e fusz.
Sovent les mordeit o les denz.
Ne la porent sofrir les genz.
Ce dit Ditis li chevalier,
26568 La firent a un fust lïer,
Puis la lapiderent a mort.
En Albidie loingz del port,
La li firent sa sepouture
26572 Grant e haute, qui encor dure.
Por ce qu'ensi feiteirement
Se fist ocirre malement,
Apelerent le lué Engrés.*
26576 Cist noms durra a toz jors mes ;
Bien fu nomez selonc reison.
Ce trovons puis e sil lison,
Fole s'iert fete a escïent
26580 Por receveir mort e torment.
Ne voleit sor terre languir
26582 Ne tiel dolor longues sofrir.*
26585 Ce fu damage e grant dolor
Qu'el morut a tiel deshenor,
Car en cest siecle trespassé
26588 N'ot ainc dame de sa biauté,
Plus preisee ne plus amee
Ne de plus haute renomee.

filles, Néoptolème l'a égorgée là où repose Achille, son père. Et Hécube a assisté au supplice de sa fille et voit le sang de cette parfaite beauté couler sur le tombeau.

Je ne sais que vous dire de la reine. Emportée par la douleur, l'angoisse, la peine et le tourment elle perd la raison et rien, ni les coups ni les mauvais traitements n'avaient prise sur elle. Elle insultait les rois et les princes, et les couvrait d'insultes à longueur de journée. Elle leur lançait des couteaux aiguisés, des pierres, des bâtons, des morceaux de bois et bien souvent elle les mordait. Les Grecs ne purent la supporter longtemps. À ce que rapporte Dictys le chevalier, ils l'attachèrent à de solides pieux et la lapidèrent à mort. C'est à Abydos, loin du port, qu'ils lui élevèrent un grand et haut tombeau que l'on peut encore voir. Parce qu'elle se fit tuer de manière si cruelle, ils appelèrent le lieu « Cruel ». Ce nom restera à tout jamais, car il est parfaitement justifié. Nous trouvons dans nos livres qu'elle avait simulé la folie pour qu'on la supplicie et qu'on la mette à mort. Elle ne voulait plus languir sur terre ni endurer de telles souffrances. Ce fut un grand dommage, une grande douleur qu'elle soit morte de manière aussi ignoble, car il n'y eut jamais dame de si grande beauté, plus estimée, plus aimée et de plus haute renommée.

Benoît rappelle ensuite longuement les disputes entre les principaux chefs grecs pour la possession du Palladion qui est finalement donné à Ulysse (vv. 26591-27182). Le récit se termine enfin sur la relation des « retours » des principaux chefs grecs (vv. 27183-30300) Ajax, Agamemnon, Pyrrhus et Ulysse, tué, après son retour à Ithaque, par Télégonus, le fils qu'il a eu de la magicienne Circé.

30301 Ci ferons fin, bien est mesure : [196b]
Auques tient nostre livre e dure.
Ce que dit Daires e Ditis
30304 I avons si retret e mis
Que, s'il plaiseit as jangleors
Qui de ce sunt acuseors,
Qu'as autrui fez sunt reprenanz
30308 E a trestoz biens envïanz,
Ne que ja riens n'avra henor
Qu'il n'en aient ire e dolor,
Ci se porroient il bien terre
30312 De l'ovre blasmer e retrere.
Car tiels i voudroit afeitier
Qui tost i porreit enpirier.
Celui gart Deus e tiegne e veie
30316 Qui bien eissauce e monteplie !*

ÉPILOGUE
(vv. 30301-30316)

C'est ici que nous achevons notre récit et c'est une juste mesure, car notre livre est déjà fort long. Nous y avons relaté ce que disent Darès et Dictys et de telle manière que les médisants, qui ne perdent pas une occasion de critiquer et de trouver à redire aux actes d'autrui, qui envient tout ce qu'il y a de bien et ne peuvent supporter sans souffrir que quelqu'un soit honoré, feraient mieux de s'abstenir de blâmer cette œuvre et de la reprendre. En effet, on pourrait bien prétendre l'améliorer et ne faire que la gâter...

Que Dieu garde, protège et guide celui qui exalte et fait fructifier ce qui est bien !

30314. Q. rest] *éd.* C.

NOTES

v. 2. Deux livres de la Bible sont traditionnellement attribués à Salomon, L'Ecclésiaste et le Livre des Proverbes. C'est plutôt à ce dernier que fait ici allusion Benoît ainsi qu'au vers 13471, mais le motif du savoir qu'il faut divulguer et faire fructifier est un lieu commun qui renvoie à la parabole évangélique des talents (voir par exemple Matthieu, 25) et qui est déjà présent dans le prologue du *Roman de Thèbes*.

vv. 8-9. « Les sept arts » désignent les sept branches du savoir médiéval réparties entre le *trivium* (grammaire, rhétorique, dialectique) et le *quadrivium* (géométrie, arithmétique, musique, astronomie). Au v. 9, *les philosophes*, leçon de *M2* et de *R*, peut s'entendre au sens de « les livres de philosophie ». L'éd. C. donne *Des philosophes les traitiez*.

vv. 57-70. Écho probable de la condamnation d'Homère par Platon, relayée par Cicéron et par saint Augustin, et qui était devenue au Moyen Âge un motif courant de l'apologétique.

vv. 81-86. Le récit de Darès s'ouvre sur une lettre apocryphe de l'historien latin Cornelius Nepos à Salluste, lettre qui relate la « découverte » à Athènes, par Cornelius, de « l'histoire de Darès le Phrygien, écrite de sa propre main, comme l'indique l'inscription liminaire » (éd. cit., p. 1). Mais Benoît a confondu le nom de famille de l'historien avec le nom commun *nepos*, signifiant « neveu ». Sur les récits de Darès et Dictys, sources de Benoît, voir l'Introduction pp. 8-9 et *Récits inédits sur la Guerre de Troie*, ouvr. cit.

v. 133. L'éd. C. donne *l'a contrové*, mais la leçon de *M2, la continue*, et le temps employé, sans doute le présent (car on peut lire aussi *l'a continué*), sont bien en accord avec l'imaginaire de la *translatio* à travers le temps et l'espace du savoir en général et de l'histoire de Darès en particulier qui sous-tend le prologue de Benoît et qui se retrouve dans la pratique médiévale de la « continuation ».

vv. 727-8. Il faut comprendre *Icist Eson aveit un fiz*, etc.

vv. 809-810. Allusion à un épisode important de l'expédition d'Alexandre vers l'Inde, qui est longuement rapporté dans les versions médiévales du *Roman d'Alexandre*. Voir par exemple les laisses 139-142 de la Branche III de la version d'Alexandre de Paris (ouvr. cit.).

v. 895. *Engingers* est sans doute une graphie de *engigniers*, subst. masc. dont un exemple est relevé dans *T.-L.*, et qui peut être une variante de la forme plus courante *engignierres*. Sur l'alternance *-ier/-er*, voir p 24.

vv. 921-6. Premier exemple dans le texte de l'emploi d'un vocabulaire technique de la mer et de la navigation, dont la source se trouve sans doute dans les vv. 2367-2412 du *Brut* de Wace (voir E. Baumgartner, I. Short, *La Geste d'Arthur*, éd. cit.) et qui, allié au motif descriptif de la tempête et de la « marine », est très vite devenu un lieu commun de la littérature anglo-normande (voir E. Baumgartner, « Sur quelques marines médiévales », art. cit. et G. Roques, « La mer dans la *Chronique des ducs de Normandie* », dans *Français du Canada – Français de France*, Tübingen, 1991, pp. 7-15). Au v. 923, la graphie et la coupe *fust nains* (ailleurs *funain*) sont peut-être la trace d'un jeu de mot (du copiste ?) dont un autre exemple possible est au v. 1245 *ors laiz* pour *orlais, orlaz*. Au v. 925, les *ytages* désignent des cordages fixés par leurs extrémités à une voile ou à une vergue qu'ils permettent de hisser ou de déplacer.

vv. 953-9. Sur l'utilisation, ici et ailleurs, du motif de la reverdie, repris à la lyrique occitane, voir E. Baumgartner, « Vocabulaire de la technique littéraire », art. cit. Au v.959, *l'aure*, forme occitane correspondant au francien *oré*, attesté au v. 5052, est à rapprocher d'autres occitanismes du texte de Benoît, comme *lan que* (voir le v. 2185 de l'éd. C.), étudiés par M.-R. Jung dans « Rencontres entre troubadours et trouvères », art. cit.

v. 972. Selon Constans (VI, p. 235), ce lien de parenté serait une invention de Benoît.

v. 1003. Unique occurrence de la forme trisyllabique *Laumedon*, ailleurs graphié *Laomedon* et quadrisyllabique.

v. 1018. *Amordre* est ici employé au sens de « consentir quelque chose à quelqu'un ». Sur le caractère dialectal (Ouest) de la locution verbale *estre amors a* au sens de « être habitué à » ou « être enclin à », voir J.-P. Chambon, « À propos de certains particularismes lexicaux de la *Chasse d'amours* (1509) questions de localisation et d'attribution », dans *Travaux de Littérature et de Philologie*, XXI, 1993, pp. 307-345.

v. 1201 et ss. Pour conter la conquête de la Toison d'Or et les amours de Médée et de Jason, un épisode sur lequel Darès se contente de dire : *Colchos profecti sunt, pellem abstulerunt, domum reversi sunt*, « les Argonautes partirent pour Colchos, ils ravirent la peau et revinrent chez eux » (II, p. 4, ll. 7-8), Benoît a pu utiliser le Livre VII des *Métamorphoses* (vv. 1-158) ainsi que la lettre XII (Médée à Jason) des *Héroïdes* d'Ovide.

v. 1245. Sur la graphie *ors laiz*, voir note aux vv. 921-6.

v. 1458. La leçon de *M2 o mei*, au sens de « pour moi, pour me chercher » est isolée. Les autres manuscrits ont généralement *por mei*.

v. 1498. Nous voyons dans *r'* le préfixe élidé *re*, qui peut encore être dissocié de la forme verbale sur laquelle il porte, ici *(re)prise*.

vv. 1551-1568. Ces vers ne comportent pas de verbe principal. Le vers 1551 *en un chier lit d'or e d'argent* est repris par *el lit* au v. 1569, mais le copiste a coupé le texte en réservant la place pour une grande majuscule au début du v. 1569, disposition que nous avons cru bon de conserver.

v. 1625. Le pluriel *as dex* surprend et s'oppose au singulier du v. 1623 et des vv. 1750 et 3123.

v. 1818. Salomon passait au Moyen Âge pour avoir été un très grand orfèvre et on lui attribuait la paternité d'une technique particulière de gravure, *l'ovre Salemon*. Voir, entre autres, Marie de France, *Guigemar*, vv. 170 et ss. et note au v. 174 de l'éd. et trad. L. Harf-Lancner, ouvr. cit. La description du lit, dans le *Lai de Guigemar*, est au reste très proche de celle du lit de Médée chez Benoît (vv. 1551-1568).

v. 2068. Le terme de *chançon* et le syntagme *oïr chançon* qu'emploie l'écrivain (on trouve aussi le verbe *recanter/ rechanter* au v. 6660 de l'éd. C.) renvoient à la chanson de geste, dont Benoît utilise dans les récits de bataille les procédés techniques (séries de vers centrées sur des combats individuels et imitant les laisses parallèles des chansons de geste, par exemple) et signale la coexistence, dans ce « roman », de registres très divers. Voir sur ce point E. Baumgartner, « Benoît de Sainte-Maure et "l'uevre de Troie" », art. cit.

v. 2949. L'erreur de Benoît, Andromaque, fille de Priam, s'explique peut-être par une mauvaise interprétation du texte de Darès selon qui Priam regagne à ce moment *Ilion cum uxore Hecuba et liberis Hectore, Alexandro, Deiphobo, Heleno, Troiolo, Andromacha, Cassandra, Polyxena* (IV, p. 6, ll. 2-4), Darès prenant sans doute *liberi* au sens large de « groupe des enfants » par rapport au chef de famille Priam et incluant alors Andromaque, belle-fille et femme d'Hector. Sur ce passage, voir E. Baumgartner, « La très belle ville de Troie... », art. cit. et M.-R. Jung, *La Légende de Troie*, ouvr. cit. p. 27 et p. 42. On remarquera que par la suite le copiste de *M2* utilise pour désigner la femme d'Hector, non plus la forme *Andromaqua*, mais *Andromacha*.

v. 2959. Ils sont ensuite désignés comme les Bâtards. Sur ces personnages et leurs noms, inventés par Benoît, voir Constans VI, pp. 243-5 et A. Petit, *Recherches sur l'anachronisme*, ouvr. cit., pp. 293-5.

vv. 2993-3186. Sur la description de Troie et de la *sale* de Priam, voir E. Baumgartner, « L'image royale dans le roman antique », art. cit. et plus amplement C. Croizy-Naquet, *Thèbes, Troie et Carthage*, ouvr. cit. On comparera la description que Benoît donne de Troie avec celle que donne de Carthage l'auteur de l'*Énéas* (éd; cit., vv. 407-548 ; éd. Petit, vv. 294-515).

v. 3023. Nous avons gardé l'alternance entre le singulier *iert*, au v. 3025 et le pluriel *l'ont* au v. 3026, compte tenu du fait que *les genz* peut avoir la valeur soit d'un sing. collectif soit d'un pluriel. Voir d'autres exemples de syllepse dans l'éd. c., t. VI, p. 160 et ss. L'éd. C. donne *la gent*.

v. 3119. Darès dit simplement : *ibi* (« dans le palais royal ») *aram Jovi statuamque consecravit* (« Priam consacra un autel et une statue à Jupiter ») (IV, p. 6, ll. 11-12).

v. 3143. Darès mentionne six portes, mais l'insistance de Benoît « il n'y avait que six portes » pourrait aussi être un clin d'œil aux sept portes de Thèbes, très longuement décrites dans le *Roman de Thèbes* (éd. cit., vv. 5399-5478, éd. Mora, vv. 5642-5721).

v. 3158. Nous avons gardé la graphie *comestable* qui implique peut-être un jeu de mot sur l'étymologie *comes stabuli* « maître, chef de l'étable » de *conestable*, en français moderne *connétable*.

vv. 3679-3680. Un exemple de la rime récurrente chez Benoît *juïse : prise* qui insiste sur l'exceptionnelle résistance d'une cité et d'une civilisation qui n'ont pu être ruinées que par la perfidie des Grecs et la trahison d'Anténor et d'Énée.

v. 3807. Le *vileins* désigne, ici et au v. 10393, l'instance énonciative à qui est notamment attribué un célèbre recueil de proverbes médiévaux, *Les Proverbes au vilain*. La référence au *vilein* est fréquente dans les textes narratifs pour introduire un proverbe.

vv. 3860-3928. Cette version du Jugement de Pâris, dont la présentation est elle-même très différente de celle que donne l'*Énée* (éd. cit., vv. 99-182 ; absent du ms. de l'éd. Petit), s'inspire au moins pour le motif de la chasse et de l'arrivée à la fontaine, de la chasse de Narcisse dans les *Métamorphoses* (III, vv. 414-5), ainsi que des vv. 53-86 de la lettre XVI (Pâris à Hélène) des *Héroïdes*. Sur cet épisode voir E. Baumgartner, « Sur quelques versions du Jugement de Pâris », art. cit. Au v. 3861, Benoît a rendu par *Inde la Menor* le texte de Darès (VII, p. 9, l. 5) *in Ida silva* (« dans la forêt de l'Ida », chaîne de montagnes de Mysie, voisine de la plaine de Troie et où la tradition mythologique place le jugement de Pâris). Selon Constans (VI, pp. 236-7), Benoît aurait confondu *Idae* (le mot se lit aussi au v. 53 de l'*Héroïde* XVI) et *Indae* (« les Indes »). Quant au *val de Citariens* au v. 3868, il n'a pas de correspondant dans le texte de Darès, mais évoque sans doute l'île de Cythère, qui est citée au v. 4257.

v. 3898. *Que* = « à qui ».

vv. 4000-4018. Faut-il voir dans cette tirade de Troïlus et dans l'opposition entre prêtre et chevalier qui s'y énonce avec violence une manifestation d'anticléricalisme de Benoît destinée à flatter Henri II Plantagenêt (dont on connaît les démêlés ultérieurs avec Thomas Beckett) et l'entourage du roi ? Voir J. Batany, « Benoît, auteur anticlérical ? », art. cit. Les prédictions d'Hélénus s'avéreront cependant justes, ainsi que celles de Cassandre, comme le soulignent les interventions du narrateur au v. 4026 et aux vv. 4159-4166 et la réflexion sur Fortune aux vv. 4165-6.

v. 4075. *Dien*, enclise de *die en*.

v. 4076. Vers à allure sentencieuse qui évoque les proverbes *Conseil de preudome doit l'en croire* ou *Qui conseil ne croit, dolent s'en voit*, n° 414 et n° 1872 du recueil d'E. Schulze-Busacker, *Proverbes et expressions proverbiales dans la littérature narrative du Moyen Âge français, Recueil et analyse*, Paris, Champion, 1985.

v. 4093. *Arz* désigne ici comme au v. 1219 les pratiques magiques de divination. Sur le vocabulaire de la magie dans le *Roman de Troie*, voir R.-L. Wagner, *Sorcier et magicien*, ouvr. cit.

vv. 4099-4100. On peut voir dans l'emploi ici et ailleurs (vv. 4417, 4943, etc.) de la rime *regne : femme*, désignant Troie et Hélène, une reprise en écho des vv. 3-4 de l'*Énéas*. Le narrateur rappelle en effet à l'ouverture du récit comment Ménélas a dévasté toute la terre et le *regne* de Troie pour venger le rapt de sa *femme*. Sur l'importance de cette rime dans les romans antiques, voir J.-Ch. Huchet, *Le Roman médiéval*, ouvr. cit. et Ch. Marchello-Nizia, « De l'Énéide à l'Eneas », art. cit. Sur le fondement phonétique de cette rime, voir p. 28.

v. 4167. Sur le motif de la *reverdie*, ici et aux vv. 4807 et ss., voir la note aux vv. 953-9.

v. 4197. Il faut sans doute comprendre *soi esveillier* « s'éveiller » au sens de « se tenir en éveil », d'où « être préoccupé ».

v. 4242. Pollux et Castor ont été conçus la même nuit par Léda, mais Pollux, le premier conçu, est, comme Hélène, fils de Léda et de Jupiter, tandis que Castor, mortel, est le fils de Léda et de son mari, Tyndare.

v. 4268. *Vertuz* a sans doute ici le sens de « idoles », comme le suggère Constans dans son glossaire.

v. 4271. L'éd. C. donne *E ofreient*, plus conforme à la concordance des temps.

v. 4274. Cet emploi isolé du mot *geste* pour désigner sans doute les *res gestae*, les hauts faits qui composent l'histoire de Troie, participe sans doute de la dimension épique que Benoît entend aussi donner à son récit. Voir la note au v. 2068.

v. 4292. Trois divinités importantes sont ici réunies : Junon, dont c'est la fête ; Vénus, dont l'île abrite le temple ; Diane, à qui Pâris le chasseur offre un sacrifice. Benoît a fortement modifié les indications de Darès selon qui Pâris arrive à Cythère, où se trouve le temple de Vénus, le jour de la fête de Junon et sacrifie à Diane (IX, p. 12, l. 1-4) ; toujours selon Darès, dans le même temps, Hélène se rend à Hélée, sur le rivage de Cythère, là où se trouve un temple consacré à Diane et à Apollon, et d'où l'enlève ensuite Pâris (X, p. 12, ll. 10 et ss.).

v. 4310. Comme au v. 4512 *a beslei* est employé au sens de « indignement, sans le moindre égard ».

v. 4473. *Entreseinz* au sens de « enseignes, signes de reconnaissance » est bien entendu employé ironiquement ; *o* est ici employé, comme en d'autres cas, pour la préposition *a*.

v. 4549-4550. La graphie masque deux finales de P.6 de subjonctif passé, en -*ant* accentué. L'éd. C. donne *trouïssant : veïssant*.

v. 4598. Comme le remarque Constans dans son glossaire, *li lor* est souvent employé par Benoît, comme ici, pour désigner le parti adverse (voir par exemple les vv. 8404, 8457, etc.) ; mais au v. 16306, *li lor* = « les siens ». Autre exemple de cet emploi au v. 108 du *Lai de Chaitivel* de Marie de France (éd. cit.).

v. 4607. *Rens*, qui rime avec *pleins* est une graphie de *rain*, *rein* « rame », que donne également *M2* au v. 27640.

v. 4633. L'éd. C. donne *joie*, mais, tant à l'intérieur du vers qu'à la rime (voir par exemple les vv. 13640 ou 15870), Benoît utilise assez souvent la forme occitane *joi* correspondant au français *joie*, et mot clé de la lyrique des troubadours. Sur d'autres emprunts au lexique des troubadours, voir la note aux vv. 953-9. Cet emploi de *joi* avec son sens plein doit être distingué de l'emploi de *joi* comme renforcement de la négation, attesté dans le *Roman de Thèbes* (voir M. Nezirovic, ouvr. cit., pp. 104-5) et aux vv. 12986 et 13626 de l'éd. C. Voir aussi la note au v. 16428.

v. 4643. On pourra comparer ce « canevas » de complainte prononcée par Hélène à la version amplifiée qu'elle prononce sur le cadavre de Pâris aux vv. 22915-23011.

v. 4767. *Lonc ma valor*, « selon ma valeur, ma qualité ».

v. 4863. Ni Benoît ni Darès (XI, p. 13, ll. 10-14) ne disent quand Priam a renoncé à son intention d'échanger Hélène contre sa sœur Hésione (voir les vv. 4839-4844) ni ce qui le décide à donner Hélène en mariage à Pâris.

vv. 5093 et ss. Sur la longue séquence des portraits des héros grecs et troyens, on se reportera à Constans (VI, pp. 237-241) et au Chap. III, « Les habitants de la ville », pp. 155-227 de l'ouvr. cit. de C. Croizy-Naquet.

v. 5107. Il s'agit de Castor et de Pollux.

vv. 5133-6. Le détail vient de Darès (XII, p. 14, l. 17) *notam inter duo supercilia habentem* (« ayant une marque entre les deux sourcils »).

v. 5150. *Maqueinz* – l'éd. C. donne la graphie *macainz* et glose (VI, p. 241) par « avisé » ? – est également attesté au féminin *macaigne* au sens de « habile, astucieux » au v. 18213 de la *Chronique des ducs de Normandie* (éd. cit.).

v. 5192. La leçon de *M2* est isolée. L'éd. C. donne *E de sonez ert bons trovere*.

v. 5222. Le verbe *servir* est ici employé absolument comme au v. 13611 (déclaration de Diomède à Briséida), au sens de « accomplir le service amoureux » en bon chevalier courtois, un rôle auquel pourtant s'essaiera avec succès Diomède.

vv. 5275 et ss. Le portrait de Briséida, la jeune troyenne que son père obligera à passer dans le camp grec, fait transition entre les portraits des Grecs et ceux des Troyens.

vv. 5323-4. On peut comprendre, en considérant *veer* comme une graphie de *veeir*, « S'il y eut en lui quelque chose de disgracieux, il lui fallut y remédier par ses nobles actions. » L'éd. C. donne *Se en lui rien mesaveneit,/ Par le bien faire le covreit*.

vv. 5481-5508. Les portraits de Polydamas et de Memnon sont des ajouts de Benoît au texte de Darès (cf. Constans, VI, p. 239).

v. 5521. Au lieu de *bloi* qualifiant les yeux, leçon que *M2* est le seul à donner, l'éd. C. donne *vair*. Mais *bloi* au sens de « bleu » est attesté dès la *Chanson de Roland* et la couleur ici donnée aux yeux d'Andromaque la blonde pourrait faire écho à cette promotion de la couleur bleue à partir du XIIe siècle qu'a souvent décrite Michel Pastoureau, (« Et puis vint le bleu », dans *Europe*, n° 654 (oct. 1983), pp. 43-50, repris dans *Figures et couleurs. Études sur la symbolique et la sensibilité médiévales*, Paris, Le Léopard d'or, 1986, pp. 15-22).

v. 8357. *Fairel*, enclise de *faire le,* comme aux vv. 10359, 15863.

v. 8359. C'est-à-dire « de toute éternité » ou presque, dans la mesure où l'Incarnation, condition du salut de l'humanité, fait partie du plan divin dès l'origine.

v. 8402. Les « lices » – l'emploi au singulier est plus rare, l'emploi au pluriel est par exemple attesté aux vv. 9601 et 15398 – désignent soit une enceinte extérieure faite de palissades et protégeant un château fort ou une ville soit l'espace compris entre les remparts et cette enceinte.

v. 8427. *M2* donne *grezeis* et au v. 8431 *grice*. Comme le fait l'éd. C., nous avons corrigé en *Creteis* et *Crete* et interverti aux vv. 8431-2 la rime du ms. *Lice : Fice* en *Fice* (Phtie) *: Lice* (Lycie).

Notes

v. 8434. Après ce vers, l'éd. C. donne *Mout se peinent d'eus damagier/ E d'eus ocire et detrenchier*.

v. 8437. L'acharnement d'Hector à dépouiller de ses armes le cadavre de Patrocle, un acharnement qui plus avant dans le texte (vv. 10064 et ss.) permettra au duc d'Athènes de le blesser grièvement ainsi qu'à Achille de le tuer (vv. 16178 et ss.), évoque l'acharnement de Camille l'Amazone à s'emparer des très riches armes de Cloreüs et à trouver ainsi la mort (*Énéas*, éd. cit., vv. 7177-7195 ; éd. Petit, vv. 7243-7262).

v. 8440. La forme *quei*, que Constans corrige en *qu'i*, peut être interprétée comme une enclise de *que i*.

v. 8452. Comme au v. 8497 par exemple, la forme *por* alterne ici avec *par*. Voir l'introduction p. 24.

v. 8484. On notera la consonance médiévale du nom de l'écuyer d'Hector qu'on rapprochera de celles de Carut de Pierre Lee, de Cicinalor ou, plus loin (v. 12398), du nom de Polixenart de la Gaudine, « duc » de Salamine. Des noms de ce type se retrouvent également dans le *Roman de Thèbes* et dans le *Roman d'Alexandre*. Peut-être sont-ils ici destinés à renforcer le style et la tonalité épiques, particulièrement sensibles dans l'écriture de la seconde bataille ? Voir E. Baumgartner, « Benoît de Sainte-Maure et "l'uevre de Troie" », art. cit.

v. 8506. Cicinalor et, plus loin, Cassibilant, Quintilien, Odonel, Rodomorus, etc. font partie des trente fils bâtards de Priam (voir les vv. 2959-2962). Sur leurs noms, créations de Benoît, voir la note précédente et celle du v. 2959.

v. 9497. Sur cette mention de la *Trace*, voir l'Index des noms propres.

vv. 9535-9536. Nous avons conservé la forme de *M2 hauzbergeis* en rime avec *els*, car c'est une variante de la forme *hauzberjeus* (voir T.-L. à *hauberjel*).

v. 9575. *Une liuee* « le temps de parcourir une lieue ». Voir aussi v. 22681.

v. 9594. Nous avons corrigé en *seür* au sens de « fermes, solides » la leçon *seure* du ms.

vv. 9629 et ss. On peut comparer ce discours d'Hector rappelant à ses hommes les enjeux de la guerre avec le discours que tient Turnus à ses alliés dans l'*Énéas* (éd. cit., vv. 4115-4182 ; éd. Petit, 4202-4269). Mais Hector, qui défend son pays, mène une guerre plus juste que Turnus face à Énée qui est, lui, l'héritier désigné par les dieux eux-mêmes.

v. 9665. La mort de Cassibilant, tué par Thoas, se lit aux vv. 9117-9158 de l'éd. C.

v. 9695. S'il s'agit bien du Jugement dernier, donc à venir, ce vers pour lequel il n'y a pas de variante, fait difficulté. La formule habituellement employée par Benoît est *jusqu'al juïse* qui pourrait fournir ici une correction possible.

vv. 9700-9719. Tout ce passage écrit en style « épique » et où abondent les anaphores peut être à la fois une imitation (une parodie ?) de la chanson de geste et du style de Wace dans le *Brut*. Voir par exemple *La Geste d'Arthur*, éd. et trad. cit., vv. 3711-3746. Très fréquent est également l'emploi chez Benoît de la tournure *la veïsseiz/oïsseiz* introduisant un récit de bataille (voir par exemple les vv. 22650 et ss.). Sur cette formule, on consultera N. Andrieux-Reix « Lors veïssiez, histoire d'une marque de diction » dans *Linguistique de l'énonciation. Approche diachronique*, sous la dir. de M. Perret, *LYNX*, n° 32, 1995, Publidix-Nanterre, pp. 133-145.

v. 9714. L'éd. C. donne *La volent fer*. On peut aussi comprendre *fués* au sens de « feu », de « flammes » dégagées par le choc des épées et garder l'accord au singulier avec le sujet le plus proche.

v. 9726. *selen* : enclise de *sele en*.

v. 9802. L'image du jeu-parti, que Benoît utilise avec une visible prédilection, semble reprise à la poésie lyrique d'oc où l'expression désigne une forme poétique qui reprend la structure d'un débat. Voir également les vv. 15678, 15816, 20298, 20711, 21942.

v. 10078. Après ce vers, l'éd. C. donne *Vit le sor le cors descendu/ Onc a nul jor si liez ne fu.*

v. 10116. Après ce vers, l'éd. C. donne *D'or e d'argent e de vaissele/ E de despueille riche e bele.*

v. 10125. Intervention du narrateur, qui complète l'épisode de l'enlèvement d'Hésione prise comme concubine par Télamon, et raconté aux vv. 2793-2804 de l'éd. C. En précisant à ce moment du récit qu'Hésione a eu de Télamon un fils, Benoît ne fait que suivre le texte de Darès, qui n'apporte cette précision qu'au chapitre XIX, p. 25, l. 3 (*erat enim de Hesiona sorore Priami natus* « il était en effet né d'Hésione, sœur de Priam »). Benoît n'a d'ailleurs pas compris que, chez Darès, *Ajax Telamonius* signifiait « Ajax, fils de Télamon », d'où la forme qu'il utilise au v. 10131 et ailleurs, *Thelamonius Aïaus*, que nous avons conservée dans la traduction. Voir aussi l'Index des noms propres.

v. 10151. L'idée de pluralité contenue dans *gent* a entraîné la forme plurielle du verbe au v. 10152 (voir P. Ménard, *Syntaxe.*, ouvr. cit., § 128 2°). Voir, pour une solution différente, la note au v. 3023.

v. 10166. Ce long commentaire du narrateur sur le moment où le sort de Troie aurait pu basculer, mais où se sont liguées contre la cité *Fortune* et *Aventure* (*Aventure* n'étant sans doute qu'un des noms de Fortune) n'apparaît pas chez Darès (XIX).

v. 10201. *Entren*, enclise pour *entre en*.

v. 10219. *Merel*, enclise pour *mere le*.

v. 10374. L'expression *en l'anbiere* peut être rapprochée du verbe *embierer* « mettre en bière, ensevelir ». Benoît ne décrit pas les jeux funéraires païens auxquels Darès ne fait qu'une très brève allusion (*Achilles Patroclo ludos funebres facit* « Achille fait des jeux funèbres pour Patrocle », XX, p. 25, l. 10), mais il a soin de montrer qu'il connaît cet usage.

vv. 10393-4. Nouvelle allusion au recueil connu sous le titre de *Proverbes au vilain*. Ce proverbe porte le n° 846 dans l'étude d'E. Schulze-Busacker *Proverbes et expressions proverbiales*, ouvr. cit. Voir la note au v. 4076.

v. 12349. *Lor genz* désigne ici les Troyens.

v. 12353. Nous avons gardé dans la traduction le terme médiéval de « sagittaire » qui désigne à la fois l'être fabuleux qu'est le centaure, à moitié homme, à moitié cheval, et une constellation du Zodiaque.

v. 12379. Terme d'héraldique en français moderne, « petite aigle représentée les ailes étendues, sans bec ni pattes », *alerion* désigne au Moyen Âge une grande espèce d'aigle. Selon E. Faral (*Recherches sur les sources latines*, ouvr. cit., p. 365 et n. 1), Benoît « connaissait peut-être la tradition qui donnait les ailes de ces oiseaux pour tranchantes comme des rasoirs ».

v. 12426. La bave du « sagittaire » se transformerait donc en flamme au contact de l'air. On pourrait peut-être voir derrière cette « merveille » une allusion au feu grégeois, bien connu en Occident par les croisades : ces boules composées de soufre, de poix, de salpêtre et de naphte, projetées dans l'air, explosaient à son contact et s'enflammaient. Voir en particulier *Joinville. Vie de saint Loui*s, texte établi par Jacques Monfrin, Paris, Garnier, 1995 (Classiques Garnier), p. 100, § 203 et note, et Jacques Le Goff, *Saint Louis*, Gallimard, 1996, pp. 189-190.

v. 12435. *T.-L.* ne donne pas d'autre attestation de *esfreïssement* « peur panique, effroi », que l'on peut rapprocher de *esfreïson*, de même sens, et attesté une fois dans la *Chronique des ducs de Normandie* (v. 27208). Mais il est bien dans l'usage de Benoît d'utiliser et peut-être d'inventer des termes dérivés, ici de *esfrei, esfroi*, qui n'ont pas été ultérieurement repris dans la langue littéraire. Un autre cas est l'abondance chez cet auteur des dérivés en *-ance*. (voir la note au v. 12717).

vv. 12439-12440. La ponctuation que nous avons adoptée lie la mention de Darès à l'épisode du sagittaire, qu'il ignore, et que Benoît aurait prise ailleurs (cf. Constans VI, p. 248 et E. Faral, *Recherches sur les sources latines*, ouvr. cit. p. 313). Mais renvoyer en clin d'œil à un épisode qui n'existe pas est bien dans les habitudes des clercs médiévaux. On peut aussi lier, comme dans l'éd. C., le v. 12440 au v. 12441.

v. 12471. *Li maufé* est le complément d'objet de *crient* (c'est Diomède qui a peur). La forme de cas sujet de l'article vient peut-être de l'emploi fréquent dans la langue médiévale du syntagme *li maufez*, au pluriel *li maufé*, pour désigner le diable.

v. 12474. On peut voir en *bret* soit la P.3 du passé défini de *braire* « crier », soit la forme du substantif qui est alors complément d'objet de *cria*.

v. 12685. On peut donner à *enbrons* en accord avec le glossaire de l'éd. C. le sens figuré de « sombre, brumeux ».

v. 12717. L'éd. C. donne *esmee* « estimation », mais une forme dérivée en *-ance* sur *esmer* « estimer » serait bien dans les habitudes de Benoît, et on relève dans *T.-L.* deux autres attestations, tardives il est vrai, de ce mot.

v. 12747. L'éd. C. donne *cuirs*, mais on peut voir en *cols* une graphie de *colps* « les coups » au sens de « la force de frapper ».

v. 12756. Les emplois de *uevre* sont très divers dans le texte de Benoît ; ici le terme semble désigner aussi bien l'histoire troyenne en marche que le récit qu'en fait l'écrivain à l'attention de son public (voir le v. 12758).

v 12782. Pour ce vers, pour lequel la leçon de *M2* est *Cele astenue de bataille* et où les leçons des autres manuscrits ne sont pas satisfaisantes, nous avons adopté la correction de l'éd. C. Le terme *astenue* n'est en effet nulle part attesté. Y voir un doublet de *astenance* au sens de « abstinence » ne convient pas au contexte, mais il serait tentant de l'interpréter comme un composé de *tenue* au sens de « fait de maintenir ».

vv. 13086-13120. Tout cet épisode, de même que le personnage de Briséida et ses amours avec Troïlus puis avec Diomède, qui tiennent une place si importante dans le récit, sont une invention de Benoît. Traitée comme une sorte de récit autonome, l'histoire de Troïlus et Briséida a connu ensuite de nombreuses adaptations et réécritures dans la littérature de l'Europe médiévale et notamment en Angleterre, au XIVe siècle, avec le *Troylus and Criseyde* de Chaucer. Mais la plus célèbre est sans doute la pièce de Shakespeare, *Troilus and Cressida* (1601-2). Sur le personnage de Briséida, voir notamment D. Kelly, « The Invention of Briseida's Story », art. cit. et sur ses destinées ultérieures, voir G. Bianciotto, *Le Roman de Troyle*, 2 vol., Publications de l'Université de Rouen, n° 75, 1994, vol. 1, pp. 33-43.

v. 13118. L'épithète de *soduiant* « perfide, traître », deviendra un qualificatif fréquent du trop rusé *goupil* dans le *Roman de Renart*.

v. 13286. *Atendance* au sens de « espoir que l'on place dans l'être aimé, confiance » comme l'expression *estre atendanz* sont des mots clés du vocabulaire amoureux de Benoît. Voir également les vv. 15416, 17712, 18131, 20331.

vv. 13341 et ss. Le motif de la description du manteau (de l'étoffe, de la fourrure intérieure, de celle qui l'ourle, etc.) est un passage obligé des romans antiques. On comparera avec la description des vêtements et du palefroi d'Antigone dans le *Roman de Thèbes* (éd. cit., vv. 4043-4084 ; éd. Mora, vv. 4115-4157), de Camille dans l'*Énéas* (éd. cit., vv. 4007-4084 ; éd. Petit, vv. 4094-4171).

v. 13353. Ici comme ailleurs dans le texte *poete* est employé au sens de « celui qui fait, qui fabrique » en accord avec l'étymologie de ce substantif.

v. 13367. Sur les *dindialos* voir E. Faral, *Recherches sur les sources latines*, ouvr. cit., p. 366, et G. Burgess, « Berbiolete and dindialos : Animal Magic in some Twelfth-Century Garments », dans *Medium Aevum*, LX, 1990, pp. 84-92.

v. 13373. Les Cynocéphales, les « hommes à tête de chien », reviennent fréquemment dans les descriptions des merveilles de l'Orient que donnent les encyclopédies médiévales mais aussi le *Roman d'Alexandre*. Voir E. Faral, *Recherches sur les sources*, ouvr. cit., p. 319 et C. Lecouteux, « Les Cynocéphales. Étude d'une tradition tératologique de l'Antiquité au XIIe siècle » dans *Cahiers de civilisation médiévale*, XXIV, 1981, pp. 117-128.

v. 13392. Nous avons conservé la forme de *M2 ences* au lieu de *encens* donné par l'éd. C. en nous fondant sur les remarques de P. Wunderli, art. cit. § 4, sur les exemples qu'il a relevés de cette forme, bien attestée par ailleurs en occitan, ainsi que sur la forme *encessers* du v. 14901 au lieu de la forme usuelle *encensier*. Voir aussi l'article *encens* dans K. Baldinger, *Dictionnaire onomasiologique de l'ancien occitan*, Tübingen, fasc. 4, 1986.

vv. 13438-13470. Cette tirade (Benoît feint d'avoir peur d'être blâmé pour ce « vers », v. 13457), qui reprend des lieux communs du discours misogyne médiéval, contraste fortement avec l'éloge appuyé de la *riche dame de riche rei* qui commence au v. 13457. On voit généralement dans cette dame Aliénor d'Aquitaine, épouse d'Henri II. Treize manuscrits cependant, selon M.-R. Jung (*La Légende de Troie*, ouvr. cit., pp. 32 et 52), ne donnent pas les vv. 13457-13470 qui correspondent à l'éloge de la reine. Toujours selon

M.-R. Jung, ils auraient pu être supprimés lorsque Aliénor est tombée en disgrâce. Rappelons qu'Aliénor a été emprisonnée de 1173 à 1184.

vv. 13471-4. La « citation » de Salomon, elle aussi souvent exploitée dans le discours misogyne, renvoie au Livre des Proverbes, 31,10. Voir également la note au v. 1.

v. 13492. On comparera cette prudente réserve du narrateur suspendant ses propos misogynes avec la position de Thomas se refusant aux vv. 1084-1091 de l'éd. F. Lecoy, *Le Roman de Tristan par Thomas*, Paris, Champion, 1991 *(CFMA)*, à poursuivre plus avant l'exploration des mystères de l'amour. En fait, tout l'épisode des amours de Briséida et de Diomède se veut une illustration de l'inconstance et de la légèreté des femmes.

vv. 13556 et ss. Sur le discours de Diomède, à la fois très direct et très habilement nourri des motifs et du lexique courtois du « service d'amour », voir E. Baumgartner, « Benoît de Sainte-Maure et l'art de la mosaïque » dans *Mélanges Marc-René Jung*, art. cit.

v. 13659. Il n'y a pas d'autre exemple connu de cette expression qui doit signifier « je serai exposée aux regards de tous, livrée à la multitude, à la foule », mais que l'on peut rapprocher de l'emploi de *fere (feire)* au sens de « multitude, foule » dans le *Roman de Thèbes* (éd. Mora, v. 6864). Voir également M. Nezirovic, ouvr. cit., pp. 79-80. On relève d'autres emplois de *feire, foire* aux vv. 2281 et 14510 de l'éd. C., au sens de « mêlée ».

v. 13683. L'adjectif *salvage* au sens de « farouche » a déjà été employé pour qualifier l'attitude de Pâris face à Hélène au v. 4352.

v. 13709. Dans la mesure où le don du gant fait partie du rituel féodal de l'hommage, Diomède peut en effet comprendre que Briséida l'a tacitement accepté comme chevalier à son « service » en faisant semblant de n'avoir rien vu.

v. 13783. Tous les exemples que donne *T.-L.* de *escurder* « résister » (v. 18051) et de *escurdos* « qui refuse, qui rechigne à obéir » (v. 13783 et vv. 25653 et 27501 de l'éd. C.) sont tirés du *Roman de Troie*.

vv. 13830-13840. Allusion perfide, peut-être, ou clin d'œil complice, à la description que fait l'auteur du *Roman de Thèbes* de la tente du roi Adraste (vv. 3173-3212 et 4217-4302), qui inaugure dans la littérature en langue française le motif « description de la tente », si souvent repris dans les romans antiques et ailleurs. Mais si Benoît semble ici renoncer à lutter sur le même terrain, il se rattrape, comme le note déjà Constans (Voir la note aux vv. 7597-7604) avec la description antérieure du manteau de Briséida (vv. 13333-13409) et surtout avec celle de la Chambre de Beautés (vv. 14631 et ss.).

v. 13865. On peut voir dans *cel* l'enclise de *ce le*.

vv. 14557-14562. Allusion probable à la précédente trêve. Voir les vv. 10313-10330.

v. 14595. Il s'agit de deux des Bâtards, dont les noms ne sont pas précisés, et qui ont été tués au cours de la huitième bataille.

vv. 14633 et ss. Cette liste de pierres précieuses remonte en dernière analyse à la description des assises des remparts de la Jérusalem céleste dans Apocalypse, 21, 19-20 et des douze pierres précieuses qui les ornent ; mais Benoît nomme treize pierres, ajoutant l'escarboucle, pierre souvent mentionnée au Moyen Âge pour l'extraordinaire clarté qui en émane et qui est souvent prise comme symbole du Christ. Sur cet ajout de Benoît, qui est peut-être un moyen pour lui d'imprimer sa marque propre à ce lieu commun, voir F. Féry-Hue, « La description de la "pierre précieuse" », art. cit.

v. 14648. L'*alemandine*, en français moderne *almandine* (ou *almandin*) est une variété de grenat d'un rouge vif et sombre. Son nom est une déformation de la ville d'Alabanda, en Asie Mineure.

v. 14657. Sur les quatre automates de la Chambre de Beautés, voir notamment E. Baumgartner, « Le temps des automates », art. cit., et C. Croizy-Naquet, *Thèbes, Troie et Carthage*, ouvr. cit.

v. 14668. On notera là encore le terme *poete,* renforcé par *autor,* pour qualifier les inventeurs des ces merveilles quasi magiques que sont les automates. Quant au terme de *nigromance,* déjà employé à propos de Médée, il n'a aucune valeur péjorative, mais qualifie la maîtrise prodigieuse de ceux qui ont conçu et fabriqué ces machines extraordinaires. L'art et l'habileté de ces maîtres d'œuvre sont de nouveau exaltés dans la description des tombeaux d'Hector, d'Achille et de Pâris. Sur le vocabulaire de la magie chez Benoît et sur l'emploi de termes comme *tresjiter, artymage,* etc., voir R.-L. Wagner, *Sorcier et magicien,* ouvr. cit.

vv. 14724-14736. Cette énumération développe librement l'expression *merveilles de tanz senblanz.* Il est d'autres exemples de cette liberté syntaxique chez Benoît. Voir notamment les vv. 1551 et ss., description du lit de Médée.

v. 14734. « Nains » traduit *marmïons,* mot que le glossaire de l'éd. C. et le dictionnaire de Godefroy traduisent par « marmots » et *T.-L.* par « petite figure grotesque, marmot, singe ».

v. 14776. L'invention par David des instruments de musique est un lieu commun qui remonte à la Bible qui attribue aussi au roi, auteur et chantre des psaumes, l'organisation du culte et du rituel liturgique. L'énumération d'instruments de musique est d'autre part un motif fréquent dans la littérature médiévale en français. On le trouve pour la première fois dans le *Brut* de Wace (vv. 1717-1726), qui cite également le *coron,* qui désigne vraisemblablement un instrument à cordes. La plupart des instruments cités par Benoît sont décrits par A. Henry dans *Les Œuvres d'Adenet le Roi,* t. V, vol. II, *Cléomadès,* Introduction, Notes, Tables, Bruxelles, 1971, pp. 693-726. A. Henry propose de voir dans les « cymbales » non un instrument à percussion, mais un « instrument à cordes frappées, probablement avec des martelets ou des baguettes » (faisant donc série avec les autres).

v. 14781. Dans la mesure où un verbe **sinfonier, *sifonier* fait sur *sifonie* n'est pas attesté, à la différence de *giguer* « jouer de la gigue » et où la liste se compose de douze instruments, on peut aussi préférer la leçon de l'éd. C., *Que gigue, harpe e simphonie.*

vv. 14805-14854. On notera dans tout ce passage les marques de la répétition, le langage mimant des procédures d'automatisation qui créent sans cesse et de manière cyclique l'illusion de la vie.

vv. 14900-1. M2 est le seul ms. à donner la leçon (non retenue) *li Matinaus* au lieu de *li Mecinaus* au sens de « traité de médecine ». Pourrait-on identifier *li Matinaus* comme le titre d'un livre d'alchimie ? Pour la forme *encesser*, voir la note au v. 13392.

v. 14905. Cette « pierre », que l'on retrouve également dans la description du tombeau d'Hector (vv. 16805-6), est peut-être analogue à la pierre nommée *abesto* (« asbeste », sorte de minéral incombustible souvent confondu avec l'amiante) qui brûle sans se consumer dans le tombeau de Pallas (*Énéas*, éd. cit., v. 6514 ; éd. Petit, v. 6577). Voir aussi E. Faral, *Recherches sur les sources latines*, ouvr. cit., pp. 355-6.

v. 14921. L'éd. C. donne la leçon *moleron*, qui désigne selon le glossaire un « enduit fait avec de la *molee* (poudre de pierre et de fer mélangés qui tombe de la meule du taillandier) ». Nous avons gardé la leçon de *M2 maierun*, terme que l'on peut sans doute dériver du latin *materia* (voir *FEW*, t. 6, col. 480 et ss.).

vv. 14942-14950. Cette intervention du narrateur reprend un lieu commun déjà bien attesté dans la littérature antique, mais on remarquera qu'elle se situe ici au point médian ou presque (« en pleine mer ») d'un récit qui comporte environ trente mille vers et juste après la description de la Chambre de Beautés, centre « vital » de la cité troyenne.

v. 14969. *Deintiers* qui désigne généralement des « morceaux de choix », des « friandises », peut aussi s'employer au sens spécialisé de « testicules du cerf ».

vv. 15001 et ss. Description classique des tourments de l'amour, déjà orchestrée par l'auteur de l'*Énéas*, mais qui est ici appliquée, non sans ironie semble-t-il (voir les vv. 15027-8), à la « fine amor » qu'éprouve Diomède et que l'on retrouvera dans l'épisode de l'amour d'Achille pour Polyxène (voir par exemple les vv. 17562 et ss.).

v. 15062. Être « vilain » est sans doute pour Benoît manquer de mesure, de retenue et d'à-propos dans l'usage de la parole et spécifiquement de la parole amoureuse. Et pourtant Diomède le « vilain » arrivera à ses fins auprès de Briséida.

vv. 15080 et ss. Il a été raconté aux vv. 14286-14352 comment Diomède s'était emparé du cheval de Troïlus et l'avait offert à Briséida. Mais ensuite (vv. 14415-14478) Diomède tombe de cheval. Polydamas se saisit de sa monture et la donne à Troïlus qui accomplit une série d'exploits pour l'amour de la jeune fille. Suggèrera-t-on que l'échange des « montures » affecte un peu le caractère courtois du don de Diomède et des exploits de Troïlus ?

v. 15146. Voir la note au v. 13286.

vv. 15237-15262. Annonce de la mort d'Hector.

v. 15263. Sur Andromaque, voir la note au v. 2949.

v. 15327. Nous avons conservé, ici et au v. 15685, la leçon du manuscrit *balue*, terme qu'il conviendrait sans doute de rapprocher de *beslue* « balìverne, sottise ». L'éd. C. donne *falue* glosé par « illusion grossière ».

v. 15512. Après ce vers, l'éd. C. donne *Tu l'as perdu, sin seies fis :/ Il i era ancui ocis.*

vv. 15529-15532. Exemple, non isolé, de quatre vers sur la même rime. Voir également la note aux vv. 16835-8.

v. 15560. Le cheval d'Hector, Galatée, que ne mentionne pas Darès, pose au moins deux problèmes. D'une part, comme le note Constans, Benoît oublie que ce cheval a été tué au cours de la deuxième bataille. D'autre part, ce cheval donné au guerrier par la fée Orva (voir éd. C., v. 8024 et E. Faral, *Recherches sur les sources latines*, ouvr. cit., pp. 312-3) porte le même nom que l'amie d'Étéocle dans le *Roman de Thèbes* (éd. cit., vv. 6241-6244 ; éd. Mora, vv. 7133-6). Est-ce là une malice de Benoît à l'intention d'un auteur rival ? Il se peut au reste que Benoît ait repris ce nom de Galatée (Néréide qui, aimée du cyclope Polyphème, lui préféra le berger Acis) au Livre XIII des *Métamorphoses*, où la Néréide raconte son histoire (vv. 750-897), mais qui est pour l'essentiel consacré à la chute de Troie et au sort ultérieur d'Énée et des Troyens. Galatée sera ensuite donné comme le cheval d'Hector dans une chanson de geste de la fin du XIIIe siècle, l'*Entrée d'Espagne* (voir les vv. 6542 et 6544 de l'éd. A. Thomas, *L'Entrée d'Espagne, chanson de geste franco-italienne*, 2 vol., Paris, 1913, *SATF*).

vv. 15613-4. Un assez grand nombre de manuscrits suivent *M2* pour ces deux vers fondés sur la rime *blazon : pennon* que Constans a éliminé au profit de la rime *samiz : verniz*. On est tenté de voir dans *blazon* une forme de *blançon*, terme que Constans a entré dans son glossaire avec le sens de « espèce de haubert (sans doute blanc) » et qui figure aux vers 10855 et 18657 de son édition.

v. 15643. Il s'agit de la manche qu'a très courtoisement donnée Briséida à Diomède aux vv. 15176-8.

vv. 15645-8. L'éd. C. donne *Delez le flanc li fait sentir,/ Cil ne refaut mie al ferir :/ L'escu li a del cors sevré/ Et le hauberc bien esfondré*. Au v. 15645, *dementir* est une variante de *desmentir* « faire défaut, ne pas offrir de résistance ».

v. 15678. Voir la note au v. 9802.

v. 15729. L'expression *frois (freis) aveir*, que Constans dans son glossaire traduit par « avoir du répit », est également employée au v. 16587 de notre texte et aux vv. 20160-1 de l'éd. C. : *Qu'il ne lor pueent contrester/ Ne champ tenir ne freis aveir*.

v. 15798. Sans doute faut-il corriger la leçon du ms. *remire*, et lire *revire* « éviter quelqu'un ou quelque chose en faisant un détour », leçon de l'éd. C., et qui est donnée par les manuscrits Paris, B.N.F, fr. 1610 (*J*) et Montpellier, Bibl. de la faculté de médecine, 251 (*M1*). Ce terme, comme le signale M. Nezirovic, ouvr. cit., pp. 145-7, est également attesté avec ce sens dans le *Roman de Thèbes* (éd. Mora, v. 6675, par exemple) ainsi que dans la *Chronique des ducs de Normandie* (éd. cit., v. 18117 et 23254) et c'est sans doute un régionalisme de l'Ouest (voir G. Roques, art. cit. p. 160).

v. 15816. Voir la note au v. 9802.

v. 15825. *Grant presses* : faute d'accord.

v. 15836. *La lemele* ou *l'alemele*, – rien ne permet de trancher entre les deux graphies, car le scribe a transcrit *lalemele* en seul groupe – désigne ici le « tranchant d'une lance ».

v. 15894. Nous avons gardé la leçon isolée de *M2*. L'éd. C. donne *Quar ne se porront defendre*.

v. 15905. Seule occurrence dans notre édition de l'expression *merel mes trere*, reprise au vocabulaire du jeu de dés au sens de « jouer un mauvais coup » (d'où « aboutir à un désastre »), mais qui se retrouve aux vv. 10769, 20941, 21139 de l'éd. C.

v. 15944. Lire : *ç'ont*.

v. 15946. *Jan*, enclise de *ja en*.

v. 16036. Après ce vers, l'éd. C. suppose une lacune d'au moins deux vers. Il manquerait une proposition du type « si le roi avait été présent »...

vv. 16114-9. Tout ce passage est plus développé dans *M2* ainsi que dans cinq autres manuscrits (voir éd. C., t. IV, p. 412) qui donnent une description détaillée de l'écu de Léotétès avec la curieuse mention du léopard peint sur l'écu et qui pourrait déjà désigner des armes peintes. Aux vv. 16114-6 l'éd. C. donne *Quar une enseigne de Thessaille/ Li a par mi le cors passee./ Cil chaï morz gole baee*.

vv. 16176 et ss. Nouvel exemple (voir la note au v. 8437) de la convoitise d'Hector pour une armure de prix, dont profite Achille.

v. 16222. Après ce vers, l'éd. C. donne *C'est Achillés qui le haeit –/ Cele part est alez toz dreit*.

v. 16381. Écho, dans la déploration de Pâris sur le cadavre d'Hector, des paroles prononcées par Agamemnon à l'issue de la troisième bataille et évoquant Hector (vv. 11025-11030 de l'éd. C.) : *C'est lor esforz, c'est lor chasteaus,/ C'est lor apuiz, c'est lor chadeaus,/ C'est lor ados, c'est lor fïance,/ Ço est tote lor atendance,/ Qu'il ne font rien se par lui non :/ C'est lor enseigne e lor dragon*.

v. 16428. L'éd. C. donne pour ce vers *Toz li miens jois est feniz*. Dans la mesure où *T.-L.* donne de nombreux exemples de *joie* employé comme masculin, il n'y a pas lieu de rejeter le texte de *M2* pour ce vers comme pour le vers 17739.

v. 16447. Nous gardons la leçon du manuscrit *alegrance*, éliminée dans l'éd. C., mais que *M2* partage avec les manuscrits, Paris, B.N.F., fr. 794 (*E*) et B.N.F., fr. 1553 (*I*) et qui est également employée dans la *Chronique des ducs de Normandie* (voir *T.-L.* à **halegrance, alegrance*).

v. 16478. L'emploi de *jué*, « jeu », au sens de « lutte, combat » est bien attesté dans le texte de Benoît. Voir les vv. 11244, 15086, 15750, 16266, 18588, 22668, 24179, 30096.

v. 16499. Terme de jeu, *envier* « augmenter la mise » est ici employé au sens de « amplifier, développer le discours, renchérir ». Voir également l'emploi de *enviail* « enchère dans une partie » au v. 20782. Les vers 16499-16502 sont en fait une intervention « lourde » de l'écrivain annonçant ce morceau de bravoure qu'est la description de l'enbaumement, puis de la construction du tombeau d'Hector. Sur les funérailles des rois d'Angleterre au XIIe siècle, auxquelles ce développement de Benoît semble bien faire écho, on consultera Alain Erlande-Brandenburg, *Le roi est mort. Étude sur les funérailles, les sépultures et les tombeaux des rois de France jusqu'à la fin du XIIIe siècle* (Bibliothèque de la Société française d'Archéologie, 7, 1975). Sur la description du tombeau d'Hector, voir H. Buchthal (« Hector's Tomb ») et M.-R. Jung (« Hector assis »).

v. 16558. Après ce vers, l'éd. C. donne *E li covent chascuns par sei/ E li saint home de la lei*.

v. 16587. Voir la note au v. 15729.

v. 16650. On notera ici encore l'abondance et la diversité des termes qui qualifient les trois maîtres-d'œuvre du tombeau : *li saive engigneor, li sage au v. 16660, li saive devin* au v. 16729, *li saive mestre e li doutor* au v. 16764 ; des termes qui qualifient aussi bien la science que la sagesse de ces artisans qui sont aussi des artistes et qui réapparaissent chaque fois que Benoît décrit un objet nécessitant des connaissances techniques particulièrement raffinées.

v. 16651. *Tabernacle* semble ici désigner l'ensemble du monument élevé à Hector. Voir également l'emploi de *tabernacle* au v. 7896 de l'éd. C. où le terme qualifie sans doute la caisse du char de Fion.

vv. 16681-16692. Selon E. Faral, *Recherches sur les sources latines*, ouvr. cit., p. 357 et note 2, « le nom de cette pierre et son existence même ont bien l'air d'être l'invention de Benoît », même s'il existe bien des sources pétrifiantes et si certaines pierres comme la chélidoine ont au Moyen Âge la propriété de chasser la démence.

v. 16707. Terme emprunté à l'architecture chrétienne, le *civoire* (*ciborium* en lat.) désigne le « baldaquin » qui abrite l'autel eucharistique. Il peut être lui-même surmonté d'une arche ou d'une coupole. On peut se représenter – difficilement – le tombeau d'Hector comme une suite de superpositions qui sont autant de défis aux lois de la pesanteur et de la vraisemblance comme le sont également les modèles de Benoît, les tombeaux de Pallas et de Camille dans l'*Énéas*. Voir M.-R. Jung, « Hector assis », art. cit. et *La Légende de Troie*, ouvr. cit., pp. 33-4 et p. 56 ; et sur l'iconographie d'Hector, Ch. Raynaud, « Hector dans les enluminures », art. cit.

vv. 16724 et ss. Sur les pierres précieuses, voir l'art. cit. de F. Féry-Hue, mais l'utilisation, ici, de ces pierres, fondues dans l'or, semble plutôt évoquer la technique de la mosaïque.

v. 16732. La forme de subjonctif passé *poïst* de *M2* doit « recouvrir » la forme syntaxiquement équivalente *poüst* rimant avec *fust*.

v. 16788. Après ce vers, l'éd. C. donne *De fin or fu resplendissant/ E a Hector si resemblant / Que nule chose n'i failleit*.

v. 16805. Sur cette pierre, voir la note au v. 14905.

v. 16810. On remarquera l'absence dans le texte de Benoît de mention d'une langue « troyenne ». Selon le prologue d'ailleurs, Darès le « troyen » a écrit en grec. Pourtant Wace, dans le *Brut* (éd. cit., vv. 1189-1194), prend soin de préciser que le breton parlé en Grande-Bretagne est le nouveau nom donné à la langue troyenne : « Le langage qu'ils [Brut et ses compagnons] parlaient auparavant, qu'ils appelaient "troyen", ils l'ont alors appelé "breton". »

vv. 16835-8. Autre exemple (voir la note aux vv. 15529-15532) de quatre vers sur la même rime. Est-ce ici lié à la difficulté à faire entrer des séries de noms propres, qui présentent des finales à consonance gréco-latine, dans le cadre strict du couplet d'octosyllabes ?

v. 17510. *M2* partage cette leçon avec *A* et *R*; l'éd. C. donne, de manière plus attendue, *Se la cité ne fust ainz prise*.

v. 17525. Sur *ostelein* « les gens de l'ost », c'est-à-dire « les gens de l'armée grecque », voir G. Roques, art. cit.

vv. 17653-6. Autre exemple (voir les notes aux vv. 15529-15532 et 16835-8) de quatre vers sur la même rime. Le scribe de *M2* est le seul à présenter une succession de verbes au conditionnel alors que les autres manuscrits donnent un futur aux vv. 17653-4.

v. 17686. Sur *mesalez* « égaré, qui a perdu son bon sens », voir G. Roques, art. cit.

v. 17691. Il est impossible de savoir si l'allusion (voir aussi les vv. 17704, 17709) renvoie au récit des *Métamorphoses* d'Ovide ou au récit médiéval de *Narcissus*. Voir éd. Constans, t. VI, p. 259.

v. 17712. Sur *atendance*, voir la note au v. 13286.

v. 17739. Voir la note au v. 16428.

vv. 17821-2. Utilisation intéressante de la rime *femme : regne* (voir la note aux vv. 4099-4100) qui dissocie cette fois la femme, Polyxène, qu'Achille fera reine en son pays, et le royaume, qui restera aux mains de Priam et de ses fils.

v. 18005. *Jeuz* est ici employé au sens de « tours, ruses de l'amour » (voir la note au v. 16478).

v. 18114. L'éd. C. intervertit les vv. 18113-4 puis donne *Que lor fille li iert donee/ E que volentiers lor agree*, vers qui manquent dans *M2* et *A*, *R*.

v. 18173. On peut à la rigueur conserver la forme de futur *iert* (l'éd. C. donne *est*) en rappelant cependant à la suite de P. Ménard (*Syntaxe*, ouvr. cit., § 264, Rem. 1), que l'emploi du futur dans la protase d'un système hypothétique est très rare.

v. 18285. Après ce vers, l'éd. C. donne *Auques avons ja abatu/ Lor grant orgueil e lor grant pris./ Mais mout i a e morz e pris*, vers que ne donnent ni *A* ni *R* ni *I*.

v. 18334. Après le vers 18334, l'éd. C. donne *Mout est honiz qui recreüe/ Corne, tant com d'espee nue/ Puisse ferir en grant bataille*.

vv. 18344-8. L'éd. C. donne *Puis s'apoia sor un baron* et ajoute *Qui delez lui esteit asis/ Longement ot esté pensis,/ Mais ja dira tot son voleir,/ Qui qu'après s'en deie doleir*.

v. 18387. L'éd. C. donne la leçon *li sieges*, mais on peut comprendre *li alerz* au sens de « le fait d'aller à l'assaut » par opposition à *li congiez* (v. 18388) « le fait de se retirer ». Voir aussi l'emploi de *alee* au v. 22331.

v. 20202. Diomède a été en effet blessé par Troïlus. Voir les vv. 20071-118 de l'éd. C.

v. 20291. Nous considérons l'infinitif *consiurer* comme une forme de *consieurer*, attestée dans *T.-L.* pour *consirer, consirrer* « réfléchir ».

v. 20298. Sur cette expression, voir la note au v. 9802.

v. 20313. L'éd. C. donne *sis gieus*, qui évite la répétition de *cuers*, mais la leçon, isolée, de *M2* est acceptable.

v. 20331. Sur l'expression *estre atendanz*, ici et au v. 20711, voir la note au v. 13286.

v. 20334. L'éd. C. donne *mon cuer*. La leçon de *M2*, *mon cors*, isolée, peut aussi s'entendre au sens de « moi-même, ma personne ». Mais *cors* peut être aussi une forme non diphtonguée de *cuer(s)* comme l'indique P. Wunderli, art. cit., p. 33.

v. 20340. L'éd. C. ne donne pas les quatre vers suivants.

v. 20712. Après ce vers, l'éd. C. donne *Que de beauté est resplendor/ E d'autres dames mireor*.

vv. 20724-20734. Les corrections que nous avons faites ne sont qu'un pis-aller. Le passage est très corrompu dans tous les manuscrits.

v. 20758. Il faut comprendre *sens* et non *cens* : le copiste a dû se laisser entraîner par le chiffre 3 qui précède.

vv. 20769-20770b. *A* donne quatre vers sur la même rime. Le second couplet, que ne donne pas l'éd. C. semble bien une addition malheureuse de *A*. La leçon de l'éd. C. pour les vers 20771-2 est *Dormir, repos e alejance/ Senz bon espeir, senz atendance*.

vv. 20782-4. Nouvel exemple de métaphores empruntées au jeu de dés (*li envail* « la mise », voir la note au v. 16499) et à la forme poétique du jeu-parti.

v. 20798. Après ce vers, l'éd. C. donne *Sor les beles esperitaus/ E sor totes angeliaus*.

v. 20812. On lit dans l'éd. C. *Ne sai que dire, mais muir mei*, vers qui conclut le monologue d'Achille, le vers suivant : *Es laz ou ont esté plusor* enchaînant alors sur la suite du récit.

v. 21262. Il s'agit ici d'une plaie bien réelle, car Achille a été gravement blessé par Troïlus au cours de la dix-huitième bataille.

v. 21280. Après ce vers, l'éd. C. donne *O Loherenge o d'Alemaigne./ Es lances parut mainte enseigne/ E maint penon ovré d'orfreis./ Trestuit s'en issent demaneis*.

v. 21328. Après ce vers, l'éd. C. donne *En la grant plaigne sablonose. Assembla l'uevre perillose* ; et après le vers 21332, *Quant des herberges a plains issent,/ Cent mile heaumes i resclarcissent*.

v. 21408. Après ce vers, l'éd. C. donne *E trenchiez poinz e piez e braz; La fu estranges li baraz*.

v. 21411. Nous avons corrigé *aournez* de *A* (leçon unique, mais *M2* est absent) en *forcenez*, conformément à *R* et à l'ensemble de la tradition manuscrite. Mais ne pourrait-on penser à une forme *aorsez, aoursez* au sens de « devenu fou comme un ours », forme par exemple attestée au v. 3524 du *Chevalier au Lion* (éd. M. Roques, Paris, Champion, 1960, CFMA), qu'aurait mal comprise le copiste de *A* ?

vv. 21436-7. Tous les exemples que donne T.-L. de l'expression *soi metre en tant* ou *a tant* « agir, passer à l'action » (voir également le v. 3672 et le 19532 de l'éd. C.) sont empruntés au *Roman de Troie*. C'est bien entendu Troïlus qui a la tête désarmée, mais le texte ne précise pas pourquoi.

v. 21447. Chez Darès, le corps de Troïlus est aussitôt récupéré p

Memnon (*ex proelio trahere coepit*, XXXIII, p. 39, l. 17-22), qui blesse Achille. Benoît a plutôt emprunté la scène à Dictys (IV, 9).

v. 21877. L'éd. C. donne à la suite les vv. 21877-8 et 21881-2, soit quatre vers sur la même rime en *-ir*, puis les vv. 21879-21880 de notre texte. Le copiste de *M2* a intercalé les deux vers qui riment en *-ai* (vv. 21879-21880), peut-être pour éviter cette succession.

v. 21919. Il s'agit de Troïlus, la dernière victime d'Achille.

v. 21924. La porte de *Tinbree* est la cinquième des portes mentionnées dans la description de Troie (cf. les vv. 3151-2). Le temple d'Apollon, comme le rappelleront les vers 22101-2, abrite le tombeau d'Hector.

vv. 22023-4. Les graphies masquent la rime régulière *retraire : de bon aire*.

vv. 22081-2. Nous avons corrigé le v. 22081 d'après le v. 21931 afin de restituer la rime *criem ge : vienge* (voir l'Introduction, p. 27). Il faut en effet voir sous la graphie *gie* la forme atone *ge* du pronom personnel.

v. 22099. Le « chancel » est la grille qui, dans une église, sépare le chœur des autres parties de l'édifice. La mention des cryptes, voûtes et chancel, évoquent davantage une église qu'un temple antique.

v. 22121. C'est sans doute par les *Héroïdes* d'Ovide (Lettres XVIII et XIX) que Benoît a connu l'histoire tragique des amours de Léandre et de Héro.

v. 22160. L'adjectif assez rare *tenerges*, au sens de « ténébreux, obscur » ainsi que la rime *tenerges : herberges* se retrouve ailleurs dans le texte (vv. 13010, 19272) ainsi que dans la *Chronique des ducs de Normandie* (éd. cit., vv. 7878, 21916, etc.).

v. 22206. « Armes » désigne ici comme ailleurs dans le texte les armes défensives, l'écu, le haubert, le heaume, mais les deux guerriers ont conservé leur épée (voir les vv. 22165-6 et 22191).

v. 22219. Ici comme au v. 22615 *atent* est une graphie pour *ateint*.

v. 22289. Allusion à l'amour d'Achille pour Polyxène et non, semble-t-il, comme le suggérait Constans, qui glose *drueries* par « relations intimes », aux amours possibles d'Achille et d'Antilocus.

v. 22405. Sur les termes utilisés pour qualifier les artistes et spécialement les constructeurs des tombeaux, voir la note au v. 16650.

vv. 22409 et ss. La « merveille » réside dans l'art et la dextérité avec lesquels les maîtres d'œuvre, rivalisant avec les peintres, ont représenté avec du marbre de différentes couleurs bêtes, oiseaux et rinceaux de fleurs ; une « ovre » sur laquelle les intempéries n'auront aucune prise. Quant au tombeau lui-même, il est conçu par Benoît sur le modèle d'un obélisque. Voir E. Baumgartner, « Tombeaux pour guerriers et amazones », art. cit., pp. 194-195 et la note au v. 1818.

vv. 22439-22460. Tout ce développement sur l'amour discret de Polyxène pour Achille est de l'invention de Benoît.

vv. 22465-22470. Les corps d'Achille et de son compagnon ont été dans un premier temps « embaumés » et exposés (vv. 22399-22402), mais l'état du cadavre d'Achille ne permet pas un embaumement de longue durée, comme cela a été possible pour le cadavre d'Hector, beaucoup moins mutilé (vv.

16226-16230). Autre manière, pour Benoît, de marquer la supériorité du héros troyen, même dans la mort ?

vv. 22485 et ss. Le motif de la fermeture hermétique de la tombe, qui est également évoqué dans la description des tombeaux de Patrocle (vv. 10387-9) et de Pâris (vv. 23064-23070), est déjà présent dans l'*Énéas*, associé aux tombeaux de Pallas et de Camille (éd. cit., vv. 6525-8 et vv. 7719-7724 ; éd. Petit, vv. 6588-6591 et vv. 7785-7790). Dans tous les cas, le tombeau est à la fois « lieu de mémoire » et lieu de résistance aux injures du temps, aux destructions des cités. Pour situer ces tombeaux « littéraires » dans un contexte historique plus large, on se reportera à Philippe Ariès, *L'Homme devant la mort. I. Le temps des gisants*, Le Seuil, 1977, Points Seuil, notamment pp. 230 et ss. : Une typologie des tombeaux d'après leur forme.

v. 22609. Il s'agit d'Ajax, le fils de Télamon, roi de Salamine.

v. 22612. Sur le motif du « combattant nu », voir A. Petit, art. cit.

v. 22615. Sur *atent*, voir note au v. 22219.

vv. 22627-8. L'éd. C. donne *Qui avront ainz grant estoveir,/ Içọ vos di je bien por veir.*

vv. 22650-22672. Tout ce développement, introduit par la formule *La veïsseiz* (voir N. Andrieux-Reix, art. cit. à la note aux vv. 9700-9719), est un bel exemple d'imitation par Benoît du style de la chanson de geste.

v. 22681. Voir la note au v. 9575.

v. 22727. *Auberc* pourrait ne pas être ici une graphie de « haubert » (on ne tranche pas un haubert) mais masquer une forme *aubour* ou *aubor* (attestée par exemple au v. 12372) et désigner alors le matériau, « l'aubour », avec lequel est fait l'écu et qui est couvert d'un vernis. Nous gardons donc la leçon du ms. *verniz*, que l'éd. C. corrige en *samiz*.

v. 22766. La forme *quels*, avec s comme marque de cas sujet singulier et qualifiant le substantif féminin *aventure* est possible dans la mesure où il s'agit d'un adjectif épicène ; mais pour *tel*, on trouve en ce cas la forme non fléchie (voir par exemple au v. 21459).

v. 22797. *Frestel* désigne ordinairement une flûte. A-t-on ici un emploi figuré du terme, à rapprocher d'expressions du français moderne comme « coup de bambou », « coup de latte » ?

v. 22904. Après ce vers, l'éd. C. donne *Sovent se vueut laissier morir,/ Sovent li vueut li cuers partir,/ Sovent s'escrie, sovent brait ;/ Sachiez de veir que mal li vait.*

vv. 22915 et ss. Sur ce passage, voir C. Croizy-Naquet, « La complainte d'Hélène », art. cit.

v. 22960. L'emploi de *beneïçon* au sens spécifique de « prière pour les morts, bénédiction pour le salut de l'âme » se retrouve par exemple au v. 23060.

v. 22994. *Qui* est ici une graphie de *cui*.

v. 23037. Sur la mise au tombeau de Pâris avec les *regalia*, voir E. Baumgartner, « L'image royale dans le roman antique », art. cit.

v. 23061. L'éd. C. donne : *Ne vueut que Greus en seit saisiz*. Mais on attend une forme de pluriel. Nous avons donc gardé la forme *Grieu* et construction – peu satisfaisante – que donne *M2*. Il s'agit en effet d'empêcher que les Grecs ne s'emparent des *regalia*, la couronne, le sceptre et l'anneau.

v. 23068. La forme *jeteine* est une variante de *egetaine* («égyptienne»), leçon de l'éd. C. Voir aussi *getaine* (v. 16673).

v. 23127. Sur ce développement géographique, voir l'Introduction, p. 18. Tout ce passage (et notamment la rime d'ouverture *avirone : sone*) est repris et amplifié dans la *Chronique des ducs de Normandie* (éd. cit., vv. 31 et ss.).

v. 23135. Allusion aux travaux entrepris en 44 av. J.-C. par Jules César pour dresser une carte de l'Empire romain, travaux terminés par Agrippa, et qui durèrent en fait vingt-cinq ans. Voir F. Vielliard, «Benoît de Sainte-Maure et les modèles tardo-antiques de la description du monde», dans *L'Antichità nella cultura europea del medioevo*. Actes du colloque de Padoue (sept. 1997), à paraître.

v. 23306. La source à laquelle Benoît emprunte ses connaissances sur les Amazones pourrait être selon E. Faral (*Recherches sur les sources latines*, ouvr. cit., pp. 372-378) des textes également utilisés par le *Roman d'Alexandre* (version d'Alexandre de Paris) dans l'épisode des Amazones comme l'*Historia* de Julius Valerius ou l'*Historia de Preliis*. Voir également A. Petit, «Le traitement courtois du thème des Amazones», art. cit.

v. 23365. Le motif de l'amour de Penthésilée pour Hector n'est pas chez Darès (voir Constans, VI, pp. 253-4). Chez Dictys (III, 15), on ne sait si la reine vient au secours de Priam pour satisfaire son désir de gloire ou de richesses. Dictys précise ensuite (IV, 2) qu'ébranlée par la mort d'Hector (*perculsa morte ejus*), elle veut repartir et que Pâris ne la retient qu'en lui offrant de l'or et de l'argent. Peut-être Benoît a-t-il inventé le motif à partir de cette brève mention, au reste ambiguë, de l'émotion de la reine.

v. 23426. Après ce vers, l'éd. C. donne *Delez unes tors anciënes, /S'armerent Amazoniënes*. On notera comment Benoît décline ensuite au féminin le motif épique de l'armement du guerrier avant la bataille ; ce qu'a fait plus discrètement l'auteur de l'*Énéas* à propos de Camille (éd. cit., vv. 6907-6934 ; éd. Petit, 6974-7001), lui qui a en revanche longuement décrit le costume féminin et le palefroi de son héroïne.

v. 23599. Allusion aux compositions musicales attribuées aux «bretons», et que Marie de France notamment donnera comme sources de ses lais narratifs.

v. 23630. Après ce vers, l'éd. C. donne *Que les lances enastelerent/ E que les escuz esfondrerent*.

v. 23635. *Aarbrer* est une variante de *arbrer* «se cabrer». On trouve également la forme *arbroier (arbriier)* au v. 1147 du *Tristan* de Thomas (voir éd. cit., note au v. 13492).

v. 23658. Nous avons interprété la leçon de *M2 quenz el uis* comme une mauvaise coupure de *quenze* (lire *quinze*) *lius*.

v. 23690. *La nuiz* est sujet de *preïst respit*.

vv. 24088 et ss. On comparera l'épisode de la mort de Penthésilée avec celui de la mort de Camille dans l'*Énéas*. Que Penthésilée se batte du côté des Troyens et que Camille soit au contraire l'alliée de Turnus contre Énée ne modifie guère leur sort : mourir pour avoir tenté d'usurper la fonction de guerrier.

v. 24145. *Reteinst*, leçon de *M2* et de *R*, est sans doute une variante de *rateinst*, *rateindre* « attendre de nouveau ».

v. 24172. Philéménis, dont la « Terre d'outre-mer » est proche de celle de Penthésilée, et qui emportera dans son royaume le corps de la reine pour l'ensevelir, a été précédemment capturé par Pyrrhus et délivré par la reine.

v. 24216. Après ce vers, l'éd. C. donne *Enfes esteit, jovnes toseaus, / Mais mout par esteit genz e beaus*.

v. 24356. Nous avons conservé *dit que*, leçon donnée par *M2* et *A*, en comprenant « en ce qui concerne la reine, ma source (alléguée au v. 24353) dit que »... Le texte de l'éd. C. *de que* (« en raison de quoi ») est une correction.

v. 24389. L'adverbe *quenement* (ou *queinement*) « comment » formé sur *queien* est assez souvent employé par Benoît dans la *Chronique des ducs de Normandie* (voir Constans, VI, p. 178).

v. 24393. À partir d'ici, Benoît recourt en effet au texte plus développé de Dictys, censé raconter l'histoire du point de vue des Grecs (voir les vv. 24400-1), mais il utilise encore, le cas échéant, le texte de Darès.

vv. 24405-24424. Sorte de nouveau sommaire annonçant le double finale du récit, la destruction de Troie et les « retours » des chefs grecs.

v. 24408. Le Palladion est selon la tradition une statue de Pallas conservée dans le temple de Minerve et qui devait protéger la cité de Troie tant qu'elle y resterait. Anténor révèle ce secret à Ulysse et à Diomède ainsi que l'origine miraculeuse de la statue, puis accepte de la voler et de la remettre aux Grecs. Sur les légendes complexes qui entourent le Palladion, voir P. Grimal, *Dictionnaire de la mythologie*, ouvr. cit., pp. 339-340.

v. 24454. Nous avons gardé la leçon de *M2*, *a chiens*. Pour d'autres exemples d'amuïssement des consonnes finales, voir l'Introduction, p. 25.

vv. 24457-9. Le Scamandre et le Simoïs, qui descendent du mont Ida, convergent dans la plaine de Troie, mais c'est la première fois que Benoît mentionne le Scamandre ; d'où la glose du v. 24459.

v. 24521. Il faut sans doute supposer sous *torz fez* le substantif *forfaiz*, le copiste ayant pu se laisser « entraîner » par la présence de *fez* au vers suivant.

v. 24567. Sur l'emploi de *li lor* pour désigner le parti adverse, les Grecs, voir la note au v. 4598.

v. 24627. Sur le rôle joué par Anténor et par Énée dans toute cette partie du récit, voir Constans, VI, p. 255-6, M.-R. Jung, « L'exil d'Anténor », art. cit. et E. Baumgartner, « Énéas et Anténor, deux figures de la trahison », à paraître.

v. 24709. *Convier* au sens de « inviter » (l'éd. C. donne *conjurer*) est également attesté avec ce sens aux vv. 27235 et 28721 de l'éd. C.

v. 24764. Le lecteur s'imaginait sans doute Priam plus vieux ! Le Charlemagne de la *Chanson de Roland* ou les héros de la *Mort Artu* (le roi, Guenièvre, Gauvain, Lancelot), sont, eux, beaucoup plus âgés.

v. 25864. Bien que le manuscrit ne comporte pas, à cet endroit, de majus cule, nous avons choisi d'introduire une coupure forte. Pour l'épisode du cheval de Troie, absent du récit de Darès, (voir Constans, VI, pp. 257-8), Benoît s'inspire de Dictys (V, 11) et sa version diffère de celle de l'auteur de l'*Énéas* qui suit; lui, la version du Chant II de l'*Énéide* (voir éd. cit., vv. 879-1176 ; éd. Petit, vv. 944-1259). Le cheval construit par Epeios (Épius, v. 25896) est la dernière des « ovres » dont Benoît s'est plu, tout au long du texte, à décrire l'ingénieuse fabrication et l'extraordinaire beauté.

v. 25913. Les deux autres exemples de *dediement* « consécration », donnés par *T.-L.* renvoient à un contexte chrétien : « consécration d'église ou d'autel ». Voir également les vv. 25941-2.

v. 26019. Benoît n'a pas parlé auparavant de la ruse préméditée par les Grecs, de la présence de Sinon dans les flancs du cheval et de son rôle. On comparera là encore avec le texte de l'*Énéas*.

v. 26066. Possible écho, comme au v. 24372, de la prise de Jérusalem par les Croisés en 1099 et du bain de sang qui marqua alors la prise du Temple.

v. 26151. Annonce du retour mouvementé de Pyrrhus, qui se lit aux vv. 29079-29536 et 29595-29814 de l'éd. C. Pyrrhus, qui a enlevé Hermione, la femme d'Oreste, périra assassiné par ce dernier. Sur cet épisode, voir C. Croizy-Naquet, « Les retours dans le *Roman de Troie* de Benoît de Sainte-Maure », à paraître.

v. 26163. Les injures d'Hécube soulignent, s'il était encore nécessaire, le rôle capital d'Énée dans la ruine de Troie, héros que Benoît semble s'acharner à discréditer, alors que l'auteur de l'*Énéas* a au contraire tenté d'en donner une image positive. Voir F. Mora-Lebrun, *L'Énéide médiévale et la naissance du roman,* Paris, P.U.F., 1994.

vv. 26199-26210. On rapprochera ce passage sur le droit d'asile du passage du *Brut* où Wace loue le roi Dumwallo Molmuz, descendant des Troyens par Brutus, d'avoir instauré en Grande-Bretagne le droit d'asile dans les cités et les temples (éd. cit., vv. 2287-2312).

v. 26245. Il s'agit sans doute du temple de Minerve. En fait Darès, qui a précisé qu'Andromaque et Cassandre s'étaient cachées dans le temple de Minerve (*in aede Minervae*, XLI, p. 50, l. 1), dit ensuite qu'Agamemnon a réuni tous les chefs grecs dans la citadelle (*in arce*, XLII, p. 50, l. 4). Benoît a dû télescoper les deux lieux.

v. 26280. La réapparition d'Ajax est ici surprenante : chez Darès (XXV, p. 42, ll. 19 et ss.), mais non pas chez Dictys, il meurt après avoir tué Pâris (voir les vv. 22780-22840).

v. 26296. Après ce vers, l'éd. C. ajoute *Quar cil, par son grant escient,/ L'en fist saisir par jugement*.

v. 26323. La leçon *Andromacha* fait difficulté. On attendrait plutôt, c'est d'ailleurs la leçon qu'a ajoutée en interligne le copiste du manuscrit Paris, B.N.F., fr. 821 *(F), Cassandra*. Chez Darès (XLII, p. 50, ll. 13-14), Anténor intervient en effet pour sauver Hélénus et Cassandre, qui se sont toujours opposés à la guerre. Puis Hélénus intervient à son tour, comme il le fait au v. 26347 de Benoît, pour sauver sa belle-sœur Andromaque.

v. 26378. Le sujet de *ne fet senblant* est *la mer*.

v. 26556. Après ce vers, l'éd. C. donne *Ensi desperse, ensi desvee,/ Si estrange, si forsenee.*

v. 26575. Benoît rend par *engrés* « farouche, violent » le terme de Dictys *Cynossema* « monument de la chienne » (c'est-à-dire d'Hécube), situé, selon la tradition, à la pointe de la Chersonèse de Thrace. Pour l'ensemble de l'épisode de la mort de Polyxène, égorgée comme victime sur le tombeau d'Achille, et pour la métamorphose d'Hécube en chienne, Benoît s'est inspiré du Livre XIII des *Métamorphoses*, principalement des vv. 449-495 pour Polyxène et des vv. 553-578 pour Hécube. Voir également pour Hécube, P. Grimal, *Dictionnaire de mythologie*, ouvr. cit. pp. 177-8.

v. 26582. Après ce vers, l'éd. C. ajoute *Por ça voust faire e engeignier/ Que son cors feïst lapiier.*

v. 30316. Il n'est pas indifférent que le dernier mot du texte soit dans notre manuscrit le verbe *montepleier* (ou *montepleier*) « fructifier », qui boucle la boucle avec le v. 24 du prologue et renvoie à la parabole des talents, mais qui image aussi bien la technique de l'amplification, de la fructification de la matière que n'a cessé de pratiquer Benoît de Sainte-Maure.

INDEX DES NOMS PROPRES

Les occurrences sont limitées aux dix premières pour les personnages de premier plan, mais sont complètes pour les autres (y compris *Daires*). Elles sont en revanche limitées au deux premières pour *Troie* et *Grece*.

Les references au texte du manuscrit *A* figurent en caractères italiques. Quand un nom propre apparaît dans le manuscrit de Milan sous une forme différente de celle de l'index de l'éd. C., c'est bien entendu sous la forme de *M2* qu'il est entré (on trouvera donc *Jaconidés* et non pas *Jaconités*), mais nous avons fait figurer dans cet index, après la glose et entre crochets carrés, la forme sous laquelle le nom est entré dans l'index de Constans, si elle est très différente de celle de *M2*.

Les variantes formelles des noms propres ne recouvrent pas obligatoirement des oppositions morpho-syntaxiques (*Hector* peut être sujet ou régime, mais *Hectors* n'apparaît qu'à la rime avec *cors*; il en est de même pour l'alternance *Polixena/ Polixenain*) ou morpho-phonétiques (*Eleine* est plus souvent employé qu'*Heleine* si la voyelle du mot précédent doit être élidée (*d'Eleine, dame Eleine*) mais on trouve aussi l'inverse (*dame Heleine*). Voir aussi au v. 16329 *Sire Hector* dans lequel le *e* final de *Sire* doit être élidé.). Nous avons essayé d'expliciter les cas particuliers.

Pour les formes variantes qui trouvent leur justification dans la rime, celle-ci est indiquée par les moyens conventionnels à la suite de l'indication du numéro de vers.

ABISME, 23134. L'Abîme.

ACHAMAS, 26313. Roi grec qui reçoit Æthra comme part de butin lors du sac de Troie.

ACHILLÉS, 5011, 5156, 10331, 10383, 12789, 13121, 13135 13163, 13195, 13210, etc. Achille, prince grec originaire de Phtie, père de Pyrrhus, tué par Pâris dans le temple d'Apollon.

ADRASTUS, 15382. Adrastus, roi de Sezile, allié de Priam.

AGAMENNON, 4801, 4939, 4947, 5025, 5141, 10109, 13091, 13215, 14577, 15610, etc.; *Agamennonz*, 15217; *Agamennors*, 26318 (: *Antenors*). Agamemnon, roi de Mycènes, chef de l'expédition contre Troie, frère de Ménélas.

AÏAUX, 5179, 13519, 15609. Ajax, fils d'Oïlée, roi des Locriens.

AÏAUX TELAMON, 5187; *Thelamonius Aïaus*, 10131; *Thelamon Aïaux*, 12399, 15713, 26215; *Thelamon Aïaux*, 24179, 24544, 26280; *Aïaus*, 22609, 22814; *Aïaux*, 22759, 22801. Ajax, fils de Télamon, roi de Salamine, et d'Hésione, appelé quelquefois Télamon (cf. vv. 5187-8: "un autre Aïaux i ot, qui Telamon en sornom ot."). Voir aussi THELAMON.

AISE, 3820 (*celz d'*), 3821 (*cil d'*). Asie (ceux d'), désignés comme les alliés potentiels des Grecs avant l'expédition des Troyens en Grèce.

ALBIDIE, 26570. Abydos, où est situé le tombeau d'Hécube. [Abidie].

ALEMAIGNE (*enpereres d'*), 16741. Empereur d'Allemagne, donné avec celui d'Espagne comme parangon d'une grande richesse.

ALISANDRES, 810. Alexandre, roi de Macédoine, tenu pour le découvreur des colonnes d'Hercule. [Alixandre].

ALIZONIE, 12341. Patrie de Pistropleus.

ALIZONIENS, 12389. Combattants venus d'Alizonie.

ALPINOR, 16834. Elpinor, roi de Libanor, tué par Hector à la 5e bataille.

AMAZONEISES, 23681 (: *corteises*). Les Amazones.

AMORS, 4357, 4361, 13559, 13691, 15010, 17568 (emploi en fonction de régime), 17578, 17630, 17648, 17670, 18005, 18021, 18080, 18086, 22117; *Amor*, 17572, 17584, 17688 (sujet), 18024 (sujet), 18044, 22120 (sujet), 22130 (sujet), 22257 (sujet); *Amours, 20702, 20704, 20779, 20807; Amour, 18448, 18450*. Amour. Contrairement à ce qui apparaît dans l'index de l'éd. C., la présence d'un -*s* final à *Amors* personnifié n'est pas automatiquement liée à une flexion casuelle dans *M2*; elle l'est en revanche dans *A*.

ANCHISÉS, 24472, 24733, 26136. Anchise, Troyen appartenant à la conjuration des traîtres.

ANDROMACHA, 5519, 10233, 15263, 15355, 15454, 15496, 16034, 16405, 16459, 26211, etc. Andromaque, femme d'Hector, remise à Pyrrhus lors du sac de Troie.

ANDROMAQUA, 2950. Fille aînée de

Index des noms propres

Priam et d'Hécube ; voir la note au v. 2949.

ANPHIMACUS, 24578, 24721, 24797. Amphimacus, le plus jeune des fils (bâtards) de Priam.

ANTENOR, 3656, 4377, 5473, 16402, 22909, 24471, 24515, 24581, 24732, 24834, etc. ; *Antenors*, 24952 (: *cors*), 26317 (: *Agamennors*). Anténor, prince troyen appartenant à la conjuration des traîtres, père de Polydamas.

ANTENORIDAS, 3146. Porte de Troie, nommée la première.

ANTILOCUS, 22145, 22193, 22222, 22239, 22247, 22373 (emploi en fonction de régime mais à la rime avec *plus*) ; *Antilocum*, 22282 (fonction de régime). Antilocus, fils de Nestor, tué avec Achille dans le temple d'Apollon. [Antilogus].

APOLLO, 13788, 25923 (dans les deux cas emploi en fonction de sujet à l'intérieur du vers) ; *Apollin*, 13768, 24492 (dans les deux cas emploi en fonction de sujet mais à la rime avec *fin*) ; *Apollinis*, forme de génitif, s'appliquant au temple ou à l'autel dédié au dieu, 16643 (*tenple... en l'onor*), 21987 (*temple*), 22174 (*tenple*), 26109 (*autiel*) ; *Apoulinis*, 21925 (*tenple*). Le dieu Apollon. Le temple d'Apollon est situé dans la citadelle de Troie, l'autel d'Apollon est situé dans le temple de Minerve.

ARAIBE (*or d'*), 14632, 14650, 16727. Arabie (or d').

ARCHILOGUS, 8397, 16835. Archilogus, fils d'Héseus, roi de Thrace, tué par Hector à la 3ᵉ bataille.

ARESSE (li reis d'), 15814 (: *presse*). Roi d'Aresse, allié de Priam ; le nom de lieu est inconnu à Darès mais le personnage pourrait renvoyer à Rhesus, cité une fois par Darés (XVIII, p. 23, l. 4) parmi les alliés de Priam.

ARGO, 962, 964. Nom du navire construit par Argus pour Jason.

ARGUS, 894, 905, 962, 964. Argus, constructeur du navire Argo.

ASCAMUS, 15381. Acamus, roi de Thrace, allié de Priam. [Acamus].

ASTERNANTÉS, 15276, 15522 ; *Asternanten*, 15462 (: *sen*). Astyanax, le plus jeune fils d'Hector et d'Andromaque. [Asternaten].

ATHEINES (*li dux d'*), 9775, 15907, 22619 ; *Athenes* (*li dus d'*), 10075 ; *Athene* (*cil qui d'A. iert sire e dus*), 13520 ; *Ateines* (*le duc d'*), 15931 ; *Athenes* (*li dux d'*), 18340. Ménesthée, duc d'Athènes. Voir aussi MENESTEÜS.

ATHENES, 58, 86, 119. Athènes.

ATHENÏENS, 15921 (: *tens*), *Atenïeis*, 22753 (: *Grezeis*). Les Athéniens.

AUFRICQUE, *18191*. Afrique.

AVENTURE, 10180, 16842, 17549. Aventure. Voir aussi DESTINEE, FORTUNE.

AZOINE, 23305. Amazonie. La variante *Azoine* pour *Amazoine* est partagée par un grand nombre de manuscrits. [Amazoine].

BASTART (*li*), 9593, 15817, 22879. Fils bâtards de Priam, au nombre de 30.

BELEITIS, 14964. Forêt près de Troie.

BENEEIZ DE SAINTE MORE, 132 ; *Beneeiz*, 2065 ; *Benoeit*, 5093. Benoît de Sainte-Maure.

BÖETÉS, 16833. Boëtès, roi grec tué par Hector à la 3ᵉ bataille.

BRETON (*lai de*), 23599. Lai chanté par les Bretons. Voir la note au v. 23599.

BRISEÏDA, 5275, 13090, 13617. Briséida, fille de Calchas, amante de Troïlus puis de Diomède. Voir aussi CALCAS (fille).

BROT LI PUILLANZ, 14605. Brot des Pouilles, médecin troyen qui soigne Hector après la 8ᵉ bataille.

CALCAS, 12775, 13086, 13091, 13101, 13263, 13354, 13713, 13718, 13779, 13822, etc. Calchas, devin troyen, père de Briséida.

CALCAS (*la fille*), 13262, 15025, 20203. Briséida. Voir aussi à ce nom.

CALCASUS (*les puis de*), 16156. Le Caucase.

CARUT DE PIERRE LEE, 8494. Carut de Pierrelee, tué par Dodaniet du Pui de Rir pendant la 2ᵉ bataille. Voir la note au v. 8484.

CASSANDRA, 2953, 4143, 4161, 4883, 4931, 5529, 15252, 16418, 22851, etc.; *Cassandre*, 10417; *Quassandra*, 26212. Cassandre, fille de Priam et d'Hécube, remise à Agamemnon lors du sac de Troie.

CASSIBELAN, 9665. Cassibilant, fils bâtard de Priam. [Cassibilant].

CASTOR, 4241, 4305. Castor, frère de Pollux et d'Hélène.

CECA, 3150. Porte de Troie, nommée la quatrième. On attendrait plutôt *Cea* plus conforme à Darès (IV, p. 6, l. 14) *Scæa* (voir d'ailleurs, au v. 14105 de l'éd. C., un chevalier troyen, nommé *Lachaon de Porte Cee*), mais la tradition manuscrite du *Roman de Troie* est unanime autour d'une forme *Ceca/Ceta*.

CEDIUS, 16832. Scédius, roi de Phocide, tué par Hector à la 5ᵉ bataille. [Scedius]

CENOCEFALI, 13373. Les Cynocéphales. Voir la note au v. 13373.

CICINALOR, 8506. Cicinalor, fils bâtard de Priam.

CISONIE, 24181. Pays des Cicones en Thrace, patrie du roi Remus.

CITARIENS (*val de*), 3868. Le val des Cythariens. Voir la note aux vv. 3860-3928.

CITEREA, 4257. Cythère. [Citherea].

CLAUTUS, 15377 (: Eüfremus). Glaucus, roi de Lycie, père de Sarpedon et parent de Priam. [Glaucon].

CLIMENA, 26309. Cliména, dame troyenne donnée à Démophon lors du sac de Troie.

COLCOS, 765, 838, 936; *Colcon*, 1137 (: Jason). Colchos, ou la Colchide, au sud-est du Pont-Euxin, où se trouvait le bélier à la Toison d'or, présentée par Benoît comme une île.

CORNELIUS, 83, 120. Cornelius Nepos.

CRETE, 8431 (*cil de*), 24905 (*rei de*). Crète, patrie d'Idoménée et de Mérion. CRETE (*rei de*) voir IDOMENEX.

CRETEIS, 8427. Les Crétois.

CRIATOR (*le*), 13474. Dieu. Voir aussi DIEUS.

CUPESUS, 15379. Cupésus, roi de Larise, allié de Priam.

DAIRE, 91, 93, 16262, *21419*, 24393, 24400, 26144, 26246, 26306; *Darés*, 110; *Daires*, 2064, 2067, 3119, 3145, 5094, 5103, 5201, 5510, 5582, 12440, 12720, 15200, 25988, 30303. Darès.

DARDANI, 26175 (*estreite de*). Dardanus, roi fondateur de Troie.

DARDANYDÉS, 3148. Porte de Troie, nommée la seconde.

DAVIZ, 14776, 18046. Le roi David.

DEÏPHEBUS, 2939, 3930, 4032, 4175, 4378, 5382, 5389, 9592, 22632; *Deïphebon*, 4194 (: bon). Déiphobe, troisième fils de Priam et d'Hécube, tué par Palamède à la 12ᵉ bataille.

DEMOPHON, 26312. Démophon, Grec qui reçoit Cliména comme part de butin lors du sac de Troie.

DESTINEE, 10123, 16843. Voir aussi FORTUNE, AVENTURE.

DEUS (forme et emploi sujet), 8359, 13312, 13369, 13680, 14634, 14949, 15351, 17666, 17792, 18116, 22829, 24188, 26515, 30315; *Dex* (graphie pour *Deus*), 3060, 4492, 4727, 10441, 14750, 22038, 26205; *Deu* (forme et emploi objet), 13251, 22977, 25997, 26348. Dieu des chrétiens. Voir aussi CRIATOR.

DÏANA, 4292. La déesse Diane.

DIOMEDÉS, 5012, 5211, 12457, 13517, 13556, 13681, 13703, 13818, 15021, 15053, etc. Diomède, fils de Tydée, roi d'Argos,

Index des noms propres

amant de Briséida. Voir aussi TIDEÜS (li fiz).

DITIS, 24397, 24405, 24418, 24907, 25988, 26144, 26306, 26567, 30303 ; *Ditys*, 24393. Dictys.

DODANĪEZ del Pui de Rir, 8484. Dodaniet du Pui de Rir, écuyer d'Hector qui tue Carut de Pierre Lee à la 2e bataille. Voir la note au v. 8484.

DOLON, 24733. Dolon, comte troyen appartenant à la conjuration des traîtres.

DORMĪUS, 16836. Dorius, roi grec, compagnon d'Ajax Télamon, tué par Hector à la 5e bataille.

ECUBA, 2928, 4905, 16403, 16425, 17511, 17754, 17814, 17835, 17887, 21841, etc. ; *Hecuba*, 5509. Hécube, femme de Priam, lapidée par les Grecs et enterrée à Abydos.

ELEE, 4524, 4551. Hélée, château sur l'île de Cythère. Voir la note au vers 4292.

EMELINS, 9499 (: *roncis*). Émelin, roi de Pigris. [Emelius].

ENEAS, 4195, 4377, 5461, 15375, 15880, 16402, 21457, 22645, 22909, 24183, etc. Énée, prince troyen appartenant à la conjuration des traîtres.

ENFERNAL (*li*), 26435. Les divinités infernales. Voir aussi FURES.

ENGRÈS, 26575. Nom donné au tombeau d'Hécube. Voir la note au v. 26575.

ENLÉS (*la mer*), 22122. Hellespont. [Ellés].

ENVIE, 16843, 26532, 26537. Envie.

EPISTROZ, 15382. Épistrot, roi de Botine, allié de Priam.

EPĪUS, 25896. Épius, Grec chargé de la construction du cheval de Troie. Voir la note au v. 25864.

ERMĪONA, 4249. Hermione, fille de Ménélas et d'Hélène [Hemiona].

ERO, 22123. Héro. Voir la note au v. 22121.

ESDRAS, 22644. Édras d'Agreste, allié de Priam, présent lors de la mort de Pâris, à la 20e bataille. [Edras].

ESEŪS, 15383 ; *Theseüs*, 8396. Héseus, roi de Thrace, père d'Archilogus, allié de Priam. [Heseüs].

ESĪONA, 4200, 24629 ; *Esīonan*, 3937 (: *an*) ; *Esyona*, 10127, 24862. Hésione, sœur de Priam, concubine de Télamon, roi de Salamine, mère d'Ajax fils de Télamon.

ESON, 723, 727. Éson, frère de Pélias, père de Jason, roi, comte ou duc de Pélopène.

ESPAIGNE, 16742 (*enpereres d'*), 22608 (*or d'*), 23440 (*cheval d'*). Espagne. Sur l'empereur d'Espagne, voir ALEMAIGNE.

ETRA, 26310. Æthra, dame troyenne donnée au roi Acamas lors du sac de Troie.

EUCALEGON, 24734. Ucalegon, Troyen appartenant à la conjuration des traîtres.

EUFORBĪUS, 4090. Euphorbe, devin troyen, père de Panthus.

EUFFRATE, 9501. Euphrate, fleuve d'Asie. *M2* est le seul à donner la forme *Aigue Frete* qu'il fait d'ailleurs rimer avec *barate*. Tous les autres manuscrits ont *Eufrate*. [Eufratès].

EÜFREMUS, 15378. Euphémus, roi de Lycaonie, allié de Priam. [Eüfeme].

EÜRIALUS, 5013. Euryale, roi grec originaire d'Argos.

EURIPULUS, 16059. Eurypylus, duc d'Orménie, tué par Hector à la 10e bataille.

EÜROPE, 3811, *18191*. Europe.

EÜRUS, 4172. Eurus, nom du vent qui souffle de l'est.

EXIMĪEIS, 9493, 9811. Combattants originaires de Syme, île située près de Rhodes et patrie d'Hunier. [Essimiëis].

FEMENIE, 23769, 24430 ; *Feminie*, 24169. Féminie, nom donné à une contrée exclusivement peuplée de

664 *Index des noms propres*

femmes et situéc vaguement à l'orient. Voir aussi AZOINE.

FEMENIE (*reine de*). Voir PANTESELEE.

FICE, 8401 (*celz de*), 8431 (*cil de*). Phtie, ville de Thessalie, patrie d'Achille. [Phice].

FILEMENIS, 22689, 22738, 15985, 16076, 23661 ; *Filimenis*, 15385, 15919, 15929 ; *Fillemenis*, 22644, 24172. Philéménis, roi de Paflagonie, allié de Priam, qui emporte dans son royaume le corps de Penthésilée. [Philemenis].

FORTINS, 15383. Fortis, roi des Philistins, allié de Priam.

FORTINS SANSONS, 18045. Samson « le fort » que Dalila livra aux Philistins.

FORTUNE, 4165, 10175, 13096, 24496. Fortune. Voir aussi AVENTURE, DESTINEE.

FRANCE (*l'enpire de*), 3021. France.

FRISE (*rei de*), 15659, 15669, 15688, 15705. Phrygie (roi de), Mercerès, allié de Priam. Voir aussi MISCERÉS.

FRISE (*un rei de*), 9554. Frise. *Frise* désignant ailleurs la Phrygie, région de l'Asie Mineure et les Phrygiens étant les alliés de Priam, la mention d'un roi de Frise, cousin germain d'Ulysse, tué par Pâris au cours de la seconde bataille, fait difficulté. La tradition manuscrite est unanime, sauf le manuscrit fr. 821 de la BNF (*F*) qui donne *Pise* que Constans a identifié avec Pise, ancienne capitale de l'Élide, sans cependant corriger la leçon *Frise* dans son édition.

FRISEINS, 15617. Phrygiens ; ils combattent sous Troïlus à la 10e bataille.

FURES (*enfernals*), 26393. Les Furies infernales.

GALATEE, 15560. Galatée, le cheval d'Hector. Voir la note au v. 15560.

GALIEN, 10248. Galien.

GAUDINE (*Polixenart de la*). Voir POLIXENART DE LA GAUDINE.

GLACON, 8395, 8403. Glaucus, roi de Lycie, allié de Priam, tué à la 11e bataille. [Glaucon].

GLAUCUS, 24213. Glaucus, fils d'Anténor, demi-frère de Polydamas, tué par Pyrrhus à la 22e bataille, différent de Glaucus, roi de Lycie, allié de Priam et tué à la 11e bataille.

Goz, 10245. Got, médecin troyen qui guérit Hector de ses blessures après la 2e bataille.

GRECE, 717, 932, etc. Grèce.

GREZEIS, 115, 1197, 1063, 1108, 2907, 2985, 3652, 3851, 3936, 3968, 4016 ; 23735 ; *Grezois*, 2024 (: *mois*) ; *Griés* 5354, 12731, 14578, 15769, 23113, 24212 ; *Grieu*, 9520, 9601, 9804, 22854, 23061, 23379, 23752, 23763, 24259, 24629, 26043, 26199, 26133, 26242 ; *Grieus*, 23409, 23624, 24831, 26360, 26419 ; *Grié*, 10107, 10118, 17958, 22319, 22354 ; *Grex*, 20220, 22739, 24273 ; *Griex*, 22739, 24273 ; *Grejois*, *21372* ; *Griiois*, *21398*. Les Grecs.

HECTOR, 2933, 3757, 3771, 4138, 5314, 8329, 8337, 8343, 8351, 8364, etc. ; *Ector* (toujours après élision), 3992, 5327, 8507, 9591, 10083, 13237, 14997, 15511, 15887, 16105, etc. ; *Hectors*, 12789 (: *cors*). Hector, fils aîné de Priam et d'Hécube, mari d'Andromaque, tué par Achille à la 10e bataille.

HELEINE, 4243, 4247, 4503, 4639, 4666, 4697, 4778, 4815, etc. ; *Eleine*, 4319, 4369, 5020, 5119, 15525, 16405, 22811, 24566, 25855, 26196 ; *Helainne*, *18330*. Hélène, sœur de Castor et de Pollux, femme de Ménélas dont elle a eu une fille, Hermione, puis femme de Pâris.

HELENUS, 2940, 3943, 3983, 4161, 5381, 5390, 22364, 26343 ; *Elenus* (après élision), 26323 ; *Heleni* (fonction de génitif), 4023 (: *menti*) ; *Eleni* (après élision et en fonction de génitif), 16419 (: *chaiti*). Hélénus, quatrième fils de Priam et d'Hécube, délivré à la prière d'Anténor après la prise de Troie et remis à Pyrrhus.

HERCULÉS, 809, 971, 986, 1005, 1089, 1139, 1169, 1306, 1802, 1845, 1977, 24850. Hercule.

HUNERS, 9495, 9810. Hunier, fils de Mahon, originaire de Syme. [Hunerius].

IDOMENEX, 8425. Idomenée, roi de Crète. [Idomeneus].

IFIDUS, 16837 ; *Yfidus*, 16061. Ifidus, roi grec, tué par Hector au cours de la 10ᵉ bataille.

INDE la Major, 16157. Inde la Majeure, c'est-à-dire la presqu'île indienne.

INDE la Menor, 3861. Le mont Ida. Voir la note aux vv. 3860-3928.

INDE la Superïor, 13341. Inde supérieure, c'est-à-dire le nord et le nord-est de l'Asie.

JACONIDÉS, 1148, 1163. Ville de Colchide, capitale du royaume d'Oëtès. [Jaconités].

JASON, 728, 742, 791, 809, 815, 855, 919, 935, 942, 960, 972, 986, 1004, 1037, 1061, 1131, 1138, 1169, 1258, 1306, 1311, 1333, 1387, 1401, 1505, 1535, 1574, 1601, 1624, 1635, 1647, 1664, 1705, 1763, 1781, 1798, 1862, 1877, 1891, 1925, 1952, 1959, 1981, 2001, 2028, 2053. Jason, fils d'Éson, neveu de Pélias, amant de Médée, conquérant de la Toison d'or.

JUDAS, 26135. Épithète appliquée à Anténor.

JULIUS CESAR, 23136. Jules César.

JUNO, 3876, 4281 (*feste*) ; *Junonis* (tenple), 16629, 22894. La déesse Junon ; le Temple de Junon à Troie.

JUPITER, 1623, 3125, 26150. Le dieu Jupiter.

LAOMEDON, 1015, 1038, 1093, 1132, 2863, 2885, 24852 ; *Laumedon* (sans diérèse), 1003. Laomédon, fils de Tros, père de Priam, roi de la première Troie, tué par Hercule.

LAUCOINE, 15378, 24184. Lycaonie, contrée d'Asie Mineure, patrie du roi Euphémus. [Licoine].

LAUDOMATA, 15271. Laodamas, fils aîné d'Hector et d'Andromaque. [Laudamanta].

LEANDÉS, 22121. Léandre. Voir la note au v. 22121.

LEOTETÉS, 16109 (: *Dïomedés*) ; *Leotetus*, 16838 (: *Ifidus*). Léotétès, chef grec, cousin germain de Diomède, tué par Hector au cours de la 10ᵉ bataille.

LICE (*celz de*), 8432. Lycie, patrie des rois Glaucon et Sarpedon.

LUCIFER, 12684. L'étoile du matin.

MAHON, 9495. Mahon, père de Hunier.

MARGARITON, 15832. Margariton, fils bâtard de Priam, tué par Achille à la 10ᵉ bataille.

MARZ, 1352, 1365. Le dieu Mars.

MECINAUS (*li*), 14900. Le Traité de Médecine. Voir la note au v. 14900.

MEDEA, 1212, 1275, 1585, 1609, 1620, 1663, 1857, 1894, 1909, 1971, 2006, 2030. Médée, fille d'Oëtès, amante de Jason.

MENELAUS, 4223, 4227, 4245, 4423, 4787, 4795, 4940, 5153, 15657, 15666, etc. ; *Menelau* (après la préposition *a*), 4782, 25959. Ménélas, roi de Sparte, frère d'Agamemnon, premier mari d'Hélène.

MENESTEÜS, 9793, 13519 ; *Menecïus*, 22707, 22722, 22735, 22861 ; *Menetius*, 24547. Ménesthée, duc d'Athènes. Voir aussi ATHEINES (*li dux d'*).

MENNON, 5493, 15376, 16263, 16270, 16276, 16283, 21458.

Index des noms propres

Memnon, roi d'Éthiopie, allié de Priam, tué par Achille à la 19ᵉ bataille.

MERCURÏON, 3874. Le dieu Mercure.

MERIDIÉS, 23132. Le Midi. Voir aussi MIDI.

MERÏON, 8366, 8381, 8389, 8429, 8447, 8465, 10049, 16832. Mérion, roi de Crète, compagnon d'Idoménée, tué par Hector à la 2ᵉ bataille.

MERÏONÉS, 16839. Mérionès, roi grec, cousin d'Achille, tué par Hector à la 8ᵉ bataille.

MER ROGE, 13821. La mer Rouge.

MESFÉS, *20702*. Vengeance.

MIDI, 12381, désigne la zone la plus méridionale, donc la plus chaude de l'univers connu au XIIᵉ siècle. Voir aussi MERIDIÉS.

MINERVE, 23033, 24409 (*tenple*), 25867, 25879, 26120 (*temple de*), 26245 (*la tor*; voir la note); *Minerva*, 3876 (: *amena*). La déesse Minerve. Le temple de Minerve à Troie, où est conservé le Palladion.

MIRMIDONEIS, 17773, 24151, 24339; *Mirmidonois, 20717, 21397*. Les Myrmidons, les hommes d'Achille.

MISCERÉS, 15659; *Micerés,* 15664. Mercerès, roi de Phrygie, allié de Priam. Voir aussi FRISE (roi de).

MORT, 22926, *Morz*, 23006. La Mort.

NACHAON, 5263. Machaon, prince grec, fils d'Esculape, frère de Podalire.

NARCISUS, 17691, 17704, 17709. Narcisse.

NATURE, 5318, 26452. La Nature.

NEPTOLEMUS, 5239, 26548; *Neptolomus*, 24446. Néoptolème, ou Pyrrhus, fils d'Achille. Voir aussi PIRRUS.

NEPTURUS, 25921. Le dieu Neptune, fondateur des murs de Troie.

NESTOR, 4225, 4791, 5225, 22147, 22371, 22380, 24548; *Nestors*, 22492 (: *hors*). Nestor, roi de Pylos, père d'Antilocus.

OCCIDENT, 23132. L'Occident.

OCEANUM, 23129. L'Océan.

OCTOVÏENS DE ROME, 1698. Octave Auguste, empereur romain, dont les trésors étaient célèbres au Moyen Âge.

ODENEUS, 9761; *Odenel*, 9777; *Ydonex*, 9749. Odenel, fils bâtard de Priam.

OETÉS, 1164, 1183, 1198, 1254, 1779, 1797. Oëtès, roi de Colchide, père de Médée.

OMERS, 45, 71. Homère.

ORCOMEINE, 16060. Orménie, ville de Magnésie, patrie d'Eurypylus. [Orcomenie 2].

ORCOMENIS, 16836. Orcomenis, roi grec, tué par Hector à la 5ᵉ bataille.

ORÏENT, 3096, 16549 (*un grant paile d'*), 23131, 24228; *Orïant*, 10246, 16295 (*un mire d'*), 23047 (*dui mestre d'*). L'Orient.

PAFAGLOINE, 15919 (: *essoine*). Paphlagonie, patrie de Philéménis.

PAFAGLONEIS, 15925, 22701, 22712. Les Paphlagoniens.

PALAMEDÉS, 5251, 15611, 15941. Palamède, prince grec, fils de Nauplius, roi d'Eubée.

PALLADÏON, 24408. Le Palladion, statue de Pallas-Minerve, garant du sort de Troie, volé par Anténor et remis aux Grecs. Voir la note au v. 24408.

PANNOINE, 4033, 4176. Pannonie.

PANTESELEE, 23360, 23383, 23429, 23593, 23621, 23650, 23675, 23693, 24139, 24209, 24272, 24303, 24946; *Pantaselee*, 23395, 24088, 24228, 24253. Penthésilée, reine des Amazones, amie d'Hector, tuée par Pyrrhus à la 22ᵉ bataille.

PANTUS, 4077, 4121, 4162. Panthus, prince troyen, fils du devin Euphorbe.

PAREDIS, 13398 (*flun de*), 14680

(*angel de*), 16683 (*flun de*). Le Paradis.

PARIS, 2937, 3845, 3878, 3932, 3944, 3955, 3978, 4022, 4066, 4100, etc. Pâris, second fils de Priam et d'Hécube, second mari d'Hélène, tué par Ajax fils de Télamon à la 20ᵉ bataille.

PARTE, 4790, 4802, 4941, 5015. Sparte, capitale du royaume de Ménélas.

PATROCLUS, 5011, 5171, 8332, 8341, 8346, 8415, 8430, 10055, 10331, 10395, 13147, 16831. Patrocle, prince grec, ami d'Achille, tué par Hector à la 2ᵉ bataille.

PELEÜS, 715, 741, 749, 781, 817, 893, 933, 965. Pélias, roi grec, frère d'Éson, oncle de Jason, confondu par Benoît avec Pélée, père d'Achille.

PENELOPE LA CITEZ, 724. Pélopène. Benoît traduit (la tradition manuscrite est unanime) par *Penelope* le texte de Darès (I, p. 3, l.1) *in Peloponneso*, « le Péloponnèse » que Darès a lui-même confondu avec Parthénope, ville où réside Éson.

PERSE (cil de), 9531. Les Perses, combattant sous Pâris à la 2ᵉ bataille.

PERSE (*li reis de*), 5271. Roi de Perse, cité dans la liste des alliés des Grecs, mais dont le nom n'est pas précisé par Benoît. Si l'on compare avec les portaits des chefs grecs chez Darès, la place du personnage dans la liste, entre Podalire et Machaon d'une part et Briséida de l'autre, ainsi que certains de ses traits physiques, en particulier la couleur rousse, pourrait orienter vers une identification avec Mérion (*rufum, mediocri statura, corpore rotundo viriosum pertinacem crudelem impatientem*, XIII, p. 17, l. 5-7). Mérion, roi de Crète conviendrait évidemment mieux comme allié des Grecs qu'un roi de Perse, les Perses combattant du côté des Troyens. Voir MERÏON.

PERSEIS, 15755, 15956. Les Perses.

PHILIPUM, 16838. Philippe, roi grec, tué par Hector à la 8ᵉ bataille. [Philitoas].

PHILISTINS, 15384. Les Philistins. Constans a éliminé la leçon *Philistins*, fournie par plus de la moitié des manuscrits au profit de *Filitis* qu'il fait rimer avec *Fortis* (voir FORTINS) et glose « Ville de Fortis ». Chez Darès (XVIII, p. 23, l. 11), on trouve seulement : *de Phrygia Ascanius et Phorcys* (« *Fortins* »).

PIERRE LEE (*Carut de*) voir CARUT DE PIERRE LEE.

PIGREIS, 9499. Combattants originaires de Pigris, patrie d'Émelin.

PIRE, 4224, 4246. Pylos, capitale du royaume de Nestor. [Pile].

PIRRUS, 24122, 24136, 24142, 24152, 24219, 24238, 24277, 24288, 24309, 24328, etc. Pyrrhus, ou Néoptolème, fils d'Achille. Voir aussi NEPTOLEMUS.

PISTROPLEX, 12345. Pistropleus, roi d'Alizonie, allié de Priam.

PLINES, 16541. Pline le naturaliste.

PLUTO, 13754. Le dieu Pluton.

POLIDAMAS, 4196, 4378, 5481, 15376, 15671, 15739, 15749, 15806, 15979, 16075, etc. Polydamas, prince troyen appartenant à la conjuration des traîtres, fils d'Anténor.

POLIDARIUS, 5257. Podalire, prince grec, fils d'Esculape, frère de Machaon.

POLITENÉS, 16155 ; *Politetés*, 16838. Polibétès, chef grec tué par Hector à la 10ᵉ bataille. [Polibetés 1].

POLIXENA, 2955, 14617, 15450, 16491, 17905, 22136, 22437 ; *Polixenain*, 5541 (: *vain*), 5574 (: *certain*), 21988 ; *Polixenein*, 15525 (: *vein*), 17511 (: *endemein*), 17540 (: *sein*), 17599 (: *hein*), 26157 (: *sozterrein*), 26191 ; *Polizena*, 20705, 20809. Polyxène, fille cadette de Priam et d'Hécube, immolée par Pyrrhus sur le tombeau d'Achille.

POLIXENARZ DE LA GAUDINE, 12398, *Polixenarz*, 16837. Polixenart, duc de Salamine, parent d'Ajax fils de Télamon, tué par Hector à la 5ᵉ bataille.

POLLUS, 4242, 4305. Pollux, frère de Castor et d'Hélène.

PRIANZ (forme et emploi sujet), 2865, 2960, 2978, 3004, 3043, 3112, 3126, 4032, 4039, 4045, etc. ; *Priant* (forme et emploi régime), 4302, 4624, 4879, 4978, 9839, 13093, 13243, 15498, 17755, 17771, etc. ; *Priamus*, 2878, 3099 (: *benus*), 3944 (: *Helenus*), 24511 (: *refus*), 24618 (: *plus*) ; *Prians*, 14570 (: *chans*). Priam, roi de Troie, fils de Laomédon, mari d'Hécube, père de huit enfants et de trente bâtards, tué par Pyrrhus lors du sac de Troie.

PROSERPINE, 13754. La déesse Proserpine.

PROTENOR, 16833. Prothénor, roi de Boèce, tué par Hector à la 3ᵉ bataille.

PROTESELAUS, 5236, 16829. Protésilas, roi de Phylace, tué par Hector à la 1ʳᵉ bataille.

PUI DE RIR (*Dodaniez del*) Voir DODANIEZ DEL PUI DE RIR.

QUINTILLÏENS, 9744 ; *Quintiliëns*, 9763, 9783. Quintilien, fils bâtard de Priam.

REMUS, 24181. Rémus, roi de Cisonie, allié de Priam.

RENOMEE, 4315, 4773, 24726. La Renommée.

ROME, 76, 1698. Rome.

ROMODERNUS, 9755. Rodomorus, fils bâtard de Priam. [Rodomorus].

SALAMINE, 12397, 24863. Salamine, île grecque, patrie de Télamon, d'Ajax fils de Télamon et de Polixenart.

SALEMONS, 1, 13471, 18046, *18452* ;

Salemon (*l'ovre*), 1818. Salomon. Voir la note au v. 2 et au v. 1818.

SALENIQUE, *18192*. Salonique.

SALUSTE, 77 ; *Salustes*, 81. Salluste.

SARPEDON, 15377. Sarpédon, roi de Lycie, fils de Glaucon, allié de Priam, tué par Palamède à la 12ᵉ bataille.

SATANAS, 26164. Épithète appliquée à Énée.

SCHANDE, 24457. Scamandre, fleuve de la plaine de Troie. Voir la note au v. 24457. [Eschandre].

SEPTENTRION, 23133. Le Nord.

SESSOIGNE, *21280* (*elme e espee de*). Saxe.

SIMÖENTA (*havre de*), 983. Le port de Simoïs. Benoît reprend Darès (II, p. 3, l. 19) *ad portum Simoentae*. Simoenta est l'accusatif grec de Simoïs (affluent du Scamandre chez Homère) que Darès ne semble pas avoir reconnu.

STIMESTREE, 4239. Nom de la ville dans laquelle se rendent Castor et Pollux, au moment où Pâris se rend à Cythère. Reposerait, selon Constans qui corrige en *Climestree*, sur une mauvaise interprétation de Darès (IX, p. 11, l. 23-24) *ad Clytemnestram* ; la tradition manuscrite du *Roman de Troie* ne fournit que des formes *Stimestree*, *Strimestree*, *Timitree*, *Themitree*.

SYNON, 26019. Sinon, Grec enfermé dans le cheval de Troie et chargé d'avertir les Grecs.

TELEPOLEMUS, 5014. Télépolème, roi de Rhodes. [Telepolon].

TEMESE, 5049. Témèse, ville où se donnent rendez-vous les chefs grecs. Correspond chez Darès à *Ad Atheniensem portum* (XI, p. 13, l. 26).

TENEDON, 4609, 4611, 4630, 4638, 4803, 25964, 26004. Ténédos, port et château fort près de Troie.

TEREPEX, 15381. Stéropeus, roi de Péonie, allié de Priam. [Steropeus].

Index des noms propres

THELAMON, 13092, 13518, 15609, 15738, 15831, 23648, 24262. Surnom d'Ajax, fils de Télamon. Voir AÏAUX TELAMON.

THELAMON de Salamine, 24863. Télamon, roi de Salamine, participe au premier sac de Troie et reçoit Hésione comme part du butin. Père d'Ajax Télamon.

THESAILE, 1558. Thessalie.

THOAS, 9739, 9785, 18256. Thoas, roi d'Étolie, allié des Grecs.

TIDEÜS (*li fiz*) 12459, 12495, 13529, 15002, 22857, 22869, 23702. Le fils de Tydée, c'est-à-dire Diomède ; la périphrase est aussi utilisée dans l'*Eneas*. Voir aussi DÏOMEDÉS.

TINBREE, 3152, 16639, 21924, 21924. Porte de Troie, nommée la cinquième.

TRACE, 9497. Contrairement à toutes les autres occurrences de Thrace relevées par Constans dans son index des noms propres et qui concernent la Thrace, patrie de Pileüs et d'Acamus, alliés de Priam, cette mention de *Cels de Trace* (la seule dans les extraits du *Roman de Troie* que nous éditons) concerne des personnages qui combattent aux côtés d'Ulysse contre Priam ; il ne peut donc pas s'agir d'alliés de Priam. Cette leçon appuyée par la rime (: *menace*) est partagée par un grand nombre de manuscrits du *Roman de Troie* ; elle a été éliminée par Constans au profit de la rime *Achaïe* : *manaie* qui est fournie par deux manuscrits. On peut remarquer qu'Ithaque n'est jamais citée dans le *Roman de Troie* alors que Darès (XIV, p. 18, l. 6) indique *Itaca* comme patrie d'Ulysse. On pourrait donc penser à un pervertissement du nom dans la tradition manuscrite, latine ou française (*Itace*, *Tace*, *Trace*).

TROÏAINS, 66 ; Troïens, 113, 4253, 4298, etc. Les Troyens.

TROIANA, 3154. Porte de Troie, nommée la sixième.

TROIE, 43, 49, etc. Troie.

TROÏLUS, 2943, 3988, 9568, 9591, 9604, 13262, 13286, 13295, 13317, 13425, etc. ; *Troïllus*, 5393, 15183, 15807 ; *Troylus*, 15710, 20232, 20318, 20341, 21430, 223621. Troïlus, cinquième fils de Priam et d'Hécube, amant de Briseïda, tué par Achille à la 19ᵉ bataille.

ULIXÉS, 5202, 9497, 9557, 9566, 13518, 22620, 24546, 24905, 25927, 26287, etc. Ulysse, roi d'Ithaque.

VENUS, 3876, 3912, 4264 (*tenple... en l'onor*). La déesse Vénus. Le temple de Vénus, sur l'île de Cithère.

XANTIPUS, 16834. Antipus, roi de Calédoine, tué par Hector à la 8ᵉ bataille.

YLIA, 3149. Porte de Troie, nommée la troisième.

YLIONS, 3041, 3055, 26223 ; *Ylïon*, 3089, 3173, 3970, 10428, 24398, 24412, 26133. Ilion, citadelle de Troie.

YPOCRAS, 10248. Hippocrate.

Table

Introduction 5
Bibliographie 31

LE ROMAN DE TROIE

Prologue 41
La conquête de la Toison d'or 47
La reconstruction de Troie 109
Priam et les Troyens envoient Pâris en Grèce 125
Pâris enlève Hélène 149
Hélène arrive à Troie. Les Grecs réunissent leur armée .. 177
Portraits des héros et des héroïnes de la guerre de Troie .. 189
La deuxième bataille 213
La mort de Patrocle 213
Mêlée générale. Discours d'Hector à ses troupes 223
Hector tue Mérion 241
Trêve entre les Grecs et les Troyens 247
Retour d'Hector à Troie 247
Funérailles de Patrocle 251
Prophéties de Cassandre 255
La cinquième bataille 257
Exploits et mort du Sagittaire 257
La sixième et la septième bataille 265
Calchas réclame sa fille Briséida 271
Entrevue d'Achille et d'Hector 273
Les amours de Troïlus et Briséida 279
Briséida au camp des Grecs 279
La Cahmbre de Beautés 307

Briséida et Diomède	327
La neuvième bataille	337
La dixième bataille	341
Le songe d'Andromaque	341
La mort d'Hector	377
Les funérailles d'Hector	389
Achille amoureux de Polyxène	415
Briséida donne son amour à Diomède	459
Achille en proie à l'amour	467
La dix-neuvième bataille	473
Achille tue Troïlus	473
La mort d'Achille	483
Les funérailles d'Achille	505
La vingtième bataille	513
La mort de Pâris	513
Le royaume et les mœurs des Amazones	537
La vingt et unième bataille	543
Exploits de Penthésilée	543
La fin de la vingt-deuxième bataille	557
La vingt-troisième bataille	567
La mort de Penthésilée	567
Priam conclut la paix	573
La prise de Troie	597
Le cheval de Troie	597
Le sac de la ville	603
La mort de Polyxène et d'Hécube	617
Épilogue	633
Notes	635
Index des noms propres	659

Composition réalisée par COMPOFAC - PARIS

IMPRIMÉ EN FRANCE PAR BRODARD ET TAUPIN
Usine de La Flèche (Sarthe)
LIBRAIRIE GÉNÉRALE FRANÇAISE - 43, quai de Grenelle - 75015 Paris.
ISBN : 2 - 253 - 06665 - 6   30/4552/3